U0601239

山东师范大学中国语言文学山东省一流学科
资助出版

薛 泉 著

明代郎署官与文学权力

中华书局

图书在版编目(CIP)数据

明代郎署官与文学权力/薛泉著. —北京:中华书局,2025.5. —
ISBN 978-7-101-17118-1

Ⅰ.Ⅰ209.48

中国国家版本馆 CIP 数据核字第 2025ZY3946 号

书　　名	明代郎署官与文学权力	
著　　者	薛　泉	
责任编辑	白爱虎	
装帧设计	刘　丽	
责任印制	韩馨雨	
出版发行	中华书局	
	（北京市丰台区太平桥西里 38 号　100073）	
	http://www.zhbc.com.cn	
	E-mail:zhbc@zhbc.com.cn	
印　　刷	北京盛通印刷股份有限公司	
版　　次	2025 年 5 月第 1 版	
	2025 年 5 月第 1 次印刷	
规　　格	开本/920×1250 毫米　1/32	
	印张 15¾　插页 2　字数 365 千字	
国际书号	ISBN 978-7-101-17118-1	
定　　价	98.00 元	

目　录

绪　论

　　明代郎署官与文学权力问题，是明代文学研究的重要内容，涉及内容广泛。它牵涉政治文化、主流学术、审美风尚、文体特征、出版传播等诸多社会文化因素。同时，又与个体心性、创作特性、审美偏好等，密切相关。从某种意义上说，厘清二者关系，可把握明代文学发展的动力及其衍变轨迹，同时也可为中国文学研究，提供一个相对别致的视角。因此，郎署官与文学权力之关系，是考察明代文学的一个绝好窗口。

　　一、研究状况回顾

　　明代郎署官与文学权力研究，总体上看，目前学界虽有涉及，但成果相对偏少，与馆阁文学或台阁体研究相比，显得有些微不足道。大体可归纳为以下几个层面。

　　（一）"文学权力"的界定研究。相对来说，这方面研究成果更少。朱国华、张德建的研究，较有代表性。朱国华在《文学权力：文学的文化资本》一文中指出，文学权力首先是一种文化权力，"文学权力是一种与学术权力、艺术权力或哲学权力等处于同一水平序列的文化权力。从文学在社会世界所处的位置来看，文学由于拥有一定的符号资源——文化能力、文化习性、文化产品即文化资本——而享有符号权力，从文学的符号资本实现的方式即对于表征领域的控制而言,文学权力表现为意识形态或符号权力"。① 朱国华引入符号学相关原理,从宏观上阐释文学权力的内涵,方法论上颇有启迪意义。张德建的《小品盛行与晚明文学权力的下移》② 一文认为,文学权力应包括两层含义,一是制造新的文学观念从而形成创作的指导性原则以及制订被广泛接受的创作规范的权力,二是通过文学资源的垄断而形成的解释和支配权。文学权力主要表现在创作主体、文学风尚、文学传播三个层面上。张德建着眼于微观,注重结合文学权力的具体表态,更接文学"地气"。二者从不同角度揭示出文学权力的内涵与特征,颇有学术价值。

　　(二)文学权力下移郎署研究。目前,对郎署官与文学权力关系的研究,主要聚集于文学权力下移郎署这一点上。自清人陈田明确提出这一命题后,后世论者多因而发之。近年来对此问题有专题研究且较用力者,当推黄卓越、刘化兵。他们较详尽地勾勒出了成化、弘治时期文学权力下移的情形,成化前的情状,也略有涉及。特别是黄卓越的《论明中期文权的外移——弘治朝文学振兴活动考略》③ 一文,从台阁颂世模式衰降、思想分化、政治氛围、馆阁对郎曹的排挤等层面,以馆阁为重心,着重分析了文权外移的原因,使人在知其然的同时,亦知其所以然。刘化兵则认为,"成化至弘治中期,郎署文学在邵宝、储巏等人的引导推动下,得到初步的振兴",尽管"并无与馆阁文学争锋的动机和实力,但由于它在继承中蕴涵着新变,所以发展迅

---

① 南京大学文艺理论教研室编:《现代性视野中的文学理论》下,南京大学出版社,2006年版,第49页。
② 《中国文化研究》,2006年,春之卷,第136—148页。
③ 《中国文化研究》,2000年,夏之卷,第105—111页。

速",① 可视为郎署文学崛起的准备、积累期。廖可斌《明代文学复古运动研究》一书,则对嘉靖年间刑部文学环境与后七子郎署文学兴起的关系,进行了较深入、细致的探析。② 叶晔《明代中央文官制度与文学》一书,对弘治至万历时庶吉士的培养、郎署文学成长的制度背景,有较为细致的爬梳,殊见功力。作者指出,成化后期至弘治年间,是郎署文学的"独立发展阶段",正德以后,是郎署文学"超越馆阁、完成切割的阶段"。③作者还提到,到万历年间,因馆阁凭借其行政优势,将馆选改成每科皆选,许多年轻的优秀作家被纳于翰林院中,馆阁文学势力重新壮大,郎署文学权力开始下降。④ 因本书的总体结构原因,未能对万历年间郎署文学权力下降的情状,展开具体分析。

　　馆阁文学实力壮大,郎署文学权力下降,不是一蹴而就的,而是有一个渐进的过程。闫勖、孙敏强认为,这一过程始于嘉、隆之际:在徐阶等宰辅"重道轻文、讲求实用"的馆阁文学理念指导下,袁炜、殷士儋、赵贞吉等"在教习庶吉士时也有意将后七子的文学主张与馆阁文统有机结合。这引导年轻一代的馆阁作家向郎署复古派靠近,不但取得了可观的文学成就,也燃起了

① 刘化兵:《明代成化至弘治中期郎署文学的初步振兴》,《西华师范大学学报(哲学社会科学版)》,2006 年,第 5 期,第 32—36 页。
② 廖可斌:《明代文学复古运动研究》,商务印书馆,2008 年版,第 200—248 页。
③ 叶晔:《明代中央文官制度与文学》,浙江大学出版社,2011 年版,第 254—259 页。
④ 叶晔:《明代中央文官制度与文学》,浙江大学出版社,2011 年版,第 114 页。

重振馆阁文学的信心"。①但因研究范畴与篇幅所限,也未具体论及万历以后郎署文学权力下降的问题。另外,还有一些学者在其论著中,也涉及文学权力下移的问题,但或多流于只言片语,或述而不论。总的看来,对成化前郎署官与文学权力关系的梳理,相对完整,但稍显粗疏;万历以后则缺乏细致、整体性的观照。同时,各家对文学权力下移的时间与原因诠释,虽涉及面较广,但多囿于传统,仍有进一步拓展的空间,尤其是在研究视角与研究方法上。

（三）从文体层面上,观照文学权力下移。这一研究虽未直接揭示郎署官与文学权力之关系问题,但对本书研究颇有启发。郭英德以通俗文学为切入点,剖析了文化权力之下移,《传奇戏曲的兴起与文化权力的下移》一文认为,从成化到万历年间,"文人自我意识的高涨和主体精神的张扬,促成了不可抑止的文化权力下移趋势,以文人为主角的社会文化模式取代了以贵族为主角的社会文化模式",②从而导致文学权力下移。张德建则以小品文为中心,研考其与文学权力下移之关系。其《小品盛行与晚明文学权力的下移》一文认为,"小品从边缘走向流行,引导了文化产品的制作与消费,从而发生了文学权力的下降"。③妥建清也以小品文为考察对象,关注文学权力下移的问题。其《绮丽审美风格与晚明文学现代性——以晚明小品文为考察中心》一文称,"晚明文学场域的创作主体由传统士大夫阶层逐渐滑落为山人、处士等中下层文人,亦带来晚明文学审美风

---

① 闫勇、孙敏强:《"文章之道"如何"复归词林"——论明代嘉隆之际的馆阁文学》,《浙江社会科学》,2016年,第9期,第108—115页。
② 《中国社会科学》,1997年,第2期,第165—178页。
③ 《中国文化研究》,2006年,春之卷,第136—148页。

格的变化"。主题上"更多的是日常生活中个人性的琐屑之事、闲情逸致",风格上"追求更多的是一种文人化的阴柔之美",呈现出"精致化的颓废审美风格"。①

实际上,创作主体由传统士大夫滑向山人、处士而引发的晚明文学风格、审美情趣的变化,本身就是文学权力下移的重要表征,标志着文学权力由郎署移向山林、市井。这个过程中,郎署官与通俗文学的关系如何? 它又怎样影响到郎署文学权力下降的? 这些都是值得探讨与有待解决的问题。

二、研究构思、方法与研究内容

本书力求在中国文学、中国文化的坐标系中,以前后七子郎署官为观照重心,以发展、开放的眼光看待问题,尽可能比较清晰地勾勒出有明一代郎署官与文学权力关系之迁移、流转轨迹,从多维度揭示郎署文学与馆阁文学、山林市井文学之复杂关联,挖掘其内在的深层文化意蕴,探寻其对明代文学的发展、演化所产生的影响,以期为明代文学研究,乃至古代文学研究、文学史的建构,提供较为新颖的视角与借鉴。

学术研究断然离不开适当的研究理论与研究方法的择取。文艺理论与方法在某种程度上有其相通之处,无论古今中外。古代文学研究不应排斥借鉴西方文艺理论,但切忌机械套用。因此,本书在使用传统理论与研究方法的同时,尝试使用一点西方文论,如布迪厄(又译作布尔迪约等)的场域理论,以及形式主义、结构主义理论等。

布迪厄场域理论源自对19世纪法国的研究,布迪厄运用

---

① 《中州学刊》,2018年,第6期,第142—147页。

场域理论探究了包罗文学、艺术的诸多领域。他认为,"从分析的角度来看,一个场域可以被定义为在各种位置之间存在的客观关系的一个网络(network),或者一个构型(configuration)。正是在这些位置的存在和它们强加于占据特定位置的行动者或机构之上的决定性因素之中,这些位置得到了客观的界定,其根据是这些位置在不同类型的权力(或资本)——占有这些权力就意味着把持了在这一场域中利害攸关的专门利润(specific profit)的得益权——的分配结构中实际的和潜在的处境(situs),以及它们与其他位置之间的客观关系(支配关系、屈从关系、结构上的对应关系,等等)"。① 场域实际上是行动者为了争夺有价值的资本而进行冲突与争斗的一个特定空间。有价值的资本涵盖物质与非物质两个层面,后者主要指具有虚拟、象征意义的有价值的符号,或某一特定社会空间内行动主体普遍认可与追逐的具有普世价值的东西。行动者争夺有价值资本的过程,实际上就是一个维护或颠覆当前场域中现有资本配置秩序的过程。争夺有价值的资本,需要讲究策略。布迪厄所谓的策略,"指的是客观趋向的'行动方式'的积极展开,而不是对业已经过计算的目标的有意图的、预先计划好的追求(比如 Coleman1986);这些客观趋向的'行动方式'乃是对规律性的遵从,对连贯一致且能在社会中被理解的模式的形塑,哪怕它们并未遵循有意识的规则,也未致力于完成由某位策略家安排的事先考虑的目标"。② 也就是说,布迪厄之"策略"不完全是

①［法］皮埃尔·布迪厄、［美］华康德著,李猛、李康译:《实践与反思:反思社会学导引》,中央编译出版社,2004 年版,第 133—134 页。

②［法］皮埃尔·布迪厄、［美］华康德著,李猛、李康译:《实践与反思:反思社会学导引》,中央编译出版社,2004 年版,第 27 页。

指行动者自觉、有意识的策略,往往是指一种集体的、无意识的
行为。布迪厄曾提出三种类型的场域策略,即保守、继承、颠覆。
一般来说,在场域中占据支配地位的一方,多倾向于采取"保
守"策略;新入场并期望分享支配者些许利益或权力者,多偏向
选取"继承"策略;不希图从支配者手中获取任何利益或权力
者,多心仪于"颠覆"策略。

　　需要特别说明的是,布迪厄场域理论所研究的对象,并非前
资本主义社会的各种现象,若生搬硬套于明代文学研究,显然不
合时宜。因此,本书在借鉴布迪厄场域理论及其分析方法时,尽
量灵活处理。如有些概念,仅用其名,内涵却有所不同。再说,
布迪厄有些观点,确实也不适于明代文学研究。如他认为,只有
在一个具有高度自主性的文艺场域中,"试图完全成为艺术世
界的成员的人,特别是企图在当中占据统治地位的人,才执意要
显示出他们相对外部的政治或经济力量的独立性"。[①] 就明代
实际情况而言,郎署官争夺文学话语权,并非执意要显示出他们
相对外部的、政治的、经济的权力的独立性;相反,为了获取更
多文化资源,他们反倒与之有千丝万缕的联系。

　　布迪厄文学社会学研究对象,是具有高度自主性的近代文
学场域,明代文学场域虽不具备高度自主性,但也与之有某些共
通处,场域理论仍可从一个较为独特的维度,阐释其中诸多问
题,明代郎署官与文学权力关系,即为其一。这可视为对布迪厄
场域理论的一种推广与应用。

　　明代郎署官与文学权力关系,实际上就是不同时期进入文

[①] [法]皮埃尔·布迪厄著,刘晖译:《艺术的法则:文学场的生成与结构》
　　(新修订本),中央编译出版社,2011年版,第17页。

学场域的各方抢夺有价值的文化资本,争夺文学话语权的过程。由于有意识或无意识地认同并遵循馆阁与郎署既定的、带有"符号暴力"性的社会分工,入场之初,前七子郎署官希望能够得到奉行"保守"策略的馆阁臣僚的羽翼与扶携,分享其些许文学权力,以积累有价值的资本,便采取了"继承"策略。当这类资本累聚到可以撼动馆阁文学根基时,他们就主动出击,果断施行"颠覆"策略,最终颠覆了现有资本配置秩序,从而一跃成为文学话语权的掌控者。唐宋派之于前七子、后七子依附刑部诗社,莫不如此。前后七子郎署官在取得文学话语权后,即采取了"保守"策略,文学策略与创作上的故步自封,机械拟摹,致使其失去了进取动力,其掌控的郎署文学权力,最终流向山林、市井。

以前后七子为核心的郎署官与文学权力关系,可总括为得而复失,失而复得,最终流失。当然无论得失,皆是渐进式的。其所以得失,可从纠正文坛弊病,以及自身文弊所致层面上得以阐释,但总给人以现象释现象之缺憾,缺少必要的学理性。若换个观察视角,或许能发现在同一场合不易发现的"意外"。形式主义与结构主义理论,可为审视郎署官与文学权力关系的迁移与流转,提供一个特别的维度。作为以聚合群体 ① 力量争夺文

———————————

① 所谓的"群体",是指有共同心理特征的若干个体的聚合体。法国心理学家、社会学家古斯塔夫·勒庞称:"'群体'一词是指聚集在一起的个人,无论他们从属于什么民族、职业或性别,也不论是什么事情让他们走在了一起。但只是从心理学的角度看,'群体'一词却有着完全不同的重要意义。在某些既定的条件下,并只有在这些条件下,一群人会表现出一些新的特征,它非常不同于组成这一群体的个人所具备的特征。聚集成群的人,他们的感情和思想全都换到同一个方向,他们自觉的个性消失后形成了一种集体心理。它毋庸置疑是暂时的,然而它确实表现出了一些非常明显的特征。这些聚集成群的人进入一种状态,(转下页)

学话语权的前后七子郎署官,是以结社立派的方式出场的,他们与台阁体、六朝派、初唐派、唐宋派争夺文学话语权,凭借的主要是流派的文学主张、文学策略与创作实绩,从某种意义上说,可以看作是由"自动化"到"陌生化"辩证交替的进程,抑或为其作用的结果。

自动化就是对过于熟悉的事物、艺术技巧等,熟视无睹,几乎是条件反射,反应是自动化的。"陌生化"与"自动化"相对。所谓陌生化,就是对常规、常识的有意识的偏离,给人以感官刺激或情感震撼,从而产生陌生感。形式主义者认为,这就是文艺存在的价值。俄国形式主义评论家维克托·什克洛夫斯基《作为手法的艺术》一文宣称:"那种被称为艺术的东西的存在,正是为了换回人们对生活的感受,使人感受到事物,使石头更成其为石头。艺术的目的是使你对事物的感觉如同你所见的视象那样,而不是如同你所认知的那样;艺术的手法是事物的'反常化'手法,是复杂化形式的手法,它增加了感受的难度和时延,

---

（接上页）由于没有更好的说法,我暂且把它称为一个组织化的群体,或换个也许更为可靠的说法,一个心理群体。它形成了一种独特的存在,受群体精神统一规律的支配。""构成这个群体的个人无论是谁,他们的生活方式、职业、性格或智力无论相同或是不同,他们变成了一个群体这一事实,从而使他们获得了一种集体心理,这使得他们的感情、思想和行为变得与他们独自一人时的感情、思想和行为颇有不同。如果不是形成了一个群体,有些念头或情感在个人身上根本就不会产生,或不可能变为行动。心理群体是一个由异质成分形成的暂时现象,当他们结合在一起时,就如因为结合成一种新的存在而构成一个生命体的细胞一样,会呈现出一些特点,它们与单个细胞所具有的特点很不同。"（古斯塔夫·勒庞著,宇琦译:《乌合之众:大众心理研究》,湖南文艺出版社,2011年版,第11—12、13—14页）

既然艺术中的领悟过程是以自身为目的的,它就理应延长,艺术是一种体验事物之创造的方式,而被创造物在艺术中已无足轻重。"① 简言之,一种新的艺术形式或技巧,是对先前"自动化"的艺术形式或技巧的能动反拨。就明代来说,台阁体行世已久,遂至陈陈相因,啴缓冗沓,千篇一律,故而李梦阳、何景明等前七子郎署官,向垄断文学权力的台阁大老火力全开,后来的六朝派、初唐派、唐宋派之于前七子,后七子之于唐宋派,也概莫能外。进场争夺文学话语权的上述文学流派,就其内部而言,皆注重艺术规式,试图以结构化、形式化的范型,作为公式来规范、指导文学创作。这点又与皮亚杰的"发生认识论",有相通之处。至于公安派打破一切规矩,"独抒性灵,不拘格套",② 则又有解构主义理论的某些色彩。

　　当然,任何一种理论,皆或多或少有其局限性,形式主义、结构主义理论,也自然如此。如形式主义批评者所关注的主要是文学作品的结构、技巧等"内部规律",③ 并视为文学之根本,而忽略了"外在因素",即文艺作品产生的时代文化背景,以及作

---

① [俄]维克托·什克洛夫斯基等著,方珊等译:《俄国形式主义文论选》,生活·读书·新知三联书店,1989 年版,第 6 页。

② [明]袁宏道著,钱伯城笺校:《袁宏道集笺校》卷四,上海古籍出版社,2008 年版,第 187 页。

③ [俄]维克托·什克洛夫斯基《文艺散论·沉思和分析》:"艺术永远是独立于生活的,它的颜色从不反映飘扬在城堡上空的旗帜的颜色。"《关于散文的理论》:"我的文学理论是研究文学的内部规律。如果用工厂方面的情况来作比喻,那么,我感兴趣的不是世界棉纱市场的行情,不是托拉斯的政策,而只是棉纱的只数和纺织方法。"(维克托·什克洛夫斯基等著,方珊等译:《俄国形式主义文论选·前言:俄国形式主义一瞥》,生活·读书·新知三联书店,1989 年版,第 11、14 页)

品生产者、接受者个体方面的因素。因此,形式主义批评者对文学的理解,有着天然的片面性。笔者运用这些理论阐释郎署官与文学权力关系时,尽力避免于此。

针对目前研究中存在的问题与不足,借助上述理论,笔者量力而行,拟主要从以下几个层面,进行较为系统、深入的探研。

其一,文归台阁,政推法家:郎署文学权力的缺失。成化中期以前,馆阁与郎署分工非常明确,文章归之馆阁,政事推诸郎署,广为社会认可。多数郎署官也认可这一分工,自觉勤勉于政务,少有涉猎文学。如此一来,馆阁合法垄断了文学权力,郎署在文学场域中处于相当不利的地位,主动疏离文学活动,与文学权力基本是绝缘的。这是对郎署文学权力的一种公然的合法剥夺,但多数郎署官不仅没意识到这种强加于自身的社会化分工的"符号暴力"的不合理性,反而默许其合法性,自觉或不自觉地成为其维护者,甘愿成为统治阶层中的被统治者。

其二,由"继承"到"颠覆":郎署文学意识的觉醒与文学权力的下移。成化中期至弘治中期,郎署官多自愿依附馆阁文学,在馆阁文学的整体架构内,有限地分享其文学权力,从事文学活动,这是其积累文化资本而采取的一种权宜策略——"继承"。其突出的表现为,主动寻求李东阳及其茶陵派庇护,自愿趋同其文学主张、自觉参与其文学活动等,依附性较强。创作上,他们多染有较浓的馆阁文学色彩,是馆阁文学向郎署的延伸。当然,趋同中也存在求异,当"异"的积聚达到可"变异"时,就是文学依附的终结。弘治中期以来,伴随着郎署文学意识的觉醒,郎署官不再满足有限度地共享馆阁文权,开始调整竞争策略,放弃"继承"策略,采取"文必先秦、两汉,诗必汉魏、盛唐"的"颠覆"策略,主动抢占文学场域中的有利位置,有意识地抢夺有价值的文化资本，以向馆阁争夺文学话语权。经过一段时间的艰苦争夺，至正德年间，他们已掌握了足够的有价值的文化资本，占据了文学场域中的有利位置，逐渐操控了主流文学话语权，文学权力由馆阁下移至郎署。

其三，由集中到分散：诸调杂兴与郎署文学权力的分化。正德末年后，随着何景明离世，王廷相外调，特别是嘉靖初李梦阳、边贡等人的过世，前七子郎署官主盟文坛的格局被打破。因前七子派郎署文学主张与创作实践的取向狭窄、风格单调，加之其末流学古不善，导致流弊层出，激起一些士人不满，他们开始加入到争夺文学权力的行列中。前七子郎署官逐渐丧失了一些有用的文化资本，移至郎署的文学权力，开始多元分化，并逐渐弱化。诗歌方面，杨慎、陈束、高叔嗣、唐顺之、皇甫兄弟等，以师法六朝、初唐，甚至中、晚唐为策略，与前七子派郎署官，尤其是与其末流，展开了文学话语权的争夺，文学权力开始向多元分化，诗坛上呈现出诸调杂兴格局。古文方面，王慎中、唐顺之等以唐宋古文为取法对象，与前七子郎署官对抗，"文必先秦、两汉"策略，遭到极大挑战，文学权力由集中走向分散。

其四，上不在台阁，下不在山林：文学权力复归郎署。嘉靖中后期，以李攀龙、王世贞为中心的一批郎署官，为反对当时诸调并陈所致文病，特别是唐宋派的言理不言情，瞄准文风转捩契机，有意识地结盟组社，重申前七子郎署文学策略，以争夺有价值的文化资本；加之当时政治生态环境恶化等因素的激发，一度分散的文学权力又开始向后七子为中心的郎署回归。至嘉、隆之际，文学权力已基本复归郎署。馆阁文学自经前七子郎署文学的强力冲击，以及嘉靖初年"大礼议"腥风血雨的洗礼后，长时间一直处于萎靡状态，客观上也有利于文学权力回归郎署。

其五，从郎署到山林、市井：郎署文学权力式微与晚明文学转型。万历中期后，郎署文学权力再度走向式微。王世贞的晚年"自悔"，及其文学策略的自我调整，从内部削弱了郎署文学权力。嘉靖初年以来，由于馆阁不断地吸纳郎署文学因子，加上嘉靖末至万历间馆选的正常化运转，沉寂已久的馆阁文学渐露复兴迹象，呈现出所谓的文权"复归台阁"局面。从本质看，这不过是某些馆阁文人的梦想与希冀，但也分化、削弱了一部分郎署文学权力。晚明特定政治文化背景下的士人心态变化，以及心学左派影响、工商业的繁荣，促成了郎署文学与山林、市井文学的互动，后七子郎署文学权力开始流向山林、市井。文学权力的转移，意味着主流文学的转型。晚明文学权力由郎署流向山林、市井，标志着主流文学由传统的言志载道的正统诗文，开始转向以任性、闲适、雅致、唯美为旨归的小品文，以诗文为主的雅文学开始转向以小说、戏曲为中心的市井通俗文学。文学权力由馆阁到郎署，再到山林、市井，晚明文学最终完成了文学权力的迁移与文学转型。这是一次由精英文学到大众文学的跨越式转型，已具备了文学现代性的某些特点与意蕴。

三、相关概念的厘定

研究明代郎署与文学权力之关系，有必要先对与之相关的一些概念，如郎署、馆阁、文学权力、文学策略等，进行厘定。

（一）郎署。郎署，汉、唐时期，可指宿卫侍从官之公署。如《史记·袁盎传》："上幸上林，皇后、慎夫人从。其在禁中，常同席坐。及坐，郎署长布席，袁盎引却慎夫人坐。"张守节正义：

"苏林云：'郎署，上林中直卫之署。'"① 颜师古称："郎者，当时宿卫之官，非谓趣衣小吏；署者，部署之所，犹言曹局，今之司农、太府诸署是也。郎署，并是郎官之曹局耳。"② 郎署还可代指皇帝之宿卫、侍从官。李密《陈情表》："且臣少仕伪朝，历职郎署。"张铣注："郎署，谓尚书郎。"③ 明代所谓的郎署，沿袭前人之说，可指朝廷各部、院分职治事的官署。如彭韶《郑教授墓志铭》："癸酉，京闱得隽者四人，后累科益盛，郎署、谏垣多有居之。"④ 顾清《送曹太守序》："台谏之英、郎署之彦，自正月以来，相继出外。"⑤ 吴宽《次韵沈主客种竹四首》其三："坐深郎署下，碧色上衣来。"⑥ 明人也称在郎署任职的官员为郎署。如丘濬《金侍郎传》："（金绅）升南京刑部右侍郎，月躬视狱者再，每戒饬其属，俾无法外施刑。故事，霜降后会大臣审录重囚，必先召所属郎署，反覆详审，有可矜疑者，必具录之。"⑦ 李东阳《送吏部侍郎周先生使秦诗序》："凡遣使，武具勋戚，文具卿佐，以俟简命。

① ［汉］司马迁撰，［南朝宋］裴骃集解，［唐］司马贞索隐，［唐］张守节正义：《史记》卷一〇一，中华书局，1959 年版，第 2740、2741 页。
② ［唐］颜师古：《匡谬正俗》卷五，《丛书集成新编》第 38 册，新文丰出版股份有限公司，1985 年版，第 524 页。
③ ［南朝梁］萧统编，［唐］李善等注：《六臣注文选》卷三七，中华书局，1987 年版，第 696 页。
④ ［明］彭韶：《彭惠安集》卷四，《景印文渊阁四库全书》第 1247 册，台湾商务印书馆，1986 年版，第 61 页。
⑤ ［明］顾清：《东江家藏集》卷一九，《景印文渊阁四库全书》第 1261 册，台湾商务印书馆，1986 年版，第 552 页。
⑥ ［明］吴宽：《匏翁家藏集》卷二，《明别集丛刊》第 1 辑，第 55 册，黄山书社，2013 年版，第 287 页。
⑦ ［明］丘濬撰，丘尔毅编：《重编琼台稿》卷二〇，《景印文渊阁四库全书》第 1248 册，台湾商务印书馆，1986 年版，第 403 页。

文臣之中,部属官比吏以下各一人,又必有侍从郎署以为之贰。"①

　　本书所说的郎署,兼具以上二义。为行文语义明确,多称作为行为主体的郎署,为郎署官。

　　以出身而论,明代郎署官大致包括三种基本类型:一是进士登第后无翰林背景者,此为郎署官之主流;二是出身庶吉士,有翰林背景者;还有一类是既无进士出身,又无翰林背景。后二类数量相对较少。第二类情况比较复杂,需特别说明。其中包含两种情形:其一,有任职郎署经历者。如吴宽登第后,曾由翰林转任郎署。王九思登第后,改选庶吉士,任职翰林院,后转任吏部主事、员外郎、郎中等职。王廷相登第后,入翰林院为庶吉士,后转任兵部给事中、兵部侍郎等职。其二,无任职郎署经历者。如前七子中的康海,中状元后,改选庶吉士,任翰林院修撰。他虽没任职郎署,但与郎署官来往密切,情趣相投,文风与馆阁迥异,自觉地加入郎署文学阵营,成为变革文风的关键人物。无论如何,他们与李梦阳、何景明等郎署官,一同扭转了明代主流文风,可归之于广义的郎署官之列。另外,凡是有任职郎署经历者,无论其是否曾任职馆阁或地方,只要特定时期内其文风具有郎署文学性质,皆可以郎署官视之。本书所谓郎署官,取其广义,并非仅以身份确定,文学风格更是重要的衡量依据。

　　(二)台阁。台阁,原本为台与阁之并称,也泛指亭、台、楼、阁等建筑物。刘向《说苑·反质》:"今陛下奢侈失本,淫泆(佚)趋末。宫室台阁,连属增累。"② 又,白居易《留题开元寺上

---

① [明]李东阳撰,周寅宾校点:《李东阳集·文稿》卷九,岳麓书社,2008年版,第496页。

② [汉]刘向撰,向宗鲁校证:《说苑校证》卷二〇,中华书局,1987年版,第517页。

方》："东寺台阁好,上方风景清。"① 汉代也称尚书台为台阁,因其设于宫廷内,故有是称。后也泛指中央政府机构。如《后汉书·仲长统传》："光武皇帝愠数世之失权,忿强臣之窃命,矫枉过直,政不任下,虽置三公,事归台阁。"李贤注之曰:"台阁,谓尚书也。"② 又,王安石《送李宣叔倅漳州》诗曰:"朝廷尚贤俊,磊砢充台阁。"③ 在宋代,台阁还特指酒库每年迎引新酒所举行的娱乐活动。④

　　作为官僚机构,明代台阁也有狭义与广义之分。狭义的台阁,主要是指内阁。朱元璋废除宰相制后,于洪武十三年(1380)九月,特"置四辅官",协助其处理政务,不久废置,此可视为"内阁"前身。洪武十五年(1382),仿照宋制,设华盖殿、武英殿、文渊阁、东阁诸大学士,以备顾问,又置文华殿大学士,以辅导太子。因殿阁皆设于内廷,故以"内阁"称之,诸殿阁大学士也就被称为内阁学士或内阁大学士。他们实为备皇帝顾问的私人秘书,尚无多大职权。成祖即位后,以解缙、胡广、杨荣等直文渊阁,参预机务,"阁臣之预务自此始"。入阁者多为编

---

① [唐]白居易撰,顾学颉校点:《白居易集》卷一八,中华书局,1979年版,第394页。

② [南朝宋]范晔等撰,[唐]李贤等注:《后汉书》卷四九,中华书局,1965年版,第1657、1658页。

③ [宋]王安石撰,李壁笺注:《王荆文公诗笺注》卷一〇,中华书局,1958年版,第110页。

④ 周密《武林旧事·迎新》："户部点检所十三酒库,例于四月初开煮,九月初开清,先至提领所呈样品尝,然后迎引至诸所隶官府而散。每库各用匹布书库名高品,以长竿悬之,谓之'布牌'。有木床铁擎为仙佛鬼神之类,驾空飞动,谓之'台阁'。"(周密著,钱之江校注:《武林旧事》卷三,浙江古籍出版社,2011年版,第53页)

修、检讨、讲读之官,不设属官,也不专制诸司。仁宗时,升杨士
奇为礼部侍郎兼华盖殿大学士,杨荣为太常卿兼谨身殿大学士,
自此"阁职渐崇"。嘉靖以后,大学士"朝位班次,俱列六部之
上",①"诸大学士历晋尚书、保、傅,品位尊崇,地居近密,而纶言
批答,裁决机宜,悉由票拟,阁权之重俨然汉、唐宰辅,特不居宰
相名耳。诸辅之中,尤以首揆为重"。②嘉靖三年(1524)十二
月,兵部左侍郎胡世宁上疏就指出:"不知自何年起,内阁自加
隆重,凡职位在先第一人,群臣尊仰,称为首相。其第二人以下,
多其荐引,随事附和,不敢异同。"③万历时的徐三重亦云:"文皇
始设内阁,选儒臣以备顾问,代笔札。三杨在事最久,与仁庙同
出忧虞,后加公孤,代言议政,权重势尊,居然丞相之事。但未正
名位,以避祖宗禁令耳。自后遂为典故,历世不易。"④广义的台
阁,泛指馆阁。罗玘《馆阁寿诗序》称:

> 今言馆,合翰林、詹事、二春坊、司经局,皆馆也,非必
> 谓史馆也;今言阁,东阁也,凡馆之官,晨必会于斯,故亦曰
> 阁也,非必谓内阁也。然内阁之官亦必由馆、阁入,故人亦

① [清]张廷玉等:《明史》卷七二《职官一》,中华书局,1974年版,第
　　1733—1734页。
② [清]张廷玉等:《明史》卷一○九《宰辅年表一》,中华书局,1974年版,
　　第3305页。
③ [明]胡世宁:《胡端敏奏议》卷五《忠益疏》,《景印文渊阁四库全书》第
　　428册,台湾商务印书馆,1986年版,第640页。
④ [明]徐三重:《采芹录》卷二,《景印文渊阁四库全书》第867册,台湾
　　商务印书馆,1986年版,第381—382页。

蒙冒概目之曰“馆阁”。①

可知,馆阁由“馆”与“阁”两大系统构成。“馆”,主要包括翰林院、左右春坊、司经局、史馆等机构;“阁”,主要指东阁、内阁。内阁为馆阁中枢,“内阁之官亦必由馆、阁入”,所以时人也就概目之“馆阁”。本书所谓台阁,取其广义。故行文之中,台阁、馆阁时而互用。

(三)文学权力。尽管朱国华、张德建对文学权力已有较清晰的表述,但作为本书的核心概念,仍有必要稍加梳理,理清其来龙去脉。欲界定文学权力,有必要从权力说起。一般而言,权力至少应涵盖三层含义。其一,指权位,势力。如《汉书·游侠传》:“(万章)与中书令石显相善,亦得显权力,门车常接毂。”②又,柳宗元:“法制明具,权力无能移。”③其二,指有权力。如明王同轨《耳谈类增·丹漆墓文》:“卢孝妻祝氏月英……孝始聘其姊,为权力者夺去,父母以英续盟。”④其三,指职责范围内的领导与支配力量。无论哪层含义,皆指占据强势地位的行为主体维护自身利益的有力手段。英国哲学家霍布斯认为:“人的权

---

①[明]罗玘:《圭峰集》卷一,《景印文渊阁四库全书》第 1259 册,台湾商务印书馆,1986 年版,第 7 页。

②[汉]班固:《汉书》卷九二,中华书局,1962 年版,第 3706 页。

③[唐]柳宗元撰,尹占华、韩文奇校注:《柳宗元集校注》卷一〇《唐故安州刺史兼侍御史贬柳州司马孟公墓志铭》,中华书局,2013 年版,第685 页。

④[明]王同轨撰,吕友仁、孙顺霖校点:《耳谈类增》卷三一,中州古籍出版社,1994 年版,第 256 页。

势普遍讲来就是一个人取得某种未来具体利益的现有手段。"①
其实,维护既得利益的现有保障手段,也是权力的重要内容。为
了保住既得利益,以及不断获取更多的新利益,权力拥有者必
须凭借强有力的行政手段,推行自家意志。正如马克斯·韦伯
所言:"权力意味着在一种社会关系里哪怕是遇到反对也能贯
彻自己意志的任何机会,不管这种机会是建立在什么基础之
上。"② 以上所说的权力,即普通权力,多与政治关系密切。作为一
种特殊权力,文学权力不仅拥有普通权力的共性,还有自己的特
殊性。

　　那么,究竟什么是文学权力? 文学权力首先应是一种文化
权力,是一种"与学术权力、艺术权力或哲学权力等处于同一水
平序列的文化权力"。作为特殊的文化权力,文学权力本质上又
是一种符号权力。文学权力多依附政治权力,以意识形态的形
式规范、塑造着社会行为主体。现实社会中,对各种权力的追
逐,往往成为行为主体行动的原动力。文学的发展、演化,也与
权力的追逐有关。这种权力主要是指文学话语权。文学话语
权,就是掌控文学舆论、文学导向,以及发生文学影响的一种特
殊权力。在一个特定时期内,谁掌握了主流文学话语权,谁就能
便利地推行自家文学主张,主导一个时期文学发展的基本走向。
文学话语权,又可理解为行动者对有价值的文化资本的大量占
据与拥有,以及对文学场域中有利位置的占领。争夺文学话语
权的过程,也就是争夺有价值的文化资本的过程。

---

① [英]霍布斯著,黎思复、黎廷弼译,杨昌裕校:《利维坦》,商务印书馆,
　 1985 年版,第 62 页。
② [德]马克斯·韦伯著,[德]约翰内斯·温克尔曼整理,林荣远译:《经
　 济与社会》上卷,商务印书馆,1997 年版,第 81 页。

　　与普通意义上的权力一样,文学权力也有其差异性。不同文化背景下的文学权力,差异非常巨大;即使文化背景大致相同,不同时代、不同地域,甚至同一时代的不同时段、不同地域,文学权力的表征与功用,也各有差异。就中国古代而论,文学权力虽难脱皇权、王权制约,但历朝历代,甚至一个朝代的某一时段,也各具特点。如秦、西汉虽然时代紧连,但文学权力各具特征;晚唐与初、盛唐时的文学权力,也表现各异。因此,考量某一时期的文学权力,要置之于其生成及发生作用的特定文化背景、特定时空之内。这样,才有可能最大限度地抽绎其本质。

　　同时,文学权力又具有层面性。不同时代的文学,其权力构成层面,多各存差异。就明代来看,馆阁、郎署、山林(市井),是其文学权力的几个有机构成层面。文学权力又具有迁移性、流转性等特征,它可在不同层面间迁移、流动,可能是单向的,也可能双向互动,或多维联动。明代馆阁、郎署、山林(市井)文学之间的关系,便是生动的诠释。

　　(四)文学策略。策略有狭义与广义之分。狭义的策略主要是行为主体为实现某一目标,预先根据可能出现的诸多问题,而制定出的一系列应对方案,以及在实现目标的过程中,根据形势的具体变化,选择相应的方案,或者及时调整、制定出新方案,以最终实现目标。广义的策略,还包括为实现某一目标而做出的大致设想、规划等,它也可根据情况变化,随时予以调整、补充,甚至重新制定。无论广义还是狭义策略,都不是一成不变的,皆具动态性、开放性。同时,策略还要具有前瞻性,要高屋建瓴,力求做到能应对各类突发事件,以确保目标的顺利实现。布迪厄所谓的保守、继承、颠覆三种策略,是从特定角度对策略进行的类型划分,涵盖狭义与广义的策略。

　　作为一种特殊类型的策略,文学策略具备一般性策略的一切特征。在文学活动中,为能在一定时期内达成某种目标,如建立文学流派、主盟文坛、以文学实施教化等,皆需制定切实可行的文学策略。文学主张或文学理论是实现某种文学目标的重要手段,实际上是一种特定的文学策略。如“文必先秦、两汉,诗必汉魏、盛唐”的主张,是前七子郎署官试图以之恢复古典风雅传统,建构盛世文学图景与书写范式,以鸣盛世的重要手段,可视为狭义的文学策略。文学目标的实现,有时也离不开广义文学策略的实施,如在情势不太明朗,或行为主体没有十足把握制定、推行狭义文学策略的情况下,往往可依赖广义文学策略,蓄势待发。

第一章 文归馆阁,政推郎署:郎署 文学权力的缺失

明代成化、弘治以前,文章归之馆阁,政事推诸郎署,已成为广泛的社会共识。馆阁合法地垄断着文学权力,郎署官在文学场域中处于被动地位,文学权力基本缺失。这既是特定时期社会分工的必然结果,又与科举制度、庶吉士制度,有着内在的关联。

第一节 馆阁、郎署社会分工 与郎署文学权力的缺失

明代成、弘以前,馆阁与郎署的职掌分工,非常明确,即馆阁职掌文事,郎署推行政务,当事双方互相认同,各行其是,彼此无碍。对郎署而言,这实是社会分工导致的一种合法性剥夺,大多数郎署官不仅没有意识到其不合理性,反而默认其合法性,成为自觉或不自觉的维护者。

一、馆阁、郎署的职掌分工:文归馆阁,政推郎署

馆阁、郎署的职掌,是明代社会分工的表征与产物。社会

分工,指行为主体在特定社会中,依照各自掌握的技能,或社会之需,分别从事各不相同而又彼此关联、互为补充的工作职责。有了分工,社会方能正常运转。法国社会学家埃米尔·涂尔干就指出:"有了分工,个人才会摆脱孤立的状态,而形成相互间的联系;有了分工,人们才会同舟共济,而不一意孤行。总之,只有分工,才能使人们牢固地结合起来形成一种联系,这种功能不止是在暂时的互让互助中发挥作用,它的影响范围是很广的。"① 作为社会分工的一种类型,明代馆阁与郎署的职能分工,使得这两大官僚集团"不止是在暂时的互让互助中发挥作用",而且还深刻影响着有明一代主流文学的走向。

　　明代自定鼎以来,馆阁、郎署职能分工,在很长一段时期内,非常明确,明人多恪守不疑。万历十四年(1586)的进士何乔远,即有言曰:"明兴,词赋之业,馆阁专之,诸曹郎皆鲜习。"② 明末清初毛奇龄,也称:"故事,馆阁习文翰。"③ 其实,弘治十八年(1505)的进士崔铣,早有言:

　　　　弘治以前,士攻举业,仕则精法律,勤职事,鲜有博览能文者。

　　此谓郎署之主要职责为推行政务,多与文学权力无缘,馆阁

---

① [法]埃米尔·涂尔干著,渠东译:《社会分工论》,生活·读书·新知三联书店,2013年版,第24页。
② [明]何乔远编:《名山藏·文苑记》,北京大学出版社,1993年版,第5259页。
③ [清]毛奇龄:《西河集》卷八一《列朝备传·李梦阳》,《景印文渊阁四库全书》第1320册,台湾商务印书馆,1986年版,第741页。

方为文权实际操控者。由下文"自孝皇在位，朝政有常，优礼文臣，士奋然兴，高者模唐诗、袭韩文……弘治末，颇知习《左氏》、《史记》"①的话语知，崔氏所说的"弘治以前"，不涵盖弘治一朝。这显得有些保守。崔氏之前的李东阳，于馆阁、郎署分工，言之更明确：

> 今之诸曹百执事，各有长属，以法相视，事有禀白，可、不可，则唯唯而退。以事当出，立受约束于庭，已，辄俯首去，不敢漫及他语。其势分悬绝，固然莫殊也。惟馆阁以道德文字为事。②

"以法相视"，即依法推行政务。"馆阁以道德文字为事"，即馆阁职掌包括文学权力在内的文化权力。著一"惟"字，馆阁职掌的垄断性、排他性，馆阁、郎署社会分工的明确性，显露无遗。李氏《叶文庄公集序》，括之愈简明："今论者无问可不可，文必归之翰林，政必推之法家。"③翰林为馆阁的重要组成部分，"文必归之翰林"，意味着文归于馆阁。"法家"，主要指包括郎署官在内的行政官员；"政必推之法家"，即政事归于郎署。李东阳所

---

① [明]崔铣：《洹词》卷一一《漫记》，《景印文渊阁四库全书》第1267册，台湾商务印书馆，1986年版，第636页。
② [明]李东阳撰，周寅宾校点：《李东阳集·文稿》卷二《送翰林编修丁君归省诗序》，岳麓书社，2008年版，第397页。
③ [明]李东阳撰，周寅宾校点：《李东阳集·文稿》卷八，岳麓书社，2008年版，第479页。

言主要指成化至弘治前期的馆阁、郎署分工状况。① 成化二十年（1484）的进士储巏，也提及于此。弘治三年（1490）三月，南京工部郎中吴昭，为广西布政司左参议，② 储巏为之作《赠少参吴君之官广西叙》称："近世遂以政事属诸吏，文学属诸儒，谓其截然有不相入。"③ "诸吏"，就涵盖郎署官；"儒"，主要指通经博古的思想家、政治家，以馆阁臣僚居多。显然，依据储巏所言，弘治初年的馆阁、郎署分工，依然非常明晰。作为当事人，李东阳、储巏，皆躬历其时，其言应当可信。也就是说，至少在弘治初年，文学权力尚为馆阁控制。实际上，至弘治末、正德初年，文学权力仍为馆阁所把控（详下文）。既然如此，那么馆阁究竟掌握着哪些文学权力？黄佐《翰林记》有曰：

> 学士之职，凡赞翊皇猷、敷敫人文、论思献纳、修纂制诰书翰等事，无所不掌。侍读学士之职，凡遇上习读经史，则侍左右，以备顾问，帅其属以从。侍讲学士之职，凡遇上讲究经史，亦如之。侍读、侍讲，视侍读学士、侍讲学士，凡

① 《送翰林编修丁君归省诗序》、《叶文庄公集序》二文，据杨一清《怀麓堂集序》，为李东阳"在翰林时作"（李东阳撰，周寅宾校点：《李东阳集》卷首，岳麓书社，2008 年版，第 2 页）。东阳为天顺八年（1464）进士，改翰林庶吉士。成化元年（1465）八月，授翰林院编修，弘治七年（1494）八月，"升礼部右侍郎兼侍读学士，专管内阁诰敕"（钱振民：《李东阳年谱》，复旦大学出版社，1995 年版，第 34、133 页）。
② 《明孝宗实录》卷三六，"中央研究院"历史语言研究所，1966 年校印本，第 771 页。
③ ［明］储巏：《柴墟文集》卷六，《四库全书存目丛书》集部，第 42 册，齐鲁书社，1997 年版，第 456 页。

入侍，其职亦如之。①

馆阁文学权力主要掌握在学士手中，不同类型的学士，职掌各不相同。整体上看，他们掌控着史书编纂、朝廷文书撰拟、应制诗文及应用文体的写作规范与撰写权，此为馆阁文学之核心职能。除此，馆阁还主导着一般性诗文写作风格。馆阁垄断文学权力，还涉及庶吉士文学训练，这是维系馆阁文学垄断、巩固王朝统治的重要举措。庶吉士若不专力于此，将来留任馆职的可能性极小，特别在成化以前。正统十三年（1448）的进士王恕，就因"不喜为古文辞，其学务以明体适用，本之经术，博极经济"，不得留馆，"出为大理寺左评事"。②

馆阁规范、控制当时文风，主要通过台阁体形式而实现。台阁体主要功用在于"铺典章，裨道化"，风格"典则正大，明而不晦，达而不滞，而惟适于用"。③ 文学宗崇上，文法唐、宋，诗宗盛唐。自"三杨"至正德初年，台阁体处于文学垄断地位，占据文坛主流，名家辈出。钱谦益即称：

> 馆阁自三杨而外，则有胡庐陵、金新淦、黄永嘉。尚书则东王、西王。祭酒则南陈、北李。勋旧则东莱、湘阴。词林卿贰，则有若周石溪、吴古崖、陈廷器、钱遗庵之属，未可

① ［明］黄佐：《翰林记》卷一，《景印文渊阁四库全书》第 596 册，台湾商务印书馆，1986 年版，第 862 页。

② ［明］王世贞：《弇州山人续稿》卷八八《弘治三臣传》，《明别集丛刊》第 3 辑，第 37 册，黄山书社，2016 年版，第 452 页。

③ 李东阳撰，周寅宾校点：《李东阳集·文稿》卷九《倪文禧公集序》，岳麓书社，2008 年版，第 497 页。

悉数。①

此处"词林",指翰林。胡庐陵、金新淦、黄永嘉,分指胡广、金幼孜、黄淮;东王、西王,则指王直、王英。南陈、北李,即陈敬宗、李懋;周石溪、吴古崖、陈廷器、钱遗庵,分别指周叙、吴溥、陈琏、钱溥。

"三杨"之后,经天顺、景泰、成化,馆阁文学虽有衰落趋势,但经李东阳等力振,至弘治末、正德初,仍为文坛主流。胡应麟即称:

> 国朝诗流显达,无若孝庙以还,李文正东阳、杨文襄一清、石文隐珤、谢文肃铎、吴文定宽、程学士敏政,凡所制作,务为和平畅达,演绎有余,覃研不足。自时厥后,李、何并作,宇宙一新矣。②

馆阁体虽"演绎有余,覃研不足",但在李、何崛起前,仍不失为文坛主流。陈田援引胡氏之言语,并稍事修改,力赞胡氏之说:

> 胡元瑞谓孝庙以还,诗人多显达。茶陵崛起,蔚为雅宗,石淙、匏庵、篁墩、东田、熊峰、东江辈羽翼之,皆秉钧衡、长六曹,挟风雅之权以命令当世,三杨台阁之末派,为之一振。

---

① [清]钱谦益:《列朝诗集小传》乙集《杨少师荣》,上海古籍出版社,2008年版,第163页。
② [明]胡应麟:《诗薮·续编》卷一,上海古籍出版社,1979年版,第345页。

然踪希宋体，音閟盛唐，乐府或创新制，叠韵竞侈联篇。①

在此，陈田也留意到，经李东阳等人的努力，已经式微的台阁体，弘治年间又"为之一振"，至正德初年，馆阁尚能勉强秉持文柄。

文归于馆阁，意味着馆阁为文章之渊薮。馆阁文人的写作，往往缘于特殊的书写环境，有特定的写作动机，以至于"喜有庆，行有饯，周旋乎礼乐，而发越乎文章，倡和联属，亹亹而不厌"，易成就所谓的"词林之盛事"。② 正统元年（1436）的进士刘定之，其《南郭子诗序》即称：

> 国朝列圣相承，网罗豪杰，天下之材，自毫发丝粟以上，靡不出为时用，以谓文章当止于馆阁而已，山林之下无复有之。③

出语虽不无偏颇，却道出馆阁文学长期一家独大的事实。万历四十三年（1615），何宗彦撰《王文肃公文草序》亦称："夫馆阁，文章之府也。"④ 至天启四年（1624），刘尚信为杨守勤作《宁澹斋文集序》，尚称："文章莫盛于馆阁，自潜溪、括仓、东里

① ［清］陈田辑撰：《明诗纪事·丙签序》，上海古籍出版社，1993 年版，第 931 页。
② ［明］李东阳撰，周寅宾校点：《李东阳集·文稿》卷二《送翰林编修丁君归省诗序》，岳麓书社，2008 年版，第 398 页。
③ ［清］黄宗羲编：《明文海》卷二五九，中华书局，1987 年版，第 2708 页。
④ ［明］王锡爵：《王文肃公文集》卷首，《四库禁毁书丛刊》集部，第 7 册，北京出版社，2000 年版，第 6 页。

导源,长沙辟户,其丝纶选暇,蒸火为章,亦既纸贵鸡林,檄传凤阁矣。"① 赵翼也称:"唐、宋以来,翰林尚多书画医卜杂流,其清华者,惟学士耳。至前明则专以处文学之臣,宜乎一代文人尽出于是。"② 此非二三家言,乃天下公论,成化八年(1472)进士吴宽,就已声明:"四方之人,以京师为士林,而又以馆阁为词林。"③ 无论是"词赋"、"文章",还是"文翰",尽管其中包含一些非文学因素,但无碍馆阁对文学权力的控制。

政推之郎署,也并非意味着郎署官不从事文学活动。从事诗文写作与拥有文学话语权,原本是不在一个层面上的两码事,二者间并无必然联系。其时,出于各自目的与动机,总有郎署官从事文学活动,"诸曹郎皆鲜习",实已道明。

不过,当时的郎署官从事文学活动,多依附于馆阁,在馆阁文学的框架内,有限度地分享其文学权力,可视为馆阁文学向郎署的延伸。依附于李东阳及茶陵派的一批郎署官的文学创作,可如是观。当然,也有郎署官不依附馆阁文学。其从事文学活动的目的、形式有所不同。有的不废吟咏,以诗文"宣其抑郁,写其勤苦,达其志之所至",多为"人情之所必然"。④ 如成化十四年(1478)进士陈章,"性喜为诗,自为刑部属,吟咏不以公务废。退归私第,不问家事,意惟在诗。或朋游聚饮,众方举盏

---

① [明]杨守勤:《宁澹斋全集》卷首,《四库禁毁书丛刊》集部,第65册,北京出版社,2000年版,第223页。

② [清]赵翼著,王树民校证:《廿二史札记校证》卷三四,中华书局,2013年版,第814—815页。

③ [明]吴宽:《匏翁家藏集》卷四〇《中园四兴诗集序》,《明别集丛刊》第1辑,第55册,黄山书社,2013年版,第489页。

④ [明]吴宽:《匏翁家藏集》卷四二《公余韵语序》,《明别集丛刊》第1辑,第55册,黄山书社,2013年版,第501页。

喧哗,独凝然注目,其意亦在诗"。[1] 有出于应酬、交际之需,为诗作文。如《公余韵语》所录的士大夫投赠之作,"以政事为职者居多"。[2] 郎署官从事文学活动多在政事之余,陈章"退归私第"为诗,可为一证。又,永乐二年(1404)庶吉士周忱,擢职郎署,扈跸两京,"连篇累牍,益肆厥词",是在"明慎刑罚之余";[3] 陈德籽"无时无处而不在于诗",也在"政事之余",[4] 政事是其主业。即使号称"事简而徒众"[5] 的刑部,其郎署官从事文学活动,同样多在"政事之外","精于吏事",[6] 仍为首务。

　　整体上看,成、弘以前郎署官公开独立从事诗文写作者,相对较少。无论一般性诗文写作,还是"纪朝廷宴赐之盛仪,志国家祀戎之大事",[7] 郎署无话语权可言。其文学创作,在人们心目中,几乎可忽略不计。刘定之"文章当止于馆阁而已,山林之下无复有之"的话语,即表明其意识中根本没有郎署文学的存在。其前的宋濂、此后的李东阳等,将台阁之文与山林之文

① [明]吴宽:《匏翁家藏集》卷四四《西潭诗稿序》,《明别集丛刊》第1辑,第55册,黄山书社,2013年版,第513页。

② [明]吴宽:《匏翁家藏集》卷四二《公余韵语序》,《明别集丛刊》第1辑,第55册,黄山书社,2013年版,第501页。

③ [明]周叙:《石溪周先生文集》卷六《双崖诗集序》,《四库全书存目丛书》集部,第31册,齐鲁书社,1997年版,第707页。

④ [明]魏骥:《南斋先生魏文靖公摘稿》卷五《陈御史诗集序》,《四库全书存目丛书》集部,第30册,齐鲁书社,1997年版,第371页。

⑤ [明]王世懋:《王奉常集·文部》卷六《欧桢伯西署集序》,《四库全书存目丛书》集部,第133册,齐鲁书社,1997年版,第279页。

⑥ [明]王樵:《方麓集》卷六《西曹记》,《景印文渊阁四库全书》第1285册,台湾商务印书馆,1986年版,第225页。

⑦ [明]吴宽:《匏翁家藏集》卷四二《公余韵语序》,《明别集丛刊》第1辑,第55册,黄山书社,2013年版,第501页。

并举,皆未视郎署文学为一个独立的类别。唐锜称道的弘治间
"艺苑则李怀麓、张沧洲为赤帜","山林则陈白沙、庄定山称白
眉",① 也未及郎署文学。在他们看来,馆阁文学、山林文学为当
时文学两大重要组成部分。

　　二、馆阁、郎署分工与郎署文学权力的缺失

　　一定时期的社会分工,或以约定俗成方式积淀而成,或沿袭
既定成规而来,或以现行制度形式推而行之,或几者兼有之,多
具有相对稳定性与社会普泛认同性。文归馆阁、政推郎署,是明
代在因袭先前制度基础上,以现行制度推行社会分工的产物,在
很长时期内为社会各阶层广泛认同。这种认同首先建立在当事
双方共同认知的心理基础之上。嘉靖三十三年(1554),赵贞吉
《刊刘文简公文集后序》云:

　　　　闻长老言,先朝居法从禁林之臣,皆尚质守法……是时
　　诸司勤于案牍,止重吏事。至著作,尽诿曰:"此翰林事,非
　　吾业。"虽诸翰林亦曰:"文章吾职也。"②

　　此序为追述成化二十三年(1487)进士刘春任职翰林院故
事而作,反映的主要是成、弘时馆阁、郎署分工情状。郎署官
"勤于案牍,止重吏事",以著作为翰林事,非其职业;翰林视文
章为其职,"而不让"。这一社会职能分工,不仅为馆阁认同,也

---

① [明]杨慎:《升庵诗话》卷七,丁福保辑:《历代诗话续编》中,中华书
　　局,2006 年版,第 774 页。
② [明]刘春:《东川刘文简公集》卷末,《续修四库全书》第 1332 册,上海
　　古籍出版社,2002 年版,第 380 页。

为郎署认许。分工双方角色的群体自觉认同，具有自我认同与反向认同双重性质，也是多数社会成员共同认知的折射。与李东阳"今论者无问可不可，文必归之翰林，政必推之法家"论调，其义一也。

社会分工赋予馆阁臣僚一种与生俱来的优越感，他们倍感荣幸。杨士奇《送杨仲宜诗序》即称：

> 皇上以文教治天下，特宠厚儒者，简德义文学之士，置之教林，任以稽古纂述之事，而隆其礼遇……既荣极于其身暨其家之父子兄弟，与被其荣者亦至矣。①

翰林官殁后，无问崇卑，俱可得谥以"文"，而郎署官即使官至公孤，也难得谥以"文"。李东阳《叶文庄公集序》称："国朝文臣得谥为文者，翰林之外，近时惟吴文恪公讷、魏文靖公骥、姚文敏公夔及公。要诸当世，诚不可易得。"②馆阁臣僚以为，只有他们方为文学权力的操控者，享有特殊礼遇，天经地义；包括郎署官在内的各部曹官员，都是不配的："美阶崇秩，休光大业，当属之吾曹；诸先生他所游宦，为吾曹鹰犬耳。"③

如此，馆阁文人，尤其是内阁重臣，其人其文自然成为一种奇缺的社会资源，能求得其文者，殊感荣耀。罗玘《馆阁寿诗

---

① [明] 杨士奇著，刘伯涵、朱海点校：《东里文集》卷三，中华书局，1998年版，第36页。
② [明] 李东阳撰，周寅宾校点：《李东阳集·文稿》卷八，岳麓书社，2008年版，第480页。
③ [明] 孙绪：《沙溪集》卷一三，《景印文渊阁四库全书》第1264册，台湾商务印书馆，1986年版，第620页。

序》即有言：

> 有大制作，曰此馆阁笔也。有欲记其亭、台，铭其器物
> 者，必之馆阁。有欲荐道其先功德者，必之馆阁。有欲为
> 其亲寿者，必之馆阁。由是，之馆阁之门者，始恐其弗纳焉；
> 幸既纳矣，乃恐其弗得焉。故有积一二岁而弗得者，有积十
> 余岁而弗得者，有终岁而弗得者。①

罗氏在此形象地刻画出"之馆阁"求文者种种情状：其唯恐
为阁臣拒之门外，诚惶诚恐。即使有幸被应承下来，一两年拿不
到手，算是寻常；十多年未得之，乃常有之事；终生求而不得，也
不为奇。"之馆阁"求文，为当时仕宦通达者的标配。至于"仕
未通显"者，也可求之"归示其乡人，以为平昔见重于名人"②的
谈资，夸耀乡里。

基于对馆阁、郎署分工的自觉认同，成、弘以前的郎署官多
自觉投身政事，与文学活动保持着一定距离；即使有从事者，如
上文所言，其影响几乎可忽略不计。

实际上，由于公务繁杂，郎署官也少有时间与精力，从事文
学活动。如永乐二十二年（1424）进士刘广衡，"一生履历，所居
之官，率以刑名政务为职。宜乎于铅椠之习、辞采之华，有不暇
及焉者"。③吴宽也深有同感：

① ［明］罗玘：《圭峰集》卷一，《景印文渊阁四库全书》第 1259 册，台湾商
务印书馆，1986 年版，第 7 页。
② ［明］陆容：《菽园杂记》卷一五，中华书局，1985 年版，第 189 页。
③ ［明］丘濬撰，丘尔毂编：《重编琼台稿》卷九《云庵集序》，《景印文渊阁
四库全书》第 1248 册，台湾商务印书馆，1986 年版，第 173 页。

　　士大夫以政事为职者，率早作，入朝奏对毕，或特有事，则聚议于庭，退即诸署率其属，以治公务，胥史左右持章疏、抱簿书，以次进，虽寒暑风雨不爽。当其纷冗，往往不知佳晨、令节之已过也。盖勤于政事如此，又何暇于文词之习哉？①

其前，景泰五年（1454）进士何乔新，感触更为深刻：

　　予少时，亦尝有志于斯，及官刑曹，日阅讼牍，弊弊焉，不少暇，暮归辄昏然欲睡。岂复能琱琢文章，以与作者并骋于翰墨之场哉！②

　　身处郎署，不仅无闲暇、无精力，而且无心思从事文学写作。因官事冗杂，"暮归辄昏然欲睡"，何能潜心揣摩、研习诗文！此即后来汪道昆说的"吏事乱心，何敢复议文墨"。③
　　退一步说，即使有时间、有余力，又有写作意愿，也不见得能写作出满意的诗文。吴宽的遭遇，颇耐人寻味：

　　予自翰林承乏吏部，以旧习未忘，欲复事此，而兴致索

①［明］吴宽：《匏翁家藏集》卷四二《公余韵语序》，《明别集丛刊》第1辑，第55册，黄山书社，2013年版，第501页。
②［明］何乔新：《椒邱文集》卷九《桂坡稿序》，《景印文渊阁四库全书》第1249册，台湾商务印书馆，1986年版，第147页。
③［明］汪道昆著，胡益民、余国庆点校：《太函集》卷九五《寄刘职方》，黄山书社，2004年版，第1932页。

然,执笔辄废,或终日不能成章,每以自笑。①

　　吴宽登进士第后,改庶吉士,弘治八年(1495)升吏部右侍郎。有着翰林背景、受过系统训练者,任职郎署后尚且如此,无论一般郎署官! 吴氏"每以自笑",固然有自嘲之意,又何尝不是对郎署"日阅讼牒"而"不少暇"的程式化生活、文学氛围缺失的无奈喟叹! 生活单调,视野狭窄,缺乏"陌生化"生活体验与创作冲动,"终日不能成章",不足为怪。纵使勉强"成章",有何益! 倒不如搁笔不作为宜。正如文徵明所云:"此岂独不暇言,盖有不足言者。"②

　　若公开从事文学活动,常会被贴上有碍政务的标签,要为此付出代价。成化五年(1469)进士邵珪,初授户部主事,身为茶陵派成员,"治曹务每有余暇,辄从词林诸君子咏歌谈辩",虽"诗名盛一时",但"颇为当路者所忌",影响到仕宦前程,成化十八年(1482)出为"贵州思南知府",③离开了京城主流文化圈。倘若偶尔"咏歌谈辩",或私下为之,或许无大碍,但问题是他一有余暇,即为之,而且还与李东阳"语笑款洽,辞翰往复,议论相出入,久而益亲,游必联骑,燕必接几席,动穷日夜",且多在公开场合。这就容易招致是非,落人口实,不为执政者所容,在情理之中。李东阳隐约析出个中的要害:"今天下之借口于

①〔明〕吴宽:《匏翁家藏集》卷四二《公余韵语序》,《明别集丛刊》第1辑,第55册,黄山书社,2013年版,第501页。

②〔明〕文徵明著,周道振辑校:《文徵明集·补辑》(增订本)卷一九《东潭集叙》,上海古籍出版社,2014年版,第1228页。

③〔明〕王玙:《王文肃公集》卷九《严州知府邵君墓志铭》,《四库全书存目丛书》集部,第36册,齐鲁书社,1997年版,第406页。

文士者,非以其长于辞藻而短于政事乎?"①

当时谓"诗者无益于治"②者,尚不在少数。弘治十八年(1505),阁臣刘健就告诫陆深等庶吉士,慎勿为诗。③嘉靖年间,后七子郎署文学兴起时,为诗"害吏治"④说,依旧很有市场。此为妨碍郎署官为诗作文的一个重要因素。

公开从事古文词写作,不仅有妨碍政务之嫌,还是公开挑战馆阁、郎署分工的法理性,破坏既定规矩,渔侵馆阁利益。这自然容易招致执政者,尤其是馆阁的讥讽与打压。何乔远即称:

> 明兴……至梦阳而崛起为古文词,馆阁诸公笑之曰:"此火居者耳。"火居者,佛家优婆塞也。⑤

---

① [明]李东阳撰,周寅宾校点:《李东阳集·文稿》卷六《送邵文敬知思南序》,岳麓书社,2008年版,第452—453页。

② [明]何良俊:《何翰林集》卷八《唐雅序》,《四库全书存目丛书》集部,第142册,齐鲁书社,1997年版,第72页。

③ [明]陆深《停骖录》记载,弘治十八年(1505),陆深登第后,与众庶吉士一同拜谒阁臣刘健。刘教之曰:"人学问有三事:第一是寻绎义理,以消融胸次;第二是考求典故,以经纶天下;第三却是文章。好笑后生辈,才得科第,却去学做诗。做诗何用?好是李、杜,李、杜也只是两个醉汉。撇下许多好人不学,却去学醉汉。"刘健极其藐视文学,在其学问统序中,文章仅勉强列于第三等,况且诗歌!他以为,诗歌无补于世,即使学到李、杜,也不过如此。陆深虽感刘之言语"抑扬之间不能无过",仍承认其"意则深远"(陆深:《俨山外集》卷一四,《景印文渊阁四库全书》第885册,台湾商务印书馆,1986年版,第74页)。

④ [明]王世贞:《弇州山人续稿》卷四三《山泽吟啸集序》,《明别集丛刊》第3辑,第36册,黄山书社,2016年版,第581页。

⑤ [明]何乔远编:《名山藏·文苑记》,北京大学出版社,1993年版,第5259页。

"火",意指凡俗生活;"火居",火居道士,即居家修行的道士。喻之于佛家,为"优婆塞",① 即居家奉佛之男子。阁臣嘲讽之意,显而易见。毛奇龄也言及此:"梦阳以诸郎倡起,号召为诗古文词,馆阁笑之。"②

随着李梦阳、何景明、康海、王九思等文学影响力不断提升,馆阁诸公态度也由"笑之",转为"怪且怒"。正德三年(1508)秋,康海丧母,他不顾别人劝告,打破"诸翰林之葬其亲者,铭、表、碑、传,无弗谒诸馆阁诸公"之惯例,自为行状,请王九思为墓志铭,李梦阳撰墓表,段德光为传,并刊刻成集"遍送馆阁诸公",这不仅侵犯了馆阁利益,还是一种公开挑衅,无怪乎馆阁"诸公见之,无弗怪且怒"。③

从社会学角度说,文归馆阁、政推郎署是"符号暴力"施加于郎署官的结果。所谓"符号暴力就是:在一个社会行动者本身合谋的基础上,施加在他身上的暴力……社会行动者对那些施加在他们身上的暴力,恰恰并不领会那是一种暴力,反而认可了这种暴力",④ 它"超出了意识和意愿的控制,或者说是隐藏在意识和意愿的深处"。⑤ 馆阁、郎署的职能分工,主要是明代

---

① 《魏书·释老志》:"俗人之信凭道法者,男曰优婆塞,女曰优婆夷。"(魏收:《魏书》卷一一四,中华书局,1974 年版,第 3026 页)

② [清]毛奇龄:《西河集》卷八一,《景印文渊阁四库全书》第 1320 册,台湾商务印书馆,1986 年版,第 741 页。

③ [明]王九思:《渼陂集·渼陂续集》卷中《明翰林院修撰儒林郎康公神道之碑》,伟文图书出版社有限公司,1976 年版,第 911—912 页。

④ [法]皮埃尔·布迪厄、[美]华康德著,李猛、李康译:《实践与反思:反思社会学导引》,中央编译出版社,2004 年版,第 221—222 页。

⑤ [法]皮埃尔·布迪厄、[美]华康德著,李猛、李康译:《实践与反思:反思社会学导引》,中央编译出版社,2004 年版,第 227 页。

政治制度所致，是强加于郎署的一种"符号暴力"。郎署官非但未意识到其不合理性，反而"在意识和意愿的深处"认同其合法性，并且成为其自觉维护者。在除郎署外的其他社会成员看来，郎署官应无条件服从这一分工。否则，便是不事本业，是为越位。从本质上看，"馆阁笑之"、"大衔之"，不仅是讥笑、忌恨问题，还是一种社会舆论监督，是"符号暴力"作用的结果。在此暴力重压下，成、弘以前的郎署官多自愿成为统治阶层中的被统治者，养成一种自觉的自我隔绝意识，主动与文学保持距离，较少公开从事文学活动，这很大程度上导致郎署文学权力缺失。

虽说从事诗文写作与拥有文学话语权二者间，无必然联系，从事文学活动不见得能主导文学话语权，但一个群体若长期不从事或少从事之，可能真会与之无缘。这是科举制度外，导致明代诗文式微的另一重要动因。

第二节　科举制度与郎署文学权力的先天性缺失

如果说社会分工是导致明代郎署官与文学权力缺失的后天因素，那么科举制度理应是毋庸置疑的先天动因。郎署文学权力的缺失，科举制度更负有无可推卸的责任。

洪武三年（1370），明政府特设科举，十五年（1382）始定程式。据《明史·选举志》，明代科考题目，专取于四书五经，其行文"略仿宋经义"，应试者须代圣贤立言，体用排偶，称为八股，又谓之制艺、时文。明初颁布的科举程式规定，初场试四书义三道，经义四道。四书主朱子《集注》，《易》主程《传》、朱子《本义》,《书》主蔡氏《传》及古注疏,《诗》主朱子《集传》,《春秋》主左氏、公羊、穀梁三传及胡安国、张洽《传》,《礼记》主古注疏。永乐间,又颁布《四书五经大全》,废注疏不用,大力推崇朱熹之学。①科举考试,三年一大比,以诸生试于各直省,称为乡试。中式者为举人。次年,举人试于京师,称为会试,中式者天子策试于廷,称廷试,也称殿试,分为一、二、三甲。一甲仅三人,分别称状元、榜眼、探花,赐进士及第。二甲若干人,赐进士出身。三甲若干人,赐同进士出身。乡试在子、午、卯、酉年进行,会试于辰、戌、丑、未年举行。②

　　自唐、宋以来,科举考试一直是朝廷选拔官员重要的途径。至明代,甚至成为唯一的手段。朱元璋即称:"使中外文臣皆由科举而进,非科举者毋得与官。"③那么,科举制度是如何造成郎署官文学权力先天性缺失的呢?

一、登第前少涉猎古诗文

　　以治平为最高人生追求的中国古代士人,入仕为官是实现此一追求的最佳选择,也是一般士子改变生存状态、光宗耀祖、出人头地的重要方式,更是自我价值的体现。而实现这一切,必须先通过科举考试这一关。这很大程度上调节着人们的价值取向,士人趋之若鹜,形成明人热衷科举的独特文化景观。庄昶《送戴侍御提学陕西序》云:"今之世,科举之学盛行,求者曰是,取者曰是,教者曰是,学者曰是,三尺童子皆知科第为荣,人爵

①[清]张廷玉等:《明史》卷七〇《选举二》,中华书局,1974年版,第1694页。
②[清]张廷玉等:《明史》卷七〇《选举二》,中华书局,1974年版,第1693页。
③[清]张廷玉等:《明史》卷七〇《选举二》,中华书局,1974年版,第1695—1696页。

为贵，一得第者辄曰登云，辄曰折桂，辄曰登天府，欢忻踊跃，鼓动一时，自童习以至白纷，率皆求之，殚竭心力，必获乃已。"[1] 李东阳《应天府乡试录序》亦云："自科举之法行，天下之愿仕者，挟经而抱艺，虽遐陬僻壤，衡鉴所在，皆起而趋之。"[2] 以此，只要是有意仕进者，无论愿意与否，皆需注重制艺，研习时文，如同吴宽《送周仲瞻应举诗序》所言："既以科第为重，则士不欲用世则已，如欲用世，虽有豪杰出群之才，不得不此之习。"[3] 李东阳《送李士常序》亦言："今之仕也异于古，皆取之乎科目，舍科目则不得仕，仕亦不显。故凡称有志于天下者，不得不由此焉出。"[4] 吴、李二家所论，主要就有追求的正统士子而言，实际上一般士子也多如此。

　　丹纳曾说过："精神气候仿佛在各种才干中作着'选择'，只允许某几类才干发展而多多少少排斥别的……时代的趋向始终占着统治地位。企图向别方面发展的才干会发觉此路不通；群众思想和社会风气的压力，给艺术家定下一条发展的路，不是压制艺术家，就是逼他改弦易辙。"[5] 此虽就艺术家创作而言，也同样适合士人人生道路的抉择。明代有些不甚醉心仕宦之士，迫于热衷科举的"精神气候"影响，也不得不把登第作为人生要务

---

① [明]庄昶：《定山集》卷六，《景印文渊阁四库全书》第 1254 册，台湾商务印书馆，1986 年版，第 268—269 页。

② [明]李东阳撰，周寅宾校点：《李东阳集·文稿》卷六，岳麓书社，2008 年版，第 452 页。

③ [明]吴宽：《匏翁家藏集》卷三九，《明别集丛刊》第 1 辑，第 55 册，黄山书社，2013 年版，第 481 页。

④ [明]李东阳撰，周寅宾校点：《李东阳集·文稿》卷二，岳麓书社，2008 年版，第 404 页。

⑤ [法]丹纳著，傅雷译：《艺术哲学》，人民文学出版社，1963 年版，第 35 页。

来完成。袁中道有言：

> 卑卑一第，聊了书债……我望五之年，得此一第，已足结
> 局。意在闲适，不乐仕进，便欲从此挂冠，遍游天下山水，何往
> 不乐？ ①

博得一第，只为给自己的读书生涯做个交代，了却书债。
否则，会有枉此一生之憾。另外一些文章中，袁中道多次发布
类似观点。② 连富有反封建意识的李贽，也难免俗。其《童心
说》云：

> 诗何必古选，文何必先秦。降而为六朝，变而为近体；
> 又变而为传奇，变而为院本，为杂剧，为《西厢曲》，为《水浒
> 传》，为今之举子业，皆古今至文，不可得而时势先后论也。③

李氏将时文与六朝文、近体诗、传奇、院本、杂剧、小说等一
并视为"古今至文"，可见科举威力之所及，几乎无孔不入。
因此，凡有意仕宦者，中式前多以场屋之业为重心，大部分

---

① ［明］袁中道著，钱伯城点校：《珂雪斋集》卷二五《与四弟五弟》，上海古
　籍出版社，1989 年版，第 1069 页。
② 如袁中道《与梅长公》："看来世间自有一种世外之骨，毕竟与世间应酬
　不来。弟才入仕途，已觉不堪矣。荣途无涯，年寿有限，弟自谓了却头巾
　债，足矣，足矣！升沉总不问也。"《与黄取吾》："弟卑卑一第，望五乃得
　之，自谓了却头巾债，足矣，足矣，升沉总不问也。"（袁中道著，钱伯城点
　校：《珂雪斋集》卷二五，上海古籍出版社，1989 年版，第 1080 页）
③ 张建业、张岱注：《焚书注》卷三，《李贽全集注》第 1 册，社会科学文献
　出版社，2010 年版，第 277 页。

时间与精力耗于时文、帖括之中，多"置诗赋绝不讲"。① 在学校，他们主要学举业，习时文，除四书五经外，几乎不知他书为何物。王世贞《与陈户部晦伯》称：

> 甫离齓即从事学官，顾其所习，仅科举章程之业……自一二经史外，不复知有何书，所载为何物。②

居家读书，也是如此，科举外的诗文集与杂书，难有机会寓目，即使自家藏书丰富。宋懋澄《悔读古书记》有曰：

> 始余先人蓄古今籍甚备……余兄潄父课余制举艺，一切古今书皆秘之。年十一，始习《春秋》，读《左氏》，窃向书肆，欲购《韩昌黎全集》，误得《韩非子》以归，喜其文词，每篝灯读至子夜。又二年，窃《史记》，卒业未半，辄为藏书老奴索去。③

宋懋澄家"古今籍甚备"，为不分散其精力，一心应付科考，兄长潄父竟将其全部秘藏。家中仆人也参与监督，一旦发现他阅读与举业无关的书籍，随即没收。如果不以科考为中心程课

---

① ［明］屠隆：《涉江集选序》，［明］潘之恒撰，［清］陈允衡辑评：《涉江集选》卷首，《四库全书存目丛书》集部，第 142 册，齐鲁书社，1997 年版，第 819 页。

② ［明］王世贞：《弇州山人四部稿》卷一二六，《明别集丛刊》第 3 辑，第 35 册，黄山书社，2016 年版，第 117 页。

③ ［明］宋懋澄撰，王利器校录：《九籥集》卷一，中国社会科学出版社，1984 年版，第 36 页。

子弟,会遭到长辈训斥的。田艺蘅《诗谈初编》载:

> 郑奕以《文选》教子,其兄曰:"何不教他读《孝经》、《论语》,免学沈、谢,嘲风咏月,污人行止。"[1]

在明代,《文选》是与举业无关的杂书。郑奕之兄是怕侄子因学《文选》沉溺于作文写诗,累及举业,才以"嘲风咏月,污人行止"为借口,横加制止。有人因此终生无精力涉足诗文,李东阳《括囊稿序》即云:"夫士之为古文歌诗者,每夺于举业,或终身不相及。"[2]王世懋《冯元敏西征集序》亦云:"科举之学,贤豪自没,故有明经青紫,干禄字书,终身泅溺于其中,而摇手不敢一道古人语者。"[3]因"夺于举业",士子登科前,多不知或少知古诗文辞。[4]连《文选》这样的著名选本,竟有人平生未闻。田艺蘅《谈诗初编》云:

> 昔人有言:"《文选》烂,秀才半。"盖《选》中自三代涉战国、秦、汉、晋、魏、六朝以来文字,皆有可作本领耳。在古则浑厚,在近则华丽也。嗟乎!今之能学举子业者,即谓之秀才。至于《文选》,则生平未始闻知其名,况能烂其书、

---

① [明]田艺蘅撰,朱碧莲点校:《留青日札》卷五,上海古籍出版社,1992年版,第89—90页。

② [明]李东阳撰,钱振民点校:《李东阳续集·文续稿》卷四,岳麓书社,1997年版,第182页。

③ [明]王世懋:《王奉常集·文部》卷七,《四库全书存目丛书》集部,第133册,齐鲁书社,1997年版,第283页。

④ 此处所谓古诗文辞,主要指八股文之外的古诗文辞赋之类的作品。

析其义乎？虽谓之蠢才，可也。①

在这种环境下，士子少有机会读到举业以外的书籍，无论研习古诗文，就如湛然《少室山房集序》所云："明兴，以帖括俳偶之文笼士，士不复知有古文词。"②其前宋濂已有言曰："自科举之习胜，学者绝不知诗，纵能成章，往往如嚼枯蜡。"③"不知诗"，指不懂为诗之道。宋氏言论虽显绝对，却不无道理。进士登第前不知诗、不能为诗者，并非个别现象。天顺八年（1464）进士罗璟，就"自习举子业至登科，不知何谓之诗"。④又，万历十三年（1585），王世懋于福建校士，泉州、漳州间的诸生，竟无人能以诗应对。⑤归有光"终身不能为诗"，⑥也是因举业所累。

有人即使有时间与精力，喜好诗文，也多无师承，主要靠自修。嘉靖四年（1525）的举人徐献忠《笠江先生集序》云：

我朝取士，罢黜词赋，不以列于学官，学官弟子鲜从所

---

① ［明］田艺蘅撰，朱碧莲点校：《留青日札》卷五，上海古籍出版社，1992年版，第89页。

② ［明］胡应麟撰，江湛然辑：《少室山房集》卷首，《景印文渊阁四库全书》第1290册，台湾商务印书馆，1986年版，第2页。

③ ［明］宋濂著，黄灵庚编辑校点：《宋濂全集》卷二九《孙伯融诗集序》，人民文学出版社，2014年版，第628页。

④ ［明］郎瑛：《七修类稿》卷二九，中华书局，1959年版，第441页。

⑤ ［明］王世懋：《王奉常集·文部》卷七《王生诗序》，《四库全书存目丛书》集部，第133册，齐鲁书社，1997年版，第284页。

⑥ ［清］袁枚著，顾学颉校点：《随园诗话》卷七引梅式庵语，人民文学出版社，1982年版，第224页。

习业,间习之,亦无所师承,各以其资所近者为家。①

　　无所师承,得不到师长指导,只能自我揣摩学诗,即使如此,也多半不敢公开。在时人眼中,从事古诗文词写作会妨碍举业,为徒敝精神的旁门左道,士子登第前一般不敢轻易染指。王世贞即云:"余十五时⋯⋯是时畏家严,未敢染指。"② 否则,会遭到流俗讥讽、师长谯呵、亲人怨责,被视为异类。吴宽《容庵集序》曰:"乡校间士人以举子业为事,或为古文词,众辄非笑之曰:是妨其业矣。"③ 李濂《送陈国仁序》称,他与王庸之、陈国仁等在"时尚惟举业是急"的大环境下,"乃不之急",而"好攻古文辞",于是"颛治举业者,咸笑以为迂"。④ 李攀龙也称:"世之儒者⋯⋯及见能为左氏、司马文者,则又猥以不便于时制,徒敝精神,何乃有此不可读之语,且安所用之?"⑤ 袁宗道《送夹山母舅之任太原序》之论,更有甚于以上诸家之言:

　　　　余为诸生,讲业石浦,一耆宿来见案头摊《左传》一册,惊问是何书,乃溷帖括中? 一日,偶感兴赋小诗题斋壁,塾

①[明]徐献忠:《长谷集》卷五,《四库全书存目丛书》集部,第86册,齐鲁书社,1997年版,第232—233页。

②[明]王世贞:《艺苑卮言》卷七,丁福保辑:《历代诗话续编》中,中华书局,2006年版,第1068页。

③[明]吴宽:《匏翁家藏集》卷四三,《明别集丛刊》第1辑,第55册,黄山书社,2013年版,第503页。

④[明]李濂:《嵩渚文集》卷六六,《四库全书存目丛书》集部,第71册,齐鲁书社,1997年版,第163页。

⑤[明]李攀龙著,包敬第标校:《沧溟先生集》卷一六《送王元美序》,上海古籍出版社,2014年版,第492页。

师大骂:"尔欲学成七洲耶?"吾邑独此人能诗,人争嫉之,因特举为诫。故通邑学者,号诗文为"外作",外之也者,恶其妨正业也。至于佛、《老》诸经,则共目为妖书。而间有一二求通其说者,则诟之甚于盗贼。①

偶感兴而赋首小诗便遭塾师大骂。学诗文者,一邑引之为戒,号为"外作",孰敢再为之?至于佛、老类的书籍,更被视为"妖书",偶有"一二求其通说者",时人诟之有甚于强盗。恐绝非公安一地如此。顾炎武忆其少时见闻,即称:

　　余少时见有一二好学者,欲通旁经而涉古书,则父师交相谯呵,以为必不得颛业于帖括,而将为坎轲不利之人。②

习诗文会遭父师训斥,被视为"坎轲不利之人"。还有多少人敢冒天下之大不韪?陈维崧《徐唐山诗序》所引(徐)唐山之语,更具力度:

　　昔予之为诗也,里中父老辄谯让之,其见仇者则大喜曰:夫诗者,固能贫人贱人者也;若人而诗,吾知其长贫且贱矣。及遇亲厚者,则又痛惜之。以故吾之为诗也,非惟不令人知也,并不令妇知。旦日,妇从门屏窥见余之侧弁而哦,

---

① [明]袁宗道著,钱伯城标点:《白苏斋类集》卷一○,上海古籍出版社,2007年版,第128页。
② [清]顾炎武著,[清]黄汝成集释,栾保群、吕宗力校点:《日知录集释》(全校本)卷一六,上海古籍出版社,2013年版,第936页。

若有类于为诗也,则诟厉随焉,甚且至于涕泣。盖举平生之偃蹇不第、幽忧愁苦而不免于饥寒,而皆归咎于诗之为也。①

研习诗文,竟使亲者痛、仇者快;研习诗文,竟成为见不得人的勾当。研习诗文,不但不愿别人知晓,连妻子也得隐瞒。更有甚者,还有人将平生不第、幽忧愁苦,皆归咎于为诗。流风所向,可窥一斑。为躲嫌避疑,即使精力过剩,有为诗欲望,也不敢轻易为之。文徵明《东潭集序》即云:

> 惟我国家以经学取士,士苟有志用世,方追章逐句,规然图合有司之尺度,而一不敢言诗。②

多数"苟有志用世"之士,不敢公开言诗,王世贞年轻时,"畏家严",只能私下"时时取司马班史、李杜诗窃读之"。③汪道昆十二岁时,"喜涉猎书史",其父禁之。于是伺之寝,乃"中夜匿篝火,胠箧诵读"。其父"得而焚之",且杖之曰:"孺子不先本业,曷是务为?"④陈子龙喜好乐府、古诗,碍于父师之严课,只

① [清] 陈维崧著,陈振鹏标点,李学颖校补:《陈维崧集·陈迦陵散体文集》卷一,上海古籍出版社,2010年版,第28—29页。
② [明] 文徵明著,周道振辑校:《文徵明集·补辑》(增订本)卷一九,上海古籍出版社,2014年版,第1228页。
③ 丁福保辑:《历代诗话续编》中,中华书局,2006年版,第1068页。
④ [明] 汪瑶光编次:《汪左司马公年谱》,[明] 汪道昆:《太函副墨集》卷末,《明别集丛刊》第3辑,第29册,黄山书社,2016年版,第685页。龙膺《汪伯玉先生传》:"先生少简重,好博古。尊人以无当制义,禁之,见古文辞则燔弃。先生夜伺尊人寝,始窃古文词读,强记洽闻。"(龙膺:《纶灅集选》卷八,《明别集丛刊》第4辑,第68册,黄山书社,2016年版,第449页)

能夜深人静时偷为之，《仿佛楼诗稿序》称："盖予幼时，既好秦、汉间文，于诗则喜建安以前……而是时方有父师之严，日治经生言，至子夜人定，则取乐府、古诗等拟之，疾书数篇"，并"藏之笥中，不敢示人"。[①]

喜好诗文的士子中，还有欲时文、诗文兼顾者，却常处于矛盾中，也多无空暇或无心思研习诗文（详下文）。如此，研习诗文的时间难以保障，影响到文学素养积累、写作水平提升。宋濂"自科举之习胜，学者绝不知诗，纵能成章，往往如嚼枯蜡"之论，可为之佐证。

概言之，士人进士登第前绝少涉猎诗文，大抵有三种情形：其一，全部心血灌注于科考，无暇顾及诗文，绝少为之；其二，虽然精力充沛，爱好诗文，但迫于各种压力，不敢公然为之。其三，欲时文、诗文兼顾，终无多少空暇或心思研习诗文。三者导致的直接后果，一是不知诗文，二是诗文素养的积淀与提升，受到严重影响。

二、为诗作文之处境尴尬

对喜好诗文者来说，科举制度下为诗作文，处境相当难堪。因惧怕各方压力，诗文写作不得不转入地下，便是最好的明证。除此外，还有三种情状，值得关注。

其一，欲走仕途经济之路，苦于时文耗费精力，以致诗文荒废。有些士子欲时文与诗文兼而顾之，最终未能如愿，其诗文潜能未能得以充分发挥。张弼《梦庵集序》云：

[①]　[明]陈子龙著，王英志辑校：《陈子龙全集·陈忠裕全集》卷二五，人民文学出版社，2011年版，第787页。

三百年间，以此鼓舞震荡于一世，士皆安于濡染，习于程督。稍自好者，率能为之，为之者不亦易乎？沿及宋、元，犹以赋取士，声律固在也。我太祖高皇帝立极，治复淳古，一以经行取士，声律之学，为世长物，父兄、师友摇手相戒，不惟不以此程督也，为之者不亦难乎？①

之所以为诗古易今难，因今之士子大部分精力投入时文研习，没有时间、精力练笔。诗歌如此，古文亦然。此类士人时常处于矛盾心态：意欲分出一部分精力从事古文辞写作，又担心举业荒疏；欲将古文辞引入时文，又恐时文斑杂，影响一己前程。诚如王世贞所云："欲分功于古文辞，则其业疏；以古文辞间之，则其业杂。"②不管愿意与否，一旦从事举子业，士子们注定没有多少闲暇或心思去研习古诗文。袁中道《花雪赋引》称：

> 予少时亦喜作赋，然每成，辄惭恧不敢出，其不如伯孔远甚。中年欲作《两京赋》，以扬厉本朝之盛，竟为举子业夺去。③

因为举业所累，京都大赋之写作，一再搁置，袁中道殊感遗憾与无奈。明末的曾异撰，心有戚戚焉，《答陈石丈书》有曰：

① ［明］张弼：《张东海先生文集》卷一，《四库全书存目丛书》集部，第39册，齐鲁书社，1997年版，第433页。
② ［明］王世贞：《弇州山人续稿》卷五五《彭户部说剑余草序》，《明别集丛刊》第3辑，第37册，黄山书社，2016年版，第91页。
③ ［明］袁中道著，钱伯城点校：《珂雪斋集》卷一〇，上海古籍出版社，1989年版，第460页。

每阅墨艺房书，或拈题课义，辄有弃日之叹，以为前世司马子长、杜甫诸君，何幸而不为此？彼亦人耳。使我无科举之累，得肆力于文章，固未能胜之，亦未必尽出其下。以此为应制帖括事，每一举笔，辄谓我留此数点心血，作一篇古文辞，数首歌行，直得无拘无碍，而又庶几希冀于千百年以后。何苦受王介甫笼络？如此意况，似于富贵功名一道，极相嫌恨，虽未甘谢去巾衫，飘然为隐士、逸氏，又似不可强。昔人所谓抑而行之，必有狂疾耳。天下事必且日甚一日，此后极难题目，正须我辈为之。弟衰惫，无受鞭蹄足矣。①

曾氏之言，应比较客观。或如其言，若无时文之累，其为文水平或许层楼更上，但其最终未能免俗。既渴望走仕途之路，又晓得为时文费耗精力，诗文潜能因此未能充分发掘出来。这代表了当时相当一部分士子的心声。

其二，为早日折桂，半途而废，放弃诗文。有人举业之余，不废诗文写作，但为能早日博得一第，经过权衡，最终放弃。隆庆三年(1569)，俞宪为其子刻《续俞伯子集》题识曰：

长子渊素业儒，虽屡蹶场屋，而课程之暇，辄事吟咏。余喜其不羁也，尝为刻诗篇，以诱其进。越数年，则专意课程，无意篇翰矣，岂其急于进取，而忘性情之学若是耶！②

①［明］曾异撰：《纺授堂文集》卷五，《四库禁毁书丛刊》集部，第163册，北京出版社，2000年版，第578页。
②吴文治主编：《明诗话全编》第4册，江苏古籍出版社，1997年版，第3703页。

俞宪因深受科举之害,于其子要求不甚严格,态度较为开明。其《俞二子集》卷首题识曰:

> 余素为科目所苦,雅不欲其急功名,趋利禄。凡余游历仕路二十年,未尝以二子随。间有便归,亦未尝一程其课业。①

尽管有其父理解与支持,环境较宽松,在科考重压下,俞渊还是自动放弃诗歌写作。自动放弃不等于自愿放弃,知子莫若父,"岂其急于进取,而忘性情之学若是耶",个中原委,表然可见。又,徐中行《叙邵长孺诗》:

> 长孺少受掌故《尚书》,念母寡老贫,而不卒业。渡大江,客淮汉,而游梁、游燕,缘诗而抒其忧思之怀,何所求闻,乃物色者竟以诗名长孺。黎惟敬见而竦然异之,曰:"美哉! 安所得闻《召南》之音乎?"亟称之辇下,名骎骎起。长孺谢去,谓:"今士以急经术贵,奈何有邵生顾以不急之业取世资邪?"遂鼓箧从胄子游,翩翩称司成高第。悔其少作,若敝帚已。②

长孺虽有诗名,但将诗歌视为"不急之业"。诗歌能赢得一

---

① 吴文治主编:《明诗话全编》第4册,江苏古籍出版社,1997年版,第3654页。

② [明]徐中行著,王群栗点校:《徐中行集·天目先生集》卷一九,浙江古籍出版社,2012年版,第332页。

时声誉，终非安身立命之本，当务之急为科举登第。便主动放弃诗歌，专攻举子业，终于博得高第。无论主动放弃，抑或被动不为，皆废而不作，无论写作质量。

其三，登第后，为诗作文境况也非常尴尬。一般而言，士人登第后，方可能有余暇从事古诗文写作。王慎中《陆龙津诗集序》云：

> 方今号为黜诗赋、尊经术，士亦必以经术，收其科发身，然后习为诗赋，其轻重不同，亦制使之然也。然必收其科发身后习为诗赋者，乃可以钩誉射声，为世所述。①

殊不知，士子一生最宝贵的时光已倾注时文，平时缺少诗文基本功训练，加上受早期思维定式左右，登第后难以写出高水平的诗文，理应如此。王世贞认识清醒，其《彭户部说剑余草序》有言："诸生之业……加之以岁月磨而耗之，甫得一官，有余暇，始欲呻吟以从事古之作者，而不知其精已销亡矣。"②钱谦益《复徐巨源书》称方希古："自少及壮，举其聪明猛利朝气方盈之岁年，耗磨于制科帖括之中。"③看似为个案，实则普泛。四库馆臣就概括道：

①［明］王慎中：《遵岩先生文集》卷一六，《北京图书馆古籍珍本丛刊》第105 册，书目文献出版社，1998 年版，第 761 页。
②［明］王世贞：《弇州山人续稿》卷五五，《明别集丛刊》第 3 辑，第 37 册，黄山书社，2016 年版，第 91—92 页。
③［明］钱谦益著，［清］钱曾笺注，钱仲联标校：《牧斋有学集》卷三八，上海古籍出版社，1996 年版，第 1324 页。

　　盖明自正、嘉以后,甲科愈重,儒者率殚心制义,而不复用意于古文词。洎登第官成,精华已竭,乃出余力以为之。故根柢不深,去古日远。[①]

　　况且,入仕后,还要面对诸多挑战,不见得就能心安理得地为诗作文。一方面,因公务繁忙,难有闲暇静心为之。另一方面,作诗无用、为诗妨政论调,当时还很有市场。为官以后,理论上说,可以名正言顺地作诗为文,但往往还要时常面对长辈或上司警告、同僚相戒。刘健对众庶吉士的一番训话,就颇能说明问题。王世贞供职刑部时,"朝士业相戒,毋治诗;治诗,即害吏治"。[②] 如此观之,当时"世有谓诗者无益于治,天子在上可无用诗"[③] 者,确不在少数。既如此,对某些士大夫而言,为诗就不是"不暇言"、不敢为的问题了,而是"不足言"、不能为之。文徵明《东潭集叙》即有言:

　　　　近时学者日益高明,方以明道为事,以体用知行为要,切谓撷词发藻,足为道病,苟事乎此,凡持身出政,悉皆错冗猥俚,而吾道日以不竞。此岂独不暇言,盖有不足言者。[④]

①［清］永瑢等:《四库全书总目》卷一七九《许仲斗集》,中华书局,1965年版,第1620页。

②［明］王世贞:《弇州山人续稿》卷四三《山泽吟啸集序》,《明别集丛刊》第3辑,第36册,黄山书社,2016年版,第581页。

③［明］何良俊:《何翰林集》卷八《唐雅序》,《四库全书存目丛书》集部,第142册,齐鲁书社,1997年版,第72页。

④［明］文徵明著,周道振辑校:《文徵明集·补辑》(增订本)卷一九,上海古籍出版社,2014年版,第1228页。

在这种氛围中，士大夫写诗是蛮有压力的。不过，压力归压力，进入仕途后，出于各自目的，[1] 士人还是要习作诗文的。因先天不足、"根柢不深"，渔猎前人韵语，抄袭、模拟前人之作，时时有之。屠隆《涉江诗序》曰：

> 今之士大夫则不然。当其屈首授书，所凝神专精止于帖括，置诗赋绝不讲。一朝得志青紫，孳孳而程薄书功令，偶一念及，曰：吾都不习吾伊，人将伧父我，我其稍染指哉！于是，略渔猎前人韵语一二，辄奋笔称诗，辄托之杀青，诧之都市，骘者却步，赞者争前，乌知薰莸黑白耶？[2]

这是明代诗文萎靡不振的重要因素。深受科举毒害的袁中道，现身说法，有一段精彩的表述：

> 吾所以不及古人者有故：少志进取，专攻帖括；中年尚遭摈斥，竭一生精力，以营笺疏。避矍迎笑，至于梦肠呕血。四十以后，始得卑卑一第。博古修词，偷暇为之。本不仗习，何由工巧；浮涉浅尝，安能入微。此其不及古人者一也。古

---

① 有人为附庸风雅作诗，有人因爱好而为，有人因情所激而为。王世懋《李唯寅贝叶斋诗集序》："夫诗于道未尊，国家不以程士，乡州不以充赋，仕而谈者罪，讳而触者祸，然且士争趣之。何则？其情近之也……夫士于诗，诚无所利之，乃其性灵所托，或缘畸于世意不自得，而一以宣其湮郁于诗。"（王世懋：《王奉常集·文部》卷六，《四库全书存目丛书》集部，第 133 册，齐鲁书社，1997 年版，第 273 页）
② [明]潘之恒撰，[清]陈允衡辑评：《涉江集选》卷首，《四库全书存目丛书》集部，第 142 册，齐鲁书社，1997 年版，第 819 页。

人诗文,皆本之六经,以溯其源;参之子史百家,以衍其派。流溢发满,中弘外肆。吾辈于本业外,惟取涉猎,一经不治,何论余书……此其不如古人者二也。①

一生大部分精力"专攻帖括","营笺疏"。古诗文词,只能忙里偷闲私下为之;除举业外,一经未通,无论他书,文学涵养不足,怎企望诗文工巧? 这与曾异撰之论,何其近似! 此虽就个人而发,但颇具普泛性。

也就是说,当时有相当一部分士人,无论及第前,还是为官后,写作诗文多处于尴尬被动境地,而不得肆力于诗文。这极大地降低了写作质量。

三、时文侵蚀古诗文写作

雪莱《伊斯兰的起义序言》称:"在任何时代,同时代的作家总难免有一种近似之处,这种情形并不取决于他们的主观意愿。他们都少不了要受当时时代条件的总和所造成的某种共同影响。"② 明代士人专习时文,无暇也不敢从事古诗文写作,这仅是问题的一方面;另一方面,诗文创作必然会受到"当时时代条件的总和"所造成的迷恋时文的社会风气影响,导致弊端重重。

其一,拟摹剽窃,不见真情。明中后期的科举考试,名义上是三场,实际上初场的四书义、经义,起着决定性的作用。这种制艺行文上有很强的因袭性、模拟性。顾炎武《日知录》云:

①［明］袁中道著,钱伯城点校:《珂雪斋集》卷首《珂雪斋前集自序》,上海古籍出版社,1989 年版,第 19—20 页。
②［英］雪莱著,王科一译:《伊斯兰的起义》,上海译文出版社,1978 年版,第 6 页。

国初三场之制，虽有先后而无重轻。乃士子之精力多专于一经，略于考古，主司阅卷，复护初场所中之卷，而不深求其二三场。夫昔之所谓三场，非下帷十年，读书千卷，不能有此三场也。今则务于捷得，不过于四书一经之中拟题一二百道，窃取他人之文记之，入场之日，抄誊一过，便可侥幸中式，而本经之全文有不读者矣。[1]

黄汝成引钱大昕语亦云："乡、会试虽分三场，实止一场。士子所诵习，主司所鉴别，不过四书文而已。四书文行之四百余年，场屋可出之题，士子早已预拟。每一榜出，钞录旧作，幸而得隽者，盖不少矣。"[2] 科考题目内容狭窄，多取自四书，日久天长，此中可出题目，士人早已心中有数。他们或"窃他人之文记之"，或事先拟题，套用他人格式，用心拟摹。来到考场"抄誊一过"，便可能侥幸中式。这样，在明代复古文化的大背景下，"近时"之宋代策论，成为抄袭、模拟的主要对象。杨慎《文字之衰》称：

宋人曰是，今人亦曰是；宋人曰非，今人亦曰非。高者谈性命，祖宋人之语录；卑者习举业，抄宋人之策论。[3]

当然，抄袭宋论是有选择的，明人尤其青睐三苏文。田艺衡

① [清]顾炎武著，[清]黄汝成集释，栾保群、吕宗力校点：《日知录集释》（全校本）卷一六，上海古籍出版社，2013年版，第943—944页。
② [清]顾炎武著，[清]黄汝成集释，栾保群、吕宗力校点：《日知录集释》（全校本）卷一六，上海古籍出版社，2013年版，第945页。
③ [明]杨慎：《升庵全集》卷五二，商务印书馆，1937年版，第600页。

指出：“近时俗学，皆尚三苏文字，不复知有唐文矣，况秦、汉乎？故不拘大小试卷，主司大率批曰：‘宛然苏子口气。’或曰：‘深得苏氏家法。’即中式矣！”① 王世贞《苏长公外纪序》亦云：

> 今天下以四姓目文章大家，独苏公之作最为便爽，而其所撰论策之类，于时为最近，故操觚之士鲜不习苏公文者。而雌黄之颊于公，不能无少挫，然使天下而有能尽四氏集者，万不得一也。②

平时无暇训练，又束书不读，③ 只是急功近利地拟摹三苏古文写作时文，自然是万不得一，流弊滋生。吴宽《送周仲瞻应举诗序》有曰：

> 今之世号为时文者，拘之以格律，限之以对偶，率腐烂

---

① ［明］田艺衡：《留青日札摘抄》卷四，《丛书集成新编》第 88 册，新文丰出版股份有限公司，1985 年版，第 142 页。

② ［明］王世贞：《弇州山人续稿》卷四二，《明别集丛刊》第 3 辑，第 36 册，黄山书社，2016 年版，第 576 页。

③ 明中后期科举考试内容狭窄，考场作答或抄袭他人成文，或套用他人文章格式，“而本经之全文有不读者矣”。这就造成“后生科举之士，皆束书不观”的现象（胡应麟：《少室山房笔丛》卷四，中华书局，1958 年版，第 68 页）。何乔远《诸葛弥甫先生文集序》：“国朝沿宋经义，而其胶结于人之肺腑，其弊尤甚。士壮岁而取科第，则为经义所困久矣。经义无取于古文，可以省博览；无取于谐音，可以昧律韵。其去诗若文之道甚远，则一离经义，何时可以通诗赋也。”（黄宗羲编：《明文海》卷二五一，中华书局，1987 年版，第 2629 页）科考必读之“本经”尚且不读，无论他书。“束书不观”，文学涵养必然不足，不讲修词、缺乏文采，即为自然之事。

浅陋可厌之言。甚者指摘一字一句以立说,谓之主意。其说穿凿牵缀,若隐语然,使人殆不可测识。苟不出此,则群笑以为不工。盖学者之所习如此,宜为人所弃也。而司其文者其目之所属,意之所注,亦唯曰主意者而已。故得其意,虽甚可厌之言一不问;其失意,虽工,辄弃不省。①

王世贞《风土录序》亦曰:"世之小公车业者,谓经生之文多割饰,而于圣人垂世之训无所发;论策士之文多剿括,而于圣人经世之用无所补。"②

由此可捕捉到以下信息:形式上,时文讲究格律对偶,格式僵化呆板,语言上多"剿括",陈腐可厌,阻碍内容表达。内容上,时文须按照四书五经中的朱熹注解,代圣贤立论,多不见一己见解,且多牵强附会,难于理解,无补于世。八股文"不过剿窃儒先之绪,而微饾饤组织之",③这僵化了士人思想,扼杀了其创造力,对诗文创作负面影响甚大。无暇于诗文者自不必言,有精力者也会多少染有时文之弊,为文作诗多不见性情。就如许学夷所言:"世之习举业者,牵于义理,狃于穿凿,于风人性情声气,了不可见,而诗之真趣泯矣。"④以时文路数写作诗文,诗道

---

① [明]吴宽:《匏翁家藏集》卷三九,《明别集丛刊》第1辑,第55册,黄山书社,2013年版,第481页。
② [明]王世贞:《弇州山人续稿》卷五五,《明别集丛刊》第3辑,第37册,黄山书社,2016年版,第96页。
③ [明]王世贞:《弇州山人续稿》卷五五《彭户部说剑余草序》,《明别集丛刊》第3辑,第37册,黄山书社,2016年版,第91页。
④ [明]许学夷著,杜维沫校点:《诗源辩体》卷一,人民文学出版社,1987年版,第2页。

焉能不衰！时文对古诗文影响之恶劣,于此可见一斑。吴乔就
一针见血地指出:"诗与古文,门径绝异,时文于二者更异。彼
既长于时文,即以时文见识为古文诗,骨髓之疾也。"①

其二,偏重理道,鄙视修词。时文流弊对诗文的另一不良影
响,为重理道,不重词彩。许学夷"世之习举业者,牵于义理"之
论,已言及于此。李攀龙言之益详:

> 今之文章,如晋江、毗陵二三君子,岂不亦家传户诵?
> 而持论太过,动伤气格,惮于修辞,理胜相掩,彼岂以左丘明
> 所载为皆侏离之语,而司马迁叙事不近人情乎? 故同一意
> 一事而结撰迥殊者,才有所至不至也。后生学士,乃唯众耳
> 是寄,至不能自发一识,浮沉艺苑,真为相含,遂令古之作
> 者谓千载无知己。此何异涂之群瞽,取道一夫,则相与拍肩
> 随之,累累载路,称培塿则皆挢足不下,称污邪则皆曳踵不
> 进,而虽有步趋终不自施者乎? ②

此通言论主要就因以时文为文章而发。宋儒为文鄙视文
词,以为文以害道,明代理学家沿承此习。唐宋派"持论太过",
"惮于修辞,理胜相掩",有损文章高古气格,阻碍了"理"的真正
表达。《左传》《史记》为理辞完美统一的经典,足可为后世法,
沉溺于时艺制作者,却少有寓目,导致缺乏必要的文学修养。为
藏其拙,以谈理道为托词。王世贞《赠李于鳞序》响应此说:"古

---

① [清]吴乔:《围炉诗话》卷六,郭绍虞编选,富寿荪校点:《清诗话续编》
　第2册,上海古籍出版社,2016年版,第661页。
② [明]李攀龙著,包敬第标校:《沧溟先生集》卷一六《送王元美序》,上海
　古籍出版社,2014年版,第491—492页。

之为辞者，理苞塞不喻假之辞；今之为辞者，辞不胜跳而匿诸理。"[1]王世懋《冯元敏西征集序》亦言："或畏难，逃之理窟以自解。"[2]如此，为诗作文多充斥着道学气息，内容枯燥干瘪，缺乏审美价值。

考察时文对古诗文写作侵害，重视共时性的同时，不应忽视历时性，即其阶段性。顾炎武《日知录》称："经义之文，流俗谓之'八股'，盖始于成化以后。股者，对偶之名也。天顺以前，经义之文不过敷演传注，或对或散，初无定式，其单句题亦甚少。"[3]袁中道《淡成集序》亦称："举业文字，在成弘、间，犹有含蓄有蕴藉。至于今，而才子慧人，蜚英吐华，穷其变化，其去言有余而意不尽者远矣。"[4]可知，成化、弘治前，八股文之程式不甚严格，尚讲究含蓄蕴藉。特别是天顺以前，其形式相对自由，对偶的应用，尚无硬性规定。再者，明前期士人虽多以时文为务，但也有能研索六经，兼习诗歌、古文者，尽管为数不多。四库馆臣为王鏊《震泽集》所作提要云"盖有明盛时，虽为时文者，亦必研索六籍，泛览百氏，以培其根柢，而穷其波澜"，[5]有言过其实之嫌。尽管如是，弊端仍显而易见，由上文不难理会。概言

---

① [明]王世贞：《弇州山人四部稿》卷五七，《明别集丛刊》第3辑，第34册，黄山书社，2016年版，第24页。

② [明]王世懋：《王奉常集·文部》卷七，《四库全书存目丛书》集部，第133册，齐鲁书社，1997年版，第283页。

③ [清]顾炎武著，[清]黄汝成集释，栾保群、吕宗力校点：《日知录集释》（全校本）卷一六，上海古籍出版社，2013年版，第951页。

④ [明]袁中道著，钱伯城点校：《珂雪斋集》卷一〇，上海古籍出版社，1989年版，第486页。

⑤ [清]永瑢等：《四库全书总目》卷一七一，中华书局，1965年版，第1493页。

之,无论成化、弘治前后时文程式有无变化,皆侵害了诗文写作,只是程度稍有差异而已。

综上所言,明代科举制度造成登第进士文学修养的先天性缺陷与不足,无论是后来的阁臣,还是郎署官,刚登第时多如此。庶吉士教育制度虽可多少有些弥补,但对多数进士而言,机会微乎其微。

第三节　庶吉士制度与郎署
文学权力的缺失

科举制度造成了以进士为主体的郎署文学能力的先天性不足与缺失,庶吉士制度则进一步合法剥夺了其中多数人后天补习的机缘,可谓雪上加霜。

一、庶吉士制度与明代士人的翰林情结

谈到庶吉士,有必要先从与之紧密相关的翰林入手。"翰林"一词,据可靠文献,最早见于汉代。扬雄《长杨赋》:"聊因笔墨之成文章,故藉翰林以为主人。"李善注曰:"翰林,文翰之多若林也……犹儒林之义也。"① 这里的"翰林",指"儒林",尚未与职官产生关联。② 迨及唐代,始以翰林命官:"翰林之设,昉

---

① [梁]萧统编,[唐]李善注:《文选》卷九,上海古籍出版社,1986年版,第404页。

② 赵翼云:"翰林之名,本于扬子云《长杨赋》,所谓子墨客卿问于翰林主人,盖谓文学之林,如词坛文苑云尔,古未有以此为官名者。"(赵翼:《陔余丛考》卷二六《翰林》,中华书局,1963年版,第521页)(转下页)

于初唐"，① "其设为官署，则自唐始"。② 唐玄宗初年，置翰林待诏，"掌四方表疏批答、应和文章"。不久，"以中书务剧，文书多壅滞，乃选文学之士，号'翰林供奉'，与集贤院学士分掌制诏书敕"。开元二十六年（738），"改翰林供奉为学士，别置学士院，专掌内命……其后，选用益重，而礼遇益亲，至号为'内相'"。③在院任职或曾经任职者，皆谓之翰林官，简称翰林。宋以后，翰林已成为官职名称，并与科举对接。

　　明太祖吴元年（1367），"初置翰林院"，④ 称翰林国史院；洪武十四年（1381），更名为翰林院，掌国史编修、经筵讲读、草拟诏谕等。吴元年（1367）五月，以饶州知府陶安为翰林学士。此后，朱元璋多次征召儒士任职翰林院。⑤ 早期被征入者，多为元代遗民。朱元璋很注意通过翰林院培养后进人才："上留意文学，广储人才，乃开文华堂于禁中"，"于是有选入国子学读书者，命于诸司先习吏事，谓之'历事监生'，又有'小秀才'、'老秀才'之目。至是上又择其年少俊异者，得张唯、王辉等凡十余人，皆

（接上页）鄂尔泰、张廷玉等人亦云："翰林之名见于汉时，未以署官，特作赋者假喻于文辞云尔。"（鄂尔泰、张廷玉等：《词林典故》卷二《官制》，《景印文渊阁四库全书》第599册，台湾商务印书馆，1986年版，第446页）这里的"翰林"，主要指文学之林、文翰荟萃之地，尚未与职官发生关联。
① ［明］张位、于慎行等：《词林典故》卷首，《四库全书存目丛书》史部，第258册，齐鲁书社，1996年版，第260页。
② ［清］赵翼：《陔余丛考》卷二六《翰林》，中华书局，1963年版，第521页。
③ ［宋］欧阳修、宋祁：《新唐书》卷四六《百官一》，中华书局，1975年版，第1183—1184页。
④ 《明太祖实录》卷二三，"中央研究院"历史语言研究所，1968年版，第338页。
⑤ ［明］余继登：《典故纪闻》卷四，中华书局，1981年版，第75页。

授翰林院编修,又授萧韶为秘书监直长,并令入禁中文华堂肄
业,太子赞善宋濂等为之师。上听政之暇,辄幸堂中,评其文字
优劣,赐以鞍马、弓矢、白金有差"。对进入翰林院"秀才"的教
育,非常严格:"寻,又征元进士山阴赵俶至,授国子博士。上御
奉天殿,召俶及助教钱宰、贝琼等曰:'汝等一以孔子所定经书
为教,慎勿杂苏秦、张仪纵横之言!'于是俶请颁《正定十三经》
于天下,屏《战国策》及阴阳谶卜诸书,勿列学宫。明年,上又择
诸生颖异者三十五人,命俶专领之。寻,又擢李扩、黄义等入文
华、武英二堂说书,皆见用。"① 进入翰林院的"小秀才",不妨视
为庶吉士的前身。

　　"庶吉士"之名,取自《尚书·立政》篇中的"庶常吉士"。②
明代庶吉士是朝廷培养、储备高级人选的重要来源,时人多目为
"储相"。

　　关于明代进士入翰林、进士选庶吉士的具体起始时间,尚
存争议。黄佐《翰林记·进士铨注》载:"洪武初年,本院官皆
由荐举进。四年辛亥,虽设进士科,未有入翰林者。十八年三
月丙子,以第一甲赐进士及第丁显、练安、黄子澄为修撰,第二
甲赐进士出身马京、齐麟等为编修,吴文等为检讨。皆出简用,
不由选法,命下吏部惟铨注而已,后遂为例。"③ 同书《庶吉士铨
法》又称:"庶吉士之选,始自洪武十八年乙丑。上以诸进士未
更事,欲优待之,俾观政于诸司,俟谙练然后任之。其在本院、承

<hr>

① [清]夏燮撰,沈仲九标点:《明通鉴》卷五,中华书局,2009 年版,第 275 页。
② [汉]孔安国传,[唐]孔颖达疏,廖名春、陈明整理:《尚书正义》卷一七,
　　北京大学出版社,2000 年版,第 557 页。
③ [明]黄佐:《翰林记》卷三,《景印文渊阁四库全书》第 596 册,台湾商
　　务印书馆,1986 年版,第 880 页。

敕监等近侍衙门者,采《书经》'庶常吉士'之义,俱改称为庶吉士。其在六部及诸司者,则仍称进士云。"①《明史·选举二》也称:"进士之入翰林,自此始也。使进士观政于诸司,其在翰林、承敕监等衙门者,曰庶吉士。进士之为庶吉士,亦自此始也。其在六部、都察院、通政司、大理寺等衙门者,仍称进士。观政进士之名,亦自此始也。"② 由此而言,进士之入翰林、进士之选庶吉士,皆始于洪武十八年(1385)。另一种说法,进士考选庶吉士,始于永乐二年(1404),沈德符于此颇有异议。他认为,选考庶吉士萌芽于洪武四年(1371)、六年(1373),基本可信。但此时进士科,尚未有入翰林者。洪武六年(1373),"河南举人张唯等四名,山东举人王珣等五名,俱授翰林院编修",皆是以举人身份进入翰林院的。进士入翰林、选庶吉士,应始自洪武十八年(1385)。永乐二年(1404)的考选庶吉士,不过是重"修太祖故事"。③ 因此,可以认为,庶吉士之选,萌芽于洪武四年或六年;进士之选庶吉士入翰林,始于洪武十八年(1385)。但此后的庶吉士之选,仍有非进士入翰林的情形。迄至天顺二年(1458),才"非进士不入翰林"。④ 庶吉士之选,自洪武十八年(1385),"择进士为之,不专属于翰林",还不能算作严格意义上的翰林

---

① [明]黄佐:《翰林记》卷三,《景印文渊阁四库全书》第596册,台湾商务印书馆,1986年版,第881页。
② [清]张廷玉等:《明史》卷七〇《选举二》,中华书局,1974年版,第1696页。
③ [明]沈德符:《万历野获编》卷一〇《庶吉士之始》,中华书局,1959年版,第251—252页。
④ [清]张廷玉等:《明史》卷七〇《选举二》,中华书局,1974年版,第1701—1702页。

官。自永乐二年（1404），"庶吉士遂专属翰林"，^① 其也就被视为真正的翰林官了。

　　进士改选庶吉士，多有良好的前程。英宗以后，依照惯例，一甲进士及第者，直接授翰林院修撰、编修。从二甲三甲中，择选年轻而才华出众者，入翰林院为庶吉士，"其与选者，谓之馆选"。^② 庶吉士三年学成，优异者留翰林院任编修、检讨，次者出为给事、御史，谓之"散馆"，其所授之官职与"常调官待选者，体格殊异"。^③ 若不能留院任职，也可优先授予给事中、御史之类的要职。明初至天顺、成化年间，进士、举贡、监生皆可选补给事中、御史，后来监生与新科进士就被取消资格，而庶吉士仍可改授。^④ 无怪乎景泰五年（1454）的进士孙珂扬言："人有恒言，'中科中进士，作官作御史'。吾非此，宁老死不仕也。"^⑤

　　最具诱惑力的是，庶吉士还是进入内阁的重要阶梯。明代

----

① ［清］张廷玉等：《明史》卷七〇《选举二》，中华书局，1974 年版，第 1700 页。
② ［清］张廷玉等：《明史》卷七〇《选举二》，中华书局，1974 年版，第 1701 页。
③ 沈德符称："旧例，吉士散馆，各授词林、台省、部郎等官。"（沈德符：《万历野获编》卷一〇《词林》，中华书局，1959 年版，第 262 页）《明史·选举二》："三年学成，优者留翰林为编修、检讨，次者出为给事、御史，谓之散馆。与常调官待选者，体格殊异。"（张廷玉等：《明史》卷七〇，中华书局，1974 年版，第 1701 页）《明史·职官二》："三年试之。其留者，二甲授编修，三甲授检讨；不得留者，则为给事中、御史，或出为州县官。"（张廷玉等：《明史》卷七三，中华书局，1974 年版，第 1788 页）
④ 《明史·选举三》："给事中、御史谓之科道。……明初至天顺、成化间，进士、举贡、监生皆得选补……其后监生及新科进士皆不得与。或庶吉士改授，或取内外科目出身三年考满者考选，内则两京五部主事、中、行、评、博、国子监博士、助教等，外则推官、知县。"（张廷玉等：《明史》卷七一，中华书局，1974 年版，第 1717 页）
⑤ ［明］丘濬：《大礼寺丞孙君珂墓志铭》，［明］焦竑编：《献徵录》卷六八，上海书店，1987 年版，第 2995 页。

内阁大学士多简于翰林官员，以至于非翰林不入内阁。弘治元年(1488)十一月，兵部郎中陆容上疏称：

> 近年以来，吏部推补内阁员缺，非自翰林不得参与，是翰林者，内阁之阶梯也；翰林众职，例以每科进士及第并庶吉士之选留者充之，是庶吉士又翰林之权舆也。[1]

"非自翰林不得参与"内阁，始自天顺二年(1458)。据《明史·选举二》，成祖初年，内阁七人中，"非翰林者居其半，翰林纂修，亦诸色参用"。自天顺二年(1458)，在大学士李贤倡议下，则变为"非进士不入翰林，非翰林不入内阁"。在由进士而庶吉士，由庶吉士而翰林，由翰林而内阁的仕宦进阶链条中，进士登第为士人正式入仕的开端，庶吉士是进士中的特优者，为"翰林之权舆"；而翰林则以职清务闲，被世人称为"玉堂仙"，[2] 为"内阁之阶梯"。因此，进士成功改选庶吉士就意味着向翰林迈进了一大步，其在"始进之时"，即为世人"目为储相"。[3] 若非以进士身份入翰林，往往会遭人议论。弘治时，潘辰非科目出身，"独以才望"入翰林院，"一时诧异数焉"。[4] 非翰林入阁者，自己都觉得名分不正，诚惶诚恐，无论他人了。正德十年(1515)，杨一清以吏部尚书身份入阁，就心有此态：

① 《明孝宗实录》卷二〇，"中央研究院"历史语言研究所，1966年版，第470—471页。
② [明] 黄佐：《翰林记》卷三《庶吉士铨法》，《景印文渊阁四库全书》第596册，台湾商务印书馆，1986年版，第884页。
③ [清] 张廷玉等：《明史》卷七〇《选举二》，中华书局，1974年版，第1702页。
④ [清] 张廷玉等：《明史》卷一五二《陈济传》，中华书局，1974年版，第4194页。

累朝简用内阁，皆翰林馆阁之英，经帏春官之旧。其自别衙门进者仅有李贤、薛瑄，盖极一时之选。近年援此，滥及士林，以为訾议。今如臣者，论才行既非前李贤、薛瑄之伦，语学术又出今刘春、蒋冕之下，顾使处非其据，必至自贻罪怨。①

虽不能排除杨氏有做作之嫌，但心存此感也属正常。嘉靖三年（1524）十二月，胡世宁上疏即有言："大臣非翰林出身者，不许推入内阁。"② 其后王世贞亦云："内阁，故翰林学士任也。"③ 事实确然，在明代 170 余名宰辅中，"由翰林者十九"，为"前代所绝无"。不仅如此，连南、北礼部尚书、侍郎及吏部右侍郎，也是"非翰林不任"。④ 可见，进士改选庶吉士入翰林的重要性。如此，由进士而庶吉士，由庶吉士而翰林，就成为许多士人，尤其是进士中式者梦寐以求的人生归宿。可以说，他们多具浓郁的翰林情结，以能改选庶吉士为荣耀，只要条件具备者，即争赴考选，如蚋奔酸。宣德二年（1427）的状元马愉即称："翰林为清高侍近，人所愿慕而不得至者，幸而处之，为荣已多矣。"⑤ 马愉所云，当然也不排除自己。"美阶崇秩，休光大业，当属之吾

① 《明武宗实录》卷一二四，"中央研究院"历史语言研究所，1964 年版，第 2485—2486 页。
② ［明］胡世宁：《胡端敏奏议》卷五《计开讲义三章》，《景印文渊阁四库全书》第 428 册，台湾商务印书馆，1986 年版，第 640 页。
③ ［明］王世贞撰，魏连科点校：《弇山堂别集》卷四五《内阁辅臣年表》，中华书局，1985 年版，第 833 页。
④ ［清］张廷玉等：《明史》卷七〇《选举二》，中华书局，1974 年版，第 1702 页。
⑤ ［明］马愉：《马学士文集》卷五《送高编修致仕序》，《四库全书存目丛书》集部，第 32 册，齐鲁书社，1997 年版，第 517 页。

曹;诸先生他所游宦,为吾曹鹰犬耳",① 即其真实心声的展露。这种情结,深深地根植于明人心中。天顺八年(1464)三月,李东阳中进士,旋改庶吉士。同科进士陆鈇有诗写道:"金羁细马出明光,碧色罗衣锦绣香。行过玉河三百骑,少年争说李东阳。"② 陆氏及时人的钦羡之情,流于言表。这种情形并非仅见于明中前期,终明之世,几乎尽然。万历年间王樵就称:"今之人,会试则望中会元,廷试则望中一甲,一甲不预则望馆选。"③ 他本人又何尝不如是! 其子王肯堂改选庶吉士,他欣慰至极:

> 六月二十八日,于完白人行曾附书二纸。次日得馆选之报,老怀慰藉,真是不浅。吾非为此选清华、将来要地可到而喜也,为汝出身之后,更得读书进学,可以不负国家作养之意,天若有以大成汝也。④

　　王樵心里清楚,翰林乃"清华"之地,其子入选,前程似锦,这才是其"老怀慰藉,真是不浅"的真正原因。至于"出身之后,更得读书进学,可以不负国家作养之意",不过为冠冕堂皇的套话,尽管不无勉励之意。

---

① [明]孙绪:《沙溪集》卷一三,《景印文渊阁四库全书》第1264册,台湾商务印书馆,1986年版,第620页。

② [明]陆鈇:《琼林醉归图》,[清]陈邦彦等编:《御定历代题画诗类》卷一一七,《景印文渊阁四库全书》第1436册,台湾商务印书馆,1986年版,第682页。

③ [明]王樵:《方麓集》卷九《与仲男肯堂书》,《景印文渊阁四库全书》第1285册,台湾商务印书馆,1986年版,第291页。

④ [明]王樵:《方麓集》卷九《与仲男肯堂书》,《景印文渊阁四库全书》第1285册,台湾商务印书馆,1986年版,第293页。

考选庶吉士本就是对有价值的文化资本的一种争夺。为能入列,有些考选庶吉士的进士,绞尽脑汁,实施各种策略,"官年"是为其一。这是翰林情结的一个重要表征(详见下文)。对才华横溢者来说,若考选失利,不管因何故,无论当事人抑或旁观者,多会甚感惋惜。储巏为王徽所作墓志铭称之曰:

> 廷试对策数千言,援据古义,论及时事。读卷者拟及第,都御史寇琛嫌其语直,抑置第二甲第三人。选庶吉士,试《春雨诗》,公效柏梁体,顷刻赋百余韵,李文达、王忠肃相顾,喜得人。会诏限年以选,公不与,两公甚惜之。[1]

王徽为天顺四年(1460)进士,殿试对策"援据古义,论及时事",洋洋洒洒千言,颇得李贤、王翱的好评,按理改选庶吉士应不成问题,可最终因"限年"落选。李、王二人皆"甚惜之",储巏及王徽本人,又何尝不有同感!如果说王徽因"限年"落选庶吉士,属于"自然灾害",那么徐洪因避嫌未能授馆职,则"人祸"的成分更多些。杨守阯为徐所撰墓志铭称:

> 成化十一年,既捷礼闱,入对制策,商文毅公当读卷,大奇之。欲以为一甲第二,或识其楷法,曰:"第一人与此卷皆浙产也。"商公以为嫌,乃置君二甲第二。知者以君不

---

[1] [明]储巏:《柴墟文集》卷九《陕西布政使司左参议致仕进阶中顺大夫辣斋王公墓志铭》,《四库全书存目丛书》集部,第42册,齐鲁书社,1997年版,第489页。

得入翰林为慊。①

徐洪，成化十一年（1475）进士，本应为一甲第二，但有人辨认出其笔迹，称其与第一名皆为"浙产"，若录取之，则会贻人口实，商辂只好置其于二甲第二。而此年未进行馆选，二甲又不能直接授予馆职，徐洪就这样与翰林擦肩而过。了解事情原委者，以其"不得入翰林为慊"。弘治十五年（1502）的进士朱亨之，馆选的失利，也应为"人祸"所致。储巏《与朱亨之》称：

> 巏自三月十日得亨之南宫之报，与令姊欣慰无量。元德回，始知被庶吉士之选，亨之青年美质，宜与而不得，巏甚惜之。然此事亦非人力所尽为，吾曹自处，正在于听命，而自力也。②

朱亨之"青年美质，宜与而不得"。储巏在深感惋惜的同时，安慰道：此事非人力所能及，既然已经尽力，就问心无愧。这恐怕不能从根本上释朱氏之怀。此为明代士人之悲剧，也是科举制度之悲剧。弘治以后，伴随着科考与馆选的进行，这种悲剧仍在不断上演，同时也不断有人"惜之"。如李先芳嘉靖二十六年（1547）中进士时，"诗名已著，而不与馆选"，识者同样

---

① ［明］杨守阯：《碧川文选》卷二《刑部员外郎徐君墓志铭》，《四库全书存目丛书》集部，第42册，齐鲁书社，1997年版，第96页。
② ［明］储巏：《柴墟文集》卷一五，《四库全书存目丛书》集部，第42册，齐鲁书社，1997年版，第574页。

"惜之"。① 这些,皆是明人翰林情结的外现。

二、庶吉士制度对郎署文学权力的合法剥夺

"所有的教育行动客观上都是一种符号暴力",② 科举制度以"符号暴力"的方式造成了多数登第进士诗文写作能力的先天性不足或缺失,若能改选庶吉士,可在一定程度上得以弥补。但由于庶吉士考选之严格(诸如考选时限、年龄限定、地域限额等规定),以及考选的不定时性,使进士改选庶吉士成为一种极度稀缺的文化资源,大多数进士被以"一种表现为以合法强加的权利形式实施符号暴力的权力"③ 的方式,合法地剥夺了提升文学素养的权利,从而任职于郎署、科道、州县,失去了合法化系统补习诗文的机会。

由于先天之不足,庶吉士刚进入翰林院时,多是文学修养低下,有人甚至连一般性的应酬诗文的写作,都捉襟见肘。宣德八年(1433)入选庶吉士的萧锐有言:

> 当是时,凡以制科入翰林者,有所作,往往循时文之旧,欲为古学,必更考其素所摈置者,经时累岁,然后得以应

---

① [明]于慎行:《穀城山馆文集》卷二〇《明故奉直大夫尚宝司少卿北山先生李公墓志铭》,《四库全书存目丛书》集部,第147册,齐鲁书社,1997年版,第609页。

② [法]布尔迪约、[法]帕斯隆著,邢克超译:《再生产——一种教育系统理论的要点》,商务印书馆,2002年版,第13页。

③ [法]布尔迪约、[法]帕斯隆著,邢克超译:《再生产——一种教育系统理论的要点》,商务印书馆,2002年版,第21页。

酬于人。①

"循时文之旧"，指以八股文思维定式构思、写作诗文，这是当时一种常见的文病，亦即前文所论之时文侵蚀古诗文写作现象。多数进士登第者，"有所作，往往循时文之旧"，难以"应酬于人"。入选庶吉士可在一定程度上缓解、弥补这一缺憾。因为，庶吉士学习的内容中就包括文学，通过"经时累岁"的历练，他们便可"得以应酬于人"。梁潜《果确斋记》记载，余学夔"登永乐二年（1404）进士第，选留翰林为庶吉士，有旨择十九人者教之，俾益进于学为文词，必底于古之作者而后止"。② 该年庶吉士王直为李时勉所作墓表称："永乐初取进士第，太宗皇帝锐意文学，择进士之尤者，俾尽读中秘书，学古为文辞。"③ 可以看到，古文辞为当时庶吉士学习的必修科目。李时勉《翰林修撰彭君汝器行状》也称：

> 永乐初元，以易经中江西第三人。次年，对策大廷，登上第。遭逢皇上崇儒重道，选授翰林庶吉士，与二十八人留秘阁，学古为文章，不预政事……一日，上至馆阁，召秘阁诸吉士，讯以韩、柳文，惟君背诵如流。④

① [明]萧镃：《尚约文钞》卷四《癯叟曾先生文集序》，《四库全书存目丛书》集部，第33册，齐鲁书社，1997年版，第34页。
② [明]梁潜：《泊庵集》卷四，《景印文渊阁四库全书》第1237册，台湾商务印书馆，1986年版，第250页。
③ [明]李时勉：《古廉文集》卷一二《故祭酒李先生墓表》，《景印文渊阁四库全书》第1242册，台湾商务印书馆，1986年版，第895页。
④ [明]李时勉：《古廉文集》卷九，《景印文渊阁四库全书》第1242册，台湾商务印书馆，1986年版，第819—820页。

可知,韩、柳等人的古文作品,属于此时庶吉士教习的内容。关于庶吉士教习内容,黄佐《翰林记》也有记载。永乐三年(1405),明成祖召见新选庶吉士二十八人,告之曰:

> 汝等简拔于千百人中为进士,又简拔于进士中至此,固皆今之英俊,然当立志远大,不可安于小成。为学必造道德之微,必具体用之全,为文必并驱班、马、韩、欧之间。如此立心,日进不已,未有不成者。古之文学之士,岂皆天成?亦积功所至也,汝等勉之!　①

可见,当时庶吉士教习内容,覆盖理学、文学等类目。其中文学包含班固、司马迁、韩愈、欧阳修等人之古文。杨荣记之更周详:

> 洪惟太宗文皇帝……即位之初,深惟古昔圣王作人之盛,必赖培育之深。故于甲科之外复简其文学之尤者,为翰林庶吉士,俾读中秘之书,以资其博洽,学古文辞,日给笔札膳羞,以优异之。盖宸虑深远,以谓三代而下,莫盛于汉、唐、宋,帝王之治,虽曰有间,至于儒者,若汉之贾谊、董仲舒、司马迁、扬雄、班固,唐之韩愈、柳宗元、李翱、皇甫湜,宋之欧阳修、二苏、王安石、曾子固诸贤,皆能以其文章羽翼

---

① [明]黄佐:《翰林记》卷四《文渊阁进学》,《景印文渊阁四库全书》第596册,台湾商务印书馆,1986年版,第890页。

六经，鸣于当时，垂诸后世。[①]

　　永乐以降，文学一直是庶吉士教习的重要内容。《明宣宗实录》载："己巳，命大学士杨士奇、杨荣、金幼孜曰：'新进士多年少，其间岂无有志于古人者，朕欲循皇祖时例，选择俊秀十数人，就翰林教育之，俾进学励行，工于文章，以备他日之用。卿等可察其人，及选其文词之优者以闻。'"[②]倪谦《松冈先生文集叙》亦载："宣宗章皇帝遵永乐故事，亦选进士若干人为庶吉士，储养之意，礼待之优，皆比二十八宿……日从阁老文贞、文敏、文定三杨先生及泰和、临川二王先生游，聆其议论，观其制作，浩然有得。故其为文春容详赡，和平典雅，一以韩、欧为法，诗则清新富丽，有唐人风致。"[③]成化五年（1469）的进士费訚与"状元张启昭等十八人，同续学禁林"，丘濬受命所教授的，也包括"古文辞"。[④]

　　正统迄于弘治间，庶吉士教习内容中，诗文比例有所增益。黄佐《翰林记》载："正统以来在公署读书者，大都从事词章，内阁所谓按月考试，则诗文各一篇，第其高下，俱揭帖开列名氏，

---

① ［明］杨荣：《文敏集》卷一三《送翰林编修杨廷瑞归松江序》，《景印文渊阁四库全书》第1240册，台湾商务印书馆，1986年版，第188页。

② 《明宣宗实录》卷六四，"中央研究院"历史语言研究所，1962年版，第1523—1524页。

③ ［明］倪谦：《倪文僖集》卷二二，《景印文渊阁四库全书》第1245册，台湾商务印书馆，1986年版，第452—453页。

④ ［明］丘濬撰，丘尔毂编：《重编琼台稿》卷一四《送国子司业费先生归荣序》，《景印文渊阁四库全书》第1248册，台湾商务印书馆，1986年版，第276页。

发本院立案,以为去留之地。"① 至万历年间,依然沿用此法。万
历六年(1578),刑部主事管志道《乞稽祖制酌时宜以恢圣治
疏》道:

> 二祖始选庶吉士,皆令肄业文渊阁,读中秘书……自正
> 统以后,抡选多非出自圣意,而从阁臣议请举行。亦不得读
> 中秘书,而以《唐诗正声》《文章正宗》为日课,不知将来所
> 以备顾问、赞机密者,果用此糟粕否乎? 事固有以祖宗宏深
> 之美意,而翻成末流偏重之敝习者,此举是也。②

从管志道的言论可得知,正统以来,在庶吉士教习中,文学
分量有所增加。《唐诗正声》《文章正宗》是庶吉士学习的重
要内容。嘉靖四十四年(1565),大学士徐阶所撰《示乙丑庶吉
士》,规定庶吉士所学内容:"故诸士宜讲习四书、六经,以明义
理;博观史传,评骘古今,以识时务;而读《文章正宗》《唐音》、
李杜诗,以法其体制。并听先生日逐授书稽考,庶所学为有用。
其晋、唐法帖,亦须日临一二幅,以习字学","每月先生出题六
道,内文三篇,诗三首,月终呈稿斥正,不许过期。初二日、十六
日,仍各赴内阁考试一次"。③ 王锡爵辑《增定国朝馆课经世宏
辞》目录所列,当时庶吉士教习的主要内容有:诏类、册类、玺

---

① [明]黄佐:《翰林记》卷四,《景印文渊阁四库全书》第596册,台湾商
务印书馆,1986年版,第892页。
② [明]吴亮辑:《万历疏钞》卷一,《续修四库全书》第468册,上海古籍
出版社,2002年版,第27页。
③ [明]徐阶:《世经堂集》卷二〇,《四库全书存目丛书》集部,第80册,
齐鲁书社,1997年版,第47页。

书类、诰类、奏类、疏类、表类、笺类、致语类、韵语类、檄类、露布类、议类、论类、策类、序类、记类、传类、碑类、考类、评类、解类、说类、书类、颂类、赋类、箴类、铭类、赞类、跋类、诗类、歌类等。[①]其中就也包含有诗古文辞，尽管此时文学在教习中所占比重，已有所下降。

　　庶吉士考核的内容与方式，也主要以诗文为主。庶吉士考核方式主要有阁试与馆课两种方式。阁试指在内阁举行的、旨在简拔的命题考试。阁师根据庶吉士的成绩，排列名次，划分等级，但不张榜公布。阁试的目的除考查庶吉士文学、学术水平，还作为散馆去留的参考依据。关于馆课，杨守勤《馆阁录章叙》有曰：

　　　　其课于阁为试，试于馆为课。试刻日而成，以征其蕴蓄；课程时而集，以资其讨论。试有名序而无榜揭，以别于校阅之。凡课有批评而无次第，以潜抑好胜之私，阴消竞进之隙，而预养协恭和德之美，盖莫不有深意焉。至其文辞，主典实，不主浮华；体格贵雅训，不贵矫杰；议论欲其切事情，不必以己意为穿凿。歌咏意在寓规讽，不得以溢美为卑谀。[②]

　　可知，馆课是庶吉士平日的小测试，馆师只对庶吉士之诗文进行点评，不排名次、不分等级，主要以讨论互动的方式进行，

①［明］王锡爵辑：《增定国朝馆课经世宏辞》，《四库禁毁书丛刊》集部，第92册，北京出版社，2000年版，第1—23页。
②［明］杨守勤：《宁澹斋全集》卷二，《四库禁毁书丛刊》集部，第65册，北京出版社，2000年版，第258页。

目的在于"以潜抑好胜之私,阴消竞进之隙,而预养协恭和德之美"。成化以后,阁试、馆课渐趋制度化,一般每月两试,阁试在朔日、望日前后。倪岳《耕藉田赋》有注曰:"二月十六日内阁试题。"① 又,张槚《与仲男肯堂书》:"二月十五日,四月初一日两次阁试,俱第一。"② 馆课,每旬一次,沈德符即称:"朔望有阁试,每旬有馆课。"③ 两种考核方式,皆以诗文为主,客观上也成为激发庶吉士诗文学习的动力,提升了其文学修养。

以文学作教习的重要内容,最终目的主要是为政治服务。刘铉教庶吉士"惩曩之事虚文者,慨然以师道自任",④ 主要目的就在此。徐阶《示乙丑庶吉士》更是明言:"文章贵于经世,若不能经世,纵有奇作,已不足称。"⑤ 管志道不满正统以来庶吉士教习"以《唐诗正声》《文章正宗》为日课",是担心会影响到庶吉士将来"备顾问、赞机密"。尽管如此,还是在很大程度上提升了庶吉士的文学修养,弥补了其因科举制度造成的诗文素养的缺失与不足。如李时勉经学习,"其文学日进,有盛名"。⑥

---

① [明]倪岳:《青溪漫稿》卷一,《景印文渊阁四库全书》第 1251 册,台湾商务印书馆,1986 年版,第 5 页。

② [明]王槚:《方麓集》卷九,《景印文渊阁四库全书》第 1285 册,台湾商务印书馆,1986 年版,第 302 页。

③ [明]沈德符:《万历野获编》卷一五《科场·阁试》,中华书局,1959 年版,第 391 页。

④ [明]李贤撰,程敏政编:《古穰集》卷一三《中顺大夫詹事府少詹事刘公神道碑铭》,《景印文渊阁四库全书》第 1244 册,台湾商务印书馆,1986 年版,第 624 页。

⑤ [明]徐阶:《世经堂集》卷二〇,《四库全书存目丛书》集部,第 80 册,齐鲁书社,1997 年版,第 47 页。

⑥ [明]李时勉:《古廉文集》卷一二,《景印文渊阁四库全书》第 1242 册,台湾商务印书馆,1986 年版,第 895 页。

学习诗文、从事文学活动是庶吉士的特权，而一种特权多是建立在对他人同类权力的剥夺之上的。庶吉士文学修养的提升，是以合法剥夺多数进士从事文学活动为代价的，这种剥夺首先始于馆选。弘治前，庶吉士馆选尚无定例。从弘治四年（1491）"给事中涂旦以累科不选庶吉士，请循祖制行之"[①] 的记录，盖可初步推知。同年四月，大学士徐溥等人的上疏，也指出了这一问题：

> 庶吉士之选，自永乐二年以来，或间科一选，或连科屡选，或数科不选，或合三科同选，初无定限。每科选用，或内阁自选，或礼部选送，或会吏部同选。或限年岁，或拘地方，或采誉望，或就廷试卷中查取，或别出题考试，亦无定制。[②]

由此可知，永乐二年（1404）至徐溥等人上疏前，庶吉士的选拔并无定制，这主要表现为时间上的随意性，机构的多重性，限制的多样性，方式的不定性。这一方面影响了庶吉士的选拔质量，以至于"有才者未必皆选，而所选者又未必皆才。若更拘于地方、年岁，则是以成之才或弃而不用，而所教者又未必皆有成"。[③] 另一方面，又人为制造了诸多障碍，使一些本该入选者，

①［清］张廷玉等：《明史》卷七〇《选举二》，中华书局，1974 年版，第1701 页。
②《明孝宗实录》卷七四，"中央研究院" 历史语言研究所，1966 年版，第1388 页。
③《明孝宗实录》卷七四，"中央研究院" 历史语言研究所，1966 年版，第1388 页。

被拒于翰林门外,如徐洪、朱亨之等。本着提高庶吉士质量之目的,徐溥等人提出改革建议:

> 请自今以后,立为定制,一次开科,一次选用。待新进士分拨各衙门办事之后,俾其中有志学古者,各录其平日所作文字,如论、策、诗、赋、序、记之类,限十五篇以上,于一月之内赴礼部呈献。礼部阅试讫,编号封送翰林院考订,其中词藻、文理有可取者,按号行取。本部仍将各人试卷记号糊名封送,照例于东阁前出题考试,其所试之卷与所投之文相称,即收以预选。若其词意钩棘而诡僻者,不在取列。中间有年二十五以下,果有过人资质,虽无宿构文字,能于此一月之间有新作五篇以上,亦许投试。若果笔路颇通,其学可进,亦在备选之数。每科不必多选,所选不过二十人;每选不必多留,所留不过三五辈……如是则预列者无徇私之弊,不预者息造言之谤。①

这一建议,"上纳之,命今后内阁仍同吏、礼二部考选",② "一次开科,一次选用",较之考选时间的随意性,算是有限度地扩大了入选名额。将平时所作十五篇以上作品,"一月之内赴礼部呈献",放宽了考核时限,进士可以有比较充足的时间加工润色一己之作,为有真才实学的新科进士入选庶吉士,创

---

① 《明孝宗实录》卷七四,"中央研究院"历史语言研究所,1966年版,第1388—1389页。
② 《明孝宗实录》卷七四,"中央研究院"历史语言研究所,1966年版,第1389页。

造了一些条件。但每科"所选不过二十人"，相对每科的进士录取人数，仍少得可怜，而且还时常限年。明代三四十岁中进士，已算是年轻一族，无论二十五岁以下。这样，就将多数进士拒之于翰林门外，合法削夺了其提升文学修养的权利。

不过，上有政策，下有对策。为登第后能够有机会改选庶吉士，有人未雨绸缪，想尽各种应对手段，"官年"即为其一。官年，即虚报年龄。李乐《见闻杂纪》云：

> 高大学士仪尝教诸进士曰："减年入《齿录》，嘉靖辛丑以前无此事，近日始有之。诸子慎勿为。"卒无人从先生之言者，致《齿录》与同年叙会，大相矛盾，恬然不以为非。①

嘉靖辛丑，即嘉靖二十年（1541），这一时间断限，不一定符合实际。高仪本意在于告诫诸进士，"近日"官年之风始兴，慎勿为之。断限准确与否，已经不甚重要。尽管嘉靖以后的限年较弘治时稍有放宽，一般多在三十至四十岁间，② 但对年岁

---

① ［明］李乐：《见闻杂纪》卷九，《续修四库全书》第1171册，上海古籍出版社，2002年版，第705页。

② 《吏部职掌》："凡考选庶吉士，或间科一选，或连科屡选，或数科不选，或合三科同选，或重阅殿试策卷取考，或限年三十五岁以下，或不限年。"（张朝瑞辑：《皇明贡举考》卷一引，《四库全书存目丛书》史部，第269册，齐鲁书社，1996年版，第479页）如，嘉靖十一年（1532）十月，"上命李时等于新进士未选者年三十而下，悉令就试，取二十一人"（徐学聚辑：《国朝典汇》卷六五，北京大学出版社，1993年版，第4099页）。又，万历十一年（1583）考选庶吉士，"合无照隆庆二年事例，限年四十以下，但愿考者，俱赴吏部报名"（南炳文、吴彦玲辑校：《辑校万历起居注》第1册，天津古籍出版社，2010年版，第428页）。万历十四年（1586），"合无准照嘉靖四十四年事例，限年四十以下，但愿考者，俱赴（转下页）

偏大的士人来说,若不"官年",仍无望参与馆选。嘉靖二十年
(1541),王崇俭举进士,"会考选庶吉士",有达官贵人见其诗
翰优异,即谓之曰:"以君才学,宜居上选,惜年逾三十,若稍减
一二,入选必矣。"① 因此,为在进士登第后能有机会改选庶吉
士,他们往往事先"官年"。

　　官年现象,由来已久。《皇朝文献通考·选举考一》载:"周
制,乡大夫三年大比,考其德行道艺,而兴贤者、能者。乡老及
乡大夫、群吏献贤能之书于王,登于天府,内史贰之,此即'登科
录'之制所由昉也。自唐以后,务浮华而少本实。晋魏专重阀
阅,故家敝俗相沿,贵少贱老,轻寒门而重世族,是以'登科录'
中亦复习于作伪。"② 迨至宋、元,此风渐盛。不过,宋代官年现
象有减年、增年两种情形。一般士子为便于求婚、科举登第,
往往减年。公卿"任子"为早登仕籍,有的正值"童孺",往往
增岁。在职官员为能在期望的时间区间致仕,时有增年减岁情
形。③ 有明一代,官年现象严重,晚明尤甚,且多为减年。陈长
文称,洪武(1368—1400)至宣德(1426—1435)时期,官年现
象"相对较为严重";正统(1436—1449)至嘉靖(1522—1566)
前期,"这一相当长的历史时期较为稳定";而"到了嘉靖后期,
尤其是万历(1573—1620)、天启(1621—1627)、崇祯(1628—

　　(接上页)吏部报名"(南炳文、吴彦玲辑校:《辑校万历起居注》第1册,
　　天津古籍出版社,2010年版,第602页)。
① [明]焦竑编:《献徵录》卷六一《右副都御史王公珣传》附《王崇俭传》,
　　上海书店,1987年版,第2580页。
② 《钦定皇朝文献通考》卷四七,《景印文渊阁四库全书》第633册,台湾商
　　务印书馆,1986年版,第216—217页。
③ [宋]洪迈撰,孔凡礼点校:《容斋随笔·容斋四笔》卷三,中华书局,
　　2005年版,第662—663页。

1644）三朝，"虚报年岁的人数所占比例越来越高，同时虚报的年数也越来越多"。[1] 在官年成风的时代，若年龄偏大又据实呈报，显然会影响前程。万历五年（1577）进士沈孚闻的遭遇，颇具典型性：

> （孚闻）四十三而始成进士……既成进士，刻《登科录》，当以生齿闻，而君具实数。或请："减不过三岁，而可以预馆选；即毋选，而更五岁以当给事、御史选，毋害也。且今诸进士谁为不讳齿者？"君曰："甫仕而遽欺吾君，可乎？"于是君之齿在百人后，而列第四人，不顾也。[2]

这从一个侧面映衬出当时官年现象之普遍与严重。另外，庶吉士考选的地域性，以及以貌取人等措施，也限制了某些登第进士的入选，剥夺了他们文学深造的机会，以及从事官方文学活动的权利。

客观上说，明代进士官年现象可谓对庶吉士制度的反动，算是对剥夺进士从事文学创作与活动的一种消极抵抗，尽管在既定的格局下不会产生任何整体性效果。

可以说，明代庶吉士制度既给予了新科进士跳跃龙门的希望，又无情地摧毁了其中绝大多数人的希望。一者，因名额非常有限，须是进士之优异者，方有机会入选；二者，因限地、限年、以貌取人，以及馆选的不连续性等因素，即使进士中的佼佼者，

---

[1] 陈长文：《明代科举中的官年现象》，《史学月刊》2006年，第11期，第47页。按：陈文洪武年号时间有误，应为公元1368—1398年。

[2] ［明］王世贞：《河南汝宁府光州商城县知县沈君孚闻墓志》，［明］焦竑编：《献徵录》卷九三，上海书店，1987年版，第4047页。

也不一定与庶吉士有缘。如此一来,多数进士不能改选庶吉士,只能任职郎署、科道、州县。郎署官主要由与庶吉士无缘的进士群体构成,加之受郎署与馆阁社会分工的制约,他们便失去了系统学习古诗文的机会,有人甚至终生与之无缘。

　　总之,科举制度剥夺了郎署官从事古诗文写作的机会,庶吉士馆选制度又合法地消夺他们补习、进修的权利,加剧了其与文学权力的疏离,导致郎署文学权力缺失。成、弘以降,这种状况才渐有改观。

第二章 由继承到颠覆:郎署文学意识的觉醒与文学权力下移

成化中期以来,随着郎署文学意识的逐渐觉醒,郎署官先是主动地依附馆阁,在馆阁文学的整体框架内,有限度地分享其文学权力,基本无独立性可言,这是郎署官积累文化资本的一种权宜策略。当文学资本积累到一定程度,郎署官不再满足这种分享,开始调整策略,向馆阁争夺文学话语权。至弘治、正德之际,郎署官已掌握了大量有价值的文化资本,占据了文学场域中的有力位置,文学权力开始由馆阁向郎署下移;至正德、嘉靖之际,文学权力已移至郎署。

第一节 郎署对馆阁文学权力的依附及其策略

郎署官对茶陵派的依附,实际上是对馆阁文学权力的依附。这种依附,主要分两种基本情形:一是茶陵派成员的依附,二是非茶陵派成员的依附。他们或者因得到李东阳的提携而依附,或者主动向其靠拢得其庇护而依附,或者经人举荐而依附。无论何种方式,他们多乐意依附李东阳为代表的馆阁文学,采取"继承"策略,在馆阁文学体制内,有限度地分享其文学权力。

一、郎署对馆阁文学的依附

　　茶陵派是明前中期一个著名的文学流派,因该派盟主李东阳祖籍为湖广茶陵(今湖南茶陵),故有是称。茶陵派虽对台阁体有所革新,但仍为台阁体之延续。整体上看,茶陵派成员主要由三部分构成:一是李东阳的同年进士及同入翰林院者;二是李东阳的门生,即其担任乡试、会试考官和殿试读卷官录取的士子,以及其在翰林院所教授的庶吉士;[①] 三是与李东阳唱和的部分友人。他们中有的当时任职郎署,有的后来出任。当然,也有以庶吉士身份任职郎署的。

　　李东阳在成、弘时期,就已门生遍及天下,文学影响犹如日之方中。杨一清《怀麓堂稿序》称:"后进之士,凡及门经指授,辄有时名。"[②] 张治道《翰林院修撰对山康先生行状》云:"是时,李西涯为中台,以文衡自任,而一时为文者皆出其门。每一诗文出,罔不模效窃仿,以为前无古人。"[③] 张治道《渼陂先生续集序》亦云:"是时,西涯在内阁,一时文人才士罔不宗习诵法。"[④] 可谓一代文坛盟主,何良俊《四友斋丛说》载:

　　　　李文正当国时,每日朝罢,则门生群集其家,皆海内名流,其座上常满,殆无虚日,谈文讲艺,绝口不及势利。其文

---

① 廖可斌:《明代文学复古运动研究》,商务印书馆,2008年版,第46页。
② [明] 李东阳:《怀麓堂稿》卷首,台湾学生书局,1975年版,第4页。
③ [明] 张时彻辑:《皇明文范》卷五三,《四库全书存目丛书》集部,第303册,齐鲁书社,1997年版,第476页。
④ [明] 王九思:《渼陂续集》卷首,《明别集丛刊》第1辑,第86册,黄山书社,2013年版,第3页。

章亦足领袖一时。①

　　这段记录至少可表明，门生已自觉视李东阳为文坛领袖，李东阳本人也以盟主自居。何良俊《四友斋丛说》又载：

　　　　李西涯长于诗文，力以主张斯道为己任。后进有文者，如汪石潭、邵二泉、钱鹤滩、顾东江、储柴墟、何燕泉辈，皆出其门。②

　　除汪俊、邵宝、钱福、顾清、储巏、何孟春外，还有石珤、罗玘、陆深、乔宇、张邦奇、靳贵等，皆为茶陵派之中坚，多为李东阳的衣钵传承者，十分服膺其文学见解，甚至视其格调论为师门独传之秘，不可示于外人。《怀麓堂诗话》载：当门人听到李东阳与人以声论诗时，便劝之曰："莫太泄露天机否也。"③看来，门人不仅接纳了李东阳的文学主张，而且还具有维护流派特质的敏感性。他们多有任职郎署的经历，在李东阳庇护下，有限度地分享着馆阁文学权力，没有多少文学话语权。其文学创作尚不能算作真正意义上的郎署文学，至多是带有馆阁色彩的准郎署文学，或郎署文学的馆阁化。至于茶陵派其他成员，也差不多如此。如吴宽，因仰慕李东阳声名，经其提携而加入，多自觉趋同其文学主张。《怀麓堂诗话》载：

---

① [明]何良俊：《四友斋丛说》卷八，中华书局，1959年版，第67页。
② [明]何良俊：《四友斋丛说》卷一五，中华书局，1959年版，第127页。
③ [明]李东阳撰，周寅宾校点：《李东阳集·怀麓堂诗话》，岳麓书社，2008年版，第1505页。

　　吴文定原博未第时,已有能诗名。壬辰春,予省墓湖南时,未之识也。萧海钓为致一诗曰:"京华旅食变风霜,天上空瞻白玉堂。短刺未曾通姓字,大篇时复见文章。神游汗漫瀛洲远,春梦依稀玉树长。忽报先生有行色,诗成独立到斜阳。"予陛辞日,见考官彭敷五,为诵此诗,戏谓之曰:"场屋中有此人,不可不收。"①

　　壬辰,即成化八年(1472)。吴宽渴望得到李东阳引荐,主动向其靠拢,自觉接纳其文学思想。不久,其诗便"脱去吴中习尚",②成为茶陵派的重要成员。这也反映出当时馆阁文学能量之巨大。当然,也不能否认,他们中也有人对馆阁垄断文学话语权心存疑问,成为馆阁文学向郎署文学过渡的津梁,如邵宝、储巏等。关于这点,将在后面的有关章节中详述。

　　非茶陵派成员的依附,主要指那些不属于茶陵派的郎署官之依附,以及起初为茶陵派成员,后又与之决裂、自立门户的前七子郎署官。③以李梦阳为中心的一批郎署官,起初也依附李东阳及茶陵派,主动寻求其荫护。其多为后者充任会试考试官、

① [明]李东阳撰,周寅宾校点:《李东阳集·怀麓堂诗话》,岳麓书社,2008年版,第1526页。
② [明]李东阳撰,周寅宾校点:《李东阳集·怀麓堂诗话》,岳麓书社,2008年版,第1526页。
③ 前七子作为一个文学流派,有狭义与广义之分。狭义的前七子指李梦阳、何景明、徐祯卿、边贡、康海、王九思和王廷相七人。广义的前七子,是指弘治至嘉靖初年,与狭义的前七子文学主张、创作风格相似的一个文人群体。本书所论以前者为主,适当兼顾后者。关于广义的前七子成员,可参阅黄卓越《明永乐至嘉靖初诗文观研究》,北京师范大学出版社,2001年版,第97—98页。

殿试读卷官时所取士子，算是后者之门生。前七子两大巨头李梦阳、何景明，"皆出西涯门下"。^①其走向文坛之际，羽翼尚未丰满，需要李东阳及茶陵派的庇护与推毂。

李梦阳为弘治六年（1493）进士，^②此年李东阳为会试考试官。^③王九思、边贡，为弘治九年（1496）进士，是年李东阳受命为殿试读卷官。^④康海、王廷相，皆为弘治十五年（1502）进士，李东阳此年充任殿试读卷官。^⑤徐祯卿，弘治十八年（1505）进士，李东阳为殿试读卷官。^⑥这样，前七子就与李东阳有了科举名义上的师生关系。鉴于此，再加之李东阳及茶陵派在当时巨大影响，一段时间内，他们直接或间接地受到李东阳茶陵派庇护、自觉地加以依附，自在情理之中。

前七子郎署官中，较早寻求李东阳呵护并颇受其益者，应推李梦阳。李东阳《与杨邃庵书》道：

> 始得关中书甚悉……所喻李梦阳者，果得首解；及两

---

① 朱东润：《中国文学批评史大纲》，上海古籍出版社，2001年版，第227页。

② ［明］袁袠：《衡藩重刻胥台先生集》卷一七《李空同先生传》，《四库全书存目丛书》集部，第86册，齐鲁书社，1997年版，第627页。

③ 《明孝宗实录》卷七二，"中央研究院"历史语言研究所，1966年版，第1345页。

④ 《明孝宗实录》卷一一〇，"中央研究院"历史语言研究所，1966年版，第2014页。

⑤ 《明孝宗实录》卷一八五，"中央研究院"历史语言研究所，1966年版，第3411页。

⑥ 《明孝宗实录》卷二二二，"中央研究院"历史语言研究所，1966年版，第4192—4193页。

张生皆如尊料。时雨之化，殆有不诬。仆所许何生孟春者，输君一筹，然此子之进，尤未可量也。①

此书作于弘治六年（1493）会试不久，李东阳为会试考官。"邃庵"，为杨一清之号。由"所喻李梦阳者，果得首解"知，杨一清在考前曾向李东阳荐举过李梦阳。弘治四年（1491）四月，杨一清赴陕西提督学校，②次年，李梦阳"年十八举乡试第一"。③李开先《李崆峒传》载："崆峒自河南扶沟赴陕西乡试，即为丁绅太守所许，荐之邃庵杨提学一清，邃庵惊叹，以为当以文章名天下……与凤翔张凤翔，称为'二杰'。西涯曾贻书邃庵曰：'今年解首，将属之华州张潜乎？'邃庵复曰：'若无李、张二生，潜不后矣。'及见试录，崆峒名居第一，西涯服且称曰：'邃庵果是知人。'连举进士。"④这一记录，主要来源于李梦阳所撰的《张光世传》：

> 李梦阳举之乡也，盖与光世同榜云。先是西涯公遗提学石淙公书，曰："今年榜张潜冠乎？"石淙公答之曰："设无李、张二生者，潜不后矣。"及见试录名第，西涯公叹且服

---

①［明］李东阳撰，周寅宾校点：《李东阳集·文稿》卷一四，岳麓书社，2008年版，第574页。

②《明孝宗实录》卷五〇，"中央研究院"历史语言研究所，1966年版，第999页。

③［明］袁袠：《衡藩重刻胥台先生集》卷一七，《四库全书存目丛书》集部，第86册，齐鲁书社，1997年版，第627页。

④［明］李开先著，卜键笺校：《李开先全集·李中麓闲居集》之一〇，上海古籍出版社，2014年版，第927页。

曰："邃老知人，邃老知人！"①

二李相识，当在弘治六年（1493）。李东阳对李梦阳的才学品行颇为赏识："梦阳以文学发首解，登甲科，砥砺名行，表然见郎署。"② 经杨一清介绍，李梦阳主动靠近李东阳。弘治十五年（1502），李梦阳之父李正病逝，时任户部主事的李梦阳，请求李东阳为之撰写墓表。李应之，为之撰《大明周府封丘王教授赠承德郎户部主事李君墓表》，其中有曰：

> 庆阳李君惟中以教授卒于家。吾友都御史杨公应宁为铭以葬，而墓道未表。后君以子梦阳贵，赠承德郎户部主事。梦阳乃请于予，且出其所自为状。梦阳学于杨公，又予礼部所举士，其视予，犹视杨公也。故予虽未识君，亦不得而辞焉。③

当时习俗，"京官值亲殁，持厚币求内阁志铭，以为荣显"，④ 李梦阳也难免俗，请李东阳为其父撰墓表。此举有主动向李东阳靠拢、求其荐举之意。李东阳也晓得梦阳之用心，应允下来，

---

① ［明］李梦阳撰，郝润华校笺：《李梦阳集校笺》卷五八，中华书局，2020年版，第1818页。

② ［明］李东阳撰，周寅宾校点：《李东阳集·文后稿》卷一六，岳麓书社，2008年版，第1142页。

③ ［明］李东阳撰，周寅宾校点：《李东阳集·文后稿》卷一六，岳麓书社，2008年版，第1141页。

④ ［明］张治道：《翰林院修撰对山康先生行状》，［明］张时彻辑：《皇明文范》卷五三，《四库全书存目丛书》集部，第303册，齐鲁书社，1997年版，第476页。

算是给足了面子。要知道,当时到内阁求文者,"有积一二岁而弗得者,有积十余岁而弗得者,有终岁而弗得者"。从李梦阳个人来看,确需要内阁重臣提携。自弘治六年(1493)进士及第至弘治九年(1496),其在文坛尚无名气。顾璘《重刻刘芦泉集序》即云:

> 余自弘治丙辰举进士,观政户部,获与二泉邵公国贤、空同李君献吉、芦泉刘君用熙友……时献吉名尚未盛。①

丙辰,即弘治九年(1496)。正因"名尚未盛",李梦阳迫切需要李东阳及其茶陵派中坚的推毂,请李东阳撰写墓表,固然有满足虚荣心的一面,更为重要的,欲乘机接近他,为自己扬名做铺垫。在此期间,李梦阳很是尊敬东阳,以师礼待之,从李东阳所撰墓表可以看出。除此,尚有李梦阳自己的话语为证:"我师崛起杨与李,力挽一发回千钧。"其中,"杨",指杨一清;"李",指李东阳。这两句诗出自李梦阳《徐子将适湖湘,余实恋恋难别,走笔长句,述一代文人之盛,兼寓祝望焉耳》,②诗是正德元年(1506)二月为徐祯卿适湖湘作。③由此来看,正德元年(1506)以前,李梦阳还是依附茶陵派的,至少名义上如此。

王九思也是主动依附李东阳,并乐意接受其提携的。李开

---

① [明]顾璘:《顾华玉集·凭几集续编》卷二,《景印文渊阁四库全书》第1263册,台湾商务印书馆,1986年版,第327页。

② [明]李梦阳撰,郝润华校笺:《李梦阳集校笺》卷二〇,中华书局,2020年版,第566页。

③ [明]徐祯卿著,范志新编年校注:《徐祯卿全集编年校注》附录八《徐祯卿年谱简编》,人民文学出版社,2009年版,第984页。

先所撰《渼陂王检讨传》称王九思：

> 至丙辰，则文学成矣，第进士，考选庶吉士。试题乃端
> 阳赐扇诗，翁有"谁剪巴江，天风吹落"之句，闻者以为必膺
> 首选。何也？以其似李西涯之作，已而名出，果然。是时西
> 涯当国，倡为清新流丽之诗，软靡腐烂之文，士林罔不宗习
> 其体，而翁亦随例其中，以是知名，得授翰林院检讨。①

至万历年间，何乔远还乐道此事，《文苑记》有曰："王九思，
字敬夫……登弘治丙辰进士。李东阳当国，为清新流丽之诗，和
平畅达之文，士林宗尚。而九思亦学其体，考选庶吉士，契东阳
意，遂得选首，授翰林检讨。一时为之语曰：'上有三老，下有三
讨。'言其文体一律也。"②钱谦益也转述此事："敬夫馆选试《端
阳赐扇》诗，效李西涯体，遂得首选，有名史馆中。时人语曰：
'上有三老，下有三讨。'"③在"士林罔不宗习"李东阳台阁体之
时，王九思也跟风"随例其中"，"学其体"。考选庶吉士时，他
刻意模效东阳为诗，契合东阳之意，"遂得选首"。作为庶吉士，
为一己前程，王九思依旧依附李东阳，"效李西涯体"，并"以是
知名，得授翰林院检讨"。对此，他并不否认，《渼陂集序》有曰：

---

① ［明］李开先著，卜键笺校：《李开先全集·李中麓闲居集》之一〇，上海
　古籍出版社，2014 年版，第 922 页。
② ［明］何乔远编：《名山藏》，北京大学出版社，1993 年版，第 5292—
　5293 页。
③ ［清］钱谦益：《列朝诗集小传》丙集《王寿州九思》，上海古籍出版社，
　2008 年版，第 314 页。

"予始为翰林时,诗学靡丽,文体萎弱。"①"靡丽"、"萎弱",即是时人批评李东阳台阁体的惯用语。后来王九思反水,曾赋《漫兴十首》(其四):"成化以来谁擅场? 豪杰争趋怀麓堂。不有李康持藻鉴,都令后进落门墙。"②他自己又何尝不先人"争趋怀麓堂",而落李东阳门墙?

　　郎署依附馆阁,并非就意味着彼此没有任何摩擦。陈田称:"成、弘之间,茶陵首执文柄,海内才俊,尽归陶铸。空同出而异军特起……始犹依违,不欲显然攻之也。"③"始犹依违",谓李梦阳等郎署官依附李东阳茶陵派时,在顺从与违背间摇摆,不过开始表现不明显而已。正德元年(1506)六月初九,或稍前,李梦阳为李东阳六十初度所作《少傅西涯相公六十寿诗三十八韵》,④仅以"文章班马则,道术孟颜醇"二句,象征性地称誉其文章,而对其书法大加称道。要知道,当时"李东阳主文柄,天下翕然宗之",⑤主要以文学著称于世。这种避重就轻行为,不能不引人遐思。陈田慧眼独具,剖出个中之玄机:

<hr>

① [明]王九思:《渼陂集》卷首,《四库全书存目丛书》集部,第48册,齐鲁书社,1997年版,第3页。
② [明]王九思:《渼陂集》卷六,《四库全书存目丛书》集部,第48册,齐鲁书社,1997年版,第58页。
③ [清]陈田辑撰:《明诗纪事·丁签》卷一,上海古籍出版社,1993年版,第1135页。
④ 据杨一清《李公东阳墓志铭》,李东阳生于明英宗正统十二年(1447)六月初九,六十寿辰是为正德元年(1506)六月初九(焦竑辑:《焦太史编辑国朝献徵录》卷一四,《四库全书存目丛书》史部,第100册,齐鲁书社,1996年版,第470页)。故李梦阳此诗当写于此年六月或稍前。
⑤ [清]张廷玉等:《明史》卷二八六《文苑二》,中华书局,1974年版,第7348页。

至西涯六十寿诗，则仅"文章班马则，道术孟颜醇"二句颂其文章。而"绝艺邕斯上，高情颉籀邻。一挥惊霹雳，只字破风尘。绚练王侯宅，苍茫海岳滨。幽劌光沕窟，巨榜照嶙峋。星灿将军碣，云垂学士珉。崖题半吴楚，墨刻遍齐秦"等句，专颂扬其书法，轩轾已见微意。①

"轩轾已见微意"，表明李梦阳已对李东阳滋生不满，且主要集中于文章。这是前七子郎署官依附馆阁过程中所产生的摩擦，此时双方尚未撕破脸皮。就如陈田所云："始犹依违，不欲显然攻之也。"

平心而论，前七子能迅速崛起于文坛，离不开李东阳政治、文学上的奖掖，无论他们承认与否。从这个意义上讲，前七子郎署文学的崛起过程，也是一个脱去馆阁色彩、与馆阁文学切割的过程。

二、依附馆阁的策略："继承"

布迪厄曾提到三种不同的场域策略，即保守、继承、颠覆。行为主体在场域中所处位置不同，采取的策略往往会不同。占据支配地位者，多采取"保守"策略；新加入成员，尤其是渴望分得支配者一杯羹者，多愿意采取"继承"策略；根本不想从支配者那里获得任何资源者，则多趋向采取"颠覆"策略。

李梦阳、何景明等郎署官，最初依附茶陵派，采用的就是"继承"策略。他们以"继承"策略，进入文学场域，企望在场域

——————————
① ［清］陈田辑撰：《明诗纪事·丁签》卷一，上海古籍出版社，1993年版，第1136页。

中有限地分享馆阁文学权力,凭借李东阳以及茶陵派的影响,壮大实力,快速提升知名度与影响力,为日后与馆阁争夺文学话语权、崛起于文坛,储备必需的文化资本。这是以李梦阳为代表的一批后起郎署官,经过深思熟虑后采取的一种文化策略。

那么,他们又是如何采取"继承"策略的呢?除主动寻求李东阳及茶陵派庇护外,文学主张上的趋同,也是一个重要方面。文学主张是一个文学社团或流派区别于其他社团或流派的重要标识,自觉趋同其文学主张,意味着依附,意味着企图分享其部分文学权力,以达成自家目的。不妨简括为如下三个层面。

其一,诗宗盛唐,且集中指向李、杜。这是李东阳茶陵派的重要文学主张。《明史·文苑传一》云:"弘、正之间,李东阳出入宋、元,溯流唐代,擅声馆阁。"[1] "溯流唐代",应主要指盛唐,李东阳《春雨堂稿序》曾称:"近代之诗,李、杜为极。"[2]《怀麓堂诗话》又称:"唐诗,李杜之外,孟浩然、王摩诘足称大家。"[3] 这实际上将诗歌复古对象,锁定于盛唐诸大家。前七子郎署文学主张,与之近似。李梦阳《张生诗序》:"唐之诗最李、杜。"[4] 何景明《海叟集序》:"盖诗虽盛称于唐,其好古者自陈子昂后,莫若李、杜二家。"[5] 如此,后世称李东阳为前七子"诗必盛唐"之

---

[1]［清］张廷玉等:《明史》卷二八五,中华书局,1974年版,第7307页。

[2]［明］李东阳撰,周寅宾校点:《李东阳集·文后稿》卷三,岳麓书社,2008年版,第959页。

[3]［明］李东阳著,李庆立校释:《怀麓堂诗话校释》,人民文学出版社,2009年版,第38页。

[4]［明］李梦阳撰,郝润华校笺:《李梦阳集校笺》卷五一,中华书局,2020年版,第1678页。

[5] 李叔毅等点校:《何大复集》卷三四,中州古籍出版社,1989年版,第595页。

先声,可谓渊源有自。当然,前七子郎署文学主张趋同李东阳茶陵派,"继承"策略只是一个因素,并非唯一因素。文学自身发展规律也是不容忽视的重要因素。金元以来,诗坛上形成一股宗唐之风。明初基本沿袭此风,特别是自高棅《唐诗品汇》行世以来,进一步确立了以盛唐为宗的风向,不仅"终明之世,馆阁宗之",①一般文人学士,亦多承沿之,李东阳与前七子郎署官皆难例其外。这是他们共同面对的文学传统,也是前七子郎署官能依附于李东阳及茶陵派的文化资本。

其二,诗言真性情。台阁体末流作者多为理学家,或深受其影响的文士,忽视诗歌言情审美特质,混淆诗文界限,使原本不景气的明代诗歌,屋漏遇雨,徘徊于低谷。茶陵派盟主李东阳着手改革台阁体,力主诗歌抒发真性情。他强调情出自然,认为诗歌应是真性情的自然流露,非傍人藩篱、拾人咳唾可致。《怀麓堂诗话》云:"《刘长卿集》凄婉清切,尽羁人、怨士之思。盖其情性固然,非但以迁谪故。譬之琴有商调,自成一格。若柳子厚永州以前,亦自有和平富丽之作,岂尽为迁谪之音耶?"② 外在环境固然对言情有制约作用,但更是性情使然。只有发乎性情,诗歌才能真正感人。《月桥诗序》云:"易君居家孝友,在乡党称信义,通经史,喜吟咏,藏修登眺之余,抚事触物,固有发乎情而感乎人人者。"③

---

①［清］张廷玉等:《明史》卷二八六《文苑二》,中华书局,1974年版,第7336页。
②［明］李东阳著,李庆立校释:《怀麓堂诗话校释》,人民文学出版社,2009年版,第143—144页。
③［明］李东阳撰,周寅宾校点:《李东阳集·文后稿》卷四,岳麓书社,2008年版,第984页。

　　李梦阳等郎署官,论诗也很注重言情,同样认为,诗应因情而发,反对为诗造情。其《秦君饯送诗序》:"诗者,感物造端者也。"① 《诗集自序》引王叔武言:"真者,音之发而情之原也。"② 康海《太微山人张孟独诗集序》曰:"夫因情命思,缘感而有生者,诗之实也;比物陈兴,不期而与会者,诗之道也。"③ 在前七子中,徐祯卿可谓倡导言情之高手,其《谈艺录》云:

　　　　情者,心之精也。情无定位,触感而兴,既动于中,必形于声。故喜则为笑哑,忧则为吁戏,怒则为叱咤。然引而成音,气实为佐;引音成词,文实与功。盖因情以发气,因气以成声,因声而绘词,因词而定韵,此诗之源也。④

　　在徐氏看来,情为诗歌之源泉,在诗歌创作中居于主导地位。相对于性气诗、理学诗的言理不言情,李东阳的言情说,有拨乱反正之功。李梦阳等人能依附之,这是其共守的理论基础。

　　李东阳虽然主张诗言真性情,但又非一任情性放纵。《怀麓堂诗话》强调:"长歌之哀,过于痛哭。歌发于乐者也,而反过于哭。是诗之作也,七情具焉,岂独乐之发哉! 惟哀而甚于哭,则

① [明]李梦阳撰,郝润华校笺:《李梦阳集校笺》卷五二,中华书局,2020年版,第1693页。
② [明]李梦阳:《空同先生集》卷五〇,伟文图书出版社有限公司,1976年版,第1437页。
③ [明]康海:《对山集》卷一四,《四库全书存目丛书》集部,第52册,齐鲁书社,1997年版,第442页。
④ [清]何文焕辑:《历代诗话》下,中华书局,2004年版,第765页。

失其正矣。善用其情者无他,亦不失其正而已。"① 诗歌之言情效果,远胜于痛哭,但不可纵情,李东阳没有忘却"发乎性情,止乎礼义"的古训,故其《东祀录序》又称:"凡悲欢喜愕郁抑宣泄之间,一出于正。"②《王城山人诗集序》也称:"叙事引物,感时伤古,忧思笑乐,往复开阖,未尝不出乎正。"③ 因此,李东阳所说的真情,多囿于中和雅正这一既定范围,主要指向"中和"之情。如此,其倡导的真情说,又在很大程度上回到了传统诗教的老路。前七子郎署也未摆脱儒家诗教法则之左右。李梦阳《缶音序》云:

> 夫诗比兴错杂,假物以神变者也。难言不测之妙,感触突发,流动情思,故其气柔厚,其声悠扬,其言切而不迫。故歌之心畅,而闻之者动也。④

"其气柔厚","其言切而不迫",其实就是发抒"中和"之情。这方面,王廷相更为专注。其《巴人竹枝歌十首》诗小序曰:

> 嗟乎!君臣朋友夫妇,其道一致,而夫妇之情,尤足以感人。故古之作者,每藉是以托讽,而孤臣怨友之心,于此

----

① [明]李东阳著,李庆立校释:《怀麓堂诗话校释》,人民文学出版社,2009年版,第183页。

② [明]李东阳撰,周寅宾校点:《李东阳集·东祀录》,岳麓书社,2008年版,第1424页。

③ [明]李东阳撰,周寅宾校点:《李东阳集·文稿》卷二,岳麓书社,2008年版,第396页。

④ [明]李梦阳撰,郝润华校笺:《李梦阳集校笺》卷五二,中华书局,2020年版,第1694页。

乎白,因之感激以全其义分者,多矣。是故温柔敦厚者,诗人之体也;发乎情,止乎义理者,诗人之志也;杂出比兴,形写情志,诗人之辞也。①

这是典型的儒家温柔敦厚诗教法则,与李东阳论诗,同出一辙。

其三,讲究法度。前七子派与李东阳茶陵派宏观上同属于格调派,皆注重格律、格调、遣词造句、为文技法等问题。但较之李东阳茶陵派,前七子更重法度、格调,李梦阳等人甚至走向机械模拟极端。

李梦阳认为,诗文的法度、规矩是"物之自则",今人为文必须遵守,不可逾越:"仆少壮时,振翮云路,尝周旋鵷鸾之末,谓学不的古,苦心无益。又谓文必有法式,然后中谐音度,如方圆之于规矩,古人用之,非自作之,实天生之也。今人法式古人,非法式古人也,实物之自则也。"② 否则,就不足以知文:"夫文自有格,不祖其格,终不足以知文。"③ 既然如此,为文作诗就没必要另行构思与创新,循规守矩即可。他以学书者临摹字帖为喻,诠释规矩道:"规矩者,法也。仆之尺尺而寸寸之者,固法也。""作文如作字,欧、虞、颜、柳,字不同而同笔。笔不同,非字矣。不同者何也? 肥也,瘦也,长也,短也,疏也,密

① [明]王廷相著,王孝鱼点校:《王廷相集·王氏家藏集》卷二〇,中华书局,1989年版,第369页。
② [明]李梦阳撰,郝润华校笺:《李梦阳集校笺》卷六二《答周子书》,中华书局,2020年版,第1925页。
③ [明]李梦阳撰,郝润华校笺:《李梦阳集校笺》卷六二《答吴谨书》,中华书局,2020年版,第1922页。

也。故六者，势也，字之体也，非笔之精也。精者何也？应诸心而本诸法者也。不窥其精，不足以为字，而矧文之能为！文犹不能为，而矧能道之为！"①《再与何氏书》言之益明："夫文与字一也，今人模临古帖即太似不嫌，反曰能书，何独至于文而欲自立一门户邪？自立一门户，必如陶之不冶，冶之不匠，如孔之不墨，墨之不杨邪？此亦足以类推矣！"②并将规矩归纳为：

> 古人之作，其法虽多端，大抵前疏者后必密，半阔者半必细；一实者必一虚，叠景者意必二。此予之所谓法，圆规而方矩者也。③

在《答周子书》中，他还谈到"开阖照应、倒插顿挫"④的法则问题。这样，为诗作文就已程序化。李梦阳此法，连同一阵营的何景明都有些看不过去了："追昔为诗，空同子刻意古范，铸形宿镆，而独守尺寸。仆则欲富于材积，领会神情，临景构结，不仿形迹。"何氏认为，此举无异于"如小儿倚物能行，独趋颠仆。虽由此即曹、刘，即阮、陆，即李、杜，且何以益于道化也？"⑤明

---

① 李梦阳撰，郝润华校笺：《李梦阳集校笺》卷六二《驳何氏论文书》，中华书局，2020 年版，第 1916、1917—1918 页。

② [明]李梦阳撰，郝润华校笺：《李梦阳集校笺》卷六二，中华书局，2020 年版，第 1920 页。

③ [明]李梦阳撰，郝润华校笺：《李梦阳集校笺》卷六二《再与何氏书》，中华书局，2020 年版，第 1920 页。

④ [明]李梦阳撰，郝润华校笺：《李梦阳集校笺》卷六二，中华书局，2020 年版，第 1925 页。

⑤ 李叔毅等点校：《何大复集》卷三二《与李空同论诗书》，中州古籍出版社，1989 年版，第 575、576 页。

代文学史上著名的何、李之争,由此拉开序幕。尽管李、何等所谓法度,较李东阳及茶陵派严格,但相通处仍占主导地位,这也是前者依附后者的重要基础。

李梦阳、何景明等人文学主张趋同馆阁文学,除为争夺文学话语权积累资本外,也与学术思想的变化有关。成、弘前的主流学术思想,相对整齐划一,这为文学主张的趋同,奠定了理论基础。黄佐《眉轩存稿序》云:

> 成化以前,道术尚一,而天下无异习。学士大夫视周、程、朱子之说如四体然,惟恐伤之。以故词虽往往弗华,而每根于理质。惟亡大研,而气亦霈然以昌,其风俗朴茂可想见也。佐童时,未有知思效先秦,而宋之弃,其修词驳如也。①

成化以前,学术尚一无异,俨然为程朱理学之天下。文学上,以宗法唐宋为尚,鲜有效法先秦者。董其昌《合刻罗文庄公集序》亦云:

> 成、弘间,师无异道,士无异学。程、朱之书立于掌故,称大一统。而修词之家,墨守欧曾,平平尔。②

二家所论,时间上略有差异,但皆谓成、弘前主流学术几乎是程、朱理学一统天下。表现在文学上,即文法唐、宋,诗宗盛

---

① [清]黄宗羲编:《明文海》卷二三九,中华书局,1987年版,第2461页。
② [明]董其昌:《容台文集》卷一,严文儒、尹军主编:《董其昌全集》第1册,上海书画出版社,2013年版,第23页。

唐。实际上，至弘治末年，也基本如此。黄佐又有言："弘治末年，修撰康海辈以先秦、两汉倡，稍有和者。"① "稍有和者"，即谓应和者尚不多见。康海弘治十五年（1502）进士及第，倡言先秦、两汉之风，当在此年或稍后。可见，至弘治末年，明代主流文学宗尚虽已出现转型的迹象，但尚未得到时人的广泛认可。

第二节　郎署文学意识的觉醒 与文学权力下移

弘治中后期，伴随着郎署文学意识的觉醒，郎署官已经意识到加于自身"符号暴力"的不合理性，不再满足于有限度地分享馆阁文学权力，于是将"继承"策略，调整为"颠覆"策略，积极从事文学活动，自觉地向馆阁争夺文学权力，最终导致文学权力由馆阁下移郎署。

一、由"继承"到"颠覆"：郎署文学策略的调整与文学权力的争夺

明前期馆阁、郎署分工，及科举制度、庶吉士制度，导致了士大夫阶层文化、文学的不平衡，尤其是郎署学术、文学的严重缺失，以至于影响到为政。李东阳《送张君汝弼知南安诗序》曰：

夫所谓政者，必柢经据史，饰之以材艺，资之以议论，而振之以气节，然后左宜右有，旁行而不滞。苟泥法守律，

①［明］黄佐：《翰林记》卷一九，《景印文渊阁四库全书》第 596 册，台湾商务印书馆，1986 年版，第 1073 页。

　　翯翯焉寸纸只字之间,而曰"我善为政",今之所谓能官者,吾惑矣。慨自儒吏之迹判,而士往往不得以尽其用,用之不尽,乃或从而短之,岂所以待天下之士哉,岂所以待天下之士哉!

　　"吏"主要指以司理政务为主的一般行政官员。李东阳以为,"儒吏之迹判",导致士人为政不能尽其用,有人又以此责士,实非待士之道。他"怀此论久矣",①并意识到问题之严重,试图有所改变。《叶文庄公集序》又曰:

　　　　今论者无问可不可,文必归之翰林,政必推之法家。执议如此,则其势不容以不判。若持法守律,又能以经籍为根柢,以文章为藻饰,为天下重者,独非人之所难哉!国朝文臣得谥为文者,翰林之外,近时惟吴文恪公讷、魏文靖公骥、姚文敏公夔及公。要诸当世,诚不可易得。②

　　"文必归之翰林",道出馆阁垄断文化、文学的事实。有着翰林背景的李东阳,并非要否定之,而是从为政角度意识到,郎署官应"以经籍为根柢,以文章为藻饰",可适当从事文学活动。据杨一清《怀麓堂稿序》,李东阳此二序为"在翰林时作"。③李

①[明]李东阳撰,周寅宾校点:《李东阳集·文稿》卷三,岳麓书社,2008年版,第414—415页。
②[明]李东阳撰,周寅宾校点:《李东阳集·文稿》卷八,岳麓书社,2008年版,第479—480页。
③[明]李东阳撰,周寅宾校点:《李东阳集》卷首,岳麓书社,2008年版,第2页。

东阳于弘治七年（1494）"八月，以内阁大学士徐溥等人推荐，升礼部右侍郎兼侍读学士，专管内阁诰敕"，①故至迟在弘治七年（1494），李东阳即已持此论。同样有翰林背景的岳正，对儒吏之分，也心存芥蒂。《赠和振纲刑部主事序》称：

> 儒吏二乎哉！不二也，不二也！而孰与岐其名？盖亦世之污隆而为之欤！夫儒欤（与）吏，皆政之体也。周以上，世升而隆，其政本于道，而圣人笔之以为经。周以下，世降而污，其政出于术，而法家因之以定律。儒通乎经而吏明于律，其本未始不一，而岐之使二者，道与术也。然经之约民也，大而疏；律之防民也，细而密。密者之失必酷，而疏者之弊近迂。此其势然也。是故自入官议制之有辞，沿至于今，从政者不能任经而黜律。君子曰：资儒以为吏，斯可矣。②

较之李东阳的论调，岳正则显得有些保守。岳正卒于成化八年（1472），③故最迟在此时，他已不满儒、吏之分，主张"资儒以为吏"。其实，在李、岳之前，永乐二年（1404）进士陈敬宗就已提到"文章政事相资"："夫文章与政事相资，文非政事则无以著其实，政事非文则无以传诸后。"④尽管其骨子里依然视政事

---

①钱振民：《李东阳年谱》，复旦大学出版社，1995年版，第133页。

②[明]岳正撰，李东阳编：《类博稿》卷五，《景印文渊阁四库全书》第1246册，台湾商务印书馆，1986年版，第396页。

③[明]李东阳撰，周寅宾校点：《李东阳集·文稿》卷二九《外姑宋夫人墓志铭》，岳麓书社，2008年版，第776页。

④[明]陈敬宗：《澹然先生文集》卷四《大司马孙公文集序》，《四库全书存目丛书》集部，第29册，齐鲁书社，1997年版，第373页。

为第一要务。① 可见,岳、李之论,是有源可溯的。这种发自馆阁的声音,客观上为郎署文学的崛起,提供了理论依据。

从郎署方面而言,伴随着朝廷右文政策的推行,"成、弘以降,道化熙洽,士向于文",② 孝宗朝"天下晏然,人文熙洽,才贤奋兴",③ 郎署文学意识迅速觉醒,有郎署官开始怀疑馆阁、郎署分工的合理性,不满馆阁臣僚的文学垄断行径。储巏《赠少参吴君之官广西叙》云:

> 夫文学、政事,君子未尝岐而二之。孔门四科之列,特各枚举所重者尔。不然,颜、闵之流,他顾有不足邪。近世遂以政事属诸吏,文学属诸儒,谓其截然有不相入。此其核到之论哉! ④

储巏,字静大,号柴墟,成化二十年(1484)会试第一,曾任南京吏部主事。他对儒吏分工,也心存疑问,认为郎署官也应有相应的文学、学术修养,应主动从事文学活动,文学不应该成为馆阁的专利。因此,他便与同道积极主动地投身于文学活动。

---

①[明]魏骥《陈祭酒文集序》:"俾主事刑部,综理之余,谨上初意,于学之所当务者,若文若诗,攻之尤不敢少辍。"(魏骥:《南斋先生魏文靖公摘稿》卷五,《四库全书存目丛书》集部,第30册,齐鲁书社,1997年版,第370页)

②[明]陆树声:《中江先生全集序》[明]莫如忠:《崇兰馆集》卷首,《四库全书存目丛书》集部,第104册,齐鲁书社,1997年版,第376页。

③[明]徐缙:《明江西按察司副使空同李公墓表》,[清]黄宗羲编:《明文海》卷四三二,中华书局,1987年版,第4530—4531页。

④[明]储巏:《柴墟文集》卷六,《四库全书存目丛书》集部,第42册,齐鲁书社,1997年版,第456页。

顾璘《凌溪朱先生墓碑》称："皇朝文尚淳厚，自成化、弘治间，质文始备。翰苑专门，不可一二数。其在台省，初有无锡邵公宝、海陵储公巏等开启门户。"① 顾璘《关西纪行诗序》言之稍详：

> 弘治丙辰间，朝廷上下无事，文治蔚兴，二三名公方导率于上。于时若今大宗伯白岩乔公宇、少司徒二泉邵公宝、前少宰柴墟储公瓘（巏）、中丞虎谷王公云凤，皆翱翔郎署，为士林之领袖，砥砺乎节义，刮磨乎文章，学者师从焉。②

弘治丙辰，即弘治九年（1496），朝野无事，乔宇、邵宝、储巏、王云凤等"皆翱翔郎署"，以"士林之领袖"身份，亮相文坛，其所引发的"学者师从"效应，具有引领时代风尚的示范意义。

在这种背景下，以李梦阳、何景明为代表的一批后起郎署官，文学意识迅速觉醒，开始调整文学策略，改"继承"为"颠覆"。尤其是李梦阳，积极倡导郎署从事文学活动，"号召为诗古文词"，虽遭"馆阁笑之"，但其表现出的"凤矫而龙变，旁若无人"的勇气，得到何景明、边贡、徐祯卿、朱应登、顾璘、陈沂、郑善夫、康海、王九思"十才子"③的热烈响应。郎署文学开始呈现出活跃、繁荣局面。就如顾璘《凌溪朱先生墓碑》所言：

---

① ［明］朱应登：《凌溪先生集》卷一八，《四库全书存目丛书》集部，第51册，齐鲁书社，1997年版，第497页。

② ［明］顾璘：《顾华玉集·息园存稿·文》卷一，《景印文渊阁四库全书》第1263册，台湾商务印书馆，1986年版，第458页。

③ ［清］毛奇龄：《西河集》卷八一，《景印文渊阁四库全书》第1320册，台湾商务印书馆，1986年版，第741页。

　　自是关西李梦阳、河南何景明、姑苏徐祯卿、维扬则先
生,岳立宇内,发愤覃精,力绍正宗,其文刊脱近习,卓然以
秦、汉为法;其诗上准风雅,下采沈、宋,磅礴蕴藉。郁兴一
代之体,功亦伟乎! ①

　　嘉靖十七年(1538),徐九皋作《刻孟有涯集序》亦言:"敬
皇帝缵绪御寓,昭德广化,函夏敉宁,蛮貊率俾,亭燧释警,干戈
载辑。学士大夫乘时清燕,群聚率励,赜探远剖,大肆力乎文事。
维时李空同金声于北地,何大复凤举于信阳,孙太初鸾翔于於
越,徐迪功豹变于东吴,边华泉鸿轩于历下,我浚川先生玉振于
仪封,而王渼陂、郑少谷、孟有涯氏诸君子,又相与驰骛艺囿,羽
翼词场。然后圣代之文章,洋洋焉,炳炳焉,近陵晋魏,逊轧汉
周矣。"②这种局面的形成,是李、何、徐等"发愤覃精,力绍正宗"
的结果。从事文学活动已成为不少郎署官的共识,并成为其生
活的重要内容。李梦阳《朝正倡和诗跋》即云:

　　诗倡和莫盛于弘治,盖其时古学渐兴,士彬彬乎盛矣,
此一运会也。余时承乏郎署,所与倡和,则扬州储静夫、赵
叔鸣,无锡钱世恩、陈嘉言、秦国声,太原乔希大,宜兴杭氏
兄弟,郴李贻教、何子元,慈溪杨名父,余姚王伯安,济南边
庭实。其后,又有丹阳殷文济,苏州都玄敬、徐昌毂,信阳何
仲默。其在南都,则顾华玉、朱升之其尤也。诸在翰林者,

①[明]朱应登:《凌溪先生集》卷一八,《四库全书存目丛书》集部,第51
　册,齐鲁书社,1997年版,第497页。
②[明]孟洋:《孟有涯集》卷首,《四库全书存目丛书》集部,第58册,齐
　鲁书社,1997年版,第122页。

以人众不叙。①

当时参与倡和者可分为郎署与翰林两大阵营,前者已成为文坛新生力量,知名度与影响力大幅提升,尽管还不能与馆阁相提并论。"诸在翰林者,以人众不叙",这不仅是个"不叙"的问题,不满馆阁垄断文权的情绪,已寓其中。"所与倡和"者如此之多,实已经昭示:此时郎署官常以群体形式参与、组织文学活动。李梦阳、康海、何景明等就很注意整合群体力量,热衷组社立派。

李梦阳弘治六年(1493)举进士后,连丁父母忧,弘治十一年(1498)除户部主事返京后,"倡为古文辞"。② 他深谙"同声者应,同气者求,同好者留,同情者成,同欲者趋"③ 之道,于"簿书外,日招集名流为文会,酬倡讲评",④ 并很快就将目标锁定翰

---

① [明]李梦阳撰,郝润华校笺:《李梦阳集校笺》卷五九,中华书局,2020年版,第1859—1860页。

② 李梦阳《封宜人亡妻左氏墓志铭》:"癸丑,登进士第。左氏从李子京师,会姑舅连丧,李子西……戊午,李子拜户部主事,居京师。"(李梦阳撰,郝润华校笺:《李梦阳集校笺》卷四五,中华书局,2020年版,第1542页)由此可知,梦阳进士登第不久,即离开京城,至弘治十一年戊午(1498),方返京。又,袁袠《李空同先生传》:"明年弘治癸丑,举进士,丁内外艰。戊午授户部主事,倡为古文辞,以变衰陋,断自秦汉而止,六代以下弗论也。乙丑,进员外郎……正德改元,丙寅进郎中。"(袁袠:《衡藩重刻胥台先生集》卷一七,《四库全书存目丛书》集部,第86册,齐鲁书社,1997年版,第627页)

③ [明]李梦阳撰,郝润华校笺:《李梦阳集校笺》卷六二《与徐氏论文书》,中华书局,2020年版,第1911页。

④ [明]崔铣:《洹词》卷六《江西按察司副使空同李君墓志铭》,《景印文渊阁四库全书》第1267册,台湾商务印书馆,1986年版,第515页。进士登第不久,李梦阳即丁父母忧,至弘治十一年(1498),方返京（转下页）

林院的王九思,争取其加入郎署文学阵营。之后,康海来京,二人志趣相投,相处甚欢,一同倡复古学,提倡新风。李开先《渼陂王检讨传》有曰:

> 及李崆峒、康对山相继上京,厌一时诗文之弊,相与讲订考正,文非秦、汉不以入于目,诗非汉、魏不以出诸口,而唐诗间亦仿效之,唐文以下无取焉。①

在二人引领下,王九思改旗易帜,加入郎署文学阵营。钱谦益即称:"康、李辈出,唱导古学,相与訾謷馆阁之体,敬夫舍所学而从之,于是始自贰于长沙矣。"② 王九思于此,并不掩饰,嘉靖十年(1531)五月,其作《渼陂集序》称:

> 予始为翰林时,诗学靡丽,文体萎弱。其后德涵、献吉导予易其习焉。献吉改正予诗者,稿今尚在也;而文由德涵改正者尤多。③

(接上页)任户部主事,故其"倡为古文辞",以及"簿书外,日招集名流为文会",应在此年或稍后。一方面,此时梦阳连丁父母之忧,又远离主流文化圈,根本无精力、无条件以群体的形式从事文学活动;另一方面,至弘治九年(1496)时,梦阳"名尚未盛",号召力、凝聚力有限,尚不具备"招集名流为文会"的魅力。

① [明]李开先著,卜键笺校:《李开先全集·李中麓闲居集》之一〇,上海古籍出版社,2014年版,第922页。

② [清]钱谦益:《列朝诗集小传》丙集《王寿州九思》,上海古籍出版社,2008年版,第314页。

③ [明]王九思:《渼陂集》卷首,《四库全书存目丛书》集部,第48册,齐鲁书社,1997年版,第3页。

　　王九思改弦易辙，显示出郎署文学的巨大威力，也是馆阁文学趋向衰落、郎署文学日盛之表征。

　　不久，李梦阳又将目光转向徐祯卿。徐为吴中才子，[1]弘治十八年（1505）进士登第，李梦阳与之相识，当在此年。李梦阳《二月四日部署宴饯徐、顾二子》称："自从去年识徐顾，令我意气倾南州。徐郎近买洞庭栶，顾子亦具钱塘舟。"[2]徐，徐祯卿；顾，顾可学。正德元年（1506），徐祯卿"受命赴湖湘编纂外史"，[3]"去年"即弘治十八年（1505），即徐氏此年中进士之后。实际上，早在徐氏未中进士前，李梦阳即已闻其大名，《与徐氏论文书》即云：

　　　　仆，西鄙人也，无所知识，顾独喜歌吟，第常以不得侍善歌吟忧。间问吴下人，吴下人皆曰："吾郡徐生者，少而善歌吟，而有异才。"盖心窃乡往久之。闻足下来举进士，愈益喜，计得一朝侍也。前过陆子渊，子渊出足下文示仆，读未竟，抚卷叹曰："佳哉，铿铿乎古之遗声邪！"方伏谒足下，会足下不以仆鄙薄，幸使使临教曰："窃欲自附于下执事，即如日休、龟蒙辈，走之愿也。"仆闻之悚息，不敢出

———————————

① ［明］郑善夫《迪功集跋》曾称之："十岁学古文章遂成章，二十外稍厌吴声，一变遂与汉、魏、盛唐大作者驰骋上下，今之世绝无而仅有者也。"（郑善夫：《少谷集》卷一六，《景印文渊阁四库全书》第1269册，台湾商务印书馆，1986年版，第198页）

② ［明］李梦阳撰，郝润华校笺：《李梦阳集校笺》卷二〇，中华书局，2020年版，第529页。

③ ［明］徐祯卿著，范志新编年校注：《徐祯卿全集编年校注》附录八《徐祯卿年谱简编》，人民文学出版社，2009年版，第984页。

一语应,意者足下戏邪？居无何,使者三反,于是乃敢布愚悃。①

读徐氏诗文后,李梦阳赞赏有加。徐祯卿使人主动交好李梦阳,正中其下怀,可借机收之于麾下。"乃敢布愚悃",不过表面客套。王守仁《徐昌国墓志》称徐氏"学凡三变":"早攻声词,中乃谢弃；脱淖垢浊,修形炼气；守静致虚,恍若有际；道几朝闻,遽夕先逝。"就实际情况看,徐氏"早攻声词"实涵盖两个阶段:一是早期沿袭六朝诗风；二是"与李梦阳、何景明数子友,相与砥砺于辞章,既殚力精思,杰然有立"②阶段。由此可窥李梦阳激发徐氏文风转变迹象,尽管阳明未明言。黄省曾给李梦阳的书信,表述得相对清楚些:

　　即如吴下徐昌穀……既而释褐紫庭,与先生缔金马之交,每闻品论,辄终夜不寝,以思改旧矩,可谓奋厉焦苦矣。③

① [明]李梦阳撰,郝润华校笺:《李梦阳集校笺》卷六二,中华书局,2020年版,第 1911 页。
② [明]王守仁撰,吴光等编校:《王阳明全集》卷二五《外集》七,上海古籍出版社,2014 年版,第 1027、1026 页。
③ [明]黄省曾:《五岳山人集》卷三〇《寄北郡宪副李公梦阳书》,《四库全书存目丛书》集部,第 94 册,齐鲁书社,1997 年版,第 781 页。另外,黄鲁曾《续吴中往哲记·迪功徐君祯卿》:"作《谈艺录》,诗有《叹叹集》,此二者,诚牺牲也。二十七岁举进士,李梦阳倾盖见二书曰:'《谈艺》之文,超驾六朝；而《叹叹集》,则气格卑弱,若出二人之手。'君即大痌,凡三十三日夜不寐而沉思之,遂越唐人以遡汉魏,苦吟遥拟,如与谢灵运、宋之问等诸人对面焉。"(黄鲁曾:《续吴中往哲记》卷一,《四库全书存目丛书》史部,第 89 册,齐鲁书社,1996 年版,第 24—25 页)

因闻李梦阳"品论"，徐祯卿"终夜不寝，以思改旧矩"，以至于"奋厉焦苦"。王世贞就明确地指出，徐文风之骤变，缘于李之激发：

> 自为诸生，即与唐寅、文璧相唱酬有名。而其语高者，上仿佛齐、梁，下亦不失温、李以为快。既成进士，始与大梁李梦阳、信阳何景明善，而梦阳稍规之古。自是格骤变而上，操纵六代而出入景龙、开元间。初若夏驾不受羁，徐而察其步骤开辟，鲜不中绳墨者。①

结识李梦阳后，徐祯卿为诗宗尚由六朝改而趋汉魏、盛唐，且"鲜不中绳墨"。钱谦益称之："登第之后，与北地李献吉游，悔其少作，改而趋汉、魏、盛唐。"②《明史》本传谓其由喜白居易、刘禹锡而改趋汉魏、盛唐，③似有简单化倾向。实际情况应是在以六朝为宗尚的同时，喜好白、刘。对于李梦阳"稍规之古"，徐祯卿初不以为然，后乃诚服。朱彝尊载：

> 迪功少学六朝，其所著五集，类靡靡之音。及见北地，初犹崛强，赋诗云："我虽甘为李左车，身未交锋心未服。

---

① [明] 王世贞：《弇州山人续稿》卷一四八《像赞》，《明别集丛刊》第3辑，第38册，黄山书社，第472页。

② [清] 钱谦益：《列朝诗集小传》丙集《徐博士祯卿》，上海古籍出版社，2008年版，第301页。

③ 《明史·文苑二》："其为诗，喜白居易、刘禹锡。既登第，与李梦阳、何景明游，悔其少作，改而趋汉魏、盛唐。"（张廷玉等：《明史》卷二八六，中华书局，1974年版，第7351页）

顾予多见不知量,此项未肯下颇牧。"既而,心倾意写,营垒
旌旗,忽焉一变。①

　　如同王九思,徐祯卿文学宗尚的转向,也是颠覆性的,故正
德三年(1508)其自编《迪功集》时,剔除早期作品,多收结识
李梦阳后的趋汉魏、盛唐之作。② 借助李梦阳的声望与推毂,
徐祯卿很快融入了主流文学圈,成为前七子郎署文学中坚。袁
袠即谓其"举进士,与北地李梦阳游,李方以文雄海内,见祯卿
所为文,异之,由是特相友善,人称'徐、李'"。③ 此称谓是袁袠
为凸显乡贤地位为之,正常情况应为"李、徐"。嘉靖二十六年
(1547)进士宋仪望之《徐迪功祠记》即有曰:

　　　　敬皇帝时,北郡李献吉、信阳何仲默,咸以文章气节睥
　　睨当世,天下翕然慕之。而姑苏徐昌穀氏最少,以才名受知
　　北郡。二人相得欢甚,乃相与扬榷古今,综观艺文,而徐君
　　声称遂与李、何相埒矣。④

　　在李梦阳、何景明"咸以文章气节睥睨当世,天下翕然慕

---

① [清]朱彝尊著,姚祖恩编,黄君坦校点:《静志居诗话》卷一〇,人民文
　学出版社,1990年版,第263页。
② [明]徐祯卿著,范志新编年校注:《徐祯卿全集编年校注》附录八,人民
　文学出版社,2009年版,第996页。
③ [明]袁袠:《皇明献实》卷四〇《徐祯卿》,明文书局,1991年版,第
　773页。
④ [明]徐祯卿著,范志新编年校注:《徐祯卿全集编年校注》附录五,人民
　文学出版社,2009年版,第879页。

之"时,凭仗其知遇及声望,与其诗文唱和过程中,徐祯卿得以与李、何并称,成为郎署文学巨擘。

　　前七子成员多为李梦阳、康海所吸纳,受其沾溉者,不独王、徐二人。王九思在承认其诗文由李、康修改后,接着道:"然亦非独予也,惟仲默诸君子,亦二先生有以发之。"[1] 李开先《渼陂王检讨传》引王之话语更详:"然亦不止于予,虽何大复、王浚川、徐昌毅、边华泉诸词客,亦二子有以成之。"[2]

　　康海进士及第,较李梦阳晚近十年,能发挥如此作用,多得力于其特殊身份的辐射效应。弘治十五年(1502),康海中状元,其殿试文为孝宗褒奖:

　　　　是时,孝宗皇帝拔奇抡才,右文兴治。厌一时为文之陋,思得真才雅士。见先生策,谓辅臣曰:"我明百五十年无此文体,是可以变今追古矣。"遂列置第一,而天下传诵则效,文体为之一变。[3]

　　康文为孝宗褒奖,以至于"天下传诵则效",轰动一时,这给李梦阳为中心的郎署文学有力声援。王九思古文宗尚的转变,就是在其导引下完成的。若因此谓"文体为之一变",似乎有些

---

[1] [明]王九思:《渼陂集》卷首,《明别集丛刊》第1辑,第85册,黄山书社,2013年版,第459页。

[2] [明]李开先著,卜键笺校:《李开先全集·李中麓闲居集》之一○,上海古籍出版社,2014年版,第922页。

[3] [明]张治道:《翰林院修撰对山康先生行状》,[明]张时彻辑:《皇明文范》卷五三,《四库全书存目丛书》集部,第303册,齐鲁书社,1997年版,第475页。

言之过早,康海此时尚不具备如此巨大的能量(详下文)。不过,由此也外透出康海进入翰林院前,文风就有异于馆阁。中进士前,康海为文已有一己复古思索与志向,《与良弼书》:"仆读《史记》、百家之言,见吾乡之士,每必掩卷叹息,思欲以振作衰惰之气,而刷洗其旧染之污,用复古昔大雅之躅。"① 已基本形成为文宗法趣向:"脱去近习,上追汉魏。"② 这是其能加入郎署文学阵营的前提。

文学群体的组建,既需有人网罗"同好",又要有人自愿、主动参与。徐祯卿的加盟,除李梦阳争取,还缘于其主动依附:"窃欲自附于下执事,即如日休、龟蒙辈,走之愿也。"何景明能与李梦阳抱团,"附翼之",③ 也出于自愿。孟洋称道:

> 壬戌举进士,进士例改庶吉士……当是时,关中李君献吉、济南边君廷实,以文章雄视都邑,何君往造,语合,三子乃变之古。自是操觚之士往往趋风秦、汉矣。④

弘治十五年(1502),何景明进士登第后,主动拜访李梦阳、

---

① [明]康海著,贾三强、余春柯点校:《康对山先生集》卷二三,三秦出版社,2015年版,第438页。
② [明]张治道:《翰林院修撰对山康先生行状》,[明]张时彻辑:《皇明文范》卷五三,《四库全书存目丛书》集部,第303册,齐鲁书社,1997年版,第475页。
③ [清]永瑢等:《四库全书总目》卷一七二,中华书局,1965年版,第1507页。
④ [明]孟洋:《孟有涯集》卷一七《中顺大夫陕西按察司提学副使何君墓志铭》,《四库全书存目丛书》集部,第58册,齐鲁书社,1997年版,第282页。

边贡等，自觉与其结社唱和。李梦阳得何景明"为益雄"，[1] 何景明也因"附翼"李梦阳，名声益震。嘉靖十六年（1537），王廷相作《大复集序》就称：

> 及登第，与北郡李献吉为文社交，稽述往古，式昭远模，摈弃积俗，肇开贤蕴。一时修辞之士，翕然宗之，称曰"李、何"云。[2]

他人之所以自愿、主动加入，一方面，加入者可从名人那里攫取有价值的文化资本；另一方面，志趣相投、观念相近，也是重要因素。皇甫汸《徐文敏公集序》云：

> 时李员外、何舍人，又抵掌而谈秦汉，奋力以挽风骚……郎署之间，则有给事殷云霄、仓曹郑善夫、迪功徐祯卿，咸逞雕篆之伎，缔笔札之交。非秦汉之书，屏目不视；非魏晋之音，绝口不谈。[3]

这表明，李梦阳周围一群郎署官已形成了共同文学观念与目标，有明显的群体意识。一个"具备了其他人所不具备的共同的观念、利益、情感和职业"的"与众不同"的文学社团已经形成，是为前七子，或前七子派。其成员可通过"相互吸引、相

---

① ［明］王世贞：《何大复集序》，李叔毅等点校：《何大复集》卷首，中州古籍出版社，1989年版，第4页。

② 李叔毅等点校：《何大复集》卷首，中州古籍出版社，1989年版，第1页。

③ ［明］皇浦汸：《皇甫司勋集》卷三六，《景印文渊阁四库全书》第1275册，台湾商务印书馆，1986年版，第748页。

互寻觅,相互交往、相互结合",① 共相推毂,占据更多有价值的文化资本,制造群体效应。

随着占据的有价值文化资本日渐增多,郎署文学影响力不断扩张,前七子郎署官底气益足。他们对馆阁的文学垄断行为、对馆阁体的不满,日益加剧,开始施行"颠覆"策略,有意染指馆阁特权。张治道《翰林院修撰对山康先生行状》载:

> 是时,李西涯为中台,以文衡自任,而一时为文者皆出其门。每一诗文出,罔不模效窃仿,以为前无古人。先生独不之效,乃与鄠杜王敬夫、北郡李献吉、信阳何仲默、吴下徐昌毂为文社,讨论文艺,诵说先王。西涯闻之,益大衔之。②

在众人"罔不模效窃仿"李东阳台阁体之际,康海标新立异,"独不之效",与王九思、何景明、徐祯卿等"讨论文艺,诵说先王",与李东阳等阁臣争夺文学话语权。而馆阁文权的背后,隐藏着特殊的政治、经济利益,无怪乎李东阳"大衔之"。

康海丧母后之所为,进一步侵夺了阁臣利益,加剧了馆阁与前七子郎署官的矛盾。正德三年(1508)秋,康海丧母,按惯例,仕者尤其是翰林官有父母之丧,应持厚币至内阁求神道碑铭墓表,康海却一反常态,打破旧例,偏不往内阁求文,而由自己与友人代庖。张治道《翰林院修撰对山康先生行状》载:

---

① [法]埃米尔·涂尔干著,渠东译:《社会分工论》第二版序言,生活·读书·新知三联书店,2013年版,第26页。
② [明]张时彻辑:《皇明文范》卷五三,《四库全书存目丛书》集部,第303册,齐鲁书社,1997年版,第476页。

　　戊辰，先生同考会试……无何，丁母忧，归关中。往时，京官值亲殁，持厚币求内阁志铭，以为荣显。而先生独不求内阁文，自为状，而以鄠杜王敬夫为志铭，北郡李献吉为墓表，皋兰段德光为传。一时文出，见者无不惊叹，以为汉文复作，可以洗明文之陋矣。西涯见之，益大衔之，因呼为"子字股"。盖以数公为文称"子"故也。①

　　康海正德三年（1508）的一系列行为，不仅打破成矩，还触动了阁臣利益。更重要的是，借此向世人呈示出一种新文风，使人有"汉文复作"之感。故李东阳"大衔之"，称其文为"子字股"。当时"大衔之"者，绝非李东阳一人。王九思之记载，可为证：

　　戊辰春，同考礼部会试举人。其年秋，太安人弃养，公将西归合葬平阳公。诸翰林之葬其亲者，铭、表、碑、传，无弗谒诸馆阁诸公者，公独不然。或劝之，乃大怒，曰："孝其亲者，在文章之必传耳，官爵何为？"于是自述状，以二三友生为之，刻集既成，题曰"康长公世行叙述"。遍送馆阁诸公，诸公见之，无弗怪且怒者。

　　康海以"孝其亲者，在文章之必传"为由，自为行状，请友人为墓表、碑铭、传记。不仅不请馆阁诸公为文，还将自己与友人所撰文"遍送"之，这是明目张胆地与馆阁抢夺文学话语权，侵夺其利益,难怪诸公见之"无弗怪且怒者"。这也成为康海日后落职的由头:"是时李西涯为相,素忌公,遂落公为民。"①何良俊略记其始末曰:

> 康对山以状元登第,在馆中声望籍甚,台省诸公得其謦咳以为荣,不久以忧去。大率翰林官丁忧,其墓文皆请之内阁诸公,此旧例也。对山闻丧即行,求李空同作墓碑,王渼陂、段德光作墓志与传。时李西涯方秉海内文柄,大不平之。值逆瑾事起,对山遂落籍。②

康海落籍,丧母事件是导火索,文学主张差异是突破口。对于后者,胡缵宗了然于心,《西玄诗集叙》称:

> 弘治间,李按察梦阳谓诗必宗杜甫,康殿撰海谓文必祖马迁而下,学士大夫多从之,士类靡然。而空同、对山因得罪世之君子矣。③

李梦阳、康海等与馆阁争夺文学话语权,最终得罪了馆阁诸大老。康海丧母事件,标志着前七子派郎署官已摒弃"继承"策略,主动采取"颠覆"策略,最终与馆阁文学分道扬镳,完成了与馆阁文学的正式切割。随后,郎署文学迅速崛起于明中叶文坛,

①［明］王九思:《渼陂续集》卷中《明翰林院修撰儒林郎康公神道之碑》,《明别集丛刊》第1辑,第86册,黄山书社,2013年版,第65页。
②［明］何良俊:《四友斋丛说》卷一五,中华书局,1959年版,第126页。
③［明］马汝骥:《西玄诗集》卷首,《四库全书存目丛书》集部,第73册,齐鲁书社,1997年版,第654页。

主流文风也因之发生转向。

二、郎署"颠覆"策略的核心：文必先秦、两汉，诗必汉魏、盛唐

在文学场域中，争夺文化资本与文学话语权，需要采取一定的策略，而策略又需要具体命名。行动者通过命名方式，宣传自家文学主张，宣称自己具有独一无二的合法性，以博取社会认同与合法性，从而将原先的支配者淘汰出局，使之丧失或削弱文学话语权。同时，命名还可"制造一种新的文学景观，使之成为文坛的基本现实，并以此谋求社会认同"。① 前七子郎署官奉行的"颠覆"策略，取用的命名方式，即推出鲜明的文学主张。其核心内容可简要概括为"文必先秦、两汉，诗必汉魏、盛唐"②，这一策略对馆阁文学极具杀伤力与颠覆性。

一提到前七子，很容易联想到"文必秦、汉，诗必盛唐"。其实，他们根本没提出这一主张。之所以如此，主要源自《明史》的渲染："梦阳才思雄鸷，卓然以复古自命。弘治时，宰相李东阳主文柄，天下翕然宗之，梦阳独讥其萎弱。倡言文必秦、汉，诗必盛唐，非是者弗道。"③ 四库馆臣亦云："自李梦阳、何景明崛起宏（弘）、正之间，倡复古学，于是文必秦、汉，诗必盛唐，其才学足

---

① 朱国华：《文学与权力：文学合法性的批判性考察》，北京大学出版社，2014年版，第171页。

② ［明］王九思：《渼陂续集》卷中《明翰林院修撰儒林郎康公神道之碑》，《明别集丛刊》第1辑，第86册，黄山书社，2013年版，第65页。

③ ［清］张廷玉等：《明史》卷二八六《文苑二》，中华书局，1974年版，第7348页。

以笼罩一世,天下亦响然从之。"① 事实上,"文必秦、汉,诗必盛唐",有些以偏概全,不能精准地揭示前七子郎署文学理论内涵。其文学复古主张,要宽泛、复杂得多,不仅因人而异、因时而变,而且因体而定。

李梦阳《与徐氏论文书》云:"至元、白、韩、孟、皮、陆之徒为诗,始连联斗押,累累数千百言不相下。此何异于入市攫金、登场角戏也……三代而下,汉、魏最近古。"② 既然如此,汉、魏可奉以为法,但又非所有诗歌皆法之。《刻陆谢诗序》称:"夫五言者,不祖汉,则祖魏,固也。乃其下者,即当效陆、谢矣。所谓'画鹄不成,尚类鹜'者也。"③ 原来是五言古诗法汉、魏为上。至于学唐诗,以何者为则,其《张生诗序》曰:"唐之诗最李、杜。"④ 顾璘有言:"李空同言作诗必须学杜,诗至杜子美,如至圆不能加规,至方不能加矩矣。"⑤ 这实质上将律诗(今体诗)的宗法对象,定格于盛唐,且以李、杜为最高典范。可见,李梦阳主张不同体裁的诗歌宗尚,各有侧重。钱谦益括之曰:"献吉以复古自命,曰古诗必汉魏,必三谢;今体必初盛唐,必杜;舍是无诗焉。"⑥ 沈

---

① [清]永瑢等:《四库全书总目》卷一七〇《怀麓堂集》,中华书局,1965年版,第1490页。

② [明]李梦阳撰,郝润华校笺:《李梦阳集校笺》卷六二,中华书局,2020年版,第1912页。

③ [明]李梦阳撰,郝润华校笺:《李梦阳集校笺》卷五〇,中华书局,2020年版,第1662页。

④ [明]李梦阳撰,郝润华校笺:《李梦阳集校笺》卷五一,中华书局,2020年版,第1678页。

⑤ [明]何良俊:《四友斋丛说》卷二六,中华书局,1959年版,第234页。

⑥ [清]钱谦益:《列朝诗集小传》丙集《李副使梦阳》,上海古籍出版社,2008年版,第311页。

德潜、周准也道："空同五言古宗法陈思、康乐，然过于雕刻，未极自然；七言古雄浑悲壮，纵横变化；七言近体开合动荡，不拘故方，准之杜陵，几于具体"，"追逐少陵，实有面目太肖处"。①二家所言，基本符合实际。概而言之，李梦阳是五言古诗宗汉、魏，其下之乃仿效陆、谢；七言近体法盛唐，以李、杜为极。至于古文，李梦阳称："西京之后，作者无闻矣。"②后人概括为"文必秦汉"，或"文必先秦、两汉"，大致是符合实际的。其实，李梦阳稍后的袁袠，早已比较全面地概括出李梦阳的文学主张："弘治间，李公梦阳以命世之雄材，洞视元古，谓文莫如先秦、西汉，古诗莫如汉魏，近体诗莫如初盛唐。"③

何景明也是古诗法汉、魏，但其歌行、近体诗，重点学李、杜的同时，也旁及初、盛唐诸家。较之李梦阳，略显宽泛。正德元年（1506）八月，何景明序袁凯《海叟集》有曰：

> 景明学诗，自为举子历宦，于今十年，日觉前所学者非是。盖诗虽盛称于唐，其好古者自陈子昂后，莫若李、杜二家。然二家歌行、近体，诚有可法；而古作尚有离去者，犹未尽可法之也。故景明学歌行、近体有取于二家，旁及唐初、盛唐诸人；而古作必从汉魏求之。④

①［明］沈德潜、周准编：《明诗别裁集》卷四，上海古籍出版社，1979年版，第89页。

②［明］李梦阳撰，郝润华校笺：《李梦阳集校笺》卷六六《论学上篇第五》，中华书局，2020年版，第1994页。

③［明］袁袠：《皇明献实》卷四〇《李梦阳》，明文书局，1991年版，第768—769页。

④李叔毅等点校：《何大复集》卷三四，中州古籍出版社，1989年版，第595页。

　　对李、杜的师法，何景明也有其选择性。杜甫歌行、近体诚有可法，而古诗未可尽法；古诗应以汉魏为则。因此，他总结自己学诗取舍为："学歌行、近体有取于二家，旁及唐初、盛唐诸人；而古作必从汉魏求之。"稍后的《明月篇》小序，进一步阐明这一学诗途径：

　　　　仆始读杜子七言诗歌，爱其陈事切实，布辞沉着。鄙心窃效之，以为长篇圣于子美矣。既而读汉魏以来歌诗，及唐初四子者之所为，而反复之。则知汉魏固承《三百篇》之后，流风犹可征焉。而四子者，虽工富丽，去古远甚，至其音节，往往可歌。乃知子美辞固沉着，而调失流转；虽成一家语，实则诗歌之变体也。夫诗本性情之发者也，其切而易见者，莫如夫妇之间。是以《三百篇》首乎《雎鸠》，六义首乎风。而汉魏作者，义关君臣、朋友，辞必托诸夫妇，以宣郁而达情焉。其旨远矣！由是观之，子美之诗，博涉世故，出于夫妇者常少，致兼雅颂，而风人之义或缺，此其调反在四子之下与？暇日为此篇，意调若仿佛四子。①

　　在此，何景明进一步认定：风格上，杜诗"辞固沉着，而调失流转；虽成一家语，实则诗歌之变体"；内容上，"博涉世故，出于夫妇者常少，致兼雅颂，而风人之义或缺"，反在初唐四杰之下。对盛唐其他大家，他也不盲从，如他点出王维古诗不足法："窃谓右丞他诗甚长，独古作不逮。盖自汉魏后，而风雅浑厚之气罕

① 李叔毅等点校：《何大复集》卷一四，中州古籍出版社，1989 年版，第 210—211 页。

有存者。右丞以清婉峭拔之才，一起而绰然名世，宜乎就速而未之深造也。"① 徐泰《诗谈》归结何景明论诗宗尚曰："信阳何景明，上追汉、魏，下薄初唐，大匠挥斤，群工敛手。"② 这一评论甚是平允。至于古文，何景明也倡言以汉、魏为宗："予谓古书自六经下，先秦、两汉之文，其刻而传者，亦足读之矣。"③

　　徐祯卿论诗，同样重汉魏、盛唐。《谈艺录》云："魏诗，门户也；汉诗，堂奥也。入户升堂，固其机也。而晋氏之风，本之魏焉。然而判迹于魏者。"④《与李献吉论文书》云："近世之辞悉诡于是，唯汉氏不远逾古，遗风流韵犹未艾。"⑤《与同年诸翰林论文书》称："少陵而后无诗矣。"⑥ 徐氏这一宗法倾向，是遇到李梦阳后做出调整的结果。

　　身为理学家的王廷相，虽鄙视文学⑦，但也不废为诗，其为诗也有鲜明的宗法旨向。《与薛君采二首》云："大抵汉人之作，

① 李叔毅等点校：《何大复集》卷三四《王右丞诗集序》，中州古籍出版社，1989 年版，第 594 页。
② 周维德集校：《全明诗话》第 2 册，齐鲁书社，2005 年版，第 1208 页。
③ 李叔毅等点校：《何大复集》卷三四《海叟集序》，中州古籍出版社，1989 年版，第 595 页。
④ ［清］何文焕辑：《历代诗话》下，中华书局，2004 年版，第 766 页。
⑤ ［明］徐祯卿：《迪功集》卷六，《景印文渊阁四库全书》第 1268 册，台湾商务印书馆，1986 年版，第 768 页。
⑥ ［清］黄宗羲编：《明文海》卷一五六，中华书局，1987 年版，第 1569 页。
⑦ 王廷相《与薛君采二首》其一："大较君子之学，视诸诗文，即子云所言雕虫耳。""夫自南宋以来，儒者议论，迁就时俗，采据异道，已与孔子之道多相背驰。近年来，复有一二士人，拳拳以道理鼓动天下，诚妙举矣。"（王廷相著，王孝鱼点校：《王廷相集·王氏家藏集》卷二七，中华书局，1989 年版，第 477 页）

闳博沉郁,无迫勒密匝之象","阮公《咏怀》,间亦有迫切者"。①
《答黄省曾秀才》曰:"《内经注辩序》甚佳,大类汉人文字。《康
乐诗序》,称许颇过。若然,则苏李、《十九首》、汉《乐府》、阮嗣
宗,皆当何如耶? 余尝谓:诗至三谢,当为诗变之极,可佳,亦可
恨也。惟留意五言古者始知之。"②《寄孟望之》:"律句,唐体也,
天宝大历以还,等而上之,晚唐不复言。苏黄有高才远意,格调
风韵则失之。元人铺叙藻丽耳,古雅含蓄,恶能相续? "③《刘梅
国诗集序》:"古人之作,莫不有体。《风》、《雅》、《颂》逊矣,变而
为《离骚》,为《十九首》,为邺中十子,为阮嗣宗,为三谢,质尽而
文极矣;又变而为陈子昂,为沈、宋,为李杜,为盛唐诸名家,大
历以后弗论也。"④ 看来,王廷相也是五言古诗宗法汉魏,近体诗
以盛唐为宗。具体来说,就是五古诗宗法汉魏、阮籍、三谢,律体
祖中唐以上,大历以后弗论。

　　以上李、何、徐、王所论,多侧重于诗。王九思、康海二人所
论,则诗文兼顾,且更重于文,并明确提出"文必先秦、两汉,诗
必汉魏、盛唐"⑤ 的主张。王九思《刻太微后集序》:

---

①［明］王廷相著,王孝鱼点校:《王廷相集·王氏家藏集》卷二七,中华书
　局,1989年版,第477页。
②［明］王廷相著,王孝鱼点校:《王廷相集·王氏家藏集》卷二七,中华书
　局,1989年版,第480页。
③［明］王廷相著,王孝鱼点校:《王廷相集·王氏家藏集》卷二七,中华书
　局,1989年版,第474页。
④［明］王廷相著,王孝鱼点校:《王廷相集·王氏家藏集》卷二二,中华书
　局,1989年版,第417页。
⑤ 早于康、王,弘治九年(1496)进士顾璘,提到过李、何文法秦汉。其《凌
　溪朱先生墓碑》:"自是,关西李梦阳、河南何景明、姑苏徐祯卿、维扬则
　先生,岳立宇内,发愤覃精,力绍正宗。其文刊脱近习,卓然以(转下页)

今之论者，文必曰先秦、两汉，诗必曰汉魏、盛唐，斯固然矣。然学力或歉，模放太甚，未能自成一家之言，则亦奚取于斯也。①

嘉靖二十四年（1545），张治道作《渼陂先生续集序》，也称王九思："其文法秦、汉，其诗法汉魏、李杜。"②康海的主张，大体似之，其于嘉靖十一年（1532）所作之《渼陂先生集序》称："于是后之君子言文与诗者，先秦、两汉，汉魏、盛唐。彬彬然盈乎域中矣。"③王九思为康海作神道碑曰：

本朝诗文，自成化以来，在馆阁者，倡为浮靡流丽之作，海内翕然宗之，文气大坏，不知其不可也。夫文必先秦、两汉，诗必汉魏、盛唐，庶几其复古耳。自公为此说，文章为之一变。④

（接上页）秦、汉为法。"（朱应登：《凌溪先生集》卷一八，《四库全书存目丛书》集部，第51册，齐鲁书社，1997年版，第497页）不过，顾氏只谈及李、何等人文法秦汉的事实，至于其是否曾明确提出这一主张，则语焉不详。

① [明]王九思：《渼陂续集》卷下，《明别集丛刊》第1辑，第86册，黄山书社，2013年版，第71页。

② [明]王九思：《渼陂续集》卷首，《明别集丛刊》第1辑，第86册，黄山书社，2013年版，第3页。

③ [明]王九思：《渼陂集》卷首，《四库全书存目丛书》集部，第48册，齐鲁书社，1997年版，第2页。

④ [明]王九思：《渼陂续集》卷中《明翰林院修撰儒林郎康公神道之碑》，《明别集丛刊》第1辑，第86册，黄山书社，2013年版，第65页。

　　可知,"文必先秦、两汉,诗必汉魏、盛唐",是由康海明确提出的。其为文基本奉行之,张治道《对山先生集序》描述当时文弊后,接着称康海诗文道:"三唐不能限其踪,两汉不能窥其际,驰驱屈、宋,凌轹班、马,洗近代之文陋,成一家之言。"①王九思还有诗称赞康海为文道:"龙头太史浒西君,拈出先秦两汉文。"②

　　"文必先秦、两汉,诗必汉魏、盛唐",既是康、王二人的共识,也是前七子派郎署官共同的理论主张。李梦阳、康海相继上京后,"厌一时诗文之弊,相与讲订考正,文非秦、汉不以入于目,诗非汉、魏不以出诸口,而唐诗间亦仿效之,唐文以下无取焉"。③而且,"相与讲订考正"者,不仅康、王二人:

　　　　国初诗文,犹质直浑厚,至成化、弘治间,而衰靡极矣……对山崛起而横制之,天下始知有秦、汉之古作,而不屑于后世之恒言……一时兴起斯文者,同乡则有王渼陂、李崆峒、马谿田、吕泾野、张伎陵,异省更有徐昌毂、何大复、王浚川、边华泉,虽九子者皆让其雄也。④

①[明]康海:《对山集》卷首,《四库全书存目丛书》集部,第52册,齐鲁书社,1997年版,第250页。
②[明]王九思:《渼陂集》卷六《漫兴十首》,《四库全书存目丛书》集部,第48册,齐鲁书社,1997年版,第58页。
③[明]李开先著,卜键笺校:《李开先全集·李中麓闲居集》之一〇《渼陂王检讨传》,上海古籍出版社,2014年版,第922页。
④[明]李开先著,卜键笺校:《李开先全集·李中麓闲居集》之一〇《对山康修撰传》,上海古籍出版社,2014年版,第916页。

"皆让其雄"，表明诸子皆认同康海的主张。袁衮也有言："弘治初，北地李梦阳首为古文，以变宋、元之习。文称左、迁，赋尚屈、宋，诗古体宗汉、魏，近律法李、杜。学士大夫翕焉从之。"① 何良俊亦谓康、李二人出，"当时文体为之一变"。② "学士大夫翕焉从之"、"文体为之一变"，意味着其文学主张已转化为时人见解与为文法则。王世贞《古四大家摘言序》即云："明兴，弘、正间，学士先生稍又变之，非先秦、西京弗述。"③ 不过，前七子个体其文学关注侧重点，还是有些差异的。崔铣《胡氏集序》云：

> 弘治中……武功康海好马迁之史，入对大廷，文制古辩，元老宿儒见而惊服。其时，北郡李梦阳、申（信）阳何景明，协表诗法，曰：汉无骚，唐无赋，宋无诗。二子抗节遐举，故能成章。④

这是说，康海以文名世，而李、何则以诗著称。嘉靖十七年（1538），胡缵宗作《西玄诗集叙》则明确表示："弘治间，李按察梦阳谓诗必宗杜甫，康殿撰海谓文必祖马迁而下，学士大夫多从

① ［明］袁衮：《皇明献实》卷四〇《何景明》，明文书局，1991年版，第772页。
② ［明］何良俊：《四友斋丛说》卷二三，中华书局，1959年版，第208页。
③ ［明］王世贞：《弇州山人四部稿》卷六八，《明别集丛刊》第3辑，第34册，黄山书社，2016年版，第145页。
④ ［明］崔铣：《洹词》卷一〇，《景印文渊阁四库全书》第1267册，台湾商务印书馆，1986年版，第602页。

之,士类靡然。"① 嘉靖十八年(1539),李濂《胡可泉集序》亦云:
"弘治间,武功康太史以马迁之文倡,北郡李按察近体诗以杜倡,
而古体则以汉魏倡,学者翕然宗之。"② "士类靡然"、"学者翕然
宗之",表明此为时人公论。嘉靖二十四年(1545)张治道所撰
《对山先生集序》即言:"当时语曰:李倡其诗,康振其文。文章
赖以司命,学士尊为标的。前失作者,后启英明。非横制颓波、
笔参造化者欤?"③ 可见,时人对李梦阳、康海对当时主流文风
转向所起的作用,认识颇为一致。何良俊则更是明称:

> 国初之文,不无失于卑浅,故康、李二公出,极力欲振起之。
> 二公天才既高,加发以西北雄俊之气,当时文体为之一变。④

由祖唐宋转向宗法秦汉,导致"文体为之一变",黄佐则视
之为明代主流文风"三变"之一:

> 国初,刘基、宋濂在馆阁,文字以韩、柳、欧、苏为宗,与
> 方希直皆称名家。永乐中,杨士奇独宗欧阳修,而气焰或不
> 及,一时翕然从之,至于李东阳、程敏政为盛。成化中,学士
> 王鏊以《左传》体裁倡。弘治末年,修撰康海辈以先秦、两

---

① [明]马汝骥:《西玄诗集》卷首,《四库全书存目丛书》集部,第73册,
  齐鲁书社,1997年版,第654页。
② [明]胡缵宗:《鸟鼠山人小集》卷首,《四库全书存目丛书》集部,第62
  册,齐鲁书社,1997年版,第189页。
③ [明]康海:《对山集》卷首,《四库全书存目丛书》集部,第52册,齐鲁
  书社,1997年版,第250—251页。
④ [明]何良俊:《四友斋丛说》卷二三,中华书局,1959年版,第208页。

汉倡，稍有和者，文体盖至是三变矣。[①]

　　黄佐指出，明初刘基、宋濂等人的文章以唐宋为宗，至"三杨"台阁体、茶陵派以宋为法，再到王鏊宗《左传》、前七子郎署官"以先秦、两汉倡"，文体发生三次大的转变。大体勾勒出了明初至前七子时的古文演化轨迹。不过，第三次转变，在弘治末年仅"稍有和者"，直至正德间才出现"学者翕然宗之"的局面。

　　与"文必先秦、两汉，诗必汉魏、盛唐"直接相关的，即排斥宋元诗文。挞斥宋元诗文，并非源于前七子郎署官，远且不论，自元延祐（1314—1320）以来，此风即颇为流行："我元延祐以来，弥文日盛，京师诸名公咸宗魏、晋、唐，一去金、宋季世之弊，而趋于雅正。诗丕变而近于古，江西士之京师者，其诗亦尽弃其旧习焉。"[②]元末明初的杨维桢，也持此观点："学诗于晚唐、季宋之后，而欲上下陶、杜、二李，以薄乎《骚》《雅》，亦落落乎其难哉！"[③]入明以来，在文学惯性的作用下，诗歌领域也存在着抑宋的意识。刘绩《霏雪录》卷下云："或问予唐、宋人诗之别。余答之曰：'唐人诗纯，宋人诗驳；唐人诗活，宋人诗滞；唐诗自在，宋诗费力；唐诗浑成，宋诗饾饤；唐诗缜密，宋诗漏逗；唐诗温润，宋诗枯燥；唐诗铿锵，宋诗散缓。唐人诗如贵介公子，举

①［明］黄佐：《翰林记》卷一九，《景印文渊阁四库全书》第 596 册，台湾商务印书馆，1986 年版，第 1073 页。

②［元］欧阳玄：《圭斋文集》卷八《罗舜美诗序》，《景印文渊阁四库全书》1210 册，台湾商务印书馆，1986 年版，第 64 页。

③［元］杨维桢：《东维子集》卷七《赵氏诗录序》，《景印文渊阁四库全书》第 1221 册，台湾商务印书馆，1986 年版，第 437 页。

止风流;宋人诗如三家村乍富人,盛服揖宾,辞容鄙俗。'"① 比较之中,已见刘氏鄙视宋诗。有人甚至走向极端,黄容《江雨轩诗序》即曰:"近世有刘崧者,以一言断绝宋代,曰:'宋绝无诗。'"②

李东阳虽转益多师,但于宋诗也有微词:"唐人不言诗法,诗法多出宋;而宋人于诗无所得"③,"宋诗深,却去唐远;元诗浅,去唐却近"。④ 这是从格调入手贬低宋诗。也就是说,在前七子派郎署官之前,已有人从内容、艺术、风格诸方面,贬抑宋诗,可视为此风的延续与强化。李梦阳《潜虬山人记》有曰:

> 山人商宋、梁时,犹学宋人诗。会李子客梁,谓之曰:"宋无诗。"山人于是遂弃宋而学唐。已,问唐所无,曰:"唐无赋哉!"问汉,曰:"无骚哉!"山人于是则又究心赋骚于唐、汉之上。山人尝以其诗视李子,李子曰:"夫诗有七难:格古、调逸、气舒、句浑、音圆、思冲,情以发之,七者备而后诗昌也。然非色弗神,宋人遗兹矣,故曰无诗。"⑤

按照李梦阳的解释,"格古、调逸、气舒、句浑、音圆、思冲,

---

①[明]刘绩:《霏雪录》卷下,《景印文渊阁四库全书》第866册,台湾商务印书馆,1986年版,第689页。

②[明]叶盛撰,魏中平点校:《水东日记》卷二六,中华书局,1980年版,第257页。

③[明]李东阳著,李庆立校释:《怀麓堂诗话校释》,人民文学出版社,2009年版,第27页。

④[明]李东阳著,李庆立校释:《怀麓堂诗话校释》,人民文学出版社,2009年版,第33页。

⑤[明]李梦阳撰,郝润华校笺:《李梦阳集校笺》卷四八,中华书局,2020年版,第1617页。

情以发之，七者备而后诗昌也"，而宋人诗遗之，故谓"宋无诗"。
何景明诋排宋诗，也尽心竭力，《与李空同论诗书》称："近诗
以盛唐为尚，宋人似苍老而实疏卤，元人似秀峻而实浅俗。"①
《杂言十首》论调更激进："经亡而骚作，骚亡而赋作，赋亡而诗
作。秦无经，汉无骚，唐无赋，宋无诗。"② 时人杨慎所记，可佐证
之。《升庵诗话》卷一二《莲花诗》条载，何景明"尝言宋人书不
必收，宋人诗不必观"。一日，杨慎书张耒《莲花》、杜衍《雨中荷
花》、刘美中《夜度娘歌》、寇准《江南曲》四诗，问何景明："此何
人诗？"何答曰："唐诗也。"杨笑曰："此乃吾子所不观宋人之诗
也。"何景明沉吟良久，道："细看亦不佳。"谜底已经揭开，事实
摆在面前，何氏尚且强词夺理，真"可谓倔强矣"。③ 其排宋意识
之强烈，想而见之。

　　以格调论诗，必须法乎其上。这是前七子郎署官一致的理
论追求。李梦阳《与徐氏论文书》即言："且夫图高不成，不失为
高；趋下者，未有能振者也。"④ 其"画鹄不成，尚类鹜者"说，也
因此而发。又，王廷相《李空同集序》云：

　　　　空同子往与余论文云："学其似，不至矣，所谓法上而
　　谨中也；过则至且超矣。子不闻乔白岩登华山乎？至华

---

① 李叔毅等点校：《何大复集》卷三二，中州古籍出版社，1989年版，第
　　575页。
② 李叔毅等点校：《何大复集》卷三八，中州古籍出版社，1989年版，第
　　666页。
③ 丁福保辑：《历代诗话续编》中，中华书局，2006年版，第872—873页。
④ [明]李梦阳撰，郝润华校笺：《李梦阳集校笺》卷六二，中华书局，2020
　　年版，第1912页。

坪,道士曰:'诸登者止此矣。'乔瞪目而起,穷探嵚涉,不但
已已,遂能摩莲峰,扪仙掌,下视方夏为眭中物……"嗟乎!
空同子之为文,岂易易言乎哉! ①

李梦阳以登险峰之所见,比喻"法乎其上",很是形象。从
中可以看出王廷相对格调理论的追求。

总的看来,前七子古诗以汉魏为师,旁及六朝;近体诗则以
盛唐为宗,间涉初唐、中唐,而中唐以下,不足为法;古文则以先
秦、两汉为宗。诗法盛唐,在前七子郎署官以前就有不少文士言
及之,李、何等人不过适时复加强化,更具煽动性而已;文法先
秦、两汉,才是其复古文学策略的最大亮点,有明一代文风,因而
发生重大转变。

三、文学权力下移郎署之辨析

"文必先秦、两汉,诗必汉魏、盛唐",并非抽象的理论命题,
而是有鲜明的针对性,其矛头径直指向以李东阳为代表的茶陵
派及其末流。前七子郎署官凝聚群体之力,猛烈挞伐馆阁文学,
以其占据的优势文化资本向馆阁争夺文学话语权,导致主流文
风转向,明代馆阁文学遭到有史以来首次重创,文权开始下移
郎署。顺治十一年(1654),周亮工作《孙高阳先生全集序》称:
"文章一道,自宋以来,权归馆阁,即北地、历下极力争之,而终不
能胜。但其流为春容蔓衍,总不脱宋人气习。"② 平心而论,周氏

①[明]王廷相著,王孝鱼点校:《王廷相集·王氏家藏集》卷二三,中华书
　局,1989年版,第424页。
②[明]孙承宗:《高阳集》卷首,《四库禁毁书丛刊》集部,第164册,北京
　出版社,2000年版,第12页。

之说,并不客观。

据现存可靠文献,较早言及此说者,为何景明的弟子樊鹏。正德十六年(1521),樊鹏为何景明作行状时,称"诗文至弘治间极矣",何、李"一变而之古",而"天下翕然从风",并盛赞之"盛矣,千载一时也"。① 这实已道出,弘治时期,文学权力已经移至郎署,可谓明文权下移郎署说之滥觞。

嘉靖十一年(1532)三月,康海为王九思作《渼陂先生集序》,盛赞明代"文章之盛,莫极于弘治时。所以反古俗而变流靡者",惟有李梦阳、何景明、王廷相、王九思、徐祯卿、边贡,以及他本人。② 这与樊鹏论调一致。康海晚年撰《太微山人张孟独诗集序》,再申其说：

> 惟李、何、王、边洎徐迪功五六君子,蹶起于弘治之间,而诗道始有定向；继而孟独接武于正德之季。③

以"接武"称张孟独,自谓大家、正宗之意识十足,这意味着在他看来,弘治之时,文学权力已为前七子郎署官把控。此非康海一家之言,在当时及其后,得到许多时人响应。嘉靖十二年(1533)正月,王献《跋渼陂先生集》称：

---

① [明]樊鹏:《中顺大夫陕西提学副使何大复先生行状》,李叔毅等点校:《何大复集》附录,中州古籍出版社,1989年版,第680页。

② [明]康海著,贾三强、余春柯点校:《康对山先生集》卷二八,三秦出版社,2015年版,第505页。

③ [明]康海著,贾三强、余春柯点校:《康对山先生集》卷三三,三秦出版社,2015年版,第585页。

昔在敬皇帝,海内全盛……维时空同浚其源,大复溯其
流,浚川横其柱,华泉障其川,昌毂回澜,对山扬舲,复虞、
夏、商、周之文,讲班、马、曹、刘之业,庶几乎一代之宗匠
矣……乃弘治、正德间,词赋文章为之一变。①

"词赋文章为之一变",与康海"反古俗而变流靡"说,其揆
一也。嘉靖二十四年(1545)春,张治道撰《对山先生集序》称,
孝宗朝"李倡其诗,康振其文。文章赖以司命,学士尊为标的",
为"当时语"。② 可见,文学权力下移郎署已成为不少时人的共
识。稍有不同的是,王献以为文权"移于郎署"在弘治、正德间。
嘉靖二十年(1541)的进士陆树声,有《中江先生全集序》云:

成、弘以降,道化熙洽,士向于文。时则北郡、信阳诸
君子出而讨论秦、汉,扬扢风雅,执牛耳以凌厉词坛,宇内谭
艺士率向往之。③

陆氏之言,已经暗示出:成化、弘治以降,李梦阳、何景明倡
言秦、汉文风,文权已开始由馆阁外移郎署。隆庆二年(1568)
进士李维桢《申文定公赐闲堂集叙》亦云:

---

① [明]王九思:《渼陂集》卷首,《四库全书存目丛书》集部,第48册,齐
　鲁书社,1997年版,第1页。
② [明]康海著,贾三强、余春柯点校:《康对山先生集》卷首,三秦出版社,
　2015年版,第18页。
③ [明]莫如忠:《崇兰馆集》卷首,《四库全书存目丛书》集部,第104册,
　齐鲁书社,1997年版,第376页。

明兴，古文辞尚台阁体，朱弦疏越有遗音，玄酒太羹有遗味。而其末流日趋于萎弱臭腐，汉、魏、六朝、三唐诸论著，屏弃不复省览。李文正起而振之，未畅厥旨。自是，学《左》、《国》、《史》、《汉》者，稍稍继出，其人多在他署，而翰苑缺焉。①

"其人"主要指前七子郎署官。"多在他署，而翰苑缺焉"，弦外之音即文学权力已由馆阁下移郎署。这离文权"下移郎署"说之明确命名，仅一步之遥。清人陈田则在前人基础上，正式提出文权"下移郎署"说：

孝庙以还，诗人多显达，蔚为雅宗……迨李、何起，而坛坫下移郎署。古则魏、晋，律必盛唐，海内翕然从之。②

成、弘之间，茶陵首执文柄，海内才俊，尽归陶铸。空同出而异军特起，台阁坛坫，移于郎署，始犹依违，不欲显然攻之也。③

陈田断定，文权移于郎署在弘治时期，这与前七子郎署官所言一致。事实是否如此？文学权力下移郎署是没有问题的；问题出在时间断限上。从以上引文可以看出，至少有"弘治"、"弘

---

① ［明］申时行：《赐闲堂集》卷首，《四库全书存目丛书》集部，第 134 册，齐鲁书社，1997 年版，第 1 页。

② ［清］陈田辑撰：《明诗纪事·丙签序》，上海古籍出版社，1993 年版，第931 页。

③ ［明］陈田辑撰：《明诗纪事·丁签》卷一，上海古籍出版社，1993 年版，第 1135 页。

治、正德间"、"成、弘以降"几种说法。

客观地说,成化、弘治时占据文坛主流的是李东阳及其茶陵派,① 以及陈献章、庄昶等为代表的性气派。因此,有论者在言及这一时期的文坛时,于前七子常是忽而不计的。顾璘即云:"国朝诗至成化、宏(弘)治间再变。维时少师西涯李公主清婉、尚才情,吏部郎中定山庄公主雄浑,征君白沙陈公主沉雅,并尚理致,名各震海内。"② 杨慎援引唐锜语云:"弘治间,文明中天,古学焕日:艺苑则李怀麓、张沧洲为赤帜……山林则陈白沙、庄定山称白眉。"③ 在顾、杨二人看来,李东阳茶陵派与陈献章、庄昶性气派,方为当时文坛之主流,其意识中根本没有郎署文学的存在。而且,李东阳还是公认的文坛宗主。徐泰即云:"长沙李东阳,《大韶》一奏,俗乐俱废。中兴宗匠,邈焉寡俦。"④ 钱谦益亦云:"成、弘之间,长沙李文正公继金华、庐陵之后,雍容台阁,执化权,操文柄,弘奖风流,长养善类。昭代之人文为之再盛。百年以来,士大夫学知本原,词尚体要,彬彬焉,或或焉,未有不出于长沙之门者也。"⑤ "未有不出于长沙之门者"的言论,

---

① 成、弘以降,李东阳已认识到台阁体的弊端,并着手对其进行变革,因身为馆阁重臣,其变革不可能彻底,其所主盟的茶陵派,实际上仍为台阁体的延续。

② [明]顾璘:《顾华玉集·息园存稿·文》卷五《赠承德郎南京刑部浙江司主事野全谢先生同继室赠安人汤氏合葬墓志铭》,《景印文渊阁四库全书》第 1263 册,台湾商务印书馆,1986 年版,第 530 页。

③ [明]杨慎:《升庵诗话》卷七,丁福保辑:《历代诗话续编》中,中华书局,2006 年版,第 774 页。

④ [明]徐泰:《诗谈》,周维德集校:《全明诗话》第 2 册,齐鲁书社,2005 年版,第 1208 页。

⑤ [清]钱谦益:《列朝诗集小传》丙集《王新建守仁》,上海古籍出版社,2008 年版,第 269 页。

已言及李东阳于前七子郎署官有兴起之功。其实，之前明人对此已多有阐发。徐泰《诗谈》即称："我朝诗，莫盛国初，莫衰宣、正间。至弘治，西涯倡之，空同、大复继之，自是作者森起，虽格调不同，于今为烈。"①王世贞以陈胜启汉高祖为喻，称道："长沙之于何、李也，其陈涉之启汉高乎？"②胡应麟则直接声称："李文正才具宏通，格律严整，高步一时，兴起李、何，厥功甚伟。"③朱庭珍也称其"已变当时台阁风气，宗少陵、法盛唐"，"首开先派"。④此皆谓李东阳于前七子有兴起之功，而这一切多为后者与其追随者，视而不见。

之所以有人略而不论前七子，盖因成、弘时期，其文学影响力尚有限。前七子多是弘治中后期走上文坛的，而且起初多依附于李东阳及其茶陵派。他们之中，李梦阳为弘治六年（1493）进士，弘治十一年（1498）除户部主事后，"倡为古文辞"。其他主要的郎署官，情况也大抵如此。王九思、边贡二人，皆为弘治九年（1496）的进士。前者此时正以"效李西涯体"，分享着馆阁文权，以至于考选庶吉士"遂得首选"；其文风改变，乃在李梦阳、康海二人相继上京之后。

何景明、王廷相为弘治十五年（1502）的进士，康海为此年的状元。何景明中进士不久，即"请假归娶"张夫人。次年，

①［明］徐泰：《诗谈》，周维德集校：《全明诗话》第2册，齐鲁书社，2005年版，第1208页。

②［清］王世贞：《艺苑卮言》卷六，丁福保辑：《历代诗话续编》中，中华书局，2006年版，第1044页。

③［明］胡应麟：《诗薮·续编》卷一，上海古籍出版社，1979年版，第345页。

④［清］朱庭珍：《筱园诗话》卷二，郭绍虞编选，富寿荪校点：《清诗话续编》第4册，上海古籍出版社，2016年版，第2234页。

"同张夫人至京",① 其"往造"李梦阳、边贡,并与之"语合",而
"变之古",即在此时。刘海涵所撰年谱称,何氏"所交名流,多
在壬、癸两年之间",② 即弘治十五六年间。康海的殿试文章得
到孝宗与阁臣一致赞扬,其文"天下传诵则效"是可能的,但谓
"文体为之一变",尚需时日。刚及第的康海,其人脉与影响力,
尚不至于此。再说,弘治十六年(1503)冬,康海离京,奉其母
"归武功",③ 至弘治十八年(1505)冬,方"还史馆"。④ 这段
时间,康海不在京师,也不利于其文学主张的推行与声誉的提
升。黄佐称:"弘治末年,修撰康海辈以先秦、两汉倡,稍有和
者。"⑤ 着一"稍"字,可见至弘治末年,郎署文学的规模效应尚
未形成。孟洋称此时"操觚之士往往趋风秦、汉",⑥ 亦谓之未
成气候。前七子核心成员中,徐祯卿登第最晚,为弘治十八年
(1505),其文学影响力陡增,是在结识李梦阳之后。

　　可以说,弘治时期,是李、何等郎署官开始倡导、践行郎署
文学理论的时期。即使弘治十五年后的一段时间,其文学影响

---

① 刘海涵:《何大复先生年谱》,《北京图书馆藏珍本年谱丛刊》第44册,
　　北京图书馆出版社,1999年版,第543页。

② 刘海涵:《何大复先生年谱》,《北京图书馆藏珍本年谱丛刊》第44册,
　　北京图书馆出版社,1999年版,第544页。

③ [明]康海著,贾三强、余春柯点校:《康对山先生集》卷四四《有明诗人
　　邵晋夫墓志铭》,三秦出版社,2015年版,第715页。

④ [明]马理:《对山先生墓志铭》,[明]康海著,贾三强、余春柯点校:《康
　　对山先生集》附录五,三秦出版社,2015年版,第931页。

⑤ [明]黄佐:《翰林记》卷一九,《景印文渊阁四库全书》第596册,台湾
　　商务印书馆,1986年版,第1073页。

⑥ [明]孟洋:《孟有涯集》卷一七《中顺大夫陕西按察司提学副使何君墓
　　志铭》,《四库全书存目丛书》集部,第58册,齐鲁书社,1997年版,第
　　282页。

力虽不断提升，但仍不敌馆阁文人，即文学权力尚在馆阁。实际上，李梦阳于此，也心知肚明，从其弘治时参与唱和的"诸在翰林者，以人众不叙"的追忆，便可知之。

再说，文学流派的形成与文学规模效应的生成，往往是不同步的，文学理论的倡导、文学规模效应的形成，多有一个渐进的过程。李梦阳、何景明等郎署官导致的文权迁移，即是如此。易言之，前七子郎署文学规模效应形成之时，也就是文学权力真正移至郎署的时期。

万历九年（1581），张光孝作《外祖康公对山集后叙》曾有言："我外祖奋起于苏、李之涂……何、李、王、边，一时臻妙，俾数代陋习至弘、德归真，而后学始知趋向。"① 这是说弘治、正德时，前七子郎署文学规模效应已经形成。作为康海之外孙，张光孝的时间限定还是有些过早，有美化其先人之嫌。李梦阳的追随者黄省曾则以为，文学权力移至郎署是正德后的事，《寄北郡宪副李公梦阳书》称："凡正德以后，天下操觚之士，咸闻风翕然而新变，寔乃先生（梦阳）倡兴之力，回澜障倾，何其雄也！"② 王廷也认同此说，其为薛蕙所作之《吏部考功郎中西原薛先生行状》有曰：

> 于时大中丞浚川王公，適（谪）判亳州……是时，信阳何子仲默、庆阳李子献吉，并驰声艺苑，天下学士大夫多宗之。③

---

① 康海：《康对山先生集》卷末，《续修四库全书》第 1335 册，上海古籍出版社，2002 年版，第 499 页。

② ［明］黄省曾：《五岳山人集》卷三〇，《四库全书存目丛书》集部，第 94 册，齐鲁书社，1997 年版，第 781 页。

③ ［明］薛蕙：《考功集》附录，《景印文渊阁四库全书》第 1272 册，台湾商务印书馆，1986 年版，第 123 页。

据高拱所撰行状,王廷相(浚川)"以失领勘合谪亳州判",在正德三年(1508)。① 此年正是前七子郎署官与李东阳及茶陵派决裂之时,② 此后,郎署文学如日升中天。特别是正德六年(1511),李梦阳起为江西提学副使,"振起古学,力变宿习,褒奖义节,训正礼俗,士翕然向风",③ 郎署文学规模效应达到高峰,这种规模效应一直持续到正德、嘉靖之际。王世贞《徙倚轩稿序》即称:"当德、靖间,承北地、信阳之创,而秉瓠者于近体畴不开元与少陵之是趣。"④ 从首创到蔚然成风,需要时间酝酿,作为前七子的衣钵传人,王氏于此意识清醒。天启三年(1623),黄汝亨作《虞长孺集序》即称:"北地以大力倡德、靖间,其辞古而法,信阳以奇翼之,天下复见彝鼎焉。"⑤ 四库馆臣也颇为赞同此说,并一再申述之。

　　当正德、嘉靖间,梦阳以诗学倡导海内,学者无不从风披靡。⑥
　　正、嘉之间,景明与李梦阳俱倡为复古之学,天下翕然

① [明]高拱著,岳金西、岳天雷编校:《高拱全集·诗文杂著》卷四《前荣禄大夫太子太保兵部尚书兼都察院右都御史掌院事浚川王公行状》,中州古籍出版社,2006年版,第787页。
② 薛泉:《前七子与李东阳交恶论》,载《武汉大学学报》(人文科学版),2012年,第2期,第84—90页。
③ [明]袁衮:《衡藩重刻胥台先生集》卷一七《李空同先生传》,《四库全书存目丛书》集部,第86册,齐鲁书社,1997年版,第627页。
④ [明]王世贞:《弇州山人续稿》卷四一,《明别集丛刊》第3辑,第36册,黄山书社,2016年版,第566页。
⑤ [明]虞淳熙:《虞德园先生集》卷首,《四库禁毁书丛刊》集部,第43册,上海古籍出版社,2002年版,第122页。
⑥ [清]永瑢等:《苏门集》提要,[明]高叔嗣:《苏门集》卷首,《景印文渊阁四库全书》第1273册,台湾商务印书馆,1986年版,第561页。

从之,文体一变。①

　　当正、嘉之间,七子之派盛行,而(陆深)独以和平典雅
为宗,毅然不失其故步,抑亦可谓有守者矣。②

　　正德、嘉靖、隆庆之间,李梦阳、何景明等崛起于前,李
攀龙、王世贞等奋发于后,以复古之说,递相唱和,导天下无
读唐以后书。天下响应,文体一新。七子之名,遂竟夺长沙
之坛坫。③

　　鉴于以上分析,前七子郎署官真正大力倡导郎署文学并形
成规模效应,是在正德、嘉靖间。具体说,应是正德三年(1508)
后的正德、嘉靖之间,这也就是文学权力移至郎署的时期。

　　文学权力下移的时间已确定,那么接下来的问题是,馆阁文
学权力是否全部下移郎署了? 答案显然是否定的。文学权力的
构成是多元化的,弘、正以前,馆阁不仅垄断着朝廷文书的拟定,
应制诗文的写作,碑、铭、传、记等实用文体的书写,还影响着一
般诗文写作。实际上,下移到郎署的,多是一般性诗文及少量应
用文体的撰写权。也就是说,郎署官争夺到的文学权力,主要是
一般诗文的书写权与风格主导权。朝廷文书,应制之类的文章,
除非有圣命,否则,郎署官多无权问鼎。至于碑、铭、传、记等实
用文体的撰写,基本仍为馆阁专利。郎署官虽有染指,但不能与

<hr />

① [清]永瑢等:《四库全书总目》卷一七一《大复集》,中华书局,1965年
版,第1499页。

② [清]永瑢等:《四库全书总目》卷一七一《俨山集》,中华书局,1965年
版,第1500页。

③ [清]永瑢等:《四库全书总目》卷一九〇《明诗综》,中华书局,1965年
版,第1730页。

馆阁同日而语。如前所言,时人多以金钱求到阁臣只言片语为荣,条件允许的情况下,他们会优先考虑向内阁求文的。康海丧母后,就有人建议其向内阁请文。

总之,以前七子为中心的郎署文学崛起的过程,实质上就是郎署与馆阁争夺文学话语权的过程。他们以"文必先秦、两汉,诗必汉魏、盛唐"策略,与馆阁争夺文学话语权,使文学权力突破馆阁的封锁与垄断,引发了主流文风转向,导致文学权力移至郎署。文学话语权,作为一种特殊的文化权力,其作用与意义在此得以凸显。换言之,谁掌握了文学话语权,谁就能更便于推行、强化自家文学主张。再说,文学权力与政治权力并非互不相干。馆阁垄断文权,以合法的形式剥夺郎署文学权力,是国家意志的体现。而馆阁文学权力原本就带有政治权力的某些特质。况且,馆阁重臣本身就是文学权力与政治权力的双重持控者。因此,文学话语权的争夺,有时会超越文学本身,成为党同伐异之器具,甚至裂变成政治迫害、人身攻击的利器。尤其是那些双重权力的拥据者,为维护其既得利益,在行使文学权力的同时,时常动用政治权力排斥异己,李东阳对康海、王九思等人的打压,即如此。前七子郎署官同样难以免俗,他们为回击阁臣的打压,也搞过人身攻击。如王九思,为宣泄一己私愤,撰《杜甫游春》杂剧,以李林甫影射李东阳。[1] 李梦阳对李东阳的不满,并未随着后者的去世而平息,至嘉靖初尚以朱应登遭遇为说辞,将"凡号称文学士,率不获列于清衔",[2] 迁怒于他,明显太过偏激。

---

[1] [明]何良俊:《四友斋丛说》卷一八,中华书局,1959年版,第159页。[明]沈德符:《万历野获编》卷二五,中华书局,1959年版,第643—644页。
[2] [明]李梦阳撰,郝润华校笺:《李梦阳集校笺》卷四七《凌溪先生墓志铭》,中华书局,2020年版,第1580页。

第三节 "颠覆"策略的内在动力与外部机遇

以前七子为中心的郎署官采取的"颠覆"策略，最终导致文学权力下移郎署。这一策略的倡导与实施，多是郎署内在动力与外部机遇相遇合、相碰撞的结果。其中，明代政治背景下的文人鸣盛心态，郎署人格意识的彰显、主流学术的转向等，是几个不可疏忽的重要因素。前二者为内在动力，后者为外部机遇。

一、"颠覆"策略的根本动力：鸣盛意识

中国古人固有将音乐、文章兴废与政教兴衰、世道隆替相关联之思维模式与论文传统。一个时代，无论处于承平，还是式微时期，皆会在相应的音乐、文学中有所反映。《礼记·乐记》"治世之音，安以乐，其政和。乱世之音，怨以怒，其政乖。亡国之音，哀以思，其民困。声音之道，与政通矣"，[①]《文心雕龙·时序》"文变染乎世情，兴废系乎时序"，[②] 讲的都是这个道理。简言之，文运之兴废，为国运兴衰之表征。逆向推之，依然成立。

明人对此，非常热衷。宋濂《欧阳文公文集序》称："文辞与政化相为流通，上而朝廷，下而臣庶，皆资之以达务。"[③] 刘崧也

---

① [汉]郑玄注，[唐]孔颖达疏，龚抗云整理：《礼记正义》卷三七，北京大学出版社，2000年版，第1254页。
② [梁]刘勰著，范文澜注：《文心雕龙》卷九，人民文学出版社，1958年版，第675页。
③ [明]宋濂著，黄灵庚编辑校点：《宋濂全集》卷三一，人民文学出版社，2014年版，第685页。

赞同"声音之道与政通",① 其于洪武十三年（1380）序林鸿《鸣盛集》称："文与时迁,气随运复。"② 弘治四年（1491）,徐溥《奏为考选庶吉士事》言事,有"文章关乎气运"③ 之语。李东阳《京都十景诗序》有"古称文章与气运相升降"④ 之言。嘉靖九年（1530）,吴洪序王越《黎阳王太傅诗文集》,同样也认为"文章与气运相为盛衰"。⑤ 实际上,这也是有明一代正统文人的共同认知。

　　不过,包括明人在内的中国古人,似乎更青睐文运与国运隆盛之内在关联。如正统四年（1439）进士倪谦《艮庵文集序》云："盖文运与世运相关,文章之盛者,世道之盛也。"⑥ 即文章之盛是世运之盛的反映。万历四十一年（1613）进士周延儒序《丘文庄公集》称丘濬文"正与国家气数之盛,相凑而互应",⑦ 立论也着眼于此。既然如此,一代之兴盛,必有相应文章,以鸣其世。弘治十五年（1502）十二月,王鏊作《彭文思公文集后

---

① ［明］刘崧:《槎翁文集》卷一一《三衢徐炜名诗稿序》,《四库全书存目丛书》集部,第 24 册,齐鲁书社,1997 年版,第 520 页。

② ［明］林鸿撰,［明］邵铜编:《鸣盛集》卷首,《景印文渊阁四库全书》第 1231 册,台湾商务印书馆,1986 年版,第 3 页。

③ ［明］徐溥:《谦斋文录》卷一,《景印文渊阁四库全书》第 1248 册,台湾商务印书馆,1986 年版,第 536 页。

④ ［明］李东阳撰,周寅宾校点:《李东阳集·文稿》卷二,岳麓书社,2008 年版,第 392 页。

⑤ ［明］王越:《黎阳王太傅诗文集》卷首,《四库全书存目丛书》集部,第 36 册,齐鲁书社,1997 年版,第 445 页。

⑥ ［明］倪谦:《倪文僖集》卷一六,《景印文渊阁四库全书》第 1245 册,台湾商务印书馆,1986 年版,第 387 页。

⑦ ［明］丘濬:《琼台诗文会稿》卷首,《丛书集成三编》第 38 册,新文丰出版公司,1997 年版,第 744—745 页。

序》即称，"自古以文章观时化，盖一代之兴，必有人焉"，昌明之时代，尤其如此："唐兴至贞元，韩始出；宋兴至庆历，欧始出，其有所俟，又如此。"① 吴洪《王太傅诗文集序》持论亦似之："文章与气运相为盛衰，三代而下，贾、董以文鸣于汉，李、杜、韩、柳以文鸣于唐，欧、苏以文鸣于宋。故一代之兴，斯有一代之文，以鸣其盛也。"② 这样，可凭借此类作品领略其时治世之盛。杨士奇《玉雪斋诗集序》即称，读李、杜等人之诗"有以见唐之治盛，于此而后之言诗道者，亦曰莫盛于此也"。③ 杨荣也称杨溥等人的《登正阳门楼》诗，可"俾观者知诗之作所以颂上之大功也"，④ 其《重游东郭草亭诗序》还明确表示，盛世之文"足以使后之人识盛世之气象"。⑤ 鸣盛颂世本为儒家文士的天然职责，生逢盛世者，多有这种自觉意识，如同王直所言："因时纪事，以歌咏盛美，而垂之后世者，本儒臣职也。"⑥ 了然于此，就不难理会杨荣所言"自洪武迄今，鸿儒硕彦彬彬济济，相与咏歌太平之盛者，

---

① ［明］彭华：《彭文思公文集》附录，《四库全书存目丛书》集部，第36册，齐鲁书社，1997年版，第764页。

② ［明］王越：《黎阳王太傅诗文集》卷首，《四库全书存目丛书》集部，第36册，齐鲁书社，1997年版，第445页。

③ ［明］杨士奇著，刘伯涵、朱海点校：《东里文集》卷五，中华书局，1998年版，第63页。

④ ［明］杨荣：《文敏集》卷一一《登正阳门楼倡和诗序》，《景印文渊阁四库全书》第1240册，台湾商务印书馆，1986年版，第156页。

⑤ ［明］杨荣：《文敏集》卷一一《重游东郭草亭诗序》，《景印文渊阁四库全书》第1240册，台湾商务印书馆，1986年版，第159页。

⑥ ［明］王直撰，［明］王穪、王稄编：《抑庵文集》卷四《立春日分韵诗序》，《景印文渊阁四库全书》第1241册，台湾商务印书馆，1986年版，第69页。

后先相望"① 之文学景观。

　　鸣世之作,不仅"足以上鸣国家之盛",而且能"下为学者指归",成就所谓"一代之杰作",② "垂之后世":"一代之兴,必有一代之文章,故士之文章,其有崇言政论,华国体而关风教,足以范后人者,则不可不传也。"③ 从而确立鸣盛者在当时的文学话语权。

　　由上引王鏊、吴洪之话语知,明人心目中的盛世,主要锁定于秦汉、唐宋,尤其是秦汉、盛唐。杨士奇《玉雪斋诗集序》有言:

　　　　若天下无事,生民乂安,以其和平易直之心,发而为治世之音,则未有加于唐贞观、开元之际也。杜少陵浑涵博厚,追踪风雅,卓乎不可尚矣。一时高材逸韵,如李太白之天纵,与杜齐驱,王、孟、高、岑、韦应物诸君子,清粹典则,天趣自然。④

　　在杨氏等人心目中,盛唐为不可企及的太平盛世,其时发而为治世之音的诗歌,后世莫及。前七子郎署"文必先秦、两汉,

---

① [明]杨荣:《文敏集》卷一一《省愆集序》,《景印文渊阁四库全书》第1240册,台湾商务印书馆,1986年版,第169页。

② [明]李东阳撰,周寅宾校点:《李东阳集·文后稿》卷三《春雨堂稿序》,岳麓书社,2008年版,第959页

③ [明]魏骥:《南斋先生魏文靖公摘稿》卷五《陈祭酒文集序》,《四库全书存目丛书》集部,第30册,齐鲁书社,1997年版,第370页。

④ [明]杨士奇著,刘伯涵、朱海点校:《东里文集》卷五,中华书局,1998年版,第63页。

诗必汉魏、盛唐"的文学策略，是"弘治中兴"历史大背景下，鸣盛意识驱使下的一种盛世文学建构策略，也是前七子郎署官实施"颠覆"策略的原始动力所在。

明自太祖朱元璋定鼎天下，经成祖、仁宗、宣宗等几代皇帝的励精图治，社会已逐步走向繁荣。这自然容易催生鸣盛意识，唤起传统文士的鸣世激情。洪武年间的钱宰曾有言："今既遭逢盛时，出入胄馆，而高风逸思尚犹不忘，吾知其习闻夔章，而向之长啸将变而为黄钟、大吕之和，不翅若曾参氏曳履而歌，声满天地。然且不止于是，又将移其音声播之九歌，以鸣帝世之盛矣。"[1] 平心而言，洪武之"盛"，远不及仁宣之治、"弘治中兴"。钱宰之时，"鸣帝世之盛"，或有出于朱元璋淫威，有违本意，亦未可知。而以"三杨"为代表的台阁文人，生逢仁、宣之世，沐浴皇恩，亲睹亲历国家繁荣昌盛，其鸣盛之音，多源自内心，出于情愿。杨荣《杏园雅集图后序》有曰：

> 仰惟国家列圣相承，图惟治化，以贻永久，吾辈忝与侍从，涵濡深恩，盖有年矣。今圣天子嗣位，海内宴安，民物康阜，而近职朔望休沐，聿循旧章。予数人者得遂其所适，是皆皇上之赐，图其事，以纪太平之盛，盖亦宜也。[2]

文运与世运相通，盛世需有盛世文学与之相应。身遭盛世的文士，多主动将书写盛世情怀，歌颂功德，作为一己天职。杨

---

① ［明］钱宰：《临安集》卷五《长啸轩记》，《景印文渊阁四库全书》第 1229 册，台湾商务印书馆，1986 年版，第 555 页。
② ［明］杨荣：《文敏集》卷一四，《景印文渊阁四库全书》第 1240 册，台湾商务印书馆，1986 年版，第 205 页。

溥"吾辈叨逢盛时,得从容登览胜概,以舒其心目,可无纪述乎"①之言语,不仅道出"三杨"的心声,也是多数文人的共同祈望,从而形成一种流行风气:"自洪武迄今,鸿儒硕彦彬彬济济,相与咏歌太平之盛者,后先相望。"而文士鸣国家之盛,须具备相应的素质与条件。彭时《杨文定公诗集序》称杨溥所以能"肆笔成章,皆和平雅正之言","雍雍乎足以鸣国家之盛",盖因"其资禀之异,涵养之深,所处者高位,所际者盛时,心和而志乐,气充而才赡"。②即在资质、心志、才气、涵养、地位、际遇等方面,皆有一定的要求。

　　成化中后期,宪宗设立西厂,任用奸佞之徒,设置"皇庄"搜刮民脂民膏,又沉溺于炼丹修道,导致朝政腐败,沉积已久的各种社会矛盾,逐渐浮现出来,明代社会已经危机四伏。成化二十三年(1487)九月,朱祐樘即位,是为明孝宗。他为人宽厚仁慈,勤于政事,司法严明,广开言路,驱斥奸佞,简用贤良,经过一段时间的图治整顿,朝政有了明显改观,明代社会又重现强盛、繁荣迹象。孝宗在位的十八年,因此被士人视为"明兴极盛之时",③史家誉称"弘治中兴"。孝宗也因此得到朝臣与士人的高度认可。如靳贵称道:"我皇祖受命开极,肇隆文化,列圣相继,人文美盛,至于成化、弘治之间极矣。"④王世贞称:"敬

①〔明〕杨荣:《文敏集》卷一一《登正阳门楼倡和诗序》,《景印文渊阁四库全书》第1240册,台湾商务印书馆,1986年版,第156页。
②〔明〕杨溥:《杨文定公诗集》卷首,《续修四库全书》第1326册,上海古籍出版社,2002年版,第463页。
③〔明〕黄景昉著,陈士楷、熊德基点校:《国史唯疑》卷四,上海古籍出版社,2002年版,第112页。
④〔明〕靳贵:《怀麓堂文集后序》,〔明〕李东阳撰,周寅宾校点:《李东阳集》卷首,岳麓书社,2008年版,第4页。

皇帝朝,化休而融昌。"① 朱国祯则以为孝宗兼有汉文帝、宋仁宗
之美:"三代以下,称贤主者,汉文帝、宋仁宗,与我明之孝宗皇
帝,匪独天资粹美,亦由学问优长。汉文得之黄老,宋仁宗亦如
之。我孝宗儒而兼综。"② 钱谦益也视之为"本朝之周成王、汉
孝文"。③ 诸如此类的誉语,不绝于耳。明人对于孝宗的褒扬,
主要聚焦于其道德之粹美,以及君臣关系的融洽等层面。特别
是后者,更为时人盛赞不已。阁臣李东阳感触良深:"近臣常造
膝,阁老不呼名。道合君臣义,恩深父子情。"④ 邓元锡也称其
时"君臣恭和,海内雍晏"。⑤ 在时人眼里,孝宗简直就是一位百
年难遇的有道明君。其自我道德约束与良好君臣关系的维系,
直接促成了朝政的相对清明,"弘治中兴"的基础,因此而奠定。
社会的安定、经济的繁荣,增强了文人士大夫的自豪感、使命感,
强化了其崇尚节操的人格意识,激发起其参政议政、干预现实的
政治热情。李东阳就表示:"念遭际,则思作我者之恩","思所
以用我者之责",欲"砥砺名节,卓然为第一流人,以无负乎畿甸
科目之士"。⑥ 他们也从中看到了国家中兴的曙光,从而自觉担

---

① [明]王世贞《何大复集序》,李叔毅等点校:《何大复集》卷首,中州古籍
　出版社,1989年版,第4页。
② [明]谈迁著,张宗祥校点:《国榷》卷四五,中华书局,1958年版,第
　2832页。
③ [清]钱谦益:《列朝诗集小传》乾集上《孝宗敬皇帝》,上海古籍出版社,
　2008年版,第3页。
④ [明]李东阳撰,周寅宾校点:《李东阳集·诗后稿》卷四《孝宗皇帝挽歌
　词》,岳麓书社,2008年版,第840页。
⑤ [明]谈迁著,张宗祥校点:《国榷》卷四五,中华书局,1958年版,第
　2832页。
⑥ [明]李东阳撰,周寅宾校点:《李东阳集·文稿》卷七《顺天府乡试录
　序》,岳麓书社,2008年版,第466页。

负起以文鸣盛的职责。李东阳《赤城诗集序》即称："今文教日隆,作者汇出,方大鸣太平之盛。"①

前七子郎署官生遭其时,同样具有强烈的"鸣盛"意识,这是其施行"颠覆"性策略的内在动力所自。李梦阳《熊士选诗序》称:

> 曩余在曹署,窃幸侍敬皇帝。是时,国家承平百三十年余矣,治体宽裕,生养繁殖,斧斤穷于深谷,马牛遍满阡陌,即间阎而贱视绮罗,梁肉糜烂之,可谓极治。然是时,海内无盗贼干戈之警,百官委蛇于公朝,入则振佩,出则鸣珂,进退理乱弗婴于心。盖暇则酒食会聚,讨订文史,朋讲群咏,深钩颐剖,乃咸得大肆力于弘学。於乎! 亦极矣! ②

李梦阳以为,王朝承平百余年,弘治时已达于"极治",士人"乃咸得大肆力于弘学",他自然不甘落寞,再加之他曾标榜过"文气与世运相盛衰",③承平时代要有承平时代之文,他欲抓住千载难遇的枢机,恢复古典诗歌审美传统,以构建心目中的盛世文学书写模式。王廷相也有同感,嘉靖八年(1529)所作《李空同集序》云:

---

① [明]李东阳撰,周寅宾校点:《李东阳集·文稿》卷四,岳麓书社,2008年版,第430页。

② [明]李梦阳撰,郝润华校笺:《李梦阳集校笺》卷五二,中华书局,2020年版,第1689页。

③ [明]李梦阳撰,郝润华校笺:《李梦阳集校笺》卷五六《章园饯会诗引》,中华书局,2020年版,第1791页。

　　弘治中，敬皇帝右文上儒，彬彬兴治。于时，君臣恭和，海内熙洽，四夷即叙，兆亩允殖，辒轩无靡及之叹，省寺蔑鞅掌之悲。由是，学士大夫职思靡艰，惟文是娱，不荣跃马之勋，各竞操觚之业，可谓太平有象，千载一时矣。时则有若空同李子献吉，以恢闳统辩之才，成沉博伟丽之文，厥思超玄，厥词寡和，游精于秦汉，割正于六朝，执符于《雅》、《谟》，参变于诸子，以柔澹为上乘，以沉着为三昧，以雄浑为神枢，以蕴藉为堂奥，会诠往古之典，用成一家之言，巨者日融，小者星列，长者江流，阔者海受，洋洋岩岩，冥冥燿燿，无所不极。①

　　弘治皇帝"右文上儒"，天下太平，千载一时，焉能无盛世文学与之照应？李梦阳"游精于秦汉，割正于六朝"，"用成一家之言"，就是要以"文必先秦、两汉，诗必汉魏、盛唐"这一颠覆性策略，抒写一己盛世情怀，从而建构其盛明文学蓝图。后人了然于此，多有论释。嘉靖十二年（1533）正月，王献《跋渼陂先生集》称：

　　昔在敬皇帝，海内全盛，鲜见金革，学士大夫思以文献润色鸿业，藻饰大猷。维时空同浚其源，大复溯其流，浚川横其柱，华泉障其川，昌穀回澜，对山扬舲，复虞、夏、商、周之文，讲班、马、曹、刘之业，庶几乎一代之宗匠矣……乃弘

---

① ［明］王廷相著，王孝鱼点校：《王廷相集·王氏家藏集》卷二三《李空同集序》，中华书局，1989年版，第423页。

治、正德间,词赋文章为之一变。①

　　王献直接指出,李梦阳、何景明、王廷相、边贡、徐祯卿等为诗作文,意在"润色鸿业,藻饰大猷"。袁衮更"以鸣国家之盛"称之:"弘治间,君臣一德,夷夏清晏,奇英妙哲,方轨并驱,文体始变,力追元古。于时有关西李梦阳、姑苏徐祯卿、信阳何景明,相与表里,以鸣国家之盛。"②嘉靖二十四年(1545)三月,张治道作《渼陂先生续集序》,称王九思"非天厚其生,俾尽其才,以鸣我国家之盛,而能然乎!"③万历年间的黄居中也称"国家鸿昌茂庞之运",莫盛于成、弘,李梦阳、何景明等"各以清声直节,偃蹇曹郎侍从间",以"文必先秦、两汉,诗必汉魏、盛唐"相号召,"扶舆郁浡,罃为国华"。④迄于明末,陈子龙尚称:"国家右文之化,几三百年,作者间出,大都视政事为隆替。孝宗圣德,俪美唐虞;则有献吉、仲默诸子,以尔雅雄峻之姿,振拔景运。"⑤足见明人鸣盛意识,已根深而蒂固。

　　前七子郎署官所以选择并宗法先秦两汉文、汉魏盛唐诗,因他们觉得六朝,及大历之后,国运衰败,文气靡弱,其诗文不足为

---

①[明]王九思:《渼陂集》卷首,《四库全书存目丛书》集部,第48册,齐鲁书社,1997年版,第1页。

②[明]袁衮:《衡藩重刻胥台先生集》卷一四《国宝新编序》,《四库全书存目丛书》集部,第86册,齐鲁书社,1997年版,第587页。

③[明]王九思:《渼陂集·渼陂续集》卷首,《四库全书存目丛书》集部,第48册,齐鲁书社,1997年版,第170页。

④[明]黄居中:《千顷斋初集》卷一三《柳南先生归来稿序》,《续修四库全书》第1363册,上海古籍出版社,2002年版,第555页。

⑤[明]陈子龙著,王英志辑校:《陈子龙全集·安雅堂稿》卷一八《答胡学博》,人民文学出版社,2011年版,第1408页。

法，以鸣盛世。李梦阳《章园钱会诗引》即云：

> 说者谓文气与世运相盛衰，六朝偏安，故其文藻以弱……今百年化成，人士咸于六朝之文是习、是尚，其在南都为尤盛……大抵六朝之调凄宛，故其弊靡。[①]

在这一点上，郎署与馆阁文学主张，相当一致。[②] 他们皆认为"文盛则运盛，文衰则运衰"，[③] 汉魏、盛唐为公认的盛世，其文隐然有盛世气象，应是后人为文作诗的首选师法对象。他们力图涤荡六朝绮靡文风，以汉魏、盛唐诗文为师法典范，以构建如同唐音、汉响的"盛明之音"。王士禛《徐高二家诗选序》称：

> 明兴至弘治百有余年，朝宁明良，海内凫藻，重熙累洽，名世辈出。于是李、何崛起中州，吴有昌谷徐氏为之羽翼。相与力追古作，一变宣正以来流易之习。明音之盛，遂与开元、大历同风。[④]

---

① ［明］李梦阳撰，郝润华校笺：《李梦阳集校笺》卷五六，中华书局，2020年版，第1791页。

② 如李东阳《怀麓堂诗话》称："文章固关气运……六朝所制，则出于偏安僭据之域，君子固有讥焉……本朝定都北方，乃六代、五季所不能有；而又移风易俗，为一统之盛，历百有余年之久。"（李东阳著，李庆立校释：《怀麓堂诗话校释》，人民文学出版社，2009年版，第116页）

③ ［明］顾璘：《顾华玉集·息园存稿·文》卷九《与陈鹤论诗》，《景印文渊阁四库全书》第1263册，台湾商务印书馆，1986年版，第603页。

④ ［清］王士禛著，袁世硕主编：《王士禛全集·蚕尾续文集》卷一，齐鲁书社，2007年版，第1983页。

　　在王士祯看来,李、何等人所创制的"盛明之音","与开元、大历同风",可谓异代同音。鲁九皋亦称:"是时诗学之盛,几几比于开元、天宝,而李、何声价,当时亦不啻李、杜。"① 明人俞宪早有此类言语:

　　　　我朝称诗文大家,必曰李空同、何大复,以其力变文体,首倡艺林,盖比之汉迁、固,唐李、杜云。②

　　俞宪将李、何比作司马迁、班固、李白、杜甫,也就是视其时为两汉、盛唐。稍后的邢侗即直言之:"李何崛然并挺,力振孤学,犹之产神景而跨开元,垦疆竭蹶以为盛唐。"③ 杨于庭《摅志赋》小序亦有言:"北地生有言:唐无赋,宋无诗……明之诗固已轶宋,而上骎骎乎大历、开元矣。"④

　　后人通过阅读此时的文学作品,叮复睹"弘治中兴"之盛况。郑鄤《题语四则》即云:"夫文之世,安可不论也? 洪、永而下,天、顺而上,唐音之初乎? 成、弘其盛矣,读其文,有昌明之气;追其人,有君子之风焉。正、嘉而廓矣,壮矣。"⑤ 黄汝亨《正

---

① [清]鲁九皋:《诗学源流考》,郭绍虞编选,富寿荪校点:《清诗话续编》第 3 册,上海古籍出版社,2016 年版,第 1297 页。
② [明]俞宪编:《盛明百家诗·李空同集》,《四库全书存目丛书》集部,第 304 册,齐鲁书社,1997 年版,第 728 页。
③ [明]邢侗:《縠城山馆诗集序》,[明]于慎行:《縠城山馆全集》卷首,《明别集丛刊》第 4 辑,第 4 册,黄山书社,2016 年版,第 14 页。
④ [明]杨于庭:《杨道行集》卷一,《四库全书存目丛书》集部,第 168 册,齐鲁书社,1997 年版,第 516 页。
⑤ [明]郑鄤:《峚阳草堂文集》卷七,《四库禁毁书丛刊》集部,第 126 册,北京出版社,2000 年版,第 387 页。

始编序》云："成、弘间作者，非但文章典刑，而治世之气象，亦隐隐隆隆可想见也。"① 天启三年（1623），黄汝亨作《虞长孺集序》就直接指出："北地以大力倡德、靖间，其辞古而法，信阳以奇翼之，天下复见彝鼎焉。"② 以至于明末黄景昉发出"真恨不身生其际"③ 之感慨。文学颂美功能，与时代昌盛气象，相得益彰，正是鸣盛者所期冀的。

　　然而，"文盛则运盛，文衰则运衰"，又不尽然。④ 文学发展与经济繁荣，有其不平衡性。经济昌盛、政治清明的时期，不见得文学成就斐然；反之亦然。唐贞观之时可谓治，文学成就却平平。人类在孩童时代能创作出艺术价值极高的神话，但随着人类的进步、社会的发展，奇迹将不再重现。战乱动荡年代，经济萧条时期，也能催生出不朽的名著。东汉乐府、建安文学，以及杜甫在安史战乱中创作的《兵车行》、《羌村》等脍炙人口的诗

---

① ［明］黄汝亨：《寓林集》卷七，《续修四库全书》第1369册，上海古籍出版社，2002年版，第51页。

② ［明］虞淳熙：《虞德园先生集》卷首，《四库禁毁书丛刊》集部，第43册，北京出版社，2000年版，第122页。

③ ［明］黄景昉著，陈士楷、熊德基点校：《国史唯疑》卷四，上海古籍出版社，2002年版，第112页。

④ 元至正十四年（1354）二月，槀城倪中序朱右《白云稿》："先辈称文章盛衰关乎世运，愚窃以为未必然也。彼见欧、苏、王、曾诸子，以文迭兴，而适当宋祚之隆，故因得以为说。至若唐贞观、开元之治，岂下于庆历、元丰间哉？然文习弊陋，未闻有能掘起之者。及韩、柳辈出，辞章始复于古，而唐室之政，日就衰乱，何在其能关世运哉？"（朱右：《白云稿》卷首，《景印文渊阁四库全书》第1228册，台湾商务印书馆，1986年版，第4页）其实，宋代朱熹早已注意到这一问题，但持论有些偏颇："大率文章盛，则国家却衰。如唐贞观、开元都无文章，及韩昌黎、柳河东以文显，而唐之治已不如前矣。"（黎靖德编，王星贤点校：《朱子语类》卷一三九，中华书局，1986年版，第3302页）

篇。弘治时期虽是公认的"太平盛世",但实际创作出的与之相应的"盛明之音",并不多见。再说,前七子派郎署官虽长于成、弘时期,但多在弘治中后期正式亮相于文坛。易言之,前七子派郎署文学创作的鼎盛与文学效应的凸显期,不在此时,而在正德、嘉靖初年。

那么,前七子郎署官为何要将其引发文坛规模效应的时间,提前到弘治一朝呢?说到底,还是其鸣盛意识作怪。既然要鸣太平盛世,仅靠生活于弘治时期,还是远远不够的,关键是在此时能创作出产生轰动效应的作品,才能与"盛世"同步,才具有现场感、时代感。

正德一朝,武宗无道,朝政黑暗、国运衰微,但"弘治中兴"的余泽尚存,社会还相对安定,百姓生活尚且稳定。恰如张岱所说:"成、弘之际,可谓盛矣。其后武宗嗣位,巡狩田猎,狗马车骑,干戈服御,流贼巨珰,斋醮土木,有一于此,皆足以灭亡其国。乃终武宗之世,民安物阜,剧贼四起,皆得殄灭,使非孝宗十八年之培养,其亦何足以供后人之琢削也哉!"① 与前七子派郎署官生活过的弘治朝相比,正德朝的状况显然不能满足其"鸣盛"之需要,不足以支撑其盛世情怀的抒写。因此,从弘治走向正、嘉之际的前七子郎署官,有意识地错乱时空,将其"颠覆"策略规模效应生成的时空,推前到弘治一朝。为达此目的,他们有意贬低他人,无视文学发展的连续性、继承性。康海《太微山人张孟独诗集序》称:

---

① [明]张岱:《石匮书》卷九《孝宗本纪》,《续修四库全书》第318册,上海古籍出版社,2002年版,第118页。

明兴百七十年,诗人之生亦已多矣,顾承沿元宋,精典每艰,忽易汉唐,超悟终鲜,惟李、何、王、边洎徐迪功五六君子,蹶起于弘治之间,而诗道始有定向。①

康海以为,"明兴百七十年",虽诗人众多,但诗风皆沿袭宋、元,未创制出经典作品,更没形成具有时代特色的文风。究其原委,关键是"忽易汉唐,超悟终鲜"。只有到弘治年间李梦阳、何景明、王廷相、徐祯卿等人,当然也包括康海自己,亮相文坛时,这种局面才为之打破:大雅复兴,诗道始有定向。康海目空一切,自视高大,以为前七子郎署文学崛起张本造势。在《渼陂先生集序》中,他更是霸气十足,以为"文章之盛,莫极于弘治时",而开创这一局面的,"惟时有六人"与自己,完全漠视李东阳茶陵派,以及其他文学流派的存在。正德十六年(1521),何景明卒,门人樊鹏作行状,论调约略相仿:

国朝去古益远,诗文至弘治间极矣。先生首与北地李子一变而之古。三代而下,文取诸左、马,诗许曹、刘,赋赏屈、宋,书称颜、柳。天下翕然从风。盛矣,千载一时也!②

他们无视此前有明百余年的文学发展进程,有意识地静态看待问题,忽略前人探索之功,割断文脉,甚至不惜错置时空,断层式地拔升自己。目的无非是为搭上"弘治中兴"的末班车,扫

---

① [明]康海:《对山集》卷四,《四库全书存目丛书》集部,第52册,齐鲁书社,1997年版,第443页。

② [明]樊鹏:《中顺大夫陕西提学副使何大复先生行状》,李叔毅等点校:《何大复集》附录,中州古籍出版社,1989年版,第680页。

清障碍,满足其鸣盛心理,以建构盛世文章抒写模式,增加理论的鼓动力与含金量,凸显其转变文风的功绩。如此,前七子郎署官在转变文风的同时,也孳生出一些负面效应。

二、"颠覆"策略的品格动力:郎署人格意识的凸显

文学场域中,行动主体"颠覆"策略的实施,要受制于政治场域,受到占有优势政治、文化资本势力的阻挠与打压。尽管如此,"颠覆"策略的实施者,往往会从政治场域中,意外获得一些有价值的文化资本,客观上有利于文化策略的实施。这多出乎施压者意料。

与李东阳及茶陵派成员不同,前七子郎署官多为气节之士,在与外戚、宦官的争斗中,大都表现坚强、勇敢。据《明史》本传记载,弘治十八年(1505),李梦阳因忤逆外戚张鹤龄入狱,出狱后路遇之,大打出手,打掉其两颗牙齿,疾恶如仇的性格,跃然纸上。在与刘瑾的斗争中,李梦阳同样正直不屈。如正德二年(1507),户部尚书韩文面对刘瑾乱政,"每退朝对属吏,辄泣下",李梦阳间说之曰:

> 公大臣也,义同国休戚,徒泣何益?"文曰:"奈何?"曰:"比谏臣,有章入,交论诸阉,下之阁矣。夫三老者,顾命臣也,闻持谏官章甚力。公诚及此时,率诸大臣殊死争,事或可济也。"文乃毅然改容曰:"善。即事弗济,吾年足死矣,不死不足以报国。"

在李梦阳的劝说下,第二天,韩文便"入密扣三老,三老许之,而倡诸大臣,诸大臣又无不忻然从者",李梦阳还应韩文之

请,起草奏疏。刘瑾得知后,"蓄憾不已,矫旨夺其官",必欲杀
之"以摅其愤"。① 次年,刘瑾矫旨罗织罪名,将其"械系逮京
师,再下锦衣狱"。② 李梦阳当时就深得士人赞许。崔铣所撰墓
志铭称其:"激厉风节,敢上直谏,安于冗散,鄙忽骤贵。"③ 李开
先《李崆峒传》也称:"夫二张八党,势焰熏天,立能祸福人,朝士
无不趋附奉承者,崆峒独能明击之,助攻之,可谓威武不屈、卓立
不群者矣。"④

何景明与李梦阳齐名,忧愤时事,尚义直节。乔世宁《何先
生传》称其与李梦阳"尚节义而鄙荣利,并有国士之风"。⑤《明
史》本传也称其"志操耿介,尚节义,鄙荣利,与梦阳并有国士
风"。⑥ 康海在刘瑾乱政时,面对"崇秩"诱惑,不肯依附,也表
现出一个正直士大夫的气节。其《与彭济物》曾称:"瑾之用事
也,盖尝数以崇秩诱我矣。当是时,持数千金寿瑾者,不能得一
级,而彼自区区于我,我固能谈笑而却之,使饕虎巇崄之人,卒不
敢加于我,此其心与事亦雄且甚矣。当朝大臣盖皆耳闻目见,而

① [明]朱睦㮮:《空同先生传》,[明]李梦阳:《空同集》卷首,《明别集丛
　　刊》第1辑,第92册,黄山书社,2013年版,第6页。
② [明]袁袠:《衡藩重刻胥台先生集》卷一七《李空同先生传》,《四库全书
　　存目丛书》集部,第86册,齐鲁书社,1997年版,第627页。
③ [明]崔铣:《洹词》卷六,《景印文渊阁四库全书》第1267册,台湾商务
　　印书馆,1986年版,第515页。
④ [明]李开先著,卜键笺校:《李开先全集·李中麓闲居集》之一〇,上海
　　古籍出版社,2014年版,第929页。
⑤ 李叔毅等点校:《何大复集》附录,中州古籍出版社,1989年版,第
　　667页。
⑥ [清]张廷玉等:《明史》卷二八六《文苑二》,中华书局,1974年版,第
　　7350页。

熟知其然。"①李开先《康王王唐四子补传》的记叙更具体："一日,瑾令所亲密者致意对山,曰:'主上欲以汝为吏部侍郎。'对山答曰:'我服官才五阅岁矣,自来翰林未有五岁而升部堂者,请为我辞之。'事遂寝,瑾因深嫌其不附己。"②《明史·文苑二》也记道："正德初,刘瑾乱政。以海同乡,慕其才,欲招致之,海不肯往。"③

　　前七子郎署官这种正直人格,是弘治时士风转变的产物,与政治相对清明,颇为有关。黄居中《柳南先生归来稿序》称："国家鸿昌茂庞之运,莫盛于成、弘,其时学士大夫,类伉爽修洁,以风节自砥砺。"④弘治朝的政治清明,激起了士大夫高度的政治热情,他们积极干预现实,敢于直面有碍于中兴的宦官、外戚等邪恶势力。在此过程中,士大夫人格得到进一步历练。王九思《读仲默集二首》其一云："尔与崆峒子,齐升大雅堂。风流惊绝代,培植荷先皇。"⑤

　　从某种意义上说,文如其人,文品即如人品。前七子郎署官向馆阁大老争夺文学话语权,并以之鸣盛的过程,本身就有展显其品行正直、人格高洁的一面。而这种人格带入文坛,为前七子郎署官积累了诸多有用的社会文化资本,又有助于反对台阁体,

①［明］康海:《对山文集》卷二,伟文图书出版社有限公司,1976年版,第80—81页。
②［明］李开先著,卜键笺校:《李开先全集·李中麓闲居集》之一〇,上海古籍出版社,2014年版,第964页。
③［清］张廷玉等:《明史》卷二八六,中华书局,1974年版,第7348页。
④［明］黄居中:《千顷斋初集》卷一三,《续修四库全书》第1363册,上海古籍出版社,2002年版,第555页。
⑤［明］王九思:《渼陂集》卷四,《四库全书存目丛书》集部,第48册,齐鲁书社,1997年版,第39页。

振兴一代文风。就如屠隆所言："品格既高，风韵自远。"[1] 黄省曾阐发更为精准，其《李空同先生文集序》有曰：

> 粤我空同先生献吉……风节凝持，卓立不惧，卒能浣学囿之污沿，新彤管之琐习，起末家之颓散，复周汉之雅丽。彬彬乎天下学士大夫，莫不趋风而宗之，自是埏宇之内，倡和熔钧，文章经纬，与三代同驱矣。[2]

李梦阳"风节凝持，卓立不惧"，这是其最终"浣学囿之污沿，新彤管之琐习，起末家之颓散，复周汉之雅丽"，使文风发生转向的重要前提。朱孟震万历九年（1581）所撰《刊对山康先生全集叙》称康海"直气雄万夫，与文力相屃屭。语云：'文从心生。'又云：'文类其为人。'不佞盖以是信先生"，[3] 也是于此立论。然而，展示正直人格、高洁品行的同时，前七子郎署官有意识地忽略、消弭他人复古探索之功，甚至不惜故意错乱时空，又使其人格与品行，一定程度上打了折扣。

与正直人格紧密相关的，是偏激人格。正直一旦过"直"，会走向偏激。况且，正直与偏激，时常共存于一身。前七子郎署人格中，也有偏激成分。其"颠覆"策略的倡导与实施，一定程度上是矫激意识支配下的产物。明代专制下的压抑生态环境，

---

① ［明］屠隆撰，李亮伟、张萍校注：《由拳集校注》卷二三《与友人论诗文》，浙江大学出版社，2016 年版，第 640 页。

② ［明］张时彻辑：《皇明文范》卷二九，《四库全书存目丛书》集部，第 302 册，齐鲁书社，1997 年版，第 790 页。

③ ［明］康海：《康对山先生集》卷首，《续修四库全书》第 1335 册，上海古籍出版社，2002 年版，第 67 页。

造就了一些士人偏执、矫激的人格与心态,以致唯我独尊。陈文新称为之"大家情结",① 论之甚精,不再赘述。这里要谈的是大家情结的一种极端表现——矫激意识。大家情结若错乱方寸,易于走向极端,导致矫激。明代不少文士染有此疾。黄容《江雨轩诗序》曾讥讽刘崧:"人不短则己不长,言不大则人不骇。"② 谓其有大言压人、打击别人抬高自己之意。丘濬《会试策问》指出:

　　曩时文章之士,固多浑厚和平之作,近或厌其浅易,而肆为艰深奇怪之辞,韩、欧之文果若是乎? 议政之臣,固多救时济世之策,近或厌其循常,而过为闳阔矫激之论。陆、范之见果若是乎? ③

至明中叶,文士矫激意识已相当严重。四库馆臣为王直《抑庵集》所作提要,毫不客气地指出此种弊病:

　　盖明自中叶以后,文士始好以矫激取名。直当宣德、正统间,去开国之初未远,淳朴之习,犹未全漓。文章不务胜人,惟求当理。故所作貌似平易,而温厚和平,实非后来所及。虽不能追古作者,亦可谓尚有典型者矣。④

---

① 陈文新:《明代诗学》,湖南人民出版社,2000 年版,第 23 页。

②[明]叶盛撰,魏中平点校:《水东日记》卷二六,中华书局,1980 年版,第 257 页。

③[明]丘濬撰,丘尔毅编:《重编琼台稿》卷八,《景印文渊阁四库全书》第 1248 册,台湾商务印书馆,第 164—165 页。

④[清]永瑢等:《四库全书总目》卷一七〇,中华书局,1965 年版,第 1485 页。

　　黄容、丘濬、四库馆臣等异口同声，皆谓明前期文士为文尚无争奇斗胜之习，"惟求当理"，故文章风格温厚和平。自中叶后，文风大坏，文章成为文士矫激猎名手段。入仕不久的郎署官资历尚浅，官微言轻，无法也无条件与谙于政道、资深根固的内阁大老在政治上一较高低，出人头地着实不易。要扬名，成大家，只得另谋出路。在文学创作上，他们自感不逊色，能"自肆其才，争为雄长"。[①] 路道既定，需觅得突破口，以偏激言论攻击当时大家、名家，制造名人效应，不失为露才扬己之一法。

　　前七子郎署官"欲推倒前人，自命创霸"，[②] "皆卑视一世，而梦阳尤甚"。[③] 他们对李东阳的诋毁，就有出于偏激的动机。犹如蒋永修《怀麓堂稿序》所云，他们"负材谩骂，其初不过争文章之名，意气所激，遂欲使不得为完人"。[④] 其中，李梦阳、康海抨击李东阳最为用力。李梦阳"志壮才雄，目短一世，好捨击人"，且将目标锁定于当时文坛宗师李东阳。在"茶陵首执文柄，海内才俊，尽归陶铸"[⑤] 之际，李梦阳异军突起，倡言文必先秦、两汉，教人不读唐以后书，与李东阳争心抗衡，有矫激意识作怪的一面。康海"在史馆凡三年，凡诸著作，必宗经而子史，以宋人言为俚，以唐为巧，以秦、汉为伯仲，而有驳焉。故同进者

---

① 方孝岳：《中国文学批评》，生活·读书·新知三联书店，2007年版，第219页。

② ［清］朱庭珍：《筱园诗话》卷二，郭绍虞编选，富寿荪校点：《清诗话续编》第4册，上海古籍出版社，2016年版，第2234页。

③ ［清］张廷玉等：《明史》卷二八六《文苑二》，中华书局，1974年版，第7348页。

④ ［明］李东阳：《怀麓堂全集》，康熙二十年廖方达刻本。

⑤ ［清］陈田辑撰：《明诗纪事·丁签》卷一，上海古籍出版社，1993年版，第1135页。

忌,伪以国老文就而正之,实祸之也"。^① 著作宗经子史,以唐人为巧,固然可展示其博雅多通、识见异特的一面,但与台阁诸老文法欧、曾相悖离,亦暴露无遗,故不仅遭到阁臣诟病,连同进者亦忌之,足见其偏激至极。在论及前七子转变文风时,康海高视千古,旁若无人,也是大家意识在作怪。作为核心文学策略的补充,"宋无诗"说,是前七子派郎署官偏激性格的极端外现。古人有矫枉必过正之说,过激的言行,往往可吸引世人眼球,制造轰动效应,占据舆论的制高点,从而获取大量有价值的文化资本,这对与馆阁争夺文学话语权,是非常有必要的。客观地说,此举对扭转当时文风,的确发挥了助力作用。

三、"颠覆"策略的外部机遇:主流学术转向之浸淫

前七子郎署官这一"颠覆"策略的提出与实施,既是险峻政治环境下,彰显人格意识争夺有用文化资本的表征,也是明中叶主流学术转向的产物。明中叶的主流学术的转向,为前七子郎署官实施"颠覆"策略,提供了良好的外部机遇。

属于哲学层面的学术思想,很大程度上制约着文学的发展。时代学术思想的转变,必然会引起文学思想、文学创作等方面的变化。总体上,成化、弘治以前,明代主流学术基本是程朱理学之天下,学者"惟以笃实为宗"。^② 文学创作上,古文多模仿欧、曾,少有效法先秦、两汉者;诗歌多法盛唐。成化、弘治以来,政治危机不断加剧,程朱理学日趋僵化,陈献章学术思想勃兴,明

---

① [明]李贽:《续藏书》卷二六《文学名臣·修撰康公》,中华书局,1959年版,第500页。
② [清]永瑢等:《四库全书总目》卷一二四,中华书局,1965年版,第1069页。

代主流学术思想开始转型，明人思想与审美情趣随之发生了很大改观。张扬个性、凸显自我、祈求新变的意识，日渐浓郁，特别是"成化以后，学者多肆其胸臆，以为自得"，[①]"至正、嘉之间，乃始师心求异"，[②]程、朱理学一统天下的格局打破。郎署与馆阁争夺文学权力，很大程度上是因学术思想转变之浸润。表现在文学上，文人更加崇尚博学，喜欢猎奇，追逐新异，为诗作文不再局限法唐宗宋，已将目光溯至六朝、汉魏、先秦。于是，文学场域内的竞争异常激烈，文坛上呈现出诸调杂兴格局。

　　古文层面上，至明中叶，由于为文长期以欧、曾为模范，弊病积聚甚多。李东阳《叶文庄公集序》道：

　　　　后之为欧文者，未得其纤余，而先陷于缓弱；未得其委备，而已失之觑缕，以为恒患，文之难亦如此。苟得其文而不得其所以重，天下且犹轻之，而况乎两失之者哉！[③]

　　李东阳意识到学欧、曾者，已陷于流弊，开始变革台阁体，但因身为馆阁重臣，难于全然脱却浸淫已久的台阁气息。不过，李东阳的文学思想较为通达，在承袭前人观点的基础上，他论文较早提及秦、汉古文。《曾文定公祠堂记》："古之所谓著述者，自六经迄于孟氏。若韩子不免为词章之文，而所谓翼道裨治，则有

① ［明］黄佐：《翰林记》卷一一，《景印文渊阁四库全书》第596册，台湾商务印书馆，1986年版，第982页。
② ［清］永瑢等：《四库全书总目》卷一二四，中华书局，1965年版，第1069页。
③ ［明］李东阳撰，周寅宾校点《李东阳集·文稿》卷八，岳麓书社，2008年版，第479页。

不可掩也。"①《叶文庄公集序》:"若持法守律,又能以经籍为根柢,以文章为藻饰,为天下重者,独非人之所难哉!"②"经籍"中自然涵盖秦、汉古文。《篁墩文集序》又道:

> 纪事之文,自《左传》、迁《史》、班《汉书》之后,惟司马《通鉴》、欧阳《五代史》。若朱子《纲目》,则取诸《春秋》,亦以寓道,而非徒事也。道无穷,而事亦无穷,故作者亦时有之。若序论策义之属,皆经之余;而碑表铭志传状之属,皆史之余也。二者分殊而体异,盖惟韩、欧能兼之,若朱子则集其大成。③

发论虽意在强调韩愈、欧阳修能兼容"纪事之文"与"序传论策义",朱熹能集其大成,但已从为政角度认识到《左传》、《史记》、《汉书》等秦、汉古文之重要性,以及后人为文取法《春秋》等先秦典籍的事实。李东阳还在诗中称"班生世有汉文章"、④"两都风物汉文章"。⑤不过,在其古文统序中,韩、欧、朱之文,仍为圭臬,秦、汉古文没引起足够重视,无论以之改革台

---

① [明]李东阳撰,周寅宾校点:《李东阳集·文稿》卷一二,岳麓书社,2008年版,第535页。

② [明]李东阳撰,周寅宾校点:《李东阳集·文稿》卷八,岳麓书社,2008年版,第479—480页。

③ [明]李东阳撰,周寅宾校点:《李东阳集·文后稿》卷四,岳麓书社,2008年版,第976页。

④ [明]李东阳撰,周寅宾校点:《李东阳集·诗稿》卷一八《送杨志仁宪副之山东》,岳麓书社,2008年版,第328页。

⑤ [明]李东阳撰,周寅宾校点:《李东阳集·诗后稿》卷七《石学士珤之任南京》,岳麓书社,2008年版,第886页。

阁体。同时的王鏊、张泰等人，在这方面比李东阳更用心。他们已将目光正式投向秦、汉古文，以纠时下学唐宋文造成的细弱弊病。文徵明《太傅王文恪公传》即云：

> 时翰林以文名者，吴文定公宽、李文正公东阳，皆杰然妙一世。公稍后出，而实相曹耦。议者谓公于经术为深，故粹然一出于正。晚益精诣，铸词发藻，必先秦、两汉为法。在唐亦惟二三名家耳，宋以下若所不屑。其见诸论撰，莫不典则雅训，丽质兼备。至所得意，不知于古人何如也。①

王鏊为文"必先秦、两汉为法"的主要动机，在于弥纠学欧、苏所致流弊，"宋以下若所不屑"，即见其端倪。据文徵明《太傅王文恪公传》，王鏊卒于嘉靖三年甲申三月十一日，②故其为文"必先秦、两汉为法"，有可能是在前七子前。黄佐就言之凿凿：

> 成化中，学士王鏊以《左传》体裁倡。弘治末年，修撰康海辈以先秦、两汉倡，稍有和者，文体盖至是三变矣。③

从叙事语境看，成化年间"王鏊以《左传》体裁倡"，可视为"康海辈以先秦、两汉"之先声。当时的张泰，其为文也直追

---

① [明]文徵明著，周道振辑校：《文徵明集》（增订本）卷二八，上海古籍出版社，2014年版，第642页。
② [明]文徵明著，周道振辑校：《文徵明集》（增订本）卷二八，上海古籍出版社，2014年版，第639页。
③ [明]黄佐：《翰林记》卷一九，《景印文渊阁四库全书》第596册，台湾商务印书馆，1986年版，第1073页。

先秦、两汉。陆釴称其"为文务自己出,视韩、柳若不暇模拟,直欲追两汉、先秦以上"。张泰于成化"庚子满考升修撰。逾月,得暴疾,呕血数升而卒"。① 庚子,即成化十六年(1480),故其为文"直欲追两汉、先秦以上",必在此前。因此可以认为,王鏊、张泰已开前七子"文必先秦、两汉"主张之先河。成化十四年(1478)的进士林俊《两汉书疏序》亦云:"予尝私评,作古文字须削去近格,专志六经、鲁论,翼以孟氏书,参以《穀梁》、《国语》、《离骚》、《史记》,以集文章之大成。"② 如此看来,成化间为文师法先秦、两汉者,已不乏其人。遗憾的是,他们或已意识到秦汉古文的重要性,但未能以之改革文风;或用之而乏力,影响有限。当然,一种文风处于初创阶段,难免会出现这种情况。尽管如此,但前七子派郎署官"文必先秦、两汉"之说,已呼之欲出。

为纠矫古文学宋所致之弊病,还有人开始从事先秦、两汉典籍的宣传与刊刻工作。钱福《陆贾新语序》云:"方今承平既久,文章炽兴,有识者或病其过于细而弱也,故往往搜秦、汉之佚书而梓之。"③ 何景明《海叟集序》亦云:"吾郡守孙公懋仁,笃于好古。其子继芳者,从予论学,大有向往,尝索古书无刻本者以传。予谓古书自六经下,先秦、两汉之文,其刻而传者,亦足读之

① [明]陆釴:《大明故翰林院修撰张亨甫先生墓志铭》,[明]张泰:《沧洲续集》附录,《四库全书存目丛书》集部,第38册,齐鲁书社,1997年版,第636、635页。
② [明]林俊:《见素集》卷一,《景印文渊阁四库全书》第1257册,台湾商务印书馆,1986年版,第10页。
③ [明]钱福:《钱太史鹤滩稿》卷三,《四库全书存目丛书》集部,第46册,齐鲁书社,1997年版,第135页。

矣。"① 这样，一些先前被冷漠的先秦、两汉典籍，开始进入人们的视野，受到关注，刊行于世，连《战国策》这样有悖于正道的书籍，也一再刊刻。前七子郎署官也自觉地参与到秦、汉典籍的刊刻与宣传中。穆文熙《七雄策纂序》即有言："夫以《国策》所载，皆策士倾危之术……故其书历千百载，皆秦灰遗烬，豕亥鲁鱼半居其间，而无善本，晦斯极矣。迨至我明弘、正间，乃刻于大梁，而李献吉序之，为始显。近刻于金陵，为再显。"② 李梦阳为《战国策》作序批驳道："予读《战国策》，而知经之难明也。"③ 当时秦、汉思潮涌动的势头，不言而明。

可惜的是，李东阳等人未能把握好这一契机，以之改革文风。于是，机会便光顾了前七子，他们敏锐地捕捉到这一枢机，在"学者一二，或谈汉魏，然非心知其意，不能无疑异其间。故信而好者，少有及之"④ 的基础上，水到渠成地重申"文必先秦、两汉"。

诗歌层面上，当时诗坛是诸调杂兴，为诗祖法汉魏、六朝、唐宋者并存。林俊《白斋诗集序》评张琦诗云：

> 先生古诗祖汉、晋，律诗祖盛唐，而参以赵、宋诸家之体，气格疏爽，词采精丽，音调孤绝，听之洒然，咀嚼之，隽

---

① 李叔毅等点校：《何大复集》卷三四，中州古籍出版社，1989 年版，第595 页。
② ［清］黄宗羲编：《明文海》卷二一二，中华书局，1987 年版，第 2130 页。
③ ［明］李梦阳撰，郝润华校笺：《李梦阳集校笺》卷五○《刻战国策序》，中华书局，2020 年版，第 1654 页。
④ 李叔毅等点校：《何大复集》卷三四，中州古籍出版社，1989 年版，第593 页。

永而有余味。①

　　但此时以秦、汉为法者，尚不多见。何景明《汉魏诗集序》称："国初诗人，尚承元习，累朝之所开，渐格而上，至宏（弘）治、正德之间，盛矣！学者一二，或谈汉魏，然非心知其意，不能无疑异其间。故信而好者，少有及之。"除此，师法中晚唐、宋元诗者，亦有之。李东阳为诗就"出入宋、元，溯流唐代"，②胡应麟描绘当时诗坛宗尚道："成化以还……是时中、晚、宋元诸调杂兴。"③朱彝尊也道："成、弘间，诗道旁落，杂而多端。"④异代同声，二人皆承认成化、弘治诗坛，已存在取法多端的趋势。总体而言，还是以唐、宋调相杂为主流，就如李梦阳评论杨一清诗所说："唐宋调杂，今古格混。"⑤其所以如此，纠改学唐所致弊病，为一重要动机。因为，明代自高棅倡言诗学盛唐以来，"学者终身钻研，吐语相协，不过得唐人之一支耳"，⑥极易造成雷同趋势。再说，学盛唐日久，易流于卑弱，产生逆反心理。故有文

①〔明〕林俊：《见素集》卷五，《景印文渊阁四库全书》第1257册，台湾商务印书馆，1986年版，第46页。

②〔清〕张廷玉等：《明史》卷二八五《文苑一》，中华书局，1974年版，第7307页。

③〔明〕胡应麟：《诗薮·续编》卷一，上海古籍出版社，1979年版，第345页。

④〔清〕朱彝尊著，姚祖恩编，黄君坦校点：《静志居诗话》卷一〇，人民文学出版社，1990年版，第260页。

⑤〔明〕李梦阳撰，郝润华校笺：《李梦阳集校笺》卷六三《奉邃庵先生书》其七，中华书局，2020年版，第1935页。

⑥〔明〕桑悦：《跋唐诗品汇》，〔清〕黄宗羲编：《明文海》卷二一二，中华书局，1987年版，第2127页。

士刻意另觅出路。六朝、中晚唐、宋、元诗，家数众杂，风格多样，师法对象选择的余地相对较大，雷同的可能性就小得多，有人趋而从之，不难理解。吴宽《题陈起东诗稿后》即云：

> 近时学诗者，以唐人格卑气弱，不屑模仿，辄以苏、黄自负者比，卒之不能成，徒为阳秋家一笑之资而已。①

学宋有纠补宗唐"空疏卑弱，熟软枯淡"的目的，然而也是流弊自生。吴宽之论虽有一定道理，但并非问题之根本。拟摹他人之作的最终目的是铸就自家风格；若一味醉心泥古，傍人藩篱，不思创新，学唐学宋，皆为叠床架屋，流弊自来。况且，学唐之不及，并非唐诗之过，应与学者才力不逮，甚为有关。再说，诗坛诸调杂兴的格局，致使汉魏、盛唐之音微弱，甚至障蔽不显，妨碍了前七子郎署官盛世情怀的抒写、盛世蓝图的建构。

于是，他们在前人基础上重申以汉魏、盛唐为宗，并以其人格魅力与创作实力，倡导并确立起一种新的文学风尚：古文由"墨守欧、曾"转向以先秦、两汉为宗；诗歌由以唐宋为主的诸调杂兴，转向古诗法汉魏，近体、歌行宗盛唐。乔世宁《何先生传》有言：

> 至宏（弘）、正间，先生与诸君子始一变趋古，其文类《国策》《史记》，诗类汉魏、盛唐。于是明兴诗文，足起千载之衰，而何、李最为大家，今学士家称曰"何、李"，或称曰

---

① ［明］吴宽：《匏翁家藏集》卷五〇，《明别集丛刊》第 1 辑，第 55 册，黄山书社，2013 年版，第 550 页。

"李、何",屹然一代山斗云。①

　　出言虽略显偏激,但也不无道理。乔氏毕竟看到了前七子郎署官转变一代文风的事实。《四库全书总目·古城集》也道:"北地、信阳之说兴,而文章亦一变。"② 由此可窥明中后期主流文学宗尚转向之轨迹,有助于把握明代文学发展演变的某些特点与规律。

　　不管怎样,作为外因的外部机遇,必须与行为主体的主观能动性相遇合、相碰撞,"颠覆"策略才能最终得以施行。

　　总之,前七子郎署"颠覆"策略的实施,是明代特殊政治背景下郎署鸣盛意识、人格意识的彰显、主流学术的转向等多因素相互渗透、相互作用的结果。

---

① 李叔毅等点校:《何大复集》附录,中州古籍出版社,1989年版,第667页。
② [清]永瑢等:《四库全书总目》卷一七一,中华书局,1965年版,第1494页。

第三章 由集中到分散:诸调杂兴 与郎署文学权力的分化

正德末至嘉靖初,随着何景明、李梦阳、边贡离世,王廷相外调,前七子郎署官主盟文坛的格局,逐渐被打破。至后七子兴起前,文学场域内各方力量对比,发生了很大改变。前七子郎署文学主张与创作,因取向狭窄、风格单调,特别是其末流之学古不善,导致流弊百出。凡此种种,激发起时人变革文风的热情,他们相继加入到争夺文学权力的行列,已下移郎署的文学权力,开始多维度分散,并逐渐弱化。

诗歌方面,以六朝、初唐,甚至中、晚唐[①]为师法策略者,纷

[①] 今人唐诗四分法,主要源于明、清两代。他们关于唐诗发展四分法的体认,稍存差异,且多与今人有一定程度的出入,尤其是关于中、晚唐的划分。王行是明代较早提出“四唐说”者,洪武三年(1370),其所撰《唐律诗选序》称:“降及李唐,所谓律诗者出,诗之体遂大变……均之律诗,其变又有四焉:曰初唐、曰盛唐、曰中唐、曰晚唐。有盛唐人而语偶近乎晚唐者,晚唐人而语有似乎盛唐者。晚唐似盛唐取之,盛唐似晚唐不取,盖亦贵夫自然也,此又是编之例也。”(王行:《半轩集》卷六,《景印文渊阁四库全书》第1231册,台湾商务印书馆,1986年版,第357页)《唐律诗选》已佚,至于“四唐”的具体断限,不得而知。高棅《唐诗品汇》继承元人杨士弘《唐音》之体例,奠定了有明一代唐诗“四分法”的基础。洪武二十六年(1393),高棅《唐诗品汇总叙》称:“有唐三百年诗,众体备矣……略而言之,则有初唐、盛唐、中唐、晚唐之不同。(转下页)

（接上页）详而分之，贞观、永徽之时，虞、魏诸公稍离旧习，王、杨、卢、
骆因加美丽，刘希夷有闺帷之作，上官仪有婉媚之体，此初唐之始制
也。神龙以还，洎开元初，陈子昂古风雅正，李巨山文章宿老，沈、宋之
新声，苏、张之大手笔，此初唐之渐盛也。开元、天宝间，则有李翰林之
飘逸，杜工部之沉郁，孟襄阳之清雅，王右丞之精致，储光羲之真率，
王昌龄之声俊，高适、岑参之悲壮，李颀、常建之超凡，此盛唐之盛者
也。大历、贞元中，则有韦苏州之雅淡，刘随州之闲旷，钱、郎之清赡，
皇甫之冲秀，秦公绪之山林，李从一之台阁，此中唐之再盛也。下暨元
和之际，则有柳愚溪之超然复古，韩昌黎之博大其词，张、王乐府得其
故实，元、白序事务在分明，与夫李贺、卢仝之鬼怪，孟郊、贾岛之饥寒，
此晚唐之变也。降而开成以后，则有杜牧之之豪纵，温飞卿之绮靡，李
义山之隐僻，许用晦之偶对，他若刘沧、马戴、李频、李群玉辈，尚能龟
勉气格，将迈时流，此晚唐变态之极，而遗风余韵犹有存者焉。"（高棅
编纂，汪宗尼校订，葛景春、胡永杰点校：《唐诗品汇》卷首，中华书局，
2015年版，第7—8页）这里高棅将"贞观、永徽之时"，断为初唐之始，
高祖武德时期没有包括进去。特别是他将刘禹锡、韩愈、张籍、王建、
元稹，归之于晚唐，与今人所谓的晚唐，有较大出入。成书于正统十三
年（1448）的《诗学梯航·叙诗》之"四唐"，分指"景云以前"、"景云以
后，天宝之末"、"大历以下，元和之末"、"元和以后至唐季年"（周
叙：《诗学梯航》，周维德集校：《全明诗话》第1册，齐鲁书社，2005年
版，第89页）。徐师曾始编于嘉靖三十三年（1554）、成书于隆庆四年
（1570）的《文体明辩·近体律诗上》小序："由高祖武德初至玄宗开元
初，为初唐；由开元至代宗大历初，为盛唐；由大历至宪宗元和末，为中
唐；自文宗开成初至五季，为晚唐。然盛唐诗亦有一二滥觞晚唐者，晚
唐诗亦有一二可入盛唐者，要当论其大概耳。"（徐师曾：《文体明辩》
卷一四，《四库全书存目丛书》集部，第311册，齐鲁书社，1997年版，
第46页）其实，正德至嘉靖初，明人对中、晚唐之区分，也有与今人相
异之处。杨慎《升庵诗话》卷一一"晚唐两诗派"条："晚唐惟韩、柳为
大家。韩、柳之外，元、白皆自成家。余如李贺、孟郊祖《骚》宗谢；李
义山、杜牧之学杜甫；温庭筠、权德舆学六朝；马戴、李益不坠盛唐风
格，不可以晚唐目之。数君子真豪杰之士哉！"（丁福保辑：《历代诗话
续编》中，中华书局，2006年版，第851页）杨慎将韩愈、柳宗元、元稹、
白居易、李贺、孟郊、李商隐、杜牧、温庭筠等人，皆视为晚唐诗（转下页）

纷登坛入坫,与前七子郎署官争夺文学话语权。胡应麟有精到的述析:

> 自北地宗师老杜,信阳和之,海岱名流,驰赴云合……故弘、正自二三名世外,五七言律,往往剽袭陈言,规模变调,粗疏涩拗,殊寡成章。嘉靖诸子见谓不情,改创初唐,斐然溢目,而矜持太甚,雕缋满前,气象既殊,风神咸乏。既复自相厌弃,变而大历,又变而元和,风会所趋,建安、开、宝之调,不绝如线。①

此论意在为后七子郎署文学兴起张本,却描绘出了嘉靖前期文坛的多元化格局。先是因前七子及其末流"剽袭陈言,规模变调,粗疏涩拗,殊寡成章",嘉靖诸子改而学初唐;继而为抵制学初唐导致的"矜持太甚,雕缋满前,气象既殊,风神咸

(接上页)人,显然与今人四唐之划分,有不小出入。实际上,徐师曾的四分法,忽略了宪宗元和末至穆、敬宗、文宗大和十五六年的时间,人为地造成了诗歌发展史的断层。清人冒春荣将中唐的下限延伸至文宗大和九年,弥补、完善了"四唐说"。其《葚原诗说》卷三:"初唐自高祖武德元年戊寅岁(618),至玄宗先天元年壬子岁(712),凡九十五年。盛唐自玄宗开元元年癸丑岁(713),至代宗永泰元年乙巳岁(765),凡五十三年。中唐自代宗大历元年丙午岁(766),至文宗大和九年乙卯岁(835),凡七十年。晚唐自文宗开成元年丙辰岁(836),至哀帝天祐三年丙寅岁(906),凡七十一年。溯自高祖武德戊寅至哀帝末年丙寅,总计二百八十九年,分为四唐。"(郭绍虞编选,富寿荪校点:《清诗话续编》第3册,上海古籍出版社,2016年版,第1526—1527页)此说盖为今人四唐分法所本。

① [明]胡应麟:《诗薮·续编》卷二,上海古籍出版社,1979年版,第351页。

乏",又变而学大历、元和;还有前七子郎署文学及其追随者诗法汉魏盛唐、文法秦汉一脉的延续。皇甫汸序《盛明百家诗集》亦云:

> 世宗嗣位之初,己丑而后,文运益昌,海内作者彬彬响臻,披华振秀,江右相君亦厪吐握,开元、天宝庶乎在兹。庚戌而后,参轨于大历,防渐于元和矣。①

嘉靖八年(1529)后,"开元、天宝庶乎在兹",前七子郎署文学还有市场;至嘉靖二十九年(1550)后,则"参轨于大历,防渐于元和"。这一断限不见得精准,但诗坛尚宗的多元化,彰彰明甚,这对前七子派郎署官"诗必汉魏、盛唐"策略,形成很大冲撞,分化、削弱了其文学权力。

古文方面,王慎中、唐顺之等以唐宋文为取法对象,争衡于前七子派郎署官,"文必先秦、两汉"策略,面临前所未有的挑战。王世贞《古四大家摘言序》曾有言:

> 明兴,弘、正间,学士先生稍又变之,非先秦、西京弗述,彼见以为溯流而获源,不知其犹堕于蹊也。夫所谓古者,不能据上游以厌(压)群志,而一时轻敏之士,乐宋之易构而名易猎,群然而趣之。其在嘉靖间,而晋陵为尤甚。②

---

① [明]皇甫汸:《皇甫司勋集》卷三五,《景印文渊阁四库全书》第1275册,台湾商务印书馆,1986年版,第738页。
② [明]王世贞:《弇州山人四部稿》卷六八,《明别集丛刊》第3辑,第34册,黄山书社,2016年版,第145页。

"不能据上游以（压）群志"，即各执一端，互不相下，文坛已乏执牛耳者。"晋陵"，即"毗陵"，指唐顺之。实际情况是，正德末至嘉靖后七子主盟文坛前，文学宗尚趋于多元化，六朝、初唐、中唐，甚至晚唐诗风并陈，"文必先秦、两汉"与师法唐宋策略共存。同时，馆阁文学因受"大礼议"等政治因素的影响，愈加萎靡不振，甚至一度出现向郎署文学靠拢的趋势。文学权力的分化，理论上也为后七子郎署文学权力的再度集中与强化，提供了机遇。

文学发展有其自身的惯性，新朝代的建立，并不意味着新文风随之确立。一般情况下，新朝多长短不一地沿承前代文风一段时间。六朝、初唐一脉相承（隋代立国时间短，文风基本沿袭六朝，初唐又沿承之），论者常将六朝与初唐或并置，或连带而论。再说，六朝、初唐文风有时往往又和谐地统合于一人之身。如前七子倡导盛唐诗歌的同时，也染指六朝、初唐诗风。李梦阳就"古体宗汉魏，近体宗盛唐，而七古则兼及初唐"；[1]杨慎"以六朝语，作初唐调"。[2]因此，本章六朝、初唐合而论之，中、晚唐也如此。

第一节　六朝、初中晚唐策略的倡导与实施

针对前七子郎署官及其末流拟古所致弊病，嘉靖初便有人

---

① 郭绍虞：《中国文学批评史》下册，商务印书馆，2010年版，第192页。
②［明］胡应麟：《诗薮·续编》卷二，上海古籍出版社，1979年版，第356页。

以法则六朝、初中唐诗风为策略，予以纠正。对此，胡应麟曾拟出这样的名单：

> 嘉靖初，为初唐者，唐应德、袁永之、屠文升、王汝化、任少海、陈约之、田叔禾等；为中唐者，皇甫子安、华子潜、吴纯叔、陈鸣野、施子羽、蔡子木等，俱有集行世。就中古诗冲淡，当首子潜；律体精华，必推应德。
>
> 同时为杜者，王允宁、孙仲可；为六朝者，黄勉之、张愈光。允宁于文矫健，勉之于学博洽，皆胜其诗。①

按胡氏之说，嘉靖初年，诗学初唐者主要有唐顺之、袁袠、屠应埈、任瀚、陈束、田汝成等。习中唐者主要有皇甫涍、华察、吴子孝、陈鹤、施渐、蔡汝楠等；学六朝者有黄省曾、张含等人。不过，后人对此看法不尽一致。鲁九皋则认为，皇甫冲、皇甫涍、皇甫汸、皇甫濂、薛蕙、华察、杨巍等人，为学六朝者。②钱谦益又将蔡汝楠归入诗学六朝之列，谓其"初学六朝"。③关于诗学初、中唐者，陈田则以为有薛蕙、皇甫涍、皇甫汸兄弟、高叔嗣、袁袠、唐顺之、陈束等人。④何良俊则称薛蕙、马汝骥、戴钦学初

---

① ［明］胡应麟：《诗薮·续编》卷二，上海古籍出版社，1979 年版，第 363 页。
② ［清］鲁九皋：《诗学源流考》，郭绍虞编选，富寿荪校点：《清诗话续编》第 3 册，上海古籍出版社，2016 年版，第 1297 页。
③ ［清］钱谦益：《列朝诗集小传》丁集上《蔡侍郎汝楠》，上海古籍出版社，2008 年版，第 418 页。
④ ［清］陈田辑撰：《明诗纪事·戊签》卷九，上海古籍出版社，1993 年版，第 1536 页。

唐,高叔嗣为学中唐者。①

　　这些名单,仅为粗略情形,并不全面,且互有交叉,也不一定准确。行为主体的诗学策略,其内涵往往较为复杂,非一种倾向可了得。同一诗人的诗学宗尚可能会不断调动,即使在同一时空同一诗人身上,也可能几种宗尚并存。屠应埈就"取材六代,具体初唐",②皇甫涍诗学宗崇,历经学六朝、初唐、中唐的多次调整。论者如若不能周详悉数,或仅聚焦其一二,略视其余,那么就不能正视同一诗人宗法倾向的差异。不管怎样,前七子郎署官所掌握的文学权力,因此遭到很大冲击,开始走向分化,确是无可争辩的事实。

　　一、明人诗法六朝、初唐诗风的兴起

　　嘉靖初年,诗法六朝、初唐风气的兴起,先于学中、晚唐诗风,有必要先探其源。六朝、初唐诗风,"在嘉靖中最盛",③并非突如其来。

　　明初,高棅在其《唐诗品汇》五言律诗《叙目》中,就关注过六朝诗:"律体之兴虽自唐始,盖由梁、陈以来俪句之渐也。梁元帝五言八句,已近律体;庾肩吾《除夕》,律体工密;徐陵、庾信,对偶精切,律调尤近。"④然而,高棅于关乎全书宗旨的《凡

---

① [明]何良俊:《四友斋丛说》卷二六,中华书局,1959年版,第235页。
② [清]朱彝尊著,姚祖恩编,黄君坦校点:《静志居诗话》卷一二,人民文学出版社,1990年版,第326页。
③ [明]孙鑛:《月峰先生居业次编》卷三《与余君房论文书》,《四库禁毁书丛刊》集部,第126册,北京出版社,2000年版,第202页。
④ [明]高棅编纂,汪宗尼校订,葛景春、胡永杰点校:《唐诗品汇》第4册,中华书局,2015年版,第1853页。

例》中，又称："先辈博陵林鸿尝与余论诗，上自苏、李，下迄六代。汉魏骨气虽雄，而菁华不足。晋祖玄虚，宋尚条畅，齐梁以下，但务春华，殊欠秋实，唯李唐作者，可谓大成。然贞观尚习故陋，神龙渐变常调，开元、天宝间，神秀、声律粲然大备。故学者当以是楷式。予以为确论。后又采集古今诸贤之说，及观沧浪严先生之辩，益以林之言可征。故是集专以唐为编也。"① 高氏虽已发现六朝、初唐诗于唐五律有"先鞭"作用，但尚存微词，骨子里依然是推尊盛唐的。

弘、正年间，诗法六朝、初唐者，主要以吴中文人为主。如祝允明"学务师古，吐辞命意，迥绝俗界，效齐梁月露之体，高者凌徐、庾，下亦不失皮、陆"②，"取材颇富，造语颇妍，下撷晚唐，上薄六代，往往得其一体"。③ 徐祯卿也曾"少学六朝，其所著五集，类靡靡之音"，④ "沉酣六朝散华流艳文章烟月之句"。尽管其登第之后，"改而趋汉、魏、盛唐"，但因受六朝诗风熏染既久，不可能短时尽弃，为诗仍旧淫染些许六朝底色，故遭李梦阳"守而未化，蹊径存焉"⑤ 之诮。顾璘、朱应登以及刘麟等人，也曾推尚过六朝诗风。李梦阳《章园饯会诗引》称：

① [明] 高棅编纂，汪宗尼校订，葛景春、胡永杰点校：《唐诗品汇》卷首，中华书局，2015 年版，第 17 页。
② [明] 顾璘：《国宝新编》，《四库全书存目丛书》史部，第 89 册，齐鲁书社，1996 年版，第 537 页。
③ [清] 永瑢等：《四库全书总目》卷一七一《怀星堂集》，中华书局，1965 年版，第 1496 页。
④ [清] 朱彝尊著，姚祖恩编，黄君坦校点：《静志居诗话》卷一〇，人民文学出版社，1990 年版，第 263 页。
⑤ [清] 钱谦益：《列朝诗集小传》丙集《徐博士祯卿》，上海古籍出版社，2008 年版，第 301 页。

今百年化成，人士咸于六朝之文为习、是尚，其在南都为尤盛。予所知者，顾华玉、升之、元瑞皆是也。南都本六朝地，习而尚之，固宜。庭实，齐人也，亦不免，何也？①

李梦阳卒于嘉靖八年除夕，即公元 1530 年 1 月，②此前顾璘、朱应登、刘麟等人即以六朝诗风为策略。当然，这主要是受

---

① [明]李梦阳撰，郝润华校笺：《李梦阳集校笺》卷五六，中华书局，2020 年版，第 1791 页。

② 关于李梦阳去世的时间，当时就存在分歧。一说为嘉靖八年（1529）。崔铣《江西按察司副使空同李君墓志铭》："空同子以成化壬辰十二月七日生，嘉靖己丑九月二十有九日卒，享年五十八。"（崔铣：《洹词》卷六，《景印文渊阁四库全书》第 1267 册，台湾商务印书馆，1986 年版，第 515 页）徐缙《明江西按察司副使空同李公墓表》："嘉靖己丑九月二十九日，前江西按察司副使空同李公，卒于大梁。"（黄宗羲编：《明文海》卷四三二，中华书局，1987 年版，第 4530 页）一说为嘉靖八年除夕。陆深《停骖录》："嘉靖己丑秋，献吉寻医渡江，留京润一两月。予适有延平之行。是岁除日，献吉下世。"（陆深：《俨山外集》卷一四，《景印文渊阁四库全书》第 885 册，台湾商务印书馆，1986 年版，第 74 页）黄省曾《空同先生文集序》："先生于戊子之冬，以手编全集寄我……岁之除夕，先生告徂。"序文落款时间为"嘉靖九年春三月十六日"（李梦阳：《空同集》卷首，《明别集丛刊》第 1 辑，第 92 册，黄山书社，2013 年版，第 4—5 页）。嘉靖八年除夕，即公元 1530 年 1 月 28 日。唐景绅《关于李梦阳的生卒年代》一文，认同此说（《社会科学》，1980 年，第 3 期，第 86—88 页）。一说为嘉靖十年（1531）。袁袠《李空同先生传》："嘉靖辛卯，就医京口，还大梁，病卒。"（袁袠：《衡藩重刻胥台先生集》卷一七，《四库全书存目丛书》集部，第 86 册，齐鲁书社，1997 年版，第 628 页）朱睦㮮《空同先生传》："嘉靖辛卯，迎医京口，还，遂卒，年五十有九。"（李梦阳：《空同集》卷首，《明别集丛刊》第 1 辑，第 92 册，黄山书社，2013 年版，第 6 页）而梁临川则以为，李梦阳卒于嘉靖九年上半年（梁临川：《李梦阳卒年考辨》，中华书局编辑部编：《文史》第四〇辑，中华书局，1994 年版，第 268 页）。笔者趋向于嘉靖八年除夕说。

地域文学的影响所致。又，蒋山卿《诗集自序》称：

> 余自髫年学诵诗，能分别前人格调。弱冠渡江，见东吴
> 顾吏部、宝应朱户曹，教以读汉、魏、晋、宋、唐人之诗。年
> 二十九举进士。始与同年亳州薛子蕙研工古作，是时信阳
> 何子景明与薛邻，尝闻其绪论焉。而同时倡和者，在北有关
> 中刘子储秀、张子治道，济南刘子天民，上邽马子汝骥，秦川
> 胡子侍，在南有顾子琛，多闻之益，惟二三子矣，而知我者，
> 薛子也。①

蒋山卿，字子云，号南泠，南直隶扬州府仪真（今江苏仪征）
人，正德九年（1514）进士，时年二十九。其"弱冠渡江"，当在
正德元年（1506）左右，他受教于顾璘、朱应登，"读汉、魏、晋、
宋、唐人之诗"。在前七子兴起之初，顾、朱等就在南都提倡六朝
诗风。王世贞即云：

> 弘、正之间，天昌厥辞。李、何倡之，边、王翼之。趹跋
> 中原，江左其谁。昌穀后劲，公（顾璘）乃先驰。绵丽才情，
> 纤徐规矩。六季风流，鲍、庾庶几。②

顾璘早年也并非无原则地襃扬六朝诗风，他反对过分雕镂

---

① ［明］蒋山卿:《蒋南泠集》卷首,《四库全书存目丛书》集部,第 70 册,
齐鲁书社,1997 年版,第 113 页。
② ［明］王世贞:《弇州山人续稿》卷一四八《像赞》,《明别集丛刊》第 3
辑,第 38 册,黄山书社,2016 年版,第 469—470 页。

辞藻。如评王勃《八仙径》"终希脱尘网,连翼下芝田":"仍堕六朝。"① 他还指摘六朝的卑俗诗风。如评王勃《仲春郊外》"鸟飞村觉曙,鱼戏水知春":"一句近俗,意尤是六朝卑处。"② 受知梦阳的李濂,也赞成学六朝、初唐诗风,正德九年(1514),作《答友人论诗书》称:

> 仆不自忖度,窃欲五言古诗必则汉、魏、晋人,歌行、近体必则李、杜,而更以初唐、盛唐诸公参之,自中唐以下无论也……专则李、杜而尽弃诸公,仆不敢以为然。何以知其然也? 尝观李、杜二公之作,未尝不兼则古人。李白酷爱鲍、谢诸子,杜甫亦以阴铿、庾信、徐陵称之,李曷尝专于一乎? 杜甫刻意则古者也,若《城西陂泛舟》之作,则之问也;和严公《军城早秋》,则四杰也。③

李濂虽赞成复古,但师法对象相对广博。他表示,就连李白、杜甫这样的大家,都能向六朝、初唐诗人学习,今人作诗,师法六朝、初唐,又有何不可? 此时,六朝、初唐诗风已开始流行。顾璘《与陈鹤论诗》曰:

> 国朝自弘治间,诗学始盛,其间名家可指而数,今亡去

① [元]杨士弘编选,[明]张震辑注,[明]顾璘评点,陶文鹏、魏祖钦整理点校:《唐音评注》,河北大学出版社,2010 年版,第 20 页。
② [元]杨士弘编选,[明]张震辑注,[明]顾璘评点,陶文鹏、魏祖钦整理点校:《唐音评注》,河北大学出版社,2010 年版,第 28 页。
③ [明]李濂:《嵩渚文集》卷九〇,《四库全书存目丛书》集部,第 71 册,齐鲁书社,1997 年版,第 321—322 页。

有集传世者三人：李献吉、何仲默、徐昌毂……足下示教新编，雅志高邈，将以扬风雅之坠绪，故辞旨气格直追李、杜而上之。展读再三，终夜忘寝，特其间六朝、唐初之语，时亦有之。余窃疑焉，岂风俗之变，贤者不免，或众耳难偕，苟为同声与？是二者，皆非足下所宜有也。①

李梦阳、何景明、徐祯卿三人中，李梦阳去世最晚，在嘉靖八年除夕。"岂风俗之变，贤者不免，或众耳难偕，苟为同声与"，实已暗意，此后六朝、唐初诗风开始风行诗坛。朱衡的遭遇，可以验证。朱衡《题李北山诗序》曰：

　　自余释负，从学士谈时，已厌薄李、杜，喜初唐。一二抉奇之士，不以则效齐、梁诸人语，补缀凑泊，性灵丰蔀，譬诸割锦不可衣，涂泽朱铅，形状离焉，盖诗至此弊矣。②

朱衡，字士南，一字惟平，号镇山，万安（今江西万安）人。嘉靖十一年（1532）进士，授龙溪县令，逾年改婺源。嘉靖十三年（1534），升为刑部主事，历官至工部尚书。在朱衡进士登第之年或稍后，已有人"厌薄李、杜，喜初唐"诗风，而"效齐、梁诸人语"，不过"一二抉奇之士"而已。易言之，六朝、初唐诗风真正风行文坛，当是嘉靖十一年后的事。顾璘《题饶介之诸贤怀古诗卷后》云：

①［明］顾璘：《顾华玉集·息园存稿·文》卷九，《景印文渊阁四库全书》第1263册，台湾商务印书馆，1986年版，第602—603页。
②［清］黄宗羲编：《明文海》卷二六五，中华书局，1987年版，第2772页。

此卷自饶、倪至吴、吕诸公，皆吾东南前后巨擘。其诗寓精深于简古，驱故实于议论，有一唱三叹之风。若使今人和之，辞华不啻倍此，而格律意致，吾不知其谁胜耳。近时英流，至云虽盛唐，亦不及齐、梁，正所谓先进于礼乐野人也。因书卷尾，以复衡山翰院，能无感于时变乎？①

"近时英流，至云虽盛唐，亦不及齐、梁"，实已明示，六朝、初唐诗风已成为一种时尚，已由地方逐渐扩展到整个文坛，几乎可与前七子复古之风相抗衡。

一般认为，嘉靖初年六朝、初唐诗风盛行文坛，力倡于杨慎、薛蕙，得力于陈束、唐顺之等人的传扬。杨慎力倡六朝、初唐诗风，以之为策略，当在正德年间。《升庵诗话》云：

何仲默枕藉杜诗，不观余家，其于六朝、初唐，未数数然也。与予及薛君采言及六朝、初唐，始恍然自失，乃作《明月》《流萤》二篇拟之，然终不若其效杜诸作也。②

宋严沧浪取崔颢《黄鹤楼》诗为唐人七言律第一。近日何仲默、薛君采，取沈佺期"卢家少妇郁金堂"一首为第一。二诗未易优劣，或以问予。予曰："崔诗赋体多，沈诗比兴多。以画家法论之：沈诗披麻皴，崔诗大斧劈皴也。"③

①［明］顾璘：《顾华玉集·息园存稿·文》卷九，《景印文渊阁四库全书》第1263册，台湾商务印书馆，1986年版，第610—611页。

②［明］杨慎撰，王大厚笺证：《升庵诗话新笺证》卷一〇，中华书局，2008年版，第509页。

③［明］杨慎撰，王大厚笺证：《升庵诗话新笺证》卷四，中华书局，2008年版，第228—229页。

　　何景明于正德十六年（1521）八月过世，其与杨慎、薛蕙"言及六朝、初唐"诗，以及向杨慎请教"二诗"事，定在此前。最晚应在正德十一年（1516）至十三年（1518）春之间，①何景明已开始以诗法六朝、初唐为策略，倡导六朝、初唐诗风。

　　为诗法六朝，本是杨慎的强项。王世贞："凡所取材，六朝

---

① 据简绍芳《杨慎年谱》，正德八年（1513），杨慎丁继母喻夫人忧，归居新都，正德十年（1515）服阕，冬十二月北上。正德十一年（1516）入翰林，八月为经筵展书官。正德十二年（1517），武宗幸游宣大、榆林诸边，返而往复，杨慎上疏切谏。不报。乃以养疾弃归。正德十五年（1520）九月北上，仍旧官。正德十六年（1521）四月，世宗继位，五月杨慎为殿试掌卷官。嘉靖三年（1524）七月十七日、二十七日两受廷杖，谪戍云南永昌卫（简绍芳编次：《赠光禄卿前翰林修撰升庵杨慎年谱》，王文才、万光治等编：《杨升庵丛书》第6册，天地出版社，2002年版，第1276—1277页）。王廷《吏部考功郎中西原薛先生行状》载，薛蕙正德八年（1513），"领南畿乡荐，偕计入京。时仲默犹为中书舍人，即乘夜造之，雅相钦挹，遂成莫逆之交"。薛蕙正德九年（1514）"登进士第，授刑部贵州司主事，寻以疾在告"。正德十一年（1516），返京，"复除刑部福建司主事，直本科"（薛蕙：《考功集》附录，《景印文渊阁四库全书》第1272册，台湾商务印书馆，1986年版，第123页）。正德十五年（1520）八月，薛蕙"谢病南归"（薛蕙：《考功集》卷六《庚辰八月谢病南归奉寄王浚川先生三十韵》，《景印文渊阁四库全书》第1272册，台湾商务印书馆，1986年版，第73页）。如此，正德十一年后，薛蕙、杨慎二人才有可能结识。李濂《河风序》："往正德丁丑春正月，余以沔阳守入觐都下，而汶上尹孟望之洋亦以职事至。维时崔子钟铣为翰林侍读，何仲默景明为中书舍人，薛君采蕙为刑部主事，咸在京邸。余五人者，为文字之会，杯酒赓和，朝夕胥晤，甚欢也。"（李濂：《嵩渚文集》卷五五，《四库全书存目丛书》集部，第71册，齐鲁书社，1997年版，第89页）丁丑，即正德十二年（1517）。正德十三年（1518）春，何景明升陕西提学副使。十六年（1521）七月，以疾求致仕，八月五日，卒于信阳。故杨慎、薛蕙与何景明谈论初唐诗应在正德十一年至十三年春，即何景明出任陕西提学副使之前。

为冠。"① 张士佩："形之为篇咏，则取材六朝，溯汉魏之风趣。"②
胡应麟："杨用修格不能高，而清新绮缛，独掇六朝之秀，合作者
殊自斐然。"③ 王士禛："明诗至杨升庵，另辟一境，真以六朝之
才，而兼有六朝之学者。"④ 四库馆臣："慎以博洽冠一时，其诗含
吐六朝，于明代独立门户。"⑤ 许学夷对杨慎诗学六朝，则嗤之以
鼻："五言律句虽起于齐梁，而绮靡衰飒，不足为法。必至初唐
沈宋，乃可为正宗耳。退之谓'齐梁及陈隋，众作等蝉噪'是也。
杨用修酷嗜六朝，择六朝以还声韵近律者，名为《律祖》，其背戾
滋甚。"⑥ 称六朝不足为法，则从反面证明，杨慎诗法六朝是不争
的事实。

　　当时一度与杨慎倡导、推行诗法六朝、初唐策略的同道，有
薛蕙、陈束等人。薛蕙不仅诗学六朝、初唐，还特别服膺杨慎，
称之曰："唐之四杰，不能过也。"⑦ 陈束也是诗学初唐者。嘉靖

①［明］王世贞：《明诗评》一，周维德集校：《全明诗话》第 3 册，齐鲁书社，
　2005 年版，第 2008 页。
②［明］张士佩：《订刻太史升庵文集序》，［明］杨慎：《升庵文集》卷首，王
　文才、万光治等编注：《杨升庵丛书》第 3 册，天地出版社，2002 年版，第
　4 页。
③［明］胡应麟：《诗薮·续编》卷一，上海古籍出版社，1979 年版，第
　347 页。
④［清］王士禛撰，湛之点校：《香祖笔记》卷五，上海古籍出版社，1982 年
　版，第 99 页。
⑤［清］永瑢等：《四库全书总目》卷一七二《升庵集》，中华书局，1965 年
　版，第 1502 页。
⑥［明］许学夷著，杜维沫校点：《诗源辩体》卷一一，人民文学出版社，
　1987 年版，第 136 页。
⑦［明］薛蕙：《升庵诗叙》，［明］杨慎：《升庵南中集》卷首，王文才、万光
　治等编注：《杨升庵丛书》第 4 册，天地出版社，2002 年版，第 276 页。

二十五年(1546),赵廷松序陈束《后冈文集》即称:"如后冈子者,风振泉流,七子之备体,敷琼炳绣,四杰之赴节,使跞焉,齐足并驰,自骋骥騄,未悉其究。"[1] 四杰之中,陈束受杨炯的影响最为深刻:"夫七子称幹成言,四杰惟炯终令,若后冈学伟宗翰,位华方臬,摭其风节,不忝吾浙先闻,其视建安、盈川诸子,殆未凉云。"[2] 另外,唐宋派之巨子唐顺之也曾"诗学初唐,律体自有佳篇"。[3]

二、六朝、初唐策略的提倡与实施

嘉靖初年,六朝、初唐策略的奉行者,非常重视理论的建构。他们在文学场域中,竭力寻掘有价值的文化资本,作为争夺文学话语权的砝码与理论建构的依据。

首先,力斥模拟行径,大力宣扬六朝诗风。杨慎于此用力最为专一,其《答重庆太守刘嵩阳书》曰:

> 谓诗歌至杜陵而畅,然诗之衰飒,实自杜始。经学至朱子而明,然经之拘晦,实自朱始。是非杜、朱之罪也,玩瓶中之牡丹,看担上之桃李,效之者之罪也。夫鸾辂生于椎轮,龙舟起于落叶,山则原于覆篑,江则原于滥觞。今也譬则乞丐,沾其剩馥残膏,犹之瞽史,诵其坠言衍说,何惑乎道之日

①[明]赵廷松著,陈彩云校注:《赵廷松集》卷七,线装书局,2009年版,第300—301页。

②[明]赵廷松著,陈彩云校注:《赵廷松集》卷七,线装书局,2009年版,第301页。

③[清]陈田辑撰:《明诗纪事·戊签》卷九,上海古籍出版社,1993年版,第1536页。

芜，而文之日下也。①

　　"瓶中之牡丹"、"担上之桃李"，已离根本，非自然之牡丹、桃李，生机自失。拾人"剩馥残膏"，肢解杜诗为诗，与此无异。虽说此为"效之者之罪"，非杜诗之罪，但毕竟"诗之衰飒，实自杜始"，故杨慎断言，学杜必难为佳诗："近有士人熟读杜诗，余闻之曰：'此人诗必不佳，所记是棋势残着，元无金鹏变起手局也。'因记宋章子厚日临《兰亭》一本，东坡曰'章七终不高'，'从门入者非宝'也，此可与知者道。"②哪怕对其敬重的李梦阳，也略有微词：

　　　　予评空同诗，五言绝句胜七言绝句，五言古、七言古胜七言律、五言律，乐府学汉魏，似童谣者又绝胜。世徒学其七言律，是徒学其下者耳。③

　　杨慎以为，在李梦阳的诗歌中，乐府诗水平最高，五七言古诗又胜五七言律诗，而七言律诗为"其下者"，世人却偏要学之，着实匪夷所思。

　　痛斥模拟行为，可为理论的建构张本。既然为诗模拟盛唐之路走不通，就该另辟蹊径。于是杨慎以推宗六朝、初唐诗为

----

① ［明］杨慎：《升庵文集》卷六，王文才、万光治等编注：《杨升庵丛书》第3册，天地出版社，2002年版，第179页。

② ［明］杨慎撰，王大厚笺证：《升庵诗话新笺证》卷四，中华书局，2008年版，第218页。

③ ［明］杨慎批选：《空同诗选》卷首《空同诗选题辞》，王文才、万光治等编注：《杨升庵丛书》第5册，天地出版社，2002年版，第915页。

策略,悉力宣扬六朝、初唐诗风。他声称:"诗之高者,汉魏六朝。"①《选诗外编序》又称:

> 是编起汉迄梁,皆《选》之弃余,北朝、陈、隋,则《选》所未及。详其旨趣,究其体裁,世代相沿,风流日下,填括音节,渐成律体。盖缘情绮靡之说胜,而温柔敦厚之意荒矣。大雅君子,宜无所取。然以艺论之,杜陵诗宗也,固已赏夫人之清新俊逸,而戒后生之指点流传。乃知六代之作,其旨趣虽不足以影响大雅,而其体裁实景云、垂拱之先驱,天宝、开元之滥觞也,独可少此乎哉? 若夫考时风之淳漓,分作者之高下,则君子或有取焉,是亦可以观矣。②

《选诗外编》与另一选本《选诗拾遗》,约成书于嘉靖九年(1530)前,原书已佚。垂拱(685—688),武则天的年号,景云(710—711),唐睿宗李旦之年号,按照传统的四唐分法,应归初唐;开元(713—741)、天宝(742—755),唐玄宗李隆基的年号,属于盛唐。杨慎站在诗歌发展史高度,提倡六朝诗风。他以为汉、魏与盛唐之间,尚有六朝、初唐的存在,较之前七子郎署"诗必汉魏、盛唐"的策略,更加关注诗歌发展、演变的内在关联。唐代律诗由六朝诗歌演化而来,六朝诗歌"旨趣虽不足以影响大雅",但开唐律诗之先例:"其体裁实景云、垂拱之先驱,天宝、开元之滥觞也。""是亦可以观",不可偏废。《选诗拾遗序》持

---

① [明]杨慎撰,王大淳笺证:《丹铅总录笺证》卷二六《璅言》,浙江古籍出版社,2013年版,第1183页。
② [明]杨慎:《升庵文集》卷二,王文才、万光治等编注:《杨升庵丛书》第3册,天地出版社,2002年版,第105页。

论大率相同：

> 汉代之音可以则，魏代之音可以诵，江左之音可以观。虽则流例参差，散偶卢分，音节尺度粲如也。有唐诸子，效法于斯，取材于斯。昧者顾或尊唐而卑六代，是以枝笑干，从潘非渊也，而可乎哉？余观《汉志·艺文》《隋志·经籍》，迹斑斑而目睽睽，徒见其名，未睹其书，每一披临，辄三太息。此非有秦焚之厄，汉挟之禁也，直由好者亡几，致流传靡余，惜哉！方宋集《文苑英华》日，篇籍自具也。陋儒不足论大雅，乃谨唐人而略先世，遂使古调声闉，往体景灭，悲夫！梁代筑台之选，唐人焚夋之编，操觚所珍，悬诸日月，伐柯取则，炳于丹膛矣。①

诗歌的发展、演变，皆有源可溯，非凭空而来。六朝诗歌"音节尺度粲如"，唐人效法取材于斯，才创作出名篇佳作，铸就有唐一代诗歌辉煌，故后人没有理由不学六朝诗歌。若一味"尊唐而卑六代"，那"是以枝笑干，从潘非渊也"，是"陋儒"所为，"遂使古调声闉，往体景灭"，人为割断诗歌发展传统。嘉靖二十年（1541）前后，编辑《五言律祖》时，② 杨氏恪守轨则，依然如故，其序曰：

---

① ［明］杨慎：《升庵文集》卷二，王文才、万光治等编注：《杨升庵丛书》第3册，天地出版社，2002年版，第106页。
② ［明］韩士英：《五言律祖序》，王文才、万光治等编注：《杨升庵丛书》第5册，天地出版社，2002年版，第691页。

近日雕龙名家,凌云鸿笔,寻滥觞于景云、垂拱之上,
着先鞭于延清、必简之前,远取宋、齐、梁、陈,径造阴、何、
沈、范,顾于先律,未有别编。慎犀渠岁暇,隃麋日亲,乃取
六朝俪篇,题为《五言律祖》。溯龙舟于落叶,遵凤辂以椎
轮。华琐极挚,本质叵逾矣。[①]

嘉靖三十四年(1555),也就是去世前的四年,杨慎为朱曰
藩《山带阁集》作序,再次阐发其倡导六朝、初唐诗风的立场与
动机:

呜呼,诗之说多矣,古不暇枚数。近日,士林多宗杜陵
之矫健高古,不为无助,而蹈袭其字,剪裁其句,与题既不相
似,与人亦不相值,曰吾学杜也,可乎? 吾友松溪安石公语
余曰:"论诗如品花,牡丹、芍药,下逮苦楝、刺桐,皆具有天
然一种风韵。今之学杜者,纸中牡丹、芍药耳,而轻薄者不
肖,拆洗杜诗,活剥子美之嘲。"噫,是诗法一变,而一蔽生
也。余方欲划其蔽,以俟知音,独见射陂子之诗,犁然当于
心,盖取材《文选》、乐府,而宪章于六朝、初唐,不事蹈袭,
不烦绳削,可以鸣世,可以兴后矣。曾以诧于泉山张子。张
子曰:"太白以建安绮丽不足珍,昌黎以六朝众作拟蝉噪,
子何尊六朝之甚也?"余应之曰:"文人抑扬太过,每每如
此。太白之诗仅可及鲍、谢,去建安尚远。昌黎之视六朝,
则秦、越矣。如刘越石之高古、陶渊明之冲澹,可以六朝例

①[明]杨慎:《升庵文集》卷二《五言律祖序》,王文才、万光治等编注:
《杨升庵丛书》第 3 册,天地出版社,2002 年版,第 105 页。

之哉！为此言者，昌黎误宋人，宋人又误今人也。今之学诗者，避宋如避瘟，而伐柯取则，犹承宋人余笤之论，毋乃过乎？"[1]

较之《选诗外编序》、《选诗拾遗序》，此序所阐扬的倡导六朝、初唐诗风的缘由，越发全面、深刻，这主要围绕三个层面立论：其一，就一人诗而论，当时诗坛受前七子复古诗风影响，拟古者以杜甫为宗，且多重"矫健高古"一格，终因时代、个体经历差异，加之才力不逮，流于"袭其字，剪裁其句"，不见性情。其二，每一种风格的诗歌，皆有其存在依据，不必专学杜诗，论诗如品花，牡丹、芍药、苦楝、刺桐，"皆具有天然一种风韵"，皆可习之。其三，六朝诗歌博大精深，其所承载的文化传统与意蕴，并非李白、韩愈能全及之。李诗仅可及鲍照、谢灵运，去建安尚远。韩愈之视六朝，也远不及之。所谓"自从建安来，绮丽不足珍"、"齐梁及陈隋，众作等蝉噪"，不过皮相之谈。于是，杨慎"欲刬其蔽"，他相信为诗"宪章于六朝、初唐，不事蹈袭，不烦绳削，可以鸣世，可以兴后"。推崇六朝诗风的一贯性，随之显露无遗。

其次，竭力从经典中寻绎理论依据。理论的建构，需要有足够的论据作为支撑，为此杨慎特别留意李、杜等大家的诗歌，尽力探绎其与六朝、初唐诗之内在关联。这在《升庵诗话》中，有集中的展现，其中有袭用，有翻出，有反其意用之等多种情形。如"晚见朝日"条：

---

[1] ［明］朱曰藩：《山带阁集》卷首，《四库全书存目丛书》集部，第110册，齐鲁书社，1997年版，第85—86页。

　　谢灵运诗:"晓闻夕飚急,晚见朝日暾。"此语殊有变互。
凡风起必以夕,此云"晓闻夕飚",即杜子美之"乔木易高风"
也。"晚见朝日",倒景反照也。孟郊诗:"南山塞天地,日
月石上生。高峰夕驻景,深谷夜先明。"皆自谢诗翻出。①

　　"晓(早)闻夕飚急,晚见朝日暾",出自谢灵运《石门新营
所住四面高山回溪石濑修竹茂林诗》。②"乔木易高风",出自
杜甫《向夕》诗。③孟郊四句诗出自其《游终南山》。④皆可见
谢诗的影子。"太白用徐陵诗"条曰:"徐陵诗:'竹密山斋冷,
荷开水殿香。'太白诗:'风动荷花水殿香。'全用其语。"⑤徐
陵诗句出自其《奉和简文帝山斋》。⑥李白诗句出自其《口号
吴王美人半醉》,⑦袭用之痕迹,甚是明了。又,"太白用古乐
府"条:

---

① [明]杨慎撰,王大厚笺证:《升庵诗话新笺证》卷二,中华书局,2008 年版,第 101 页。
② [梁]萧统编,[唐]李善注:《文选》卷三〇,上海古籍出版社,1986 年版,第 1399 页。
③ [唐]杜甫著,[清]仇兆鳌注:《杜诗详注》卷二〇,中华书局,1979 年版,第 1739 页。
④ [唐]孟郊撰,华忱之校订:《孟东野诗集》卷四,人民文学出版社,1959 年版,第 66 页。
⑤ [明]杨慎撰,王大厚笺证:《升庵诗话新笺证》卷三,中华书局,2008 年版,第 163 页。
⑥ [唐]欧阳询撰,汪绍楹校:《艺文类聚》卷六四,中华书局,1965 年版,第 1152 页。
⑦ [唐]李白著,[清]王琦注:《李太白全集》卷二五,中华书局,1977 年版,第 1184 页。

古乐府："暂出白门前,杨柳可藏乌。欢作沉水香,侬作博山炉。"李白用其意,衍为《杨叛儿歌》,曰："君歌杨叛儿,妾劝新丰酒。何许最关情,乌啼白门柳。乌啼隐杨花,君醉留妾家。博山炉中沉香火,双烟一气凝紫霞。"古乐府："朝见黄牛,暮见黄牛。三朝三暮,黄牛如故。"李白则云："三朝见黄牛,三暮行太迟。三朝又三暮,不觉鬓成丝。"古乐府云："郎今欲渡畏风波。"李白则云："郎今欲渡缘何事? 如此风波不可行。"古乐府云："春风复多情,吹我罗裳开。"李反其意云："春风复无情,吹我梦魂散。"古人谓李诗出自乐府古选,信矣。其《杨叛儿》一篇,即"暂出白门前"之郑笺也。因其拈用,而古乐府之意益显,其妙益见。如李光弼将子仪军,旗帜益精明。又如神僧拈佛祖语,信口无非妙道。岂生吞义山、拆洗杜诗者比乎? [1]

如此,六朝诗对唐诗的影响,显而易见。以此为基础,杨慎细加绅绎,上升至理论高度,指出六朝诗为唐诗之"先鞭"。如,称沈约《八咏诗》"乃唐五言律之祖也";[2] 称"庾信之诗,为梁之冠绝,启唐之先鞭";[3] 称沈君攸《泛中河》,"此六朝诗也。七言律未成而先有七言排律矣,雄浑工致,固盛唐、老杜之先鞭

① [明]杨慎撰,王大厚笺证:《升庵诗话新笺证》卷七,中华书局,2008年版,第355页。

② [明]杨慎撰,王大厚笺证:《升庵诗话新笺证》卷三,中华书局,2008年版,第137页。

③ [明]杨慎撰,王大厚笺证:《升庵诗话新笺证》卷三,中华书局,2008年版,第149页。

也"。① 同理,有些初唐诗,为盛唐诗之先驱。"王丘东山诗"条:

> "高洁非养正,盛名亦险艰。智哉谢安石,携妓入东山。
> 云岩响金奏,空水滟朱颜。兰露滋香泽,松风鸣珮环。歌声
> 入空尽,舞影到池闲。杳眇同天上,繁华非世间。卷舒混
> 名迹,纵诞无忧患。何必苏门啸,冥然闭清关。"王丘,初唐
> 人,《雀鼠谷应制》诗出沈、宋上。此诗清新俊逸,太白之先
> 鞭也。②

《唐诗品汇》、《全唐诗》中,此诗皆题为《咏史》,③ 字句稍有
出入。《雀鼠谷应制》诗,《唐诗纪事》题为《奉和明皇答张说南
出雀鼠谷》。④

以上杨慎之论诗,皆道明六朝、初唐诗,有导夫先路之作
用。实是溯流穷源,探求诗之六朝与初唐、初唐与盛唐之内在关
联,旨在弥合因"诗必汉魏、盛唐"而人为导致的律诗发展的文
学断层,使人明晰律诗经历了由六朝而初唐、而盛唐的逻辑发展
进程。"江总怨诗"条有曰:

---

① [明]杨慎撰,王大厚笺证:《升庵诗话新笺证》卷五,中华书局,2008年
版,第235页。
② [明]杨慎撰,王大厚笺证:《升庵诗话新笺证》卷六,中华书局,2008年
版,第338页。
③ [明]高棅编纂,汪宗尼校订,葛景春、胡永杰点校:《唐诗品汇·五言古
诗》卷二,中华书局,2015年版,第222页。[清]彭定求等编:《全唐诗》
卷一一一,中华书局,1960年版,第1136页。
④ [宋]计有功撰,王仲镛校笺:《唐诗纪事校笺》卷一四,中华书局,2007年
版,第458—459页。

六朝之诗，多是乐府，绝句之体未纯，然高妙奇丽，良不可及。溯流而不穷其源，可乎？故特取数首于卷首，庶乎免于"卖花担上看桃李"之诮矣。①

杨慎《五言律祖》之类的选本，意指也在于此。胡应麟《艺林学山》八《五言律祖》即谓："此编辑六朝近律者，以明唐体所自出。"②

再次，六朝、初唐策略的构建与实施，多得借于文学选本的编刻。编辑选本是宣扬自家审美思想、文学主张的重要方式。鲁迅《集外集·选本》即称："凡是对于文术，自有主张的作家，他所赖以发表和流布自己的主张的手段，倒并不在作文心，文则，诗品，诗话，而在出选本"，"选本可以借古人的文章，寓自己的意见"。③鲁迅之论，前者不免绝对，后者却甚为允当。一般而言，文学选本选谁的作品，不选谁的作品，何人作品选的多，何人作品选的少，如何排列这些作品，本身就寓有编者"自己的意见"。况且，编者还可于选本序跋或评语中，直接宣示自家"意见"。由上文可知，杨慎《选诗外编》《选诗拾遗》《五言律祖》，即为其诗法六朝、初唐策略的一种载体与实践。

除此，高叔嗣《二张诗集》、徐献忠《六朝声偶集》、樊鹏《初唐诗》，以及薛应旂《六朝诗选》、张谦《六朝诗汇》、彭辂《初唐祖调》、张逊业《唐十二家诗》等选本，也多少流露出编者的诗学策

① [明]杨慎撰，王大厚笺证：《升庵诗话新笺证》卷二，中华书局，2008年版，第133页。
② [明]胡应麟：《少室山房笔丛》卷二六，上海书店出版社，2001年版，第258页。
③ 鲁迅：《鲁迅全集》第7卷，人民文学出版社，2005年版，第138页。

略。如，张逊业编辑、黄埻梓行的《唐十二家诗》，凡二十四卷，收录王勃、杨炯、卢照邻、骆宾王、陈子昂、沈佺期、杜审言、宋之问、孟浩然、王维、高适、岑参等十二人作品，每人各二卷，集前有张氏嘉靖三十一年（1552）序，后有黄埻跋。跋曰："王、杨、卢、骆，沿六朝之习，为天赋之才，实一代声律之发硎。自是文运益昌，乃有陈、杜、沈、宋倡于前，王、孟、高、岑继于后。"① 徐献忠《六朝声偶集》，就有发布其"后世之为律者，实六朝人创始言之。至于今，承信宗袭，世无有废律而成诗者，则六朝人之泛波，亦岂可少哉"② 的理念与策略，与杨慎之言论，如同出自一辙。这皆对当时六朝、初唐诗风的流行，有助澜扬波作用。需要指出的是，杨慎在推崇六朝、初唐诗风之余，并未否定盛唐诗。对于盛唐诗人，尤其是大家、名家，也甚推崇。他论盛唐诗人曰："言诗贵精，不贵多也。某观王右丞、孟襄阳，开元诗人之拔萃，而其诗不盈三百首，毕生所作，当不啻是，而流传如今集，一一皆精，昔人所谓琼枝寸寸是玉，栴檀片片皆香，意其所自选也。"③ 嘉靖十六年（1537），王廷《刻升庵诗序》，概括杨慎诗学取向为："盖取材于汉魏，而宪章乎盛唐。"④ 杨慎对盛唐诗的推崇，集中体现在对李白的褒扬上。他以为，李白在中国诗歌史上地位至高无

① ［清］范邦甸等撰，江曦、李婧点校：《天一阁书目》上，上海古籍出版社，2010年版，第466页。
② ［明］徐献忠：《长谷集》卷五《六朝声偶集序》，《四库全书存目丛书》集部，第86册，齐鲁书社，1997年版，第227页。
③ ［明］杨慎：《升庵遗集》卷二三《钤山堂诗选序》，王文才、万光治等编注：《杨升庵丛书》第3册，天地出版社，2002年版，第1065页。
④ ［明］杨慎：《升庵南中集》卷首，王文才、万光治等编注：《杨升庵丛书》第4册，天地出版社，2002年版，第275页。

上,誉之曰:"李太白为古今诗圣。"①

薛蕙、高叔嗣、皇甫兄弟等六朝、初唐理论的建构,虽不及杨慎系统、缜密,但对六朝、初唐诗风流行,也有推助效力,不可小瞧。

薛蕙早年喜好六朝、初唐诗风,"古诗自《河梁》以暨六朝,近体自神龙以迄五季,靡不句追字琢,心慕手追",②其《杂体诗二十首》小序道:

> 诗自曹、刘下逮颜、谢,体裁各异,均为一时之隽也。及江文通拟诸家三十首,虽间有未尽,然可谓妙解群藻矣。余慕其殊丽,依之为二十首。③

薛蕙以六朝诗风为策略,主要"慕其殊丽",论诗不重杜诗:"子美虽有气骨,不足贵也。"④其诗学策略,主要体现在其于嘉靖十六年(1537)所作之《升庵诗叙》。⑤其核心要点,约略有二:其一,以才学论诗,追求卓绝之才与弘博之学的统一,这恰好也为杨慎的强项;其二,对前七子复古流弊深感忧虑,欲以

---

① [明]杨慎:《升庵文集》卷三《周受庵诗选序》,王文才、万光治等编注:《杨升庵丛书》第3册,天地出版社,2002年版,第122页。

② [清]朱彝尊著,姚祖恩编,黄君坦校点:《静志居诗话》卷一〇,人民文学出版社,1990年版,第284页。

③ [明]薛蕙:《考功集》卷二,《景印文渊阁四库全书》第1272册,台湾商务印书馆,1986年版,第20页。

④ [明]薛蕙:《西原先生遗书》卷下《论诗》,《四库全书存目丛书》子部,第84册,齐鲁书社,1995年版,第261页。

⑤ [明]杨慎:《升庵南中集》卷首,王文才、万光治等编注:《杨升庵丛书》第4册,天地出版社,2002年版,第276页。

六朝、初唐诗风补救。薛蕙与杨慎论诗也言及于此："近日作者,摹拟蹈袭,致有拆洗少陵,生吞子美之谴。求近性情,无若古调。"①

从实际创作来看,薛蕙为诗长于拟古,尤以拟汉魏、六朝体为多。查《考功集》,主要有《效阮公咏怀三十首》《杂诗五首》《游仙十首》,分别拟阮籍《咏怀诗》、张协《杂诗》、郭璞《游仙诗》等,皆为"选体";《杂体二十首》,拟江淹《杂体诗三十首》,分别拟汉、魏、晋、刘宋诸名家诗作;《杂咏》六首则效"玉台体"。这是其诗歌理论与文学策略的践行。黄清南评之曰："薛诗吐辞秀润,布意密致,而调合作者,名篇实多。其咏怀则取法于嗣宗,杂诗则准的于景阳,游仙则规摹于景纯。虽不逼似,庶几太康之音。"②六朝诗中,就取法对象言,薛蕙最服膺谢灵运："清远秀丽,深服康乐。"③"君采俊丽康乐,殆不是过。"④ 如此说来,明人赵彦复所谓"其诗咀英魏、晋,振秀齐、梁,意绵密而辞新,格醇雅而调逸",⑤ 洵为的论。倡导六朝诗风的同时,初唐也是薛蕙关注的焦点之一。钟广汉云："君采五古兼大小谢之长,五律综初盛唐之妙。"⑥ 何良俊亦云："薛西原规模大复,时出入初唐。"

----

① [清]朱彝尊著,姚祖恩编,黄君坦校点:《静志居诗话》卷一〇,人民文学出版社,1990年版,第284页。
② [清]朱彝尊选编:《明诗综》卷三五,中华书局,2007年版,第1721页。
③ [清]陈田辑撰:《明诗纪事·戊签》卷三,上海古籍出版社,1993年版,第1423页。
④ [清]朱彝尊选编:《明诗综》卷三五,中华书局,2007年版,第1720页。
⑤ [明]赵彦复辑:《梁园风雅》卷首《诸公爵里》,《续修四库全书》第1680册,上海古籍出版社,2002年版,第383页。
⑥ [清]朱彝尊选编:《明诗综》卷三五,中华书局,2007年版,第1721页。

不过因"过于精洁,失其本色",使人觉得"太枯",[①] 已染中唐旨味,这是后话。就体裁言,薛蕙主要是五古宗六朝,五律法初、盛唐。

高叔嗣晚年尽管转向中唐诗风,但诗法六朝、初唐,确是其诗学策略的重要一环。嘉靖十六年(1537),他在湖广按察使任上为张九龄、张说刊行《二张诗集》,并序之曰:"夫诗之作岂不缘情哉!余读二公诗,方其登台衡,执鼎铉,抽笔兰室,雍容应制,词何泽也。及临荆南,履岳牧,怀人寄言,托物写心,又何凄也。"[②] 选本成为高氏宣传、实践初唐诗风的重要手段。其《研冈先生集序》也称:"昔在巨唐,诗道中兴。许、燕擅其美,沈、宋极其至。"[③] 对初唐许、燕、沈、宋之诗,可谓称道有加。

皇甫兄弟一段时间内,也奉行过诗法六朝、初唐策略,尤以皇甫涝为最。皇甫汸称之曰:"至解巾登仕,与蔡、王二行人,广搜六代之诗,披味耽玩,稍回旧好,雅许昌毂。"[④] 皇甫涝为嘉靖十一年(1532)进士,登第后,与蔡汝楠、王廷干等人,一起诗法六朝,且雅好徐祯卿诗,皇甫冲《皇甫少玄集序》称其"于诗独有取于迪功"。[⑤] 李梦阳曾讥讽徐祯卿"守而未化",皇甫涝却特意搜选徐之未遇李梦阳时诗,编为《徐迪功外集》,并序曰:

①［明］何良俊:《四友斋丛说》卷二六,中华书局,1959 年版,第 235 页。

②［明］高叔嗣:《苏门集》卷五,《景印文渊阁四库全书》第 1273 册,台湾商务印书馆,1986 年版,第 623 页。

③［明］高叔嗣:《苏门集》卷五,《景印文渊阁四库全书》第 1273 册,台湾商务印书馆,1986 年版,第 617 页。

④［明］皇甫汸:《皇甫司勋集》卷四〇《司直兄少玄集叙》,《景印文渊阁四库全书》第 1275 册,台湾商务印书馆,1986 年版,第 766 页。

⑤［明］皇甫涝:《皇甫少玄集》卷首,《景印文渊阁四库全书》第 1276 册,台湾商务印书馆,1986 年版,第 493 页。

　　仆昔耽艺，究作者之林，卓彼徐君，雅擅音藻。岩栖
暇日，征访遗文，得徐君诗百余篇于其家。予删其半，刻
之为《迪功外集》。徐君有集六卷，刻于豫章，北郡李子序
之，所云"守而未化，蹊径存焉"者也。集君手自选定，予
所得百余篇者，皆其弃余，然尚多可采。今诩于艺者，弗
逮也。又所次存缀厥微，诡于流辙，庶翼而传云。惟君华
郁其思，天然特禀，尤长赋颂之文，其所用心，盖自汉、魏
以迄开元、天宝之盛，无弗窥也。夫诗之为艺，独异众体，
作者韵度鲜朗，情言超莹，而原其趣，参之以神，要其构，
极之以变，考则古昔，往往冥契。尝谓：徐君之于诗，可以
继轨二晋，标冠一代。斯不诬矣。夫并包众美，言务合矩，
检而不隘，放而不逾，斯述藻之善经也。奚取于守化，而
暇诋其未至哉？始，君弱冠为文赋，即可垂世，而人莫知之。
然于诗未为工，而《榆塞叹》《西阊吟》等篇，则既藻丽如
梁、陈间语，顾人弗称。即他诗最纤下者，辄称之不置。而
其人沉淡不竞，释褐交李子最昵，时宰属君代为之文，君挥
之弗顾，以此坎壈终其身。李子当弘治、正德间，刻意探古，
声赫然。君与辨析追琢，日苦吟若狂，毋吝荣訾，卒所成就，
多得之李子。而其知君，顾未尽，况非李子哉？古曰：知难
久矣。夫谅哉，悲矣！①

　　皇甫涍称许徐祯卿为诗取法宽博，并"可以继轨二晋，标冠
一代"，岂有"守而未化"的痕迹？李梦阳并非真正了解徐祯卿

①［明］皇甫涍：《皇甫少玄集》卷二三，《景印文渊阁四库全书》第1276
册，台湾商务印书馆，1986年版，第649页。

其人其作。皇甫兄弟在称道六朝诗的同时,也猎及初唐,陈田就归之于学初唐者。皇甫汸也很看重六朝诗,其《梦泽集序》称王廷陈:"乐府古诗,潘、陆齐轨,下拟阴、何;五七言律,沈、杜比肩,参之卢、骆……足以不朽矣。"① 尤其是皇甫涝,论调近似杨慎,《与友人书》称:

> 近复探绎,豁若神解,自以为枚、王复起。斯言当不与易,所恨其论益精,知者益寡,况在末微,未足以振之耳。嗟乎! 斯旨若细。然自景云、垂拱之间,已号绝响矣。②

推重景云、垂拱之作,盖因受杨慎、张含等人的影响。皇甫汸也作《迪功外集后序》,推重徐祯卿。就推崇对象言,皇甫兄弟于六朝,心仪潘岳、陆机、阴铿、何逊等人;于初唐,则推尊沈佺期、卢照邻、骆宾王等人。

如同皇甫兄弟,蔡汝楠早期也诗法六朝、初唐。嘉靖三十四年(1555),洪朝选作《送蔡白石叙》云:"蔡君白石,自弱冠即以能诗闻,其初学为六朝,即似六朝。"③ 蔡汝楠以诗学六朝为策略,与杨慎一样,多取则《文选》。杨慎于嘉靖三十三年(1554)作《自知堂集叙》称蔡氏:"取材于《选》,则夕秀启而朝华披;效

---

① [明]皇甫汸:《皇甫司勋集》卷三六,《景印文渊阁四库全书》第1275册,台湾商务印书馆,1986年版,第745页。

② [明]皇甫涝:《皇甫少玄集·外集》卷一〇,《景印文渊阁四库全书》第1276册,台湾商务印书馆,1986年版,第732页。

③ [明]蔡汝楠:《自知堂集》卷首,《四库全书存目丛书》集部,第97册,齐鲁书社,1997年版,第448页。

法于唐,则苏州亲而襄阳迩。"① 蔡氏法《文选》,也有其侧重点:
"始其于诗喜鲍、谢,多拟齐、梁,如珠玑错陈,藻绘在目,外无遗
景,内无乏思,亦天下美丽之极矣。"② 王廷干与蔡汝楠诗学宗
尚,大略相同。蔡汝楠《严潭王子诗集序》称:"嘉靖辛卯,汝楠
即道遇王子,其明年释褐,同官行人。见名公硕士,方尚文学。
而吾二人者,盖同所向往。"③ 嘉靖辛卯,即嘉靖十年(1531),次
年,蔡汝楠中进士,与王廷干等人,诗法六朝。

　　相较而言,嘉靖初年,以诗法初唐为策略,矫正学前七子文
弊者,陈束、唐顺之尤为突出。李开先《后冈陈提学传》称:"大
抵李、何振萎靡之弊而尊杜甫,后冈则又矫李、何之偏而尚初
唐。"④ 蒋一葵称:"弘、正间,李、何辈出,海内遵之。迨其习弊,
音响足听,意调必归,剽窃雷同,正变云扰。太史振之为初唐,宏
丽该整,足称羽仪。"⑤ 钱谦益亦称:"正、嘉之间,为诗者踵何、李
之后尘,剽窃云扰,应德与陈约之辈,一变为初唐,于时称其庄
严宏丽,咳唾金璧"、⑥ "约之初与应德辈倡为初唐,以矫李、何之

<hr />

① [明]蔡汝楠:《自知堂集》卷首,《四库全书存目丛书》集部,第97册,
　齐鲁书社,1997年版,第444页。

② [明]董份:《董学士泌园集》卷三六《明通议大夫南京刑部右侍郎白石
　蔡公墓志铭》,《四库全书存目丛书》集部,第107册,齐鲁书社,1997年
　版,第550页。

③ [明]蔡汝楠:《自知堂集》卷一〇,《四库全书存目丛书》集部,第97
　册,齐鲁书社,1997年版,第579页。

④ [明]李开先著,卜键笺校:《李开先全集·李中麓闲居集》之一〇,上海
　古籍出版社,2014年版,第938页。

⑤ [清]朱彝尊选编:《明诗综》卷四一,中华书局,2007年版,第1987—
　1988页。

⑥ [清]钱谦益:《列朝诗集小传》丁集上《唐金都顺之》,上海古籍出版社,
　2008年版,第375页。

弊。晚而稍厌缛靡，心折于苏门"。①《明史·陈束传》云："当嘉靖初，称诗者多宗何、李，束与顺之辈厌而矫之。"② 四库馆臣亦云："束与唐顺之为同年，共倡为初唐、六朝之作，以矫李、何之习。"③ 可谓异代同声，英雄所见略同。其实，嘉靖十六年（1537）陈束序《苏门集》本就有言：

> 及乎弘治，文教大起，学士辈出，力振古风，尽削凡调，一变而为杜诗，则有李、何为之倡。嘉靖改元，后生英秀，稍稍厌弃，更为初唐之体。家相凌竞，斌斌盛矣。④

"后生英秀，稍稍厌弃，更为初唐之体"，是当事人陈束所见所感，更是当时"后生英秀"的抉择。陈束之前科进士，即嘉靖五年（1526）进士唐锜，可谓其同调：

> 至李、何二子一出，变而学杜，壮乎伟矣。然正变云扰，而剽袭雷同；比兴渐微，而风骚稍远。唐子应德，箴其偏焉。嘉靖初，稍稍厌弃，更为六朝之调、初唐之体，蔚乎盛矣，而纤艳不逞，阐缓无当，作非神解，传同耳食。陈子约

---

① [清] 钱谦益:《列朝诗集小传》丁集上《陈副使束》，上海古籍出版社，2008 年版，第 373 页。
② [清] 张廷玉等:《明史》卷二八七《文苑三》，中华书局，1974 年版，第 7371 页。
③ [清] 永瑢等:《四库全书总目》卷一七七《陈后冈诗集》，中华书局，1965 年版，第 1584 页。
④ [明] 高叔嗣:《苏门集》卷首，《景印文渊阁四库全书》第 1273 册，台湾商务印书馆，1986 年版，第 562—563 页。

之,议其后焉。①

很显然,嘉靖初年,六朝、初唐策略的理论构建,乃基于不满前七子郎署官及其末流之弊病。其理论前提与核心,可概而括之:未有六朝、初唐诗,何言盛唐诗! 六朝、初唐之诗,其旨趣虽不足以影响大雅,但实为盛唐诗歌之先鞭,不妨存之,以明源观变。若否认六朝诗的价值,会人为制造文化断层。作为一种稍有缺憾的文化资本,拥有它就意味着在文学场域中能取得更多文学话语权。正、嘉年间,六朝、初唐、中唐诗风的流行,一定程度上皆基于这一诗学理念与文化策略。

三、中晚唐策略的倡导与施行

嘉靖初年,为纠正当时为诗之弊病,在以六朝、初唐诗风为策略的同时,也有以中唐,甚至晚唐诗风为策略者。当然,还有因学初唐生厌而趋中、晚唐者,尽管其声势不如前者。胡应麟有言:

> 嘉靖诸子见谓不情,改创初唐,斐然溢目,而矜持太甚,雕缋满前,气象既殊,风神咸乏。既复自相厌弃,变而大历,又变而元和,风会所趋,建安、开、宝之调,不绝如线。②

嘉靖初以六朝、初唐为策略的同时或稍后,有意以中唐诗风

①〔明〕杨慎撰,王大厚笺证:《升庵诗话新笺证》卷四,中华书局,2008年版,第215—216页。
②〔明〕胡应麟:《诗薮·续编》卷二,上海古籍出版社,1979年版,第351页。

为策略,纠矫杨慎、陈束、唐顺之等人学六朝、初唐所导致的"雕
繢满前,气象既殊,风神咸乏"的弊病。皇甫汸于此,也颇为有
心,其序《盛明百家诗集》云：

> 明初犹沿宋元之习,诗无足采……弘治、正德之间,
> 何、李二俊,力挽颓风,复还古雅。长沙李文正,诱奖群乂,
> 摛藻天庭。世宗嗣位之初,己丑而后,文运益昌,海内作者
> 彬彬响臻,披华振秀,江右相君亦屡吐握,开元、天宝庶乎在
> 兹。庚戌而后,参轨于大历,防渐于元和矣。①

皇甫汸从明诗发展史高度,梳理了明初至嘉靖前期文坛宗
尚的轨迹。在他看来,其中进士的嘉靖八年(1529),六朝、初唐
诗风已流行。嘉靖二十九年(1550)后,大历、元和诗风兴起于
诗坛。当然,一种诗风或文学策略的形成,多不能以精确的时间
节点断限。茅坤为蔡汝楠作行状称：

> 公学凡三变,而其莅官持政,亦数与学相上下。初释褐
> 时,竟为声诗,然镂刻藻丽。过南省,则洗去铅华,合响郎、
> 刘诸大家矣。②

"过南省",则在嘉靖二十三年(1544)前后。蔡汝楠此后始

---

① [明]皇甫汸：《皇甫司勋集》卷三五,《景印文渊阁四库全书》第 1275
册,台湾商务印书馆,1986 年版,第 738 页。

② [明]茅坤著,张梦新、张大芝点校：《茅坤集·茅鹿门先生文集》卷二八
《通议大夫南京工部侍郎白石蔡公行状》,浙江古籍出版社,2012 年版,第
770 页。

以法中唐为策略,学习郎士元、刘长卿诗风。钱谦益则以为,嘉靖朝的学中唐诗风,当始于蔡汝楠中进士后。钱谦益称:

> 汝楠,字子木……嘉靖壬辰进士……盖嘉靖初,唐应德、陈束之反北郡之弊,变为初唐之体,至是乃稍变为中唐。①

中唐诗风不见得始于此时,但蔡氏确是中唐诗风的鼓倡者。嘉靖三十四年(1555),洪朝选《送蔡白石叙》称:"其初学为六朝,即似六朝,既而学刘长卿。最后又曰:'似陶、韦,方得诗人本色。'又学为陶、韦。于是君之诗,又骎骎乎迫近陶、韦矣。"②

其实,在蔡汝楠之前,薛蕙、高叔嗣等人,即已露诗法中唐迹象。何良俊"薛西原规模大复,时出入初唐,而过于精洁,失其本色,便觉太枯"之论,已初露玄机。薛蕙晚年专心讲学,渐离初唐,趋向中唐,追求清远诗风、冲淡萧散旨趣。其《论诗》云:"曰清曰远,乃诗之至美者也。灵运以之,王、孟、韦、柳抑其次也。'白云抱幽石,绿篠媚清涟',清也;'表灵物莫赏,蕴真谁为传',远也。'岂必丝与竹,山水有清音'、'景晹鸣禽集,水木湛清华',可谓清、远兼之矣。"又曰:"孟浩然、王摩诘、韦应物诗,有冲淡萧散之趣,在唐人中可谓绝伦。五言律诗当以三家为法,不必广学。若复多爱,反累其体制,不如无也。"③

---

① [清]钱谦益:《列朝诗集小传》丁集上《蔡侍郎汝楠》,上海古籍出版社,2008年版,第418—419页。

② [明]蔡汝楠:《自知堂集》卷首,《四库全书存目丛书》集部,第97册,齐鲁书社,1997年版,第448页。

③ [明]薛蕙:《西原先生遗书》卷下《论诗》,《四库全书存目丛书》子部,第84册,齐鲁书社,1995年版,第261页。

当然,薛蕙追求清远、冲淡之风,并非仅限于中唐,六朝之谢灵运,盛唐之王维、孟浩然,中唐之韦应物、柳宗元,皆在其观照视域,且非生吞汉魏、活剥盛唐者可比。李宗枢序《薛西原集》:"昔我武宗皇帝庚辰之岁,余尝从瑞泉先生游于京师,获西原薛先生词赋数帙。尚则玄风,聿祛末习,漱群籍之芳润,撷百氏之英敷,藻思鸿才,卓哉有斐! 一时骚坛词囿,操觚洒翰之徒,邈焉寡俦。"① 四库馆臣亦称:"正、嘉之际,文体初新,北地、信阳声华方盛,蕙诗独以清削婉约,介乎其间。古体上挹晋、宋,近体旁涉钱、郎,核其遗编,虽亦拟议多而变化少,然当其自得,觉笔墨之外别有微情,非生吞汉魏、活剥盛唐者比。"② 这主要就五古、五律而言。王夫之谓其五古《咏风》:"夷犹而出,渐近自然,正与弘、正间粗豪虔迫之病为对证药。当时人自觌面失之,知音者,杨用修耳。"③ 谓其五律《春夜过时济饮》:"将意将神,亭亭不匮。不意杜学横流之时,得此雅制。"④ 高度评价了薛蕙转捩诗风的作用。

高叔嗣也是中唐诗策略的倡导者。嘉靖十年(1531),高叔嗣入京,此时李梦阳已经过世,其为诗"迥与梦阳异调"。陈束《苏门集序》称:

① "国立中央图书馆"编:《"国立中央图书馆"善本序跋集录》集部,第3册,"中央图书馆",1994年版,第167页。

② [清]永瑢等:《四库全书总目》卷一七二《考功集》,中华书局,1965年版,第1503页。

③ [明]王夫之著,周柳燕校点:《明诗评选》卷四,上海古籍出版社,2011年版,第127页。

④ [明]王夫之著,周柳燕校点:《明诗评选》卷五,上海古籍出版社,2011年版,第186页。

故其篇什往往直举胸情,刮抉浮华,存之隐冥,独妙闲
旷,合于风骚。有应物之冲淡,兼曲江之沉雅,体孟、王之
清适,具岑、高之悲壮,词质而腴,近而远,洋洋乎斯可谓
之诗也。①

　　高叔嗣五言古律,有韦应物之冲淡、张九龄之沉雅。胡应麟
也认同此观点,《少室山房诗评》云:"子业视李、何后出,而其五
言古律之工,不欲作今人一字,在唐不减张曲江、韦苏州矣。"②
沈德潜亦云:"苏门五言,冲淡得韦苏州体。"③ "冲淡"是高叔嗣
奉行中唐策略所致,其诗之工由是见之。如何良俊所言:"高子
业是学中唐者,故愈澹而愈见其工耳。"④

　　皇甫兄弟也是比较突出的诗学中唐者。在唐顺之、陈束等
人以初唐为策略之时,皇甫涍有感于初唐诗之不足,改而为中
唐。日人泽田总清原有言:"在提倡初唐的嘉靖八才子之次,有
四皇甫兄弟出,唱导中唐。"⑤ 翁方纲亦言:"昔有明皇甫子安兄
弟,从中唐脱胎。"⑥ 这点皇甫汸已自明,其《解颐新语》卷一云:
"大历、正(贞)元间,美才辈出,抵轹晋、魏,上轧汉、周,为一王

① [明]高叔嗣:《苏门集》卷首,《景印文渊阁四库全书》第1273册,台湾
　　商务印书馆,1986年版,第563页。
② [清]吴景旭:《历代诗话》卷七八《明诗》卷下之上,中华书局,1958年
　　版,第1173页。
③ [清]沈德潜、周准编:《明诗别裁集》卷七,上海古籍出版社,1979年
　　版,第159页。
④ [明]何良俊:《四友斋丛说》卷二六,中华书局,1959年版,第235页。
⑤ [日]泽田总清原著,王鹤仪编译:《中国韵文史》,上海书店,1984年版,
　　第469页。
⑥ [清]翁方纲:《唐五律偶钞》卷首《唐五律偶钞凡例》,手稿本。

法,此其极也。"① 时人也已瞅准于此,王世贞论皇甫汸曰:"其诗五言律最工,七言次之,有钱、刘风调。文慕称六朝,然时时失步。"② 钱起为"大历十才子"之冠,为盛唐向中唐过渡的诗人,刘长卿为典型的中唐诗人,其共同点是诗带中唐气息。胡应麟称:"诗至钱、刘,遂露中唐面目。"③ 他还点出皇甫汸诗学中唐的具体取向:

> 皇甫子循之诗之于中唐也,之文之于六代也,至矣。诗调本中唐,而取材齐、梁,取韵韦、柳,故五言律高华迥出,闲远有余,眎大历诸子,情致少乏,而品格过之。文四六偶俪之中,有翩翩自得之妙……至子循,操笔纵横,靡弗如志,几化于六代矣……第诗自五言律外,余率非长,而文亦不能为宋人之表启,则才具所限也。④

诗调本中唐,而取材于齐、梁,取韵于韦应物、柳宗元,五言律诗成就最高,"闲远有余",皇甫汸可谓善学中唐者,较大历诸子,"品格过之"。朱彝尊云:"百泉清音藻思,五言整于小谢,五

---

① [明]皇甫汸:《解颐新语》卷一,周维德集校:《全明诗话》第 2 册,齐鲁书社,2005 年版,第 1384 页。

② [明]王世贞:《弇州山人续稿》卷一四九《像赞》,《明别集丛刊》第 3 辑,第 38 册,黄山书社,2016 年版,第 482 页。

③ [明]胡应麟:《诗薮·内编》卷五,上海古籍出版社,1979 年版,第 84 页。

④ [明]胡应麟撰,[明]江湛然辑:《少室山房全稿·少室山房类稿》卷一〇五《题皇甫司勋集》,《明别集丛刊》第 4 辑,第 36 册,黄山书社,2016 年版,第 365 页。

律隽于中唐,惟七言蒠弱。"①沈德潜亦云:"子循古体出入二谢,五言律亦在钱、刘之间,与兄子安可云敌手。"②四库馆臣比较客观地定位出皇甫汸诗学宗尚及其文学地位:"今统观所作,古体源出三谢,近体源出中唐。虽乏深湛之思,而雅饬雍容,风标自异,在明中叶不失为第二流人。"③至于其文,王世贞、胡应麟二人,皆谓之仿六朝。尤其是胡应麟,还将皇甫汸与吴中为六朝文者比较,进而肯定其为六朝文之价值:"以较江左诸人,虽渊藻不足,而神令殊超,总之名家本朝,而必传来世者。"④皇甫涟其诗学策略,除涉至六朝、初、盛、中唐,还触及晚唐。钱谦益《列朝诗集小传·太学七政》有曰:

　　齐之之论诗曰:"……读司直诗,不知司直之难,试以今人极得意诗诵过,更读子安诗,却令人爽然自失,然后知司直之高,正如月出蓬莱、阆岛中,岂人世风光所拟?"余有族伯父审言……尝语余曰:"少以父执侍司直兄弟,闻其论五言诗,以'猿啼洞庭树,人在木兰舟'为妙境。自七子盛

① [明]朱彝尊著,姚祖恩编,黄君坦校点:《静志居诗话》卷一三,人民文学出版社,1990年版,第374页。
② [清]沈德潜、周准编:《明诗别裁集》卷七,上海古籍出版社,1979年版,第170页。
③ [清]永瑢等:《四库全书总目》卷一七二《皇甫司勋集》,中华书局,1965年版,第1505页。
④ [明]胡应麟撰,[明]江湛然辑:《少室山房全稿·少室山房类稿》卷一〇五《题皇甫司勋集》,《明别集丛刊》第4辑,第36册,黄山书社,2016年版,第365页。

行，知此者鲜矣。"①

"猿啼洞庭树，人在木兰舟"诗句，出于晚唐诗人马戴《楚江怀古三首》。马戴，字虞臣，唐宣宗大中（847—859）初年诗人，因敢于直言，由太原幕府掌书记，贬为龙阳县尉。赴任途中过湖湘，徜徉于湘江之滨、洞庭之畔，即景生情，悼古悲今，赋诗曰：

> 露气寒光集，微阳下楚丘。猿啼洞庭树，人在木兰舟。广泽生明月，苍山夹乱流。云中君不降，竟夕自悲秋。②

此诗颇有晚唐伤感迷离色彩，但也不失中唐疏淡清幽意趣。李怀民《重订中晚唐诗主客图》即称：

> 虞臣诗，今昔咸推为晚唐之最。马与贾、姚同时，其称晚唐，犹钱、刘之称中唐也。诗亦近体多于古体，短律富于长律。笔格视贾氏稍开展，而体涩思苦，致极幽清，诚亦贾门之高弟也。断为升堂第一。③

马戴之诗在晚唐，"犹钱、刘之称中唐"，"断为升堂第一"。其虽处晚唐，但诗风与盛唐诗有仿佛处。叶矫然谓之曰："晚唐

---

① [清]钱谦益:《列朝诗集小传》丁集上，上海古籍出版社，2008年版，第422页。

② [清]彭定求等编:《全唐诗》卷五五五，中华书局，1960年版，第6430—6431页。

③ [清]李怀民辑评，张耕点校:《重订中晚唐诗主客图》下卷，中华书局，2018年版，第275页。

之马戴,盛唐之摩诘也……逸情促节,似无时代之别。"①翁方纲亦曰:"马戴五律,又在许丁卯(浑)之上,此直可与盛唐诸贤侪伍,不当以晚唐论矣。"②如此看来,以时代论诗,确有其局限性。

或受中唐策略影响,或为推行中唐策略,时人也编刊了一些中唐诗选本。如张谊《中唐诗选》、彭辂《中唐新调》、蒋孝《中唐十二家诗》。尤其后者,堪称大型中唐诗选本,编于嘉靖二十九年(1550),凡七十七卷,分为储光羲五卷、刘随州十卷外集一卷、独孤及三卷、钱起十卷、卢户部十卷、孙集贤一卷、崔补阙一卷、刘宾客六卷、张司业六卷、贾浪仙十卷、王建八卷、李义山六卷,各集分体编次。蒋孝所谓中唐,与今天所说的晚唐,有重合之处。其序称中唐诗"虽不能窥望六义,而格深律正,所以寄幽人贞士之怀,以发其忧沉郁抑之思者,盖已妙具诸品矣"。③此与杨慎等编辑初唐选本,用意基本一致。

中、晚唐策略的实施规模与水平,虽不可与六朝、初唐策略同年而校,但也对前七子郎署文学权力造成了一定的冲撞与侵蚀。

第二节　唐宋派的崛起及其文学策略的实行

当时奉行诗法六朝、初唐策略,对七子派郎署文学权力形成

---

① [清]叶矫然:《龙性堂诗话·初集》,郭绍虞编选,富寿荪校点:《清诗话续编》第2册,上海古籍出版社,2016年版,第909页。

② [清]翁方纲著,陈迩冬校点:《石洲诗话》卷二,人民文学出版社,1981年版,第72页。

③ "国立中央图书馆"编:《"国立中央图书馆"善本序跋集录》集部,第6册,"中央图书馆",1994年版,第373页。

最大威胁与冲击的,莫过于以王慎中、唐顺之为核心的唐宋派。
钱谦益云：

> 嘉靖初,更为六朝、初唐,而纤艳不遒,阐缓无当,作非
> 神解,传同耳食,议其后者,陈约之也。约之初与应德辈,倡
> 为初唐,以矫李、何之弊。①

陈束、唐顺之等为矫李、何之弊,而倡言初唐诗风,并成就斐
然。相对于诗,文就显得有些落后。茅坤《与慎山泉侍御论文
书》云："本朝诗声自弘治、正德以来,度越宋、元,直逼唐风矣；
文章一派,犹未得其至者。"② 在肯定弘、正诗歌成就的同时,茅
氏认为文章尚未臻于极盛。这客观上为唐宋派的崛起创造了条
件。唐宋派的主要成就,虽在文不在诗,但后者对前七子郎署文
学权力的冲击度也不小,故本节两相兼顾。

一、唐宋派对诗法盛唐策略的冲击

说起唐宋派,不能不提到嘉靖八才子,八才子指陈束、王慎
中、唐顺之、赵时春、熊过、任瀚、李开先、吕高八人。③ 其中王慎
中、赵时春为嘉靖五年(1526)进士,余皆为嘉靖八年(1529)进
士。王慎中、唐顺之二人齐名,有"王、唐"之称。二人交游当不

---

① [清] 钱谦益：《列朝诗集小传》丁集上《陈副使束》,上海古籍出版社,
　　2008 年版,第 373 页。
② [明] 茅坤著,罗梦新、张大芝点校：《茅坤集·茅鹿门先生文集》卷四,
　　浙江古籍出版社,2012 年版,第 259 页。
③ [清] 张廷玉等：《明史》卷二八七《文苑三》,中华书局,1974 年版,第
　　7370 页。

早于嘉靖八年（1529）。李开先《吕江峰集序》云：

> 古有"建安七子"、"大历十才子"，今嘉靖十年后，更有
> "八才子"之称。八人者，迁转忧居，聚散不常，而相守不过数
> 年，其久者亦止八九年而已，不知天下何以同然有此称。①

按此，嘉靖八子之称，出现于嘉靖十年（1531）后，他们短暂
相聚京师，结成一个文学流派，文学史上称之唐宋派。王慎中、唐
顺之在文坛上产生轰动效应的时间，还要晚些时候。焦竑《金都
御史荆川唐公顺之言行录》载：

> 庚寅春，疏病得归，值母艰。服阕，无赴官意，以父有
> 怀公教，乃速装。壬辰，改稽勋主事，调考功。②

庚寅，即嘉靖九年（1530）；壬辰，嘉靖十一年（1532）。唐
顺之嘉靖九年因病告归，适逢母丧。服阕后，父命难违，赴都候
选，改稽勋司主事。又，李贽《金都御史唐公》载唐顺之：

> 壬辰，改稽勋主事，调考功……于时，王遵岩、陈后冈、
> 高苏门，皆以诗文名当世，一见公作，心服之，而公未敢以为
> 然也。③

---

① ［明］李开先著，卜键笺校：《李开先全集·李中麓闲居集》之五，上海古
籍出版社，2014年版，第537页。
② ［明］焦竑编：《献徵录》卷六三，上海书店，1987年版，第2747页。
③ ［明］李贽：《续藏书》卷二二《理学名臣》，中华书局，1959年版，第
440页。

由此，唐顺之与王慎中定交，当在嘉靖十一年（1532）其改稽勋司主事后。唐顺之《答王南江提学》云：

> 仆自入官，得请见于当世士大夫，盖三年而后见兄，一见则骇然异之，而兄亦过以仆为知己。[1]

唐顺之为嘉靖八年进士，"三年而之后"，最早当为嘉靖十一年（1532），可视为唐宋派形成的时间上限。

嘉靖八子起初多为前七子郎署官的追随者，其诗歌策略由盛唐转而初唐，有个循序渐进的过程。在唐、王定交后的几年里，以嘉靖八子为中心的一批同僚，官事之余，不废诗文。李开先《遵岩王参政传》载：

> 嘉靖乙酉，举于乡，连第进士，年才十八。归娶陈澹斋女。赴选户部主事，监兑通州……以其暇日，读五经诸子百家言，作为诗文，俱秦、汉、魏、唐风骨……改官礼曹，更得一意文事，交游如众称"八才子"外，更有今大司马李克斋，给谏曾前川，提学江午坡，学士华鸿山、屠渐山，相与切磋琢磨，各成其学。[2]

王慎中任职户部、礼部时，诗文"俱秦、汉、魏、唐风骨"，与同僚相互唱和，"相与切磋琢磨"。王慎中任职的具体时间，与其诗文转向时间直接相关,李开先并未明言,不可不详。雷礼《河南参政王遵岩墓表》称:"嘉靖丙戌,第进士,疏乞归娶。二十,赴铨授户部主事,监兑通州。"王慎中"生于正德己巳(1509)九月二十七日",① 二十岁授户部主事,事在嘉靖七年(1528)。关于改官礼曹,王慎中自云:"我为礼部时,年二十二三。"② 故王为礼部主事当在嘉靖九、十年,此时其"作为诗文,俱秦、汉、魏、唐风骨"。钱谦益亦云:"道思在郎署,与一时名士所谓八才子者,切劘为诗文,自汉以下,无取焉。"③ 王慎中于此并无讳避。起初,他甚为敬服李梦阳,以无缘一见而遗憾:"空同先生之风,予慕之久矣,无由一见。"④ 其为诗作文师之,理之当然。其《再上顾未斋》云:"某少无师承,师心自用,妄意于文艺之事。自十八岁谬通仕籍,即孳孳于觚翰方册之间。盖勤思竭精者,十有余年,徒知掇撦割裂以为多闻,模效依仿以为近古。"⑤《寄道原弟书十》亦云:"我为礼部时,年二十二三,一味稚识,雕琢几句不唐不汉诗文而已,真可追恨。"⑥ 此为慎中中年后悔思之语,其当年何等热衷模拟前七子! 就是说,至嘉靖九、十年,王慎中还在

---

① [清]黄宗羲编:《明文海》卷四三七,中华书局,1987年版,第4612、4614页。

② [明]王慎中:《遵岩先生文集》卷四一《寄道原弟书十》,《北京图书馆古籍珍本丛刊》第105册,书目文献出版社,1998年版,第1105页。

③ [清]钱谦益:《列朝诗集小传》丁集上《王参政慎中》,上海古籍出版社,2008年版,第374页。

④ [明]王慎中:《遵岩先生文集》卷八《吊李空同先生》,《北京图书馆古籍珍本丛刊》第105册,书目文献出版社,1998年版,第689页。

⑤ [明]王慎中:《遵岩先生文集》卷三六,《北京图书馆古籍珍本丛刊》第105册,书目文献出版社,1998年版,第1016页。

⑥ [明]王慎中:《遵岩先生文集》卷四一,《北京图书馆古籍珍本丛刊》第105册,书目文献出版社,1998年版,第1105页。

模仿前七子文风。顾璘《赠别王道思序》云：

> 道思……尝主广东试事，刻文甚奇，余以故志其名。今年来为南京礼部主客郎中，会余，余称其试文，乃蹙然曰："公罔某耶！某初学文好拟古，最先六经语，已而学左氏，又之迁、固，试文则是物也，殆扬雄所谓雕虫技乎。近乃爱昌黎为文，日见其难及，不知昔者何视之易也。"璘惊曰："有是哉！今英贤并易昌黎文而浅晦庵于道，子睿质强气，乃逊志如此乎！"①

王慎中于嘉靖十年（1531）闰六月，主考广东乡试，②亦可证其此时尚未转向。任职南礼部后，方才转向。唐顺之追述道："追思向日请教于兄，诗必唐、文必秦与汉云云者，则已茫然如隔世事，亦自不省其为何语矣。"③李开先《荆川唐都御史传》亦谓之：

> 素爱崆峒诗文，篇篇成诵，且一一仿效之。及遇王遵岩，告以自有正法妙意，何必雄豪亢硬也。唐子已有将变之机，闻此如决江河，沛然莫之能御矣。故癸巳以后之作，别是一机轴，有高出今人者，有可比古人者，未尝不多遵岩之

---

①［清］黄宗羲编：《明文海》卷二八三，中华书局，1987 年版，第 2936 页。

②《明世宗实录》卷一二七，"中央研究院"历史语言研究所，1965 年版，第 3030 页。

③［明］唐顺之著，马美信、黄毅点校：《唐顺之集·荆川先生文集》卷六《答皇甫百泉郎中》，浙江古籍出版社，2014 年版，第 257 页。

功也。①

　　癸巳，嘉靖十二年（1533）。"癸巳以后之作，别是一机轴"，指经王慎中点拨，唐顺之此年后，为诗不再效仿前七子。唐顺之本人也述及其时诗歌写作境况：

　　　　癸巳之岁，乃得君等十有一人。于是此十有一人者，入则陪侍经帷，退则校雠东观，景从响附，人思自竭以报殊恩。暇则相与接杯酒，或限韵赋诗，分曹壶奕，或杂以诙谐嘲笑，以极文儒墨士之乐。于此之时，彬彬雅雅，争先恐后，何其盛耶！②

　　癸巳以后作，指唐顺之嘉靖十二年（1533）任职翰林时与嘉靖诸子倡和之作。既然唐顺之是在王慎中启发下转向的，王慎中诗风转向，就必早于此，其与陈束书信，可为之证：

　　　　指斥宋儒，殊失其真，且诬其书，以为读之令人眩瞀而不可信。是子于此数子之书，未尝潜心以读之也。夫学未到彼，则于其言宜未能知。既未之知，则其不信也亦宜。但不宜以己之不信，而遂斥立言者之非耳。③

──────────
①［明］李开先著，卜键笺校：《李开先全集·李中麓闲居集》之一〇，上海古籍出版社，2014年版，第951页。
②［明］唐顺之著，马美信、黄毅点校：《唐顺之集·荆川先生文集》卷一六《春坊中允方泉李君墓表》，浙江古籍出版社，2014年版，第704页。
③［明］王慎中：《遵岩先生文集》卷三六《与陈约之》，《北京图书馆古籍珍本丛刊》第105册，书目文献出版社，1998年版，第1031页。

未细读宋儒书就妄加排斥，王氏予以严厉批评。写此信时，王慎中对宋代诗文已有好感。《再与陈约之》追悔自己无所成就时称："今吾年二十四矣，去壮期直如奔电流驹耳。"[1] 王慎中二十四岁，时为嘉靖十一年(1532)，《与陈约之书》当写于此年或稍前。因此，王慎中对宋代诗文有好感，并自觉与贬斥宋代诗文者论争，当不迟于此年。这与其告知唐顺之诗文"自有正法妙意，何必雄豪亢硬也"，以及唐次年文风发生转向，基本切合。

现在的问题是，嘉靖十二年(1533)后，王、唐之诗虽不再模拟前七子，那么究竟转向何方？尽管唐顺之是在王慎中导引下转向的，但二人的诗歌宗法趋向，还是有些差异的。

唐顺之转向诗法初唐，钱谦益《列朝诗集小传·唐金都顺之》云："正、嘉之间，为诗者踵何、李之后尘，剽窃云扰，应德与陈约之辈，一变为初唐，于时称其庄严宏丽，咳唾金璧。"[2] 四库馆臣亦云："束与唐顺之为同年，共倡为初唐、六朝之作，以矫李、何之习。"[3] 陈田引王世贞评唐顺之语曰："近时毗陵一士大夫，始刻意初唐，精华之语，亦既斐然。"[4] 朱彝尊则明确指出，唐顺之"诗学初唐"是在"初入馆局"[5] 时，这也正如上文的时间

---

①［明］王慎中：《遵岩先生文集》卷三六，《北京图书馆古籍珍本丛刊》第105 册，书目文献出版社，1998 年版，第1032 页。

②［清］钱谦益：《列朝诗集小传》丁集上，上海古籍出版社，2008 年版，第375 页。

③［清］永瑢等：《四库全书总目》卷一七七《陈后冈诗集》，中华书局，1965 年版，第1584 页。

④［清］陈田辑撰：《明诗纪事·戊签》卷九，上海古籍出版社，1993 年版，第1535 页。

⑤［清］朱彝尊著，姚祖恩编，黄君坦校点：《静志居诗话》卷一二，人民文学出版社，1990 年版，第352 页。

吻合。

　　以上各家皆言唐顺之变而为初唐,而不及王慎中,至多称"顺之辈"、"陈约之辈"。胡应麟开列的学初唐名单,也不含慎中。实际上,王慎中并未转向诗法初唐。由上引唐锜话语,略可感知。王慎中告诉唐顺之"正法妙意",当有诗法六朝的成分。王慎中归田前,一般被视为诗风艳丽的六朝诗派。王世贞谓之"初年诗格艳丽"。① 钱谦益亦谓之:"诗体初宗艳丽,工力深厚。"② 艳丽,为典型的六朝诗风。朱彝尊称其"五古文理精密,足以嗣响颜、谢",③ 点明王慎中古诗有尚六朝的一面。一般来说,王慎中不被视为初唐诗风的倡导者。

　　如果说在唐顺之传记中言其师法初唐,是为凸显传主地位,尚不足说明问题,那么其他资料多次记录其法初唐,就不能不引人注意其改变诗风的作用了。而于王慎中,不管传记,还是他人诗论,皆少言其祖法初唐。王氏本就对初唐诗抱有成见,《寄道原弟书十五》曰:

　　　　每见世所称才子所作,不但去古人远,虽何、李二公,尚隔多少层数。然今人易足又眼不明,或已有轻视两公之心,而自谓所作者乃初唐也。不知初唐本未是诗之佳者,故唐人极推陈子昂,以其能变初为盛。而李、杜继出,此道遂振。

----

① [明]王世贞:《明诗评》三,周维德集校:《全明诗话》第3册,齐鲁书社,2005年版,第2027页。
② [清]钱谦益:《列朝诗集小传》丁集上《王参政慎中》,上海古籍出版社,2008年版,第374页。
③ [清]朱彝尊著,姚祖恩编,黄君坦校点:《静志居诗话》卷一二,人民文学出版社,1990年版,第330页。

同时高、岑、王、孟,乃其大家。今只取此六家诗读之,便知其
妙,而见今人之所为者,皆陋浅无足观矣。故为诗于今之时
者,使真做出初唐诗,已为择术不高,况又不如初唐。今且勿
说到骨髓处,只说个大概,初唐之诗,千篇一律,数家之集皆若
一人,而一人之作亦若一首,其声调虽俊美,体格虽涵厚,而变
化终不足。盛唐之诗,则人人有眼目,篇篇有风骨,即此以观,
亦略见不同大致矣。①

此书作于中年后,② 取则"初唐诗,已为择术不高",况又不
及初唐者? 王慎中反对前七子郎署官及末流为诗剿袭剽窃,落
入"成套",主张以学六朝诗风为策略纠其弊病。但他并不认为
盛唐诗不可学,而是学法上出了问题。在众人学盛唐酣热之际,
直接指出师法偏差以纠弊,莫若另起炉灶而振聋发聩。尽管王
慎中自言其古文造诣要高于诗,但其诗也有可道之处。其诗尚

---

① [明]王慎中:《遵岩先生文集》卷四一,《北京图书馆古籍珍本丛刊》第
105 册,书目文献出版社,1998 年版,第 1107 页。

② 王慎中《寄道原弟书十三》:"朱镇山知月洲惕斋,亦明告以得之于可
泉、东台,汝与蔡君之荐人不谬……今秋畿试,当必得隽。"(王慎中:《遵
岩先生文集》卷四一,《北京图书馆古籍珍本丛刊》第 105 册,书目文献
出版社,1998 年版,第 1106 页)东台,王慎中弟王惟中。朱镇山,即朱
衡,其嘉靖二十九年仲冬赴闽。《明世宗实录》"嘉靖二十九年五月":
"己卯……升礼部主客司郎中朱衡为福建按察司副使,提调学校。"(《明
世宗实录》卷三六〇,"中央研究院"历史语言研究所,1965 年版,第
6437 页)又,聂豹《重修养正书院记》:"嘉靖庚戌仲冬,按察副使镇山朱
君衡,以督学至,乃议兴复书院事。"(聂豹著,吴可为编校整理:《聂豹
集》卷五,凤凰出版社,2007 年版,第 129 页)其任期内,只有壬子(嘉靖
三十一年)科乡试,故该此书当作于本年。《寄道原弟书十五》,当然作
于此后。

六朝，主要在五言古诗方面："道思五古文理精密，足以嗣响颜、谢。"方之王慎中，唐顺之学古成就在七言律诗上。胡应麟评嘉靖初学初、中唐者成就道："就中古诗冲淡，当首子潜；律体精华，必推应德。"①朱彝尊谓其律诗"质不伤文，丽而有体"。至于称其"五言古诗特少，殆退舍以避遵岩也"，②恐非公论。

　　王慎中、唐顺之的诗学策略，于嘉靖十一二年开始转向，由祖盛唐转向法初唐、六朝。至于古文，王慎中为南京礼部主客郎中时，尚宗亦发生重大转向，由宗秦汉，转向法唐宋（详见下文）。归田后，王、唐诗歌再次转向，由初唐、六朝，而转向宗宋。王氏归田后，诗歌理学色彩不断加剧。王世贞谓其："归田以后，恃才信笔，极其粗野。一时后进靡识，翕然相师，遂成二竖之病，重起万障之魔。"③钱谦益也谓："归田以后，掺杂讲学，信笔自放，颇为词林口实。"④唐顺之中年后，诗学宗尚也由初唐转向宗宋。《与王遵岩参政》："三代以下之诗，未有如康节者。"⑤《与皇甫百泉郎中》："其为诗也，率意信口，不调不格，大率似以寒山、《击壤》为宗，而欲摹效之。"⑥唐顺之也因此遭到很多指责。王世贞

① ［明］胡应麟：《诗薮·续编》卷二，上海古籍出版社，1979 年版，第363 页。

② ［清］朱彝尊著，姚祖恩编，黄君坦校点：《静志居诗话》卷一二，人民文学出版社，1990 年版，第 331 页。

③ ［明］王世贞：《明诗评》三，周维德集校：《全明诗话》第 3 册，齐鲁书社，2005 年版，第 2027 页。

④ ［清］钱谦益：《列朝诗集小传》丁集上《王参政慎中》，上海古籍出版社，2008 年版，第 374 页。

⑤ ［明］唐顺之著，马美信、黄毅点校：《唐顺之集·荆川先生文集》卷七《与王遵岩参政》，浙江古籍出版社，2014 年版，第 299 页。

⑥ ［明］唐顺之著，马美信、黄毅点校：《唐顺之集·荆川先生文集》卷六，浙江古籍出版社，2014 年版，第 257 页。

《艺苑卮言》讥之："近时毗陵一士大夫……中年忽自窜入恶道，至有'昧为补虚一试肉，事求如意屡生嗔'，又'若过颜氏十四岁，便了王孙一裸身'，又《咏疾》则'几月囊疣是雨淫'，《阅箭》则'箭箭齐奔月儿里'，《角力》则'一撒满身都是手'，《食物》则'别换人间蒜蜜肠'等语。遂不减定山'沙边鸟共天机语，担上梅挑太极行'，为词林笑端。"①陈子龙批评道："应德气象爽迈，才情骏发，使能深造，当有超乘。其后驰骛功名，诡托讲学，遂颓然自放。"②唐宋派另一大家茅坤，诗"亦多理学话语，似汤头歌诀"。③

　　显然，王、唐转向之后宗法的宋诗，多为邵雍等理学之诗。这就等于又归复到李梦阳等人反对的主理不主情的"性气诗"、"理学诗"的覆辙，这也是唐宋派诗歌复古最为失败之处。尽管如此，还是在一定程度上分享、侵削了前七子郎署文学权力。

　　二、唐宋派与文法唐宋策略的推行

　　比之诗歌，唐宋派古文理论与创作，其影响要大得多。李、何之后，明代主流文风之丕变，实由唐宋派发之，颇有扶衰救弊功绩。吴伟业《致孚社诸子书》即云："至古文辞，则规先秦者失之模拟；学六朝者失之轻靡；震川、毗陵扶衰起敝，崇尚八家；而

①［清］陈田辑撰：《明诗纪事·戊签》卷九引，上海古籍出版社，1993年版，第1535页。

②［清］陈田辑撰：《明诗纪事·戊签》卷九引，上海古籍出版社，1993年版，第1536页。

③陈文新著：《中国文学流派意识的发生和发展》，武汉大学出版社，2007年版，第248页。

鹿门分条晰委,开示后学。"①与其诗歌一样,王慎中、唐顺之的古文创作,也曾以前七子郎署"文法秦汉"为师法策略。唐宋派的古文成就远高于诗歌,故有必要专门论之。

　　何乔远《文苑记》称王慎中:"操觚学古,非先秦、两汉不道。"②钱谦益《列朝诗集小传·唐金都顺之》谓之:"为文始尊秦汉,颇效空同。"③但王、唐二人并未沿此一路前行;经过一段时间的痴迷,他们相继改变策略,转向取法唐宋。王慎中《与程习斋书》曾有言:"守得庆历、嘉祐诸贤之法。"④"诸贤",主要指欧阳修、曾巩等古文大家。《曾南丰文粹序》言:"由西汉而下,莫盛于有宋,庆历、嘉祐之间,而杰然自名其家者,南丰曾氏也。"⑤《寄道原弟书九》亦言:"学六经、《史》、《汉》最得旨趣根领者,莫如韩、欧、曾、苏诸名家。今观诸贤,尚有薄宋人之心,故其文如此。吾尝谓自我倡明此道以来,海内英俊之士,必有兴者。"⑥出言颇为自信。茅坤也称道土慎中酷好曾文:"读而酷好

①［清］吴伟业著,李学颖集评标校:《吴梅村全集》卷五四,上海古籍出版社,1990年版,第1087页。
②［明］何乔远辑:《名山藏》,《四库禁毁书丛刊》史部,第48册,北京出版社,2000年版,第51页。
③［清］钱谦益:《列朝诗集小传》丁集上,上海古籍出版社,2008年版,第375页。
④［明］王慎中:《遵岩先生文集》卷三八,《北京图书馆古籍珍本丛刊》第105册,书目文献出版社,1998年版,第1059页。
⑤［明］王慎中:《遵岩先生文集》卷一五,《北京图书馆古籍珍本丛刊》第105册,书目文献出版社,1998年版,第747页。
⑥［明］王慎中:《遵岩先生文集》卷四一,《北京图书馆古籍珍本丛刊》第105册,书目文献出版社,1998年版,第1103页。

之，如渴者之饮金茎露也。"①唐顺之更是疾呼："唐之韩，犹汉之马迁；宋之欧、曾、二苏，犹唐之韩子。"②不过，他更推扬曾巩文："三代以下之文，未有如南丰。"③

关于王慎中、唐顺之古文由秦汉而唐宋之转变，王之离京外任，为一标志性节点。《明史·文苑三》载：

> 十二年，诏简部郎为翰林，众首拟慎中。大学士张孚敬欲一见，辞不赴，乃稍移吏部，为考功员外郎，进验封郎中。忌者谮之孚敬，因复议真人张衍庆请封疏，谪常州通判。稍迁户部主事、礼部员外郎，并在南京。④

王慎中谪常州通判、迁南户部主事、礼部员外郎，在嘉靖十二年（1533）还是之后，《明史》言之不详。《明世宗实录》"嘉靖十三年八月"条载："已而，郎中王慎中等上疏谢罪，上谪慎中外任。"⑤又，谈迁《国榷》载，嘉靖十三年（1534）八月底，"验封郎中王慎中谪常州通判"。⑥皆谓王慎中于嘉靖十三年

① ［明］茅坤著，张梦新、张大芝点校：《茅坤集·茅鹿门先生文集》卷三一《唐宋八大家文钞论例》，浙江古籍出版社，2012年版，第823页。
② ［明］茅坤著，张梦新、张大芝点校：《茅坤集·茅鹿门先生文集》卷一《与蔡白石太守论文书》，浙江古籍出版社，2012年版，第196页。
③ ［明］唐顺之著，马美信、黄毅点校：《唐顺之集·荆川先生文集》卷七《与王遵岩参政》，浙江古籍出版社，2014年版，第299页。
④ ［明］张廷玉等：《明史》卷二八七，中华书局，1974年版，第7367页。
⑤ 《明世宗实录》卷一六六，"中央研究院"历史语言研究所，1965年版，第3655页。
⑥ ［明］谈迁著，张宗祥校点：《国榷》卷六五，中华书局，1958年版，第3504页。

（1534）八月后至常州任通判。王慎中《中顺大夫永州府知府唐有怀公行状》云："甲午冬，某由吏部郎中谪判常州，应德亦削翰林编修籍还里。"① 甲午，是为嘉靖十三年（1534）。三者所记，略有出入。实际情况当是：嘉靖十三年（1534）八月，王慎中被贬为常州通判，是年冬季抵达常州任所。无论如何，王慎中"谪常州通判"，在嘉靖十三年（1534）八月之后，是必定无疑的。那么，王慎中又是何时到南京任职的？王惟中《河南布政司参政王先生慎中行状》称："（慎中）在郡仅数月，升南京户部主事，转礼部员外郎。"② 故王任南京户部主事，当在嘉靖十四年（1535）。又，《明世宗实录》"嘉靖十五年四月"条："壬辰，升南京礼部署郎中王慎中为湖广按察司佥事，提调学校。"③ 据此，王慎中嘉靖十四年（1535）任南京户部主事、礼部员外郎，至嘉靖十五年（1536）四月止。任职南京期间，为王慎中学术思想、文学宗尚转型的重要时期。李开先《遵岩王参政传》曰：

> 升任户部主事，再升礼部员外，俱在留都闲简之区，益得肆力问学，与龙溪王畿，讲解王阳明遗说，参以己见，于圣贤奥旨微言，多所契合。曩惟好古，汉以下著作无取焉，至是始发宋儒之书读之，觉其味长，而曾、王、欧氏文尤可喜，眉山兄弟犹以为过于豪而失之放，以此自信，乃取旧所为文如汉人者悉焚之。但有应酬之作，悉出入曾、王之间。唐荆

① ［明］王慎中：《遵岩先生文集》卷三一，《北京图书馆古籍珍本丛刊》第105 册，书目文献出版社，1998 年版，第976 页。
② ［明］焦竑编：《献徵录》卷九二，上海书店，1987 年版，第3990 页。
③ 《明世宗实录》卷一八六，"中央研究院"历史语言研究所，1965 年版，第3928—3929 页。

川见之，以为头巾气。仲子言："此大难事也，君试举笔自知之。"未久，唐亦变而随之矣。尝以书寄予："新来独得为文之妙，兄虽海内极相契，而于此文有不能共其味者矣！"然不知其正相同也。①

仲子，即王慎中。王慎中在南都与王畿，"肆力问学"，"讲解王阳明遗说，参以己见"，学术思想发生了重大转折。他开始发愤攻读宋儒书籍，接触到大量唐宋古文，文学思想也随之改观，文学策略由汉魏而趋唐宋，极推欧、曾。王氏对此记忆清晰，其所作《再上顾未斋》有曰：

> 二十八岁以来，始尽取古圣贤经传及有宋诸大儒之书，闭门扫几，伏而读之，论文绎义，积以岁月，忽然有得。追思往日之谬，其不见为大贤君子所弃，而终于小人之归者，诚幸矣。愧惧交集，如不欲生，乃尽弃前之所学，潜心钻研者，又二年于此矣。②

王慎中文风改变于南都任职期间，其自己已言之。嘉靖十五年（1536），王慎中二十八岁，正在南都。自此以后，他开始潜心研读宋儒书籍，时有独悟，经过反思，"尽弃前之所学"，走向文法唐宋之路。

唐顺之于嘉靖十一年（1532）补吏部主事，次年改翰林编

① ［明］李开先著，卜键笺校：《李开先全集·李中麓闲居集》之一〇，上海古籍出版社，2014年版，第945页。

② ［明］王慎中：《遵岩先生文集》卷三六，《北京图书馆古籍珍本丛刊》第105册，书目文献出版社，1998年版，第1016—1017页。

修。嘉靖十四年(1535)二月,以疾告归,世宗令其以吏部主事致仕,永不起用。[①] 之后,其学术、文学思想在王慎中影响下,发生了转变,从李开先《荆川唐都御史传》,可略窥知一二。不过,若以嘉靖十二年(1533)为唐顺之文法唐宋的起点,似乎太拘泥"癸巳"说,似有不妥,不能忽略"癸巳"之后,尚有一"后"字。此时王慎中学术思想尚未发生转向,怎能引发唐顺之宗法唐宋呢? 这也是上文言诗而未言文转向于此年的主要原因。较为合理的解释,嘉靖十二年(1533),唐顺之为文不再宗法秦汉,"已有将变之机",将向何处转变,尚未确定。李开先《康王王唐四子补传》云:

> (顺之)文则初学史、汉,后会王遵岩于南都,尽变其说,意颇讶之。王云:"此难以口舌争也,第归取七大家文读之,当自有得。"唐子犹不谓然,但素信其才识,如其言而读其书,数月后尽得其法,方知向之所谓学史、汉者,特得其皮毛,而七大家文,真得史、汉之骨髓者也。后复见遵岩,意投语合,遂皆以文章擅天下。[②]

这是说,唐顺之在南京会晤王慎中数月后才"尽变其说"。"尽变其说",可与上文"已有将变之机"相照应。从"唐子犹

---

① 《明世宗实录》"嘉靖十四年二月":"己酉,翰林院编修唐顺之疏请回籍养病。上曰:'顺之方改史职,又属校对训录,何辄以疾请,令以原职致仕,永不起用。'"(《明世宗实录》卷一七二,"中央研究院"历史语言研究所,1965年版,第3741—3742页)

② [明]李开先著,卜键笺校:《李开先全集·李中麓闲居集》之一〇,上海古籍出版社,2014年版,第974页。

不谓然"、"唐荆川见之，以为头巾气"等话语，可证此前唐顺之古文尚未以唐宋文为宗。顺之于嘉靖十四年（1535）二月削籍回乡；此年夏天，王、唐相会于无锡俞宪家中。① 随后至南都，在王之影响下，唐之古文尚好随之发生改变。至此，唐宋派古文宗法策略，基本形成。

对王慎中古文转向，唐顺之起先不服，后趋而从之。从上文李开先《唐王王唐四子补传》可见之。又，李清馥《参政王遵岩先生慎中》称："慎中学博才俊，自视亦高，为文初主秦、汉，谓东京下无可取。已悟欧、曾作文之法，乃尽焚旧作，一意师仿，尤得力于南丰。唐顺之初不服，久亦变而从之。"②《明史·文苑三》亦称："慎中为文，初主秦、汉，谓东京下无可取。已悟欧、曾作文之法，乃尽焚旧作，一意师仿，尤得力于曾巩。顺之初不服，久亦变而从之。"③ 王慎中对自己诱导唐顺之调整文学策略一事，颇有成就感，曾自豪地告诉李开先道："公但敬服荆川，不知荆川得我之绪余耳。"④ 唐顺之本人也不忌言其"古文得之王

---

① 俞宪《盛明百家诗·王参政集》小序："晋江王南江，名慎中，字道思，晚号遵岩，嘉靖丙戌进士。与故友荆川唐君善，尝同荆川访余山馆，酌山寺之大佛殿中。酒酣，投壶较射，联句赋诗，颇有轻世自得之态……无锡是堂俞宪识。"（俞宪编：《盛明百家诗》，《四库全书存目丛书》集部，第305册，齐鲁书社，1997年版，第701页）王慎中《夏日燕惠山同荆川是堂诸君》诗，可为佐证。惠山，即锡山，明代常州府下辖无锡。
② ［清］李清馥：《闽中理学渊源考》卷六七，《景印文渊阁四库全书》第460册，台湾商务印书馆，1986年版，第654页。
③ ［清］张廷玉等：《明史》卷二八七，中华书局，1974年版，第7368页。
④ ［清］钱谦益：《列朝诗集小传》丁集上《王参政慎中》，上海古籍出版社，2008年版，第374页。

遵岩"。①

　　唐宋派另一代表人物茅坤，为文由法汉魏而唐宋，相对较晚，他是在唐顺之的领引下转向的。《复唐荆川司谏书》云："尝闻先生谓唐之韩愈，即汉之马迁；宋之欧、曾，即唐之韩愈。某初闻而疑之，又从而思之。其大较虽近，而其中之深入处，窃或以为稍有未尽然者。"②茅坤初闻唐顺之之言论，不尽认可。之后几年，才完全接受。其《与蔡白石太守论文书》记载了此一转变过程：

　　　　近独从荆川唐司谏上下其论，稍稍与仆意相合。仆少喜为文，每谓：当跌宕激射似司马子长，字而比之，句而亿之；苟一字一句不中其累黍之度，即惨恻悲凄也；唐以后，若薄不足为者。独怪荆川疾呼曰："唐之韩，犹汉之马迁；宋之欧、曾、二苏，犹唐之韩子。不得致其至而何轻议为也？"仆闻而疑之，疑而不得，又蓄之于心而徐求之，今且三年矣。近乃取百家之文之深者按覆之，卧且吟而餐且噎焉……而因悟曩之所谓司马子长者，眉也，发也。而唐司谏及仆所自持，始两相印而无复同异。③

　　茅坤年轻时为文，也同样师法秦汉，以为唐以后文不足为

①〔明〕郎瑛：《七修类稿·七修续稿》卷三，上海书店出版社，2009年版，第561页。
②〔明〕茅坤著，张梦新、张大芝点校：《茅坤集·茅鹿门先生文集》卷一，浙江古籍出版社，2012年版，第191页。
③〔明〕茅坤著，张梦新、张大芝点校：《茅坤集·茅鹿门先生文集》卷一，浙江古籍出版社，2012年版，第195—196页。

法。时人称之"与近时空同、大复辈相颉颃"。① 后来,他与唐顺之论文,对唐之法则始而疑之,经"两相印而无复同异"后,深信不疑,甚至到了迷信的地步。陶望龄《徐文长传》载:

> 时都御史武进唐公顺之,以古文负重名。胡公(宗宪)尝袖出渭所代,谬之曰:"公谓予文若何?"唐公惊曰:"此文殆辈吾!"后又出他人文,唐公曰:"向固谓非公作,然其人谁耶? 愿一见之。"公乃呼渭偕饮,唐公深奖叹,与结欢而去。归安茅副使坤时游于军府,素重唐公。尝大酒会,文士毕集,胡公又隐渭文语曰:"能识是为谁笔乎?"茅公读未半,遽曰:"此非吾荆川必不能。"胡公笑谓渭:"茅公雅意师荆川,今北面于子矣。"茅公惭愠面赤,勉卒读,谬曰:"惜后不逮耳。"②

茅坤崇拜唐顺之,可谓无以复加。《明史·茅坤传》亦称:"坤善古文,最心折唐顺之。顺之喜唐、宋诸大家文,所著《文编》,唐、宋人自韩、柳、欧、三苏、曾、王八家外,无所取,故坤选《八大家文钞》。"③ 茅坤服膺顺之,主要因其论文与己有相通处,由上引其与蔡汝楠论文书,粗可知之。顺之《答茅鹿门知县二》也称:"熟观鹿门之文,及鹿门与人论文之书,门庭路径,与鄙意

---

① [明]茅坤著,张梦新、张大芝点校:《茅坤集·茅鹿门先生文集》卷八《复沂水宋大尹书》,浙江古籍出版社,2012年版,第362页。

② [明]徐渭:《徐渭集》附录,中华书局,1983年版,第1339页。

③ [清]张廷玉等:《明史》卷二八七《文苑三》,中华书局,1974年版,第7375页。

殊有契合。”① 无论谁与谁契合,二人论点相近,倒是事实。

　　唐顺之复任编修兼右司谏,在嘉靖十八年(1539),② 次年十二月,罢黜为民。③ 茅坤《复唐荆川司谏书》写作时间,必在嘉靖十八年(1539)后,茅坤古文宗尚转变,当在此后。廖可斌即考定,“约在嘉靖二十年前后”。④ 茅坤的古文宗崇转向,也与不满前七子郎署及其末流之蹈袭有关。其《韩文公文钞引》云:“乃若近代之文,其患在剿而赝,有志者苟欲出而振之,而其为力也,不尤戛戛乎其难矣哉!”⑤ 显然,他自己在“有志者”列。为此,他力抨剿袭文风,《谢陈五岳序文刻书》云:“即如唐、王以下,颇厌何、李之抗声藻而略神理也,稍稍于欧阳、曾、王,若将共为翱翔袅娜其间,然抑或疲矣。他操觚者辄呼曰:‘某,太史公也!某,班掾也!’世之借耳俑目者,一时不察,共为道听途说而附和之。然要之,去古远矣。”⑥《八大家文钞总序》亦云:“我明弘治、正德间,李梦阳崛起北地,豪俊辐凑,已振诗声,复揭文轨,而曰:吾《左》,吾《史》与《汉》矣;已而又曰:吾黄初、建安

---

①[明]唐顺之著,马美信、黄毅点校:《唐顺之集·荆川先生文集》卷七,浙江古籍出版社,2014年版,第294页。

②《明世宗实录》卷二二一,“中央研究院”历史语言研究所,1965年版,第4593页。

③《明世宗实录》“嘉靖十九年十二月”:“春坊赞善罗洪先、司谏唐顺之、司经局校书赵时春,各疏请来岁元日朝贺礼成,请皇太子出御文华殿,受文武百官及朝觐官朝贺……俱黜为民。”(《明世宗实录》卷二四四,“中央研究院”历史语言研究所,1965年版,第4916—4917页)

④廖可斌:《明代文学复古运动研究》,商务印书馆,2008年版,第208页。

⑤[明]茅坤著,张梦新、张大芝点校:《茅坤集·茅鹿门先生文集》卷三一,浙江古籍出版社,2012年版,第824页。

⑥[明]茅坤著,张梦新、张大芝点校:《茅坤集·茅鹿门先生文集》卷六,浙江古籍出版社,2012年版,第321页。

矣。以予观之,特所谓词林之雄耳,其于古六艺之遗,得无湛淫
涤滥,而互相剿裂已乎!"茅坤的批评态度,应比较客观、公正。
为振兴斯道,他手掇唐宋八大家古文,加以指点,"以为操觚者
之券"。①

归有光为唐宋派后出者,其为嘉靖四十四年(1565)进士,
为文倡言以宋、元为宗,理论上较王、唐、茅诸人,略显宽泛。《项
思尧文集序》云:

> 盖今世之所谓文者难言矣。未始为古人之学,而苟得
> 一二妄庸人为之巨子,争附和之,以诋排前人……文章至于
> 宋、元诸名家,其力足以追数千载之上,而与之颉颃;而世
> 直以蚍蜉撼之,可悲也。无乃一二妄庸人为之巨子以倡道
> 之欤!②

"妄庸人",主要指王世贞等人。钱谦益曰:"(归有光)尝为
人文序,诋排俗学,以为苟得一二妄庸人为之巨子。弇州闻之
曰:'妄诚有之,庸则未敢闻命。'熙甫(归有光)曰:'唯妄故庸,
未有妄而不庸者也。'"③可知,归有光褒扬宋、元名家文章,以与
后七子郎署"文必先秦、秦汉"的策略抗衡争心。其古文以宗宋
为主,且主要偏向欧、曾等人,其反复申明一瓣心香之:"欧阳子

①［明］茅坤著,张梦新、张大芝点校:《茅坤集·茅鹿门先生文集》卷
一四,浙江古籍出版社,2012年版,第483页。
②［明］归有光著,周本淳校点:《震川先生集》卷二,上海古籍出版社,
2007年版,第21页。
③［清］钱谦益:《列朝诗集小传》丁集中《震川先生归有光》,上海古籍出
版社,2008年版,第559页。

曰：'六经非一世之书，其将与天地无终极而存也。'以无终极视千岁，于其间顷刻耳。则予之待于后者无穷也。"① "但文字难作，每一篇出，人辄异论，惟吾党二三子解意耳。世无韩、欧二公，当从何处言之？"② 钱谦益于此甚明："其于六大家，自谓可肩随欧、曾，临川则不难抗行。"③ 方苞亦云："其气韵盖得之子长，故能取法于欧、曾，而少更其形貌耳。"④

　　比较而言，茅坤的师法对象稍微宽泛。就师法个体对象而论，王慎中、唐顺之主要师曾巩，茅坤则以欧阳修为宗。至于曾巩，他以为，本应该更具影响力，无奈为苏氏兄弟光环所掩："曾南丰之文，大较本经术，祖刘向。其湛深之思、严密之法，自足以与古作者相雄长；而其光焰，或不外烁也，故于当时稍为苏氏兄弟所掩。"⑤ 不过，他对曾巩还是略有微词："而八君子者之中，曾子固殊属木讷蹇涩，嗷之无声，嘘之无欨者。"⑥ 他将曾巩、王安石并论，列于韩、柳、欧、苏诸家之下，认为其主要缺陷是才气不足。这仅为取法对象的不同，并不影响文法唐宋的总体策略。唐宋派以师法唐宋古文为策略，主要目的是恢复古文道统

① ［明］归有光著，周本淳校点：《震川先生集》卷二《经序录序》，上海古籍出版社，2007 年版，第 33—34 页。

② ［明］归有光著，周本淳校点：《震川先生集·震川先生别集》卷七《与沈敬甫十八首》，上海古籍出版社，2007 年版，第 867 页。

③ ［清］钱谦益：《列朝诗集小传》丁集中《震川先生归有光》，上海古籍出版社，2008 年版，第 559 页。

④ ［清］方苞著，刘季高校点：《方苞集》卷五《书归震川文集后》，上海古籍出版社，1983 年版，第 117 页。

⑤ ［明］茅坤著，张梦新、张大芝点校：《茅坤集·茅鹿门先生文集》卷三一《唐宋八大家文钞论例》，浙江古籍出版社，2012 年版，第 822—823 页。

⑥ ［明］茅坤著，张梦新、张大芝点校：《茅坤集·茅鹿门先生文集》卷八《复陈五岳方伯书》，浙江古籍出版社，2012 年版，第 358 页。

与文统,这对前七子郎署"文必先秦、两汉"的策略,产生了巨大冲撞。

第三节　诸调杂兴与前七子郎署
文学权力的分散

嘉靖初年至后七子郎署官主盟文坛之前的文坛多元化格局,对前七子郎署文学权力形成了强有力的冲击。特别是杨慎、薛蕙等人倡导的六朝、初唐诗风,以及王慎中、唐顺之始倡的唐宋文风,分散了前七子郎署官实控的文学权力,客观上为文学权力集中流向后七子郎署官,提供了理论上的可能与实践基础。

一、诸调杂兴与前七子郎署文学权力之分散

嘉靖初期,文坛诸调并陈的局面,从不同的维度分散了前七子郎署官掌控的文学权力,并使之不断弱化,约略可概括为如下几个层面。

其一,理论上的热烈回应。杨慎倡导的六朝、初唐策略,诗坛反响炽烈,不少文士纷纷呼应,发布意见。徐献忠《六朝声偶集序》有曰:

> 予读六朝人诗,取其偶切成律者焉。夫六朝人诗,绮靡鲜错,失之轻且弱。予虽取之,安得而掩焉?乃予究观诗人之作,代出意匠,以增前人之能,则敷文之极,而流弊之至于此也。乃后世之为律者,实六朝人创始言之。至于今,承信宗袭,世无有废律而成诗者,则六朝人之泛波,亦岂可少

哉……唐文皇诗，英标秀出，而神气不乏，然探其华要，故隋人之轨，而齐、梁之波也。唐人祖尚之，不一再传，而模写拟切之言，殆已盛矣。乃其后遂失其精藻，而流于肤浅，亡其风流，而涉于左僻，斯固衡文者之病，而斯人之逸致，殆亦异乎六朝人矣。譬之山泽之癯，而欲自列于清庙明堂之上，不待鉴别而陋劣表见，其谁得而掩哉？①

徐氏"后世之为律者，实六朝人创始言之。至于今，承信宗袭，世无有废律而成诗者，则六朝人之泛波，亦岂可少哉"、"隋人之轨，而齐、梁之波也。唐人祖尚之，不一再传，而模写拟切之言，殆已盛矣"的言论，与杨慎如出一辙。徐献忠《六朝声偶集》的选编，是"因杨慎《五言律祖》而广之。取南北朝人五言诗，以明唐律所自出"，②其论与杨相近，即不足为怪。徐献忠颇重上述理论，后来序《唐诗品》时，他又重申道："唐初作者，览物临游，类多散调，不胜雅颂之义，然究其音节，庄严浑厚，调之口吻，清浊流通，亦庶乎律吕之谐矣。而元和以后，固皆所谓变声也。然国风之旨，载于风教，发于性情，唱于人伦，合于典义，虽不尽属弦歌之品，要皆有君子之道。持是而观，虽晚唐诸子，或能登兹采录，亦可存其变焉。"③嘉靖八年（1529）进士沈恺《六朝声偶集叙》称："故唐律者，后人之轨范也；而六朝者，尤唐之

①［明］徐献忠：《长谷集》卷五，《四库全书存目丛书》集部，第86册，齐鲁书社，1997年版，第227页。
②［清］永瑢等：《四库全书总目》卷一九二，中华书局，1965年版，第1747页。
③"国立中央图书馆"编：《"国立中央图书馆"善本序跋集录》集部，第6册，"中央图书馆"，1994年版，第369页。

所自出也。直以六朝用文以掩质，故始发而未全；唐人由质以成文，故体备而并美。唐太宗虽以英发盖世，一时赓倡，穷靡极丽，要之不出隋、陈之习，而凡其猎秘搜奇，洋洋可听者，齐、梁人又皆先为之矣。衍而极于少陵、太白，风格体裁，曲尽其变，而诗至是，彬彬然盛矣。无亦六朝者，乃武德之先驱，开元、天宝之滥觞乎？"① 嘉靖十二年（1533）春，樊鹏所作《编初唐诗叙》亦称：

> 余嘉靖癸巳督储濠梁，得关中李子西，相与评古今诗。李固豪杰士，识鉴精敏，动以初唐为称，适与余契，退而编成……余尝有言：初唐诗如池塘春草，又如未放之花，含蓄浑厚，生意勃勃，大历以后锄而治之矣。乃于披阅之余，专取贞观至开元间诗，编为三册，凡若干人，题曰《初唐诗》，而古诗不与焉。诚以律诗当于初唐求之，古诗当于汉魏求之，此则编诗意也。昔人论初唐曰："使曹、刘降体，未知孰胜。"斯其知言者乎！②

"律诗当于初唐求之，古诗当于汉魏求之"，樊鹏承认初唐声律为盛唐声律所自出。诸如此类观点，直接或间接因杨慎启迪而发，也是杨之六朝、初唐理论与策略的推广。作为何景明的门生，樊鹏诗法初唐论调与策略，源自乃师（详后文）；而何之诗学策略的调整，则始于杨慎、薛蕙之启发。徐献忠、樊鹏是以理论

---

① [明]徐献忠选：《六朝声偶集》卷首，《四库全书存目丛书》集部，第304册，齐鲁书社，1997年版，第2页。
② [清]黄宗羲编：《明文海》卷二二〇，中华书局，1987年版，第2219页。

加选本的方式照应杨慎理论的,而沈恺则纯从理论的角度立论,嘉靖二十六年(1547)进士彭辂《与友人论诗》亦然:"夫六朝虽曰绮丽,而阴、何、庾、薛十数公,传而弥永者,其风神高俊,不专雕镂句字之末。故古法废而古意存,犹良金跃冶而出曰:我必为镆铘者。虞世南、魏征、杨师道等之在唐,引而渐入苍古,半为子昂之先驱。"① 其论受杨慎影响之痕迹,不可谓不明显。

其二,理论与创作上的调整。六朝、初唐理论、策略的倡导与实施,对郎署文学最大的冲击,莫过于直接导致何景明等诗学策略与创作的调整。嘉靖初年,何景明与杨慎、薛蕙言及六朝、初唐诗后,"始恍然自失,乃作《明月》《流萤》二篇拟之"。在《明月篇序》里,他将杜诗置于《诗经》至初唐诗歌发展史的高度,予以审视。认为杜诗"风人之义"缺失,其调反在"初唐四子"之下,表现出对音节"往往可歌"的初唐四杰诗歌的喜爱。张含跋杨慎的古乐府《华烛引》记之曰:

> 六朝、初唐之作,绝响久矣。往年吾友何仲默尝云:三百篇首《雎鸠》,六艺首乎《风》,唐初四子音节往往可歌,而病子美缺风人之义。盖名言也,故作《明月》《流萤》诸篇拟之,然微有累句,未能醇肖也。②

何景明此处的论调,与其前尊杜言论,大相径庭。不过,在张含看来,何之拟作"微有累句,未能醇肖",尚乏初唐风致。以

---

① [清]黄宗羲编:《明文海》卷一六〇,中华书局,1987年版,第1608页。
② [明]杨慎:《升庵文集》卷一三,王文才、万光治等编注:《杨升庵丛书》第3册,天地出版社,2002年版,第254页。

初唐诗风纠法杜之偏颇，是何景明晚年修正、调整诗歌复古理论所采取的一种策略，此举波及门人樊鹏。正德十三年(1518)春，何景明升任陕西提学副使，樊鹏师事之，其宗法初唐的诗学观念，就直接源于何景明："(樊鹏)尝师事何仲默，为诗文，有《樊氏集》。其论诗一以初唐为宗，亦原本于仲默也。"[①] 樊鹏还编辑选本《初唐诗》三册，以宣扬、强化其诗学主张。

六朝、初唐策略的倡导与实施，虽使何景明创作上有所调整，但未根本上改变其文学主张与策略。尽管如此，还是从前七子内部削弱了郎署文学的影响力。

其三，人员上的争夺。人员争夺，主要包括两种情形：一是动摇了前七子追随者的信心，使之改向；二是拦截了前七子郎署官的部分潜在追随者。六朝、初唐或中唐策略的倡导与实施，使相当一部分前七子郎署官的支持者、追随者倒戈。唐顺之、陈束、薛蕙、高叔嗣等曾是前七子的崇拜者，后来或"靡而梁、陈月露"，或"更为初唐之体"，或"跳而理性"，或几者兼之，皆倒向诗法六朝、初唐或中唐阵营。关于唐顺之、陈束之转向六朝、初唐阵营问题，前文已述及，无需烦言。这里主要以薛蕙、高叔嗣为例，略加分析，以概其余。

薛蕙曾是前七子的追随者，他与王廷相、何景明，相处甚为融洽。正德三年(1508)，薛蕙十八岁，时王廷相谪判亳州，一见亟称之曰："天下奇才，可继何、李。"[②] 高拱为王廷相所作墓志

---

① [明]钱谦益：《列朝诗集小传》丙集《樊佥事鹏》，上海古籍出版社，2008年版，第326页。

② [明]王廷：《吏部考功郎中西原薛先生行状》，[明]薛蕙：《考功集》附录，《景印文渊阁四库全书》第1272册，台湾商务印书馆，1986年版，第123页。

铭载：

> 戊辰，起服，以失领勘合谪亳州判……亳素鲜科第，公群诸生躬诲之。生有薛蕙者，一试辄奇之，曰："君殆非章句儒生也。"遂日与游，开示周至，蕙乃成学，才名播天下。①

薛蕙"束发从师王浚川"，②并得之推扬，未仕之时，声名已"隐然动京师"。③当然，他也甚敬重王廷相，以师礼事之："王子吾师表，名家尔最先。"④既然如此，文学上师法王廷相及前七子，理应自然。他本人也不避忌："尔时评我李何似"、"文章衣钵幸相传"。⑤正德九年（1514），薛蕙能顺利登进士第，与王廷相之延誉，当不无关系。

薛蕙学何景明，当在中进士后，时何正官中书舍人，正德十三年（1518），赴任陕西提学副使。二人的直接交往主要集中于这段时间，且交往频繁，遂成莫逆之交。王廷《吏部考功郎中

① ［明］高拱著，岳金西、岳天雷编校：《高拱全集·诗文杂著》卷四《前荣禄大夫太子太保兵部尚书兼都察院右都御史掌院事浚川王公行状》，中州古籍出版社，2006年版，第787页。
② ［明］薛蕙：《考功集》卷八《戏成五绝》其一，《景印文渊阁四库全书》第1272册，台湾商务印书馆，1986年版，第91页。
③ ［明］文徵明著，周道振辑校：《文徵明集·补辑》卷三二《吏部郎中西原先生薛君墓碑铭》，上海古籍出版社，2014年版，第1510页。
④ ［明］薛蕙：《考功集》卷六《庚辰八月谢病南归奉寄王浚川先生三十韵》，《景印文渊阁四库全书》第1272册，台湾商务印书馆，1986年版，第73—74页。
⑤ ［明］薛蕙：《考功集》卷八《戏成五绝》其一，《景印文渊阁四库全书》第1272册，台湾商务印书馆，1986年版，第91页。

西原薛先生行状》称：

> 乃正德癸酉，领南畿乡荐偕计入京，时仲默犹为中书舍人，即乘夜造之，雅相钦挹，遂成莫逆之交。

薛与何成为莫逆之交，也缘于王廷相，从薛蕙为何景明赴任陕西提学副使所作《赠何大复》，可略知之。若非"王子幸见知"，薛蕙也不会"一朝遘嘉会，英俊相追随"，[①] 从而结识何景明。总体上看，薛蕙论诗倾向于何景明之"俊逸"，而对李梦阳之"粗豪"，稍有异议："海内论诗伏两雄，一时倡和未为公。俊逸终怜何大复，粗豪不解李空同。"朱彝尊谓："自此诗出，而抑李申何者，日渐多矣。"[②] 这虽在一定程度上提升了何景明在前七子郎署官中的地位，但也因此削弱了郎署文学权力。后来，薛蕙便不再"规模大复"，而"时出入初唐"，但因究心讲学而"过于精洁，失其本色。便觉太枯"，渐趋向中唐，追求清远之风、冲散之趣。

高叔嗣曾是李梦阳的追随者。陈束《苏门集序》称之"束发就傅，受知北郡李生"，[③] 任瀚《吴越诗引》称之为"献吉门人，言其事津津有味"。[④] 李梦阳很器重高叔嗣，于之期许甚高。嘉

① [明]薛蕙：《考功集》卷三，《景印文渊阁四库全书》第1272册，台湾商务印书馆，1986年版，第26页。

② [清]朱彝尊著，姚祖恩编，黄君坦校点：《静志居诗话》卷一〇，人民文学出版社，1990年版，第261页。

③ [明]高叔嗣：《苏门集》卷首，《景印文渊阁四库全书》第1273册，台湾商务印书馆，1986年版，第563页。

④ [清]黄宗羲编：《明文海》卷二六四，中华书局，1987年版，第2761页。

靖二年(1523),高叔嗣"举进士二甲十七名",当时李梦阳"讲
学大梁墟中",喟然叹曰:"高某奚不为状元耶? 高某才万人敌
也。始吾举进士甲第,亦与此人同,然亦无如造物者何也。"①高
叔嗣很是尊敬李梦阳,他曾称平生所向慕两人,一为崔铣,一为
李梦阳,②其《空同宅海棠树下赋》誉李曰"主人龙门才"。③嘉
靖七年(1528),高叔嗣以吏部郎中谢病归家,能有更多机会与
已闲居大梁的梦阳交游唱和。其序《读书园稿》曰:

> 戊子,以吏部郎中谢病归于家……当是时,李空同先生
> 方盛。邑子之属出其门,撰为文辞,模于古人。若宋苏轼、
> 唐韩愈,薄不为也。余私心不能无慨慕,时时窃撰一二篇。
> 庚寅岁所著独多。逾年,余既上京师,斯事乃罢。④

基于对李梦阳的崇拜及其当时的巨大影响,高叔嗣也不能
免俗,"时时窃撰一二篇",在李去世后,他才最终走向诗法中唐
之路。

非但如此,六朝、初中唐策略的倡导与实施,还拦截了前七
子郎署官一些潜在的追随者,使那些本该或可能的追随者,趋向

---

① [明]高仲嗣:《明嘉议大夫湖广提刑按察司按察使弟叔嗣行状》,[明]
　张时彻辑:《皇明文范》卷五三,《四库全书存目丛书》集部,第303册,
　齐鲁书社,1997年版,第479页。
② [明]陈束:《苏门集序》,[明]高叔嗣:《苏门集》卷首,《景印文渊阁四
　库全书》第1273册,台湾商务印书馆,1986年版,第562页。
③ [明]高叔嗣:《苏门集》卷二,《景印文渊阁四库全书》第1273册,台湾
　商务印书馆,1986年版,第576页。
④ [明]高叔嗣:《苏门集》卷二,《景印文渊阁四库全书》第1273册,台湾
　商务印书馆,1986年版,第574页。

于法六朝、初唐或中唐诗风，朱曰藩即为其一。朱曰藩，字子价，号射陂，宝应（今江苏宝应）人，朱应登之子，约明世宗嘉靖三十年（1551）前后在世，登嘉靖二十三年（1544）进士第。朱应登为李梦阳的追随者，有如此家学渊源，按常理说，曰藩附和李梦阳的可能性较大，但因当时六朝、初唐诗风蔓延，加之过分钦慕杨慎，他最终选择了诗法六朝、初唐。其《人日草堂引》载：

> 升庵先生在江阳，以厥象托玉泉陈君寄我白下，予即揭于白下寓斋，日夕虔奉，如在函丈之下。乃己未人日，积雨稍霁，西域金子，东海何子，吴门文子、黄子、郭子，秣陵盛子、顾子，相约过予，觞之斋中，宾主凡八人。斋南向，先生象在壁间，诸君不肯背之坐，各东西其席，如侍侧之礼。先是，比丘圆澜自焦山夹罂中泠泉见饷，罂未启，置在墙脚，乃觅得阳羡贡茶一角，烹泉为供，茶熟，以宣瓯注之，焚沉水香于炉。作礼毕，就坐，各瞻仰，啧啧叹曰："幸甚！今日乃得睹升庵先生之象。"……文子曰："今日之会，奇矣。讵可无述？予当勉作《人日草堂图》以寄先生。"……予不觉欣然拊掌大笑，因歌"人日题诗寄草堂，遥怜故人思故乡"之句……令童子作八阄，散诸君前，约曰请各赋一篇，并寄先生，见吾辈万里驰仰之怀，何如？于是诸君各欣然拊掌，大笑曰："幸甚"。越二日，文子图告成。又二日，诸君诗次第成，予乃为之引。①

---

① [明]朱曰藩：《山带阁集》卷三一，《四库全书存目丛书》集部，第110册，齐鲁书社，1997年版，第259—260页。

    朱氏对杨慎如此顶礼膜拜,其为诗趋同之,自可想见。王世贞《吴曰南集序》云:"宝应滨湖一小邑耳,而有朱升之参政与其子九江守子价。升之善何、李,其趣正而平;子价善杨用修,故其诣险而丽。升之之长在风骨,子价之长在才情;升之有体,子价饶态,虽父子并振,而文武异用。"[1] 朱彝尊称:"升之诗仿北地,子价则法用修。"[2] 四库馆臣亦称:"应登诗仿李梦阳,曰藩则法杨慎。"[3] 己未,即嘉靖三十八年(1559)。实际上,此前朱曰藩已在杨慎的影响下,开始诗法六朝、初唐,并于其周围形成了一个宗法六朝诗风的群体。钱谦益云:

    其为诗,取材《文选》、乐府,出入六朝、初唐,风华映带,轻俊自赏,宁失之佻达浅易,而不以割剽为能事……杨用修评定其诗,得七十四首,比于唐人箧中之集,其为序,极言近世蹈袭之弊,而深许子价之诗,以为异于世之学杜者……嘉靖戊午、己未间,子价在南主客,何元朗在翰林,金在衡、陈九皋、黄淳甫、张幼于皆侨寓金陵,留都人士金子坤、盛仲交之徒,相与选胜征歌,命觞染翰,词藻流传,蔚然盛事,六朝之佳丽,与江左之风流,山川文采,互相映发。[4]

---

①［明］王世贞:《弇州山人续稿》卷五一,《明别集丛刊》第3辑,第37册,黄山书社,2016年版,第56页。

②［清］朱彝尊著,姚祖恩编,黄君坦校点:《静志居诗话》卷一二,人民文学出版社,1990年版,第355页。

③［清］永瑢等:《四库全书总目》卷一七七《山带阁集》,中华书局,1965年版,第1593页。

④［清］钱谦益:《列朝诗集小传》丁集上《朱九江曰藩》,上海古籍出版社,2008年版,第449页。

嘉靖三十七八年间，与朱曰藩唱和者主要有何良俊、文伯仁、郭第、盛时泰、顾应祥、金大舆、金銮、陈九皋、黄姬水、张献翼等人，他们"相与选胜征歌，命觞染翰，词藻流传"，颇具六朝风流。这也表明，嘉靖后期，诗法六朝现象，依然存在，尤其是在金陵。所以如此，除其作为六朝古都的天然地域因素外，杨慎、薛蕙等六朝诗风的影响，也不可轻忽。

综上，六朝、初中唐诗学策略的倡导与实施，除直接撞击着前七子郎署文学权力，还引发起理论上的呼应、创作上的调整、人员上的争夺等，从而重创前七子郎署官掌控的文学权力，使之趋向多元化，并渐趋衰弱。

比较而言，王慎中、唐顺之为中心的唐宋派古文策略，对前七子郎署文学"文必先秦、两汉"的冲击力度更甚。前七子郎署官于此已有所意识。嘉靖三年（1524），李梦阳致周祚信中道：

> 弘治之间，古学遂兴。而一二轻俊，恃其才辩，假舍筏登岸之说，扇破前美……后进之士悦其易从，惮其难趋，乃即附唱答响，风成俗变，莫可止遏，而古之学废矣。[1]

李梦阳生前已无奈地看到，面对六朝、初唐策略的冲击，"文必先秦、两汉，诗必汉魏、盛唐"的能量正在减弱，这一文学策略支撑下的"古之学废矣"。简言之，前七子郎署官所驾驭的文学权力，正在流失。后人于此，多有述说。钱谦益曰：

---

[1]［明］李梦阳撰，郝润华校笺：《李梦阳集校笺》卷六二《答周子书》，中华书局，2020年版，第1925页。

嘉靖初,王道思、唐应德倡论,尽洗一时剽拟之习。伯华与罗达夫、赵景仁诸人,左提右挈,李、何文集,几于遏而不行。①

黄宗羲亦发挥此说:"弘治间,李、何一变古文,海内文章家若趋王会,不敢移宫变徵。陈后冈先生起海岛,与荆川、遵岩折其角,李、何文集,几于遏而不行于艺苑,功亦伟矣。"②"尽洗一时剽拟之习",显涉夸饰。"李、何文集,几于遏而不行于艺苑",还算客观。这是王慎中、唐顺之、陈束等人共同倡导与践行其唐宋诗学策略的结果。

综而言之,六朝、初唐、中晚唐诗学策略,以及唐宋古文策略的倡导与实施,导致了前七子郎署官所控制的文学权力趋向多元化,且日渐弱化,几乎流失殆尽。

二、诸调杂兴与前七子郎署文学权力分散之检讨

诸调并兴不仅仅是促使郎署文学权力分散的重要动力,其中所蕴含的深厚文化意蕴,更值得检讨与反思。揆其端绪,开列数条,以期引玉。

其一,文学观差异与友情问题的通融处理。较前七子之于台阁体,嘉靖前期以六朝、初唐、中唐为策略者,对前七子郎署官的态度,还算平和与友善。他们中不少人,或与前七子交好,或为其追随者,所反对的多是后者及其追随者为诗作文的题材狭隘、

①［清］钱谦益:《列朝诗集小传》丁集上《李少卿开先》,上海古籍出版社,2008年版,第377页。
②［清］黄宗羲:《封庶常桓墅陈府君墓志铭》,［清］黄宗羲著,吴光主编:《黄宗羲全集》第10册,浙江古籍出版社,2012年版,第441页。

风格单一,以及机械拟古行径。如,杨慎之于李梦阳,多能一分为二视之,虽对李之律诗颇有微词,但对其古诗还较认可。据张含《空同诗选序》,嘉靖二十二年(1543),杨慎从李梦阳2149首诗中,选出136首,编为《空同诗选》,其中或点、或圈、或批。选讫之后,杨慎谓张含曰:"是足以传矣!"[1] 杨慎不满的是世人学李梦阳之"下者",对其五言诗,尤其是乐府,还是肯定的。又,朱彝尊《明诗综》引杨慎语曰:

> 空同以复古鸣弘、德间,观其乐府幽秀古艳,有铙歌、童谣之风。其古诗缘情绮靡,有徐、庾(庾)、颜、谢之韵,而人但称其律诗。予谓空同之可传者,不在律;空同之律,少陵之余沥遗肺耳。[2]

杨慎称道李梦阳乐府、古诗,不满其律诗,并称"可传者,不在律"。对何景明推崇汉魏古诗,杨慎也颇为赞同。在《邯郸才人嫁为厮养卒妇》诗序中,他曾忆及往事:"昔吾亡友何仲默,一日读《焦仲卿妻》乐府,谓予曰:'古今惟此一篇,更无第二篇也。凡歌辞简则古,此篇愈繁愈古,子庶几焉,可做一篇,与此相对。'予谢未遑,然亦未有兹奇事,直当之也。去今二十年,屏居滇云,平昼无事,散帙见此事。思与仲卿事适类,复忆仲默言,乃操觚试为之,以成此篇,惜不使仲默见之。"[3]

[1] [明]杨慎批选:《空同诗选》卷首,王文才、万光治等编注:《杨升庵丛书》第5册,天地出版社,2002年版,第914页。
[2] [明]朱彝尊选编:《明诗综》卷二九,中华书局,2007年版,第1479页。
[3] [明]杨慎:《升庵文集》卷一四,王文才、万光治等编注:《杨升庵丛书》第3册,天地出版社,2002年版,第259页。

薛蕙、高叔嗣对何景明、王廷相、李梦阳的态度,也比较友好,从上文可见出。尤其是高叔嗣,出于对李梦阳的尊敬,直至李去世后才调整自己的诗法策略。皇甫兄弟对李梦阳态度,更是尊敬有加。他们曾诗法前七子,景慕李梦阳、何景明、徐祯卿等人。皇甫涍《秦吴杂歌九首》其二云:"昭代文章百代雄,一时词赋说关中。来游骢马知难并,更草凌云入汉宫。"其三云:"崆峒高插五云间,汉魏风流亦可攀。李白才名天地在,谢安谁为起东山。"① 皇甫汸作于嘉靖二十五年(1546)前的《徐迪功外集序》有曰:"尝考论弘、德之间,李、何诸子追述大雅,取裁风人,一时艺林作者响臻,同好景附,咸足驰骋海内,而徐君亦独步江左矣。"② 作于嘉靖三十年(1551)的《钤山堂诗选序》称:"明兴,作者调宗正始,格祖开元,寖淫至于孝武之朝,如崆峒李氏、大复何氏、昌毅徐氏,彬彬乎振藻词林,而海内亦且向风矣。"③ 晚年归隐时,其序《盛明百家诗集》,依然推赞何、李:"弘治、正德之间,何、李二俊,力挽颓风,复还古雅。"④ 由此可知,皇甫汸一生皆欣羡李、何,不随师法策略的调整而变动。这说明,嘉靖初以六朝、初唐、中唐为策略者,基本上不再将文学观念、文学策略之差异,作为左右人情关系的工具,不再如前七子之于李东阳,或何、李之争那样,唯文学至上,甚至视文学为党同伐异的利

---

① [明]皇甫涍:《皇甫少玄集》卷二〇,《景印文渊阁四库全书》第1276册,台湾商务印书馆,1986年版,第624页。
② [明]皇甫汸:《皇甫司勋集》卷三六,《景印文渊阁四库全书》第1275册,台湾商务印书馆,1986年版,第746页。
③ [明]皇甫汸:《皇甫司勋集》卷三五,《景印文渊阁四库全书》第1275册,台湾商务印书馆,1986年版,第737页。
④ [明]皇甫汸:《皇甫司勋集》卷三五,《景印文渊阁四库全书》第1275册,台湾商务印书馆,1986年版,第738页。

器。他们已较完美地完成了文学与友情的剥离与切割,能够比较娴熟、圆融地处理文学与友情之关系。

其二,文学策略的相对性与多面性的立体观照。六朝、初唐、中唐策略的划分,有其相对性。就师法行为个体言之,其诗风或诗法策略多具融会性、历时性、侧重性等特征,即行为主体在不同时段,其诗风与策略会有所调整,甚至集六朝、初唐、中晚唐诗风于一身。陈田即称:

> 至升庵、子业诸公,藻艳撷乎齐、梁,简质得自魏、晋,冲淡趋于陶、韦,沉雅参之杜、韩,灭灶再炊,异军特起。①

这是说杨慎、高叔嗣等将齐梁之藻艳与魏晋之简质、陶韦之冲淡、杜韩之沉雅,融汇于一身。胡应麟称杨慎“以六朝语,作初唐调”,皇甫汸“以六朝语,入中唐调”,②皆谓多种风格与策略合集于一人之身。杨慎称蔡汝楠“取材于《选》,则夕秀启而朝华披;效法于唐,则苏州亲而襄阳迩”,③同样也应立论于此。不过,这里已隐约透露出这种融汇、整合又往往具有历时性、动态性。嘉靖三十四年(1555),洪朝选《送蔡白石叙》称:

> 蔡君白石,自弱冠即以能诗闻,其初学为六朝,即似六

①[清]陈田辑撰:《明诗纪事·戊签》卷首,上海古籍出版社,1993年版,第1395页。

②[明]胡应麟:《诗薮·续编》卷二,上海古籍出版社,1979年版,第356页。

③[明]杨慎:《自知堂集叙》,[明]蔡汝楠:《自知堂集》卷首,《四库全书存目丛书》集部,第97册,齐鲁书社,1997年版,第444页。

朝,既而学刘长卿。最后又曰:'似陶、韦,方得诗人本色。'
又学为陶、韦。于是君之诗,又骎骎乎迫近陶、韦矣。[1]

　　茅坤更简明地勾勒出蔡汝楠诗学宗尚的转变历程:"初释
褐时,竟为声诗,然镵刻藻丽。过南省,则洗去铅华,合响郎、刘
诸大家矣。归德以后,稍稍进经术,然所至犹不能不以才指相
高。"[2] 这主要是调整诗法策略以纠文弊所致。

　　皇甫涍、皇甫汸兄弟"始而宗师少陵,惩拆洗之弊,则思追
魏晋,既而含咀六朝,苦雕绘之穷,则又旁搜李唐",主要也是为
"当弘、正之后,畅迪功之风流,矫北地之结习"。[3] 其前的陈束,
早已如此。皇甫汸称之:

　　　　早铸四杰,晚熔二张,道趁于平原,晞驾于康乐。丽于
　　游燕,充于入洛,隽永于浮湘,备于吴、越、瓯、闽间,展可传
　　以不朽,异乎湮没无称者矣。[4]

　　是谓陈氏由初唐而六朝,既"倡为初唐",又能"取组六

①[明]蔡汝楠:《自知堂集》卷首,《四库全书存目丛书》集部,第 97 册,
　齐鲁书社,1997 年版,第 448 页。
②[明]茅坤著,张梦新、张大芝点校:《茅坤集·茅鹿门先生文集》卷二八
　《通议大夫南京工部侍郎白石蔡公行状》,浙江古籍出版社,2012 年版,第
　770 页。
③[清]钱谦益:《列朝诗集小传》丁集上《皇甫金事汸》,上海古籍出版社,
　2008 年版,第 414 页。
④[明]皇甫汸:《皇甫司勋集》卷三六《陈约之集序》,《景印文渊阁四库全
　书》第 1275 册,台湾商务印书馆,1986 年版,第 741 页。

朝"。^① 如此看来，皇甫汸兄弟的做法，应有受陈束影响的痕迹。这些都显示出诗法策略的历时性与动态性。

当然，诗学策略在不同人身上，或者在同一人的不同时段，可能会有所倚重。杨慎、薛蕙论诗多并举六朝、初唐，但前者多以六朝为主，后者多称初唐。高叔嗣虽"涉周、秦之委源，酌二京之精秘，会晋余润"，但最终趋于"契唐本宗"，^② 整体上是诗学中唐，何良俊称其"是学中唐者"。再者，奉行六朝、初唐策略者在诗体、风格选择上，也有所侧重。诗体选择上，于六朝诗则倾向于五言古体诗，于初唐则多热衷五言近体诗。风格旨趣上，六朝诗多绮靡，初唐诗于绮靡之外，尚多一份清刚之气。具体宗法对象上，也多有选择性，于六朝多师法陶渊明、鲍照、谢灵运等，初唐多取则"四杰"、沈宋、陈子昂等。

师法策略的融会性、历时性、侧重性等特征，往往导致师法者不拘囿尽以时代、格调论诗。杨慎云：

> 晚唐惟韩、柳为大家。韩、柳之外，元、白皆自成家。余如李贺、孟郊祖《骚》宗谢；李义山、杜牧之学杜甫；温庭筠、权德舆学六朝；马戴、李益不坠盛唐风格，不可以晚唐目之。数君子真豪杰之士哉！^③

① ［清］朱彝尊选编：《明诗综》卷四一引《诗话》，中华书局，2007 年版，第 1996 页。

② ［明］高叔嗣：《苏门集》卷首，《景印文渊阁四库全书》第 1273 册，台湾商务印书馆，1986 年版，第 563 页。

③ ［明］杨慎：《升庵诗话》卷一一，丁福保辑：《历代诗话续编》中，中华书局，2006 年版，第 851 页。

　　杨慎视韩愈、柳宗元、元稹、白居易、李贺、孟郊、李商隐、杜牧、温庭筠等为晚唐诗人,与后世的四唐分法,显然有出入。韩、柳、元、白,后人一般视之为中唐诗人。不过,杨慎并不拘囿于以时代格调论诗。"马戴、李益不坠盛唐风格,不可以晚唐目之",指出马、李虽处晚唐,诗却有盛唐余韵。其后的王世贞,将这种现象概括为:"衰中有盛,盛中有衰,各含机藏隙。盛者得衰而变之,功在创始;衰者自盛而沿之,弊繇趋下。""胜国之败材,乃兴邦之隆干;熙朝之佚事,即衰世之危端。此虽人力,自是天地间阴阳剥复之妙。"① 徐师曾所见略同:"盛唐诗亦有一二滥觞晚唐者,晚唐诗亦有一二可入盛唐者,要当论其大概耳。"② 王世懋则进一步以"逗变"名之,从理论的高度予以阐释:

　　　　唐律由初而盛,由盛而中,由中而晚,时代声调,故自必不可同。然亦有初而逗盛,盛而逗中,中而逗晚者。何则?逗者,变之渐也,非逗,故无由变。如诗之有变风、变雅,便是《离骚》远祖,子美七言律之有拗体,其犹变风、变雅乎? 唐律之由盛而中,极是盛衰之介。然王维、钱起,实相倡酬,子美全集,半是大历以后,其间逗漏,实有可言,聊指一二。如右丞"明到衡山"篇,嘉州"函谷"、"磻溪"句,隐隐钱、刘、卢、李间矣。至于大历十才子,其间岂无盛唐之句? 盖声气犹未相隔也。学者固当严于格调,然必谓盛唐人无一语落

---

① [明]王世贞:《艺苑卮言》卷四,丁福保辑:《历代诗话续编》中,中华书局,2006年版,第1008页。

② [明]徐师曾:《文体明辩》卷一四,《四库全书存目丛书》集部,第311册,齐鲁书社,1997年版,第46页。

中,中唐人无一语入盛,则亦固哉其言诗矣。①

　　实际上,王世贞、王世懋等之论,皆寓含未可尽以时代、格调论诗之意,对当时专以格调论诗者,颇具警示意义。清人冒春荣为“四唐”断限后,进而明确指出:“然诗格虽随气运变迁,其间转移之处,亦非可以年岁限定。况有一人而经历数朝,今虽分别年岁,究不能分一人之诗,以隶于每年之下。”② 诚有见地。因文学自身发展的惯性,以及行为个体的差异性、特殊性,无论多么缜密的文学分期,皆存缺憾。

　　不同的文学策略,看似有霄壤之别,实则也有共通性。从某种意义说,六朝、初唐、中唐、晚唐策略,有不同而同的一面,如有追求冲淡、古澹风格的一面。王士禛论明诗曾开列出“古澹一派”:“明诗本有古澹一派,如徐昌国、高苏门、杨梦山、华鸿山辈。自王、李专言格调,清音中绝。”③ 沈德潜亦云:“五言非用修所长,过于秾丽,转落凡近也。同时有薛君采蕙,稍后有高子业叔嗣,并以冲淡为宗,五言古风,独饶高韵。后华子潜察希韦、柳之风,四皇甫冲、孝(涋)、汸、濂仰三谢之体,虽未穿溟涬,而氛垢已离,正、嘉之际,称尔雅云。”④ 这也是中、晚明诗歌的一种倾向,是士人在喧嚣、焦灼世界中,心灵港湾的一股清流。

_____

① [明]王世懋:《艺圃撷余》,[清]何文焕辑:《历代诗话》下,中华书局,
　2004 年版,第 776—777 页。
② [清]冒春荣:《葚原诗说》卷三,郭绍虞编选,富寿荪校点:《清诗话续
　编》第 3 册,上海古籍出版社,2016 年版,第 1527 页。
③ [清]王士禛著,张宗柟纂集,戴鸿森校点:《带经堂诗话》卷一,人民文
　学出版社,1963 年版,第 48 页。
④ [清]沈德潜:《说诗晬语》卷下,丁福保辑:《清诗话》,上海古籍出版社,
　1999 年版,第 548 页。

其三,文学策略效果的不可控性。任何文学策略都不是万能的,其实施效果事与愿违,也是常有之事。尤其在明代复古文化大背景下,在文学拟古的总体框架内,无论学六朝、初唐、中唐,还是晚唐,弊病常会随之而至,稍有不慎,就可能抵销其正面效应。陈沂曾有言:

> 国初诗,沿于元之旧习,永乐以后平淡近俚,成化间始变,至弘治间稍盛,正德间数家有可传者。后多宗初唐,用富丽,堆积如饾饤、百家衣,毕竟到头无经纬也。①

在陈沂看来,宗初唐者,不过以华丽的辞藻,堆砌杂凑为诗,如同百家衣,毫无"经纬"性可言,这是宗法初唐的失败之处,主要由于才力不逮、学唐不善所致。陈束《苏门集序》即云:

> 夫意制各殊,好赏互异,亦其势也。然而作非神解,传同耳食,得失之致,亦略可言,何则? 子美有振古之才,故杂陈汉、晋之词,而出入正变。初唐袭隋、梁之后,是以风神初振,而缛靡未刊。今无其才,而习其变,则其声粗厉而畔规;不得其神,而举其词,则其声啴缓而无当。彼我异观,岂不更相笑也。②

诗学初唐本无可非议,可非的是不善学,轻信他人话语,无

---

① [明]陈沂:《拘虚诗谈》,《北京图书馆古籍珍本丛刊》第 102 册,书目文献出版社,1998 年版,第 852 页。
② [明]高叔嗣:《苏门集》卷首,《景印文渊阁四库全书》第 1273 册,台湾商务印书馆,1986 年版,第 563 页。

甚主见，又无才而习变，遗神而举词，最终沦为取貌遗神，"粗
厉畔规"，"啴缓无当"。胡应麟则以为，此为师法对象选择不善
所致：

> 初唐词藻丰饶，而气象宏远。中唐格调流宛，而意趣悠
> 长。嘉靖之为初唐者，丰饶差类，宏远未闻；为中唐者，流
> 宛颇亲，宏远殊乏。藉使学之酷肖，未过沈、宋、钱、刘，能
> 与开元、天宝竞乎！故取法不可不上也。①

胡应麟论诗主张"格以代降"，以盛唐为宗，诗法开元、天宝
方为正道，于初、中、晚唐诗，自然视若草芥。

其实，无论持何种师法策略，只要是立足于拟摹，就不可能
为明诗发展寻找到摆脱困境的路径。这也是嘉靖初年文坛诸调
并陈，看似热闹却又快速走向消沉的重要缘由。纵然如此，嘉靖
初年文坛上的诗法六朝、初唐，以及文宗唐宋策略，还是对前七
子郎署所把控的文学权力造成很大冲撞，使其向多元化分散，并
逐渐弱化，这也客观上为文学权力集中流向后七子郎署官，提供
了理论上的可能与创作上的准备。

---

① [明]胡应麟：《诗薮·续编》卷二，上海古籍出版社，1979年版，第351页。

第四章　上不在台阁，下不在山林：文学权力复归郎署

嘉靖后期，以李攀龙、王世贞为核心的一批郎署官，为反拨当时文坛诸调并陈导致的文弊，尤其是唐宋派的言理不言情，把握住文风转捩的契机，在结盟意识的支配下，缔结联盟、组社立派，极力重申前七子郎署文学策略；加之当时政治生态环境恶化等因素影响，一度分散的文学权力又开始复归于郎署。

第一节　后七子自觉的结盟意识

以李攀龙、王世贞为代表的后七子郎署官，较其先辈，越发注重群体效益的发挥，以作为争夺文学话语权的有效文化资本。李、王二人皆有自觉、强烈的文学结盟意识，且具有极强的排他性。

一、李攀龙的结盟意识

一种新文风的兴起或文学策略的倡导与实施，往往孕育于当时文病的激发。嘉靖前期，为纠补前七子的豪硬文风，杨慎、薛蕙、陈束、皇甫氏等以学六朝、初唐、中唐诗风为策略，王慎中、唐顺之等以习唐宋古文为策略，皆流弊丛生。在这种背景

下，李攀龙、王世贞等一批郎署官，重揭前七子郎署文学旗帜，同样有纠偏目的。李攀龙《送王元美序》有言：

> 以余观于文章，国朝作者，无虑十数家称于世。即北地李献吉辈，其人也，视古修辞，宁失诸理。今之文章，如晋江、毗陵二三君子，岂不亦家传户诵？而持论太过，动伤气格，惮于修辞，理胜相掩，彼岂以左丘明所载为皆侏离之语，而司马迁叙事不近人情乎？①

王、唐为代表的唐宋派"惮于修辞，理胜相掩"，言理而不言情，又持论太过，影响恶劣。于是李攀龙搬出"视古修辞，宁失诸理"的前七子，与之抗衡。王世懋声援道：

> 于鳞辈当嘉靖时，海内稍驰骛于晋江、毗陵之文，而诗或为台阁也者，学或为理窟也者。于鳞始以其学力振之，诸君子坚意唱和，迈往横厉。②

王世懋以为，李攀龙等人面对的除唐宋派，还有日趋衰微的台阁体。此外，也有反六朝诗风的一面。刘凤称："有吴自迪功始为六代，江夏复恢之，则其靡于今者是矣。济南作，则视献吉

---

① ［明］李攀龙著，包敬第标校：《沧溟先生集》卷一六，上海古籍出版社，2014年版，第491页。
② ［明］王世懋：《王奉常集·文部》卷五《贺天目徐大夫子与转左方伯序》，《四库全书存目丛书》集部，第133册，齐鲁书社，1997年版，第267页。

又变而之古,一时诸君相与应之,自谓左氏、太史复出矣。"① 王
世贞也呼应道：

> 当德、靖间,承北地、信阳之创,而秉觚者于近体畴不
> 开元与少陵之是趣,而其最后,稍稍厌于剽拟之习,靡而初
> 唐,又靡而梁、陈月露,其拙者又跳(逃)而理性。于鳞起济
> 南,一振之,即不佞亦获与盟焉。②

在王世贞看来,就诗歌而言,李攀龙除对抗"惮于修辞"的
唐宋派,还要直面绮丽靡弱的六朝、初唐诗风,以及前七子末流
"剽拟之习"。与乃弟有所不同,他理所当然地以为,自己可与李
氏并为一代诗风的振起者。他还批评王、唐等"挥霍有余,裁割
不足",③ 并从文学发展史角度,明确了一己使命：

> 国初诸公,承元习一变也,其才雄,其学博,其失冗而
> 易。东里再变之,稍有则矣,旨则浅,质则薄。献吉三变之,
> 复古矣,其流弊蹈而使人厌。勉之诸公四变而六朝,其情
> 辞丽矣,其失靡而浮。晋江诸公又变之为欧、曾,近实矣,
> 其失衍而卑。故国初之业,潜溪为冠,乌伤称辅。台阁之
> 体,东里辟源,长沙导流。先秦之则,北地反正,历下造玄。

---

① [明]刘凤:《刘子威集》卷一〇《送魏季朗序》,《四库全书存目丛书》集
部,第120册,齐鲁书社,1997年版,第31页。
② [明]王世贞:《弇州山人续稿》卷四一《徙倚轩稿序》,《明别集丛刊》第
3辑,第36册,黄山书社,2016年版,第566页。
③ [明]王世贞:《弇州山人四部稿》卷一二五《与陆浚明先生书》,《明别集
丛刊》第3辑,第35册,黄山书社,2016年版,第99页。

理学之逃,新建造基,晋江、毗陵藻棁。六朝之华,昌毂示委,勉之泛澜,如是而已。①

　　在此,王世贞梳理了明代文学发展的五次标志性变化,他认为每"变",皆有其缺憾。他反对江南靡丽六朝文风,王慎中、唐顺之繁杂、卑俗的学宋文风,以及前七子及其末流的机械模拟流弊,表现出变革文风的自觉使命意识。

　　以上各家之论,意在凸显李攀龙、王世贞振衰起弊之功。一代文风的变革,首倡者之功固然重要,他人推助也不可缺席。在彰显李攀龙首功的同时,论者也未忘却"诸子"之群力。"诸子"多是以结盟方式参与的,王世贞就曾自豪地表示,"不佞亦获与盟焉",流露出明确的结盟意识。这种意识使李、王等郎署官能够聚结在一起,组成一个核心文学流派与诸多外围文学社团,从而掌控了当时主流文学话语权。

　　所谓结盟意识,主要是行为主体对结盟的体认,包括对结盟目的、结盟方式、结盟策略等方面的认可度,以及对盟主、盟员的认同感(包括自我认同与成员间的相互认同)、盟员归属感等心理过程的总和。文学结盟,可在盟主号令下,有组织、有策略地整合群体力量,强力推行某一文学主张或策略,易于制造文学景观、形成文学震撼效应,赢得文学话语权。

　　李攀龙、王世贞在其作品中,多次以"吾党"相标榜。这里所谓的"党",主要是指文学主张相同或相近者,或者是指其出于个人利害等因素的考量,而缔结成的文学社团或流派。其结

①[明]王世贞:《弇州山人四部稿》卷一二七《答王贡士文禄》,《明别集丛刊》第3辑,第35册,黄山书社,2016年版,第126—127页。

盟意识郁烈，可初步见之。

在检讨当时文弊之际，李攀龙就萌生出很强的结盟意识。初识王世贞时，李攀龙就与之相约："仆愿居前先揭旗鼓，必得所欲，与左氏、司马千载而比肩。生岂有意哉？"[1]这种结盟意识的核心，实际上是一种由结盟而主盟文坛的盟主意识。《与王元美》即有曰："惟是不佞敢谓与足下狎主齐盟哉！"[2]李氏意谓，文坛的萧条为主盟文坛提供了机遇，自己可通过结盟成为文坛盟主。结盟意识之强烈，无须多言。在《戏为绝谢茂秦书》中，他还毫不谦让地宣称："我与元美狎主二三兄弟之盟久矣。"[3]至于其"四海而一人焉，是比肩而至也，何有于我也"[4]之语，看似谦逊，实则骨子里泛涌着浓烈的盟主意识。欲结盟并成为一代盟主，满满的自信与超前意识，自然是不能缺少的。"少年多时时言余"、"故五百年一名世出"、"故能为献吉辈者，乃能不为

①［明］李攀龙著，包敬第标校：《沧溟先生集》卷一六《送王元美序》，上海古籍出版社，2014年版，第492页。王世贞《王氏金虎集序》，对此也有记载："是时，有濮阳李先芳者，雅善余，然又善济南李攀龙也，因见攀龙于余。余二人者，相得甚欢，间来约曰：'夫文章者，天地之精而不朽之盛举也……生亦有意乎哉？'"（王世贞：《弇州山人四部稿》卷七一，《明别集丛刊》第3辑，第34册，黄山书社，2016年版，第176页）

②［明］李攀龙著，包敬第标校：《沧溟先生集》卷三○，上海古籍出版社，2014年版，第828页。"狎主齐盟"一语，源于《左传》。《左传·昭公元年》："自无令王，诸侯逐进，狎主齐盟，其又可壹乎？"又，《左传·襄公二十七年》："且晋、楚狎主诸侯之盟也久矣！"（左丘明传，杜预注，孔颖达正义：《春秋左传正义》卷四一、卷三八，北京大学出版社，2000年版，第1318、1219页）

③［明］李攀龙著，包敬第标校：《沧溟先生集》卷二五，上海古籍出版社，2014年版，第684页。

④［明］李攀龙著，包敬第标校：《沧溟先生集》卷一六《送宗子相序》，上海古籍出版社，2014年版，第501页。

献吉辈者乎"①的言语,自信中外透出几分超前意识。他又"尝慨然称少陵氏没千余年,李、何廓而未化,天乎! 属何人哉",②显然意"属"于己。极端的自信,容易滑向狂妄。《寄元美》即有曰:

> 寥落文章事,相逢白首新。微吾竟长夜,念尔和《阳春》。把酒千门雪,论交四海人。即今燕市里,击筑好谁亲? ③

"微吾竟长夜",狂妄至极,无复以加,难怪朱彝尊视之"妄人"。④李攀龙也意识到自己的狂妄自信,《与许殿卿》称:"夫好比文角艺者出于妒,妒出于不自信。龙也其妄自信,奚啻先告子不动心?"⑤ 或许,他以为,这正是作为一代盟主的必备条件。

由结盟而主盟文坛,首先需要物色一批忠实的羽翼,追随自己左右。李攀龙深知此举难度之大,尤其是在短时间内,欲使他人舍其所学从己,可谓是"日莫途远"。况且,那些已经有所成就者,又"奚肯苦其心志于不可必致者"。⑥

---

① [明]李攀龙著,包敬第标校:《沧溟先生集》卷一六《送王元美序》,上海古籍出版社,2014年版,第492页。

② [明]王世贞:《明诗评》一,周维德集校:《全明诗话》第3册,齐鲁书社,2005年版,第2002页。

③ [明]李攀龙著,包敬第标校:《沧溟先生集》卷六,上海古籍出版社,2014年版,第191页。

④ [清]朱彝尊著,姚祖恩编,黄君坦校点:《静志居诗话》卷一三,人民文学出版社,1990年版,第381页。

⑤ [明]李攀龙著,包敬第标校:《沧溟先生集》卷二九,上海古籍出版社,2014年版,第800页。

⑥ [明]李攀龙著,包敬第标校:《沧溟先生集》卷一六《送王元美序》,上海古籍出版社,2014年版,第492页。

尽管如此，李攀龙还是潜心笼络一己之钟意者，以及有意向其靠拢的名流。嘉靖二十六年（1547）授刑部广东司主事后，他利用"曹务闲寂，遂大肆力于文词"，并广"交一时胜流"，[①]有意识地物色人选，以助自己将来主盟诗社。王世贞、徐中行等人很快入其法眼。王世贞慕名来访时，于稠人广坐之中，李"心知"其已心向于己。与之定交后，他更是庆幸"今乃得一当生"，[②]并相约"狎主齐盟"。徐中行"以进士初官刑曹，即有能诗声"，[③]也为李攀龙青睐。李攀龙曾不无得意地炫耀道："吴越一撮土，乃有两生奉一不佞。"[④]两生，即王世贞、徐中行。在李攀龙的奋勉下，王世贞、徐中行、梁有誉、宗臣、吴国伦等，先后与之"缔交"，被纳入麾下。

物色羽翼的过程，实质上就是李攀龙博得入盟者认同，并奉其为盟主的过程。较早入盟的王世贞，对其推崇备至，并深受其影响。他声称："世贞二十余，遂谬为五七言声律。从西曹见于鳞，大悔，悉烧弃之。"[⑤]悉焚旧稿，意味着对自己先前诗歌创作的自我否定，也是对李攀龙无比认同的体现。王世贞自称"诗

① ［明］殷士儋：《金舆山房稿》卷一〇《嘉议大夫河南按察使李公墓志铭》，《四库全书存目丛书》集部，第 115 册，齐鲁书社，1997 年版，第 783 页。

② ［明］李攀龙著，包敬第标校：《沧溟先生集》卷一六《送王元美序》，上海古籍出版社，2014 年版，第 492 页。

③ ［明］俞允文：《仲蔚先生集》卷一〇《青萝馆诗序》，《续修四库全书》第 1354 册，上海古籍出版社，2002 年版，第 498 页。

④ ［明］李攀龙著，包敬第标校：《沧溟先生集》卷三〇《与徐子与》，上海古籍出版社，2014 年版，第 821 页。

⑤ ［明］王世贞：《弇州山人四部稿》卷一二三《上御史大夫南充王公》，《明别集丛刊》第 3 辑，第 35 册，黄山书社，2016 年版，第 84 页。

知大历以前,文知西京而上",①是与李"始定交"后的事。初入文坛时,他只服膺李攀龙一人:"记初操觚时,所推先唯一于鳞。"②他最伏膺的是李攀龙的诗歌:"仆生平所伏膺,文则伯玉,诗则于鳞。"③他以为,李"之于诗,志在超乘,其游吾侪间,矫矫牛耳矣"。④他还诚服李"能称说古昔",故"以牛耳归之"。⑤

所以如此,除了服膺,还有发自内心的感激。王世贞曾言于吴国伦:"于鳞再发关中书,大赏仆诗,以为秦汉来二三千年,仅见此物耳。知言哉!"⑥李攀龙的高度评价,王世贞以为是"知言"。李攀龙虽生性孤高,盟主意识极强,但这不妨碍他有意识地成全王世贞,他曾视之为"吾党后贤",⑦并大力提携之。对此,王世贞心存感激:

> 平生知我者三,始则于鳞……相知贵相知心,故知已视感恩贤矣。余何能修古,夫夫挨之相之,趋则让趋,步则让

①［明］王世贞:《艺苑卮言》卷七,丁福保辑:《历代诗话续编》中,中华书局,2006年版,第1068页。

②［明］王世贞:《弇州山人续稿》卷五三《吴瑞毅文集序》,《明别集丛刊》第3辑,第37册,黄山书社,2016年版,第74页。

③［明］王世贞:《弇州山人续稿》卷一八二《潘景升》,《明别集丛刊》第3辑,第39册,黄山书社,2016年版,第208页。

④［明］王世贞:《弇州山人续稿》卷四〇《海岳灵秀集序》,《明别集丛刊》第3辑,第36册,黄山书社,2016年版,第554页。

⑤［明］王世贞:《弇州山人读书后》卷四《书李于鳞集后》,《明别集丛刊》第3辑,第39册,黄山书社,2016年版,第556页。

⑥［明］王世贞:《弇州山人四部稿》卷一二一《吴明卿》,《明别集丛刊》第3辑,第35册,黄山书社,2016年版,第57页。

⑦［明］李攀龙著,包敬第标校:《沧溟先生集》卷三〇《与徐子与》,上海古籍出版社,2014年版,第813页。

步，左提右挈，相与狎主齐盟，则于鳞之为也。①

　　王氏视李攀龙为平生知己，认为正是因其提携与奖掖，自己才能在"修古"路上有所收获，才能有幸与之"相与狎主齐盟"。因由衷感激，而视李攀龙为盟主，自在情理之中。又，王世贞《李于鳞先生传》：

　　　　其（于鳞）同舍郎徐中行、梁有誉、不佞世贞及吴舍人国伦、宗考功臣，相与切劘千古之事，于鳞咸弟蓄之；为社会时，有所赋咏，人人意自得，最后于鳞出片语，则人人自失也。②

　　"于鳞咸弟蓄之"，在凸显李攀龙视众人若手足的同时，众人与李之地位悬殊，亦昭然显露。"于鳞出片语，则人人自失"，更是明白地道出，包括王世贞在内的加盟者，皆愿甘拜下风。在与宗臣书信中，也透露出这方面一些信息："向者吾与足下僇力矫志，寔左右济南，以启不朽。"③ 这表明，李攀龙已成为加盟者公认的不二盟主。
　　那么，王世贞的论断，是否出于其为李攀龙极力推毂，而心生感激的虚美言辞呢？从当时其他入盟者的反应与所引发的共鸣观之，答案应是否定的。王世懋《徐方伯子与传》载，李、王

---

① ［明］汪道昆著，胡益民、余国庆点校：《太函集》卷八三《祭王长公文》，黄山书社，2004 年版，第 1707—1708 页。
② ［明］李攀龙著，包敬第标校：《沧溟先生集》附录二，上海古籍出版社，2014 年版，第 849—850 页。
③ ［明］王世贞：《弇州山人四部稿》卷一一九《宗子相》，《明别集丛刊》第 3 辑，第 35 册，黄山书社，2016 年版，第 42 页。

"方力为古诗文自振"时,徐中行至,"则大悦其说",遂与之"缔交"。① 王世贞序徐中行《青萝馆诗集》称:

> 记不佞初识子与时,子与业已壮,有游大人名,而一旦见于鳞而悦之,尽弃其学而学焉。即有构,而亡近于建安、三谢、开元、大历弗出也,出而亡当于于鳞之首肯弗存也。②

与王世贞一样,结识李攀龙后,徐中行也尽弃其学而从之。其诗文之留存,以是否为李攀龙"首肯"为准绳。又,隆庆四年(1570)冬,汪道昆作《青萝馆诗集序》称:"子与严事于鳞、元美,直将尸而祝之。"③ 尸祝,祭祀时主读祝文者,此处借指盟主。汪道昆为徐中行所撰墓志铭云:"于鳞以修古先鸣,盖与元美为桴鼓……子与相得甚欢,恨相知晚也。"④ "桴鼓",鼓槌与鼓。语本《韩非子·功名》:"至治之国,君若桴,臣若鼓。"⑤ 以"桴鼓"喻王世贞与李攀龙同气相应,而徐中行也自愿追随其左右,奉李为盟主。其实,徐中行于此早就坦言:"众星何历历,周环随北

---

① [明]王世懋:《王奉常集·文部》卷一四,《四库全书存目丛书》集部,第 133 册,齐鲁书社,1997 年版,第 359 页。

② [明]徐中行著,王群栗点校:《徐中行集·青萝馆诗》卷首,浙江古籍出版社,2012 年版,第 384 页。

③ [明]徐中行著,王群栗点校:《徐中行集·青萝馆诗》卷首,浙江古籍出版社,2012 年版,第 382 页。

④ [明]汪道昆著,胡益民、余国庆点校:《太函集》卷五一《明故通奉大夫江西左布政使徐公墓志铭》,黄山书社,2004 年版,第 1071 页。

⑤ [战国]韩非著,陈奇猷校注:《韩非子新校注》卷八,上海古籍出版社,2000 年版,第 552 页。

辰。遂令同心者,周旋若一身。"① 以众星拱北辰,比喻诸子与李攀龙的关系,盟员与盟主身份及关系之定位,清晰可见。徐中行还声称,是他与王世贞等人将李攀龙推上盟主之位的:

> 比讲业阙下,王元美与余辈推之坛坫之上,听其执言惟谨,文自西京以下,诗自天宝以下不齿,同盟视若金匮罔渝。②

徐中行所言,陈有守可为之证。隆庆四年(1570)秋,陈有守为徐中行作《青萝馆诗集序》时称:

> 弘、德时,李献吉、何仲默相叹,大雅久已不作,伊余其力追挽之。天挺李于鳞、王元美,嘉靖中倡廓古风,持鞭弭雄视中原。徐子与前茅后劲,于鳞则谓吴越一蕞土,乃有二生,与吾三分鼎立,比肩千载,岂非一盛事耶? ③

同盟"听其执言惟谨",视李攀龙的文学主张"若金匮罔渝",表明李攀龙业已成为"同盟"中公认的盟主,并非徐氏一家之言。万历十二年(1584),张佳胤作《天目集序》:"自嘉靖文事兴,于鳞称盟主。"④汪道昆《李于鳞》:"足下主盟当代,仆犹

---

① [明]徐中行:《五子诗·李郎中攀龙》,[明]宗臣:《宗子相集》附录,伟文图书出版社有限公司,1976年版,第496页。

② [明]徐中行著,王群栗点校:《徐中行集·天目先生集》卷一三《重刻李沧溟先生集序》,浙江古籍出版社,2012年版,第246页。

③ [明]徐中行:《青萝馆诗》卷首,《四库全书存目丛书》集部,第122册,齐鲁书社,1997年版,第1—2页。

④ [明]徐中行著,王群栗点校:《徐中行集》卷首,浙江古籍出版社,2012年版,第5页。

外裔。"① 钱谦益也称李攀龙,"自秦中挂冠,构白雪楼于鲍山、华不注之间,杜门高枕,闻望茂著,自时厥后,操海内文章之柄垂二十年",这与王世贞等"名家胜流,羽翼而鼓吹之"② 分不开。对于诸子的推助,李攀龙也不讳言,他曾向徐中行表白道:"吴越一撮土,乃有两生奉一不佞,并立中原,比肩千载,图盛事者邪?"③ 正是由于王世贞、徐中行等人的通力协作,李攀龙才能登坛入站,狎主齐盟,图成盛事。

强烈的盟主意识,使李攀龙在与诸子的日常交往中,动辄以盟主自居,"有合己者,引对累日不倦;即不合,辄戒门绝造请,数四终不幸一见之"。④ 对年长于自己的谢榛,他也是不留情面,《戏为绝谢茂秦书》讨伐道:"我与元美狎主二三兄弟之盟久矣。尔犹是蠹鞭鞭弭在左右,与吴生、徐生周旋中原,不能一矢相加遗,我是以大不列尔于二三兄弟。"⑤ 与王世贞平素偶有间隙,也多缘于此。(详下文)

二、王世贞等人的结盟意识

王世贞在结盟之初,也同样拥有较强的自觉盟主意识,只是

① [明]汪道昆著,胡益民、余国庆点校:《太函集》卷九七,黄山书社,2004年版,第1980页。
② [明]钱谦益:《列朝诗集小传》丁集上《李按察攀龙》,上海古籍出版社,2008年版,第428页。
③ [明]李攀龙著,包敬第标校:《沧溟先生集》卷三〇《与徐子与》,上海古籍出版社,2014年版,第821页。
④ [明]殷士儋:《金舆山房稿》卷一〇《嘉议大夫河南按察使李公墓志铭》,《四库全书存目丛书》集部,第115册,齐鲁书社,1997年版,第783页。
⑤ [明]李攀龙著,包敬第标校:《沧溟先生集》卷二五,上海古籍出版社,2014年版,第684页。

碍于李攀龙的巨大影响，尽量有所压抑而已。王世贞曾因李攀龙赏其诗"为秦汉来二三千年，仅见此物耳"，而沾沾自喜，以为是"知言"。在为徐中行所作墓志铭中，他标榜道：

> 公既以文辞有声实，而尚书为顾公应祥，其外舅行也，甚赏异之，间谓曰："郎所业足自名，必欲舍而趣古者，则毋若他曹郎李攀龙。"又谓不佞："世贞虽少，亦其次也。"公自是交欢吾两人。①

被徐中行外舅顾应祥视为居李攀龙后的二号盟主，王世贞甚为自鸣得意，显然是欲借他人言论，抬升自家身份。在《王氏金虎集序》中，他更是自诩道：

> 徐中行、梁有誉来，已宗臣来，已吴国伦来，其人咸慷慨自信于海内，亡所许可，独称吾二人者千古耳。②

在日常的为文与言语中，王世贞动辄与李攀龙并称，不时以"吾二人"、"吾两人"、"相与狎主齐盟"相标榜。《李于鳞》又称："子相信于鳞与仆，殆如韦驮天王护法，到处皆是。"③ 其盟主意

①［明］王世贞：《明中奉大夫江西布政使司左布政使天目徐公墓碑》，［明］徐中行著，王群栗点校：《徐中行集·天目先生集》附录，浙江古籍出版社，2012年版，第360页。

②［明］王世贞：《弇州山人四部稿》卷七一，《明别集丛刊》第3辑，第34册，黄山书社，2016年版，第176页。

③［明］王世贞：《弇州山人四部稿》卷一一七，《明别集丛刊》第3辑，第35册，黄山书社，2016年版，第17页。

识之浓烈,表露无隐。为徐中行撰写祭文时,也不忘捎带宣传一下自己:"子所矜式,唯于鳞朝,而元美夕。"①王世贞甚至自比宋玉、李白等名家:

　　于鳞之于仆也,即古所著屈、宋、苏、李、扬、马、甫、白之俦,或才力小让,或时代鲜接,或肝胆尚乖,或酬和未广。仆固不可就攀于鳞,然恐一时之盛,径绝今古,众口谣诼,便成丘山。要在身后,亦复何害。②

　　以屈、宋、苏、李、杜、李等,比拟李攀龙与己之关系,虽自谦以"不可就攀于鳞",称其与李攀龙并称为"众口谣诼",但又认为"要在身后,亦复何害",即依傍李攀龙,可并列名世。嘉靖三十五年(1556),出使察狱之际,他向李攀龙传达出"中外耳浮议藉藉,以足下与仆渠魁焉"③的讯息,意在要引起警惕,但自谓二号盟主之意,已隐然于其中。从中还可看出,李攀龙在世时,就有人相提并论李、王,后者就已被视为二号盟主。

　　事实的确如此。徐中行《五君纪容跋》称:"往吾党为词盟燕市时,梁公实、宗子相已踔厉起,而谢山人亦以布衣引重。至振兴封殖,则吾于鳞、元美力也。"④喻均《余德甫先生集序》则

①[明]王世贞:《弇州山人续稿》卷一五二《祭子与文》,《明别集丛刊》第3辑,第38册,黄山书社,2016年版,第508页。
②[明]王世贞:《弇州山人四部稿》卷一一七《李于鳞》,《明别集丛刊》第3辑,第35册,黄山书社,2016年版,第21页。
③[明]王世贞:《弇州山人四部稿》卷一一七《李于鳞》,《明别集丛刊》第3辑,第35册,黄山书社,2016年版,第20页。
④[明]徐中行著,王群栗点校:《徐中行集·天目先生集》卷一九,浙江古籍出版社,2012年版,第334页。

明言："嘉、隆间，济南李于鳞、吴郡王元美，并以简朗高名，为盛明艺苑赤帜。"① 万历十二年（1584），许国撰《吴明卿集序》意指愈明："于鳞独建旗鼓，元美副之。"② 钱谦益之论亦相似之："元美弱冠登朝，与济南李于鳞，修复西京、大历以上之诗文，以号令一世。"③ 这也是为后人认可的，乾隆二十五年（1760），陈科捷为黄克晦作《增刻吾野黄先生诗序》时，尚称："时历下、琅琊共主坛坫，目无一世。"④ 晚清姚莹也曾有诗道："四部雄奇出凤洲，沧溟身后若为俦。"⑤

潜意识之中，王世贞的盟主意识，几乎无处不在，其素日与李攀龙偶有不快，盖多因此。王世贞《书与于鳞论诗事》载，嘉靖三十八年（1559）正月某日，王世贞客于李攀龙家，李"因酒踞"，谓王世贞曰："夫天地偶，而物无孤美者，人亦然，孔氏之世乃不有左丘乎？"王世贞"瞠目直视之，不答"。李攀龙立刻意识到，自己出言不妥，遽言道："吾失言。吾失言。向者言老聃耳。"⑥ 此事又见于《艺苑卮言》，但言语稍异："于鳞一日酒间，顾余而笑曰：'世固无无偶者，有仲尼，则必有左丘明。'余不答，

---

① ［明］余曰德：《余德甫先生集》卷首，《四库全书存目丛书》集部，第122册，齐鲁书社，1997年版，第62页。

② ［明］吴国伦：《甔甀洞稿》卷首，伟文图书出版社有限公司，1976年版，第2页。

③ ［清］钱谦益：《列朝诗集小传》丁集上《王尚书世贞》，上海古籍出版社，2008年版，第436页。

④ ［明］黄克晦：《黄吾野先生诗集》卷首，《四库全书存目丛书》集部，第189册，齐鲁书社，1997年版，第611—612页。

⑤ ［清］姚莹：《后湘诗集》卷九《论诗绝句六十首》，《续修四库全书》第1513册，上海古籍出版社，2002年版，第37页。

⑥ ［明］王世贞：《弇州山人四部稿》卷七七，《明别集丛刊》第3辑，第34册，黄山书社，2016年版，第245页。

第目摄之,遽曰:'吾误矣。有仲尼,则必有老聃耳。'其自任诞如此。"① 表面上看是凸显李攀龙之"任诞",实则抗议李以孔子自居,而把自己比作为孔子《春秋》作传的左丘明。"向者言老聃耳",是王世贞默许的,其有与李攀龙并驾齐驱之意,不自"是日"起,由其"相与狎主齐盟"的言论,亦可感知。从中也可见李攀龙的强烈盟主意识。

李攀龙去世以后,王世贞于此仍耿耿于怀,《祭李于鳞文》:"惟昔济上,坐而丙夜。执手浩叹,谁为来者?尼聃睽则,轲周分驾。邈尔汉季,有两司马。"② 当时意欲与李攀龙连镳并轸之意,已昭显无遗。王世贞甚至还有"既生瑜,何生亮"之念想,多次借醉酒吐露真言:"元美倚醉数言:'宇宙内不宜有于鳞。'此其意岂嫌于并立者。"③ 本就有较强盟主意识的王世贞,在隆庆四年(1570)李攀龙去世后,当仁不让地成为一号盟主。《别汪仲淹序》有曰:

> 仲淹念以李于鳞没,独吾与伯玉不废操觚业,而两家兄弟为之左提右挈,以狎主齐盟。夫亦安能以不视我伯也!④

仲淹,汪道昆弟汪道贯之字。此番话语虽借口于汪氏,却为

---

① [明]王世贞:《艺苑卮言》卷七,丁福保辑:《历代诗话续编》中,中华书局,2006年版,第1064页。
② [明]李攀龙著,包敬第标校:《沧溟先生集》附录二,上海古籍出版社,2014年版,第853页。
③ [明]吴国伦:《甔甀洞稿》卷四九《报李于鳞书》,伟文图书出版社有限公司,1976年版,第2259页。
④ [明]王世贞:《弇州山人四部稿》卷五六,《明别集丛刊》第3辑,第34册,黄山书社,2016年版,第22页。

王世贞欲言。李攀龙谢世后，汪道昆成为王世贞的得力盟友与推手。王曾言于汪氏：

> 余何能当作者，或任耳而曹视之，夫夫为我张皇，推毂无两，遂令辁橐之士，左次而避中原，则伯玉之为也。①

出言虽略带谦卑，但以盟主自居的霸气，全然难掩。此时，王世贞的盟主地位，一样也为时人肯许。蒋希任曾谓李维桢曰："今天下文章家，能以只字华衮人，能生死而肉骨者，无如王司寇、汪司马。"② 陈继儒《文娱叙》："往弇州公代兴，雷轰霆鞫。后生辈重趼而从者，几类西昆之宗李义山，江右之宗黄鲁直。"③ 二家皆道出了王世贞在当时的巨大影响力。李维桢《黄友上诗跋》则概括道："今言诗莫盛于吴，吴得一弇州先生名世，天下翕然宗之。"④ 时至清代，论者也多如此，钱谦益有曰：

> 于鳞既殁，元美著作日益繁富，而其地望之高、游道之广，声力气义，足以翕张贤豪、吹嘘才俊。于是天下咸望走其门，若玉帛职贡之会，莫敢后至。操文章之柄，登坛设坫，近古

---

① [明]汪道昆著，胡益民、余国庆点校：《太函集》卷八三《祭王长公文》，黄山书社，2004年版，第1708页。

② [明]李维桢：《大泌山房集》卷一〇六《蒋次公墓表》，《四库全书存目丛书》集部，第153册，齐鲁书社，1997年版，第154页。

③ [明]郑元勋选，阿英校点：《媚幽阁文娱》卷首，《中国文学珍本丛书》第1辑，上海杂志公司，1936年版，第1页。

④ [明]李维桢：《大泌山房集》卷一三一，《四库全书存目丛书》集部，第153册，齐鲁书社，1997年版，第681页。

未有。①

　　钱氏又曰:"当是时,王弇州踵二李之后,主盟文坛,声华烜赫,奔走四海。"②《明史·王世贞传》亦曰:"世贞始与李攀龙狎主文盟,攀龙殁,独操柄二十年。才最高,地望最显,声华意气笼盖海内。一时士大夫及山人、词客、衲子、羽流,莫不奔走门下。片言褒赏,声价骤起。"③当然,也有论者以为,同为盟主,王世贞的地位应在李攀龙之上:"后七子以攀龙为冠,王世贞应和之。后攀龙先逝,而世贞名位日昌,声气日广,著述日富,坛坫遂跻攀龙上。"④

　　吴国伦、徐中行、汪道昆也都有较强的盟主意识。徐中行自称,他与王世贞将李攀龙推上盟主大位,就流露出一定程度的盟主意识。万历五年(1577),吴守淮作《黄白游纪叙》称道:"迨今历下、娄东、武昌、天目及我汪司马,建旗鼓足于嘉、隆,大明朗照,爝火失光,汲引后进,奚啻指南,俨若载青天而揭白日。"⑤武昌,即吴国伦;天目,指徐中行。吴氏在此即将吴国伦、徐中行、汪道昆与李攀龙、王世贞,一同视为盟主。的确,此三人皆有

---

①［清］钱谦益:《列朝诗集小传》丁集上《王尚书世贞》,上海古籍出版社,2008年版,第436页。

②［清］钱谦益:《列朝诗集小传》丁集中《震川先生归有光》,上海古籍出版社,2008年版,第559页。

③［清］张廷玉等:《明史》卷二八七《文苑三》,中华书局,1974年版,第7381页。

④［清］永瑢等:《四库全书总目》卷一七二《沧溟集》,中华书局,1965年版,第1507页。

⑤［明］梅鼎祚:《鹿裘石室集》卷首,《续修四库全书》第1378册,上海古籍出版社,2002年版,第391页。

较强烈的盟主意识。尤其是吴国伦，为此还与王世贞发生过不愉快。王曾经很器重他，曾向他表示："仆已誓佛前，于献岁断笔研。犹恨足下居僻，不获以牛耳相赠，俾跨有大江以南，操管之士沾沾景从。然舍足下与伯玉，何适？"① 从中看出，吴国伦在当时的影响，非同一般。事实也的确如此："海内荐绅、布衣、学士羔雁玄纁，不东走弇州，则西走甔甀矣"、②"海内噉名之士，不东走弇山，则西走下雉"、③"归田后声名籍甚，求名之士，不东走太仓，则西走兴国"。④ 尤其是在王世贞殁后，吴国伦与汪道昆等"狎主齐盟"，"海内不敢违言"，刘凤、冯元成、屠隆之辈，"相与附和之"。⑤

　　在李攀龙、王世贞等人的共同奋勉下，诸子先以"五子"命名，结盟于文坛，一时名动京城主流文学圈。欧大任《祭李于鳞文》称："李君挺起，独亢文宗。原本词骚，扬扢风雅。登坛齐盟，西揖作者。天目维徐，吴郡维王。广陵之宗，南海之梁。五子一时，天衢騕褭。"⑥ 隆庆五年（1571），徐中行在滇闻李攀龙讣讯

① ［明］王世贞：《弇州山人续稿》卷一九二《吴明卿》，《明别集丛刊》第3辑，第39册，黄山书社，2016年版，第316页。
② ［明］李维桢：《大泌山房集》卷九二《河南左参政吴公舒恭人墓志铭》，《四库全书存目丛书》集部，第152册，齐鲁书社，1997年版，第631页。
③ ［清］钱谦益：《列朝诗集小传》丁集上《吴参政国伦》，上海古籍出版社，2008年版，第433页。
④ ［清］张廷玉等：《明史》卷二八七《文苑三》，中华书局，1974年版，第7379页。
⑤ ［清］朱彝尊著，姚祖恩编，黄君坦校点：《静志居诗话》卷一三，人民文学出版社，1990年版，第390页。
⑥ ［明］欧大任：《欧虞部集·文集》卷一六，《四库禁毁书丛刊》集部，第47册，北京出版社，2000年版，第217页。

时,为讣诗道:"先朝艺苑定宗盟,五子风流满汉京。"① 万历七年
(1579),汪道昆为徐中行撰墓志铭称:"昔在嘉靖,作者中兴。于
时济南李于鳞、吴会王元美、吴兴徐子与、广陵宗子相、南海梁公
实,同盟称伯,是为五子云。"② 其盟又以"七子"③ 称之,是为后七
子。"同盟称伯"、"艺苑定宗盟",透出诸子与王世贞一样,皆以
加入斯盟为荣。他们还信誓旦旦,欲"共励斯盟"。宗臣《报张
范中》道:

　　　仆于今世最称鄙,顾乃妄心词艺,以托于君子之林,若
　临清谢山人榛、济南李郎中攀龙、湖州徐比部中行、南海梁
　比部有誉、吴人王比部世贞、楚人吴舍人国伦数子者,皆海

---

① [明]徐中行著,王群栗点校:《徐中行集·天目先生集》卷八《滇南闻于
　鳞讣哭之四首》,浙江古籍出版社,2012年版,第163页。
② [明]汪道昆著,胡益民、余国庆点校:《太函集》卷五一《明故通奉大夫
　江西左布政使徐公墓志铭》,黄山书社,2004年版,第1070页。
③ 当时,以"七子"命名李、王诗社的记载颇多。如喻均《余德甫先生集
　序》:"嘉、隆间,济南李于鳞、吴郡王元美,并以简册高名,为盛明艺苑
　赤帜,南昌余德甫先生起家比部,与二公为同舍郎,雅相慕重,夏书之
　暇,恒相引刻励,切劘为诗歌。于时武昌吴国伦、长兴徐中行、广陵宗臣、
　南海梁有誉公,一时名流,结社倡和,品题所加,或号称五子、七子。"(余
　曰德:《余德甫先生集》卷首,《四库全书存目丛书》集部,第122册,齐
　鲁书社,1997年版,第62—63页)王世贞《明故中宪大夫福建按察副使
　午渠余公墓志铭》:"于鳞慎许可,其置公于七子中。"(王世贞:《弇州山
　人续稿》卷一一二,《明别集丛刊》第3辑,第38册,黄山书社,2016年
　版,第75页)郭子章《甔甀洞续稿序》:"当其时,海内以诗鸣者,历下则
　李于鳞,太仓则王元美,维扬则宗子相,吴兴则徐子与,南海则梁公实,
　布衣则谢茂秦,先生并友之,名七子。"(吴国伦:《甔甀洞续稿》卷首,
　《续修四库全书》第1350册,上海古籍出版社,2002年版,第631页)

内一时之极隽也，仆亦得以奉陪末论，共励斯盟。[1]

可见，后七子郎署官多具有自觉、强烈的结盟意识。这也是他们愿意奉李攀龙、王世贞为盟主的重要原因与表征。

三、结盟意识的排他性

结盟多具有不同程度的排他性，在讲究门户分别的中晚明，更是如此。作为盟主，为"共励斯盟"，李攀龙非常注重保持流派的独立性，注意与其他社团或流派划清界限。王世贞刚加盟时，李攀龙就告诫他要与吴中派保持适当的距离。王世贞记曰：

> 于鳞顾折节与余好，居恒相勉，戒吾子自爱，吴人屈指高誉，达书不及子，子故非其中人也。予愧而谢之。[2]

李攀龙寄厚望于王世贞，而王又来自吴中，这不能不令他生起疑心。他担心王世贞难脱吴中风气影响，与吴人走得太近，易产生负面效应。同时，也是在婉转地提醒王世贞，入盟之后，要脱却吴地文风。为维系盟主权威性、文社纯洁性，以及文学主张、创作风格整齐划一性，李攀龙还要求加盟者不得他涉，更不允许有"境外交"。王世懋《徐方伯子与传》称：

---

① [明]宗臣：《宗子相先生集》卷一九，《明别集丛刊》第3辑，第28册，黄山书社，2016年版，第201页。
② [明]王世贞：《明诗评》一，周维德集校：《全明诗话》第3册，齐鲁书社，2005年版，第2002页。

庚戌，成进士，为比部郎。时郎李于鳞与余兄元美，方
力为古诗文自振，子与至则大悦其说，而岭南梁公实、广陵
宗子相、武昌吴明卿，皆先后缔交，欢益甚。诸君子既刻厉
相责课，务在绝他游好，一意行其说。即流辈有时名者，视
之蔑如也。子与居其间，最为乐易矣，然业已好之，不愿为
两端自解。以是其文益奇进，而侧目者日益众。①

可知，嘉靖二十九年（1550）后，李攀龙对加盟者的要求，即
已相当苛薄。与前七子郎署官曾依附茶陵派，以及其内部尚存
李、何之争不同，李攀龙要求加盟者既要"刻厉相责课"，又务必
须"绝他游好，一意行其说"。否则，就可能会引发不愉快。吴
国伦的排名曾一度在徐中行后，即缘于此。王世懋曾告之曰：
"以足下有境外交，遂使子与得跻而上。"②吴国伦复书详述事情
原委，并予以申辩：

若曰仆有境外交，而于鳞心薄之，则于鳞大谬矣也。向
见于鳞书语及谢方伯事，仆不识谢方伯为何人。已，追思仆
理归德时，射洪谢中丞适抚山东，与归德守陈君同年，书与
守云：欲传当代诸公诗。所得李、王、宗、徐者多，独明卿不
数首，幸为多索见寄。其寓书于仆，亦复云。然仆始录近体
诗一卷，可三十余首，附书太守，报之……会于鳞见谢中丞，

①［明］王世懋：《王奉常集·文部》卷一四，《四库全书存目丛书》集部，
　　第133册，齐鲁书社，1997年版，第359页。
②［明］王世懋：《王奉常集·文部》卷三二《与吴明卿》，《四库全书存目丛
　　书》集部，第133册，齐鲁书社，1997年版，第527页。

谈及仆诗，且知有书，遂疑仆使使中丞，而不及己，以为有外交。且误中丞为方伯，此于鳞大谬，非仆敢以人而罔鬼也。向尝语足下燕邸中，而足下不能听主，先入而薄我，我何愧焉。若谓急外交，而以诗求传于人，今令亲杨使君为具楮墨戒工役者三年，且乞叙于元美，许之意非不耽耽也。仆犹自爱，未敢轻出一牍，又何谓耶？仆于海内二三兄弟，庶几处情多厚于文，虽足下有不尽知者，乃处势苦不及人，而迹近薄，仆且奈何？至于谈艺各随其才，定论当在身后，幸解疑。①

对李攀龙既不加深究，又不听解释，就认定自己有"境外交"，吴国伦很有怨言，感觉李攀龙文多厚于情。吴氏被认定有"境外交"，尚不止此次。吴氏读《艺苑卮言》，曾发出"厚与吴中诸词家，而独遗一峻伯，故得微讽"②之感叹，激怒了李、王，谓其"阿党峻伯"。李攀龙《与徐子与》有曰："元美亦云：'邵武近稿辄不振，至乃阿党峻伯，以畔正始，岂其才之罪乎？'"③吴国伦曾官邵武知府，故以"邵武"称之。吴为此反击道："乃于鳞谓之党峻伯，君子亦党乎？"④峻伯，吴维岳，起初与李、王同社，后改向唐宋派，李、王大为不悦，以此结怨，且难以释怀，尽管吴主动

---

①［明］吴国伦：《甀甀洞稿》卷五二《复王敬美书》，伟文图书出版社有限公司，1976 年版，第 2424—2426 页。

②［明］吴国伦：《甀甀洞稿》卷五一《报元美书》，伟文图书出版社有限公司，1976 年版，第 2352 页。

③［明］李攀龙著，包敬第标校：《沧溟先生集》卷三〇《与徐子与》，上海古籍出版社，2014 年版，第 820—821 页。

④［明］吴国伦：《甀甀洞稿》卷五一《报元美书》，伟文图书出版社有限公司，1976 年版，第 2352 页。

祈求和解。嘉靖三十七年（1558），吴维岳调任山东提学副使，李攀龙正辞官居家济南，吴主动造访，他却称病不见。王世贞《吴峻伯先生集序》载：

> 于鳞亦自关中弃官，归为其乡人，而峻伯数使候于鳞，辄谢病不复见。余得交关其间，以谓于鳞，于鳞曰："夫是膏肓者，有一毗陵在，而我之奈何？为我谢吴君，何渠能舍所学而从我？"峻伯不尽然，曰："必是古而非今，谁肯为今者，且我曹何赖焉？我且衷之。"故峻伯卒而新都汪伯玉著《状》云："济南以追古称作者，先生即逡逡师古，然犹以师心为能。其持论宗毗陵，其独造盖有足多者。所谓毗陵，则武进唐应德也。"①

因吴维岳转向学唐宋派，"持论宗毗陵"，且无"悔改"意，李攀龙便对这位后七子先驱、昔日同僚，怨言满腹，称病推托不见。文学主张的分量，全然超乎友情，确如吴国伦所言。李、王等人摈弃谢榛，出语恶毒，辱称其"眇君子"，②也是因此。这表明，李攀龙、王世贞自谓他们已拥有了足够的有价值的资本，可与当时文坛的各股势力抗衡争心。诚然，其文学主张与创作实践已博得时人的眼球，"侧目者日益众"，影响力日增。他们彼此唱和为

---

① ［明］王世贞：《弇州山人续稿》卷五一，《明别集丛刊》第3辑，第37册，黄山书社，2016年版，第46页。
② 谢榛"眇一目"，李攀龙、王世贞辱称之为"眇君子"。李攀龙《戏为绝谢茂秦书》《与吴明卿书》《答元美》，王世贞《李于鳞》《宗子相》等篇章中，数次称谢榛为"眇君子"。后者更出语恶毒，有失大家风范，《李于鳞》之六："六十老翁，何不速死，辱我五子哉。"同题之七："眇君子死未耶？"（王世贞：《弇州山人四部稿》卷一一七，《明别集丛刊》第3辑，第35册，黄山书社，2016年版，第18、19页）

乐，以至"都人无不标目七子"。①

　　其实，对同盟者要求之苛酷，在后七子派形成前，就已在李攀龙心中生成，其与李先芳之摩擦，即源于此。与吴维岳一同为"七子先驱"②的李先芳，其论诗古诗断自汉、魏以上为上乘，近体以李、杜以上为大家，这是与李、王合辙处。他选录宋元诗，与王、李抹杀宋、元诸家诗的主张迥异，激起李攀龙的怨恨，并多次向人泄愤。《与王元美》："先是，得寄许殿卿者盈牍……李伯承走示新刻十本，寻为读之，推意就辞，未合而战，遂劣长驱，沾沾自爱也。"③《与徐子与》："向约李伯承暮春者，我二人于日观之上赋相遇也。其人嫋嫋自爱，终恐三舍引避，安能顾草庐？"④李攀龙认定，李先芳背弃盟约，还"沾沾自爱"，"嫋嫋自爱"，断然难忍。其与徐中行的另一通书札，越发出言不逊："日茂秦寄诗见怀，及伯承所贻新刻，并多出入，畔我族类。"⑤本为同社诗友，因选诗主张、文学观念有出入，就出语不近人情。

　　相对来说，盟主意识强烈的王世贞，更善于团结文坛同道，扩大郎署文学的影响力。他除参与李攀龙共同建构后七子核心文社外，还单独组建了"广五子"、"后五子"、"末五子"，乃至

---

①［明］欧大任：《欧虞部集·文集》卷一五《梁比部传》，《四库禁毁书丛刊》集部，第47册，北京出版社，2000年版，第209页。

②上海文献丛书编委会编：《皇明诗选》卷八，华东师范大学出版社，1991年版，第546页。

③［明］李攀龙著，包敬第标校：《沧溟先生集》卷三〇《与王元美》，上海古籍出版社，2014年版，第827页。

④［明］李攀龙著，包敬第标校：《沧溟先生集》卷三〇《与徐子与》，上海古籍出版社，2014年版，第815页。

⑤［明］李攀龙著，包敬第标校：《沧溟先生集》卷三〇《与徐子与》，上海古籍出版社，2014年版，第814页。

"四十子"等名目繁杂的外围社团。

第二节　多重文学社团的组建与命名

在结盟意识的驱使下,李攀龙、王世贞以盟主自居,在诸子的协助下,组建起以二人为核心的文社,以及诸多的外围社团,以为之羽翼,这是他们争夺文学权力的重要文化资源。前面说过,在文学场域中,行动者可以通过命名方式,宣传自家文学主张,宣称自己具有独一无二的合法性,以博得社会认同与合法性。李、王等郎署官组建的名目繁多的文社,采用的就是典型的命名方式。嘉靖后期至万历年间,前七子郎署官流失的文学权力复归后七子郎署官,即颇有赖于此。

一、后七子核心文社的建构与命名

所谓后七子,也有狭义与广义之分,这里以前者为主立论,且适当兼顾后者。狭义的后七子,主要指李攀龙、王世贞等七名核心成员。不过,在当时后七子不如前七子那般确指,而且还处于不断变更之中。王世贞《艺苑卮言》称:

> 十八举乡试,乃间于篇什中得一二语合者。又四年成进士,隶事大理,山东李伯承烨烨有俊声,雅善余持论,颇相下上。明年为刑部郎,同舍郎吴峻伯、王新甫、袁履善进余于社。吴时称前辈,名文章家,然每余一篇出,未尝不击节称善也。亡何,各用使事,及迁去,而伯承者前已通余于于鳞,又时时为余言于鳞也,久之,始定交。自是诗知大历以前,文知西京而上矣。已于鳞所善者布衣谢茂秦来,已同舍郎徐

子与、梁公实来，吏部郎宗子相来，休沐则相与扬搉，冀于探作者之微，盖彬彬称同调云。而茂秦、公实复又解去，于鳞乃倡为五子诗，用以纪一时交游之谊耳。又明年而余使事竣还北，于鳞守顺德，出茂秦登吴明卿，又明年同舍郎余德甫来，又明年户部郎张肖甫来，吟咏时流布人间，或称"七子"或"八子"，吾曹实未尝相标榜也。①

　　这段话较为详尽地叙述了李攀龙、王世贞等郎署官结社立派的历程。嘉靖二十二年（1543），王世贞十八岁，"举乡试"。②"又四年"，是为嘉靖二十六年（1547），王世贞进士登第，次年任刑部员外郎，③吴维岳、王宗沐（新甫）、袁福徵（履善）纳其入社。不久，吴、王、袁等人各自迁去。④嘉靖二十九年

①［明］王世贞：《艺苑卮言》卷七，丁福保辑：《历代诗话续编》中，中华书局，2006年版，第1068页。

②王世贞《祭学士华先生文》："岁癸在卯，公以文衡众。凡百三十有五，其最少者为贞。"（王世贞：《弇州山人四部稿》卷一〇四，《明别集丛刊》第3辑，第34册，黄山书社，2016年版，第542页）癸卯，嘉靖二十二年（1543）。华学士，即华察，是年其主应天乡试。

③王世贞：《弇州山人四部稿》卷一三《嘉靖丁未夏四月，余以进士隶大理，得左寺，凡九人，朝夕甚乐也。又明年六月，则八人者以次授去，独予在。晨候大吏升揖，散步空馆，顾影凄然，为赋一章》，《明别集丛刊》第3辑，第33册，黄山书社，2016年版，第253—254页。

④嘉靖二十七年（1548），李先芳出为新喻令（于慎行：《穀城山馆文集》卷二一《明故奉直大夫尚宝司少卿北山先生李公墓志铭》，《四库全书存目丛书》集部，第147册，齐鲁书社，1997年版，第609页）。二十九年（1550）二月，王宗沐提调广西学校（《明世宗实录》卷三五七，"中央研究院"历史语言研究所，1965年版，第6411页）。是年十二月，召令吴维岳、袁福徵，分别"恤刑"江西、广西（《明世宗实录》卷三六八，"中央研究院"历史语言研究所，1965年版，第6588—6589页）。

（1550），徐中行、吴国伦、宗臣、梁有誉，进士登第。① 之后，徐、梁、宗，先后加入诗社。此前，谢榛已与李攀龙、王世贞一起谈文讲艺，并于嘉靖三十一年（1552）春，正式入社，② "是岁，公实以病告归，茂秦亦出都"，李攀龙"乃倡为《五子诗》。③ "又明年而余使事竣还北，于鳞守顺德"，时为嘉靖三十二年（1553），④ 此年，谢榛被排出五子之列，以吴国伦代之。三十三年（1554），余曰德（德甫）入社。三十四年（1555），张佳胤（肖甫）入社。于是又有七子、八子之说。

　　无论五子、六子、七子，还是八子，抑或各类外围文社，皆为有效的命名方式。从李攀龙、王世贞组建的名目繁杂的文社观

---

① ［清］张廷玉等：《明史》卷二八七《文苑三》，中华书局，1974 年版，第 7378 页。

② ［明］谢榛著，宛平校点：《四溟诗话》卷四，人民文学出版社，1961 年版，第 100 页。

③ 田汉云点校：《弇州山人年谱》，［清］钱大昕著，陈文和主编：《嘉定钱大昕全集》（增订本）第 4 册，凤凰出版社，2016 年版，第 628 页。王世贞有《谢生歌，七夕送脱屣老人谢榛》，李攀龙有《七夕集元美宅送茂秦》，故谢榛出都，当在嘉靖三十一年（1552）七夕后。徐朔方《王世贞年谱》，亦考定在此年（徐朔方：《晚明曲家年谱》第 1 卷，浙江古籍出版社，1993 年版，第 539 页）。

④ 李攀龙《亡妻徐恭人状》："癸丑，出为顺德府知府。"（李攀龙著，包敬第标校：《沧溟先生集》卷二三，上海古籍出版社，2014 年版，第 648 页）癸丑，嘉靖三十二年（1553）。李攀龙"出为顺德知府"，与王世贞"使事竣还北"，事在同一年。王世贞《俞仲蔚先生集序》："余以嘉靖癸丑，有潍扬谳，而投俞先生诗，与定交。"（王世贞：《弇州山人续稿》卷四四，《明别集丛刊》第 3 辑，第 36 册，黄山书社，2016 年版，第 599 页）钱大昕《弇州山人年谱》考定，王世贞此年秋暮抵达都城（田汉云点校：《弇州山人年谱》，钱大昕著，陈文和主编：《嘉定钱大昕全集》（增订本）第 4 册，凤凰出版社，2016 年版，第 628 页）。可进一步证实。故此处的"又明年"，为嘉靖三十二年（1553）无疑。

之，"吾曹实未尝相标榜"的辩白，不仅显得有些苍白无力，而且还有欲盖弥彰嫌疑。

先说五子、六子。嘉靖三十一年（1552），李攀龙首倡五子诗，诸子互有和诗。考谢榛、李攀龙、王世贞、徐祯卿、宗臣、梁有誉诸家别集，仅宗、梁二人集中的《五子诗》，谢榛之名在列。宗臣《五子诗》所涉之五子为：谢榛、李攀龙、徐中行、梁有誉、王世贞。[1] 梁有誉《五子诗》之五子，指谢榛、李攀龙、徐中行、宗臣、王世贞。[2] 李攀龙、王世贞、徐中行三人有《五子诗》，附在《宗子相集》附录中。[3] 而且，"诸人作五子诗，咸首茂秦，而于鳞次之"，[4] 这是最初的五子，即李攀龙、王世贞组建的第一拨五子。李攀龙《沧溟先生集》中，《五子诗》所吟咏对象顺次为王世贞、吴国伦、宗臣、徐中行、梁有誉，[5] 谢榛已降至于《二子诗》，且名列卢柟之后。[6] 王世贞《弇州山人四部稿》中《五子篇》的五子，分指李攀龙、徐中行、梁有誉、吴国伦、宗臣。[7] 吴国伦《甀

---

[1]［明］宗臣：《宗子相集》卷四，伟文图书出版社有限公司，1976 年版，第130—134 页。

[2]［明］梁有誉：《兰汀存稿》卷一，伟文图书出版社有限公司，1976 年版，第 49—54 页。

[3]［明］宗臣：《宗子相集》附录，伟文图书出版社有限公司，1976 年版，第491—507 页。

[4]［清］钱谦益：《列朝诗集小传》丁集上《谢山人榛》，上海古籍出版社，2008 年版，第 423 页。

[5]［明］李攀龙著，包敬第标校：《沧溟先生集》卷四，上海古籍出版社，2014 年版，第108—110 页。

[6]［明］李攀龙著，包敬第标校：《沧溟先生集》卷四，上海古籍出版社，2014 年版，第 111 页。

[7]［明］王世贞：《弇州山人四部稿》卷一四，《明别集丛刊》第 3 辑，第 33 册，黄山书社，2016 年版，第 264—265 页。

甄洞稿》中,五子为李攀龙、王世贞、宗臣、徐中行、梁有誉。^① 这是嘉靖三十二年(1553)"出茂秦登吴明卿",改定后的五子名单,即组建的第二拨五子。盖因宗、梁二人离世较早,未来得及修改其《五子诗》,故谢榛尚列其中。

无论是嘉靖三十一年(1552)首倡的《五子诗》,还是次年改定后的《五子诗》,虽名五子,所咏实则六人。钱谦益《列朝诗集小传·宗副使臣》称:

> 于时称五子者:东郡谢榛、济南李攀龙、吴郡王世贞、长兴徐中行、广陵宗臣、南海梁有誉,名五子,实六子也。^②

钱大昕《嘉靖七子考》亦称:"王、李之定交,实由伯承介绍焉。厥后伯承、峻伯诸人稍散去,而茂秦、子与、公实、子相先后入社,于鳞乃作《五子篇》,彼此互有倡和,名虽五子,实则六人。"^③ 何则六人?因各人所咏五子,不含本人。王世懋《跋五子书》即云:"嘉靖间,海内争传诵五子诗,然实六子也。人各为《五子诗》,正得六耳。"^④ 六子之称谓,由谢榛较早提出:

> 嘉靖壬子春,予游都下,比部李于鳞、王元美、徐子与、

① [明]吴国伦:《甔甀洞稿》卷五《五子诗和于鳞、元美作》,《四库全书存目丛书》集部,第122册,齐鲁书社,1997年版,第556—557页。

② [清]钱谦益:《列朝诗集小传》丁集上,上海古籍出版社,2008年版,第431页。

③ [清]钱大昕撰,吴友仁标校:《潜研堂集·潜研堂文集》卷一六,上海古籍出版社,1989年版,第266页。

④ [明]王世懋:《王奉常集·文部》卷五〇,《四库全书存目丛书》集部,第133册,齐鲁书社,1997年版,第713页。

梁公实、考功宗子相诸君延入诗社。一日，署中命李画士绘
《六子图》，列座于竹林之间，颜貌风神，皆得虎头之妙。①

嘉靖壬子，即嘉靖三十一年（1552）。谢榛所谓的六子，为
最初的五子加上自己，此时吴国伦尚未入社。王世懋所谓六子，
《贺天目徐大夫子与转左方伯序》有曰：

> 世庙时，比部郎李于鳞与其侪梁公实、宗子相，今左伯徐公
> 子与，余兄元美五人者，友也。而吴明卿稍后入，是为六子。②

此处的六子，指嘉靖三十二年（1553）李、王改定后的第二
拨五子六人。万历十四年（1586），王世贞作《重纪五子篇》，③
重申道：

> 余昔为《五子篇》，则济南李攀龙、吴兴徐中行、南海梁
> 有誉、武昌吴国伦、广陵宗臣其人也。④

最初的《五子诗》，皆未提到吴国伦，盖因其入社较晚。王

---

①［明］谢榛著，宛平校点：《四溟诗话》卷四，人民文学出版社，1961 年
　　版，第 100 页。

②［明］王世懋：《王奉常集·文部》卷五，《四库全书存目丛书》集部，第
　　133 册，齐鲁书社，1997 年版，第 266 页。

③［明］胡应麟：《少室山房类稿》卷一八，《丛书集成续编》第 146 册，新
　　文丰出版公司，1989 年版，第 214 页。

④［明］王世贞：《弇州山人续稿》卷三，《明别集丛刊》第 3 辑，第 36 册，
　　黄山书社，2016 年版，第 155 页。

世贞《吴明卿》曾有言：

> 舟所得十绝，歌之不觉泫然涕下也，悲风决决乎来哉……因念数子中于鳞最久，颎仰上下，旁及吾党。足下虽晚合，亡减肺肝……抵前途少息，欲作《广五子诗》，遂首足下矣。①

李攀龙、王世贞组社立派，其加盟者内部的排名，也是颇有讲究的。廖可斌认为："显然按年龄排列，大约诸子结社之初，大家还比较谦虚，还能'相序以齿'。"② 实则不尽然，钱谦益《列朝诗集小传·谢山人榛》称：

> 是时济南李于鳞、吴郡王元美，结社燕市，茂秦以布衣执牛耳，诸人作五子诗，咸首茂秦，而于鳞次之。③

之所以如此，因谢榛当时诗名已显著，诗歌理论已成熟，刚组建起来的文社，"称诗之指要"，急需仰仗他。④ 对此，明人

---

① [明] 王世贞：《弇州山人四部稿》卷一二一，《明别集丛刊》第 3 辑，第 35 册，黄山书社，2016 年版，第 56 页。按：王世贞此书牍，作于嘉靖三十一年（1552）秋，南使徐邳，运河南行途中（徐朔方：《王世贞年谱》，《晚明曲家年谱》第 1 卷，浙江古籍出版社，1993 年版，第 530 页）。
② 廖可斌：《明代文学复古运动研究》，商务印书馆，2008 年版，第 230 页。
③ [清] 钱谦益：《列朝诗集小传》丁集上，上海古籍出版社，2008 年版，第 423 页。
④ 钱谦益接着又道："当七子结社之始，尚论有唐诸家，茫无适从，茂秦曰：'选李、杜十四家之最者，熟读之以夺神气，歌咏之以求声调，玩味之以裒精华。得此三要，则造乎浑沦，不必塑谪仙而画少陵也。'诸人（转下页）

早已留意，许国《吴明卿集序》称："茂秦布衣之侠，为于鳞嚆矢。"[1] 其实，李攀龙曾经也不忌言："谢榛吾党彦……冠盖罗长衢，染翰日相索。遂令清庙音，乃在褐衣客。"[2] 王世贞也称谢氏"刻意吟咏，遂成一家"，"其排比声偶，为一时之最"，[3] "李生同志，实深琢磨。诗宗法少陵，穷体极变，原旨推用，五七言律，得其十九，近时之麟凤哉！布衣风格，从古未有，孟浩然亦当退舍"。[4] 另外，李攀龙、王世贞还常根据加盟者的表现，调整其次

（接上页）心师其言，厥后虽争摈茂秦，其称诗之指要，实自茂秦发之。"（钱谦益：《列朝诗集小传》丁集上，上海古籍出版社，2008 年版，第 424 页）以后论者之诠释，多不出钱氏此论。如《明史》几乎原封不动抄录这段话（张廷玉等：《明史》卷二八七《文苑三》，中华书局，1974 年版，第 7376 页）。朱彝尊《静志居诗话》："七子结社之初，李、王得名未盛，称诗选格，多取定于四溟……于时子与、公实、子相、元美撰五子诗，咸首四溟，而次以历下。"（朱彝尊著，姚祖恩编，黄君坦校点：《静志居诗话》卷一三，人民文学出版社，1990 年版，第 386 页）吴乔《围炉诗话》："于鳞成进士后，有意于诗，与其友请教于谢茂秦。茂秦在明人中铮铮，而未有见于唐人者也，教以取唐诗百十篇，日夜咏读，仿其声光以造句。于鳞从之，再起何、李之死灰，成七才子一路。"（吴乔：《围炉诗话》卷六，郭绍虞编选，富寿荪校点：《清诗话续编》第 2 册，上海古籍出版社，2016 年版，第 644 页）《四库全书总目·四溟集》："当结社之始，尚论有唐诸家，定称诗三要，皆自榛发。诸人实心师其言也。"（永瑢等：《四库全书总目》卷一七二，中华书局，1965 年版，第 1511 页）

[1] ［明］吴国伦：《甔甀洞稿》卷首，伟文图书出版社有限公司，1976 年版，第 1—2 页。

[2] ［明］李攀龙著，包敬第标校：《沧溟先生集》卷四《谢茂秦》，上海古籍出版社，2014 年版，第 111 页。

[3] ［明］王世贞：《艺苑卮言》卷七，丁福保辑：《历代诗话续编》中，中华书局，2006 年版，第 1062 页。

[4] ［明］王世贞：《明诗评》一，周维德集校：《全明诗话》第 3 册，齐鲁书社，2005 年版，第 2003 页。

序,以示奖罚。吴国伦就因"有境外交,遂使子与得跻而上"。

　　再说七子、八子。所谓八子,应是六子加上余曰德和张佳胤。六子之中,梁有誉最为寿促,年三十六。嘉靖三十三年(1554),梁有誉过世,李攀龙、王世贞吸收余曰德入社;次年,又吸纳张佳胤,于是又有七子之称,也就是我们通常所说的后七子。王世懋《贺天目徐大夫子与转左方伯序》有曰:

　　　　世庙时,比部郎李于鳞与其侪梁公实、宗子相,今左伯徐公子与,余兄元美五人者,友也。而吴明卿稍后入,是为六子。最后德甫、肖甫辈益进矣。而海内好事者家传"嘉靖间七子",岂非以建安之邺下、正始之竹林,好称举其数耶? ①

　　王世懋以为,"好事者"所谓"嘉靖间七子",或许是比附建安七子、竹林七贤,取其约数,为六子加上余曰德、张佳胤。隆庆末年,顾起纶也持类似观点:"嘉(靖)中,海内崛然奋有七俊,即梁、宗暨李、吴、徐三副宪,张中丞、王廉访七公也。"② "七俊",即李攀龙、王世贞、徐中行、宗臣、梁有誉、吴国伦、张佳胤,实际上就是所谓的七子。钱谦益的论调大体相类,《列朝诗集小传·宗副使臣》有曰:

　　　　于时称五子者:东郡谢榛、济南李攀龙、吴郡王世贞、长兴徐中行、广陵宗臣、南海梁有誉,名五子,实六子也。已

---

① [明]王世懋:《王奉常集·文部》卷五,《四库全书存目丛书》集部,第133册,齐鲁书社,1997年版,第266页。
② [明]顾起纶:《国雅品·士品四》,周维德辑校:《全明诗话》第2册,齐鲁书社,2005年版,第1495页。

而谢、李交恶，遂黜榛而进武昌吴国伦，又益以南昌余曰德、铜梁张佳胤，则所谓七子者也。①

依照钱氏的说法，所谓的后七子，是指李攀龙、王世贞、吴国伦、宗臣、徐中行、梁有誉、余曰德或张佳胤七人。实际上的情况应是，梁有誉过世后，李攀龙、王世贞又及时补入了余曰德、张佳胤，有人以之比附"邺中七子"，文社便有了七子之称谓。王世贞为他人所作墓志铭有言：

> 余德甫时已登第，为尚书比部郎，郎有李攀龙、徐中行、梁有誉、吴国伦、宗臣及余世贞者，与德甫相切劘为古文辞，有誉死而得张佳胤，名藉藉一时，或以比邺中七子。②

又，王氏为余曰德所做墓志铭亦有言："亡何，梁生死，谢生解，而公与司农郎蜀人张肖甫继入"、"于鳞慎许可，其置公于七子中"。③钱大昕也如是言之："盖自茂秦、公实二人，一摈一死，遂以德甫、肖甫补七子。"不过他以为此"举世无知之者"，④钱

---

① [清]钱谦益：《列朝诗集小传》丁集上，上海古籍出版社，2008年版，第431页。

② [明]王世贞：《弇州山人续稿》卷一一一《瑞昌王府三辅国将军龙沙公暨元配张夫人合葬志铭》，《明别集丛刊》第3辑，第38册，黄山书社，2016年版，第66页。

③ [明]王世贞：《弇州山人续稿》卷一一二《明故中宪大夫福建按察副使午渠余公墓志铭》，《明别集丛刊》第3辑，第38册，黄山书社，2016年版，第73—74、75页。

④ [清]钱大昕撰，吴友仁标校：《潜研堂集·潜研堂文集》卷一六《嘉靖七子考》，上海古籍出版社，1989年版，第267页。

氏未免失之考证，可能未寓目王世贞之论所致。

　　李攀龙、王世贞摈弃谢榛于五子、七子的做法，当时就有人不接受。如万历二年（1574）梁有贞为其兄梁有誉撰行状称："辛亥，授刑部山西司主事，徐子与亦为同舍郎，于时山东李于鳞、吴郡王元美、广陵宗子相、武昌吴明卿、山人谢茂秦，一时同社，意气文章，声走海宇，称为中原七子云。"① 同年，欧大任为梁有誉立传，称之："辄从谢山人榛、宗考功臣、吴舍人国伦、同舍郎李攀龙、王世贞、徐中行，唱和为乐，都人无不标目七子焉。"②

　　由以上可知，狭义的后七子，名单处于不断变动之中。无论如何，李攀龙、王世贞最终未纳谢榛于五子、七子或八子之列。这固然与后来双方文学见解差异有关，更关键的是因身份上的差别。李攀龙、王世贞诸子多出身于进士，而谢榛为一介布衣，且又"眇一目"，故难以长时间为王、李等人所接受。这一点，同为布衣的徐渭，心有戚戚焉。③ 一旦李攀龙、王世贞等人羽翼丰满，谢榛的出局是必然的。

　　二、后七子外围文社的组建与命名

　　无论五子、六子、七子，还是八子，作为后七子派的核心成

---

① ［明］梁有贞：《梁比部行状》，［明］梁有誉：《兰汀存稿》附录，伟文图书出版社有限公司，1976年版，第287—288页。

② ［明］欧大任：《梁比部传》，［明］梁有誉：《兰汀存稿》附录，伟文图书出版社有限公司，1976年版，第281页。

③ 徐渭为之愤愤不平："昨见峡中大可诧，古人绝交宁不罢。谢榛既与为友朋，何事诗中显相骂？乃知朱毂华裾子，鱼肉布衣无顾忌。即令此辈忤谢榛，谢榛敢骂此辈未？回思世事发指冠，令我不酒亦不寒。"（徐渭：《徐渭集·徐文长三集》卷五《廿八日雪》，中华书局，1983年版，第143—144页）

员，数量毕竟是屈指可数的。一个文学流派要想影响深广，尤其是其盟主，意欲掌控文坛话语权，就很有必要聚拢与其文学观相近，或者主动向其靠拢的尽可能多的文士。因此，后七子核心成员又在自己周边组建起一些文学社团。其中，成就卓著者，非王世贞莫属。他着手组建起了后五子、广五子、续五子、末五子、四十子等众多依附于后七子的亚文学社团，可视为广义的后七子派。

后五子，指余曰德、魏裳、汪道昆、张佳胤、张九一。[①] 万历十四年（1586），王世贞作《重纪五子篇》，[②] 诗序云："余昔为《五子篇》……已而其友稍益，则为《后五子篇》：豫章余曰德、歙汪道昆、蒲圻魏裳、铜梁张佳胤、汝宁张九一其人也。盖三十年而同夔圃之观，去已半矣。今其存者，位虽有显塞，而名业俱畅，志行无变。盖慔然欣然之感，一时集焉。故为五章，以追志之。"重纪者为汪道昆、吴国伦、余曰德、张佳胤、张九一。[③] 虽说为"追志"，也有扩大其派影响之意。广五子，指俞允文、卢柟、李先芳、吴维岳、欧大任。[④] 续五子，指王道行、石星、黎民表、朱多煃、赵用贤。[⑤] 末五子，包括赵用贤、李维桢、屠隆、魏允中、胡应

[①]［明］王世贞：《弇州山人四部稿》卷一四《后五子篇》，《明别集丛刊》第3辑，第33册，黄山书社，2016年版，第265页。

[②] 徐朔方：《王世贞年谱》，《晚明曲家年谱》第1卷，浙江古籍出版社，1993年版，第675页。

[③]［明］王世贞：《弇州山人续稿》卷三，《明别集丛刊》第3辑，第36册，黄山书社，2016年版，第155—156页。

[④]［明］王世贞：《弇州山人四部稿》卷一四《广五子篇》，《明别集丛刊》第3辑，第33册，黄山书社，2016年版，第265—266页。

[⑤]［明］王世贞：《弇州山人四部稿》卷一四《续五子篇》，《明别集丛刊》第3辑，第33册，黄山书社，2016年版，第266页。

麟,实为万历十一年(1583)^①王世贞为完成其"五子"系列之未竟心愿的标榜举措:

> 余老矣,蜗处一穴,不能复出,友天下士。而乃有五子者,俨然而以文事交于我,则余有深寄焉。自此余不复操觚管矣。夫汝师者,向固及之,然而未竟厥诣也,是以不访重出云。^②

四十子,指皇甫汸、莫如忠、许邦才、周天球、沈明臣、王祖嫡、刘凤、张凤翼、朱多煃、顾孟林、殷都、穆文熙、刘黄裳、张献翼、王穉登、王叔承、周弘禴、沈思孝、魏允贞、喻均、邹迪光、佘翔、张元凯、张鸣凤、邢侗、邹观光、曹昌先、徐益孙、瞿汝稷、顾绍芳、朱器封、黄廷绶、徐桂、王伯稠、王衡、汪道贯、华善继、张九二、梅鼎祚、吴稼竳。这是王世贞对未能归于"五子"系列的交好,所做的一个最终交代,入选标准相对宽松。正如其作于万历十一年(1583)的《四十咏》^③小序所说:

> 诸贤操觚而与余交,远者垂三纪,迩者将十年,不必一一同调,而臭味则略等矣。屈指得四十人,人各数语,以志区区,大约德均以年,才均以行,非有所轩轾也。^④

---

① 郑利华:《王世贞年谱》,复旦大学出版社,1993年版,第295页。
② [明]王世贞:《弇州山人续稿》卷三《末五子篇》,《明别集丛刊》第3辑,第36册,黄山书社,2016年版,第156页。
③ 徐朔方:《王世贞年谱》,《晚明曲家年谱》第1卷,浙江古籍出版社,1993年版,第659页。
④ [明]王世贞:《弇州山人续稿》卷三《四十咏》,《明别集丛刊》第3辑,第36册,黄山书社,2016年版,第157—161页。

王世贞引胡应麟为末五子，主要是"初喜其贡谀也，姑为奖借，以媒引海内之附己者"，[①] 也是其标榜后五子、广五子、续五子、末五子，乃至四十子的主要用意所在。

从五子、七子、后五子、广五子、续五子、末五子到四十子，王世贞几乎将当时文坛时贤名流全都纳入麾下，其声名也为之益大。《明史》本传称：

> 世贞始与李攀龙狎主文盟，攀龙殁，独操柄二十年。才最高，地望最显，声华意气笼盖海内。一时士大夫及山人、词客、衲子、羽流，莫不奔走门下。片言褒赏，声价骤起。[②]

另外，徐中行、吴国伦等，也有过标榜社团之举。徐中行有"四子"之说，是为张亮卿、林彦仲、游明仲、赵以忠。[③] 吴国伦有"十二子"之说，包括谢榛、黎民表、李先芳、余曰德、高岱、俞允文、魏裳、张佳胤、张鸣凤、张九一、朱多煃、王世懋。其《十二子诗》小序曰：

> 十二子者，皆予雅道交，倡和偶谐，如兰斯臭。乃者，予既见放，诸子亦多浮沉，同心离居，怆焉今昔，因各赋一首，

---

① ［清］钱谦益：《列朝诗集小传》丁集上《胡举人应麟》，上海古籍出版社，2008 年版，第 447 页。

② ［清］张廷玉等：《明史》卷二八七《文苑三》，中华书局，1974 年版，第 7381 页。

③ ［明］徐中行著，王群栗点校：《徐中行集·天目先生集》卷三，浙江古籍出版社，2012 年版，第 38 页。

用代晤言，非有所轩轾也。”①

所谓“雅道交”者十二人，即以吴国伦为中心的意气相投者。不过，在李攀龙、王世贞名人效应的光环笼罩下，这些社团显得黯然失色。

除后七子核心成员外，汪道昆组建文学社团，也乐此不疲。汪道昆，一名守昆，初字玉卿，改字伯玉，号高阳生。歙县（今安徽黄山）人，嘉靖四年（1525）出生于商贾之家，少好博古。嘉靖二十六年（1547），与张居正、王世贞同登进士第。万历三年（1575），因遭弹劾，归居故里近二十年。与王世贞并称“两司马”，钱谦益《列朝诗集小传·汪侍郎道昆》称：“元美、伯玉皆江陵同年进士，咸有文称寿……厥后名位相当，声名相轧，海内之山人词客，望走噉名者，不东之娄东，则西之谼中，又或以其官称之，曰两司马。”② 汪道昆非常热衷于组建文学社团，通过主持文人结社来广结盟友，其中以白榆社、南屏社最为著称。万历十一年（1583），汪道昆倡导组建白榆社。③ 周弘禴《白榆社草

①［明］吴国伦：《甔甀洞稿》卷五，伟文图书出版社有限公司，1976年版，第424—429页。

②［清］钱谦益：《列朝诗集小传》丁集上，上海古籍出版社，2008年版，第441页。

③ 关于白榆社的成立时间，目前学界主要存在两种说法。一为“万历八年”说，徐朔方主此说（徐朔方：《汪道昆年谱》，《晚明曲家年谱》第3卷，浙江古籍出版社，1993年版，第65页）。另一说为“万历十一年”，何宗美、耿传友主此说。详参何宗美《文人结社与明代文学的演进》下（人民出版社，2011年版，第243页）、耿传友《汪道昆与明代隆庆、万历间的诗坛》（《中国文化研究》，2006年，冬之卷，第102页）。笔者比较赞同“万历十一年”说。

序》称：

> 郭次父住焦山，而素习左司马汪伯玉先生，更与其二
> 仲善也，故往来于新安，而酷爱斗山之胜。乃就大司马谋结
> 社，社曰白榆。左司马实主兹社，而余楚人龙司理君善宰
> 之，入社者则潘君景升并仲淹、仲嘉也。无何，君善复走书
> 招四方之能诗者，以共重白榆。嗣至则有仪部屠长卿、太
> 史李本宁、司李徐茂吴、陈立甫、吕玉绳、明府佘宗汉、丁元
> 甫、章元礼、朱王孙贞吉、俞山人公临焉。夫诸君者，博雅名
> 儒，即专制一方，尚足以称雄。矧左提右挈，并力同声，则稷
> 下之谈、邺中之会，不足侈也。以故天下骚客词人，咸跂望
> 白榆之社。往者，徐茂吴与余言之梧州，而余亦脉脉焉心动
> 矣。①

起初，入社者寥寥无几。其后，汪道昆广纳成员入社。万历
十三年（1585）年底，屠隆游至新安，应约入社。②之后，白榆社
影响力日渐加大。万历十四年（1586）秋，汪道昆至杭州参加南
屏社集，汪氏引卓明卿语曰：

> 今兹之会，取数滋多。司马俨然临之，兄弟父子具在。
> 自四明至者，则屠长卿、汪长文、杨伯翼。自吴门至者，则曹
> 子念、毛豹孙。自华亭至者，则曹叔重、陆君策，皆从长卿。

---

① 黄仁生：《日本现藏稀见元明文集考证与提要》，岳麓书社，2004年版，第
285—286页。
② 徐朔方：《屠隆年谱》，《晚明曲家年谱》第2卷，浙江古籍出版社，1993
年版，第350页。

自京口至者,则邬汝冀、茅平仲,皆从司马。自天台至者,则蔡立夫。自金陵至者,则李季常。①

　　四方群贤汇聚,可谓文坛盛会。王世贞虽未到场,但应汪氏之邀,"以高字韵"② 同作,很大程度上抬升了此次集会的档次与知名度。当然,王世贞此举,也是有意成就汪道昆。相对于李攀龙,王世贞更乐于提携后进,留心培育下一代盟主。他淡出文坛后,汪道昆便成为盟主。汪颇怀感恩之心:"长公内我季孟之间,登我坛坫之上,平生知我者,唯长公一人。"③ 作为后起的盟主,汪道昆也为时人普遍认可。屠隆《文章》云:"空同、大复、廷实、昌毂、君采挽秦汉之颓风,济南、瑯邪继之,新都又继之,诸子鹊起,以至今日。文非周、秦、两汉不谈,诗非汉魏、盛唐不属。"④ 新都,即指新安人汪道昆。胡应麟《奉汪司马伯玉》亦云:"夫于鳞身后,长公业任之矣。长公身后,匪执事畴任也……伏惟执事为世灵光,为时大老。当今气运盛衰,中国轻重,词场有无,盖以一身系之。"⑤

---

① [明]汪道昆著,胡益民、余国庆点校:《太函集》卷七六《南屏社记》,黄山书社,2004 年版,第 1563 页。

② [明]王世贞:《弇州山人续稿》卷一七《卓澄甫光禄邀汪司马及仲季、诸社友大会西湖南屏,选伎征声,分韵赋诗,伯玉以"高"字韵见寄,俾余同作,得二首》,《明别集丛刊》第 3 辑,第 36 册,黄山书社,2016 年版,第 308 页。

③ [明]汪道昆著,胡益民、余国庆点校:《太函集》卷八三《祭王长公文》,黄山书社,2004 年版,第 1708 页。

④ 汪超宏等点校:《鸿苞》卷一七,[明]屠隆著,汪超宏主编:《屠隆集》第 8 册,浙江古籍出版社,2012 年版,第 423 页。

⑤ [明]胡应麟著,江湛然辑:《少室山房全稿·少室山房类稿》卷一一三,《明别集丛刊》第 4 辑,第 36 册,黄山书社,2016 年版,第 427 页。

这些亚文学社团的成员，多为后七子同僚、同辈或追随者，基本上覆盖了当时的主流文坛。有的社团成员尽管有重合，但不妨碍其在当时的影响。一人名列几个社团，不仅可抬高一己知名度，还可扩大后七子郎署文学影响力。后七子郎署文学在当时能够产生轰动效应，与这些亚文学社团成员的同声相应与呐喊张本，殊不可分。万历中后期，后七子依然能保持一定的影响力，多赖之薪火相传。

总之，以李攀龙、王世贞为核心的后七子郎署官，不嫌其烦地标榜、组建名目不一的文学社团，有意识地培植同道与后劲，拓宽了其文学主张与创作的传播渠道与域限，大幅提升了知名度与影响系数。这是后七子郎署官能一时主盟文坛、掌控文学话语权的富有竞争力的文化资本。

第三节　文学权力复归郎署

在有意识地标榜、结社立派的基础上，后七子郎署官借助刑部文学传统这一特有的优势文化资本，不失时宜地重申、强化前七子文学策略，加之嘉靖以来，政治生态环境恶化的作用，由前七子郎署分散、流失的文学权力，重新为后七子掌控，文学权力又回归郎署。

一、重申前七子郎署文学策略与文学权力复归郎署

在结盟意识的支配下，李攀龙、王世贞为纠文弊，不失时机地重申前七子郎署文学策略。《明史·文苑一》称：

> 迨嘉靖时……李攀龙、王世贞辈，文主秦、汉，诗规盛

唐。王、李之持论,大率与梦阳、景明相倡和也。①

　　后七子郎署官不仅"大率与梦阳、景明相倡和",而且"奉以为宗",②"于本朝独推李梦阳"。③潘德舆即称:"明之前后七子,遥相赓续。王、李命意,原以李、何自居。"④他们甚至以不与李梦阳等生于同时,颇感遗憾。隆庆四年(1570)冬,汪道昆作《青萝馆诗集序》就称:

　　　　太祖始兴,草昧间作。弘治则李献吉、何仲默,副以徐昌穀,诸曹超乘而前,去挽近世千里矣。嘉靖则李于鳞、王元美,而徐子与、吴明卿、宗子相参焉。于鳞谓余:"吾党亟称献吉,恨不与诸君子同时。不自意结伍从之,取前茅以进,幸也。"⑤

　　"吾党",表明重申前七子郎署文学策略,这不只是李攀龙个人的心声,也是汪道昆与后七子的共同心愿。"不自意结伍从之",显示出李攀龙组社结派追随前七子郎署文学的自觉性。
　　后七子郎署官"不自意结伍"追随前七子,并非机械从之,

---

① [清]张廷玉等:《明史》卷二八五,中华书局,1974年版,第7307页。
② [清]张廷玉等:《明史》卷二八六《文苑二》,中华书局,1974年版,第7348页。
③ [清]张廷玉等:《明史》卷二八七《文苑三》,中华书局,1974年版,第7378页。
④ [清]潘德舆:《养一斋诗话》卷六,郭绍虞编选,富寿荪校点:《清诗话续编》第4册,上海古籍出版社,2016年版,第1985页。
⑤ [明]汪道昆著,胡益民、余国庆点校:《太函集》卷二一,黄山书社,2004年版,第459页。

而是继承中有所超越。顾起元《苍霞草序》就称王世贞、汪道昆等人，"绍明北地、信阳之业，而踞其上"。[①] 所以能"踞其上"，与后七子郎署文学策略较前七子更狭隘、严苛，有一定关系。从以下层面，可观其略。

时空断限上，前七子强调的"文必先秦、两汉，诗必汉魏、盛唐"，尤其是李梦阳"劝人勿读唐以后文"，到后七子那里，时间断限已缩短。李攀龙《答冯通府》称："秦、汉以后无文矣。"[②] 这里的"汉"，多非指"两汉"。殷士儋为李攀龙所作墓志铭称之："盖文自西汉以下，诗自天宝以下，若为其毫素污者，辄不忍为也。"[③] 钱谦益《列朝诗集小传·李按察攀龙》转引此语，并稍事改易道："高自夸许，诗自天宝以下，文自西京以下，誓不污我毫素也。"[④] 徐中行《重刻李沧溟先生集序》亦称："听其执言惟谨，文自西京以下，诗自天宝以下不齿，同盟视若金匮闶渝"。[⑤] 可见，李攀龙所谓的"两汉"，已缩为"西汉"；"盛唐"已改为"天宝"。王世贞于此极为认许，甚至干脆称："李于鳞文，无一语作

---

① [明]叶向高：《苍霞草》卷首，《四库禁毁书丛刊》集部，第124册，北京出版社，2000年版，第6页。

② [明]李攀龙著，包敬第标校：《沧溟先生集》卷二八，上海古籍出版社，2014年版，第766页。

③ [明]殷士儋：《金舆山房稿》卷一〇《嘉议大夫河南按察使李公墓志铭》，《四库全书存目丛书》集部，第115册，齐鲁书社，1997年版，第782—783页。

④ [清]钱谦益：《列朝诗集小传》丁集，上海古籍出版社，2008年版，第428页。

⑤ [明]徐中行著，王群栗点校：《徐中行集·天目先生集》卷一三，浙江古籍出版社，2012年版，第246页。

汉以后,亦无一字不出汉以前。"① 他还称:"李献吉劝人勿读唐
以后文,吾始甚狭之,今乃信其然耳。"② 实则如同李攀龙一样,
王世贞较李梦阳更"狭":"自六经而下,于文则知有左氏、司马
迁",③ "近体非显庆而下至大历,俱亡论也"。④ 他还声明,其
"诗知大历以前,文知西京而上",⑤ 乃在结识李攀龙之后。徐中
行"遂取旧草悉焚之,而自是诗非开元而上,文非东、西京而上,
毋述矣",⑥ 也是结交李攀龙、王世贞两人后的事。这样,李攀龙
的严苛文学主张,实已内化为同盟的共识。

　　总的来看,后七子派郎署官所谓的文,往往摒除东汉文,诗
多不含天宝、大历以后者。宗法时空的缩简,显示出后七子派
郎署官文学宗崇之取向,更狭严于前七子。李攀龙、王世贞的
这些论断,遂成为后世评价后七子之定谳。如《明史·李攀龙
传》:"其持论谓文自西京,诗自天宝而下,俱无足观,于本朝独
推李梦阳。诸子翕然和之,非是,则诋为宋学。"⑦ 同书《王世

①［明］王世贞:《艺苑卮言》卷七,丁福保辑:《历代诗话续编》中,中华书局,2006年版,第1063页。
②［明］王世贞:《艺苑卮言》卷一,丁福保辑:《历代诗话续编》中,中华书局,2006年版,第964页。
③［明］王世贞:《弇州山人四部稿》卷一二一《张助甫》,《明别集丛刊》第3辑,第35册,黄山书社,2016年版,第62页。
④［明］王世贞:《弇州山人续稿》卷四一《宋诗选序》,《明别集丛刊》第3辑,第36册,黄山书社,2016年版,第569页。
⑤［明］王世贞:《艺苑卮言》卷七,丁福保辑:《历代诗话续编》中,中华书局,2006年版,第1068页。
⑥［明］王世贞:《弇州山人续稿》卷一三四《中奉大夫江西布政使司左布政使天目徐公墓碑》,《明别集丛刊》第3辑,第38册,黄山书社,2016年版,第307页。
⑦［清］张廷玉等:《明史》卷二八七《文苑三》,中华书局,1974年版,第7378页。

贞传》："其持论，文必西汉，诗必盛唐，大历以后书勿读，而藻饰太甚。"①

宗法对象与风格上，前七子虽主要以盛唐为宗，且集中指向李、杜等大家，但于盛唐诸家，还是各有所师的。宋征舆即云："何、李刻意少陵，迪功独宗太白，神到之作，自能成一家言。"②后七子郎署官则集中模拟杜甫，即使同宗杜甫，其所致弊病亦有甚于前七子。鲁九皋有曰：

> 前后七子，议论略同，其所宗法，皆在少陵以上，建安而下，唐以后书则置焉。其见非不甚善，特斤斤规仿，过于局促，神理不存。王、李之视李、何，抑又甚焉。③

前后七子郎署官虽同宗杜甫，但王、李因过分注重"规仿"技法，造成"神理不存"，又有甚于李、何。廖可斌曾精准地指出，"前七子也最崇盛唐，但于盛唐各家中还各有所师，后七子则集中于学杜甫"，即便是同学杜甫，后七子只习其"骨力风格"，"连任何变体、变格都排除在外，只学一体，只守一格，严重的重复雷同就成为必然结果了"。④

技法追求上，前七子起码还有李、何之争，而后七子中李、王

---

① ［清］张廷玉等：《明史》卷二八七《文苑三》，中华书局，1974年版，第7381页。

② 上海文献丛书编委会编：《皇明诗选》卷一，华东师范大学出版社，1991年版，第65—66页。

③ ［清］鲁九皋：《诗学源流考》，郭绍虞编选，富寿荪校点：《清诗话续编》第3册，上海古籍出版社，2016年版，第1298页。

④ 廖可斌：《明代文学复古运动研究》，商务印书馆，2008年版，第327页。

却少有纷争,至少李攀龙在世时如此。他们为诗作文,多墨守成规,不敢越雷池半步。嘉靖三十六年(1557),李攀龙序王维桢《存笥稿》,特别表彰王氏"为文章,其用心宁属辞比事未成,而不敢不引于绳墨"。[①]这又何尝不是李氏心迹的自然表露！王世贞《李于鳞先生传》,较为系统地阐述了李攀龙为文技法:

> 不以规矩,不能方圆;拟议成变,日新富有。今夫《尚书》《庄》《左氏》《檀弓》《考工》《司马》,其成言班如也,法则森如也。吾撷其华而裁其衷,琢字成辞,属辞成篇,以求当于古之作者而已……盖于鳞以诗歌自西京逮于唐大历,代有降而体不沿,格有变而才各至,故于法不必有所增损,而能纵其凤授,神解于法之表,句得而为篇,篇得而为句。即所称古作者,其已至之语,出入于笔端而不见迹;未发之语,为天地所秘者,创出于胸臆而不为异。[②]

为诗作文须讲技法,"不以规矩,不能方圆";文章各种技法,古人已"法则森如",意欲标新立异,已无可能,故"于法不必有所增损"。当下人们所能做的,只能是学习、模仿而已,能做到"撷其华而裁其衷,琢字成辞,属辞成篇,以求当于古之作者",就足够了。这也是王世贞一度赞成的,《艺苑卮言》云:"文繁而法,且有委,吾得其人曰李于鳞。简而法,且有致,吾得其人曰汪伯玉。"对于诗文之"法",王世贞也有自己的观点:"吾于诗文

---

①[明]王维桢:《槐野先生存笥稿》卷首,《续修四库全书》第1344册,上海古籍出版社,2002年版,第10页。

②[明]王世贞:《弇州山人四部稿》卷八三,《明别集丛刊》第3辑,第34册,黄山书社,2016年版,第301页。

不作专家，亦不杂调，夫意在笔先，笔随意到，法不累气，才不累法，有境必穷，有证必切。"①至于其晚年"自悔"，微调其文学主张，那是后话，留待后文。

对待宋元诗文态度上，后七子郎署官非常排斥宋元诗文。李攀龙持论称，"文自西京，诗自天宝而下，俱无足观"，于本朝只推许李梦阳，"非是，则诋为宋学"。②王世贞也称："宋之文陋，离浮矣，愈下矣。元无文。"③至于诗歌，王氏《徐汝思诗集序》有曰："今之操觚者，日哓哓焉，窃元和、长庆之余似而祖述之，气则漓矣，意纤然露矣。歌之无声也，目之无色也，按之无力也。"④元和、长庆之诗，尚且如此，无论宋元！尽管王世贞称"代不能废人，人不能废篇，篇不能废句"，但其骨子里仍是鄙夷宋诗的："余所以抑宋者，为惜格也。"⑤其理论依据在于"诗之格以代降"。⑥后七子郎署官所以排斥宋元诗文，主要原因即在于此。王世贞曾有言："盖于鳞以诗歌自西京逮于唐大历，代有降而体不沿。"而"惜格"须法乎其上，这与前七子一脉相通。谢榛曾直引严羽话语，道明其意：

①［明］王世贞：《艺苑卮言》卷七，丁福保辑：《历代诗话续编》中，中华书局，2006年版，第1063、1069页。
②［清］张廷玉等：《明史》卷二八七《文苑三》，中华书局，1974年版，第7378页。
③［明］王世贞：《艺苑卮言》卷三，丁福保辑：《历代诗话续编》中，中华书局，2006年版，第985页。
④［明］王世贞：《弇州山人四部稿》卷六五，《明别集丛刊》第3辑，第34册，黄山书社，2016年版，第112页。
⑤［明］王世贞：《弇州山人续稿》卷四一《宋诗选序》，《明别集丛刊》第3辑，第36册，黄山书社，2016年版，第569页。
⑥［明］胡应麟：《诗薮·内编》卷一，上海古籍出版社，1979年版，第1页。

严沧浪曰："学其上,仅得其中;学其中,斯为下矣。岂有不法前贤,而法同时者?"李洞、曹松学贾岛,唐彦谦学温庭筠,卢延让学薛能,赵履常学黄山谷。予笔之以为学者诚。①

援引严羽言论为同调,强调学诗要法乎前贤,慎勿法于同时,以为学者之诚。具体到诗歌宗尚上,他自然是扬唐抑宋:"有学晚唐者,再变可跻上乘;学宋者,则堕下乘而变之难矣。"②李维桢也深表赞同,《吴韩诗选题辞》云:

余尝论诗:前人作法于俭,犹恐其奢;后人取法乎上,仅得乎中。钟记室《诗品》谓某源出某,严沧浪云学诗以识为主,入门须正,立志须高,差毫厘,谬千里,可不慎哉! ③

在"格以代降"理论指导下,为避免拟古落入"第二义",王世贞开出一系列书目,供人熟读涵泳。秦汉以前主要有六经、《周礼》、《孟子》、《老子》、《庄子》、《列子》、《荀子》、《国语》、《左传》、《战国策》、《韩非子》、《离骚》、《吕氏春秋》、《淮南子》、《史记》、《汉书》等,至于西汉以下,则更"须铨择佳者,熟读涵泳":

---

① [明]谢榛著,宛平校点:《四溟诗话》卷一,人民文学出版社,1961年版,第20—21页。
② [明]谢榛著,宛平校点:《四溟诗话》卷四,人民文学出版社,1961年版,第105页。
③ [明]李维桢:《大泌山房集》卷一三二,《四库全书存目丛书》集部,第153册,齐鲁书社,1997年版,第694页。

西京以还，至六朝及韩柳，便须铨择佳者，熟读涵泳之，令其渐渍汪洋。遇有操觚，一师心匠，气从意畅，神与境合，分途策驭，默受指挥，台阁山林，绝迹大漠，岂不快哉！世亦有知是古非今者，然使招之而后来，麾之而后却，已落第二义矣。①

"西京以还，至六朝及韩柳，便须铨择佳者"，其"西京之文实。东京之文弱，犹未离实也。六朝之文浮，离实矣。唐之文庸，犹未离浮也。宋之文陋，离浮矣，愈下矣。元无文"，②可为注脚。由此观之，冯班所谓"详其诗法，尽本于严沧浪"，③还是颇有道理的。当然，后七子派郎署官贬抑宋诗，还因宋诗言理而不言情："宋人主理不主调，于是唐调亦亡。"④"宋无诗"，其本质是说，宋代没有可供师法的第一流诗作。

文学主张、文学策略须经宣传与实施，方有可能实现其期望值。后七子郎署官也瞄准了编辑出版文学选本，以增强宣传效果。李攀龙《古今诗删》，因此而选。王世贞称此选为"于鳞取其独见而裁之"，⑤也是后七子郎署文学主张的宣言书与特别的

---

① ［明］王世贞：《艺苑卮言》卷一，丁福保辑：《历代诗话续编》中，中华书局，2006年版，第964页。

② ［明］王世贞：《艺苑卮言》卷三，丁福保辑：《历代诗话续编》中，中华书局，2006年版，第985页。

③ ［清］冯班：《钝吟杂录》卷五《严氏纠缪》，《丛书集成新编》第8册，新文丰出版股份有限公司，1985年版，第713页。

④ ［明］李梦阳撰，郝润华校笺：《李梦阳集校笺》卷五二《缶音序》，中华书局，2020年版，第1694页。

⑤ ［明］王世贞：《弇州山人四部稿》卷六七《古今诗删序》，《明别集丛刊》第3辑，第34册，黄山书社，2016年版，第135页。

践行。《古今诗删》凡三四卷,卷一至卷九为古诗,卷一〇至卷二二为唐诗,卷二三至卷三四为明诗,而宋诗缺焉。四库馆臣评之曰:

> 录历代之诗,每代各自分体,始于古逸,次以汉魏、南北朝,次以唐,唐以后继以明,多录同时诸人之作,而不及宋、元。盖自李梦阳倡不读唐以后书之说,前后七子,率以此论相尚。攀龙是选,犹是志也……然明季论诗之党,判于七子,七子论诗之旨,不外此编。①

　　李攀龙不选宋元诗,以明诗直承唐诗,继承李梦阳"不读唐以后书之说",正彰显出后七子郎署文学主张之严苛。

　　总体上看,后七子郎署文学主张与策略,在时空断限、宗法对象与风格选择、技法追求、排斥宋元诗文等方面,皆较前七子严苛、偏激得多,而且比较齐整划一。宋征舆就称前七子"不若嘉靖时七子同境也"②,是为不刊之论。

　　后七子郎署官有纠补前七子及其末流文弊的一面,故不可能全袭其文学策略。前七子郎署文学主张尽管也较为恪严,但没能很好地落实,尤其是其流派成员相对自由,可以发表不同见解,如何、李之争,这从内部消解了流派的凝聚力,从而为分化出不同的诗学倾向与文学流派,大开方便之门。其所拥有的郎署文学权力,也因此大为减弱。前车之覆,后车之鉴,后七子盟主

① [清]永瑢等:《四库全书总目》卷一八九《古今诗删》,中华书局,1965年版,第1717页。

② 上海文献丛书编委会编:《皇明诗选》卷一,华东师范大学出版社,1991年版,第66页。

因此提出了更为苛刻的要求，推出严格的规定，不允许成员发出不同的声音。确如廖可斌所言：

> 前七子倡导复古，基本主张已经明确，但在题材、体裁、风格等方面持论还不特别严格。各家的独立性也较大，不尽强求一律。在我们看来，前七子复古派诗文创作中最可取的，正是那些既基本遵循复古主张、力图保持古典诗歌的审美特征，又不尽为其所束缚、具有一定的独创性的作品。但前七子复古派也正因为持论不十分严格，从而分化出六朝初唐派与中唐派，并最终导致了复古运动的自我泯灭。后七子复古派作家鉴于这一教训，持论更严，趋向更专一，然而又因此走进了题材、体裁、风格更加狭窄单一的死胡同。李攀龙在复古派阵营内像一个专横的家长，稍持不同意见的成员，如谢榛，都要受到严厉处罚。①

也正因文学主张、题材、体裁、风格上的严格与狭窄单一，以及李攀龙的"专横"，后七子才能在一定时期内维系着流派的纯粹与统一，促成分散的文权归于郎署。但是，也必须看到，任何一个文学社团，尤其是文学流派，其内部成员一方面在文学主张、文学创作上要有意识地表现出某种程度的趋同性，另一方面又要保持创作个性，要有属于自己的艺术风格，两者缺一不可，而且还应尽量追求完美遇合。若忽视或缺少前者，"则是环境对个体失去价值"，会失去维系社团或流派核心利益的内在动力，

---

① 廖可斌：《明代文学复古运动研究》，商务印书馆，2008年版，第326—327页。

以致自我消解社团或流派的建构；若忽略或缺少后者，"个体使自己极度地等同于某一群体时，他便失去了自身的价值"，① 容易导致写作雷同。这也是后七子未能摆脱前七子命运的重要因素。

一个文学流派的文学主张、文学策略的发布与推行，离不开文学创作。而文学创作的开展，又往往是在特定的文化传统与文化氛围中展开的。后七子郎署文学策略的重申与实施，颇得益于其任职刑部这一机缘。这是其争夺文学话语权的一种有独特价值的文化资本。

明清时期，作为六部之一的刑部，与兵部并称"西曹"。② 刑部因其学术、文学气氛相对浓郁，故又有"小翰林"、"外翰林"、"西翰林"③ 之美誉。在刑部曾一度形成所谓的"刑曹诗派"，叶

---

① ［美］奥尔波特：《人格：正常与反常》引沃纳·沃尔夫语，［美］马斯洛等著，林方主编：《人的潜能和价值——人本主义心理学译文集》，华夏出版社，1987 年版，第 92 页。

② ［清］梁章钜著，王释非、许振轩点校：《称谓录》（校注本），福建人民出版社，2003 年版，第 295 页。

③ ［明］林俊：《见素集·续集》卷九《刑部陕西司题名记》，《景印文渊阁四库全书》第 1257 册，台湾商务印书馆，1986 年版，第 531 页。蔡潮：《嘉议大夫广东按察司按察使半江赵公墓表》，赵宽：《半江赵先生文集》附录，《四库全书存目丛书》集部，第 42 册，齐鲁书社，1997 年版，第 372 页。韩邦奇：《苑洛集》卷八《资善大夫都察院右都御史赠工部尚书陈公传》，《景印文渊阁四库全书》第 1269 册，台湾商务印书馆，1986 年版，第 468 页。乔世宁：《丘隅集》卷一四《太微张公墓碑》，《明别集丛刊》第 2 辑，第 80 册，黄山书社，2016 年版，第 495 页。冯从吾：《少墟集》卷一七《四先达传·尚书刘公》，《景印文渊阁四库全书》第 1293 册，台湾商务印书馆，1986 年版，第 303 页。

晔于此有细致的梳理,[①] 此不复赘述。

　　嘉靖时,后七子郎署官结社刑部,是刑部文学传统的延承。较其他部曹,刑部事简人众,闲暇时间相对较多,具有从事文学活动的天然优势。明清人对此多有论述。殷士儋谓李攀龙,"丁未,授刑部广东司主事,既曹务闲寂,遂大肆力于文词"。[②] 傅维鳞谓刘景韶:"入为刑部主事。曹务闲,偕其同舍郎李攀龙、高岱、魏裳辈,相切劘,为诗有声。"[③] 后七子郎署官也体会深切。王世贞《李于鳞先生传》称李攀龙:"属居曹无事,悉取诸名家言读之。"[④] 欧大任《梁比部传》称梁有誉:"居曹日无事,得以博综邃学,多所撰著。求当于古作者,不屑为今人诗。"[⑤] 王世懋《欧桢伯西署集序》也称:"比部事简而徒众,诸郎多肆力为文章,若李、徐辈及余兄元美先后声施矣。"[⑥] 因刑部文学氛围较他曹浓厚,文学成绩也更显著,犹如袁宏道所言:

　　　　西曹旧称清秩,居是官者,多文雅修饰之士。嘉、隆

① 叶晔:《明代中央文官制度与文学》,浙江大学出版社,2011年版,第246—262页。

②[明]殷士儋:《金舆山房稿》卷一〇《嘉议大夫河南按察使李公墓志铭》,《四库全书存目丛书》集部,第115册,齐鲁书社,1997年版,第783页。

③[清]傅维鳞纂:《明书》卷一三三《刘景韶传》,商务印书馆,1936年版,第2662页。

④[明]李攀龙著,包敬第标校:《沧溟先生集》附录二,上海古籍出版社,2014年版,第849页。

⑤[明]梁有誉:《兰汀存稿》附录,伟文图书出版社有限公司,1976年版,第281页。

⑥[明]王世懋:《王奉常集·文部》卷六,《四库全书存目丛书》集部,第133册,齐鲁书社,1997年版,第279页。

之末，天下太平，士大夫缓带而谈艺，竞为复古之词，以相矜尚。一时学士，翕然宗之，而西曹之人，十居其九，流连光景，鼓吹骚雅，诸曹郎望之若仙，故当时西曹视他曹特易。①

　　李攀龙、王世贞也以自己的创作实绩告诉世人，任职刑部，闲暇自适，确有适于从事文学活动的一面。李攀龙即有诗句"诸山城上出，落日署中寒"，王世贞有诗句"倘问曹中理公事，君其且看西山碧"。李、王之所以能声名大振，与其"同官西曹，建白云楼，相聚论诗"②是分不开的。这是后七子郎署官迅速崛起于嘉靖后期文坛，并取得文学话语权的一种独特文化资本。

　　经后七子及其后劲的不懈探索与努力，嘉靖后期至万历初年，从前七子郎署散失的文学话语权，又为后七子郎署所掌控。后七子派郎署官，对此早已了然于胸。汪道昆《寥寥集序》曾有言：

　　　　大方家有言，当世之诗盛矣，顾上不在台阁，下不在山林。不佞既然且疑，尝测其浅。③

　　"上不在台阁，下不在山林"的潜台词，即文权在郎署。"大方家"，指王世贞。汪道昆《王弇州》称："当世斯文，下不在山

_____

① [明]袁宏道著，钱伯城笺校：《袁宏道集笺校》卷一八《送京兆诸君升刑部员外郎序》，上海古籍出版社，2008年版，第708页。

② [清]于敏中、英廉等：《钦定日下旧闻考》卷六三，《景印文渊阁四库全书》第498册，台湾商务印书馆，1986年版，第11页。

③ [明]俞安期：《寥寥集》卷首，《四库全书存目丛书》集部，第143册，齐鲁书社，1997年版，第1页。

林，上不在台阁。尝闻长公有是言矣。"① 此处的"长公"，就指王
世贞。《送胡元瑞东归记》即明言：

> 当世作者斌斌矣，顾上不在台省下不在山林。斯元美
> 畴昔之言于余，心若有当也。②

汪道昆初闻王氏此言，"既然且疑"，后"心若有当"，以
为然。"作者斌斌"，则表明当时郎署文学已蔚为大观。万历
二十一年（1593）或稍后，俞安期《愍知》诗序有言：

> 自丁丑纳交，余始识搦管耳。艺林之业，方勺一蠡，公
> 则知余进未可量，发醢鸡之覆，示解牛之全，命以十年业成
> 相证。甫五年，余先以近业寄公，则已鼓掌大快，遍赞交知，
> 称为速化。是时，弇州王公与公论文，慨我明斯道，上不在
> 台阁，下不在山林。③

丁丑，即万历五年（1577），俞安期与汪道昆"纳交"，在后者
的鼓励下，艺文大进；才五年，即至万历十年（1582），已颇有成
就。据此，王世贞明确发表"上不在台阁，下不在山林"论调的
时间，当不晚于万历十年（1582）。也就是说，在王世贞看来，万

---

① ［明］汪道昆著，胡益民、余国庆点校：《太函集》卷一〇四，黄山书社，
　2004 年版，第 2163 页。
② ［明］汪道昆著，胡益民、余国庆点校：《太函集》卷七七，黄山书社，2004
　年版，第 1587 页。
③ ［明］俞安期：《翏翏集》卷一，《四库全书存目丛书》集部，第 143 册，齐
　鲁书社，1997 年版，第 12—13 页。

历十年时,文学权力早已复归郎署。

王世贞此言,得到了包括后七子郎署官在内的多数时人认同。于慎行"今世言文章者,多谓此道上不在台阁,下不在山林,此何说也"① 的言语,从反面透露出,文归郎署已为多数时人所接受。事实也确实如此。万历二十年(1592)进士陈懿典《郭张虚诗稿序》云:

> 永陵中,李历城、王娄东六七人执牛耳,而号海内,海内靡然向风。当其时,分宜秉重,自以为作者。所推毂毗陵、晋江,皆一时名流,而竟不能夺王、李六七人之气,而拔其帜。②

这是说,嘉靖中,严嵩虽"自以为作者",极力以权柄推扶唐宋派诸子,制衡后七子,但终不能"拔其帜"。后七子郎署官,在当时实乃当之无愧的主流文学权力的操控者与"射雕手"。万历三十三年(1605),王图作《槐野先生存笥稿序》亦云:

> 盖尝考览国初时台阁文体,类尚明析畅达,而其为诗,亦冲夷俊美,颇借途宋人。而士大夫不在馆阁及布衣之雄,率乞灵秦、汉人口吻,与词林争胜。考其所作,大都刻画皮貌,剽窃影响,竞相涂抹,渐入支离,即所称海内七子,非不高自夸诩,然自历下、瑯琊而外,孰能为词坛执牛耳者。嗟嗟难

---

① [明]于慎行:《海岳山房存稿序》,[明]郭造卿:《海岳山房存稿》卷首,《明别集丛刊》第3辑,第56册,黄山书社,2016年版,第135页。
② [清]黄宗羲编:《明文海》卷二七一,中华书局,1987年版,第2835页。

言之矣！①

"士大夫不在馆阁及布衣之雄"，即谓在郎署。王世贞、李攀龙等以"文必先秦、两汉"为策略，与馆阁争雄，虽不免流于"刻画皮貌，剽窃影响，竞相涂抹，渐入支离"，但"为词坛执牛耳者"，依然无愧。这就等于说，文学话语权已由馆阁移至郎署。不过，李、王之时的文权归于郎署，并非主要由馆阁下移而来，而是源于对前七子郎署分散流失的文学权力的回收。天启二年（1622）进士黄道周《姚文毅公集序》所言也大致如此："方嘉靖之初年，议臣鸷起，文章之道，散于曹僚，王弇州、李历下为之归墟。"②

"嘉靖之初年"，乃为"文章之道，散于曹僚"之时，而非李、王"为之归墟"时，即文学权力尚未复归后七子郎署官。后七子中，李攀龙最早进士登第，时为嘉靖二十三年（1544），王世贞继之，时为嘉靖二十六年（1547），其结盟崛起于文坛，尚需时日。二人为文章之"归墟"，当在此后。李维桢序吴国伦《甔甀洞续稿》称："自先生与五子中兴，而趋向一归于正，天下翕然从风，非西京以下、大历以上，盼睐唇吻所不及。"③ "天下翕然从风"，表明自此文学话语权已复归后七子为中心的郎署。王世懋《艺圃撷余》言："今世五尺之童，才拈声律，便能薄弃晚唐，自傅初、

①［明］王维桢：《槐野先生存笥稿》卷首，《续修四库全书》第 1344 册，上海古籍出版社，2002 年版，第 4 页。

②［明］黄道周撰，翟奎凤、郑晨寅、蔡杰整理：《黄道周集》卷二一，中华书局，2017 年版，第 873 页。

③［明］吴国伦：《甔甀洞续稿》卷首，《明别集丛刊》第 3 辑，第 26 册，黄山书社，2016 年版，第 7—8 页。

盛,有称大历以下,色便靦然。"① 由前文已知,李攀龙倡为五子
诗,在嘉靖三十一年(1552),此可视作"五子中兴"的起点,故
文权归于后七子郎署官,应在此后。陈继儒《上王凤洲》称"国
朝二百年以来,文章之权,先生擅之",② 以此断限,时值嘉、隆之
际。天启二年(1622),周树模《大隐楼集序》即有言:"明嘉、隆
间,王、李主盟坛坫,天下学子靡然向风。"③ 天启三年(1623),
黄汝亨《虞长孺集序》云:"嘉、隆之际,有历下之高峻峨眉、弇州
之大横溟海,而七子之流左麾右指,天下靡然从之。"④ 鉴庵《序
友夏》云:"嘉、隆七子,式廓前绪,海内靡然同风。"⑤ 四库馆臣
也有言:

> 正德、嘉靖、隆庆之间,李梦阳、何景明等崛起于前,李
> 攀龙、王世贞等奋发于后,以复古之说,递相唱和,导天下无
> 读唐以后书。天下响应,文体一新。七子之名,遂竟夺长沙
> 之坛坫。⑥

"夺长沙之坛坫",即谓由前后七子主盟文坛,主流文学权力

---

① 周维德辑校:《全明诗话》第 3 册,齐鲁书社,2005 年版,第 2155 页。
② 王心湛校勘:《陈眉公全集》,广益书局,1936 年版,第 193 页。
③ [明]方逢时:《大隐楼集》卷首,《明别集丛刊》第 2 辑,第 88 册,黄山书
　社,2016 年版,第 5 页。
④ [明]虞淳熙:《虞德园先生集》卷首,《四库禁毁书丛刊》集部,第 43
　册,北京出版社,2000 年版,第 122 页。
⑤ [明]谭元春著,陈杏珍标校:《谭元春集》附录,上海古籍出版社,1998
　年版,第 953 页。
⑥ [清]永瑢等:《四库全书总目》卷一九〇《明诗综》,中华书局,1965 年
　版,第 1730 页。

已由台阁移至郎署。四库馆臣将前后七子并论，把文学权力下移郎署的时间，限定在正德、嘉靖、隆庆之间，这在一定程度上标示出馆阁文学权力下移郎署的进程：正德、嘉靖之际，文学权力由馆阁已移至前七子为中心的郎署；至嘉靖、隆庆之间，一度分散的文学权力，又重归于后七子郎署官。陈田也持论如此。①

当然，当时对此也不乏反对声音。徐渭、汤显祖、王穉登、王叔承、屠隆等，虽颇有异议，但其影响犹如蚍蜉撼树，反被"靡然向风"的洪涛巨浪吞噬。恰如朱彝尊所言："嘉靖七子之派，徐文长欲以李长吉体变之，不能也。汤义仍欲以尤、萧、范、陆体变之，亦不能也。王百穀、王承父、屠长卿虽迭有违言，然寡不敌众。"②这主要是因其自身的文学素养所致，汪端《明三十家诗选·凡例》即称："汤临川显祖、徐文长渭、王百穀穉登，排斥七子之非，皆有特识。惟临川以词曲名家，诗伤牵率；徐既失之粗野，王又病于纤秾。何其明于绳人，而昧于镜己也？"③这也从另一角度透出，文学权力复归后七子郎署官，确是不争的事实。再次证明，周亮工所谓的"文章一道，自宋以来，权归馆阁"，李攀龙等人虽"极力争之，而终不能胜"，非平允之论。

客观地说，文学权力移向郎署，并非意味着后七子郎署文

---

① 宣统元年(1909)，陈田《明诗纪事·己签序》称："嘉靖之季，以诗鸣者有后七子，李、王为之冠，与前七子隔绝数十年，而此唱彼和，声应气求，若出一轨。海内称诗者，不奉李、王之教，则若夷狄之不遵正朔；而嗜名者，以得其一顾为幸，奔走其门，接裾联袂，绪论所及，嘘枯吹生。"（陈田辑撰：《明诗纪事·己签》卷首，上海古籍出版社，1993年版，第1867页）

② [清]朱彝尊著，姚祖恩编，黄君坦校点：《静志居诗话》卷一六，人民文学出版社，1990年版，第464—465页。

③ [清]汪端辑：《明三十家诗选》卷首，同治十二年(1873)刻本。

学策略及其创作实践完美无缺。他们终究没能摆脱拟摹剽袭，后来王世贞已意识到问题的严重性，开始自我反省，其晚年"自悔"（详下文），可为一证。刘凤也看到问题的本质："然议者谓伤于袭哉。其所铸词，必范之古，是矣。然途辙尺寸，一将循其故步，是犹且不可，而况抵掌谈说，若优笑之为乎？"①"范古"没有错，反六朝绮靡也没错，错就错在"循其故步"。此并非刘凤一家之言，"议者"当为数不少。这也是日后后七子郎署文学权力流失的重要原因。

二、政治生态环境的恶化与文学权力回归郎署

无论馆阁，还是郎署，其文学权力的集中与分化，一定程度上皆受制于当时的政治环境。嘉靖以来，政治环境之恶劣，有甚于正德一朝，在客观上有利于馆阁文权继续外移，以及分散的文学权力回归以后七子为中心的郎署。

首先，政治环境的恶化，促使馆阁文学权力继续外移。嘉靖前期，因"大礼议"、严嵩专权等政治因素的影响，馆阁文学受到重创。这是文学权力回归郎署的重要外在因素。

朱厚熜以外藩入继大统，是为世宗嘉靖皇帝。登基后，他欲尊本生父兴献王朱祐杬为皇考，尊孝宗为皇伯考，著名的"大礼议"，由此拉开帷幕，赞同者与反对者双方各自结成阵营。总体上看，多数朝官持反对态度，赞成者有张璁、霍韬、熊浃、桂萼等少数投机者，整个事件以反对者失败而告终。嘉靖三年（1524）七月，编修王相等一百八十余人各廷杖有差，王相与王

---

①［明］刘凤：《刘子威集》卷一〇《送魏季朗序》，《四库全书存目丛书》集部，第120册，齐鲁书社，1997年版，第31—32页。

思、裴绍宗、毛玉、胡琼、张曰韬、杨淮、胡琏、张灿、申良、臧应奎、仵瑜、余祯、安玺、殷承叙、李可登等十有七人，俱病创，先后致死。逮系修撰杨慎，编修王元正，给事中刘济、安盘、张汉卿，御史张原、王时柯于诏狱，复扑之。谪杨慎、王元正、刘济戍边，何孟春调任南京工部，毛纪罢官。兴献王朱祐杬尊号曰"皇考恭穆献皇帝"。九月，改称孝宗为皇伯考。①

　　"大礼议"涉及朝廷官员数量之多、规模之大、争斗之惨烈、政治影响之深远，在明代几乎是空前的。自此以后，封建专制日渐加强，政治生态环境日趋恶化，世风日下。嘉靖四年（1525）二月，余珊"应诏陈十渐"，其中有言：

> 乃自大礼议起，凡偶失圣意者，谴谪之，鞭笞之，流窜之，必一网尽焉而后已。由是小人窥伺，巧发奇中，以投主好，以弋功名。陛下既用先入为主，顺之无不合，逆之无不怒。由是大臣顾望，小臣畏惧，上下乖戾，寝成暌孤，而泰交之风息矣。②

　　"大礼议"直接导致政治生态环境恶化、社会风气败坏，一些投机者，如张璁、桂萼、方献夫、席书等，一朝骤贵，为祸不浅。嘉靖三年（1524），张璁、桂萼改为翰林院学士，方献夫为侍讲学士，不久入阁为大学士，张璁入相，才"去登第六年"。③馆阁文

---

① [清]谷应泰：《明史纪事本末》卷五〇，中华书局，1977年版，第752—753页。
② [清]张廷玉等：《明史》卷二〇八，中华书局，1974年版，第5498页。
③ [明]沈德符：《万历野获编》卷七《内阁》，中华书局，1959年版，第200页。

学的厄运,随之降临。

  嘉靖六年(1527)入阁前,张璁曾任翰林学士,正直的翰苑官员多耻于与之为伍。张璁忌恨在心,寻机报复,其排击打压翰林,竭尽心力。"遣出外授官",是其惯用手段,嘉靖五年(1526),因众庶吉士"以白云宗阁老呼之",张璁"密揭于上",指控其为费宏私党,在众翰林离散馆尚有一年之际,"俱遣出外授官",多为部、寺、知县等职。嘉靖八年(1529),是科取"唐顺之等二十人为庶吉士",因"诸吉士不愿称恩地",作为主考官,张璁忌恨于心,奏请"永不必选"庶吉士。此科二十名庶吉士,也不必入馆读书,直接"以应得之官出授,皆部、寺、州、县",只有王表得给事,胡经等得御史职。① 嘉靖五年(1526)、嘉靖八年(1529),二科庶常四十人"为永嘉所恶,俱授外官,至无一人留词林矣"。② 张璁系温州府永嘉(今属温州市)人,故称"永嘉"。后他又借汪佃事件,泄己私恨。沈德符《万历野获编》记载:

    比张萝峰入阁,因侍读汪佃讲书,不惬上旨,令吏部调外,张因密揭,并他史臣不称者,改他官。首揆杨石淙附会其说而推广之,上遂允行,既调汪府通判,而中允杨维聪、侍讲崔桐等二十余人,俱易外吏以去,京师《十可笑》中所云"翰林个个都外调"者是也。盖霍、张俱起他曹,故痛抑词林至此。杨丹徒自谓附张得计,未几亦为张逐矣。此玉堂

---

① [明]沈德符:《万历野获编》卷七《内阁》,中华书局,1959年版,第200页。
② [明]沈德符:《万历野获编》卷七《内阁》,中华书局,1959年版,第188页。

一时厄运，特假手于两权臣耳。①

　　萝峰，张璁之号。《明史》本传亦记此事："璁初拜学士，诸
翰林耻之，不与并列，璁深恨。及侍读汪佃讲《洪范》不称旨，帝
令补外。璁乃请自讲读以下，量才外补，改官及罢黜者二十二
人，诸庶吉士皆除部属及知县，由是翰苑为空。"②方献夫索性建
议，以后翰林若"有弗称者，俱令外补"，③企图将翰林外补合法
化、制度化。霍韬也"谓翰林不当拘定内转，宜上自内阁以下，
而史局俱出补外；其外寮不论举贡，亦当入为史官"。④这看似
为"外寮"代言，实则包藏祸心。翰林官"补外"，造成馆阁严重
缺员，时人曾感叹道："世庙凡再改词林，一改宫僚，又斥词林杨
维聪、陈沂等二十余人出补外。史局多端，莫有甚于此际。"⑤这
不能不影响到翰苑文学的正常运作。

　　为补"遣出外授官"造成的翰苑人才缺口，世宗命内阁下
吏、礼二部、都察院，"咨注有才识文学者，量为推举，改宫僚、翰
林，以广用人之路，毋取备员"，于是"改大理少卿黄绾、南京通
政司参议许诰、南京尚宝卿盛端明、福建按察副使张邦奇、四川
按察副使韩邦奇、山西按察副使致仕方鹏、刑部员外欧阳德、吏

①［明］沈德符：《万历野获编》卷一〇《词林》，中华书局，1959年版，第
　264页。
②［清］张廷玉等：《明史》卷一九六，中华书局，1974年版，第5177页。
③［明］沈德符：《万历野获编》卷七《内阁》，中华书局，1959年版，第
　201页。
④［明］沈德符：《万历野获编》卷一〇《词林》，中华书局，1959年版，第
　264页。
⑤［明］黄景昉著，陈士楷、熊德基点校：《国史唯疑》卷七，上海古籍出版
　社，2002年版，第189页。

部主事金璐、御史张衮，皆授学士、讲读、宫坊、编修等官"。① 张
璁等乘机以"扩充政事"为由，假公济私，援引亲信进入馆阁。
廖道南《殿阁词林记·谪谴》记载：

> 嘉靖初，修撰吕柟、编修邹守益以言礼，柟谪判解州，
> 守益判广德。张孚敬又以扩充政事，谪侍读崔桐、修撰杨维
> 聪等。十二年七月，詹事顾鼎臣轮讲《衍义》不到，席春逸
> 谮，乃谪臣道南判徽州，蔡昂判湖州。十三年三月，今上祀
> 帝社稷坛，问："日讲官五员，如何少两员？"司礼监查名。
> 张孚敬即拟伊甥祭酒王激等补充讲官。上曰："见今侍从
> 人少，廖道南、蔡昂着取回复职，照旧供事。"②

张孚敬，即张璁。张璁因与嘉靖帝朱厚熜音同，世宗为之改
名孚敬。③ 张璁自嘉靖三年（1524）入翰林院，六年（1527）入
阁为大学士，至嘉靖十四年（1535）因病致仕，在位共十多年，尤
其入阁后，利用政治优势，斥排庶吉士、馆阁官员，翰林制度与翰
苑文学以此遭至重击。

可以说，翰林"遣出外授官"，以"外补"及"扩充政事"方
式补选馆阁词臣，打破了由进士而庶吉士，由庶吉士而翰林官的
选任格局，且又"以翰林而改他官，以他官而改翰林，出者不厌
其多，而入者每病其少，出者一往不复，而入者亦以不称，斥去

---

① ［清］夏燮撰，沈仲九标点：《明通鉴》卷五三，中华书局，2009 年版，第
　　1823 页。

② ［明］黄佐、廖道南：《殿阁词林记》卷一八，《景印文渊阁四库全书》第
　　452 册，台湾商务印书馆，1986 年版，第 361 页。

③ ［清］张廷玉等：《明史》卷一九六，中华书局，1974 年版，第 5178 页。

矣"，① 皆严重滞碍了新生力量的及时补充。如此,削弱了馆阁文学的权威,馆阁所剩无几的文学权力,雪上加霜,继续外移。当然,"遣出外授官",也在一定程度上充实了郎署文学力量。同时,因翰苑缺员,一些郎署官得以有机会进入翰苑,这也扩大、延伸了郎署文学的影响力,为馆阁文学与郎署文学的互动,创造了条件。

　　至严嵩执政期间,政治生态环境继续恶化。世宗沉溺于道教,宠信道士,一意修醮,二十年不理朝政;长期重用严嵩父子,残害忠良,祸国殃民,导致危机四伏。海瑞曾上《治安疏》,鞭辟入里地指出:"天下因即陛下改元之号,而亿之曰:'嘉靖者,言家家皆净而无财用也。'"② 语虽偏激,却中要害,直指问题根源。嘉靖二十一年(1542)八月,严嵩入阁,嘉靖二十三年(1544)八月为首辅,至嘉靖四十一年(1562)五月罢职,其把持朝政二十年之久。此时,内阁已成为凌驾于六部之上的特权机构。内阁首辅虽无宰相名,却有宰相之实,阁权日重,但对皇帝少敢有忤逆,成为世宗修炼之余操控朝臣的有力抓手。绝对受制于皇权的阁权膨胀,极易造成媚上欺下的现象。以严嵩为代表的阁臣,为迎合帝意,媚上邀宠,带头写青词,翰林官员多从之。《明世宗实录》"嘉靖三十五年(1556)四月":

　　　　丁巳,诏升翰林院侍读严讷、修撰李春芳俱翰林院学

────────────

① [明] 夏言:《桂洲先生奏议》卷一〇《请选翰林院庶吉士(嘉靖十一年)》,《四库全书存目丛书》史部,第60册,齐鲁书社,1996年版,第424页。

② [明] 海瑞撰,陈义钟编校:《海瑞集》上册,中华书局,1962年版,第218页。

士,右春坊右中允董份供撰玄文。上以讷等供撰效劳,特谕辅臣曰:"今大小官以私情乘空铨除无数,侍上者乃千百人中一二耳。"讷、春坊(芳)各升学士,以重玄场供事者份补撰文,然自是官词林者,多舍其本职,往往骛为玄撰,以希进用矣。①

从阁臣到翰林竞相撰写青词,"以希进用",词臣职责的错位,扰乱了馆阁文学的正常秩序。徐𬘓《文起堂集序》批驳道:"迄嘉靖,上好玄修,一时侍从之臣,以清词相尚,海内欣动,援附奔趋,不复知有六艺矣。"② 这样,嘉靖末年馆阁生态环境日益恶化,不仅使馆阁文学受到摧残,也殃及整个文坛。王穉登《袁文荣公诗略序》描述当时状况为:

> 嘉靖末……公卿朝贵,相顾以诗为戒,登高能赋之士,莫能见其所长,风雅道几丧矣。③

言辞虽有着几分夸张,但当时馆阁政治之阴暗、文化生态环境之恶劣,足可见之。弘、正以来馆阁文学权力的下移,此时仍在继续。王世贞《答郭太史美命》即称:"自仆有识以来,此权

---

① 《明世宗实录》卷四三四,"中央研究院"历史语言研究所,1965年版,第7487—7488页。

② [明]张献翼:《文起堂集》卷首,《明别集丛刊》第3辑,第62册,黄山书社,2016年版,第4页。

③ [明]袁炜:《袁文荣公诗略》卷首,《四库全书存目丛书》集部,第104册,齐鲁书社,1997年版,第349页。

乃稍外移。"① "有识"，指成年或能晓事之年。吕延济注曰："有
识，自三十成立之后。"② 王世贞嘉靖二十二年(1543)，中应天
乡试，年十八；二十六年(1547)中进士，年二十二。三十四年
(1555)，王世贞三十岁，正是后七子郎署官执文坛牛耳之时，馆
阁所拥有的有限的文学权力仍在慢慢外移。

另外，政治生态环境的恶劣，一定程度上导致庶吉士馆选
的时选时停，即隔科馆选或连科不选。嘉靖十四年(1535)后，
庶吉士的馆选时常临选报罢，时停时选。嘉靖十七年(1538)、
二十三年(1544)、二十九年(1550)三科，隔科馆选；从三十五
年(1556)到四十一年(1562)，三科停选。这几乎阻断了翰苑
新鲜血液的补给，馆阁文学遭到重大损失。

可以说，翰林官的"遣出外授官"与"外补"、"扩充政事"，
庶吉士馆选的时选时停，打破了由进士而庶吉士，由庶吉士而翰
林官的选任格局，加之翰苑生态环境恶化下的青词撰写，严重降
低了馆阁文学权威，削弱了其文学权力。这一方面，加剧了嘉靖
初以来馆阁仅剩不多的文学权力的下移速度；另一方面，也在
一定程度上拓展了郎署文学所及的空间，客观上有利于分散的
文学权力回归郎署。

其次，恶劣政治环境下的郎署人格的正直，也有助于文权复
归郎署。后七子派郎署官兴起之时，正是严嵩炙手可热、势焰熏
天之际。他们多为人正直，对现实认识清醒，颇遭严嵩的打压与
迫害。殷士儋为李攀龙所撰墓志铭载，嘉靖三十年(1551)，李

----

① [明]王世贞：《弇州山人续稿》卷一九八，《明别集丛刊》第3辑，第39
　册，黄山书社，2016年版，第374页。
② [南朝梁]萧统编，[唐]李善等注：《六臣注文选》卷二四《答何劭二首》，中
　华书局，1987年版，第449页。

攀龙任刑部山西司郎中时,有位触法边将,罪不至死,严嵩"怒其不赂",必欲置之于死地,"而竟不能夺之于鳞,从末减"。① 李攀龙之孤高正直,王世贞可为见证人:"仆生平睹李于鳞之孤峻绝俗……以为世无能鼎足者。"② 王世贞年少才高,严嵩欲收之于门下,被慨然拒绝。王锡爵回忆道:"时分宜相当国,雅重公才名,数令具酒食征逐,微谕相指,欲阴收公门下,公意不善也,而相所雠。"③ 王世贞也自言:"当严氏炙手时,其意亦以为仆足罗者。盖数近而数远之,终不能罗我。"④ 任职刑部期间,有阎姓奸人犯法,藏匿于锦衣都督陆炳家,王世贞搜得之。陆炳"介严嵩以请",王世贞不许。后七子郎署官格之正直,在杨继盛事件上,得以集中展现。嘉靖三十二年(1553),杨继盛遭弹劾下狱,在众人避之唯恐不及时,王世贞"时进汤药。其妻讼夫冤,为代草。既死,复棺殓之。嵩大恨"。⑤ 他还曾托人找严嵩为杨求情,尽管无果。徐中行也"时时橐饘食之,间一人相慰语,慷

① [明]殷士儋:《金舆山房稿》卷一〇《嘉议大夫河南按察使李公墓志铭》,《四库全书存目丛书》集部,第115册,齐鲁书社,1997年版,第783页。

② [明]王世贞:《弇州山人续稿》卷一八〇《张叔琦》,《明别集丛刊》第3辑,第39册,黄山书社,2016年版,第193页。

③ [明]王锡爵:《王文肃公文集》卷六《太子少保刑部尚书凤洲王公神道碑》,《四库禁毁书丛刊》集部,第7册,北京出版社,2000年版,第159页。

④ [明]王世贞:《弇州山人续稿》卷一九五《王胤昌》,《明别集丛刊》第3辑,第39册,黄山书社,2016年版,第342页。

⑤ [清]张廷玉等:《明史》卷二八七《文苑三》,中华书局,1974年版,第7379—7380页。

慨欷歔,泣数行下",① 杨继盛怕连累到他,请他不要再冒险,但徐不顾忌。吴国伦、宗臣等也不畏严嵩淫威,为杨继盛竭力周旋,尽其所能。三十四年(1555)十月,杨继盛被杀,王世贞与徐中行,以及诸郎署官,哭于郊外,并"治其丧",② 严嵩更是"怒切齿"。③ 这成为他们日后倍受排挤、打击的重要由头之一。徐中行就因此而改官受阻挠,李默曾"拟以曹郎",排其名第三,竟"复不果"。④ 不过,这只是小序曲,大规模的打击、报复,已酝酿出炉,颇有一网打尽之势。

嘉靖三十五年(1556)春,李默为严嵩迫害致死,严嵩开始

---

① [明]王世贞:《明中奉大夫江西布政使司左布政使天目徐公墓碑》,徐中行著,王群栗点校:《徐中行集·天目先生集》卷二一《附录》,浙江古籍出版社,2012年版,第360—361页。

② 汪道昆《杨忠愍公集序》:"初,忠愍当大辟,王元美抵嵩客说嵩,会嵩党格,客议不行,遂481心忠愍。元美从徐子与及诸郎哭忠愍郊外,治其丧。严氏迹之,螫诸哭郊外治丧者。于是元美首及难,子与亦行。"(汪道昆著,胡益民、余国庆点校:《太函集》卷二一,黄山书社,2004年版,第458页)徐中行是否参与"哭郊外与经纪后事",当时就有异议。吴国伦《奉汪伯玉司马书》称:"检《忠愍集序》,入子与名,似非实录。盖忠愍以乙卯冬服刑,子与方决囚江北,不与事。哭郊外与经纪后事者,国伦与元美、子相三人耳。明年,仆谪,子相去之闽,元美遂蒙大难。子与寻又谳狱江南,守汀、守汝南,去前事盖八九年。始谪则又在严氏族后,实不以忠愍行也。向华亭公(徐阶)为忠愍作志,遗子相而及子与,已为失考,今奈何专属子与乎? 此虽士人细行,子与岂肯攘人之美以自居乎?"(吴国伦:《甔甀洞稿》卷五〇,伟文图书出版社有限公司,1976年版,第2344—2345页)

③ [明]王世贞:《弇州山人四部稿》卷九八《先考思质府君行状》,伟文图书出版社有限公司,1976年版,第4616页。

④ [明]王世贞:《明中奉大夫江西布政使司左布政使天目徐公墓碑》,徐中行著,王群栗点校:《徐中行集·天目先生集》卷二一《附录》,浙江古籍出版社,2012年版,第361页。

全面清算、迫害后七子派郎署官。三月,吴国伦为严嵩假他事谪
江西按察司知事,次年量移南康推官。嘉靖三十八年(1559),
严嵩欲借京察之机罢黜之,后经徐阶极力周旋,得以调任归德
推官。① 至于王世贞,为官多年不调,铨司两推其为督学副使,
皆为严嵩阻挠而不果,后"补青州兵备使"。② 王为此激愤不平:
"尚书郎满九岁,仅得迁为按察,治青齐兵。此其意将困余以所
不习故!"③ 其《短歌自嘲》也记此事:

　　　我不能六翮飞上天,又不能摧眉折腰贵人前。为郎五
载,偃蹇不迁。讯牍再过心茫然,但晓月费司农钱。移书考

----

① 吴国伦《明吴仲子牧良墓志铭》:"初予仕世宗朝,为给事中,以哭杨忠
愍继盛而经纪其丧,为分宜父子所衔。丙辰谪豫章从事。丁巳,量移南
康司理。且二年,分宜意未释。己未,将乘京考,遂斥之,以华亭公力争,
得再左官。"(吴国伦:《甔甀洞稿》卷三六,伟文图书出版社有限公司,
1976年版,第1718页)《明史·吴国伦传》:"杨继盛死,倡众赙送,忤严
嵩,假他事谪江西按察司知事。量移南康推官,调归德,居二岁弃去。"
(张廷玉等:《明史》卷二八七《文苑三》,中华书局,1974年版,第7379
页)按:《明世宗实录》"嘉靖三十五年三月":"丙寅,掌吏部事大学士李
本,奉诏考察,不职科道官共三十八人……给事中孙浚、吴国伦……得旨
罢黜降调如例。"(《明世宗实录》卷四三三,"中央研究院"历史语言研
究所,1965年版,第7464—7465页)又吴国伦《予有豫章之谪,徐、宗二
子携黎惟敬过访,席间赋得沙字》,诗中有"帝里春光沉雨雪"句,故其谪
江西,当在是年三月。
② [明]王锡爵:《王文肃公文集》卷六《太子少保刑部尚书凤洲王公神
道碑》,《四库禁毁书丛刊》集部,第7册,北京出版社,2000年版,第
160页。
③ [明]王世贞:《弇州山人四部稿》卷七一《王氏金虎集序》,《明别集丛
刊》第3辑,第34册,黄山书社,2016年版,第176页。

功令,愿赐归田。①

从中见其人格之正直。嘉靖三十六年(1557)十二月,徐中行出知汀州;嘉靖四十二年(1563)五月,罢汝宁知府。面对诸子遭遇,宗臣也预感到,不幸将很快降及其身:"我辈已触诸贵人大怒,李与足下幸远,吴又谪,独日夜急者,仆也。"②王世贞也称:

> 吟咏时流布人间,或称"七子",或"八子",吾曹实未尝相标榜也。而分宜氏当国,自谓得旁采风雅权,谗者间之,耽耽虎视,俱不免矣。③

在当时,身为内阁首辅的严嵩,也算得上是一位才子,其"自谓得旁采风雅权",有主盟文坛之意,无奈李、王已先声夺人,以"五子"、"七子"或"八子"相标榜,又不肯归附于己,故心生妒恨,便伺机迫害。王世贞给俞允文的书信,就谈到其因此而遭迫害之事:"仲蔚知吴明卿谪耶? 坐以谈文章故。当事者几一网尽,然谓仆乃其魁焉。"④"当事者",指严嵩;"仆乃其魁",坦言其与严氏势不两立。

① [明]王世贞:《弇州山人四部稿》卷一七,《明别集丛刊》第3辑,第33册,黄山书社,2016年版,第296页。

② [明]宗臣:《宗子相集》卷一四《报元美》,伟文图书出版社有限公司,1976年版,第977—978页。

③ [明]王世贞:《艺苑卮言》卷七,丁福保辑:《历代诗话续编》中,中华书局,2006年版,第1068页。

④ [明]王世贞:《弇州山人四部稿》卷一二七《俞仲蔚》,《明别集丛刊》第3辑,第35册,黄山书社,2016年版,第119页。

　　严嵩执政时期,正是后七子派郎署官成名之时。严嵩的打击迫害,以及后七子郎署官因此表现出的正直人格,在很大程度上成全了他们,其声名益加鹊起。其所累积的有价值的文化资本不断增加,在文学场域中所占据的位置越来越有利,为文学权力复归郎署,进一步铺平了道路。屠隆曾有言:"品格既高,风韵自远。"黄省曾称赞李梦阳"风节凝持,卓立不惧,卒能浣学囿之污沿,新彤管之琐习,起末家之颓散,复周汉之雅丽"。言虽为前七子郎署官而发,后七子郎署官,何尝不如此!

　　不过,后七子郎署官并不认为,嘉靖一朝是朝治黑暗时期。相反,他们自谓生遭盛世,其"不自意结伍从"于前七子,同样是欲借恢复古典诗歌的审美传统,以鸣盛世。徐中行《重刻李沧溟先生集序》有曰:

　　　世宗寿考,作人纲纪,文学之士,而金玉其相,追琢其章。沧溟之间,李于鳞其人也……自汉而下,千五百余年,擅不朽之业,以明当日之盛,孰如于鳞者……是集也,适贻右文之日,不将郁郁而于斯为盛者乎! ①

　　文运与世运相通,徐中行认为,李攀龙之作可"以明当日之盛",是嘉靖朝"右文之日"、太平盛世的见证。李维桢《王凤洲先生全集叙》亦云:"欲观明世运之隆,不必启金匮石室之藏,问海晏河清之瑞,诵先生集而知。"②失落的雅道,由此即可寻复。

---

① [明]徐中行著,王群栗点校:《徐中行集·天目先生集》卷三〇,浙江古籍出版社,2012年版,第246—247页。
② [明]王世贞:《弇州山人续稿》卷首,《明别集丛刊》第3辑,第36册,黄山书社,2016年版,第10页。

汪道昆《青萝馆诗集序》在引李攀龙"吾党亟称献吉"的话语后道："夫前者崛起，后者代兴。百年之间，骎骎进于大雅，非适逢世，能乎！"① "大雅"的恢复，需要以盛世为基础，适逢其世，必有其文，这是文学权力回归郎署不可或缺的动力。陈子龙《答胡学博》即言："世宗恢弘大略，过于周宣、汉武；则有于鳞、元美之流，高文壮采，鼓吹休明。"② 视嘉靖一朝为盛世，虽为传统士大夫的一厢情愿，但确有益于文学发展，后七子郎署官也从中获得了一定的优势文化资本，有助于文学话语权的回归郎署。

综上所述，嘉靖初年文坛上的诸调并陈，尤其是唐宋派所致文弊，激发起李、王等郎署官纠偏补弊的热情与强烈的结盟意识。他们以此为动力，立派组社，重申与强调前七子郎署文学策略，甚至不惜走偏锋，加之嘉靖以来险恶政治环境的作用，嘉靖后期至万历初，前七子郎署分散、流失的文学权力又为后七子郎署官所控制。至此，明代郎署文学达到了鼎盛。不过，此次文学权力的回归，并非是前七子郎署文学权力简单、机械的延续与回归。由当时所处文坛背景之复杂、政治生态环境之恶劣，以及其文学策略之谨严与文学效应生发之深远，不难发觉，后七子郎署文学权力的回归，是一次螺旋式上升的延续与回归，延续中有升华，回归中有超越。尽管如此，后七子郎署文学最没能摆脱前七子郎署文学之命运。这意味着，奉行机械拟古策略不可能为文学发展寻觅到真正的出路，尽管能掌控一时主流文权。

---

① ［明］汪道昆著，胡益民、余国庆点校：《太函集》卷二一，黄山书社，2004年版，第459页。

② ［明］陈子龙著，王英志辑校：《陈子龙全集·安雅堂稿》卷一八，人民文学出版社，2011年版，第1408页。

第五章　从郎署到山林、市井：郎署文学权力式微与晚明文学转型

万历中叶，后七子所掌控的郎署文学权力，日渐衰弱。王世贞的晚年"自悔"及其文学策略的调整，从内部削弱了郎署文学权力。伴随着嘉靖以来馆阁文学的郎署化倾向，以及庶吉士馆选的正常化运转，至万历中期，沉寂已久的馆阁文学，稍露复兴迹象，呈现出所谓文章之道"复归台阁"的局面，一定程度上削弱了郎署文学权力。晚明特定政治文化背景下的士人心态变化，促使郎署文学与山林、市井文学互动，郎署文学权力开始流向山林、市井，日趋式微，晚明文学最终完成了由郎署向山林、市井的权力转移与文学转型。

第一节　王世贞晚年"自悔"与郎署文学权力的削弱

伴随着后七子郎署官及其复古末流机械模拟弊病的日趋严重，以及来自各方的诟病，王世贞开始反思其郎署文学策略。这种反思是其晚年"自悔"的有机组成部分，也是郎署文学权力流失的内在因素之一，对晚明文学走向，影响甚大。

一、王世贞晚年"自悔"说考辨

提到王世贞晚年"自悔",论者多会联想到钱谦益"弇州晚年定论"说。《列朝诗集小传·袁庶子宗道》有曰:

> 伯修论本朝诗云:"弇州才却大,第不奈头领牵掣,不容不入他行市,然自家本色,时时露出,毕竟非历下一流人。晚年全效坡公,然亦终不似也。"余近来拈出弇州晚年定论,恰是如此。伯修可谓具眼矣。①

"弇州晚年定论"说,钱谦益自谓由其拈出,颇为得意。实际上,李维桢早已"拈出",《黄友上诗跋》称:

> 今言诗莫盛于吴,吴得一弇州先生名世,天下翕然宗之。余尝疑杜子美不啻有十王摩诘语,窃以为轩轾太过。后见先生晚年定论,殊服膺摩诘,又极称香山、眉山,非后人所可轻议。乃知先生网罗千古,集诗道之大成。

李维桢此跋收录在万历三十九年(1611)刻本《大泌山房

---

① [清]钱谦益:《列朝诗集小传》丁集中,上海古籍出版社,2008年版,第566页。钱氏所引袁氏语,出自袁之《答陶石篑》:"弇州才却大,第不奈头领牵掣,不容不入他行市;然自家本色,时时露出,毕竟不是历下一流人。闻其晚年撰造,颇不为诸词客所赏。词客不赏,安知不是我辈所深赏者乎!前范凝宇有抄本,弟借来看,乃知此老晚年全效坡公,然亦终不似也。坡公自黄州以后,文机一变,天趣横生。此岂应酬心肠,格套口角,所能仿佛之乎?"(袁宗道著,钱伯城标点:《白苏斋类集》卷一六,上海古籍出版社,1989年版,第234页)

集》中，① 而钱谦益则刚于去年进士登第。与钱氏的明褒暗毁不同，李维桢则从集大成的角度，盛誉王世贞。

　　王世贞"自悔"，应始于万历三年（1575）以后。其《陆山人》："仆数奇自放，不能为人间完人，而又多少年偏嗜，堕绮语障，今过五十，始知悔，然无及矣！"② 万历三年，王世贞五十岁，其"自悔"当在此后。又《答曹子真》："仆自逾知非之岁数，凡四屈指，而始知悔。"③ "知非"，即五十岁之代称。④ 其"大悔"应始于万历八年（1580）。《李仲吉》："庚辰岁首，籍灵真警诱，少知创悟，决策屏家累，绝世情，束身入观。"⑤ 庚辰，即万历八年（1580）。"绝世情，束身入观"，即"大悔"之表现。又，王世贞之子王士骐所撰行状，即指出其"大悔"在此年后："庚辰以后，觉而悟前之憭也，即负大悔。"⑥

　　那么，王世贞"自悔"的具体内容是什么？《李仲吉》云：

---

①［明］李维桢：《大泌山房集》卷一三一，《四库全书存目丛书》集部，第153册，齐鲁书社，1997年版，第681页。

②［明］王世贞：《弇州山人续稿》卷一八三，《明别集丛刊》第3辑，第39册，黄山书社，2016年版，第220页。

③［明］王世贞：《弇州山人续稿》卷一八三，《明别集丛刊》第3辑，第39册，黄山书社，2016年版，第225页。

④《淮南子·原道训》："故蘧伯玉年五十，而有四十九年非。"（刘文典撰，冯逸、乔华点校：《淮南鸿烈集解》卷一，中华书局，1989年版，第25页）后便以"知非"指代五十岁。白居易《自咏》："诚知此事非，又过知非年。"（谢思炜：《白居易诗集校注》卷八，中华书局，2006年版，第711—712页）

⑤［明］王世贞：《弇州山人续稿》卷一八三，《明别集丛刊》第3辑，第39册，黄山书社，2016年版，第223页。

⑥［明］王士骐：《明故资政大夫南京刑部尚书赠太子少保先府君凤洲王公行状》，［明］王士骐、王锡爵、屠隆：《王凤洲先生行状》，明万历刻本。

"仆不幸而弱冠成进士名，又不幸而好饮、好诙噱、好一切铅椠之末技，又不幸而不能自爱，轻露其丑，以故狂名满天下……仆又跅弛，亡长者誉而负轻薄文士名，衔负心之痛而牵富贵，当止足之地而乏勇决，垂朽之骨，作人齿颊间物，中间愧心、畏心、厌心、悔心，数起数灭。"《答曹子真》亦云："觉一切忧怒从喜乐生，毁从誉生，失意从得意生。所读书，一字不得用；所撰述文业，一字无可传，欲弃之。"由此看来，王世贞"自悔"的内容非常广泛，大抵包括弱冠成进士、负文名、好书籍、好读书、好撰述、好饮酒、好诙噱，恋富贵、不检点、不能急流勇退等。当然，也不排除其有造作的成分。

自悔为文，是王世贞晚年"自悔"的重要内容。《黄山人》称："仆老矣！不自惜，受役笔墨余三十年，而今且自悔，欲尽付祖龙。"[1] 他还在其他文章中，不厌其烦地道此。[2] 观其所悔为文，无非是由于汩于世俗，从事雕虫小技时间过久，既与立言径庭，

---

[1] ［明］王世贞：《弇州山人续稿》卷一八三，《明别集丛刊》第3辑，第39册，黄山书社，2016年版，第222页。

[2] 如《甘金宪》："仆东海之畸人也，少而龌龊事公车业，稍得离去，为古文辞，以天之灵从于鳞游，时时与子与、明卿辈相上下。久之，复从伯玉游，自是汩没其中者且四十年。虽薄有雕虫之声于海内，而中实渐厌之，以为小技不尊，虚饰弗庸，去立言之君子，何啻径庭！"（王世贞：《弇州山人续稿》卷二〇一，《明别集丛刊》第3辑，第39册，黄山书社，2016年版，第403页）《光先辈》："仆于雕虫技，殆夙生障耳！汩没者垂四十年，所损笔札以千万计，而于道无所发挥。"（王世贞：《弇州山人续稿》卷二〇七，《明别集丛刊》第3辑，第39册，黄山书社，2016年版，第464—465页）《冯咸甫先辈》："仆老矣，坐夙生障。少而负雕虫之癖，受役笔研，狂怒猘走，垂四十年，姓名涩人齿颊，而不自觉，近始愧且悔。"（王世贞：《弇州山人续稿》卷二〇七，《明别集丛刊》第3辑，第39册，黄山书社，2016年版，第463页）

又于理道无所发挥,徒损笔札等。所以"自悔"如此,很大程度上是因仕宦坎坷、世路蹒跚。与李攀龙"文辞相矜,不达于政"①不同,王世贞不但为文章方家,而且有经国大略,精于史事。②但因政治的黑暗,加之人格的正直,"不能曲意以事诸言路贵人",③又"尝屈指前后所忤三相国",④政治抱负难以施展,渐生厌世情绪。巡抚郧阳时,他"以迂直,失权臣指,再被訾擿",⑤以至于欲"甘为退飞鹢,不作骧首骥",⑥从"而始知悔"。万历四年(1576),又遭人弹劾,归居济南。乃父王忬弃市,对王之影响甚大。他认为,这与其介入杨继盛事件,得罪严嵩有关。杨继盛身死后,他"不忍坐视,经纪其丧",严嵩闻知愈加"切齿",⑦而

① [明]殷士儋:《金舆山房稿》卷一〇《嘉议大夫河南按察使李公墓志铭》,《四库全书存目丛书》集部,第115册,齐鲁书社,1997年版,第784页。

② [明]李贽:《续藏书》卷二六《文学名臣》,中华书局,1959年版,第512—514页。

③ [明]王世贞:《弇州山人续稿》卷一九五《王胤昌》,《明别集丛刊》第3辑,第39册,黄山书社,2016年版,第342页。

④ [明]王锡爵:《王文肃公文集》卷六《太子少保刑部尚书凤洲王公神道碑》,《四库禁毁书丛刊》集部,第7册,北京出版社,2000年版,第161页。

⑤ [明]王世贞:《弇州山人续稿》卷一四二《为恳乞天恩辩明考满事情仍赐罢斥以伸言路疏》,《明别集丛刊》第3辑,第38册,黄山书社,2016年版,第409页。

⑥ [明]王世贞:《弇州山人四部稿》卷一〇《今岁忽已知命,仲冬五日为悬弧之旦,不胜感怆,聊叙今昔,得六百字》,《明别集丛刊》第3辑,第33册,黄山书社,2016年版,第233页。

⑦ [明]王世贞:《弇州山人四部稿》卷一〇九《恳乞天恩俯念先臣微功极冤特赐昭雪以明德意以伸公论疏》,《明别集丛刊》第3辑,第34册,黄山书社,2016年版,第599、600页。

嫁祸于其父,故其"有至痛焉"。① 这一切,皆为激发王世贞晚年"自悔"的重要动因,正如王士骐所说:"府君生平经国之略,踯躅世路,而耻不尽其才。哕心腐骨,顿挫幽忧,逃于醉乡,冀泯知觉,而耻称酒德;贤豪借名,饥寒借色,而耻居长者;冢笔穴砚,仆仆以应四方,而耻天下以文章为知己。"②

直接导致王世贞"大悔"的,应是师从王锡爵之女昙阳子王焘贞之事。正当陷入"默默不自得,念世法中无可破除,而向所慕竺乾氏之教,又不得其端倪,心摇摇如悬旌焉,而无所终薄"之困境时,王世贞欣闻王焘贞"以贞女立化,意甚快之,遂于城南结龛,奉大士像",并声称:"吾倦于官则思息,倦于酗则思默,倦于饮则思饥,倦于名则思掩耳,倦于家则思避之东墙耳!"③师事王焘贞,意在渴望得其指点迷津,脱离迷途苦海。王焘贞授之以"八戒",王世贞如获妙药灵丹,称之"核而端,朴而要,悉而弗苛,浅而有深旨,盖生人之大纪备矣! 即老氏三宝,佛氏五戒,胡能喻也?"④ "悔过"为王焘贞教义之精髓,其强调"但于十二时检点身心中过",若"觉未有过","此一念即过也"。⑤ 王世贞

---

① [明] 王世贞:《弇州山人四部稿》卷九九《杨忠愍公行状》,《明别集丛刊》第 3 辑,第 34 册,黄山书社,2016 年版,第 490 页。

② [明] 王士骐:《明故资政大夫南京刑部尚书赠太子少保先府君凤洲王公行状》,[明] 王士骐、王锡爵、屠隆:《王凤洲先生行状》,明万历刻本。

③ [明] 王士骐:《明故资政大夫南京刑部尚书赠太子少保先府君凤洲王公行状》,[明] 王士骐、王锡爵、屠隆:《王凤洲先生行状》,明万历刻本。

④ [明] 王世贞:《弇州山人续稿》卷七八《昙阳大师传》,《明别集丛刊》第 3 辑,第 37 册,黄山书社,2016 年版,第 349 页。据此传载,"八戒"为"首爱敬君亲,次戒止淫杀,三怜恤孤寡,四和光忍辱,五慈俭惜福,六敬慎言语、不谈人过,七不蓄谶纬禁书,八不信师巫外道及黄白男女之事"。

⑤ [明] 王世贞:《弇州山人续稿》卷七八《昙阳大师传》,《明别集丛刊》第 3 辑,第 37 册,黄山书社,2016 年版,第 351 页。

奉之若金科玉律，"十二时内，思过不暇"，[①] 这是其晚年"自悔"
的内在动力。《光先辈》有曰：

> 仆于雕虫技，殆夙生障耳！汩没者垂四十年，所损笔札
> 以千万计，而于道无所发挥。此番参合之化不归，将来何所
> 底止？以故，居恒瞿然惧焉，幸而吾师悯之，示以金篦，俾出
> 迷途而返之正，然且五年矣！而尘债不获却，尘念不自洗，
> 行则仙仙，止则兀兀，与接为媾，日与知斗。[②]

王世贞坦然道，昙阳子"示以金篦，俾出迷途而返之正"，但
他仍未能够脱却世俗，常陷于矛盾之中。《黄司训》称："晚而好
佛，又改趣事黄冠，执志不坚，复堕尘网，一语一步皆成悔。"[③] 他
虽已意识到笔墨之无益，厌恶应酬文字，但又抵挡不住外界压
力，不能断然封笔。《凌郡丞》称：

> 仆比来百事俱灰，冷菜羹、豆藿一饱后，即兀兀枯坐，
> 而千里故人，以笔札见役，意软不能作白眼却之，诚有如公
> 所笑宿障者。[④]

---

① [明]王世贞：《弇州山人续稿》卷一八三《李仲吉》，《明别集丛刊》第 3
辑，第 39 册，黄山书社，2016 年版，第 223 页。
② [明]王世贞：《弇州山人续稿》卷二〇七，《明别集丛刊》第 3 辑，第 39
册，黄山书社，2016 年版，第 464—465 页。
③ [明]王世贞：《弇州山人续稿》卷二〇四，《明别集丛刊》第 3 辑，第 39
册，黄山书社，2016 年版，第 434 页。
④ [明]王世贞：《弇州山人续稿》卷二〇四，《明别集丛刊》第 3 辑，第 39
册，黄山书社，2016 年版，第 430 页。

"不能作白眼却之",因其"不忍拂仁人、孝子之用心"。① "八戒"的首条便是"爱敬君亲",故王世贞尚有理由说服自己勉强为文,以应求者之意,尽管与其"自悔"理念相悖。他以为,自己可以不为诗作文,但不可因此而否认文学的教化功能:"则彼之自谦以为小技者也。孔子称诗可以兴,可以群,可以怨,迩之事父,远之事君。若仅以忠孝二言,或粗征其实,以示天下后世,安能使之感动,而得其所谓兴与群与怨也?"② 所以,王世贞晚年"自悔",理论上有其不彻底性,行动上也未能完全践行。

那么,应如何看待这一问题? 这背后究竟隐藏着怎样的意蕴? 有必要再次从钱谦益"弇州晚年定论"说谈起:

> 世贞……操文章之柄,登坛设坫,近古未有,迄今五十年,弇州四部之集,盛行海内,毁誉翕集,弹射四起。轻薄为文者,无不以王、李为口实,而元美晚年之定论,则未有能推明之者也。③

那么,王世贞"晚年之定论"到底有何"未有能推明"的? 钱谦益又要"推明"什么? 钱氏接着道:

> (元美)少年盛气,为于鳞辈捞笼推挽,门户既立,声价

---

① [明]王世贞:《弇州山人续稿》卷二〇一《甘金宪》,《明别集丛刊》第3辑,第39册,黄山书社,2016年版,第403页。

② [明]王世贞:《弇州山人续稿》卷一九〇《答邹孚如舍人》,《明别集丛刊》第3辑,第39册,黄山书社,2016年版,第296页。

③ [清]钱谦益:《列朝诗集小传》丁集上《王尚书世贞》,上海古籍出版社,2008年版,第436页。

复重，譬之登峻坂、骑危墙，虽欲自下，势不能也。迫乎晚年，阅世日深，读书渐细，虚气销歇，浮华解驳，于是乎澟然汗下，蘧然梦觉，而自悔其不可以复改矣。论乐府，则亟称李西涯为天地间一种文字，而深讥模仿、断烂之失矣。论诗，则深服陈公甫。论文，则极推宋金华。而赞归太仆之画像，且曰"余岂异趋，久而自伤"矣。其论《艺苑卮言》则曰"作《卮言》时，年未四十，与于鳞辈是古非今，此长彼短，未为定论。行世已久，不能复秘，惟有随事改正，勿误后人"。元美之虚心克己，不自掩护如是。①

看似是褒扬王世贞"虚心克己"，不自护短，实则不然。抨击、否定行为主体之所作为，莫若以其言行（包括被刻意改造过的言行），予以自我否定。王世贞晚年虽意识到年轻时为诗若文弊病，但已无力回天，充满无奈。钱谦益拈出经其篡改过的王世贞"自悔"言语、虚造的故事，试图以此消解、否定前后七子郎署官复古文学成就与影响，这便是钱氏所谓"未有能推明之者"的真正内涵。上引钱氏话语，盖改编自王锡爵《弇州山人续稿序》：

　　当公少时，一二俊士句钉字饳，度不有所震发，欲藉大力者为帜，而以虚声感公，公稍矜踔应之，不免微露有余之势，而瓶建云委，要归于雄浑。迫其晚年，阅尽天地间福祸盛衰之倚伏、江河陵谷之迁流，与夫国是政体之真是非，才

---

① ［清］钱谦益：《列朝诗集小传》丁集上《王尚书世贞》，上海古籍出版社，2008年版，第436—437页。

品文章之真脉胳，而慨然悟霜降水涸之旨，于纷酿繁盛之时。故其诗若文，尽脱去角牙绳缚，而以恬澹自然为宗。①

两相对比，不难发现，与钱谦益明褒暗毁不同，王锡爵之论意在于称赏王世贞晚年诗文后出而转精，凸显其阅尽世事、历经沧桑后文风的自然转变，即"以恬澹自然为宗"。万历年间，焦竑叙《弇州山人续稿选》有曰：

> 及其晚也，皈心子瞻之学，而辑《外纪》以自忏，故其为文靡微不探，与其少作若出两手。盖集十代之成，而总四子之萃者，非公其谁？离合盛衰之数，乌足以难公哉！余独怪今之学者溺于谀闻，以公晚年进德之言，为英雄欺人之语，浸淫剽窃，令有识者欲扫秦汉之灰，而立唐宋之帜，使毗陵、晋江者复提徽贵之势，岂非公之罪人也哉！昔子云晚作《太玄》，悔其少作，曰："雕虫篆刻，壮夫不为。"而子瞻犹讥其托之艰深，以文浅易。公之不为子云也，是离而合者也，今之为公也，是胜而衰者也，是余所以刻公续集之意也。②

焦竑认定，王世贞晚年"自悔"是"进德之言"，是意识到一己文学理论偏狭后，做出的一种相应的微调，与扬雄晚年自悔，不可一概而论，是"离而合者"。这并不意味着王世贞真正"反

---

① [明]王世贞：《弇州山人续稿》卷首，《明别集丛刊》第3辑，第36册，黄山书社，2016年版，第4页。
② "国立中央图书馆"编：《"国立中央图书馆"善本序跋集录》集部，第3册，"中央图书馆"，1994年版，第481页。

悔"，更不是抛却秦汉而趋唐宋，而是他历尽人生百态、宦海浮沉后，文学思想的一种沉淀与自我完善，是多种文学理念的调和与通融，是"胜而衰者"。因此，焦竑选刻《弇州山人续集》，予以澄清事实。李维桢称黄友上"不袭弇州少年持论"，[1] 也是就学习不同时段文学风格立论，并非要否定王世贞早年创作实绩。钱锺书精辟地评论道：

> 弇州晚岁虚憍气退，于震川能识异量之美，而非降心相从……何尝拊膺自嗟、低头欲拜哉。牧斋排击弇州，不遗余力，非特擅易前文，抑且捏造故事。[2]

平心而言，王世贞晚年"自悔"，确有自悔的成分，但绝非是对其早年文学理论与创作实践的自我抹杀，而是其文学理论的一种检讨与升华。尽管如此，还是从内部削减了郎署文学的影响力，弱化了其文学权力。

二、晚年"自悔"与郎署文学权力的自我削弱

王世贞晚年"自悔"，在当时生发的名人效应，从内部削弱了后七子郎署文学的话语权，应有些出其所料。嘉靖末至万历前期，后七子派拟古流弊日趋严重，遭到各方抵制与批判，李、王也不能幸免，他们在世时，就已遭时人批评。王世懋论本朝诗独推徐祯卿、高叔嗣，以为"李、何尚有兴废，徐、高必无绝响"，对称

---

① [明]李维桢：《大泌山房集》卷一三一《黄友上诗跋》，《四库全书存目丛书》集部，第 153 册，齐鲁书社，1997 年版，第 682 页。

② 钱锺书：《谈艺录》（补订重排本）上卷，生活·读书·新知三联书店，2001 年版，第 195 页。

其"小美"且使其有诗名的李攀龙,竟"雅不欲奉"其"坛坫"。①
与王世贞"相善殆甚"的俞允文,"于今诗不甚推于鳞"。② 王世
贞也称:"夫饤饤古文奇字,期骇目词心,而止以此苛责于鳞,或
有之。"③ 作为当时文坛盟主的王世贞,也时常遭人指责。他曾
为王逢年文集作序,王非但不领情,反而"时时指摘王、李诗,嗤
为俗调"。④ 这是对王世贞为重心的郎署文学的有力抗议。因
晚年入道及"自悔"的不彻底性,世贞能以包容、平和的心态对
待别人的批评指责,并自觉调整奉行已久的郎署文学策略。

后七子郎署文学的核心策略"文必先秦、两汉,诗必汉魏、
盛唐"、"大历以后书勿读",是特定时期矫枉过正的产物。因其
固有的狭隘性、偏激性、绝对性,而多遭人诟病。王世贞晚年也
感到问题的严重,认为"未可以时代优劣也",⑤ 故能对过去不屑
一顾的宋诗,重新审视。其序慎子正《宋诗选》称,"代不能废
人,人不能废篇,篇不能废句",但仍以"惜格"为前提,"抑宋"⑥
的趋向,并无多少变化,不能一味地拔高。相对来说,取材定格

①[清]钱谦益:《列朝诗集小传》丁集上《王少卿世懋》,上海古籍出版社,
　2008年版,第438页。
②[明]王世贞:《弇州山人续稿》卷九一《俞仲蔚先生墓志铭》,《明别集丛
　刊》第3辑,第37册,黄山书社,2016年版,第481页。
③[明]王世贞:《弇州山人续稿》卷四五《徐天目先生集序》,《明别集丛
　刊》第3辑,第36册,黄山书社,2016年版,第606页。
④[清]钱谦益:《列朝诗集小传》丁集中《玄阳山人王逢年》,上海古籍出
　版社,2008年版,第519页。
⑤[明]王世贞:《艺苑卮言》卷四,丁福保辑:《历代诗话续编》中,中华书
　局,2006年版,第1007页。
⑥[明]王世贞:《弇州山人续稿》卷四一《宋诗选序》,《明别集丛刊》第3
　辑,第36册,黄山书社,2016年版,第569页。

上要通脱些："取材宜广，定格宜宽。"① 其实，之前他也有类似的
观点："师匠宜高，捃拾欲博。"② 这在一定程度上冲破了"文必
先秦、两汉，诗必汉魏、盛唐"之藩篱，以为中晚唐、宋元之诗皆
有其可取处。这样，其早年秦汉以后无文的域限，已被打破。特
别值得一提的是，王世贞一改早年成见，③ 开始喜欢三苏诗文。
《苏长公外纪序》曰："当吾之少壮时，与于鳞习为古文辞，其于
四家（按：指韩、柳、欧、苏之文）殊不能相入，晚而稍安之。毋论
苏公文，即其诗，最号为雅变杂揉者，虽不能为吾式，而亦足为吾
用。其感赴节义，聪明之所溢，散而为风调才技，于予心时有当
焉。"④ 王锡爵谓之"晚而始好子瞻"，⑤ 王世贞晚年生病时，刘凤
前往探望，"见其犹恒手子瞻集"。⑥ 袁宗道亦谓之"晚年全效坡
公"，尽管"终不似也"。⑦ 由此也可见出，王世贞对苏轼，并非盲

---

① ［明］王世贞：《弇州山人续稿》卷二○五《傅伯安》，《明别集丛刊》第3
　辑，第39册，黄山书社，2016年版，第444页。

② ［明］王世贞：《艺苑卮言》卷一，丁福保辑：《历代诗话续编》中，中华书
　局，2006年版，第960页。

③ 王世贞早年，对苏轼诗文，颇有微词："读子瞻文，见才矣，然似不读书
　者。读子瞻诗，见学矣，然似绝无才者。懒倦欲睡时，诵子瞻小文及小
　词，亦觉神王。"（王世贞：《艺苑卮言》卷四，丁福保辑：《历代诗话续编》
　中，中华书局，2006年版，第1018页）

④ ［明］王世贞：《弇州山人续稿》卷四二，《明别集丛刊》第3辑，第36
　册，黄山书社，2016年版，第577页。

⑤ ［明］王锡爵：《弇州山人续稿序》，［明］王世贞：《弇州山人续稿》卷首，
　《明别集丛刊》第3辑，第36册，黄山书社，2016年版，第5页。

⑥ ［明］刘凤：《王凤洲先生弇州续集序》，［明］王世贞：《弇州山人续稿》
　卷首，《明别集丛刊》第3辑，第36册，黄山书社，2016年版，第8页。

⑦ ［明］袁宗道著，钱伯城标点：《白苏斋类集》卷一六《答陶石篑》，上海古
　籍出版社，1989年版，第234页。

目好之效之,而是有所批评的。王氏《书三苏文后》有言:

> 明允、子瞻,俱善持论。而明允尤雄劲有气力,独其好
> 胜而多骋,不甚晓事体,考故实而轻为可愕可喜之谈,盖自
> 《战国》中得之。子瞻殊爽朗,其论策沾溉后人甚多;记叙
> 之类,顺流而易,竟不若欧阳之舒婉,然中多警俊语;骚赋
> 非古而超然玄著,所以收名甚易。吾尝谓:子瞻非浅于经术
> 者,其少之所以不典则明允之余习;晚之所以不纯,则葱岭
> 之绪言。然而得是二益亦不小也。子由稍近理,故文彩不能
> 如父兄,晚益近理,故益不如,然而不失为佳子弟也。①

可以看出,对于三苏文,王世贞能较为客观地评析其长短优
劣。尽管在其文章统序中,仍不能与秦汉文同日而语。孙鑛谓
之"遂开乱道一派",② 实未为公允。

师法对象的多元化取向,势必会导致风格的多样性、包容
性。王世贞一反早年常态,开始眷注、称道吴中文风。《王世周
诗集序》:"明兴,弘、正、嘉、隆之际,作者林出,而自北地、济南

---

① [明] 王世贞:《弇州山人读书后》卷四,《明别集丛刊》第3辑,第39
册,黄山书社,2016年版,第542页。

② 孙鑛《与余君房论文书》:"近十余年以来,遂开乱道一派,昨某某皆此
派也,然此派亦有二支,一长吉、玉川,一子瞻、鲁直。某近李、卢,某近
苏、黄,然某犹有可喜,以其近于自然,某则太矫揉耳。文派至乱道则
极不可返,迩来作人亦多此派,此实关系世道,良足叹慨。然弇州晚年
诸作,实已透漏乱道端倪,盖气数人情至此,不得不然,亦非二三人之
过也。"(孙鑛:《月峰先生居业次编》卷三,《四库禁毁书丛刊》集部,第
126册,北京出版社,2000年版,第202页)

据正始外,蛇珠昆玉,莫盛于吴中。"①《袁鲁望集序》:"今天下之文,莫盛于吾吴。"②《真逸集序》:"今天下名能为诗,无若吾吴。"③对吴中文人师法六朝、中晚唐以及宋元的审美取向,也表现出一定程度的认同。《文先生传》称文徵明的诗"傅情而发,娟秀妍雅,出入柳柳州、白香山、苏端明诸公,文取达意,时沿欧阳庐陵",④一改早年鄙夷态度。之所以如此,他解释道:

> 吾少年时不经事,意轻其诗文,虽与酬酢,而甚卤莽。年来从其次孙请,为作传,亦足称忏悔文耳。⑤

王世贞创作上虽不脱拟古,但却反对"痕迹宛露"⑥式的剽拟,追求一种"不法而法,有意无意"、⑦"无法可语,即语"⑧的艺

---

①［明］王世贞:《弇州山人续稿》卷四三,《明别集丛刊》第 3 辑,第 36 册,黄山书社,2016 年版,第 585 页。

②［明］王世贞:《弇州山人续稿》卷四〇,《明别集丛刊》第 3 辑,第 36 册,黄山书社,2016 年版,第 559 页。

③［明］王世贞:《弇州山人续稿》卷四二,《明别集丛刊》第 3 辑,第 36 册,黄山书社,2016 年版,第 573 页。

④［明］王世贞:《弇州山人四部稿》卷八三《文先生传》,《明别集丛刊》第 3 辑,第 34 册,黄山书社,2016 年版,第 304 页。

⑤［明］王世贞:《艺苑卮言》卷六,丁福保辑:《历代诗话续编》中,中华书局,2006 年版,第 1044 页。

⑥［明］王世贞:《艺苑卮言》卷一,丁福保辑:《历代诗话续编》中,中华书局,2006 年版,第 964 页。

⑦［明］王世贞:《弇州山人四部稿》卷一二五《复戚都督书》,《明别集丛刊》第 3 辑,第 35 册,黄山书社,2016 年版,第 106 页。

⑧［明］王世贞:《弇州山人续稿》卷一六〇《题与程应魁诗后》,《明别集丛刊》第 3 辑,第 38 册,黄山书社,2016 年版,第 597 页。

术境界。

风格多样性的追求,往往易走向多种风格的融合。针对吴中、中原文风的各自特点,王世贞整合出"剂"之说。万历二年(1574),其为黄姬水所作《黄淳父集序》有曰:

> 士业以操觚,无如吾吴者,而其习沿江左靡靡。或以为土风清淑而柔嘉,辞亦因之。北地、武功诸君起中原,自厉其格,以求合古,而不能尽醳其豪疏之气。吾吴有徐迪功者,一遇之而交,与之剂,亦既彬彬矣,而不幸以蚤殁。乃淳父能剂矣。夫辞不必尽废旧而能致新,格不必步趋古而能无下。因遇见象,因意见法,巧不累体,豪不病韵,乃可言剂也。今吴下之士与中原交相诋。吴习务轻俊,然不能不推淳父之精深;中原好为豪,亦不能以其粗而病淳父之细者。淳父真能剂矣。[①]

文风的地域性差异,论文与创作皆不可回避。吴中与中原两种文风,前者清柔而失之绮靡,后者豪疏而失之粗硬,各有优劣长短,无直接可比性,若一味标榜此是彼非,彼优此劣,皆为皮相之谈,还涉乡愿。取彼人之长,补一己之短,倒不失为一种可行路径。若再能做到"辞不必尽废旧而能致新,格不必步趋古而能无下。因遇见象,因意见法,巧不累体,豪不病韵",便可双美兼收,是谓之"剂"。前后七子郎署官奉行"文必先秦、两汉,诗必汉魏、盛唐"策略所导致的拟古寡情,向来成为世人诟病的

---

① [明]王世贞:《弇州山人四部稿》卷六八,《明别集丛刊》第3辑,第34册,黄山书社,2016年版,第148页。

焦点,王世贞晚年已经注意到了这点。如他以为,李攀龙的拟古乐府,虽"无一字一句不精美,然不堪与古乐府并看,看则似临摹帖耳",[①] "剽窃模拟,诗之大病"。[②] 他批评"后之人好剽写余似,以苟猎一时之好,思蹐而格杂,无取于性情之真",[③] 提倡"遇有操觚,一师心匠,气从意畅,神与境合"。[④] 他特别援引"性灵"一词论诗。《艺苑卮言》有曰:

> 颜之推云:"文章之体,标举兴会,发引性灵,使人矜伐,故忽于持操,果于进取。今世文士,此患弥切。一事惬当,一句清巧,神厉九霄,志凌千载,自吟自赏,不觉更有傍人。加以砂砾所伤惨于矛戟,讽刺之祸速于风尘,深宜防虑,以保元吉。"吾生平无进取念,少年时神厉志凌之病,亦或有之。今老矣,追思往事,可为扪舌。[⑤]

在"自悔"少年为诗作文或染"神厉志凌之病"的同时,王世贞拈出"性灵"一词,别有深意。"性灵"多次出现在其论诗中。《湖西草堂诗集序》:"顾其大要在发乎兴,止乎事,触境而

---

① [明] 王世贞:《艺苑卮言》卷七,丁福保辑:《历代诗话续编》中,中华书局,2006年版,第1066页。

② [明] 王世贞:《艺苑卮言》卷四,丁福保辑:《历代诗话续编》中,中华书局,2006年版,第1018页。

③ [明] 王世贞:《弇州山人四部稿》卷六九《章给事诗集序》,《明别集丛刊》第3辑,第34册,黄山书社,2016年版,第154页。

④ [明] 王世贞:《艺苑卮言》卷一,丁福保辑:《历代诗话续编》中,中华书局,2006年版,第964页。

⑤ [明] 王世贞:《艺苑卮言》卷八,丁福保辑:《历代诗话续编》中,中华书局,2006年版,第1088页。

生,意尽而止。毋凿空,毋角险,以求胜人,而剗损吾性灵。"①
《邓太史传》引熊惟学之语,称传主邓俨:"喜为诗,谓其能发性
灵,开志意,而不求工于色象雕绘。君子以为知言。"②《余德甫
先生诗集序》称余曰德:"归田以后,于它念无所复之,益搜剗心
腑,冥通于性灵,神诣独往之句,为于鳞所嘉赏。"③

　　就文学发展而言,"性灵"说为王世贞晚年"自悔"之精
华,核心是注重真性情之抒发。为此,他还曾将目光触向民歌、
时调:

　　　　唯吴中人棹歌,虽俚字乡语不能离俗,而得古风人遗
　　意。其辞亦有可采者,如陆文量所记:"月子弯弯照九州,
　　几家欢乐几家愁?几人夫妇同罗帐?几人飘散在它州?"
　　又所闻:"约郎约到月上时,只见月上东方不见渠。不知奴
　　处山低月上早,又不知郎处山高月上迟。"即使子建、太白
　　降为俚谈,恐亦不能过也。然此田畯红女作劳之歌,长年樵
　　青,山泽相和,入城市间,愧汗塞吻矣。然则听古乐而恐卧
　　者,宁独一魏文侯也?④

---

①[明]王世贞:《弇州山人续稿》卷四六,《明别集丛刊》第3辑,第36
　册,黄山书社,2016年版,第616页。
②[明]王世贞:《弇州山人续稿》卷七三,《明别集丛刊》第3辑,第37
　册,黄山书社,2016年版,第292页。
③[明]王世贞:《弇州山人续稿》卷五二,《明别集丛刊》第3辑,第37
　册,黄山书社,2016年版,第58页。
④[明]王世贞:《艺苑卮言》卷七,丁福保辑:《历代诗话续编》中,中华书
　局,2006年版,第1070页。

　　吴中人棹歌感人至深，魅力无穷，即使李白、曹植再世，恐也不能过之。"长年樵青，山泽相和，入城市间，愧汗塞吻"，隐约透出王氏认同"真诗乃在民间"①之意。李攀龙所辑《古今诗删》，也选录不少古代民歌，见出其对民歌的关注，透露出向公安性灵过渡的迹象。

　　此外，王世贞还对其先前某些作家作品评论，推倒重评。其中，最引人注目的是关于李东阳拟古乐府价值的再评。于李东阳古乐府，王世贞由"病其太涉论议，过尔抑剪，以为十不得一"，到称"其奇旨创造，名语叠出，纵不可被之管弦，自是天地间一种文字"，②出语判若两人，外透出向茶陵派回归的趋势，反思不可谓不深刻。他还给"陈庄体"以重新审视与定位："陈公甫先生，诗不入法，文不入体，又皆不入题；而其妙处，有超乎法与体与题之外者。予少年学为古文辞，殊不能相契，晚节始自会心，偶然读之，或倦而跃然以醒，不饮而陶然以甘，不自知其所以然也。"③对于自己的作品，他也有自我检讨，《答胡元瑞》即称："仆故有《艺苑卮言》，是四十前未定之书。于鳞尝谓中多俊语，英雄欺人，意似不满。仆亦服之。第渠所弃取，却未尽快人意，得足下《诗薮》，则古今谈艺家尽废矣。"④

　　身为一代盟主，王世贞晚年"自悔"，对七子郎署官影响深

①［明］李梦阳：《空同先生集》卷五〇《诗集自序》，伟文图书出版社有限公司，1976年版，第1436页。

②［明］王世贞：《弇州山人读书后》卷四《书李西涯古乐府后》，《明别集丛刊》第3辑，第39册，黄山书社，2016年版，第554页。

③［明］王世贞：《弇州山人读书后》卷四《书陈白沙集后》，《明别集丛刊》第3辑，第39册，黄山书社，2016年版，第555页。

④［明］王世贞：《弇州山人续稿》卷二〇六，《明别集丛刊》第3辑，第39册，黄山书社，2016年版，第449页。

巨。屠隆即为鲜活的个案。万历五年（1577），屠隆在京与王世懋相遇后，主动投书结交，迈出进入主流文坛的第一步，后被王世贞置于"末五子"。屠隆对王无比推崇，《与王元美先生》称世贞"有于鳞，有献吉，又兼有往哲，而又自有元美，广大变化，斯其所以极玄也"。① 此时正是王世贞晚年"自悔"时，而李攀龙早已过世，故屠隆可少有顾虑地批评他们："今若尽读于鳞诗，初则喜其雄俊，多则厌其雷同。"② "于鳞诗丽而精，其失也狭。元美诗富而大，其失也杂。"并提出改进措施："若以元美之赡博，加之于鳞之雄俊，何可当也。"③ 当然，屠隆也不是盲目反对拟古，他反对"模辞拟法，拘而不化"式的机械剿袭，主张"必取材于经史，而熔意于心神，借声于周、汉，而命辞于今日。不必字字而琢之，句句而拟之"，④ 应"模古人之意，而遗其彩画"。⑤ 否则，就只能"傍古人之藩篱而已"。⑥ 屠隆之论虽有些"寡不敌众"，但已与公安派观点颇为接近。王世懋更是号召当世作者，放弃格调论："予谓今之作者，但须真才实学。本性求情，且莫

---

① ［明］屠隆撰，李亮伟、张萍校注：《由拳集校注》卷一四，浙江大学出版社，2016 年版，第 442 页。

② 汪超宏等点校：《鸿苞》卷一七《论诗文》，［明］屠隆著，汪超宏主编：《屠隆集》第 8 册，浙江古籍出版社，2012 年版，第 444 页。

③ 汪超宏等点校：《鸿苞》卷一七《论诗文》，［明］屠隆著，汪超宏主编：《屠隆集》第 8 册，浙江古籍出版社，2012 年版，第 429 页。

④ ［明］屠隆撰，李亮伟、张萍校注：《由拳集校注》卷二三《文论》，浙江大学出版社，2016 年版，第 638 页。

⑤ ［明］屠隆撰，李亮伟、张萍校注：《由拳集校注》卷二三《文论》，浙江大学出版社，2016 年版，第 637 页。

⑥ ［明］屠隆撰，李亮伟、张萍校注：《由拳集校注》卷二三《文论》，浙江大学出版社，2016 年版，第 638 页。

理论格调。"① 此皆可以视为后七子郎署文学向公安派过渡之津渡，尤其是屠隆。②

晚明以来，王世贞"自悔"说，常被别有用心者引为话柄。如朱国祯曾引以警戒后世为文："王弇州云：'志表之类，虽称谀墓，尚是仁人孝子一念，至于后进少年，偶得一二隽语，便欲据西京，超大历；官评仅考中下，辄称韩冯翊、黄颍川。老而不死，多作诳语，畏入地狱。'观此则公之忏悔已甚，而近日诸家文集，当有以自振矣。"③ 钱谦益用心更险恶，其拈出弇州晚年"自悔"说，作为否定前后七子文学复古的"内证"，甚至不惜改换字句。周亮工《书影》如法炮制，且扩而大之，④ 影响极为恶劣。

客观地说，王世贞晚年"自悔"，确有反悔之意，但是一种不彻底的"自悔"，决非如别有用心者所云。"自悔"并未完全否定前期的文学理论与创作，只是一种修补、订正，实是文学风格渐变的反映。王世贞以其名人效应与文学影响力，对当时及其后文学，尤其是郎署文学，影响深远。一方面，其晚年"自悔"成为郎署文学的自我掘墓者，从内部削弱了郎署文学话语权，使其大量流逝；另一方面，"自悔"又成为向新文风过渡的桥梁。同时，还落人口实，成为反对者的有力把柄。

---

① ［明］王世懋：《艺圃撷余》，［清］何文焕辑：《历代诗话》下，中华书局，2004 年版，第 780 页。
② 《四库全书总目·白榆集》："隆为人放诞风流，文章亦才士之绮语……文尤语多藻绘，而漫无持择。盖沿王、李之涂饰，而又兼涉三袁之纤佻也。"（永瑢等：《四库全书总目》卷一七九，中华书局，1965 年版，第 1621 页）
③ ［明］朱国祯：《涌幢小品》卷一八，中华书局，1959 年版，第 412 页。
④ ［清］周亮工：《书影》卷一，上海古籍出版社，1981 年版，第 16—17 页。

第二节　文学权力"复归台阁"
与郎署文学权力的减弱

　　自经前七子郎署文学的强力冲击,再加之嘉靖初年的"大礼议"洗礼,明代馆阁文学在很长一段时间内,一直处于萎靡不振状态;嘉、隆之际,稍稍呈现复苏迹象,至万历中后期,一度出现了馆阁文人所乐道的"复归台阁"气象。这是一部分馆阁文人渴望朝廷中兴的热望,在文学上的集中外透,馆阁文学并非真正回复到"三杨"时的盛况。尽管如此,也削弱了部分郎署文学权力。

　　一、明文权"复归台阁"说的形成

　　成化、弘治以前,馆阁、郎署社会分工比较严明,形成文归台阁、政推郎署格局。成、弘以后,伴随着国家右文政策的实行,以及郎署文学意识的觉醒,以前后七子为中心的郎署文学先后崛起,重创馆阁文学,文学权力外移郎署。万历年间,郎署文学权力开始下降,馆阁文学呈现出复苏迹象。以此为契机,有人抛出文学权力"复归台阁"说。据现存可靠文献,明代较早推出此说者,为王世贞,《答郭太史美命》有曰:

　　　　楚之先辈,辞权尚在台阁,长沙之广通,黄冈之偏至,蒲圻博而寡要,茶陵健而少情。自仆有识以来,此权乃稍外移,勉之,今当复归台阁矣。①

----

①［明］王世贞:《弇州山人续稿》卷一九八,《明别集丛刊》第3辑,第39册,黄山书社,2016年版,第374页。

万历三十四年（1606），江夏郭正域为叶向高文集作《叶进卿文集序》时，重申王世贞之说：

> 比年以来，馆阁英贤，跨轶前辈，一时文章，酝酿历代，声貌色泽、神髓气骨，大变其初。海内操觚之士，扬抡风雅，又靡然左辟词林矣……往者王司寇遗余书："文章之权，往在台阁，后稍旁落。"余深愧其言，自惟晚末，何以当前哲，敢为大言。夫以刘诚意之奇绝、宋景濂之温醇、解大绅之豪爽、曾子启之英迈、李宾之之浩瀚、王济之之简严、王九思之高迈、高季迪之超脱、崔仲凫之修洁、丘仲深之博雅、杨用修之奇崛、王允宁之简练、康有（武）功之雄俊、廖明吾之富有，此权自在，要之化境，尚隔一间。近代鸿儒伟士，麟集凤翔，所为朝堂典要，雄文大篇，式于宇内。而向者叫噪偃佻之士，几改步而革心。视往时台阁体如何也？呜呼，盛矣！余与进卿交相勉也。①

郭正域一方面盛赞"比年以来，馆阁英贤，跨轶前辈"，文章"大变其初"，另一方面又对王世贞"文章之权，往在台阁，后稍旁落"之言语，略有微词。他认为，明代台阁体自刘基、宋濂、解缙、曾棨、李东阳、王鏊、王九思、高启、崔铣、丘濬、杨慎、王维桢、康海、廖道南以来，一直为馆阁所控制，"此权自在"，只是离

---

① ［明］郭正域：《合并黄离草》卷一八，《四库禁毁书丛刊》集部，第14册，北京出版社，2000年版，第76—77页。此序又名《苍霞草序》，见叶向高《苍霞草》，文字稍有出入（叶向高：《苍霞草》卷首，《四库禁毁书丛刊》集部，第124册，北京出版社，2000年版，第3—5页）。

"化境""尚隔一间",若稍加改进,便可重振昔日威风。况且,目前经"近代鸿儒伟士"努力,已显成效,"向者叫噪儇佻之士,几改步而革心",也向台阁体靠拢。推扬文学权力"复归台阁",可谓不遗余力。此前,叶向高就已提及文权"复归台阁"问题,《毂城山馆诗序》称于慎行:

> 先生帷幄旧臣,忠猷亮节,杰然韵语外者,尤圣心所简在乎! 使大雅之音,不在东国,而在宫县;羽仪之盛,不在丘樊,而在阿阁。①

"阿阁",即台阁。"在阿阁",谓文学权力正在台阁。叶向高之门人顾起元《苍霞草序》称叶氏:

> 先生以命世之才,通遐贯维绝纽,得古人之旨于形摹蹊迳之外。盖储精覃思,摩厉激扬者二十余年,而其业成遂,旷然壹新其耳目,挽晦蚀而纯熙,于是人谓文章之权,独在馆阁。学士大夫景附响臻者,不翅如瑯琊、新都,而文章又号为

---

① [明]于慎行:《毂城山馆全集》卷首,《明别集丛刊》第4辑,第4册,黄山书社,2016年版,第12页。该序落款为:"赐进士出身通议大夫南京吏部右侍郎前左庶子谕德兼翰林院侍讲侍读东宫侍班官教下生福唐叶向高顿首撰。"叶氏自编年谱《蘧编》载,万历二十九年(1601),"九我公转北宗伯",其"代为南少宰";三十一年(1603),"复署户、礼二部……至是为少宗伯,署部事"(叶向高:《蘧编》卷一、卷二,中国文史出版社,2014年版,第8、9页)。明清时,常用"少宰"、"少宗伯"分别作为吏部侍郎、礼部侍郎的别称。故此序作于万历二十九年(1601)至三十一年(1603)间。

极盛。^①

"文章之权，独在馆阁"，较文权"复归台阁"，更具排他性。万历四十三年（1615），何宗彦作《王文肃公文草序》，称赞"词林中又多卓然自立"，明确标榜文权"复归馆阁"：

> 夫馆阁，文章之府也。其职颛，故其体裁辨；其制严，故不敢自放于规矩绳墨之外，以炫其奇。国初以来，鸿篇杰构，映简册间，猗与盛矣！嘉靖末季，操觚之士，嘤嘤慕古，高视阔步，以词林为易与。然间读其著述，大都取酉藏汲冢、先秦两汉之唾余，句摹而字敹之，色泽虽肖，神理亡矣。而况交相剽窃，类已陈之刍狗乎？夫古之作者，岂其置酉藏汲冢、先秦两汉之书不读，而行文之时，不袭前人一语者？理本日新，秀当夕启。规规然为文苑之优孟，哲匠耻之。以故二十年来，前此标榜为词人者，率为后进窥破，词林中又多卓然自立。于是，文章之价，复归馆阁，而王文肃先生，寔其司南也。^②

馆阁作为"文章之府"，文章体制谨严，作者多"不敢自放于规矩绳墨之外，以炫其奇"，明初已达于极盛。嘉靖末年以来，操觚之士以为"词林为易与"，取"先秦两汉之唾余"，机械模拟

---

① ［明］叶向高：《苍霞草》卷首，《四库禁毁书丛刊》集部，第124册，北京出版社，2000年版，第6页。
② ［明］王锡爵：《王文肃公文集》卷首，《四库禁毁书丛刊》集部，第7册，北京出版社，2000年版，第6—7页。

而为之,不过是"文苑之优孟",为哲匠所耻。至万历年间,经王锡爵等馆阁重臣的努力与探索,馆阁外移的文学权力开始"复归"。何宗彦此言,明显针对后七子郎署官及其末流而发,目的是为振兴馆阁文学而张本。何宗彦本人也有功于"文归台阁"。万历三十八年(1610)进士张慎言《何文毅公全集序》称:

> 石首杨文定,值缔建之初,补天浴日,策勋亡两,于时文章尚宋庐陵氏,号"台阁体",举世向风。其后,权散而不收,学士大夫各挟所长,奔命辞苑。至长沙李文正出,倡明其学,权复归于台阁。盖起衰救弊之功,往往百余年而仅遇其人,不戛戛乎难之哉!江陵张文忠,又变博大为遒练,吞云梦而撼岳阳,则经济实相因也。文人矜习于言词,事乃无当。汉东之国,随为大,何文毅公应运而兴……今读公集,非六艺之言不道,间猎酉藏汲冢、东西京而下,一裁之以灏气玄识,波恬味腴,终归醇雅。则台阁之文,实我公再造也。①

张氏从文学发展演变的角度认为,自永乐以来,台阁体历经两次"权散"与"权复"。一次是"三杨"后"权散不收",为李东阳收复;另一次是经前后七子郎署文学冲击,馆阁文权外移,何宗彦之"再造"。后者,显然与事实不相符合。万历四十四年(1616)进士钱士升,又呼应王世贞之说,标榜文章之权"复归馆阁":

> 往者,文章之权原在馆阁,后稍旁落。正、嘉以前,诸

---

① [清]黄宗羲编:《明文海》卷二五三,中华书局,1987年版,第2651页。

曹大夫暨草泽布衣之雄能文章登坛坫者,好凌出词林上。
显皇帝(万历)时,化休而融昌,士大夫读中秘书者,麟翔凤
集,前唱后喁,文摹两京,诗宗初盛,而文章之权,于是复归
馆阁矣。①

以钱氏观之,正、嘉以前,文章之权在郎署;万历时馆阁臣
僚"文摹西京,诗宗初盛",文章之权于是"复归馆阁"。天启二
年(1622)进士黄道周亦有言:"迨万历之初年,阁臣鸷起,文章
之道,复归词林,李大泌,姚吴门为之归墟。"②"归墟",出自《列
子·汤问》:"渤海之东不知几亿万里,有大壑焉,实惟无底之
谷,其下无底,名曰归墟。"③指海水归宿汇聚之处,后以之喻事
物的终结、归宿。李大泌,即李维桢;姚吴门,即姚希孟。这是
说李、姚二人成为"万历之初年"文权"复归台阁"的归宿。二
人是否真有如此作用,尚值得商榷。

所谓"复归台阁"的发生时间,诸家所论是有分歧的。如叶
向高、顾起元、何宗彦多倾向于万历中后期,而黄道周则认定在
"万历之初年"。那么,究竟发生在何时? 要回答此一问题,不妨
从王世贞《答郭太史美命》谈起。

王世贞发出"今当复归台阁矣"的慨叹后,接着又道:"适承
公有家艰,欲致生刍,未有游鲤……聊志相念而已。余惟节哀自

---

① [明]钱士升:《赐余堂集》卷三《丛篠园集序》,《四库禁毁书丛刊》集
 部,第10册,北京出版社,2000年版,第455页。
② [明]黄道周撰,翟奎凤、郑晨寅、蔡杰整理:《黄道周集》卷二一《姚文毅
 公集序》,中华书局,2017年版,第873页。
③ 杨伯峻:《列子集释》卷五,中华书局,1979年版,第151页。

挹,以全大孝为恳。"① 可知,王世贞此书写在郭美命(正域)丁
忧期间。据李维桢为之所撰神道碑,郭正域万历十四年(1586)
除编修(明代修史之事,归于翰林院,故翰林又有"太史"之称),
十七年(1589)遭父丧归家守制,二十年(1592)除故官。② 据
此,王世贞向郭正域所言"今当复归台阁",在郭正域丁忧期间。
又,王世贞卒于万历十八年(1590)十一月。③ 故王世贞此说的
提出,应在万历十七年(1589)至其去世前。如此,文权"复归
台阁",自是此后之事,由一"当"字便知。

文权"复归台阁",主要针对文权"移于郎署"说而发。王
世贞"上不在台阁,下不在山林"之说的推出,当不晚于万历十
年(1582)。此时他正热衷组建后七子外围文社:万历十一年
(1583),推出"末五子"、"四十子"说;万历十四年(1586),作
《重纪五子篇》。此时正是后七子郎署文学的鼎盛期,不存在文
权"复归台阁"现象。邹迪光《王懋中先生诗集序》则言:

今上万历之初年,世人谭诗必曰李、何,又曰王、李,必

---

① [明]王世贞:《弇州山人续稿》卷一九八,《明别集丛刊》第 3 辑,第 39
册,黄山书社,2016 年版,第 374 页。

② 李维桢《礼部右侍郎兼翰林院侍读学士郭公神道碑》:"丙戌,除编
修……己丑,以父丧归。壬辰,除故官,司诰敕,注起居。"(李维桢:《大
泌山房集》卷一〇九,《四库全书存目丛书》集部,第 153 册,齐鲁书社,
1997 年版,第 215 页)

③ 王士骐《明故资政大夫南京刑部尚书赠太子少保先府君凤洲王公行
状》:"先府君大司寇,以万历庚寅卒。"(王士骐、王锡爵、屠隆:《王凤洲
先生行状》,明万历刻本)庚寅,即万历十八年(1590)据王世贞之孙王
瑞国所编年谱,王世贞卒于是年十一月二十七日(王瑞国:《琅琊凤麟两
公年谱合编》,《北京图书馆藏珍本年谱丛刊》第 50 册,北京图书馆出版
社,1999 年版,第 301 页)。

李何、王李而后为诗，不李何、王李非诗也。①

此谓万历初年文坛仍为后七子郎署之天下。邹氏此言，尚显保守。隆庆四年（1570）李攀龙过世后，王世贞"独操柄二十年，才最高，地望最显，声华意气笼盖海内。一时士大夫及山人、词客、衲子、羽流，莫不奔走门下。片言褒赏，声价骤起"。因此，文权"复归台阁"，应是万历中期或之后的事。钱谦益《列朝诗集小传·黄少詹辉》有曰：

> 辉，字平倩，一字昭素，南充人。万历己丑进士，选翰林庶吉士，授编修，官止詹事府少詹事。尔时馆课文字，皆沿袭格套，熟烂如举子程文，人目为翰林体。及王、李之学盛行，则词林又改步而从之，天下皆诮翰林无文。平倩入馆，乃刻意为古文，杰然自异馆阁课试之文，颇取裁于韩、欧，后进稍知向往，古学之复，渐有端倪矣。②

"万历己丑"，即万历十七年（1589）。此时，"王、李之学盛行"，馆阁多"改步而从之"。黄辉入馆后，"刻意为古文，杰然自异馆阁课试之文，颇取裁于韩、欧"，馆阁文学才逐渐摆脱王、李之影响。从"古学之复，渐有端倪"，到文学权力"复归馆阁"，尚待时日。陈田即称："万历中叶，王、李之焰渐熸。公安、竟陵狙

①［明］邹迪光：《调象庵稿》卷二七，《四库全书存目丛书》集部，第159册，齐鲁书社，1997年版，第743页。
②［清］钱谦益：《列朝诗集小传》丁集下，上海古籍出版社，2008年版，第621页。

起而击。"①

　　根据以上分析,黄道周称万历初年"文章之道,复归词林",显然为时尚早。所谓文权"复归台阁",在万历中后期差可及之。如此说来,叶向高、顾起元、何宗彦等人的观点,相对客观些。

　　文权"复归台阁",不可能一蹴而就,而是几代馆阁臣僚共同努力的结果,经历了一个渐进的过程,从郭正域的言语,略可知之。实际上,叶向高《琼台会稿序》也已明言:

　　　　自公后而台阁之文,浸明浸昌,长沙、内江、华亭、新郑、江陵接踵继起,近则吴门、太仓、东阿、晋江、南北两山阴,皆斐然成一家言,遂令文章操柄,不在韦布,不在他曹,而在纶扉尺地,为千载政事堂生色。②

　　"纶扉",宫殿之门,此处借指台阁。作为馆阁重臣,叶向高以为,台阁体自丘濬以后,李东阳、赵贞吉、徐阶、高拱、张居正接踵继起,近经王锡爵、于慎行、李廷机、王家屏、朱赓、姚希孟等阁臣的不懈探索努力,文权方"复归台阁"。在这一过程中,申时行、王锡爵、余有丁三人具有开拓功绩。李维桢《申文定集序》称:

　　　　李文正起而振之,未畅厥旨……安阳、华州二三君子,

_____

① [清]陈田辑撰:《明诗纪事·庚签》卷首,上海古籍出版社,1993年版,第2233页。
② [明]丘濬:《重编琼台会稿》卷首,《明别集丛刊》第1辑,第45册,黄山书社,2013年版,第20页。

倡而寡和。至壬戌及第三公，始洗宋、元相沿积习，一意师古，翰苑之文，驰骤三代、两京，则三公一变之力也。①

李维桢以为，台阁体自李东阳"起而振之，未畅厥旨"，其后基本处于萎靡萧条状态。嘉靖初年，郭朴、王维桢二三君子倡之，但"倡而寡和"。至嘉靖四十一年（1562）申时行、王锡爵、余有丁等进士登第后，馆阁文学才逐渐呈露出复苏的迹象。沈一贯为余有丁所撰行状称，正因有此三人的探索，"词林中衰，为一振焉"，② 何宗彦也因此称王锡爵为"文章之价，复归馆阁"之"司南"。

文学权力"归复台阁"说，是晚明特定政治背景下馆阁文人鸣盛意识，在文学上的集中反映。文运与世运相通的理念，同样根植于隆、万以降的馆阁文人心中。他们觉得，隆、万时期也是明代的盛明时期。李维桢《邓使君诗序》即称："海内人士思嘉、隆之盛际，恨不生逢其时。"③ 邢侗序于慎行《穀城山馆诗集》直接视隆、万时期为开、天盛世：

> 先生起于历下之壮岁，而成于江东之末年。论其时代，若合开元、天宝、大历之世，而属之先生者，猗欤休哉！昌明

---

① ［明］李维桢：《大泌山房集》卷一〇，《四库全书存目丛书》集部，第150册，齐鲁书社，1997年版，第512—513页。
② ［明］沈一贯：《喙鸣文集》卷一八《光禄大夫少傅兼太子太傅户部尚书建极殿大学士赠太保谥文敏同麓余公状》，《四库禁毁书丛刊》集部，第176册，北京出版社，2000年版，第327页。
③ ［明］李维桢：《大泌山房集》卷一九，《四库全书存目丛书》集部，第150册，齐鲁书社，1997年版，第726页。

之际,于斯为盛矣。①

　　在一些馆阁文人心目中,隆、万时期如同开元、天宝、大历之盛世。生逢其时,他们自然义不容辞地承担起文以鸣盛的职责。叶向高就称于慎行:"先生生夫子之乡,而绍明其业,遭逢盛世,身在馆阁,橐笔横经,铺张当代之盛美,亦千载一时。"如此,"海内读其诗,而想见太平之业"。②同时而稍前的李维桢,也有类似的言语,他称道王世贞曰:"欲观明世运之隆,不必启金匮石室之藏,问海晏河清之瑞,诵先生集而知。"③《邓使君诗序》称观嘉、隆之盛,求之邓女高"有余师矣",④亦为此意。当然,这其中多少也蕴含着身处末世的馆阁臣僚,欲以文运昌盛,再造太平盛世的殷切期冀与政治幻想。

　　二、馆阁文学郎署化倾向与明文权"复归台阁"

　　文权"复归台阁",颇得益于馆阁文学的郎署化倾向,即馆阁受郎署文学浸润,吸纳后者某些因素,着有其某些色彩;非谓馆阁文学完全具有郎署文学特征。钱谦益"王、李之学盛行,则词林又改步而从之,天下皆诮翰林无文"之话语,虽言过其实,但确揭示出馆阁文学有郎署化倾向的事实。

①［明］于慎行:《榖城山馆全集》卷首,《明别集丛刊》第4辑,第4册,黄山书社,2016年版,第14页。
②［明］叶向高:《榖城山馆诗序》,［明］于慎行:《榖城山馆全集》卷首,《明别集丛刊》第4辑,第4册,黄山书社,2016年版,第11、12页。
③［明］李维桢:《王凤洲先生全集叙》,［明］王世贞:《弇州山人续稿》卷首,《明别集丛刊》第3辑,第36册,黄山书社,2016年版,第10页。
④［明］李维桢:《大泌山房集》卷一九,《四库全书存目丛书》集部,第150册,齐鲁书社,1997年版,第726页。

　　馆阁文学郎署化倾向,应始于嘉靖初年。前七子郎署文学的影响,其时尚在,馆阁文学也难免沾染些许色彩。嘉靖五年（1526）,王格、袁袠、华察、陆粲、屠应埈、赵时春进士及第,改选庶吉士,读中秘书时,他们就以前七子郎署文学策略为旨趣。李维桢《太仆寺少卿王公行状》称：

　　　　其年选庶吉士二十人,读中秘书,公与焉。吴袁永之、华子潜、陆浚明,越屠文升,秦赵景仁,一时人伦所宗,上下倡和,文必秦、汉,诗必唐大历以还。雅道蔚兴,馆阁体为一变矣。[1]

　　这与传统馆阁文学宗法唐宋,大异其趣。李维桢承认,为前七子郎署文学重创的馆阁文学,嘉靖初吸收前者有益于自身的因子,呈现出与之合流趋势;他不觉得馆阁文学背离传统宗尚,有何不妥,因其关注重点在"雅道蔚兴"。可惜的是,离散馆尚隔一年之际,因张璁作梗,此科庶吉士"俱遣出外授官"。嘉靖八年（1529）己丑科,唐顺之等二十名庶吉士,也"以应得之官出授"。如此,加之馆选无常,本已处于低谷的馆阁文学,愈陷困境。

　　嘉靖十四年（1535）的进士王维桢、赵贞吉等任职翰林院,馆阁文学又开始吸收郎署文学因子。王维桢先后十余年供职馆阁,出于对乡贤先辈的尊崇,将李梦阳复古文学策略引入馆阁。他自幼为文作诗范式李梦阳,且终生不渝。《明史·王维桢传》

────────────

[1]［明］李维桢：《大泌山房集》卷一一三,《四库全书存目丛书》集部,第153 册,齐鲁书社,1997 年版,第 303 页。

称其:"于文好司马迁,于诗好杜甫,而其意以梦阳兼此二人。终身所服膺效法者,梦阳也。"[1] 其同僚孙陞,于此早已明指,孙于嘉靖三十六年(1557)作《槐野先生存笥稿序》,称王维桢"接迹"梦阳而起,"为文法司马迁,诗法汉魏,其为近体法盛唐,尤宗杜氏少陵"。[2] 何良俊亦谓王氏诗文,"皆宗尚空同"。[3] 王氏此举,除仰慕乡贤先辈,关键是高度认同李氏文学策略。王维桢《答张安世中舍书》称,李梦阳于先人为文规矩、法则的运用,已达到"神变无方"境界。"倒插、顿挫之法",虽创自于老杜,但善用之者,仅李梦阳一人,此非掠人之美:"空同生李、杜先,不为李即为杜;若李、杜后空同生,亦未必不为空同,岂可谓李、杜掠人美哉?"乃因其"能自作古",英雄相见略同。[4] 谀美之辞,溢于言表。因此,今人为文只要如同李梦阳,善用古人规矩,不必刻意创新,即可博得时名。否则,便输人一等,严嵩为文"输于天下之巧人",正坐"拙此道"。[5]

有鉴于此,王维桢为文谨守法则,不敢偭规矩而改错。孙陞《槐野先生存笥稿序》即称之:"居常好深沉之思,务引于绳墨,必结构中度,而后修辞。"[6] 嘉靖三十六年(1557),李攀龙序

---

① [清]张廷玉等:《明史》卷二八六《文苑二》,中华书局,1974年版,第7349页。

② [明]王维桢:《槐野先生存笥稿》卷首,《续修四库全书》第1344册,上海古籍出版社,2002年版,第9页。

③ [明]何良俊:《四友斋丛说》卷二三,中华书局,1959年版,第210页。

④ [明]王维桢:《槐野先生存笥稿》卷二〇,《续修四库全书》第1344册,上海古籍出版社,2002年版,第205页。

⑤ [明]王维桢:《槐野先生存笥稿》卷二《钤山堂集序》,《续修四库全书》第1344册,上海古籍出版社,2002年版,第27页。

⑥ [明]王维桢:《槐野先生存笥稿》卷首,《续修四库全书》第1344册,上海古籍出版社,2002年版,第9页。

《存笥稿》也称之："宁属辞比事未成，而不敢不引于绳墨。"① 评价他人作品，王氏也多尊此道。尽管有人质疑此法，但因居清要地，近水楼台，王维桢还是将李梦阳文学复古策略引入馆阁，并影响到同僚赵贞吉、孙陞等人，一度在馆阁形成了一种较浓郁的文学氛围。他们因此遭到刚授馆职不久的袁炜发难："不共讲圣学，惟与论文事之为务。"② 身为馆阁之臣，袁炜对当时的台阁体，颇存异议，"以为文字至有台阁体，而始衰，尝试令之述典诰铭鼎彝，则如野夫闺妇，强衣冠揖让，五色无主，盖学士家溺其职久矣"。③ 袁炜反对的，非台阁文学传统，而是台阁体当下汩于流俗、不伦不类。他希望重振台阁体，以鸣世颂圣。嘉靖四十二年（1563）策士时，其有言曰："古之帝王建鸿德者，必有鸿笔之臣，褒颂纪载，鸿德乃彰。" 王锡爵谓之"盖若以自谓"，④ 夫子自道。这与王维桢等人文学主张并不矛盾。因此，在王维桢浸润下，袁炜不久便接受了前七子郎署文学主张。申时行《袁文荣公诗略序》即称之："于国朝，则称北地李献吉、左辅王允宁。盖献吉祖杜陵，而允宁宗献吉，公与周旋馆局，称同调者也。"⑤

---

① ［明］王维桢：《槐野先生存笥稿》卷首，《续修四库全书》第 1344 册，上海古籍出版社，2002 年版，第 10 页。

② ［明］赵贞吉：《赵文肃公文集》卷二一《答同馆袁元峰编修书》，《四库全书存目丛书》集部，第 100 册，齐鲁书社，1997 年版，第 541 页。

③ ［明］王锡爵：《王文肃公全集·王文肃公文草》卷一《袁文荣公文集序》，《四库全书存目丛书》集部，第 136 册，齐鲁书社，1997 年版，第 195 页。

④ ［明］王锡爵：《王文肃公全集·王文肃公文草》卷一，《四库全书存目丛书》集部，第 136 册，齐鲁书社，1997 年版，第 196 页。

⑤ ［明］申时行：《赐闲堂集》卷一〇，《四库全书存目丛书》集部，第 134 册，齐鲁书社，1997 年版，第 207 页。

此风在当时的馆阁,颇为流行。据王世贞记载,嘉靖二十六年(1547),张居正以二甲进士身份进入翰林院为庶吉士时,"诸进士多谈诗为古文,以西京、开元相砥砺"。①

嘉靖末年,馆阁文学郎署化倾向,成效愈加显著,这集中展现在申时行、王锡爵、余有丁三人身上。嘉靖四十一年(1562),申、王、余三人进士登第,是为壬戌科三鼎甲。当时内阁次辅袁炜打破了进士鼎甲直接授馆惯例,悉力督促而"面课"之,并借机向其输灌七子郎署文学思想。据申时行回忆,袁炜驱使其三人,几于无时,致其"优游暇豫之时绝少"。而且,还常招其"入值","谈说文艺,扬抎今古",以"汉魏、盛唐诸名家,示以途径",并趁机向其灌输李梦阳、王维桢的文学复古主张,督促其为诗作文。②在袁炜的严格训导下,无论出于主动还是被动,三人对馆阁文学的职能,以及七子郎署文学策略,有了较为全面的了解与剀切体认,文学修养大有提升。馆阁与郎署对文学鸣盛颂世功能的体认,是相通的。三人在袁炜严苛督导下,选择性地汲取郎署文学有益于馆阁文学的成分,完成了"文士之词"向"润色之词"的角色转型,申时行转变尤为显著。焦竑《申文定公赐闲堂集序》称之曰:

> 方未为学士以前,词赋赞颂序记碑铭,皆文士之词也,以才丽为主;自学士及为相以来,所纂著皆经纶制置,裁成

---

① [明]王世贞:《嘉靖以来首辅传》卷七,《景印文渊阁四库全书》第452册,台湾商务印书馆,1986年版,第503页。
② [明]申时行:《赐闲堂集》卷一〇《袁文荣公诗略序》,《四库全书存目丛书》集部,第134册,齐鲁书社,1997年版,第207页。

润色之词也。①

　　隆庆二年（1568），殷士儋为戊辰科庶吉士馆师，又将后七子郎署文学思想引入庶吉士教习。殷士儋为嘉靖二十六年（1547）进士，此时李攀龙"授刑部广东司主事"，方"大肆力于文词"。殷时为检讨，自称与李攀龙"日相引上下其议论"。②于慎行也称，此时殷士儋与李攀龙、谢榛等"结社赋咏，相推第"。③作为同乡，殷士儋非常推崇李攀龙，为其撰墓志铭称："明兴，北地李献吉奋起而力挽之。于鳞生承其后，益拓其业，斐然成一家言，虽古大雅者流，何以过兹？可谓当代之宗工钜匠，垂不朽者矣。"④他自觉将李攀龙复古文学策略渗透到庶吉士教习中。沈懋孝《短部叙言》称：

　　　　往在馆下，奉殷正甫先生之教。先生历下人，与李于鳞先生同里闬，少小同业，欢相得也，每与馆下三四后生言，必

---

① ［明］申时行：《赐闲堂集》卷首，《四库全书存目丛书》集部，第 134 册，齐鲁书社，1997 年版，第 15—16 页

② ［明］殷士儋：《金舆山房稿》卷一〇《嘉议大夫河南按察使李公墓志铭》，《四库全书存目丛书》集部，第 115 册，齐鲁书社，1997 年版，第 783 页。

③ ［明］于慎行：《穀城山馆文集》卷二一《明故奉直大夫尚宝司少卿北山先生李公墓志铭》，《四库全书存目丛书》集部，第 147 册，齐鲁书社，1997 年版，第 609 页。

④ ［明］殷士儋：《金舆山房稿》卷一〇《嘉议大夫河南按察使李公墓志铭》，《四库全书存目丛书》集部，第 115 册，齐鲁书社，1997 年版，第 782 页。

称于鳞者云何,余故得闻作述之指略云。①

殷士儋"必称于鳞者云何",表明其已有意识地在馆阁传播李攀龙复古文学理念与策略。殷、李二人素日往来密切,互动频繁,于慎行《太保殷文庄公文集叙》称:

> 济南自边宗伯廷实以文雅创始,先生与李于鳞氏生而承其后,相与左提右挈,力挽浇漓之习,而求复诸古。虽其中各有所负,未必相下,而有以相成……今观先生之文,上缘六籍,下浸两京,沉思入玄,铿音中律,盖能挽末世而复之古者。②

在此,于慎行敏锐地看到了郎署与馆阁互动的迹象。一方面,馆阁援引后七子郎署复古文学策略以革其文弊,使馆阁文人看到了馆阁文学复兴的曙光。另一方面,李攀龙能名动当时,一定程度上也仰赖于馆阁文人推毂,于慎行为殷士儋所作墓志铭称:"李公虽以士流推戴,为海内宗,亦多公所推诩也。"③这种互动并不是对等的,郎署文学明显占据优势,即馆阁文学有郎署化倾向。

① [明]沈懋孝:《长水先生文钞·滴露轩藏稿》,《四库禁毁书丛刊》集部,第159册,北京出版社,2000年版,第149页。
② [明]于慎行:《穀城山馆文集》卷一〇,《四库全书存目丛书》集部,第147册,齐鲁书社,1997年版,第402页。
③ [明]于慎行:《穀城山馆文集》卷二八《明故光禄大夫少保兼太子太保礼部尚书武英殿大学士赠太保谥文庄棠川殷公行状》,《四库全书存目丛书》集部,第148册,齐鲁书社,1997年版,第83页。

在殷士儋的教习下，是科庶吉士对后七子郎署文学思想，体会深切，从沈懋孝、于慎行言语中，不难感觉。他们有选择地汲取后七子郎署文学主张，于馆阁文学复兴，用力尤深。李维桢与王世贞、汪道昆等后七子郎署官，交情深厚。作为"末五子"成员，他极为推崇王世贞，《王凤洲先生全集叙》称：王之骚赋若"周之有屈原、宋玉，汉之有司马相如、扬雄"；乐府、五言古诗"若汉之有韦孟、玄成、苏、李、枚乘、唐山夫人之属"；"为左逸短长、为札记内外篇"，"若周之有荀卿、左丘明，汉之有《淮南鸿烈》、子云《法言》"；策论封事，"若汉之有董仲舒、贾谊、晁错、刘向"；叙传表志，"若汉之有司马迁"；七言古、五六七言近体、绝句、诗余，《艺苑卮言》《宛委遗编》《弇州别集》，也"囊括千古，研究二氏，练解朝章，博综名物，令人耳目不暇应接，则奄有唐、宋以来作者之美，而周、汉诸君子或缺焉"。① 可谓极尽谀美之能事。王世贞也很赏识李维桢，称之"青年鼎贵，天纵以才，出则衣被一世，处则映带千古，绰有余地"，② 并以他日盟主相许："雄飞岂复吾曹事，狎主凭君异日盟。"③ 凭借王世贞的奖掖与推毂，李维桢名声益噪，其《复徐惟得使君》曰："读足下书，用王司寇相比许，询虚名满天下，足下复逐臭乃尔。仆之拙宦正坐此不虞之誉，非所愿闻于足下也。"④ 出语意在自谦，自得之意难以掩

①［明］王世贞：《弇州山人续稿》卷首，《明别集丛刊》第3辑，第36册，黄山书社，2016年版，第9—10页。

②［明］王世贞：《弇州山人续稿》卷一九五《李本宁参政》，《明别集丛刊》第3辑，第39册，黄山书社，2016年版，第350页。

③［明］王世贞：《弇州山人续稿》卷一七《李本宁大参自楚访我弇中纪别二章》，《明别集丛刊》第3辑，第36册，黄山书社，2016年版，第301页。

④［明］李维桢：《新刻楚郢大泌山人四游集》卷一三，《明别集丛刊》第4辑，第12册，黄山书社，2016年版，第235页。

饰。如此,李维桢自然乐于援引后七子郎署文学因素入馆阁,此颇有功于文权"复归台阁"。钱谦益即称之:"先生起而禅王、李之统,丰碑典册,照曜四裔,文章之柄,乃复归馆阁,其有功于馆阁甚大。"①

于慎行也非常推赏李、王所倡之复古文风。其《寿李北山先生八十》称:"当代词坛宗二李,济南修文地府深。"②其为赵邦彦所作墓志铭,视李攀龙"为世宗盟"。③于慎行改选庶吉士时,后七子郎署文学光焰正炽,加之又为李攀龙同乡,为文作诗受其影响,不难理解。万历三十五年(1607),叶向高撰《穀城山馆全集叙》即称:

> 公之文,就一篇之中,则沉雄规之秦汉,流畅出之宋唐……中岁以后,以骨力为主,故参东西京。④

"沉雄规之秦汉",即有受后七子郎署文风陶染的一面。钱锺书直称其为"曾受'七子'影响的一位过来人"。⑤于慎行还

---

① [清]钱谦益著,[清]钱曾笺注,钱仲联标校:《牧斋初学集》卷三六《李本宁先生七十叙》,上海古籍出版社,2009年版,第1007页。
② [明]于慎行:《穀城山馆全集·穀城山馆诗集》卷四,《明别集丛刊》第4辑,第4册,黄山书社,2016年版,第60页。
③ [明]于慎行:《穀城山馆全集·穀城山馆文集》卷一七《明故乡贡进士少虚先生赵公墓志铭》,《明别集丛刊》第4辑,第4册,黄山书社,2016年版,第460页。
④ [明]于慎行:《穀城山馆全集》卷首,《明别集丛刊》第4辑,第4册,黄山书社,2016年版,第4—5页。
⑤ 钱锺书:《宋诗选注·序》,生活·读书·新知三联书店,2002年版,第11页。

设法将王世贞崇拜纳入其建构的馆阁文统序列：

> 盖先秦、西京之文，化而后为眉山氏；眉山氏之文，化
> 而后为弇州氏。眉山氏发秦、汉之精蕴，化其体而为虚；弇
> 州氏揽眉山之杼轴，化其材而为古，其变一也。①

先秦、西汉文，化而为苏轼文；苏轼文至有明一代，又化而
为王世贞文；而王世贞又能"揽眉山之杼轴，化其材而为古"。
这样，他便顺理成章地将王世贞纳入其所建构的秦汉至苏轼以
来的台阁文章统系中，馆阁的郎署化倾向，皎然可见。万历年间
的郭正域、叶向高、何宗彦等人，馆阁文学郎署化倾向，也颇为
明显。顾起元就称叶向高"文章卓然与两汉同风"。②其对文权
"复归台阁"，作用重大。

整体上看，馆阁文学的郎署化倾向，并非是对郎署文学的全
盘吸收，而是汲取其中有益于馆阁文学的成分，其"有功于馆阁
甚大"，对文权"复归台阁"之作用，显而易见。这在某种程度上
得益于嘉靖末年以来的馆选正常化、制度化。

三、馆选正常化、制度化与明文权"复归台阁"

嘉靖初"大礼议"后，政治生态环境日渐恶劣，馆选时选时
停（隔科馆选与连科不选），加之翰林"补外"、文坛诸调杂兴，深
受前七子郎署文学冲击而文权外移的馆阁文学，更是屋漏逢雨，

---

① ［明］于慎行：《穀城山馆全集·穀城山馆文集》卷一二《宗伯冯先生文
集叙》，《明别集丛刊》第4辑，第4册，黄山书社，2016年版，第366页。
② ［明］顾起元：《苍霞草序》，［明］叶向高：《苍霞草》卷首，《四库禁毁书
丛刊》集部，第124册，北京出版社，2000年版，第7页。

雪上加霜。一些朝廷重臣意识到馆阁文学的危机,不断上疏呼
吁庶吉士馆选回归制度化。嘉靖十一年(1532),夏言上疏:"庶
吉士之选,其法本良,但近年行之者或有弊,盖人自弊之也,岂
法之罪哉? 盍亦求之乎用法之人耳? 今并其法而废之,是不免
于因噎废食之诮。而荐举之法殆不可久,久则弊有甚焉者矣。"
故其"仍望特降明旨,自今以始,令每科开选,定为著令,庶材馆
可充,史职不废,而将来辅相之贤,当有其人,以副我皇上燕翼
之谋,太平之望矣"。这并未引起世宗重视,只是敷衍地批复道:
"览卿奏,具见为国求贤至意,选庶吉士已有旨施行了。该衙门
知道。"① 至嘉靖末年后,庶吉士馆选逐步制度化、正常化。自嘉
靖四十一年(1562)至明亡,除万历二年(1574)、八年(1580)、
三十八年(1610)、四十四年(1616),崇祯七年(1634)、十三年
(1640)外,其余每科皆馆选。这样,一大批优秀进士进入了翰
林院,在馆师们的悉心教习下,其文学水平有显著提升,馆阁
文学实力得以充实,馆阁文学开始出现复苏迹象。尤其是嘉靖
四十四年(1565)乙丑、隆庆二年(1568)戊辰两科庶吉士,成为
所谓文权"复归馆阁"的主力。

　　嘉靖四十四年(1565)乙丑科庶吉士馆选,为嘉靖三十二年
(1553)以来庶吉士三科连罢后的第一次馆选,倍受朝野关注。
馆选之前,工部左给事中张岳上疏,奏请"严饬关防,以严考试;
精选贤良,以端师范;随材援任,以称器使",② 世宗"从之"。内
阁首辅徐阶也申述庶吉士培养的重要性,并反思近年来出现的

---

① [明]夏言:《桂洲先生奏议》卷一〇《请选翰林院庶吉士》,《四库全书存
　　目丛书》史部,第60册,齐鲁书社,1996年版,第425页。
②《明世宗实录》卷五四六,"中央研究院"历史语言研究所,1965年版,第
　　8813页。

一系列问题，[①] 还亲撰《示乙丑庶吉士》，从国家层面对庶吉士的培养目标、教习内容、馆试阁试、日常行为规范等问题，提出了一系列规范与要求。是科进士中，陈经邦等二十八人被选为庶吉士，[②] 教习为高仪、秦鸣雷、陈以勤。特别是陈以勤，“为讲官九年，有羽翼功”，[③] 对扭转庶吉士学风，起到重要作用。至隆庆初年，翰苑文学气氛开始活跃起来。这从隆庆二年（1568）诸大绶精心组织的一次听琴赋诗盛会，可初步得知。据沈懋孝《玉署听琴诗叙》，参与此次盛会的赋诗者达四十五人，多为翰苑属官，所赋“为歌、为五言古、为琴操、为五七言律绝”，[④] 品类丰富。当时翰苑文学氛围之浓郁，于此可见之。此科庶吉士的培养，可谓成就斐然。如许国于万历十一年（1583）入阁，一直到万历十九年（1591）；沈鲤于万历二十九年（1601）入阁，直至万历三十四年（1606）致仕；陈经邦万历十一年（1583）教习庶吉士，王弘海万历十四年（1586）教习庶吉士。他们皆为后来“文归台阁”的有力推手。

隆庆二年（1568）戊辰科庶吉士，可谓万历年间文权“复归台阁”之中流砥柱。是科进士徐显卿、陈于陛、张一桂、沈一贯、李长春、韩世能、贾三近、王家屏、沈位、田一俊、朱赓、沈懋孝、张位、李熙、林景旸、徐秋鹗、张道明、邵陛、何维椅、李维

① [明]徐阶：《世经堂集》卷一二《赠太史董君用均予告序》，《四库全书存目丛书》集部，第79册，齐鲁书社，1997年版，第609页。

② 《明世宗实录》卷五四七，“中央研究院”历史语言研究所，1965年版，第8836页。

③ [清]张廷玉等：《明史》卷一九三《陈以勤传》，中华书局，1974年版，第5121页。

④ [明]沈懋孝：《长水先生文钞·贲园草》，《四库禁毁书丛刊》集部，第159册，北京出版社，2000年版，第655页。

桢、郭庄、王乔桂、刘东星、于慎行、范谦、张书、李学一、习孔教、
刘应麒、郑国仕三十人,为翰林院庶吉士,"殷士儋、赵贞吉管
教习"。^① 二人对庶吉士有意识地悉心培育,为"文归台阁",
奠定了良好基础。殷士儋教习庶吉士重视"通经博闻",反对
"华词应世",故"惟责实学,不以空言为质",为文力求"素朴质
直","毋染于俗"。在其"日夜程督"下,"诸吉士咸遵其指",
"各务强学稽古"。于是馆中呈现出"灯火荧荧,或至丙夜"^②
的学术、文学氛围。殷士儋与赵贞吉教授庶吉士,各自有其侧
重与特点。叶向高曾称道:"殷言词章,赵言经济,趣操不同,
而皆深器。"^③ "殷言词章",殷士儋主要侧重经世致用之文;"赵
言经济",有着理学背景的赵贞吉,教授庶吉士"课以相业,不
独文词"。^④ 董其昌为此科庶吉士林景旸所撰《太仆弘斋林公
传》称:

> 时同馆二十有八人,皆天下之选。穆皇帝推择望臣为
> 教习师,济南殷文通好谈文章,西川赵文肃好谈理学,公两
> 为服膺,而尤注意于西川。每有所闻,必书之简曰:"吾向

① 《明穆宗实录》卷二一,"中央研究院"历史语言研究所,1966年版,第
569页。
② [明]于慎行:《穀城山馆文集》卷二八《明故光禄大夫少保兼太子太保
礼部尚书武英殿大学士赠太保谥文庄棠川殷公行状》,《四库全书存目
丛书》集部,第148册,齐鲁书社,1997年版,第80页。
③ [明]叶向高:《苍霞续草》卷一〇《太子少保礼部尚书兼东阁大学士赠
太子太保谥文定于公墓志铭》,《四库禁毁书丛刊》集部,第125册,北京
出版社,2000年版,第99页。
④ [明]吕坤:《吕新吾先生去伪斋文集》卷九《于文定公诔辞》,《四库全书
存目丛书》集部,第161册,齐鲁书社,1997年版,第298页。

为人师,今乃得师耳。"①

　　按《明穆宗实录》,二十八人应为三十人之误。"今乃得师
耳",映透出赵贞吉学识之渊博、深受庶吉士欢迎。戊辰科庶吉
士散馆后,这种学风、文风在馆阁延续了相当长一段时间,继
续濡染着其后的庶吉士。是科庶吉士韩世能,就承袭了赵贞吉
博杂的教习方法与作风,其所教庶吉士印象深刻。万历十七年
(1589)进士王肯堂记之曰:

　　　　余为庶吉士时,馆师韩敬堂先生每邀入火房剧谈,自世
　　务外,于星历、太乙、壬遁之学,无所不究。先生叹曰:"惜子
　　不遇赵文肃公!文肃公为馆师时,日孜孜为余辈苦口,如子
　　所谈者,无所不谈,惜吾辈素不谙习,无所领解。三十年来,
　　仅见子耳。"②

　　功夫不负有心人,戊辰科最终创造出"一榜七相"奇迹,在明
代是空前绝后。"一榜七相"指王家屏、赵志皋、张位、陈于陛、沈一
贯、朱赓、于慎行。③其中,六人为庶吉士,其入阁及任职情况,见
下表④:

----

① [明]董其昌:《容台文集》卷六,严文儒、尹军主编:《董其昌全集》第1
　　册,上海书画出版社,2013年版,第212页。
② [明]王肯堂:《郁冈斋笔麈》第2册,《四库全书存目丛书》子部,第107
　　册,齐鲁书社,1995年版,第642页。
③ [明]沈德符:《万历野获编》卷一〇,中华书局,1959年版,第269—
　　270页。
④ 此表依据张德信《明代职官年表》(黄山书社,2009年版)中的相关内
　　容编制。

人名	入阁时间	任职	离阁时间	备注
王家屏	万历十二年十二月	东阁　教庶吉士兼侍读学士,迁吏左侍(兼)	二十年三月	十四年九月丁忧归。二十年三月,疾归。
	万历十六年十二月	起迁礼部尚书(兼)		
	万历十九年正月	加太子少保		
赵志皋	万历十九年九月	东阁　礼部尚书(兼)	二十七年九月	二十七年九月,辞。
	万历二十一年四月	加太子太保礼部尚书进文渊阁大学士		
	万历二十二年二月	加少保兼太子太保户部尚书		
赵志皋	万历二十四年三月	加少傅兼太子太傅进建极殿大学士	二十七年九月	二十七年九月,辞。
	万历二十七年九月	加兼太子太师中极殿大学士		
张位	万历十九年九月	东阁　吏部左侍郎(兼)	二十六年六月	回籍闲住
	万历二十一年四月	进礼部尚书文渊阁大学士		
	万历二十二年二月	加太子太保		
	万历二十五年五月	加少保兼太子太保吏部尚书进武英殿大学士		
陈于陛	万历二十二年五月	东阁　掌詹事府事教庶吉士礼部尚书(兼)	二十四年十二月	卒
	万历二十三年十月	加太子少保		
	万历二十四年八月	加太子太保改文渊阁		

续表

人名	入阁时间	任职	离阁时间	备注
沈一贯	万历二十二年五月	东阁　南礼部尚书改礼部尚书（兼）	三十四年七月	致仕
	万历二十三年十月	加太子少保		
	万历二十五年五月	加太子太保武英殿大学士兼吏部尚书		
	万历二十七年四月	加少保进吏部尚书		
	万历二十九年十一月	加兼太子太傅进建极殿大学士		
	万历三十一年四月	加左柱国、少傅，进中极殿大学士		
朱赓	万历二十九年九月	东阁　起礼部尚书（兼）	三十六年十一月	卒于任上
	万历三十二年十月	加太子太保进文渊阁大学士		
	万历三十三年十一月	加少保兼太子太保		
	万历三十五年三月	进武英殿大学士		
	万历三十五年十月	加少保改吏部尚书（兼）文华殿大学士		
于慎行	万历三十五年五月	东阁　掌詹事府事礼部尚书加太子太保	三十五年十一月	十一月至京，十二月，卒

另外，戊辰科庶吉士中，曾任教习者有：王家屏、沈一贯（万历十一年），朱赓、张位（万历十四年），沈一贯、田一俊、韩世能（万历十七年），陈于陛（万历二十年）。钱谦益所谓之"近代馆

阁，莫盛于戊辰"，[①] 言之不虚。

馆选正常化、制度化后培养出的馆阁文人，尤其是馆阁重臣，如李维桢、于慎行等，在汲取郎署文学有益于馆阁的成分，重振台阁文学时，多有自己的独立思考，因而成为"文归台阁"的砥柱中流。

李维桢虽置身后七子郎署文学阵营，但不盲目跟风，于其弊病体认深到。其《悦偃斋诗集序》认为，后七子末流仅以李梦阳、何景明、李攀龙、王世贞为准的，对汉魏、六朝、唐诗，实则茫然无知，因一味"求之形迹"，而"失之神情"。[②] 为此，他还寻绎出深层病因：

> 嘉、隆之间，雅道大兴，七子力驱而返之古，海内歙然向风。其气不得靡，故拟者失而粗厉；其格不得逾，故拟者失而拘挛；其蓄不得俭，故拟者失而庞杂；其语不得凡，故拟者失而诡僻。至于今而失弥滋甚。[③]

就是说，后七子郎署文学的诸多流弊，皆由法度苛严所致，即《唐诗纪序》所谓学唐"学之太过"。[④] 这着实揪住了问题的症

---

① [清]钱谦益：《列朝诗集小传》丁集中《于阁学慎行》，上海古籍出版社，2008年版，第548页。
② [明]李维桢：《大泌山房集》卷一九，《四库全书存目丛书》集部，第150册，齐鲁书社，1997年版，第729页。
③ [明]李维桢：《大泌山房集》卷一二《吴汝忠集序》，《四库全书存目丛书》集部，第150册，齐鲁书社，1997年版，第559页。
④ [明]李维桢：《大泌山房集》卷九，《四库全书存目丛书》集部，第150册，齐鲁书社，1997年版，第490页。

结所在。恰如许学夷所说："李本宁'学唐太过'之说，实为七子
药石。"① 故其力主"诗以道性情，性情不择人而有，不待学问、文
词而足"。② 为此，提出了"缘机触变，各适其宜"③的主张。"缘
机触变"，即触景生情，不必因袭他人。他以为，为诗应"景触而
情至，情动而性流，因趣成声，因声成韵。譬诸钟应叩响，答桴
大小，疾徐高下，惟其所受所感"，④ "以自有之情，写自见之景，
以自受之才，运自然之语，独成一家杼轴"，⑤ 要"不狗古不骛今，
不为格束，不为学使，顺情赴景，瑕瑜不相掩，盖其自道云尔"。⑥
李维桢论诗虽未脱"格由时降"之羁绊，但能在此框架内，倡言
适者为善，⑦ 主张为诗作文适时、适体、适才即可，"体各有宜，
而才各有合，度材量力，自足以成一家言"，⑧ 不必兼有众美，不
必模拟蹈袭。否则，才与不才则无异。这并非意味着不讲文法

① ［明］许学夷著，杜维沫校点：《诗源辩体·后集纂要》卷二，人民文学出版社，1987 年版，第 427 页。
② ［明］李维桢：《大泌山房集》卷一二九《读苏侍御诗》，《四库全书存目丛书》集部，第 153 册，齐鲁书社，1997 年版，第 622 页。
③ ［明］李维桢：《大泌山房集》卷九《唐诗纪序》，《四库全书存目丛书》集部，第 150 册，齐鲁书社，1997 年版，第 491 页。
④ ［明］李维桢：《大泌山房集》卷二三《潘方凯诗序》，《四库全书存目丛书》集部，第 151 册，齐鲁书社，1997 年版，第 22 页。
⑤ ［明］李维桢：《大泌山房集》卷二三《陆长倩诗序》，《四库全书存目丛书》集部，第 151 册，齐鲁书社，1997 年版，第 12 页。
⑥ ［明］李维桢：《大泌山房集》卷二四《沈茂之诗序》，《四库全书存目丛书》集部，第 151 册，齐鲁书社，1997 年版，第 40 页。
⑦ ［明］李维桢：《大泌山房集》卷二一《亦适编序》，《四库全书存目丛书》集部，第 150 册，齐鲁书社，1997 年版，第 749 页。
⑧ ［明］李维桢：《大泌山房集》卷一九《青莲阁集序》，《四库全书存目丛书》集部，第 150 册，齐鲁书社，1997 年版，第 717 页。

技巧,他强调,"法"为作文之规矩、准绳,"前人作之,后人述焉"
即可,但需以才驭之,无才即无法可言;最终要做到"法不病我,
轶于法之外。我不病法,拟议以成其变化,若有法若无法"。①
这与李攀龙、王世贞论文主张,颇有相通之处。以此为基础,他
称道公安派重性情:"自宋迄唐,则学问文词专用事,而性情廑
有存者。流弊迄今,非但与性情不干涉,即学问文词,剽袭补
缀,口堕恶道矣。吾乡二三君子,起而振之,自操机杼,自开堂
奥,一切本诸性情,以当于《三百篇》之指。虽不谐众口里耳,
弗顾也。"他以为,性情本诸先天,不学而有:"男女,人之大欲
存焉,不虑而知,不学而能,此之谓性情,古今所同。"②但又不
能因此以牺牲为文规矩为代价,故他又驳斥公安派无视为文法
则与规矩之行径:

> 今为诗者,仿古人调格,摘古人字句,残膏余沫,诚可
> 取厌。然而,诗之所以为诗,情、景、事、理,自古迄今,故无
> 二道,惟才识之士,拟议以成变化,臭腐可为神奇,安能离
> 去古人,别造一坛宇耶?离去古人而自为之,譬之易四肢、
> 五官以为人,则妖孽而已矣。盖近日有自号作祖,以倡天下
> 者,私心非之,不敢讼言比得。③

---

①［明］李维桢:《大泌山房集》卷一一《太函集序》,《四库全书存目丛书》
　集部,第150册,齐鲁书社,1997年版,第526页。
②［明］李维桢:《大泌山房集》卷一二九《读苏侍御诗》,《四库全书存目丛
　书》集部,第153册,齐鲁书社,1997年版,第623页。
③［明］李维桢:《大泌山房集》卷一二九《朱修能诗跋》,《四库全书存目丛
　书》集部,第153册,齐鲁书社,1997年版,第636页。

因此,李维桢试图调和七子郎署文学与公安派文学主张,为诗既讲究法度,又不妨真性情的抒发。其《来使君诗序》即称：

> 夫诗有音节,抑扬开阖,文质浅深,可谓无法乎? 意象风神立于言前,而浮于言外,是宁尽法乎? 师古者有成心,而师心者无成法……目所经涉,情所感触,沉吟而后有诗,不守一隅,不由一径,高不必惊人,而卑不必侪俗,要于其适而止。①

如此,以求最终达到"师古可以从心,师心可以作古,臭腐为神奇,而嬉笑怒骂,悉成章"、②"其适而止"的境界。李维桢所代表的馆阁文学,在复古基础上汲取了公安派的某些文学理念,展露出新变的迹象,在当时反响极大。胡应麟《报李本宁观察》云：

> 两司马相继修文,嘉、隆遗老靡子遗者,惟执事灵光独峙,砥柱江河,一代千秋,大统攸集,茫茫震旦,不遂沦为长夜,以明公在也。③

依胡应麟之言,馆阁文统不泯、馆阁文学所以没"沦为长

---

① [明]李维桢:《大泌山房集》卷一九,《四库全书存目丛书》集部,第150册,齐鲁书社,1997年版,第724页。
② [明]李维桢:《大泌山房集》卷一一《董元仲集序》,《四库全书存目丛书》集部,第150册,齐鲁书社,1997年版,第537页。
③ [明]胡应麟著,[明]江湛然辑:《少室山房全稿·少室山房类稿》卷一一七,《明别集丛刊》第4辑,第36册,黄山书社,2016年版,第465页。

夜"，能有振兴之日，很大程度上是因有李维桢在。溢美过当，
无须多言。不过，李维桢因此被视为王世贞、汪道昆之后的文
坛盟主，倒是不争的事实："弇州、新安既去，门下（李维桢）独踞
齐州，为时盟主。"① 以至于"海内谒文者，趋走如市。门下士争
招要富人大贾，受取其所奉金钱，而籍记其目以请"，② 而"负重
名垂四十年"。③ 馆阁文人从他身上，看到了馆阁文学复兴的气
象，黄道周即视之为"文章之道，复归词林"之"归墟"。

　　于慎行"与云杜李本宁，才名相亚"，④ "神宗时，词馆中以慎
行及临朐冯琦，文学为一时冠"，⑤ 其对李、王之文学复古，也不
盲目跟风，如对李攀龙有的文学观点，就存异议：

　　　　盖顷者，先正诸公亟称，拟议以成其变化，岂非名言？
　　然拟之议之，为欲成其变化也，无所变而之化，而姑以拟议
　　当之，所成谓何？夫酒醴成于曲蘖，而曲蘖非酒也；汤液成
　　于药石，而药石非汤也。有如以酒醴为漱潃而酦其醋醨，以
　　汤液为清泠而咀其渣滓，文而肖是乎哉！ ⑥

──────────

① [明]邹迪光：《调象庵稿》卷三五《与李本宁》，《四库全书存目丛书》集
　部，第160册，齐鲁书社，1997年版，第43页。
② [清]钱谦益著，[清]钱曾笺注，钱仲联标校：《牧斋初学集》卷五一《南
　京礼部尚书赠太子少保李公墓志铭》，上海古籍出版社，2009年版，第
　1298页。
③ [清]张廷玉等：《明史》卷二八八《文苑四》，中华书局，1974年版，第
　7386页。
④ [清]钱谦益：《列朝诗集小传》丁集中《于阁学慎行》，上海古籍出版社，
　2008年版，第548页。
⑤ [清]张廷玉等：《明史》卷二一七，中华书局，1974年版，第5739页。
⑥ [明]于慎行：《穀城山馆全集·穀城山馆文集》卷一二《宗伯冯先生文
　集叙》，《明别集丛刊》第4辑，第4册，黄山书社，2016年版，第367页。

"拟议以成其变化"犹如"酒醴"、"汤药"；若"无所变而之化,而姑以拟议当之",就如"酾其醋醨","咀其渣滓"。同时,他对后七子末流的机械拟古,也深表忧虑：

> 迩年以来,作者愈工,大抵驰骛于先秦、西京,以为复古,而日靡于琦丽雕华,则可谓甚盛矣。然识者顾以文巧太过,为世道之忧。①

他表示,若一味追求"琦丽雕华",过分讲究"文巧",是为文之忧,更为"世道之忧"。在《穀山笔麈·诗文》中,又以"煮成之药"与"合成之药"为喻,再次痛批机械拟摹。称"煮成之药"已"化为汤夜",味之所由,已不可辨；而"合成之药"则"萃为一剂",② 各种药材,指而可辨。以此喻文,高下优劣,表然在目。在批判后七子末流机械拟摹的同时,他还能从根源上寻病因,开处方。早在万历二年(1574),就有言："文之以华奇为工者,学不明也,其道在尊经而复古。"③《穀山笔麈·诗文》亦有言："近年以来,厌常喜新,慕奇好异,六经之训,目为陈言,刊落芟夷,惟恐不力。陈言既不可用,势必归极于清空,清空既不可常,势必求助于子史,子史又厌,则宕而之佛经,佛经又同,则旁而及小

---

① [明]于慎行:《穀城山馆全集·穀城山馆文集》卷四二《己卯江西程策第二问》,《明别集丛刊》第4辑,第4册,黄山书社,2016年版,第871页。

② [明]于慎行撰,吕景琳点校:《穀山笔麈》卷八,中华书局,1984年版,第88页。

③ [明]于慎行:《穀城山馆全集·穀城山馆文集》卷四一《甲戌会试程策第三问》,《明别集丛刊》第4辑,第4册,黄山书社,2016年版,第857页。

说,拾残掇剩,转相效尤,以至踵谬承讹,茫无考据,而文体日坏矣。原其敝始,则不务经学所致尔。""故文至今日可谓极盛,可谓极敝矣。川不可障则疏其源,华不可敛则培其根,亦反经而已矣。诚令讲解经旨,非程、朱之训不陈,敷衍文辞,非六籍之语不用,此培根疏源之方也。"① 故而,他认为,"学术不可不纯也,关乎心术;文体不可不正也,关乎政体"。他细致地剖析了当下训令、奏对、纪述、文移等馆阁文体之"失",并对此加以规范。②这对避免台阁体汩于世俗有抑制作用。难怪钱谦益称"其所论著,皆箴历下之膏肓,对病而发药"。③

总体上看,于慎行之为文,台阁气象十足,正如叶向高万历间所作《穀城山馆全集叙》所云:

　　明兴,著作之业,至正、嘉、隆、万之间,郁乎盛矣……(于慎行)为文词皆春容宏丽,深至婉委。于情事曲折,无所不尽,而于气格、词理、意象、色泽,无所不工……自非命世词宗,人巧天工,合流骈出,何以有此?於乎盛哉!信著作之大成,而熙朝之盛事也。④

---

① [明]于慎行撰,吕景琳点校:《穀山笔麈》卷八,中华书局,1984年版,第86页。
② [明]于慎行撰,吕景琳点校:《穀山笔麈》卷八,中华书局,1984年版,第84—85页。
③ [清]钱谦益:《列朝诗集小传》丁集中《于阁学慎行》,上海古籍出版社,2008年版,第548页。
④ [明]于慎行:《穀城山馆全集》卷首,《明别集丛刊》第4辑,第4册,黄山书社,2016年版,第3—5页。

　　基于此，于慎行对"今世言文章者，多谓此道上不在台阁，下不在山林"的论调，大为不悦："此何说也。毋亦以台阁之文从容典重乏奇崛之观，山林之文枯槁寂寥寡宏富之蓄，用其长而不能不见其短，故为世所訾病耳。夫成、弘以前，其为台阁者，吾不敢知；嘉、隆以后，其为台阁者，吾不待言。是非得失，俟之千秋，可也。"① 台阁文以从容典重见长，不尚奇崛，短处也不能不见，但不可因此而否定台阁文学，尤其是嘉、隆以后的台阁文学。"是非得失，俟之千秋"，文归台阁之意，已然显露。

　　综上，万历年间的文权"复归台阁"，既与馆阁文学的郎署化倾向有关，也颇得益于隆、万以来馆选的正常化、制度化培养出的一批阁臣的努力。这在一定程度上强化了馆阁文学实力，削弱了后七子为中心的郎署文学权力。

　　平心而言，与嘉靖前期相比，隆、万时台阁文学确乎有些转机，但并未重现"三杨"时馆阁文学鼎盛气象，而是一种有限度的"复兴"，称为台阁文学回光返照，也不为过。社会生态环境上，其时朝政黑暗腐败、社会疮痍满目，民生凋敝，台阁体赖以生存的土壤，已不复存在。馆阁文学复兴，缺乏必要的政治、经济、文化基础。文学发展态势上，由于唐宋派后劲的极力排击，公安、竟陵文学的崛起，以及山林、市井文学勃兴，晚明文学宗尚与旨趣趋于多元化，无论馆阁文学，抑或郎署文学，皆遭到不同程度冲撞。② 馆阁所掌控的有价值的文化资本，已不足以支撑其

①［明］于慎行：《海岳山房存稿序》，［明］郭造卿：《海岳山房存稿》卷首，《明别集丛刊》第 3 辑，第 56 册，黄山书社，2016 年版，第 135—136 页。

② 从实际情况看，其对郎署文学的冲击，远大于馆阁文学。就如《明史·文苑一》所言："归有光颇后出，以司马、欧阳自命，力排李、何、王、李，而徐渭、汤显祖、袁宏道、钟惺之属，亦各争鸣一时，于是宗李、何、王、李者稍衰。"（张廷玉等：《明史》卷二八五，中华书局，1974 年版，第 7307 页）

再现往昔辉煌。反观而之,馆阁体的有限"复兴",也是国运下滑的表征。钱谦益似乎已注意到这点。[①] 虽然如此,馆阁还是回收了部分外移的文学权力,对郎署文学造成一定冲击,是导致郎署文学权力在万历中后期弱化并流失的一个重要因素。

第三节　从郎署到山林、市井:郎署文学权力式微与晚明文学转型

晚明,尤其是万历以降,在险恶政治环境与王学左派思想的夹击下,士人心态发生了较大转变。随着山林文学、市井文学的兴盛,以及与之互动,郎署文学呈现出明显的山林化、市井化色彩。被馆阁文学冲击的郎署文学权力,除少部分流向馆阁,多向山林、市井分流。晚明文学最终完成了由郎署向山林、市井的文权转移与文学转型。

一、晚明政治、文化背景下的士人心态

嘉、隆以降,王守仁心学思潮迅速漫延,并分化出不同的分

---

① 钱谦益认为,自袁宗道、黄辉、陶望龄入馆阁后,杨士奇、李东阳所确立并维护的台阁体,渐灭殆尽,于慎行、冯琦为之殿军。《列朝诗集小传·冯尚书琦》:"丙戌、己丑,馆选最盛,公安、南充、会稽,标新竖义,一扫烦芜之习,而风气则已变矣。自时厥后,词林之学,日就踦驳。修饰枝叶者,以肥皮厚肉相夸;剥换面目者,以牛鬼蛇神自喜。东里西涯,前辈台阁之体,于是乎渐灭殆尽,而气运亦滔滔不可复反矣。吾于近代馆阁之文,有名章彻者,皆抑置而不录,录于、冯两公集,为之三叹,聊引其端如此。"(钱谦益:《列朝诗集小传》丁集中,上海古籍出版社,2008年版,第549页)

支流派。其中，以王艮、颜钧、何心隐、李贽为代表的王学左派，影响甚大。因王艮为泰州人，故称此派为"泰州学派"。他们主张，穿衣吃饭，即是人伦物理，除此之外，别无伦物；强调百姓日用即是道，蔑视礼教，肯定人欲，强调自我，张扬个性，追求自由。他们甚至还以异端自居。①程朱理学以此遭到重创，"嘉、隆而后，笃信程、朱，不迁异说者，无复几人"。

　　在正统士大夫看来，晚明士风佻浮，道德沦丧，社会危机加深，王学左派其咎难脱；涤荡王学左派影响、肃清异端思想，刻不容缓。自万历中期以来，王学左派及各种异端行为，就不断遭到清理、排击。万历三十年（1602）春，礼科都给事中张问达上书弹劾李贽，条列其离经叛道行径，同时攻讦士大夫谈禅害儒：

---

① 王艮云："圣人之道，无异于'百姓日用'。凡有异者，皆谓之'异端'。"（王艮撰，陈祝生等校点：《王心斋全集·明儒王心斋先生遗集》卷一《语录》，江苏教育出版社，2001年版，第10页）《明儒王心斋先生遗集》卷三《年谱》："集同门讲于书院，先生言百姓日用是道。"（王艮撰，陈祝生等校点：《王心斋全集》，江苏教育出版社，2001年版，第72页）颜山农称："人之好贪财色，皆自性生，其一时之所为，寔天机之发，不可壅阏之。"（王世贞：《弇州史料后集》卷三五《嘉隆江湖大侠》，《四库禁毁书丛刊》史部，第49册，北京出版社，2000年版，第703页）李贽《答邓石阳》云："穿衣吃饭，即是人伦物理；除却穿衣吃饭，无伦物矣。"（李贽：《焚书》卷一，中华书局，2009年版，第4页）李贽《德业儒臣后论》曰："夫私者人之心也。人必有私而后其心乃见。若无私则无心矣。"（李贽：《藏书》卷三二，中华书局，1959年版，第544页）这就把百姓日常生活与"圣人之道"相互包容于一起，天理即在人欲之中，人欲中即有天理。这实际上已经承认，人的一切欲望都是"道"的体现，并不离经叛道。"天理"、"人欲"是统一的，并非是对立的。特别是李贽，还公然以异端自居。其《答焦漪园》称："又今世俗子与一切假道学，共以异端目我，我谓不如遂为异端，免彼等以虚名加我，何如？"（李贽：《焚书》卷一，中华书局，2009年版，第8页）

"迩来缙绅士大夫,亦有捧咒念佛,奉僧膜拜,手持数珠,以为律戒;室悬妙像,以为皈依;不知遵孔子家法,而溺意于禅教沙门者,往往出矣。近闻贽且移至通州,通州距都下仅四十里,倘一入都门,招致蛊惑,又为麻城之续。望敕礼部檄行通行地方官,将李贽解发原籍治罪。仍檄行两畿各省,将贽刊行诸书并搜简其家未刊者,尽行烧毁,毋令贻乱于后世。"神宗批复道:"李贽敢倡乱道,惑世诬民,便令厂卫五城严拿治罪。其书籍已刊未刊者,令所在官司尽搜烧毁,不许存留。如有徒党曲庇私藏,该科及各有司访参奏来,并治罪。"①同年三月,冯琦又上疏称:"其有决裂圣言,背违王制,援儒入墨,推墨附儒,一切坊间新说曲议,皆令地方官杂烧之。"② 神宗又做出批示:

> 近来学者不但非毁宋儒,渐至诋讥孔子,扫灭是非,荡弃行简,复安得忠孝节义之士为朝廷用。只缘主司误以怜才为心,曲牧好奇新进,以致如此。新进未成之才,只宜裁正待举,岂得辄加取录,以误天下? 览卿等奏深于世教有裨,还开列条款,务期必行。仙佛原是异术,宜在山林独修。有好尚者,任解官自便去,勿与儒术并进,以混人心。③

这样下倡上和,以攻禅为由头,在全国范围内掀起了一场

---

① 《明神宗实录》卷三六九,"中央研究院"历史语言研究所,1966 年版,第6917—6919 页。

② [明]冯琦:《宗伯集》卷五七《为重经术祛异说以正人心以励人材疏》,《四库禁毁书丛刊》集部,第 16 册,北京出版社,2000 年版,第 3 页。

③ 《明神宗实录》卷三七〇,"中央研究院"历史语言研究所,1966 年版,第6925—6926 页。

肃清异端思想运动。为杀一儆百，李贽成为首当其冲的牺牲品。万历三十年（1602）李贽的狱中自杀，陶望龄为此痛心不已："旁观者指目为异学，深见忌疾，然不虞其祸乃发于卓老也。七十六岁衰病之身，重罹逮系，烦冤自决，何痛如之！"① 同时，他深感内疚："客岁之事，吾党自当任其咎。"②

　　李贽自杀事件，给许多士人心里平添一重阴霾，畏祸退藏的意识，愈加浓烈。他们深感焦虑，不得不收敛其行为，调整处世方式。陶望龄曾感叹道："长安如奕棋，世路日难矣。"③ 袁中道亦道："威凤不潜羽，蛟龙罢隐鳞。网罗就就至，何处可藏身。"④ 袁宏道言之益切：

　　　　学道人须是韬光敛迹，勿露锋芒，故曰潜曰密。若逞才华，求名誉，此正道之所忌。夫龙不隐鳞，凤不藏羽，网罗高张，去将安所？此才士之通患，学者尤宜痛戒。⑤

　　颇有朝不保夕之虞，忧生之嗟甚烈。其实，李贽自决的前一年，陶望龄就担心迟早会祸及己身，开始思考及早全身而退的

---

① ［明］陶望龄撰，李会富编校：《陶望龄全集·歇庵集》卷一五《与周海门先生十三首》，上海古籍出版社，2019年版，第877页。
② ［明］陶望龄撰，李会富编校：《陶望龄全集·歇庵集》卷一五《与周海门先生十三首》，上海古籍出版社，2019年版，第878页。
③ ［明］陶望龄撰，李会富编校：《陶望龄全集·歇庵集》卷一五《与袁石甫》，上海古籍出版社，2019年版，第882页。
④ ［明］袁中道著，钱伯城点校：《珂雪斋集》卷三《入都过秃翁墓》，上海古籍出版社，1989年版，第134页。
⑤ ［明］袁宏道著，钱伯城笺校：《袁宏道集笺校》卷四四《德山麈谈》，上海古籍出版社，2008年版，第1297页。

问题：

> 此间诸人，日以攻禅逐僧为风力名行。吾辈虽不挂名弹章，实在逐中矣。一二同志皆相约携手而去，吾意辄欲先发。①

自己虽未被逐，但已预感到局势于己不利，遂生去念，并后悔当初未听友人忠告："袁中郎劝我无出，今始悔之。刘幼安劝我韬晦，今始信之。"如此，他觉得"早能抽身，犹不为失策耳"。②事实证明，陶望龄的担忧并非多余。③袁宏道对此也警惕性十足，他劝陶望龄"无出"，主要是迫于"吏情物态，日巧一日；文网机穽，日深一日；波光电影，日幻一日"④的不利时势。

---

① [明]陶望龄撰，李会富编校：《陶望龄全集·歇庵集》卷一六《辛丑入都寄君奭弟书十五首》，上海古籍出版社，2019年版，第962页。

② [明]陶望龄撰，李会富编校：《陶望龄全集·歇庵集》卷一六《辛丑入都寄君奭弟书十五首》，上海古籍出版社，2019年版，第964页。

③ 沈德符《万历野获编》："黄慎轩晖以宫僚在京时，素心好道，与陶石篑辈，结净社佛，一时高明士人多趋之，而侧目者亦浓众，尤为当途所深嫉。壬寅之春，礼科都给事张诚宇问达，尚疏劾李卓吾，其末段云：'近来缙绅士大夫，亦有捧咒念佛，奉僧膜拜，手持数珠，以为律戒；室悬妙像，以为皈依；不遵孔子家法，而溺意禅教者。'盖暗攻黄慎轩及陶石篑诸君也。不十日，而礼卿冯琢庵琦之疏继之，大抵如张都谏之言。上下旨云：'览卿等奏，深于世教有裨。仙佛原是异术，宜在山林独修。有好尚者，任解官自便去，勿以儒术并进，以惑人心。'盖又专指黄晖，逐之速去矣。时康御史丕扬亦有疏与冯疏同日上，则单参达观，及朝士附会之非。"黄晖因"为当途所深嫉"，最终"移病请急归，再召遂不复出"（沈德符：《万历野获编》卷一〇，中华书局，1959年版，第270—271页）。

④ [明]袁宏道著，钱伯城笺校：《袁宏道集笺校》卷六《何湘潭》，上海古籍出版社，2008年版，第272—273页。

万历二十八年（1600），请假返乡前，他力劝乃兄宗道及时归隐，《答黄无净祠部》称：

> 弟往在邸，尝语伯修曰："今时作官，遭横口横事者甚多，安知独不到我等也？今日吊同乡，明日吊同年，又明日吊某大老，鬼多于人，哭倍于贺，又安知不到我等也？"以是无会不极口劝伯修归，及警策身心事，盖深虑朝露之无常，石火之不待。不幸而不待者果不相待，痛哉！①

万历二十六年（1598），焦竑被排挤出朝，袁宏道慨叹道："宦途薄恶，情态险侧可笑，无论师不欲闻，即弟子亦不欲言之。"②

万历三十年（1602）以后，晚明异端思潮转入低潮期。一方面，因朝廷整肃思想所致；另一方面，也是王学内部自我调整与分化的必然结果。特别是奉程朱理学为宗的东林党人，以复兴古道为己任，强调学术要重"工夫"，号召士人回复到经世致用之正路。高攀龙就指出："不患本体不明，只患工夫不密。"③顾宪成、钱一本等人也"惩一时学者喜谈本体"，强调"以'工夫为主'"。④在这种背景之下，晚明士人心态则趋向于内敛。廖可

---

① ［明］袁宏道著，钱伯城笺校：《袁宏道集笺校》卷二二，上海古籍出版社，2008年版，第793页。
② ［明］袁宏道著，钱伯城笺校：《袁宏道集笺校》卷二二《焦弱侯座主》，上海古籍出版社，2008年版，第773页。
③ ［清］黄宗羲著，沈芝盈点校：《明儒学案》（修订本）卷五八《东林学案一》，中华书局，2008年版，第1417页。
④ ［清］黄宗羲著，沈芝盈点校：《明儒学案》（修订本）卷五九《东林学案二》，中华书局，2008年版，第1437页。

斌就指出:"渊源于程朱理学的东林学派和以王学的修正派面目出现的蕺山学派占据了主要地位。另一部分知识分子则由王学左派或异端思想转向王学右派,由狂禅转入净土,由追求放情任诞转向清修,只有少部分人沿着异端思想或狂禅的道路变得更为颓放。"①

朝政的黑暗也迫使一些士人心态趋向内敛,从而调整处世方式,重新规划人生道路。万历一朝,特别是中期后,为明代政治最黑暗的时期,也是明亡之开端。赵翼称:"论者谓明之亡,不亡于崇祯,而亡于万历。"② 孟森也称:"明之衰,衰于正、嘉以后,至万历朝则加甚焉。明亡之征兆,至万历而定。"就内而言,朝政已是黑暗透顶。万历皇帝在位四十八年,"怠于临政,勇于敛财,不郊不庙不朝者三十年,与外廷割绝,惟倚阉人四出聚敛,矿使税使,毒遍天下",③ 昏庸至极,导致权臣倾轧、宦官专权、党争激烈、横征暴敛、民不聊生。就外而论,崛起于辽东的女真族,已成为明王朝的严重边患;东南沿海倭寇猖獗,贻害无穷。天启后,王朝更每况愈下。面对此局势,有人义愤填膺,以忧国忧民为己任,力求变革现实;有人醉生梦死,得过且过;有人忧生惧祸,甘愿隐退回避;有人抑郁不得志,不得不归隐。后二者在钟惺、谭元春、陈继儒等人身上,表现尤为突出。

钟惺未入仕时,就对时局有着清醒的认识。万历三十七年

---

① 廖可斌:《明代文学复古运动研究》,商务印书馆,2008 年版,第 370—371 页。
② [清]赵翼著,王树民校证:《廿二史札记校证》卷三五,中华书局,2013 年版,第 829 页。
③ 孟森:《明清史讲义》上册,商务印书馆,2011 年版,第 262 页。

（1609），他赋《邸报》①一诗，简要回顾了万历初年以来的朝政、局势之变迁。对张居正、申时行、王锡爵、沈一贯等阁臣专权误国、迫害朝臣的行径，义愤填膺。生逢末造，钟惺对朝政、时局，以及宦海的尔虞我诈，倍感失望，由此生发出性命之忧。他本是个有抱负、有志向的儒者，渴望成就一番功业。其《告雷何思先生文》即云："先生每借论文之因，时以德业学术、国是人才，旁及人外之旨，微言挑我，以观其应。某时有痛痒偶中机锋，相觌粲然，一开先生之口处，而污不至阿。亦时有所不必合，先生不惟以为不必合，而且以为相成。吁嗟乎！盖真有古师友之道焉。大要先生期我者远，而某亦以期之；求我者备，而某亦以求之。"②谭元春《退谷先生墓志铭》亦云："退谷（钟惺）初在神宗时，官行人，思有用于当世，与一二同官讲求时务，厌呻吟不从，病起玄黄水火，终日聒渎。以为吾若居给事御史，务求实用，不兢末节小名、爱恋身家，如鸡鹜之争食、妇女之简狎，庶不令主上厌极大创，祸流缙绅。然其要惟在读书，读书而后实忠、实孝、实用出矣。先机蚤见，已若知有熹庙之末年，与今上之神圣者，是其人真可大用。"③

　　然而，钟惺入仕后，身不由己地卷入了纷杂的党争中。万历三十八年（1610）庚戌科场案发，他遂沉沦下僚长达十年之久，其内心之郁闷，可想而知。他曾向钱谦益慨叹道："浮沉十载

①［明］钟惺著，李先耕、崔重庆标校：《隐秀轩集》卷二，上海古籍出版社，2017年版，第8页。

②［明］钟惺著，李先耕、崔重庆标校：《隐秀轩集》卷三四，上海古籍出版社，2017年版，第632页。

③［明］谭元春著，陈杏珍标校：《谭元春集》卷二五，上海古籍出版社，1998年版，第680—681页。

内,毁誉众人间。试看予流寓,何殊子入山?"① 万历四十六年
(1618),又受同年邹之麟事件牵连,而被汰其选考。《明史·夏
嘉遇传》载:"时嘉遇及工部主事钟惺、中书舍人尹嘉宾、行人魏
光国,皆以才名,当列言职。诗教辈以与之麟善,抑之,俾不与考
选。"② 钟惺于此始料未及,立即疏请改官南京。至万历四十八
年(1620),才授以南京礼部仪制司主事,旋改祠祭司郎中。此
时的钟惺,已年老病至,宦海浮沉多年,感慨良多:

> 微官今日至,万病一朝来。罪福谁司计,乘除已致灾。
> 性情良自审,命相久相猜。不死多时地,行藏听所裁。
> 　才入仪曹署,于中处处违。因之生一悟,过此可成归。
> 罗雀心方息,焚鱼累始稀。世人添感慨,翻似悔忘机。③

天启四年(1624),在福建提学佥事任上的钟惺,又遭福建
巡抚弹劾,罢职家居。经此一劫,钟惺对政事已不抱幻想,宦意
已绝,归思甚浓。《乙丑藏稿》其十一有曰:"河清难俟蠖难伸,
禄位终还寿考人。归语儿孙勤礼祝,但留父祖百年身。"④《戢楞
严注讫寄徐元叹》亦曰:"阅人数十载,不容不索居。"⑤ 历经数

---

① [明]钟惺著,李先耕、崔重庆标校:《隐秀轩集》卷一二《喜钱受之就晤
娄江先待予吴门不值》,上海古籍出版社,2017年版,第241—242页。
② [明]张廷玉等:《明史》卷二三六,中华书局,1974年版,第6161页。
③ [明]钟惺著,李先耕、崔重庆标校:《隐秀轩集》卷九《感归诗十首》,上
海古籍出版社,2017年版,第166、167页。
④ [明]钟惺著,李先耕、崔重庆标校:《隐秀轩集》卷一四,上海古籍出版
社,2017年版,第274页。
⑤ [明]钟惺著,李先耕、崔重庆标校:《隐秀轩集》卷四,上海古籍出版社,
2017年版,第64页。

次倾轧,对所谓的朋友交情,钟惺业已看破,变得相当宽容:

> 居乱世之末流,待朋友不可不恕。所谓"交情"二字,只可于作秀才及退居林下时以之责人。若士宦得失之际,卖友得官,此亦理势之常。——责而怨之,非惟待人不胜其刻,即居心亦苦矣。①

　　为消弭内心苦痛,钟惺不得不重新规划其人生之路。万历四十七年(1619),在给林应翔的信中,他以谐谑的话语,规划出其后的人生轨迹:

> 惺栖泊金陵,乐其山水。近家君亦乞得毗陵广文,父子相聚,全家在此。颇以文为生,非惟作官念头灰冷,即生子亦作第二义矣。人生富贵子孙,原以奉我者,求之未必得,而又以苦我神,岂不添一累邪? 此言似老师慰惺者,而惺能自得之,又可省老师一忧也。②

　　此时的钟惺刚四十六岁,正是大有作为之时,但因时局险恶,以及对现实的无奈,便产生了归隐念头。
　　谭元春虽不如钟惺那样贴近政治,但对颓败的时局,也感触良多。面对"凶饥告于闾里",他也难以幸免;而"凶饥之祸,究

---

① [明]钟惺著,李先耕、崔重庆标校:《隐秀轩集》卷二八《与熊极峰》,上海古籍出版社,2017年版,第561页。
② [明]钟惺著,李先耕、崔重庆标校:《隐秀轩集》卷二八《与林止严座主》,上海古籍出版社,2017年版,第563页。

将为乱"，①这是对时局的忧患。对阉竖专权、朋党之争下的文人生存情状，他也感受深切。其《题卷送沈洧川序》云："盖熹庙末年，逆寺势过瑾直。虐焰所及，士大夫在鼎镬之中。"②《吊忠录序》亦云："当是时也，天下之人腹悲胆寒而不敢言。"③因此，"时危思闭户，恃此护幽真"④的念头，时时涌上心头。他还以此奉劝友人："君游须慎口，予住是灰心。"⑤对此，还有人唯恐文祸伤身，甚至滋生了打消为文的念头，陈继儒就称："往丁卯前，珰网告密，余谓董思翁云：吾与公此时，不愿为文昌，但愿为天聋地哑，庶几免于今之世矣。"⑥丁卯，即天启七年（1627）。陈梦莲《眉公府君年谱》"崇祯十二年"载，陈继儒临终前曾发出"八十年履薄临深"⑦的感慨，可见其忧生惧祸意识，伴随一生。

晚明特定的政治文化背景与王学左派思想，迫使士人心态趋向内敛，山林情怀日趋浓烈，促使士大夫的市井情怀逐渐浓厚（详下文），以至于造成郎署与山林、市井文学互动的局面。郎署

---

① ［明］谭元春著，陈杏珍标校：《谭元春集》卷二八《甲子夏答袁述之书》，上海古籍出版社，1998 年版，第 769 页。

② ［明］谭元春著，陈杏珍标校：《谭元春集》卷二四，上海古籍出版社，1998 年版，第 671 页。

③ ［明］谭元春著，陈杏珍标校：《谭元春集》卷二二，上海古籍出版社，1998 年版，第 607 页。

④ ［明］谭元春著，陈杏珍标校：《谭元春集》卷一七《喜笈籍两儿同冠》，上海古籍出版社，1998 年版，第 472 页。

⑤ ［明］谭元春著，陈杏珍标校：《谭元春集》卷一三《喜阊中徐公穆远访二首》其二，上海古籍出版社，1998 年版，第 381 页。

⑥ ［明］陈继儒：《文娱叙》，［明］郑元勋选，阿英校点：《媚幽阁文娱》卷首，《中国文学珍本丛书》第 1 辑，上海杂志公司，1936 年版，第 1 页。

⑦ ［明］陈继儒：《陈眉公先生全集》卷首，《明别集丛刊》第 4 辑，第 53 册，黄山书社，2016 年版，第 33 页。

文学权力因此流向山林、市井。

二、郎署、山林互动与郎署文学权力的流失

鲁迅指出，中国文学可以分两大类，一是廊庙文学，一是山林文学，也就是"在朝"、"下野"文学。[①] 若再细分，廊庙文学还可划分出馆阁文学与郎署文学两大类。嘉靖中后期以来，郎署文学与山林文学互动频繁。一方面，以李攀龙、王世贞为代表的郎署官，吸纳了部分山林文人，以壮大郎署文学力量；另一方面，山林文人依附郎署，在分享其文学权力的同时，为争夺郎署文学权力而积蓄了大量有价值的资本，最终成为晚明文学的新宠。

作为馆阁、郎署文学的对立面，山林文学早已有之。晚明政治环境的不断恶化，促使士人心态内敛，部分郎署官或因遭政治迫害，或因官场失意，或因厌倦仕宦，自觉或不自觉地向往山林生活，或隐逸山林涯际，或吏隐于官署。其文学观念、文学创作也程度不一地涂有山林色彩，艺术上追求空灵、幽寂、淡雅、自然的审美情趣。对于那些或因官场失意，或因厌倦仕宦，或不求上进，但又不愿归隐的官员，吏隐无疑是一个不错的选项，而任职南都又是这一选项的理想去处。

"靖难之役"后，朱棣迁都北京，同时保留了南都整套官僚机构，使之成为实际上游离于中央行政系统外的所谓"闲曹"。吕枏即称："或曰率土之滨皆王臣，然而有远近之分焉，有轻重之别焉。是故均一郎署也，在北则近，在南则远；均一铨曹也，

---

① 鲁迅：《鲁迅全集》第七卷《集外集拾遗·帮忙文学与帮闲文学》，人民文学出版社，2005 年版，第 405 页。

在彼则重,在此则轻。"① 在南都为官者,仕宦前程多不甚乐观。
杨守阯《送四川按察副使孙君序》即有言:

> 始余官京师,见南京台省之属考绩来铨司者,以省郎
> 两考,人目之曰:"此太守之坯也。"以侍御两考,人目之曰:
> "此佥宪之坯也。"当是时,持铨衡者于南京之官,必久次而
> 后迁,迁则省郎止于太守,侍御止于佥宪。坯者,甄陶器物,
> 先具其质者也。铨司为甄陶人物之地,故目其必将为是官
> 者为坯。虽曰善谑,盖亦实录。②

可知,南都各部员外郎、郎中多数最终官职不过知府,监察
御史大多终官于佥都御史,皆为正四品。南都风景怡人,地灵
人杰,各部曹政简事少,在此为官者生活优游安逸。游山玩水,
吟赏烟霞,成为诸曹官员一大雅趣。就如冯梦桢万历二十五年
(1597)序《旧京词林志》所言:"无朝参侍从之劳,兼山水文酒
之乐,又仙中之尊且逸者,居之者,或以养望,或以藏拙。"③再加
上游寓此地的大量山人、士子等外来人员的推波助澜,南都文学
在万历年间,再次呈现出相对繁荣局面。④ 包括郎署官在内的

---

① [明]吕柟:《泾野先生文集》卷一〇《赠顾颐斋考绩序》,《续修四库全
　书》第 1337 册,上海古籍出版社,2002 年版,第 659 页。
② [明]杨守阯:《碧川文选》卷一,《四库全书存目丛书》集部,第 42 册,
　齐鲁书社,1997 年版,第 32 页。
③ [明]周应宾:《旧京词林志》卷首,《四库全书存目丛书》史部,第 259
　册,齐鲁书社,1996 年版,第 355 页。
④ [清]钱谦益:《列朝诗集小传》丁集上《金陵社集诸诗人》,上海古籍出
　版社,2008 年版,第 462—463 页。

南都文士的文学创作，或浓或淡地皆抹有山林色彩，与七子郎署文风迥异。这由内到外消弭了后七子郎署文学部分影响力，导致其所揽控的文学权力，大量流失。

同时，恶劣的政治环境、内敛的士人心态，也使许多仕宦无望者，自愿或不自愿地游走于达官贵人间，或隐居山林水泽，成为所谓的山人。[①] 这是促成山林文学发展与繁荣的一个重要因素；山人的大量涌现，也是山林文学繁盛的重要表征。有学者统计，"《列朝诗集小传》辑录的一千八百多名诗人和《明诗综》收录的三千四百多名诗人中，各有近半数和过半数的诗人是普通的市民或其他平民，可见布衣诗人与具有官僚身份的诗人在数量上，几成分庭抗礼之势"。又，《明诗纪事·己签》"收录的诗人主要活动在嘉靖、隆庆年间（1522—1572），仅第二十卷一卷就有布衣诗人 53 位，'庚签'收录的主要是万历年间的诗人，整卷尽是收入布衣诗人的有卷二十五、二十六、二十七、二十九、三十，计 183 人"。[②] 山林文学之繁盛，由此可见一斑。李维桢"盖自嘉、隆以来，寓内所著录山人，弥道踵地"，[③] 言之不虚。山人的大量涌现，山林文学的繁荣，成为后七子郎署文学权力的有力消解者。

山人多表现出较强的依附性，自觉依附当时各类有名的文

---

① 关于山人之内涵、构成，可参阅张德建《明代山人文学研究》第一章。张德建：《明代山人文学研究》，湖南人民出版社，2005 年版，第 3—63 页。

② 周榆华：《晚明文人以文治生研究》，广东高等教育出版社，2010 年版，第 121—122 页。

③［明］李维桢：《大泌山房集》卷二二《潇湘编序》，《四库全书存目丛书》集部，第 150 册，齐鲁书社，1997 年版，第 781 页。

学社团或流派,后七子郎署官自然是他们依附的重要对象。作为依附者,山人对后七子盟主李攀龙、王世贞其人其文,多称颂不已。如朱察卿称李攀龙:"某绾发游京师,所接缀文士,即称说李先生,秉当代文笔,迁、固复起矣。及稍知向慕,日搆先生著作读之,乃信迁马之文,得先生而始大,固实不足奴仆也。"①俞允文力称李攀龙诗作"音义清妙","吟诵于口,耽玩于心",甚至以不能与李"晤对聆其绪言"而"为叹恨"。②其"作为歌诗极力模拟古人,动以晋魏为法,大历以下弗论也"。③屠隆称王世贞:"先生何所不有也? 有于鳞,有献吉,又兼有往哲,而又自有元美,广大变化,斯其所以极玄也。"④黄克晦:"吴门廷尉天下雄,千年词苑开鸿濛。汉家马迁唐杜甫,代有一士称巨公。"⑤陈继儒:"先生文章德行,名满天下。不肖非有沐浴斋戒之诚,而叨侍左右者两年,目习耳薰,受益无量。庆幸之怀,不特梦寐见之,亦交游之所叹羡也。"⑥皆极尽谀美之能事。因此,不少山

---

① [明]朱察卿:《朱邦宪集》卷一四《与李于鳞宪副》,《四库全书存目丛书》集部,第 145 册,齐鲁书社,1997 年版,第 739 页。

② [明]俞允文:《仲蔚先生集》卷二三《与李于鳞书》,《四库全书存目丛书》集部,第 140 册,齐鲁书社,1997 年版,第 788 页。

③ [明]顾章志:《明处士俞仲蔚先生行状》,[明]俞允文:《仲蔚先生集》附录,《四库全书存目丛书》集部,第 140 册,齐鲁书社,1997 年版,第 800 页。

④ 廖虹虹点校:《屠长卿集·文集》卷六《与王元美先生书》,[明]屠隆著,汪超宏主编:《屠隆集》第 1 册,浙江古籍出版社,2012 年版,第 329 页。

⑤ [明]黄克晦:《黄吾野先生诗集》卷二《送沈山人嘉则之太仓兼寄王廷尉曹文学》,《四库全书存目丛书》集部,第 189 册,齐鲁书社,1997 年版,第 695 页。

⑥ 王心湛校勘:《陈眉公全集·上王弇州先生》,广益书局,1936 年版,第 193 页。

人在文学上，多以后七子郎署文学策略为旨归，如上举俞允文。又如，莫叔明"自许以岑参、常建之流，长庆而后弗论"；[①]潘之恒从王世贞游，每相见"必出其所业"，并于万历十六年（1588）秋，专程到金陵王世贞官邸拜谒；[②]俞安期"习为韵语，取材汉魏、初盛唐，而心师当代诸名公，日恐不得其似"。[③]

可见，山人文学活动不少是围绕后七子郎署官展开的。这种近于谄媚的人格与文学依附性，虽招致不少指斥，但山人也因之为后七子派郎署官礼遇、提携，知名度随之飙升。如黄克晦"崛起海隅，历宇内名胜，以布衣与公卿抗礼。时历下、琅琊共主坛坫，目无一世，见先生必折节焉"。[④]李、王之"折节"，使黄克晦名声更响亮。吴国伦称孙一元、谢榛道：

> 今天下布衣之士能言诗者，不少矣。乃独弘、嘉间孙、谢二子诗最近古，又率附当时诸名公以传，遂得贾重一时，为后进生地。微诸名公，天下且不知有布衣也，何论诗工拙哉！[⑤]

---

① ［明］王世贞：《弇州山人四部稿》卷一〇二《莫山人像赞序》，《明别集丛刊》第 3 辑，第 34 册，黄山书社，2016 年版，第 519 页。

② ［明］王世贞：《弇州山人续稿》卷五四《潘景升东游诗小序》，《明别集丛刊》第 3 辑，第 37 册，黄山书社，2016 年版，第 84 页。

③ ［明］吴国伦：《寥寥集序》，［明］俞安期：《寥寥集》卷首，《四库全书存目丛书》集部，第 143 册，齐鲁书社，1997 年版，第 3 页。

④ ［清］陈科杰：《增刻吾野黄先生诗序》，［明］黄克晦：《黄吾野先生诗集》卷首，《四库全书存目丛书》集部，第 189 册，齐鲁书社，1997 年版，第 611—612 页。

⑤ ［明］吴国伦：《寥寥集序》，［明］俞安期：《寥寥集》卷首，《四库全书存目丛书》集部，第 143 册，齐鲁书社，1997 年版，第 3 页。

　　吴国伦所言,虽为弘、嘉间之事,嘉、隆以降,实亦如此。陈继儒即为一典型,因王世贞之雅重,"三吴名下士争欲得为师友"。① 不少山人因依附后七子郎署官,而名列各类诗社,得以进入主流文化圈。如俞安期尝以长律一百五十韵投赠王世贞,王为之倾倒。不久,又访汪道昆于新安,访吴国伦于下雉,皆与之结社。俞允文、卢柟名列"广五子",屠隆列入"末五子",周天球、沈明臣、张凤翼、顾孟林、张献翼、王穉登、王叔承、曹昌先、王伯稠、吴稼䆶等名入《四十咏》,皆被王世贞视为圈内人。又,万历十一年(1583)汪道昆与龙膺共结白榆社,山人入社者前后有郭第、潘之恒、周公瑕、徐茂吴、俞允文、屠隆等。白榆社为后七子之亚社团,与后七子核心成员关系密切。万历十四年(1586),卓明卿创建南屏社,以汪道昆主盟,山人王穉登、屠隆、潘之恒等皆为社中诗人。山人借士大夫成名,并非个别现象。吴国伦称,其"率附当时诸名公",而"遂得贾重一时"。② 李维桢称:"今布衣类好游大人以成名",③"时时游大人以成名"。④ 钱谦益亦言:"后门韦布,颇依诸公以起名。"⑤

　　山人、布衣与郎署官之间的交往与互动,是建立在双方各取

① [清]张廷玉等:《明史》卷二九八《隐逸》,中华书局,1974年版,第7631页。
② [明]吴国伦:《甔甀洞续稿》卷五《俞山人纪游诗序》,《续修四库全书》第1350册,上海古籍出版社,2002年版,第888页。
③ [明]李维桢:《大泌山房集》卷二四《米子华诗序》,《四库全书存目丛书》集部,第151册,齐鲁书社,1997年版,第37—38页。
④ [明]李维桢:《大泌山房集》卷二二《潇湘编序》,《四库全书存目丛书》,集部,第150册,齐鲁书社,1997年版,第781页。
⑤ [清]钱谦益:《列朝诗集小传》丁集下《俞山人安期》,上海古籍出版社,2008年版,第630页。

所需,互惠互利基础之上的。山人欲借后七子郎署官以成名,后者推毂山人、布衣,也有其自身目的。李维桢即云:"大人亦喜延揽,见为能下士。"①"见为能下士",也是为了声名。四库馆臣为明赵宧光《牒草》所作提要,即道明了这种互动互惠:

> 有明中叶以后,山人墨客,标榜成风。稍能书画诗文者,下则厕食客之班,上则饰隐君之号,借士大夫以为利,士大夫亦借以为名。②

"士大夫亦借以为名",道出了后七子郎署官意欲借助山人之力,扩展自身势力与影响。他们能迅速崛起于文坛,天下翕然从之,与此颇为有关。李攀龙结盟立派之初借助谢榛的文学理论与文学成就,便是佳证。李维桢所称"吴自弇州集诗道之大成,而诸君羽翼之"③的"诸君"中,就有不少山人。郎署官与山人、布衣间的互动,虽是各取所需,互惠互利,但又有不平衡性,后者之受益显然大于前者。

后七子郎署官藉山人壮大势力的同时,也埋下了消解自身文学权力的隐患。一方面,在与山人频繁交往中,后七子派郎署官难免也沾染上些许山人习气:"其时山人习气,渐染及于士大夫。"④从而从内部削弱了郎署文学权力。另一方面,援引山人

---

① [明]李维桢:《大泌山房集》卷二二《潇湘编序》,《四库全书存目丛书》集部,第150册,齐鲁书社,1997年版,第781页。
② [清]永瑢等:《四库全书总目》卷一八〇,中华书局,1965年版,第1626页。
③ [明]李维桢:《大泌山房集》卷二四《何无咎诗序》,《四库全书存目丛书》集部,第151册,齐鲁书社,1997年版,第36页。
④ [清]永瑢等:《四库全书总目》卷一四四《二酉委谈》,中华书局,1965年版,第1230页。

入社,提升了山人的知名度,成为郎署文学权力的有力消解者。如潘之恒,曾与汪道昆一同缔结白榆社,先师事王世贞;后又结交公安三袁,论诗改以公安为皈依;竟陵派崛起时,又活跃于钟惺、谭元春之间。谭元春《潘景升戊已新集序》云:

> 景升六十年中,初与瑯邪、云杜游,欢然同志也。已而,与袁氏交复欢。弇州诸先生力追乎古以为古,石公(袁宏道)游于古之外以追乎古,今二三有志之士,以为无所为古内古外,而清明在躬,志气如神,即古人之用意,下笔俱在是,而景升复婆娑翱翔于其间。①

潘之恒(景升)也曾被视为后七子派向公安派过渡的津梁,屠隆亦如此。可以说,后七子郎署官奖掖山人、布衣,援引其入社,不啻是在自我培养掘墓人,这可能有些出乎其意料。从文学发展史的高度看,此举有功于明代文学。而成名后的山人、布衣,更有条件以名人身份,组织或参与文学活动,进一步提高影响力。莫是龙《怀友七首》小序云:

> 丁卯秋,余游白下,与四方文学同志诸君,结社于鹫峰禅寺。每集辄以觞咏共适,穷日乃罢。不异兰亭、洛水之致,甚乐也。自余下第南还,诸君一时亦多沦落。秋暮偶坐思玄斋中,心有眷然,因各赋一诗,以存别后之怀云耳。②

---

① [明]谭元春著,陈杏珍标校:《谭元春集》卷二三,上海古籍出版社,1998年版,第616页。
② [明]莫是龙:《石秀斋集》卷三,《四库全书存目丛书》集部,第188册,齐鲁书社,1997年版,第423页。

丁卯,隆庆元年(1567),此次出席的山人阵容宏大,主要有莫是龙、梁辰鱼、王世周、沈明臣、黄姬水、朱邦宪、王穉登、张献翼等。① 参与各种文学社团活动,也有助于提升山人、布衣的知名度。

经后七子郎署官的提携,加上个体主动依附,的确成就了一批名噪一时的山人、布衣。《明史·王穉登传》描述当时的盛况道:

> 嘉、隆、万历间,布衣、山人以诗名者十数,俞允文、王叔承、沈明臣辈,尤为世所称,然声华炬赫,穉登为最。②

作为山人的杰出者,王穉登早有时名。李维桢称其:"至于负海内之名,而以年享之,极人间之乐而以后人成之,造物忌盈,独先生多取,今之世不可无一,不可有二矣。"③ 钱谦益亦称之:"吴门自文待诏殁后,风雅之道,未有所归,伯穀振华启秀,嘘枯吹生,擅词翰之席者三十余年。"④ 王穉登,字百穀、伯穀,号松坛道士,苏州长洲(今江苏苏州)人,为万历中期以来的著名山人。

陈继儒是继王穉登后,最为有名的晚明山人。陈继儒,字仲醇,号眉公,又号清懒居士,松江华亭(今属上海)人。《明史》本

---

① [明]孙七政:《刻孙齐之先生松韵堂集》卷一二《社中新评》,《四库全书存目丛书》集部,第142册,齐鲁书社,1997年版,第623—624页。
② [清]张廷玉等:《明史》卷二八八《文苑四》,中华书局,1974年版,第7389页。
③ [明]李维桢:《大泌山房集》卷八八《征君王百穀先生墓志铭》,《明别集丛刊》第4辑,第10册,黄山书社,2016年版,第435页。
④ [清]钱谦益:《列朝诗集小传》丁集中《王较书穉登》,上海古籍出版社,2008年版,第482页。

传载其："工诗善文，短翰小词，皆极风致，兼能绘事。又博文强
识，经史诸子、术伎稗官与二氏家言，靡不较核。或刺取琐言僻
事，诠次成书，远近竞相购写。征请诗文者无虚日。"① 程嘉燧称
之为"山中宰相神仙箓"，② 董其昌誉之曰："今数种书，公不能
自秘，而悬购搜汇者，转相秘，惜为宝笈灵文，愈传愈广，钟鼎之
业，乃在山林。"③

　　陈继儒所以能有如此声望，除后七子郎署官的提携，还与
其文学成就，主要是小品文（研究者论述已多，不复多言），以及
特定政治文化背景下的特立人格与圆融处世方式，甚为有关。
万历十四年（1586），二十九岁的陈继儒"取儒衣冠焚弃之"，并
"隐居昆山之阳"，④ 并赋《告衣巾呈》以明其志：

　　　　例请衣巾，以安愚分事：窃惟住世出世，喧寂各别；禄
　　养志养，潜见则同。老亲年望七旬，能甘晚节；而某齿将
　　三十，已厌尘氛。生序如流，功名何物？揣摩一世，真拈对
　　镜之空花；收拾半生，肯作出山之小草。乃禀命于父母，敢
　　告言于师尊，长笑鸡群，永抛蜗角，读书谈道，愿附古人。复
　　命归根，请从今日。形骸既在，天地犹宽。偕我良朋，言迈初
　　服。所虑雄心壮志，或有未堕之时，故于广众大庭，预绝进取

①［清］张廷玉等：《明史》卷二九八《隐逸》，中华书局，1974年版，第7631页。
②上海市嘉定区地方志办公室编，沈习康点校：《程嘉燧全集·松圆浪
　淘集》尝甘卷一八《陈眉公七十赠诗》，上海古籍出版社，2015年版，第
　253页。
③［明］陈继儒：《白石樵真稿》卷首，《四库禁毁书丛刊》集部，第66册，
　北京出版社，2000年版，第3—4页。
④［清］张廷玉等：《明史》卷二九八《隐逸》，中华书局，1974年版，第7631页。

之路。伏乞转申。①

　　陈继儒盛年隐居昆山之阳，固然与其"已厌尘氛"、蔑视功名、率性而为有关，归根到底是惧怕卷入"蜗角"之争，有性命之忧。他虽有雄心壮志，但已洞悉身处末世，根本无法实现。因担心壮志"或有未堕之时"，故于广众大庭之下，"预绝进取之路"。面对江河日下的晚明时局，以及险恶的政治环境，他虽洞若观火，但又甘做"天聋地哑"之人，恪守"智者不与命斗，不与法斗，不与理斗，不与势斗"②的理念，以为"士大夫当有忧国之心，不当有忧国之语"。③这道出了多少士人的辛酸与无奈！

　　这样，在文学场域中，山人、布衣获取的有用文化资本越来越多，在主流文化、文学圈中的影响，也越来越大。如吴从先"尝选明一代布衣之诗，名《布衣权》"，④闵景贤曾辑有《明布衣诗》，这委实表明文学场域中山人的位置已发生了很大变化。文坛格局由"正、嘉之前，廊庙尚数盈丘壑"，趋向"隆、万以后，韦布几抗衡簪缨"，⑤山人、布衣已掌握了一定的文学话语权。

　　崇祯以后，山林文学更加盛行。天启二年（1622）状元文震

①［清］王应奎撰，王彬、严英俊点校：《柳南随笔·续笔》，中华书局，1983年版，第183页。

②［明］陈继儒撰，陈桥生评注：《小窗幽记》卷一《醒》，中华书局，2008年版，第16页。

③［明］陈继儒：《安得长者言》，《四库全书存目丛书》子部，第94册，齐鲁书社，1995年版，第468页。

④［清］永瑢等：《四库全书总目》卷一三四《广快书》，中华书局，1965年版，第1138页。

⑤［明］陈衍：《大江集》卷首《自序》，江苏广陵古籍刻印社，1996年版，第18—19页。

孟上《国步綦艰圣衷宜启疏》称："天子之所以励世作人者，唯此
爵禄名号，而至使角巾尊于冠冕，此岂清平之世所宜有哉！"①
山人、布衣名号的含金量，竟"尊于冠冕"，虽语涉夸张，但山林
文学影响之深巨，可由此窥之。从四库馆臣"不出明季山人之
窠臼"、"不出明季山人之习"、"总不出明季佻纤之习"②一类的
话语，可见山人文学不仅已成气候，而且已波及包括郎署官在内
的士大夫阶层。四库馆臣甚至还将明代世运衰颓，归咎于山人，
其为张应文《张氏藏书》所撰提要称：

> 大抵不出明人小品之习气……如斯之类，殆于侮圣言
> 矣。明之末年，国政坏而士风亦坏，掉弄聪明，决裂防检，遂
> 至于如此。屠隆、陈继儒诸人，不得不任其咎也。③

所谓"小品习气"，主要指小品文以任性、佻纤、闲适、率真、
雅致、唯美等为审美旨归④，抛却了儒家"诗言志"、"文以载道"
的文学传统，放弃了诗文应承担的社会责任，有碍于世俗风教，
导致士风堕落、朝政败坏。小品文是山人的主打作品，故四库
馆臣谓屠隆、陈继儒等山人"不得不任其咎"。虽言之过重，但
也从一个侧面彰显出作为山人主打产品小品文的社会影响度之

---

①［清］黄宗羲编：《明文海》卷六二，中华书局，1987年版，第546页。

②［清］永瑢等：《四库全书总目》卷一二五、卷一三〇、卷一三二，中华书
局，1965年版，第1082、1115页、1128页。

③［清］永瑢等：《四库全书总目》卷一三四，中华书局，1965年版，第
1137页。

④关于小品文兴起背景、文本内容及文体特征，目前研究较深入细致，不
复赘言。可参阅吴承学《晚明小品研究》（江苏古籍出版社，1998年
版）、徐艳《晚明小品文体研究》（江西教育出版社，2004年版）等专著。

深广。不仅是山人，包括郎署官在内的许多士大夫文人，如王世贞、钟惺、郑元勋等，都创制了许多小品文，从而自我削弱了郎署文学权力。

从本质上说，在一定时空内，文学的总量是一定的，各种类型的文学基本保持着动态平衡，彼长此消、此消彼长是其不变的规律。一种类型文学的兴盛，往往意味着其他类型文学的衰微。晚明小品文的兴盛，侵夺了原本属于郎署文学的大量空间，使其影响力下降，这是郎署文学权力流失的一个重要原因与表征。郎署官自觉或不自觉地从事小品文、通俗文学作品的制造与生产，也从郎署内部自我消耗了许多能量。在内外夹击下，晚明郎署文学影响力不断下降，郎署文学权力流失严重，最终走向衰落。

三、郎署、市井互动与郎署文学权力的流失

嘉靖以来，由于土地兼并严重，徭役日重，加之阳明心学的影响、朝廷控制力的减弱，明代工商业开始走向繁荣，市民阶层日益壮大。包括文士在内的明人，其思想观念、审美情趣、生活方式，较之先前，已发生巨变。许多文人士大夫对人生富贵的追求，对物欲、人欲的追逐，已不再遮遮掩掩，甚至还有堂而皇之的阐释。王文禄就称：

> 人恒言富贵，不言贵富，富先贵，何也？廉子曰："财利者，民之心义之和也。"由今观之，贵亦求富而已。[1]

---

[1] ［明］王文禄：《竹下寱言》卷二《良贵篇》，《四库全书存目丛书》子部，第 84 册，齐鲁书社，1995 年版，第 351 页。

结合自身低级官吏出身，王氏将廉子之言语普泛化，由民及官，推演出"贵亦求富"的观点。有些士人非但对儒家所排拒的奢靡不以为然，反别出心裁，为之寻绎注脚。陆楫即有言：

> 彼有所损，则此有所益。若使倾财而委之沟壑，则奢可禁。不知所谓奢者，不过富商大贾、豪家巨族，自侈其官室、车马、饮食、衣服之奉而已。彼以粱肉奢，则耕者、庖者分其利；彼以纨绮奢，则鬻者、织者分其利。

奢侈不仅无害、不可耻，反可催生出新行业，提供诸多就业机会，有益百姓生计。若人皆节俭，不尚奢华，有人会因此营生成问题。只要不暴殄天物，奢侈又何妨！陆楫还引经据典，为奢侈合理化，寻找理论依据，称此"正《孟子》所谓'通功易事，羡补不足'者也"。[①] 嘉靖、万历初人叶权、万历年间的王士性等，持论也多相类。[②]

与富贵、奢侈观念紧密相关的，是对世俗物欲、色欲的追逐。有士人已毫不掩饰，赤裸裸地展示对此之企望。如袁宏道《龚惟长先生》所羡慕的五种"真乐"，即"五快活"，除第三种属于精神层面的追求，余皆为物质层面的奢豪企羡。明中后期，追逐人欲、物欲的奢靡风气，"大抵始于城市，而后及于郊外；始于

---

① ［明］陆楫：《蒹葭堂稿》卷六，《续修四库全书》第1354册，上海古籍出版社，2002年版，第640页。
② ［明］叶权撰，凌毅点校：《贤博编》，中华书局，1987年版，第9页。［明］王士性撰，吕景琳点校：《广志绎》卷四《江南诸省》，中华书局，1981年版，第69页。

衣冠之家,而后及于城市",① 快速蔓延到社会各阶层、各行业。
张瀚慨叹道：

> 二三十年间,富贵家出金帛,制服饰器具,列笙歌鼓
> 吹,招至十余人为队,搬演传奇；好事者竞为淫丽之词,转
> 相唱和；一郡城之内,衣食于此者,不知几千人矣。人情以
> 放荡为快,世风以侈靡相高。②

欲望追逐无止境,甚至到了"不问家之有无"地步："人之有
欲,何所底止？相夸相胜,莫知其已。负贩之徒,道而遇华衣者,
则目眈视,啧啧叹不已。东邻之子食美食,西邻之子,从其母而
啼。婚姻聘好,酒食晏召,送往迎来,不问家之有无。曰：吾惧
为人笑也。文之敝至于是乎？非独吾吴,天下犹是也。"③ 在"以
侈靡相高"全民竞赛式的消费潮流中,商品"原有的'自然'使
用价值消失了,从而使商品变成了索绪尔意义上的记号,其意
义可以任意地由它在能指的自我参考系统中的位置来确定。因
此,消费就决不能理解为对使用价值、实物用途的消费,而应主
要看作是对记号的消费",④ 已成为身份的象征,成为尚富崇虚
的标识。

---

① ［明］归有光著,周本淳校点：《震川先生集》卷三《庄氏二子字说》,上海
　　古籍出版社,2007年版,第85页。
② ［明］张瀚撰,盛冬铃点校：《松窗梦语》卷七,中华书局,1985年版,第
　　139页。
③ ［明］归有光著,周本淳校点：《震川先生集》卷三《庄氏二子字说》,上海
　　古籍出版社,2007年版,第85页。
④ ［英］迈克·费瑟斯通著,刘精明译：《消费文化与后现代主义》,译林出
　　版社,2000年版,第124页。

　　不过,物欲、色欲的逐取,在多数情况下还是要"问家之有无"的,需以金钱、财力为后盾。这就不能不牵涉与之紧密相关的择业,以及对商贾、商业的看法与定位问题。"正德以前,百姓十一在官,十九在田",① 为官致富是士人不二的人生抉择。嘉靖以后,有士人颠覆了这种择业观,对四民之末的商贾及商业,开始重新审视,商贾的作用逐渐得到正视。嘉靖四年(1525),王守仁为昆山商人方麟作《节庵方公墓表》就称:

　　　　四民异业而同道,其尽心焉,一也。士以修治,农以具养,工以利器,商以通货,各就其资之所近,力之所及者而业焉,以求尽其心。其归要在于有益于生人之道,则一而已。②

　　王守仁在此指出,士农工商的地位是平等的,无高下之分,只是职业不同,只要各尽其责,皆"有益于生人之道"。凌濛初小说《赠芝麻识破假形　撷草药巧谐真偶》中,蒋生自以为"经商之人",不敢高攀出身仕宦家的马小姐,马父却道:"经商亦是善业,不是贱流。"③ 商贾也逐渐得到时人的同情与理解,李贽即谓商贾"挟数万之赀",既要"经风涛之险",还要"受辱于关吏,忍诟于市易,辛勤万状",方可谋利,此"何可鄙之有"? ④ 况且,正是由于他们,物品才得以在各地流通,农业生产才更有保障。

────────────

① [明]何良俊:《四友斋丛说》卷一三,中华书局,1959 年版,第 111 页。
② [明]王守仁撰,吴光等编校:《王阳明全集》卷二五《外集》七,上海古籍出版社,2014 年版,第 1036 页。
③ [明]凌濛初:《二刻拍案惊奇》卷二九,魏同贤、安平秋主编:《凌濛初全集》第 3 册,凤凰出版社,2010 年版,第 493 页。
④ [明]李贽:《焚书》卷二《又与焦弱侯》,中华书局,2009 年版,第 49 页。

恰如张居正所言：

> 古之为国者，使商通有无，农力本穑。商不得通有无
> 以利农，则农病；农不得力本穑以资商，则商病。故商农之
> 势，常若权衡。①

　　而且，商人也能"修高明之行"。李梦阳引王文显语即云：
"夫商与士，异术而同心。故善商者，处财货之场，而修高明之
行，是故虽利而不污。"② 汪道昆"良贾何负闳儒，则其躬行彰
彰"③ 之言，也着眼于此。如此，商贾在四民中的次序，便跃居士
之后，农、工之前，即"商贾大于农、工"，④ 局部地区甚至还"左
儒而右贾"。这直接导致商贾大增，如松江"去农而改业为工商
者，三倍于前"，⑤ 徽州"业贾者什七八"，⑥ 甚至"三贾一儒"，⑦

---

① ［明］张居正著，张舜徽主编：《张居正集》卷三六《赠水部周汉浦榷竣还
　　朝序》，湖北人民出版社，1994 年版，第 465 页。

② ［明］李梦阳撰，郝润华校笺：《李梦阳集校笺》卷四六《明故王文显墓志
　　铭》，中华书局，2020 年版，第 1562 页。

③ ［明］汪道昆著，胡益民、余国庆点校：《太函集》卷五五《诰赠奉直大夫
　　户部员外郎程公暨赠宜人闵氏合葬墓志铭》，黄山书社，2004 年版，第
　　1146 页。

④ ［明］何心隐著，容肇祖整理：《何心隐集·答作主》，中华书局，1960 年
　　版，第 53 页。

⑤ ［明］何良俊：《四友斋丛说》卷一三，中华书局，1959 年版，第 112 页。

⑥ ［明］汪道昆著，胡益民、余国庆点校：《太函集》卷一七《阜成篇》，黄山
　　书社，2004 年版，第 372 页。

⑦ ［明］汪道昆著，胡益民、余国庆点校：《太函集》卷五二《海阳处士金仲
　　翁配戴氏合葬墓志铭》，黄山书社，2004 年版，第 1099 页。

福州"什三治儒,什七治贾"。① 尤其在徽州,经商俨然已成第一等职业。汪道昆称徽州风俗"左儒而右贾,喜厚利而薄名高"。② 凌濛初《叠居奇程客得助 三救厄海神显灵》记道:"徽州风俗,以商贾为第一等生业,科第反在次着。"③ 如此,科举失利者,可在家人的理解与支持下,安心事商。冯梦龙《杨八老越国奇逢》载,杨八老"年近三旬,读书不就",与妻商量,欲弃儒从商,其妻劝之"不必迟疑"。后来,杨八老历尽艰险,"安享荣华,寿登耆耋"。④

对某些士子来说,经商不仅可致富,还有反哺效应,颇益于科举。如农家子弟徐敦,家贫,"试有司不利",选择从商,三十岁致富后,"复谢贾事儒",昼夜苦读,补为州学生。嘉靖二十六年(1547)中进士。⑤ 如果没有经商积累的财富为依托,徐敦可能无法安心读书,猎取功名。这是一种"出儒入商",⑥ 出商入儒的士商互动行为,为当时不少人所接受。如休宁人金源有"两女弟,为苏、汪家妇","其可儒者资之为儒,其可贾者资之为贾"。⑦

---

① [明]叶向高:《苍霞草》卷一四《林参军传》,《四库禁毁书丛刊》集部,第124册,北京出版社,2000年版,第382页。

② [明]汪道昆著,胡益民、余国庆点校:《太函集》卷一八《蒲江黄公七十序》,黄山书社,2004年版,第381页。

③ [明]凌濛初:《二刻拍案惊奇》卷三七,魏同贤、安平秋主编:《凌濛初全集》第3册,凤凰出版社,2010年版,第609页。

④ [明]冯梦龙:《古今小说》第一八卷,魏同贤主编:《冯梦龙全集》第1册,凤凰出版社,2007年版,第256、268页。

⑤ [清]王昶等纂修:《直隶太仓州志》卷二六,《续修四库全书》第697册,上海古籍出版社,2002年版,第442页。

⑥ [明]汪道昆著,胡益民、余国庆点校:《太函集》卷四〇《儒侠传》,黄山书社,2004年版,第856页。

⑦ [明]李维桢:《大泌山房集》卷六九《金子长家传》,《四库全书存目丛书》集部,第152册,齐鲁书社,1997年版,第194页。

程所闻之父六虚翁，"子姓二十许人"，也是"力任儒则儒，力任贾则贾"。在他看来，"贾以本富，无淫于末；儒以行先，毋后于文"。① 这样，一家之中可儒、贾并兴，各有所得。海阳人张于彝，教其三子，因材施教，不拘于科举一途，其家即以"儒、贾二业并兴"，为人称道。② 这是根据自家实际情况做出的选择，能儒则儒，能商则商，就如汪道昆所言："盖诎者力不足于贾，去而为儒；赢者才不足于儒，则反而归贾。"③ 在此，儒、商间的界限，已经变得模糊。对此，苏州商人方麟，看得较明了，他"始为士业举子，已而弃去，从其妻家朱氏居。朱故业商"。其友问："子乃去士而从商乎？"他笑曰："子乌知士之不为商，而商之不为士乎？"④ 从某种意义上说，这是对传统本末观念的一种挑战。

不过，"出儒入商"的背后，依然着有传统观念底色。社会对商贾持宽容态度，人们羡慕其奢华生活，并不等于普遍认同商贾大于士。经商为第一等职业，主要在一些商贸活跃的地区。在多数人心目中，依然是"士大于商贾"，⑤ 读书为官仍为人生最佳归宿，徐敦弃商从儒，便是力证。陕西商人王来聘，更是了然于此，他曾数次训导子孙："四民之业，惟士为尊；然而无成，不

① ［明］李维桢：《大泌山房集》卷三五《程翁寿序》，《四库全书存目丛书》集部，第151册，齐鲁书社，1997年版，第253页。
② ［明］李维桢：《大泌山房集》卷二四《张于彝诗序》，《四库全书存目丛书》集部，第151册，齐鲁书社，1997年版，第32页。
③ ［明］汪道昆著，胡益民、余国庆点校：《太函集》卷五四《明故处士黟阳吴长公墓志铭》，黄山书社，2004年版，第1142页。
④ ［明］王守仁撰，吴光等编校：《王阳明全集》卷二五《外集》七《节庵方公墓表》，上海古籍出版社，2014年版，第1036页。
⑤ ［明］何心隐著，容肇祖整理：《何心隐集·答作主》，中华书局，1960年版，第53页。

若农贾。"① 从商是读书无成后的选项,即使在商业发达的徽州地区,也有人如此。休宁人詹杰命长子经商,次子读书,看似通脱,实则因长子非读书材料。当他得知次子喜好古文辞时,便怒骂道:

> 若薄制科业不为,若能舍而自取通贵乎?今国家方重科第,以笼豪杰殆尽,而吾詹独寥寥焉,使我愧称詹。且吾所以不弃若贾者,何意也?②

詹杰以詹姓登第者寥寥,深感愧疚。他寄予厚望的次子,偏又喜好古文辞,怎不令其怒发冲冠!他"所以不弃若贾",是要以雄厚的财力作为子嗣博得高第的后盾。看来,由商入儒,走仕途经济之路,仍为许多商贾家梦寐以求。汪道昆虽称道其乡"左儒而右贾,喜厚利而薄名高",但骨子里依然"右儒而左贾":

> 夫贾为厚利,儒为名高。夫人毕事儒不效,则弛儒而张贾。既则身飨其利矣,及为子孙计,宁弛贾而张儒。一弛一张,迭相为用,不万钟则千驷,犹之转毂相巡,岂其单厚然乎哉,择术审矣。③

---

① [明]李维桢:《大泌山房集》卷一〇六《乡祭酒王公墓表》,《四库全书存目丛书》集部,第 153 册,齐鲁书社,1997 年版,第 154 页。

② [明]王世贞:《弇州山人续稿》卷九一《詹处士墓志铭》,《明别集丛刊》第 3 辑,第 37 册,黄山书社,2016 年版,第 486 页。

③ [明]汪道昆著,胡益民、余国庆点校:《太函集》卷五二《海阳处士金仲翁配戴氏合葬墓志铭》,黄山书社,2004 年版,第 1099 页。

　　"弛儒而张贾"，并非长之计，仅为"毕事儒不效"、"才不足于儒"①之权宜，实为无奈之举。若要"为子孙计"，终究还要"弛贾而张儒"。对多数儒生来说，最终目的是博得一第。然而，因当时科举录取名额有限，再加之时运等因素制约，即使有足够的才华与财力，成功率也微乎其微。屡败屡试的归有光，体会剀切："天下士岁试南宫者，无虑数千人，而得者十不能一。"②蟾宫折桂，难于上青天。袁中道"望五之年，得此一第"，已算是不幸中的万幸了。相对来讲，从商致富的成功率要大得多："士而成功也，十之一；贾而成功也，十之九。"③这是士人取其次而从之，出儒入商的重要动因。

　　正因"士大于商贾"，文人士大夫的身份及其所拥有的社会声望，颇为世人看重，一些心有所求的商贾，不惜花费巨资，主动与其结交，尤其是时贤、名流，更受青睐。歙县商人鲍简锡经商浙东，就"结纳四方名流，缟纻往还，几无虚日"。④黄明芳也"好接斯文士，一时人望如沈石田、王太宰、唐子畏、文徵明、祝允明辈，皆纳交无间"。⑤黄氏的交际圈中，不仅有文人名士，还有王鏊一类的高官。商贾希望借此能进入主流文

①[明]汪道昆著，胡益民、余国庆点校：《太函集》卷五四《明故处士黟阳吴长公墓志铭》，黄山书社，2004年版，第1142页。

②[明]归有光著，周本淳校点：《震川先生集》卷一九《曹子见墓志铭》，上海古籍出版社，2007年版，第467页。

③《丰南志》第五册《百岁翁状》，张海鹏、王廷元主编：《明清徽商资料选编》，黄山书社，1985年版，第251页。

④《歙县新馆鲍氏著存堂宗谱》卷二《仲弟无傲行状》，张海鹏、王廷元主编：《明清徽商资料选编》，黄山书社，1985年版，第144页。

⑤歙县《竦塘黄氏宗谱》卷五《双泉黄君行状》，张海鹏、王廷元主编：《明清徽商资料选编》，黄山书社，1985年版，第86页。

化圈,或是提升自身影响与价值。即便不能如此,也可求得名
人诗文、字画等,附庸风雅。文人士大夫,对商贾的态度,也已
今非昔比,从上文王守仁、汪道昆、李维桢等人的言论,不难感
受到。文人士大夫所以乐意与商贾交往,也多有个人利益的
考量。王世贞与徽商詹景凤(东图)的一番对话,颇耐人寻味:

> 凤洲公同詹东图在瓦官寺中,凤洲公偶云:"新安贾人
> 见苏州文人,如蝇聚一膻。"东图曰:"苏州文人见新安贾
> 人,亦如蝇聚一膻。"凤洲公笑而不答。①

　　士、商交往与互动,多基于双方的互惠互利,这为詹景凤一
语中的,王世贞只好"笑而不答",料其也无以对答。在与商贾
互动过程中,不少文人士大夫的人品、节操也随之势利化、世俗
化,甚至走向堕落,沦为视金钱"如蝇聚一膻"之徒。文元发曾
慨叹隆、万间士风曰:"昔之士大夫,每持风节,不屑与非类交游;
不似今之人,视铜臭之夫,如蝇之集膻也。"②商贾求名、士人逐
利,成为士、商互动的基础与重要动因。钟惺《题潘景升募刻吴
越杂志册子》即云:

> 富者余赀财,文人饶篇籍。取有余之赀财,拣篇籍之
> 妙者而刻传之,其事甚快。非惟文人有利,而富者亦分

---

① [明]周晖撰,张增泰点校:《金陵琐事 续金陵琐事 二续金陵琐事》,南
　京出版社,2007年版,第312页。
② [明]文元发:《学圃斋随笔》下,伟文图书出版社有限公司,1976年版,
　第578页。

名焉。①

　　文人刻书资金短缺，商贾以余赀相助，著述者可以流芳，资助者也可因此留名后世。一举两得，何乐而不为？士、商之间的互惠互利，表现多端，此仅其一。

　　儒、商的互动，使这两个阶层间的关系变得密切起来，造成了商而士、士而商的士商相混现象，模糊了士、商界限，对晚明文学影响深远。一方面，它促使包括郎署官在内的文人士大夫的写作、文学观念，不断商业化、世俗化。另一方面，它还是新的文学观念产生的催生剂。同时，也使得一些郎署官开始钟情通俗文学，自动参与到通俗文学的创作、刊刻、批评与传播中。这从内外两个层面，对郎署文学造成了很大冲撞，致使其文学权力下降。

　　首先，促使上层社会适用文体的普泛化、世俗化。"如果说树碑立传的儒家文化向来是由士大夫阶层所独占的，那么十六世纪以后整个商人阶层也开始争取它了。"② 这也是商贾乐于与文人、士大夫交往的重要动机。另一方面，在与商贾的交往中，郎署官应请托，为商贾及其亲人撰写了不少寿文、碑铭志传、序跋之类的文章。现流传下来的仅为其中的一小部分，大部分因藏于私家，未刊行于世，或已散佚。③ 仅保存下来的，也颇能说

———————

① ［明］钟惺著，李先耕、崔重庆标校：《隐秀轩集》卷三五，上海古籍出版社，2017年版，第649页。

② 余英时：《士与中国文化》，上海人民出版社，2013年版，第538页。

③ 陆容："前辈诗文稿，不惬意者多不存，独于墓志表碣之类皆存之者，盖有意焉……士大夫得亲戚故旧墓文，必收藏之，而不使之废弃，亦厚德之一端也。"（陆容：《菽园杂记》卷一，中华书局，1985年版，第10—11页）可见当时私家所藏墓志之多，以及时人重视墓志程度。盖因无刻本行世，故散佚者多。

明问题。远且不论,弘、正年间,李梦阳就曾与商贾文人有交往,并为之撰写了一些墓志碑传。如《空同先生集》中的《处士松山先生墓志铭》(卷四三)、《梅山先生墓志铭》(卷四三)、《鲍允亨传》(卷五七)、《明故王文显墓志铭》(卷四四),就分别为兰阳商人丘琥,徽商鲍弼、鲍允亨,以及蒲州商人王现所作。《方山子集序》(卷五十)、《潜虬山人记》(卷四七)、《缶音序》(卷五一),即为商贾文人郑作、余育、余存修文集而作。

　　嘉靖以还,此现象更为普遍,不仅商贾如此。唐顺之曾讽之曰:"仆居闲,偶想起宇宙间有一二事,人人见惯而绝是可笑者。其屠沽细人,有一碗饭吃,其死后则必有一篇墓志。"[①] 万历二十九年(1601),李乐所撰《见闻杂记》,进一步佐证了唐顺之之言论:"唐荆川先生集中诮世人之死,不问贵贱贤愚,虽椎埋屠狗之夫,凡力可为者,皆有墓文。此是实事。"[②] 嘉靖二十六年(1547)进士张嘉孚亦言:"世人生但识几字,死即有一部遗文;生但余几钱,死即有一片志文。"[③] 这一方面是为附庸风雅,另一方面也是为墓主"不可俾遂泯泯无传"。[④] 受此风之淫染,包括郎署官在内的士大夫,也为商贾及其亲人撰写了许多此类文章。王世贞、汪道昆、李维桢等人,可谓其中之典型。

① [明]唐顺之著,马美信、黄毅点校:《唐顺之集》卷六《答王遵岩》,浙江古籍出版社,2014年版,第276页。
② [明]李乐:《见闻杂记》卷三,上海古籍出版社,1986年版,第285页。同书卷首,李乐《见闻杂记小引》,落款时间为"万历辛丑岁秋七月","辛丑岁",即万历二十九年(1601)。(第24页)
③ [明]朱国祯:《涌幢小品》卷六《耻志文》,中华书局,1959年版,第131页。
④ [明]严嵩:《钤山堂集》卷二九《南京大理寺卿孟公墓志铭》,《四库全书存目丛书》集部,第56册,齐鲁书社,1997年版,第247页。

　　王世贞《弇州山人四部稿》《弇州山人续稿》中，为商人撰写的碑铭墓表志传行状，较之李梦阳等人，数量激增。陈建华统计，李梦阳《空同集》中有传记 45 篇，为商人所作 4 篇，约占总数的 9%。王世贞《弇州山人四部稿》中墓志铭（包括墓表、神道碑、墓志铭、墓碑、行状）总数有 90 篇，为商人所作 15 篇，约占总数的 16.6%。《弇州山人续稿》中墓志铭（种类同上）的总数 250 篇，为商人所作 44 篇，约占总数的 17.6%。① 陈书录统计，《弇州山人四部稿》《续稿》中，墓志铭（包括墓表、神道碑、墓志铭、墓碑、行状）总数 340 篇，为商人所作 59 篇，约占 17%。另外，二稿中，还有多篇为商人所作的传记，且传主多为徽州、苏州商人。② 商人出身的汪道昆，为商人及其亲属所作之碑铭志传，数量更多。《太函集》中，有传记（包括传、行状、墓志铭、墓碑、神道碑）212 篇，其中为商人及其家庭成员所作就有 112 篇（传主本人为商人者 77 篇；其余为商人家庭成员，如父母亲及妻子等），超过传记总数的 50%。另外，还有为商人或其父母亲所撰 33 篇寿序或赠序，其中大部分都有关于商人生平事迹的记载与描述。无论是在汪道昆以前，还是与他生活在同一时期的非徽州籍作家，恐怕没有谁为商人树碑立传有如此之多。③ 李维桢也为商贾及其亲人撰写过不少碑铭志传。

---

① 陈建华：《中国江浙地区十四至十七世纪社会意识与文学》，学林出版社，1992 年版，第 335 页。

② 陈书录：《士商契合与明清性灵思潮的演变》，《南京师大学报（社会科学版）》，2004 年，第 6 期，第 96—102 页。

③ 韩结根：《明代徽州文学研究》，复旦大学出版社，2006 年版，第 217—218 页。

　　此类文章多半是"因贾人之请",①应其"好名之心"②而作。而且,已有不少商人以正面形象进入了文学作品。如:潘处士"有心计,言利事,析秋毫。然如布帛之有幅焉,毋过取。又立义不侵";③樊傅"积而能散,振人之厄,好义声闻四远";④金泮"多知善谋,察时宜物情,应之屡中,又阔达有大度"。⑤这类商人在"三言""二拍"等小说中,比比皆是。郎署官为商贾及其亲友大量撰写寿序、碑铭、墓表、志传、行状,使得这些原本适用于上层社会的文体,开始走向商贾、市井细民,逐渐普泛化、世俗化。

　　为他人撰写寿文、碑铭、墓表、志传、行状,自唐宋来就有收取润笔费的惯习,尽管时遭诟病。在商业大潮的冲击下,伴随着卖文治生行业的兴盛,中晚明文人、士大夫为人撰文,也随之商业化,收取润笔费或公开标价、售文,愈发显得天经地义。

　　就连王世贞之类的高官,也未能免俗。邓俨之子邓仲子"间而损书币以其姊夫左参议熊惟学之状",向王世贞"请传",王遂欣然应允,为撰《邓太史传》。⑥这实是一种变相的售文现

①[明]冯梦龙:《古今小说》卷首《绿天馆主人叙》,魏同贤主编:《冯梦龙全集》第1册,凤凰出版社,2007年版,第3页。
②[明]李开先著,卜键笺校:《李开先全集·李中麓闲居集》之七《煤客刘祥墓志铭》,上海古籍出版社,2014年版,第716页。
③[明]李维桢:《大泌山房集》卷八七《处士潘君墓志铭》,《四库全书存目丛书》集部,第152册,齐鲁书社,1997年版,第533页。
④[明]李维桢:《大泌山房集》卷九六《樊季公冯孺人墓志铭》,《四库全书存目丛书》集部,第152册,齐鲁书社,1997年版,第720页。
⑤[明]李维桢:《大泌山房集》卷一一四《金仲子暨配孙孺人行状》,《四库全书存目丛书》集部,第153册,齐鲁书社,1997年版,第320页。
⑥[明]王世贞:《弇州山人续稿》卷七三,《明别集丛刊》第3辑,第37册,黄山书社,2016年版,第291页。

象,也是一种世俗的商业行为。卖文收入,对某些人来说,还颇为可观。① 李梦阳晚年罢官家居,靠卖文贴补家用,生活过得相当滋润。② 差者也基本上能够维持生计,万历初年,屠隆离职回乡后,就主要靠"卖文为活"。③ 有的名流卖文还明码标价,如张凤翼不屑于以诗文、字翰交接贵人。乃榜其门曰:"本宅缺少纸笔,凡有以扇求楷书满面者,银一钱;行书八句者,三分;特撰寿诗、寿文,每轴各若干。"尽管如此,不妨碍"人争求之,自庚辰至今,三十年不改"。④ 随着买方市场的不断扩张,还催生出卖文代办人或经纪人。如李维桢"其文章,弘肆有才气,海内请求

① 关于明代售文价格问题,以目前所见载籍,似乎并无明确规定,主要是根据应求者身份、地位、声名而定,且随意性较大。总体上看,自明中叶以来,文价呈上涨趋势。叶盛《水东日记·翰林文字润笔》:"三五年前,翰林名人送行文一首,润笔银二三钱可求。事变(土木堡之变)后,文价顿高,非五钱一两不敢请,迄今犹然,此莫可晓也。"(叶盛撰,魏中平点校:《水东日记》卷一,中华书局,1980 年版,第 3 页)俞弁《山樵暇语》:"成化间,则闻送行文求翰林者,非二两者不敢求,比前又增一倍矣……正德间,江南富族著姓,求翰林名士墓铭或序记,润笔银动数廿两,甚至四五十两,与成化年大不同矣。"(俞弁:《山樵暇语》卷九,《四库全书存目丛书》子部,第 152 册,齐鲁书社,1995 年版,第 68 页)李诩《戒庵老人漫笔》:"广东按察使陶公以白金五十两,请大忠祠记,先生许之。"(李诩撰,魏连科点校:《戒庵老人漫笔》卷七《罗一峰遗事》,中华书局,1982 年版,第 273 页)李清《三垣笔记》:"尝有某知县,送银二十四两,求胡编修守恒撰文,时尚未受,亦索千金方已。"(李清:《三垣笔记》上,中华书局,1982 年版,第 4 页)
② 李开先《李崆峒传》:"崆峒虽四次下吏,而晚景富贵骄奢,以其据纷华之地,而多卖文之钱耳。"(李开先著,卜键笺校:《李开先全集·李中麓闲居集》之一〇,上海古籍出版社,2014 年版,第 931 页)
③[清]张廷玉等:《明史》卷二八八《文苑四》,中华书局,1974 年版,第 7388 页。
④[明]沈瓒:《近事丛残》,广业书社,1928 年版,第 29 页。

者无虚日,能屈曲以副其所望",其"门下士招富人大贾,受取金钱,代为请乞,亦应之无倦"。①

对求文者来说,这是一种文化消费;就应求者而言,不失为一种治生手段,至少也可平添些许额外收入。求文者关注的是能否求到名人之文,供其讲排场,附庸风雅;对于作品质量,一般不甚关心。再说,他们也多缺乏相应的鉴赏能力。应求者于此,也心照不宣,撰文时往往不甚用心,甚至敷衍了事。归有光《陆思轩寿序》即云:

> 东吴之俗……独隆于为寿。人自五十以上,每旬而加。必于其诞之辰,召其乡里亲戚为盛会。又有寿之文,多至数十首,张之壁间。而来会者饮酒而已,亦少睇其壁间之文,故文不必其佳……故凡来求文为寿者,常不拒逆其意。②

求寿文者,只为寿宴上壁间生辉,入宴者多"饮酒而已",真正的欣赏者,凤毛麟角。鉴于这种情形,应求者以为"文不必其佳",撰写时也不会太用心思。因有币赟收入,故"常不拒逆其意",应之无倦,无形中工作量剧增。撰者为图省心,加之文体特征所限,写作上多流于程式化。③有人干脆事先为"活套诗",以

① [清]张廷玉等:《明史》卷二八八《文苑四》,中华书局,1974年版,第7386页。
② [明]归有光著,周本淳校点:《震川先生集》卷一三,上海古籍出版社,2007年版,第334—335页。
③ 归有光《李氏荣寿诗序》:"余尝谓今之为寿者,盖不过谓其生于世几何年耳,又或往往概其生平而书之,又类于家状,其非古不足法也。"(归有光著,周本淳校点:《震川先生集》卷一二,上海古籍出版社,2007年版,第306页)

备随时应付：

> 受其贽者，不问其人贤否，漫尔应之……有利其贽而厌
> 其求者，为活套诗若干首，以备应付。及其印行，则彼此一
> 律，此其最可笑者也。[1]

以上说的是严格意义上的"活套诗"，至于套用他人成句的
写作现象，更屡见不鲜。王世贞有多首寿九十老翁诗，起句就直
接套用白居易"九十不衰真地仙"[2]诗句。还有人乃至取先前旧
作，易名应酬，忙中出错，贻人笑柄：

> 张士谦学士……或冗中为求者所逼，辄取旧作，易其名
> 以应酬。有除郡守者，人求士谦文为赠。后数月，复有人求
> 文送别驾，即以守文，稍易数言与之，忘其同州也。二人相
> 见，各出其文，大发一笑。[3]

有些应求者，特别是那些有名望者，因出于种种原因，不愿
或不便亲力亲为，常请人捉刀代笔。徐渭即做过此事："某自稍
知操笔以来，当郡邑诸公于去来赠饯间，靡不来以管毫授者，曰：
礼则然也。然礼然而心未必然者，固亦不能无矣，盖彼虽不言，而

① ［明］陆容：《菽园杂记》卷一五，中华书局，1985 年版，第 189 页。
② ［明］王世贞：《弇州山人续稿》卷二〇，《明别集丛刊》第 3 辑，第 36
册，黄山书社，2016 年版，第 333—336 页。
③ ［明］王锜撰，张德信点校：《寓圃杂记》卷四，中华书局，1984 年版，第
33 页。

某固阴察其然也。"① 连王世贞之类的名流,也有请人代笔之嫌。
屠隆就曾向王世贞请为代笔之役,以贴补生活。就应求者言之,
无论亲为还是请人代耕,多"本无是情,而设情以为之",② 容易导
致"其所为文者,与其人了不相蒙"。③ 若再遇上素养不高的代笔
者,代文质量,可想而知。

总的说来,此类文章"多率意应酬,品格不能高也",④ 这在
很大程度上降低了郎署文学的写作质量,削弱了其影响力,弱化
了其文学权力。

其次,成为文学观念演化、文学发展的催化剂。在儒商互
动的过程中,出身于商贾的文士,其个体性格、行为方式、消费
理念,不仅影响着郎署官的写作风貌,还制约着其文学观念的衍
化,甚至催生出新的文学观念,从内部自我削弱郎署文学权力。
如李梦阳意识到诗歌抒情的重要性,强调"感触突发,流动情
思",追求"歌之心畅,而闻之者动"⑤ 的审美效果,就与和徽商佘
存修、佘育交往、互动有关。王世贞晚年"自悔",所标举的"性
灵"说,也与商贾的影响,有一定关联。苏州是明代商贸发达的

---

① [明]徐渭:《徐渭集・徐文长三集》卷一九《送山阴公序》,中华书局,
   1983年版,第563页。
② [明]徐渭:《徐渭集・徐文长三集》卷一九《肖甫诗序》,中华书局,1983
   年版,第534页。
③ [明]曹学佺:《夜光堂文集・题黔阳令配吴母画意小引》,[明]曹学佺
   著,庄可庭纂辑,高祥杰点注:《曹学佺诗文集》上,香港文学报社出版公
   司,2013年版,第1032页。
④ [清]张廷玉等:《明史》卷二八八《文苑四》,中华书局,1974年版,第
   7386页。
⑤ [明]李梦阳撰,郝润华校笺:《李梦阳集校笺》卷五二《缶音序》,中华书
   局,2020年版,第1694页。

地区,生于斯长于斯的王世贞,难免会沾染些许商贾习气;入仕后,他又辗转各地为官,与商贾多有交往,从中获益良多。如徽商程子虚拜谒他,"以文事相命,大出其橐装为贽"。为刊刻李攀龙全集,王世贞还特意请其出资相助:"足下如有意乎不朽于其间,为数卷助,何如?"①他甚为欣赏那些出身于商贾的文人所特有的气质、性格,称道徽商诗人吴汝义"好以吟咏自适",②称赞苏州商贾张实"读书猎大较,不好为章句,弃之。北走燕,遴其游闲公子,日驰章台旁,搜琴、揄袂、跕屣、陆博,从耳目,畅心志,衡施舍。盖期年而橐中千金装行尽,乃归",并称"雅已从吴门豪少年慕说隐君(张实)者,征其事,以幼于(张献翼)指而为之传"。③这与应请托为文,无论在写作动机,还是为文心态上,皆不可论。商贾文人的"吟咏自适"、"从耳目,畅心志"的性格与作风,也濡染着王世贞。其"性灵"说,即与此有诸多契合之处。

公安、竟陵之后,文人标举"性灵",遂为时尚。郎署官也难脱其寖淫。崇祯十六年(1643)进士郑元勋,在晚明商业大潮涤荡下,力主"以文自娱"说,陈继儒《文娱叙》曰:"往丁卯前,珰网告密,余谓董思翁云:吾与公此时不愿为文昌,但愿为天聋地哑。庶几免于今之世矣。郑超宗闻而笑曰:'闭门谢客,但以文自娱,庸何伤?'"④文以"自娱"的同时,还可"悦人",郑元勋

① [明]王世贞:《弇州山人四部稿》卷一二八《答程子虚书》,《明别集丛刊》第3辑,第35册,黄山书社,2016年版,第138页。
② [明]王世贞:《弇州山人四部稿》卷六九《吴汝义诗小引》,《明别集丛刊》第3辑,第34册,黄山书社,2016年版,第157页。
③ [明]王世贞:《弇州山人四部稿》卷八四《张隐君小传》,《明别集丛刊》第3辑,第34册,黄山书社,2016年版,第321页。
④ [明]郑元勋选,阿英校点:《媚幽阁文娱》卷首,《中国文学珍本丛书》第1辑,上海杂志公司,1936年版,第1页。

《文娱自序》云：

> 文以适情，未有情不至而文至者。侠客、忠臣、骚人、逸士，皆能快其臆而显摅之，故能谈欢笑并，语怨泣偕。彼有隐约含之不易见者，进则为圣为佛，退则一玩钝者之不及情而已。吾以为文不足供人爱玩，则六经之外俱可烧。六经者，桑麻菽粟之可衣可食也；文者奇葩，文翼之，怡人耳目，悦人性情也。①

"文以适情"、文以"怡人耳目，悦人性情"的内涵，较"以文自娱"，稍显宽泛，显然与公安派"性灵"说，有某些相通之处。正如有论者所云："就诗文批评本身而言，文娱说产生的基础是性灵说。创作上独抒性灵的自适态度，与鉴赏上以美为宗的文娱说是相辅相成的。"② 这进一步从内部削弱了在公安、竟陵冲击下日渐式微的郎署文学影响力，使其文学权力不断下降。

不仅如此，儒、商互动还引起郎署官对通俗文学的关注，使其自觉参与到通俗文学的写作、编刻、批评与传播中。由于市民阶层的壮大，商业文化与时俗之浸染，借助于江南地区发达的刻书业，通俗文学迅速兴盛起来。叶盛称："今书坊相传，射利之徒伪为小说杂书，南人喜谈如汉小王光武、蔡伯喈邕、杨六使文广，北人喜谈如继母大贤等事甚多。农工商贩，抄写绘

---

① ［明］郑元勋选，阿英校点：《媚幽阁文娱》卷首，《中国文学珍本丛书》第 1 辑，上海杂志公司，1936 年版，第 1 页。
② 袁震宇、刘明今：《中国文学批评通史》（明代卷），上海古籍出版社，2011 年版，第 546 页。

画,家畜而人有之;痴騃女妇,尤所酷好。"① 在这种文化背景之下,包括郎署官在内的不少士人,开始关注小说、戏曲等通俗文学样式,他们开始认识到小说独特的审美价值。陆深、都穆、文徵明、沈周、祝允明等人,"好藏稗官小说","其架上芸裹绨袭,几及万签,而经史子集不与焉。经史子集譬诸梁肉,读者习为故常;而天厨禁脔、异方杂俎,咀之使人有旁出之味,则说部是也"。② 戏曲创作方面,"今则自缙绅、青襟,以迨山人、墨客,染翰为新声者,不可胜纪",③ "名人才子,踵《琵琶》《拜月》之武,竞以传奇鸣;曲海词山,于今为烈"。④ 此风之烈,甚至波至帝王、将相。⑤

　　前后七子派郎署官,也难脱此风羁绊。李梦阳、何景明、李攀龙等关注过民歌、时调。王世贞、汪道昆、屠隆等还参与了戏曲、小说的创作、批评、刊刻与传播。

　　戏曲方面,王世贞不仅创作了传奇《鸣凤记》,还有系统的

① [明]叶盛撰,魏中平点校:《水东日记》卷二一,中华书局,1980年版,第213—214页。

② [明]陈继儒:《晚香堂集》卷二《藏说小萃序》,《四库禁毁书丛刊》集部,第66册,北京出版社,2000年版,第576页。

③ [明]王骥德:《曲律》卷四《杂论第三十九下》,《中国古典戏曲论著集成》第4册,中国戏剧出版社,1959年版,第167页。

④ [明]沈宠绥:《度曲须知》上卷《曲运隆衰》,《中国古典戏曲论著集成》第5册,中国戏剧出版社,1959年版,第198页。

⑤ 明神宗朱翊钧常于"万几之暇,博览载籍。每谕司礼监臣及乾清宫管事牌子,各于坊间寻买新书进览。凡竺典、丹经、医、卜、小说、出像、曲本,靡不购及"(刘若愚:《酌中志》卷一,北京古籍出版社,1994年版,第1页)。"嘉、隆间一巨公案头无他书,仅左置《南华经》,右置《水浒传》各一部;又近一名士听人说《水浒》,作歌谓奄有丘明、太史之长。"(胡应麟:《少室山房笔丛》卷四一《庄岳委谈》下,上海书店出版社,2001年版,第437页)

戏曲理论,后独立成册,是为《曲藻》,体现出对通俗文学的高度
关注。其中,关于南北曲的用词、各自的长短优缺、戏曲"体贴
人情,委曲必尽"①等问题的阐发,颇有理论价值。屠隆少年喜
好戏曲,尝自言:"少颇解此技,尝思托以稍自见其洸洋,会夺于
他冗。"②其流传下来的有《昙花记》《彩毫记》《修文记》三种,
称为"凤仪阁传奇"。犹如王世贞,屠隆不仅创作戏曲,还重视
理论归结。艺术上,他提倡"雅俗并陈,意调双美","虽尚大雅,
并取通俗谐□,□□不用隐僻学问,艰深字眼",③以为"传奇之
妙,在雅俗并陈,意调双美。有声有色,有情有态。欢则艳骨,
悲则销魂。扬则色飞,怖则神夺。极才致则赏激名流,通俗情则
娱快妇竖。斯其至乎?"创作主体上,他强调戏曲创作者应有
才,且最好是"通才",传奇虽为小技,"不足以盖才士,而非才士
不辨,非通才不妙"。④这是晚明重要的戏曲批评理论。不仅如
此,汪道昆还亲自编刻剧本,嘉靖三十九年(1560),编成《大雅
堂杂剧》四种,即《五湖游》《高唐梦》《洛水悲》《远山戏》,并
刊刻于自家书坊——"大雅堂"。⑤

---

① [明]王世贞:《曲藻》,《中国古典戏曲论著集成》第4册,中国戏剧出版
社,1959年版,第33页。
② 林琼华等点校:《栖真馆集》卷一一《章台柳玉合记叙》,[明]屠隆著,
汪超宏主编:《屠隆集》第5册,浙江古籍出版社,2012年版,第198页。
③ 汪超宏点校:《昙花记·凡例》,[明]屠隆著,汪超宏主编:《屠隆集》第
11册,浙江古籍出版社,2012年版,第4页。
④ 林琼华等点校:《栖真馆集》卷一一《章台柳玉合记叙》,[明]屠隆著,
汪超宏主编:《屠隆集》第5册,浙江古籍出版社,2012年版,第198页。
⑤ 刘尚恒:《安徽古代出版史述要》,安徽省出版总社出版志编辑室编:《安
徽出版资料选辑》第1辑,黄山书社,1987年版,第170页。刘学林:
《试论徽州地区的古代刻书业》,《文献》,1995年,第4期,第202页。

　　小说方面，王世贞成就比较突出，他素喜文言小说，"少时得《世说新语》善本吴中，私心已好之"，并于嘉靖三十五年（1556）依刘义庆《世说新语》、何良俊《语林》，"稍为删定"编成《世说新语补》。除此，他还编有文言笔记小说集《艳异编》；当时相传《金瓶梅》亦为其所作，当然，此尚待考证。在喜好小说的同时，王世贞于之也有理论性阐发，对《世说新语》的艺术成就，他颇为称道："至于《世说》之所长，或造微于单辞，或征巧于只行，或因美以见风，或因刺以通赞，往往使人短咏而跃然，长思而未罄。"① 在小说理论阐发方面，汪道昆、胡应麟等更为用力。汪道昆为《水浒传》作叙，② 较为系统地探析了通俗小说的诸多理论问题，具有很高的文学理论价值。如，小说构思虚实问题上，汪氏认为，其"史又言淮南，不言山东。言三十六人，不言一百八人。此其虚实，不必深辨，要自可喜"。章法、风格上称之，"纪载有章，烦简有则。发凡起例，不杂易于。如良史善绘，浓淡远近，点染尽工；又如百尺之锦，玄黄经纬，一线不纰。此可与雅士道，不可与俗士谈也"。③ 胡应麟也给予《水浒传》极高的评价，称其"拟《琵琶》，谓皆不事文饰，而曲尽人情耳"，高

---

① ［明］王世贞：《弇州山人四部稿》卷七一《世说新语补小序》，《明别集丛刊》第 3 辑，第 34 册，黄山书社，2016 年版，第 180 页。

② 明新安刻本《水浒全传》，卷首《水浒传叙》末署曰："万历己丑孟冬天都外臣撰。"（施耐庵集撰，罗贯中纂修，王利器校注：《水浒全传校注》附录，河北教育出版社，2009 年版，第 3941 页）万历己丑，万历十七年（1589）；"天都外臣"，指汪道昆。沈德符解释道："今新安所刻《水浒传》善本，即其（郭勋）家所传，前有汪太函序，托名天都外臣者。"（沈德符：《万历野获编》卷五《勋戚》，中华书局，1959 年版，第 139 页）

③ ［元］施耐庵集撰，［元］罗贯中纂修，王利器校注：《水浒全传校注》附录，河北教育出版社，2009 年版，第 3939 页。

度评价了其人物塑造的个性鲜明、拿捏得体："第此书中间用意,非仓卒可窥,世但知其形容曲尽而已。至其排比一百八人,分量重轻纤毫不爽,而中间抑扬映带、回护咏叹之工,真有超出语言之外者。"① 在当时实为可贵。

郎署官关注通俗文学,从事戏曲小说的创作、批评、刊刻与传播,不仅分散了其从事正统诗文写作的时间与精力,还在一定程度降低了其作品的所谓"品位"。因为,在包括郎署官在内的多数正统文人看来,小说、戏曲皆为不登大雅之堂的小道、末技,至多不过有补于正史而已,② 其关注点多在于正人心、淳教化。③ 这也从内部削弱了郎署文学权力。

---

① [明] 胡应麟:《少室山房笔丛》卷四一《庄岳委谈》下,上海书店出版社,2001 年版,第 437 页。

② 胡应麟在称道《水浒传》人物塑造成就之后,紧接着又言:"余每惜斯人以如是心,用于至下之技,然自是其偏长,政使读书执笔未必成章也。"这表明,尽管胡氏在理论上提升了小说的地位,但小说为小道、末技观念,尚时常左右着他。胡应麟称:"小说,子书流也。然谈说理道或近于经,又有类注疏者;纪述事迹或通于史,又有类志传者。"(胡应麟:《少室山房笔丛》卷二九《九流绪论》下,上海书店出版社,2001 年版,第 283 页)王世贞《艺苑卮言》卷三:"正史之外,有以偏方为纪者,如刘知几所称地理,当以常璩《华阳国志》、盛弘之《荆州记》第一;有以一言一事为记者,如刘知几所称琐言,当以刘义庆《世说新语》第一;散文小传,如伶元《飞燕》虽近亵,《虬髯客》虽近诬,《毛颖》虽近戏,亦是其行中第一。它如王粲《汉末英雄》、崔鸿《十六国春秋》、葛洪《西京杂记》、周称《陈留耆旧》、周楚之《汝南先贤》、陈寿《益部耆旧》、虞预《会稽典录》、辛氏《三秦》、罗含《湘中》、朱赣《九州》、阚骃《四国》、《三辅黄图》、《西阳杂俎》之类,皆流亚也。《水经注》非注,自是大地史。"(丁福保辑:《历代诗话续编》中,中华书局,2006 年版,第 1001 页)

③ 李贽《忠义水浒传序》认为,小说功用同于经史,可以正人心,感发忠义:"故有国者不可以不读,一读此传,则忠义不在《水浒》,而皆在于君侧矣。贤宰相不可以不读,一读此传,则忠义不在《水浒》,而(转下页)

在此有必要指出，之所以将郎署与山林、市井互动分论，主要为行文之便。其实，很多情况下，它们是相互交织在一起的。这主要取决于两个层面上的原因：时代文化层面上，明代市井文化"与名士文化、隐逸文化结合，接受并改造了王学左派的思想，造就了明代独特的山林文化"，而"市井文化的影响力不再只局限在城市平民和商人中，也开始为官僚贵族和文人学士所接受"。① 行为主体层面上，由于思想的差异性、身份的多面性与复杂性，不少山人和郎署官，或兼具山林、市井双重身份，山林与市井文学思想、审美趣味混融于一身。

可以说，在与市井的互动中，郎署官自觉不自觉地调整、改易着自家创作风貌与文学主张。为迎合市井审美情趣与谋取利益，还有些郎署官参与到了通俗文学的创作、刊刻与传播流程中，这也对郎署文学权力形成巨大冲撞。在山林文学冲击下正在流失的郎署文学权力，又受创于市井文学，其流失速度与流量，进一步加大。这从万历间汪道昆诗文集的滞销，可稍见一斑。②

（接上页）皆在于朝廷矣。兵部掌军国之枢，督府专阃外之寄，是又不可以不读也，苟一日而读此传，则忠义不在《水浒》，而皆为干城心腹之选矣。"（李贽：《焚书》卷三，中华书局，2009 年版，第 110 页）胡应麟也称："小说者流，或骚人墨客游戏笔端，或奇士洽人蒐罗宇外；纪述见闻，无所回忌，覃研理道，务极幽深。其善者足以备经解之异同、存史官之讨核，总之有补于世，无害于时。"（胡应麟：《少室山房笔丛》卷二九《九流绪论》下，上海书店出版社，2001 年版，第 283 页）

① 张德建：《明代山人文学研究》，湖南人民出版社，2005 年版，第 39 页。

② ［明］袁宗道《答陶石篑》："三四年前，太函新刻至燕肆，几成滞货。弟尝检一部，付贾人换书。贾人笑曰：'不辞领去，奈无买主何！'可见模拟文字，正如书画赝本，决难行世。"（袁宗道著，钱伯城标点：《白苏斋类集》卷一六，上海古籍出版社，1989 年版，第 234 页）

如同馆阁文学权力下移郎署,郎署文学权力流向山林、市井,也是就其整体比重而言,并不是说郎署文学权力已经全部流向了山林、市井。万历中期至明亡之前,郎署仍掌握着一定的文学话语权,只是不能与山林、市井文学抗衡罢了。明亡前夕,以陈子龙为中心的云间派,又揭七子郎署文学的复古大旗,"学前后七子之诗,而并学其文",[1]且有所超越,倡言"文当规摹两汉,诗必宗趣开元",[2]"情以独至为真,文以范古为美",[3]期望以文学复古带动士风的好转,从而拯救末世。惜其生逢末造,天崩地裂,回天乏术;且又处东南一隅,力量有限,不足以影响晚明文学整体格局与走势。

文学权力的转移,意味着主流文风与文学转型。时至晚明,特别是至万历中期后,在险恶的政治环境、王学左派思想及商业文化的浸润、夹击下,随着山林文学、市井文学的兴盛,郎署文学在与之互动过程中,也呈现出明显的山林化、市井化色彩。晚明文学权力由郎署流向山林、市井,标志着主流文学由传统言志载道的正统诗文,开始转向以任性、闲适、雅致、唯美为旨归的小品文;从以诗文为主的高雅文学,开始转向以小说、戏曲为重心的市井通俗文学。

综上所述,作为馆阁文学的对立面,明代郎署文学取得了长

① [清]朱彝尊著,姚祖恩编,黄君坦校点:《静志居诗话》卷二一引龚蘅圃语,人民文学出版社,1990年版,第643页。
② [明]陈子龙:《几社壬申合稿凡例》,[明]杜骐徵等辑:《几社壬申合稿》卷首,《四库禁毁书丛刊》集部,第34册,北京出版社,2000年版,第489页。
③ [明]陈子龙著,王英志辑校:《陈子龙全集·陈忠裕公全集》卷二五《佩月堂诗稿序》,人民文学出版社,2011年版,第789页。

足发展。自弘治末年，郎署文学开始发展、壮大，迨于万历初年达到鼎盛，郎署官曾两度主盟文坛，成为当时主流文学的主导者。纵观有明一代，郎署官与文学权力之关系，历经了一个动态的逻辑化发展进程。文学权力先由馆阁移至郎署，再流向山林、市井，晚明文学最终完成了文权转移，从而导致文学转型。这实质上是一次由精英文学到大众文学的超越式转型，已具备了文学现代性的某些特质与意蕴。

结语 明代文学史建构的思考与启示：以郎署官与文学权力为中心

　　明代郎署官与文学权力研究，涉及面甚广。宏观方面，牵涉政治文化、主流学术、审美风尚、文体特征、出版传播等诸多社会文化因素与环节。微观方面，与个体心性、审美偏好、创作个性等，密切相关。从某种意义上说，厘清明代郎署官与文学权力之关系，可从整体上把握明代文学发展的动力及其衍变的轨迹，为明代乃至中国文学史建构，提供一个相对别致的视角。

　　整体上看，明代郎署官与文学权力之关系，实际上是一个文学话语权争夺与流转的过程，经历了一个逻辑化的发展进程。

　　成化以前，馆阁垄断文学与文化，郎署文学权力基本上是缺失的。成化中后期，伴随着朝廷右文政策的推行，郎署文学意识开始觉醒，郎署官先是依附于馆阁，采取"继承"的策略，在馆阁文学的既定框架内，在阁臣的羽翼下，有限度地分享些许馆阁文学权力，以积累文化资本，其文学创作着有馆阁色彩，可以看作是馆阁文学向郎署的延伸，即郎署文学的馆阁化时期。至弘治中后期，以前七子为代表的郎署官已积累了足够的有价值的文化资本，羽翼已丰满，开始调整文学策略，变"继承"为"颠覆"，以"文必先秦、两汉，诗必汉魏、盛唐"为旗帜，寻复失落的古典文学审美传统，以建构其心目中的盛世文学图景及其书写模式。

为此,他们不断侵夺馆阁既得利益,与其展开了文学话语权争夺。至正德初年,主流文学权力已由馆阁移至郎署。因郎署文学及其末流的拟古不化,加上其内部何、李之争的消耗,前七子所主导的郎署文学权力,自嘉靖初年,开始向多元分化。诗歌方面,学六朝、初唐、中晚唐者竞相登场,"诗必汉魏、盛唐"策略遭到蚕食,分化了前七子郎署文学权力。古文方面,唐宋派对前七子郎署官展开猛烈的攻击,动摇了"文必先秦、两汉"的根基。嘉靖中后期,面对唐音不振、众调杂陈,尤其是唐宋派的言理不言情,以李攀龙、王世贞为代表的后七子郎署官,重揭前七子郎署文学旗帜,且取法更趋谨严。在强烈的结盟意识支配下,他们组建起以李、王为盟主的核心文学社团——后七子(派),以及各类外围文社。嘉靖末年,他们又以群体之力收复了前七子郎署流失的文学权力。另外,"大礼议"后政治生态环境的恶化,致使馆阁所剩不多的文学权力,继续外流,客观上有益于郎署文学权力强化。

隆、万以来,随着馆选制度化、正常化,馆阁吸纳了大批优秀年青进士,馆阁文学力量得以壮大,加之馆阁吸收了前后七子郎署文学中有益于自身的成分,沉寂已久的馆阁文学,开始复苏,并呈露出馆阁文人引以为豪的"文归台阁"气象,这对郎署文学造成不小冲击。万历初年,王世贞晚年"自悔",不仅从内部削弱了郎署文学影响力,还开启了郎署文学向公安派"性灵"文学过渡的津梁。公安派以"独抒性灵,不拘格套"、竟陵派以"引古人之精神以接后人之心目"① 为旨归,风靡一时,重创了后七子

---

① [明]钟惺著,李先耕、崔重庆标校:《隐秀轩集》卷一六《诗归序》,上海古籍出版社,2017年版,第289页。

郎署文学。再者，万历一朝政治生态环境险恶的加剧，王学左派思想的盛行，以及晚明工商业的繁盛，导致世风日下。这一方面，客观上造就出一大批山人、布衣，他们在与后七子郎署官的交游中，获取了大量有价值的文化资本，提升了自身文学影响力，成为郎署文学权力的消解者。另一方面，又促成郎署文学与山林、市井文学的互动。尤其是郎署与市井互动，使一些原适用于上流社会的文体走向世俗化、普泛化，成为文学观念演化、文学发展的催化剂，促使一些郎署官开始从事通俗文学创作，并参与到其刊刻与传播中，降低了其文学"品位"。后七子郎署文学权力，开始流向山林、市井。

文学权力的转移，意味着主流文风的转向与文学转型。馆阁文权外移郎署，标志着主流文学转向"文必先秦、两汉，诗必汉魏、盛唐"。晚明文学权力由郎署流向山林、市井，标志着主流文学由言志载道的正统诗文，开始转向以任性、闲适、雅致、唯美为旨归的小品文，从以诗文为主流的雅文学转向以小说、戏曲为重心的市井通俗文学。这实是一次由精英文学到大众文学的跨越式转型，已经具备了文学现代性的某些特点与意蕴。

明代郎署官与文学权力之关系的逻辑发展进程，多伴随着纠正文弊进行的。争夺文学权力需要觅得突破口，而攻击对方文弊，无疑是屡试不爽的由头，这也是郎署争夺文学权力的动因之一。前七子派郎署官之于馆阁体，六朝派、初唐派之于前七子，后七子之于唐宋派，莫不如是。每次以纠弊为由引发的文学权力之争，多会导致文风丕变。明代文学发展、演变之轨迹，从中清晰可见。

明代郎署官与文学权力关系的逻辑发展进程，表现出互动性、群体性、偏向性、不对等性、流转性等特征。正如郎署与馆阁并存一样,郎署文学离不开馆阁文学这一参照系。从中不仅可窥馆阁文学对郎署文学的排斥、阁臣对郎署官的打压,以及郎署与馆阁争夺文学话语权的艰辛,而且还能探视郎署与馆阁,以及郎署与山林、市井的多向互动。

　　文学权力的争夺,不仅会触动馆阁固有利益,还会牵扯到当时文坛各文学流派、文学团体,侵夺其既得利益,仅凭个体力量,远不能及。因此,文学权力的争夺需要积聚群体力量,郎署官及争夺文学话语权的各方,多热衷于结盟组派,主要原因即在此。文学话语权的争夺过程,本身就是一个行动主体群策群力、发挥主观能动性而形成群体效应的过程。在一个文学群体或流派中,不同行为主体对文学发展、演变的作用,有轻重、高下之别,即有不对等性、偏向性。其中,关键性的人物,尤其是盟主,在文学社团或流派的组建、文学策略的设计、文学主张的推出,以及与其他文学社团或流派论争等方面发挥的作用,远非一般成员能及。一提到"文必先秦、两汉,诗必汉魏、盛唐"、"大历以后书勿读",人们自然联想到前后七子巨子李梦阳、何景明、李攀龙、王世贞,缘由就在于此。就外部言,不同的文学社团或流派所发挥的作用,也不对等。无论郎署、馆阁两大集团间,还是二者与其他文学社团、流派间,抑或其他社团、流派之间,莫不如此。郎署官与文学权力之关系所表现出的互动性、群体性、偏向性,并非一成不变,而是处于动态变化之中,有明显的流转性。在争夺文学话语权的过程中,群体的组合、群体效应的大小,也时有变化、偏向。不同时期郎署与文学权力关系之疏密,其所掌控文学权力的力度强弱度,也是有差别的。从馆阁到郎署,再到山林、市井,是明代主流文学权力流转、偏向的显著体现。可以说,互动性、群体性、偏向性,最终皆归之于动态性、流转性。

如此一来，在特定时空范围及政治文化背景下，各类文学集团、文学流派的文学创作，以及彼此间的各种关系错综复杂地展开，便具有了文学史的意义。瑙曼《作品与文学史》曾有言：

> "文学史"一词……至少有两种意义。其一，是指文学具有一种在历时性的范围内展开的内在联系；其二，是指我们的对这种联系的认识以及我们论述它的本文。从逻辑上讲，这两种含义是可以分得很清楚的。它们之间的关系就如同客体与客体的语言之间的关系一样。因此，最好从术语上也将它们区分开来。可以这样，如果是指对象，就用"文学的历史"来表述；反之，如果是为了表明研究和认识这一对象所遇到的问题，就用"文学史"来表征。[1]

明代郎署官与文学权力关系的内在逻辑性，很大程度上映射出了文学"在历时性的范围内展开的内在联系"，即在特定的时空范围内，特定的文化背景下，文学诸要素内在联系的展开，以及其运行特征、规律展示。将"对这种联系的认识"表述成文本，就是一部明代文学发展史——一部维度独特的断代文学史。

既然"文学史"可指"文学具有一种在历时性的范围内展开的内在联系"，那么就必须关注文学"历时性"的生态环境。以郎署官与文学权力关系为中心，观照明代文学史建构，不能脱离明代复古文化背景，及其浸淫下的文人创作活动与文学风貌。尤其是正确体认这一大背景下的文学新变，是构建明代文学史

---

[1] ［德］瑙曼等著，范大灿编：《作品、文学史与读者》，文化艺术出版社，1997年版，第180页。

不可略视的层面。

　　元蒙以异族入主中原，推行民族歧视政策，变异汉人风俗习尚，挫伤了汉人民族感情，激起其强烈的民族情绪。朱元璋乘元末动乱，以"驱逐胡虏，恢复中华，立纲陈纪，救济斯民"① 为旗帜，号召百姓推翻元蒙，建立汉人政权。明王朝建立后，拨乱反正，修复废弛的儒家伦理秩序，已迫在眉睫。政权建立伊始，朱元璋就推行一系列"复衣冠如唐制"措施。政治背景下的文化复古，进一步强化了文学的实用功能，赋予了其鲜明的复古色调。沈德潜《明诗别裁集序》即称："宋诗近腐，元诗近纤，明诗其复古也。"② 何止明诗复古，明文亦如是。中国古典诗文发展至明代，总体上呈现出回归传统的特色，除政治因素外，复古文化背景下的文学自身发展规律，是一大关键因素。

　　首先，拟古本是一种为诗作文的入门途径，明人于此，多有认同。尤其是七子郎署官，坚信"文不程古，则不登于上品"，③ 认为拟古须从辨体切入。李梦阳《迪功集序》即云："追古者，未有不先其体者也。"④ 辨体可领会、把握文体特征，有助于行文当行本色："文章自有体裁，凡为某体，务须寻其本色，庶几当行。"⑤ 若不辨体，则易沦为野狐外道："体不辩则入于邪陋，

① 《明太祖实录》卷二六，"中央研究院"历史语言研究所，1968 年版，第 402 页。

② ［清］沈德潜、周准编：《明诗别裁集》卷首，上海古籍出版社，1979 年版，第 1 页。

③ ［明］屠隆撰，李亮伟、张萍校注：《由拳集校注》卷二三《文论》，浙江大学出版社，2016 年版，第 638 页。

④ ［明］徐祯卿：《迪功集》卷首，伟文图书出版社有限公司，1976 年版，第 2 页。

⑤ ［明］胡应麟：《诗薮·内编》卷一，上海古籍出版社，1979 年版，第 21 页。

而师古之义乖。"①

其次，文学发展多建立在艺术累积的基础上，前人之探索与成就，令后人景仰不已的同时，也严重挤缩了其创新空间，使之处于"影响的焦虑"中，晚生人后之憾，油然而生。王安石尝言："世间好语言，已被老杜道尽；世间俗言语，已被乐天道尽。"②蒋士铨亦言："宋人生唐后，开辟真难为。"③明人生于唐宋人后，面对唐、宋诗歌的高峰，其所能为者，或学唐宗宋守循古法，或总结前人创作经验；欲有所新创，谈何容易！胡应麟有言：

> 盛唐而后，乐选律绝，种种具备，无复堂奥可开，门户可立。是以献吉崛起成、弘，追师百代；仲默勃兴河、洛，合轨一时。古惟独造，我则兼工，集其大成，何忝名世。④

就诗歌而言，前人已众体兼备，多有独创，已无"堂奥可开，门户可立"，创新名世，几乎无望。面对此境，能兼具前人之长、"集其大成"，同样可以"名世"。这是激起明人"不致工于作，而致工于述；不求多于专门，而求多于具体"的重要动因，也是"所以度越元、宋，苞综汉、唐"⑤的重要路径与手段。同时，也是诗

① ［明］高启著，［清］金檀辑注，徐澄宇、沈北宗校点：《高青丘集·凫藻集》卷二《独庵集序》，上海古籍出版社，2013年版，第885页。
② ［宋］陈辅之：《诗话》，［宋］胡仔纂集，陆德明校点：《苕溪渔隐丛话·前集》卷一四，人民文学出版社，1962年版，第90页。
③ ［清］蒋士铨著，邵海清校、李梦生笺：《忠雅堂集校笺·忠雅堂诗集》卷一三《辩诗》，上海古籍出版社，1993年版，第986页。
④ ［明］胡应麟：《诗薮·续编》卷一，上海古籍出版社，1979年版，第349页。
⑤ ［明］胡应麟：《诗薮·内编》卷一，上海古籍出版社，1979年版，第1页。

歌复古的一种理想境界。明人在复古文化背景下的求新求变意
识，由此隐约可见。

　　基于此，许学夷力斥明人"多法古人，不能自创自立"的论
调，称之为"不识通变之道"的"浅见"。崇祯五年（1632），其撰
《诗源辩体自序》曰：

　　　　汉魏六朝，体有未备，而境有未臻，于法宜广；自唐而
　　后，体无弗备，而境无弗臻，于法宜守。论者谓"汉魏不能
　　为《三百》，唐人不能为汉魏"，既不识通变之道，谓我明诸
　　公"多法古人，不能自创自立"，此又论高而见浅，志远而识
　　疏耳。①

　　唐以后诗众体兼备，艺术纯熟，开拓余地小，故于法宜守。
但若以此责备明人不能自创自立，为不识文学通变之道，容易眼
高手低。故许氏又道：

　　　　盖诗之门户前人既已尽开，后人但七分宗古、三分自
　　创，便可成家。中郎一派仅拾唐末五代涕唾，今人不知，以

_____

① ［明］许学夷著，杜维沫校点：《诗源辩体》卷首，人民文学出版社，1987
　年版，第 1 页。同书还有相似表述："予尝谓：汉、魏、唐人，自创立则长，
　仿古人则短；国朝人，仿古人则长，自创立则短。论者谓'汉、魏不能为
　《三百》，唐人不能为汉、魏，李、杜诸公无古乐府'，既不识通变之道；谓
　'国朝人多法古人，不能自创自立'，此又论高而见浅，志远而识疏耳。"
　（许学夷著，杜维沫校点：《诗源辩体》卷三五，人民文学出版社，1987 年
　版，第 350 页）

为自立门户耳。①

既然如此，在复古中寻求超越前人，也是创新，至少是有限度的别样创新。《诗源辩体自序》言之已明：

> 今观夫百卉之荣也，华萼有常，而观者无厌，然今之华萼，非昔之华萼也，使百卉幻形而为荣，则其妖也甚矣……夫体制、声调，诗之矩也，曰词与意，贵作者自运焉。窃词与意，斯谓之袭；法其体制，仿其声调，未可谓之袭也。②

诚如前文王世贞、王世懋所论，这种创新以复古为通变，以"复"求"变"，为文学发展的必然规律。明代郎署官与文学权力关系变迁，生动体现出这种通变关系。以前文学史书写，对此多不够重视，尤其是对前后七子文学复古，几乎众口一词，痛加斥责，这不公平，也不科学。建构文学史，于此不能视而不见。

文学"在历时性的范围内展开的内在联系"，即"文学的历史"，主要围绕着作家、作品、世界和读者文学四要素展开的。③这四要素以作品为中心，以不同方式可组合成一张多维度的错综复杂的文学关系网。郎署官与文学权力关系，就是在这样一张网中展开的。文学权力的争夺、较量，离不开文学策略的倡

---

① [明]许学夷著，杜维沫校点：《诗源辩体·后集纂要》卷二，人民文学出版社，1987年版，第416页。

② [明]许学夷著，杜维沫校点：《诗源辩体》卷首，人民文学出版社，1987年版，第1页。

③ [美]M·H·艾布拉姆斯著，郦稚牛、张照进、童庆生译，王宁校：《镜与灯：浪漫主义文论及批评传统》，北京大学出版社，1989年版，第5页。

导、作品的创作与传播。可以毫不夸张地认为,文学权力得也因此,失也因此。在这一过程中,要多加留意其前未得到应有重视的与"读者"紧密相关的文学传播与接受问题。

从接受美学角度来说,文学作品的价值,需要作家与受众即读者,共同实现。文学作品的问世,仅意味着作家完成了工作量的一半,另一半需要由接受者来完成。这就意味着,文学作品的价值,最终只能在接受过程中得以实现。而且,同一部作品,在不同地域、不同时期、不同接受者那里,显示出的价值是有差异的。刘永济为《文心雕龙·知音》"释义"称:

　　文学之事,作者之外,有读者焉……而读者识鉴之精粗,赏会之深浅,其间差异,有同天壤。①

西方文学批评者也有同感。美国文学批评家雷·韦勒克、奥·沃伦论解读莎士比亚戏剧时,引艾略特话语道:

　　头脑最简单的人可以看到情节,较有思想的人可以看到性格和性格冲突,文学知识较丰富的人可以看到词语的表达方法,对音乐较敏感的人可以看到节奏,那些具有更高的理解力和敏感性的听众则可以发现某种逐渐揭示出来的内含的意义。②

----

① [梁]刘勰著,刘永济校释:《文心雕龙校释》,中华书局,1962 年版,第186 页。
② [美]雷·韦勒克、[美]奥·沃伦著,刘象愚等译:《文学理论》,生活·读书·新知三联书店,1984 年版,第 279 页。

即使同一接受者，在不同的时空，对同一部作品的接受，有时也有很大出入。文学接受是一个接受效果不断充实、丰富的过程。在接受的链条上，"第一读者"是不可逾越的，其影响力不容低估，其观点会程度不一地影响、制约着后来的接受者，从而形成一种接受思维定式。德国美学家姚斯《走向接受美学》认为：

> 第一个读者的理解将在一代又一代的接受之链上被充实和丰富，一部作品的历史意义就是在这过程中得以确定，它的审美价值也是在这过程中得以证实。[①]

从传播源到受众，需要凭借传播媒介，明代尤其是中晚明时期，随着印书业的发达，各种版本的书籍遍及天下，板印书籍已成为文学传播的主流媒介。建构文学史，不仅要将作家、作品置于其产生并发生作用的特定环境中，注意处理好"第一读者"与其他"读者"解读的关系，关注传播与接受效果，还要重视传播媒介作用，将书籍版本辨别、考证等问题，引入其中。

以文本的形式论述文学"在历时性的范围内展开的内在联系"，即"文学史"，是文学史建构的最终成果。这就面临一个不可回避的问题，即对"史"的体认。李守常《史学要论》对"历史"的辨析，不妨引为一用。他先区分了两种"事实"，即"实在的事实"与"历史的事实"。称前者"是一趟过去，不可复返的"，后者"是解喻中的事实"，"是生动无已的，随时变迁的"，是活的

---

① ［德］H·R·姚斯、［美］R·C·霍拉勃著，周宁、金元浦译：《接受美学与接受理论》，辽宁人民出版社，1987年版，第25页。

历史。与之对应的便是两种"过去",即"有实在的过去"与"历史的过去"。前者是死了的过去,是过去的事、过去的人,不可能再发生变动;而后者则是"可以增长扩大的,不是过去的本身",乃是人们"关于过去的知识"与"解喻"。如此,追求所谓"历史的真实",就包含有两层含义:"一是说曾经遭遇过的事的纪录是正确的,一是说关于曾经遭遇过的事的解喻是正确的。前者比较的变动少,后者则时时变动",[①] 可以不断补充、不断改写,即历史是开放的历史,二者相辅相成。这可视为文学史重新建构与不断改写的重要理论依据。虽说"历史不是别人恰恰是历史学家'制造'出来的",[②] 但又非恣心所欲地制造出来的。文学史可视为一种特别的"历史",但其书写的规程,显然有异于一般的历史。文学允许虚构,这是其与历史的最大区分。德里达称:"文学是一种允许人们以任何方式讲述任何事情的建制。文学的空间不仅是一种建制的虚构,而且也是一种虚构的建制,它原则上允许人们讲述一切。要讲述一切,无疑就要借助于说明把所有的人物相互聚集在一起、借助于形式化加以总括。"[③] 因此,文学史的建构与书写,"既要介入文学书写所介入的那个奇特的建制和空间,又要将这一建制和空间历史化,并纳入到自身所介入和建构的那个奇特空间内",这实际上是"凭藉单重的书写(叙述)而实现的双重写作"。[④]

---

① 李守常:《史学要论》,商务印书馆,2010 年版,第 86—87 页。

② [英]E.H. 卡尔著,陈恒译:《历史是什么?》引奥克肖特语,商务印书馆,2017 年版,第 106 页。

③ [法]雅克·德里达著,赵兴国等译:《文学行动》,中国社会科学出版社,1998 年版,第 3 页。

④ 戴登云:《什么是文学史——从解构的视角看》,《文艺理论研究》,2011 年,第 5 期,第 106—113 页。

　　客观地讲，郎署与文学权力之关系，所显示出的文学史意义，可为明代文学史乃至中国文学史的建构，提供一个较为新颖的视角。但是，若仅专注于此，还是不够的。因为，文学史构建是一个长期、复杂的系统工程，牵涉文学内外部诸多要素，应以开放的眼光，多视角、多维度立体化建构。

主要征引与参考文献

一、古代文献

[宋]朱熹集注:《诗集传》,中华书局,1958年版。

[汉]郑玄注,[唐]孔颖达疏,龚抗云整理:《礼记正义》,北京大学出版社,2000年版。

[周]左丘明传,[晋]杜预注,[唐]孔颖达正义,浦卫忠、龚抗云、胡遂整理:《春秋左传正义》,北京大学出版社,2000年版。

[汉]赵岐注,[宋]孙奭疏,廖名春、刘佑平整理:《孟子注疏》,北京大学出版社,2000年版。

[宋]朱熹撰,徐德明校点:《四书章句集注》,上海古籍出版社,2001年版。

[汉]司马迁撰,[南朝宋]裴骃集解,[唐]司马贞索隐,[唐]张守节正义:《史记》,中华书局,1959年版。

[汉]班固撰,[唐]颜师古注:《汉书》,中华书局,1962年版。

[南朝宋]范晔撰,[唐]李贤等注:《后汉书》,中华书局,1965年版。

[北齐]魏收:《魏书》,中华书局,1974年版。

[清]张廷玉等:《明史》,中华书局,1974年版。

［清］傅维鳞纂：《明书》，商务印书馆，1936 年版。

《明太祖实录》，"中央研究院" 历史语言研究所，1968 年版。

《明宣宗实录》，"中央研究院" 历史语言研究所，1962 年版。

《明孝宗实录》，"中央研究院" 历史语言研究所，1966 年版。

《明武宗实录》，"中央研究院" 历史语言研究所，1964 年版。

《明世宗实录》，"中央研究院" 历史语言研究所，1965 年版。

《明穆宗实录》，"中央研究院" 历史语言研究所，1966 年版。

《明神宗实录》，"中央研究院" 历史语言研究所，1966 年版。

［明］尹守衡：《皇明史窃》，《续修四库全书》本，上海古籍出版
　　社，2002 年版。

［明］谈迁著，张宗祥校点：《国榷》，中华书局，1958 年版。

［清］夏燮撰，沈仲九标点：《明通鉴》，中华书局，2009 年版。

南炳文、吴彦玲辑校：《辑校万历起居注》，天津古籍出版社，
　　2010 年版。

［明］吴应箕、［清］吴伟业等：《东林本末（外七种）》，北京古籍出
　　版社，2002 年版。

［清］谷应泰：《明史纪事本末》，中华书局，1977 年版。

［清］赵翼著，王树民校证：《廿二史札记校证》，中华书局，2013
　　年版。

［明］王世贞撰，魏连科点校：《弇山堂别集》，中华书局，1985
　　年版。

［明］王世贞：《弇州史料》，《四库禁毁书丛刊》本，北京出版社，
　　2000 年版。

［明］李贽：《藏书》，中华书局，1959 年版。

［明］李贽：《续藏书》，中华书局，1959 年版。

［明］何乔远编：《名山藏》，北京大学出版社，1993 年版。

[明]何乔远辑:《名山藏》,《四库禁毁书丛刊》本。

[明]顾璘:《国宝新编》,《四库全书存目丛书》本,齐鲁书社,1996年版。

[明]黄佐、廖道南:《殿阁词林记》,《景印文渊阁四库全书》本,台湾商务印书馆,1986年版。

[明]项笃寿:《今献备遗》,《景印文渊阁四库全书》本。

[明]王兆云:《皇明词林人物考》,《四库全书存目丛书》本。

[明]周应宾:《旧京词林志》,《四库全书存目丛书》本。

[明]袁袠:《皇明献实》,《明人传记丛刊》本,明文书局,1991年版。

[明]焦竑编:《献徵录》,上海书店,1987年版。

[明]焦竑辑:《焦太史编辑国朝献徵录》,《续修四库全书》本。

[明]刘若愚:《酌中志》,北京古籍出版社,1994年版。

[清]钱谦益:《列朝诗集小传》,上海古籍出版社,2008年版。

[明]叶向高:《蘧编》,中国文史出版社,2014年版。

[清]王瑞国:《瑯琊凤麟两公年谱合编》,《北京图书馆藏珍本年谱丛刊》本,北京图书馆出版社,1999年版。

[明]徐学聚辑:《国朝典汇》,北京大学出版社,1993年版。

[明]胡世宁:《胡端敏奏议》,《景印文渊阁四库全书》本。

[明]夏言:《桂洲先生奏议》,《四库全书存目丛书》本。

[明]叶向高:《纶扉奏草》,《续修四库全书》本。

[明]吴亮辑:《万历疏钞》,《续修四库全书》本。

[明]张朝瑞辑:《皇明贡举考》,《四库全书存目丛书》本。

[明]黄景昉著,陈士楷、熊德基点校:《国史唯疑》,上海古籍出版社,2002年版。

[清]赵翼:《陔余丛考》,中华书局,1963年版。

［清］黄宗羲著，沈芝盈点校：《明儒学案》，中华书局，2008 年版。

［清］沈佳：《明儒言行录》，《景印文渊阁四库全书》本。

［清］李清馥：《闽中理学渊源考》，《景印文渊阁四库全书》本。

［清］宋如林修，孙星衍、莫晋纂：《（嘉庆）松江府志》，《续修四库全书》本。

［清］许容等监修，李迪等编纂：《甘肃通志》，《景印文渊阁四库全书》本。

［清］王昶等纂修：《（嘉庆）直隶太仓州志》，《续修四库全书》本。

［唐］陆广微撰，曹林娣校注：《吴地记》，江苏古籍出版社，1999 年版。

［明］林尧俞、俞汝辑：《礼部志稿》，《景印文渊阁四库全书》本。

［明］张位、于慎行等：《词林典故》，《四库全书存目丛书》本。

［清］鄂尔泰、张廷玉等：《词林典故》，《景印文渊阁四库全书》本。

［明］黄佐：《翰林记》，《景印文渊阁四库全书》本。

［明］申时行等重修：《明会典》，商务印书馆，1936 年版。

［清］龙文彬纂：《明会要》，中华书局，1956 年版。

［明］张岱：《石匮书》，《续修四库全书》本。

［明］张岱：《石匮书后集》，中华书局，1959 年版。

［清］永瑢等：《四库全书总目》，中华书局，1965 年版。

［清］永瑢等：《四库全书简明目录》，古典文学出版社，1957 年版。

［清］范邦甸等：《天一阁书目》，上海古籍出版社，2010 年版。

王文才、张锡厚辑：《升庵著述序跋》，云南人民出版社，1985 年版。

［清］高廷珍等：《东林书院志》，《四库全书存目丛书》本。

《东林书院志》整理委员会整理:《东林书院志》,中华书局,2004年版。

[战国]韩非著,陈奇猷校注:《韩非子新校注》,上海古籍出版社,2000年版。

刘文典撰,冯逸、乔华点校:《淮南鸿烈集解》,中华书局,1989年版。

[唐]颜师古:《匡谬正俗》,《丛书集成新编》本。

[宋]黎靖德编,王星贤点校:《朱子语类》,中华书局,1986年版。

[北齐]颜之推撰,王利器集解:《颜氏家训集解》,中华书局,1980年版。

[宋]洪迈撰,孔凡礼点校:《容斋随笔》,中华书局,2005年版。

[明]刘绩:《霏雪录》,《景印文渊阁四库全书》本。

[明]田艺蘅撰,朱碧莲点校:《留青日札》,上海古籍出版社,1985年版。

[明]田艺蘅:《留青日札摘抄》,《丛书集成新编》本,新文丰出版股份有限公司,1985年版。

[明]郎瑛:《七修类稿》,中华书局,1959年版。

[明]郎瑛:《七修类稿》,上海书店出版社,2001年版。

[明]杨慎撰,王大淳笺证:《丹铅总录笺证》,浙江古籍出版社,2013年版。

[明]薛蕙:《西原先生遗书》,《四库全书存目丛书》本,齐鲁书社,1995年版。

[明]俞弁:《山樵暇语》,《四库全书存目丛书》本。

[明]屠隆:《鸿苞》,《四库全书存目丛书》本。

[明]余继登:《典故纪闻》,中华书局,1981年版。

［明］于慎行撰，吕景琳点校：《穀山笔麈》，中华书局，1984 年版。

［明］李乐：《见闻杂记》，上海古籍出版社，1986 年版。

［明］朱国祯：《涌幢小品》，中华书局，1959 年版。

［明］陈宏绪：《寒夜录》，《丛书集成初编》本，中华书局，1985 年版。

［明］祁彪佳著，张天杰点校：《祁彪佳日记》，浙江古籍出版社，2016 年版。

［清］周亮工：《书影》，上海古籍出版社，1981 年版。

［清］王士禛撰，靳斯仁点校：《池北偶谈》，中华书局，1982 年版。

［清］王士禛撰，湛之点校：《香祖笔记》，上海古籍出版社，1982 年版。

［清］姚之骃：《元明事类钞》，《景印文渊阁四库全书》本。

［明］陆深：《俨山外集》，《景印文渊阁四库全书》本。

［明］胡应麟：《少室山房笔丛》，中华书局，1958 年版。

［明］胡应麟：《少室山房笔丛》，上海书店出版社，2001 年版。

［明］王文禄：《竹下寱言》，《四库全书存目丛书》本。

［明］王肯堂：《郁冈斋笔麈》，《四库全书存目丛书》本。

［明］胡震亨：《读书杂录》，《四库全书存目丛书》本。

［清］顾炎武著，［清］黄汝成集释，栾保群、吕宗力校点：《日知录集释》（全校本），上海古籍出版社，2013 年版。

［清］王应奎撰，王彬、严英俊点校：《柳南随笔·续笔》，中华书局，1983 年版。

［清］梁绍壬撰，庄葳点校：《两般秋雨盦随笔》，上海古籍出版社，1982 年版。

［清］冯班著，［清］何焯评：《钝吟杂录》，《丛书集成新编》本。

［明］叶盛撰，魏中平点校：《水东日记》，中华书局，1980 年版。

［明］陆容：《菽园杂记》，中华书局，1985 年版。

［明］王锜撰，张德信点校：《寓圃杂记》，中华书局，1984 年版。

［明］何良俊：《四友斋丛说》，中华书局，1959 年版。

［明］张瀚撰，盛冬铃点校：《松窗梦语》，中华书局，1985 年版。

［明］王士性撰，吕景琳点校：《广志绎》，中华书局，1981 年版。

［明］李清：《三垣笔记》，中华书局，1982 年版。

［明］沈德符：《万历野获编》，中华书局，1959 年版。

［明］叶权撰，凌毅点校：《贤博编》，中华书局，1987 年版。

［明］顾起元撰，谭棣华、陈稼禾点校：《客座赘语》，中华书局，1987 年版。

［明］郑仲夔：《清言》，《四库全书存目丛书》本。

［明］陈继儒：《安得长者言》，《四库全书存目丛书》本。

［明］陈继儒：《见闻录》，《四库全书存目丛书》本。

［明］陈继儒撰，陈桥生评注：《小窗幽记》，中华书局，2008 年版。

［明］王同轨撰，吕友仁、孙顺霖校点：《耳谈类增》，中州古籍出版社，1994 年版。

［明］文元发：《学圃斋随笔》，《明季史料集珍》本，伟文图书出版社有限公司，1976 年版。

梁章钜著，王释非、许振轩点校：《称谓录》（校注本），福建人民出版社，2003 年版。

［唐］欧阳询撰，汪绍楹校：《艺文类聚》，中华书局，1965 年版。

杨伯峻：《列子集释》，中华书局，1979 年版。

［唐］李白著，［清］王琦注：《李太白全集》，中华书局，1977 年版。

谢思炜：《白居易诗集校注》，中华书局，2006 年版。

［唐］杜甫著，［清］仇兆鳌注：《杜诗详注》，中华书局，1979 年版。

〔唐〕韩愈撰,马其昶校注、马茂元整理:《韩昌黎文集校注》,上海古籍出版社,1986年版。

〔唐〕柳宗元撰,尹占华、韩文奇校注:《柳宗元集校注》,中华书局,2013年版。

〔唐〕孟郊撰,华忱之校订:《孟东野诗集》,人民文学出版社,1959年版。

〔宋〕邵雍著,郭彧整理:《邵雍集》,中华书局,2010年版。

〔宋〕王安石撰,李壁笺注:《王荆文公诗笺注》,中华书局,1958年版。

〔宋〕朱熹撰,朱杰人等主编:《朱子全书》,上海古籍出版社,2002年版。

〔元〕欧阳玄撰,汤锐校点整理:《欧阳玄全集》,四川大学出版社,2010年版。

〔元〕郝经著,秦雪清整理:《郝文忠公陵川文集》,山西人民出版社,2006年版。

〔元〕黄溍著,王颋点校:《黄溍集》,浙江古籍出版社,2013年版。

〔元〕杨维桢:《东维子文集》,《四部丛刊初编》本。

〔元〕杨维桢著,邹志方点校:《杨维桢诗集》,浙江古籍出版社,2010年版。

〔明〕朱元璋撰,胡士萼点校:《明太祖集》,黄山书社,1991年版。

〔明〕宋濂著,黄灵庚编辑校点:《宋濂全集》,人民文学出版社,2014年版。

〔明〕刘崧:《槎翁文集》,《四库全书存目丛书》本,齐鲁书社,1997年版。

〔明〕刘基著,林家骊点校:《刘基集》,浙江古籍出版社,1999年版。

［明］王祎：《王忠文集》，《景印文渊阁四库全书》本。

［明］张以宁著，游友基整理：《翠屏集》，广陵书社，2016年版。

［明］朱右：《白云稿》，《景印文渊阁四库全书》本。

［明］钱宰：《临安集》，《景印文渊阁四库全书》本。

［明］贝琼：《清江贝先生文集》，《四部丛刊初编》本。

［明］苏伯衡：《苏平仲文集》，《四部丛刊初编》本。

［明］杨基撰，杨世明、杨隽校点：《眉庵集》，巴蜀书社，2005年版。

［明］高启著，［清］金檀辑注，徐澄宇、沈北宗校点：《高青丘集》，上海古籍出版社，2013年版。

［明］林鸿：《鸣盛集》，《景印文渊阁四库全书》本。

［明］王恭：《白云樵唱集》，《景印文渊阁四库全书》本。

［明］王行：《半轩集》，《景印文渊阁四库全书》本。

［明］殷奎：《强斋集》，《景印文渊阁四库全书》本。

［明］陈谟：《海桑集》，《景印文渊阁四库全书》本。

［明］方孝孺：《逊志斋集》，《四部丛刊初编》本。

［明］方孝孺著，徐光大点校：《方孝孺集》，浙江古籍出版社，2013年版。

［明］梁潜：《泊庵集》，《景印文渊阁四库全书》本。

［明］胡俨：《颐庵文选》，《景印文渊阁四库全书》本。

［明］杨士奇：《东里集》，《景印文渊阁四库全书》本。

［明］杨士奇著，刘伯涵、朱海点校：《东里文集》，中华书局，1998年版。

［明］杨荣：《文敏集》，《景印文渊阁四库全书》本。

［明］杨溥：《杨文定公诗集》，《续修四库全书》本。

［明］王直撰，［明］王稹、王稹编：《抑庵文集》，《景印文渊阁四

库全书》本。

[明]李时勉:《古廉文集》,《景印文渊阁四库全书》本。

[明]陈敬宗:《澹然先生文集》,《四库全书存目丛书》本。

[明]马愉:《马学士文集》,《四库全书存目丛书》本。

[明]萧镃:《尚约文钞》,《四库全书存目丛书》本。

[明]魏骥:《南斋先生魏文靖公摘稿》,《四库全书存目丛书》本。

[明]李贤撰,程敏政编:《古穰集》,《景印文渊阁四库全书》本。

[明]倪谦:《倪文僖集》,《景印文渊阁四库全书》本。

[明]陈献章著,孙通海点校:《陈献章集》,中华书局,1987年版。

[明]岳正:《类博稿》,《景印文渊阁四库全书》本。

[明]王玙:《王文肃公集》,《四库全书存目丛书》本。

[明]彭华:《彭文思公文集》,《四库全书存目丛书》本。

[明]王越:《黎阳王太傅诗文集》,《四库全书存目丛书》本。

[明]彭韶:《彭惠安集》,《景印文渊阁四库全书》本。

[明]丘濬撰,丘尔毂编:《重编琼台稿》,《景印文渊阁四库全书》本。

[明]丘濬:《重编琼台会稿》,《明别集丛刊》本,黄山书社,2013年版。

[明]丘濬:《琼台诗文会稿》,《丛书集成三编》本,新文丰出版公司,1997年版。

[明]徐溥:《谦斋文录》,《景印文渊阁四库全书》本。

[明]何乔新:《椒邱文集》,《景印文渊阁四库全书》本。

[明]张弼:《张东海先生文集》,《四库全书存目丛书》本。

[明]杨守阯:《碧川文选》,《四库全书存目丛书》本。

[明]沈周著,张修龄、韩星婴点校:《沈周集》,上海古籍出版社,2013年版。

［明］李东阳:《怀麓堂全集》,康熙二十年刻本。

［明］李东阳:《怀麓堂稿》,台湾学生书局,1975 年版。

［明］李东阳撰,周寅宾校点:《李东阳集》,岳麓书社,2008 年版。

［明］李东阳著,钱振民校点:《李东阳续集》,岳麓书社,1997 年版。

［明］谢铎:《桃溪净稿》,《四库全书存目丛书》本。

［明］谢铎著,林家骊点校:《谢铎集》,浙江古籍出版社,2012 年版。

［明］张泰:《沧洲续集》,《四库全书存目丛书》本。

［明］程敏政:《篁墩文集》,《景印文渊阁四库全书》本。

［明］庄昶:《定山集》,《景印文渊阁四库全书》本。

［明］吴宽:《匏翁家藏集》,《明别集丛刊》本,黄山书社,2013 年版。

［明］赵宽:《半江赵先生文集》,《四库全书存目丛书》本。

［明］杨一清:《石淙诗稿》,《四库全书存目丛书》本。

［明］杨一清著,唐景绅、谢玉杰点校:《杨一清集》,中华书局,2001 年版。

［明］靳贵:《戒庵文集》,《四库全书存目丛书》本。

［明］王鏊:《震泽集》,《景印文渊阁四库全书》本。

［明］王鏊著,吴建华点校:《王鏊集》,上海古籍出版社,2013 年版。

［明］马中锡:《东田集》,《四库全书存目丛书》本。

［明］梁储:《郁洲遗稿》,《景印文渊阁四库全书》本。

［明］林俊:《见素集》,《景印文渊阁四库全书》本。

［明］储巏:《柴墟文集》,《四库全书存目丛书》本。

［明］罗玘:《圭峰集》,《景印文渊阁四库全书》本。

［明］顾清：《东江家藏集》，《景印文渊阁四库全书》本。

［明］李梦阳：《空同先生集》，伟文图书出版社有限公司，1976
　　年版。

［明］李梦阳：《空同集》，《明别集丛刊》本，黄山书社，2013
　　年版。

［明］李梦阳撰，郝润华校笺：《李梦阳集校笺》，中华书局，2020
　　年版。

［明］何孟春：《何燕泉诗集》，《四库全书存目丛书》本。

［明］何孟春：《余冬序录摘抄内外篇》，《丛书集成新编》本。

［明］顾璘：《顾华玉集》，《景印文渊阁四库全书》本。

［明］王九思：《渼陂集》，伟文图书出版社有限公司，1976 年版。

［明］王九思：《渼陂集》，《四库全书存目丛书》本。

［明］王九思：《渼陂集》，《明别集丛刊》本，黄山书社，2013 年版。

［明］王九思：《渼陂续集》，《明别集丛刊》本，黄山书社，2013
　　年版。

［明］边贡：《华泉集》，《景印文渊阁四库全书》本。

［明］孙绪：《沙溪集》，《景印文渊阁四库全书》本。

［明］文徵明著，周道振辑校：《文徵明集》（增订本），上海古籍
　　出版社，2014 年版。

［明］文徵明著，陆晓冬点校：《甫田集》，西泠印社出版社，2012
　　年版。

［明］祝允明著，孙宝点校：《怀星堂集》，西泠印社出版社，2012
　　年版。

［明］唐寅著，应守岩点校：《六如居士集》，西泠印社出版社，2012
　　年版。

［明］唐寅著，周道振、张月尊辑校：《唐寅集》，上海古籍出版社，

2013 年版。

［明］王守仁撰，吴光等编校：《王阳明全集》，上海古籍出版社，2014 年版。

［明］王艮撰，陈祝生等校点：《王心斋全集》，江苏教育出版社，2001 年版。

［明］朱应登：《凌溪先生集》，《四库全书存目丛书》本。

［明］康海：《对山集》，《四库全书存目丛书》本。

［明］康海：《康对山先生集》，《续修四库全书》本。

［明］康海：《对山文集》，伟文图书出版社有限公司，1976 年版。

［明］康海著，贾三强、余春柯点校：《康对山先生集》，三秦出版社，2015 年版。

［明］何景明：《大复集》，《景印文渊阁四库全书》本。

李叔毅等点校：《何大复集》，中州古籍出版社，1989 年版。

［明］王廷相：《王氏家藏集》，伟文图书出版社有限公司，1976 年版。

［明］王廷相著，王孝鱼点校：《王廷相集》，中华书局，1989 年版。

［明］钱福：《钱太史鹤滩稿》，《四库全书存目丛书》本。

［明］崔铣：《洹词》，《景印文渊阁四库全书》本。

［明］陆深：《俨山集》，《景印文渊阁四库全书》本。

［明］徐祯卿：《迪功集》，《景印文渊阁四库全书》本。

［明］徐祯卿：《迪功集》，伟文图书出版社有限公司，1976 年版。

［明］徐祯卿著，范志新编年校注：《徐祯卿全集编年校注》，人民文学出版社，2009 年版。

［明］郑善夫：《少谷集》，《景印文渊阁四库全书》本。

［明］韩邦奇：《苑洛集》，《景印文渊阁四库全书》本。

［明］胡缵宗：《鸟鼠山人小集》，《四库全书存目丛书》本。

［明］吕柟：《泾野先生文集》,《续修四库全书》本。

［明］杨慎：《升庵全集》,商务印书馆,1937 年版。

［明］杨慎著,王文才、万光治等编注：《杨升庵丛书》,天地出版社,2002 年版。

［明］邹守益著,董平编校整理：《邹守益集》,凤凰出版社,2007 年版。

［明］周叙：《石溪周先生文集》,《四库全书存目丛书》本。

［明］李濂：《嵩渚文集》,《四库全书存目丛书》本。

［明］蒋山卿：《蒋南泠集》,《四库全书存目丛书》本。

［明］孟洋：《孟有涯集》,《四库全书存目丛书》本。

［明］霍韬：《渭厓文集》,《四库全书存目丛书》本。

［明］薛蕙：《考功集》,《景印文渊阁四库全书》本。

［明］聂豹著,吴可为编校整理：《聂豹集》,凤凰出版社,2007 年版。

［明］马汝骥：《西玄诗集》,《四库全书存目丛书》本。

［明］徐献忠：《长谷集》,《四库全书存目丛书》本。

［明］袁袠：《衡藩重刻胥台先生集》,《四库全书存目丛书》本。

［明］高叔嗣：《苏门集》,《景印文渊阁四库全书》本。

［明］王慎中：《遵岩先生文集》,《北京图书馆古籍珍本丛刊》本,书目文献出版社,1998 年版。

［明］唐顺之：《荆川先生文集》,《四部丛刊初编》本。

［明］唐顺之著,马美信、黄毅点校：《唐顺之集》,浙江古籍出版社,2014 年版。

［明］赵时春著,杜志强校注：《赵时春诗词校注》,巴蜀书社,2012 年版。

［明］赵时春著,杜志强整理：《赵时春文集校笺》,天津古籍出版

社,2012年版。

［明］皇浦汸:《皇甫司勋集》,《景印文渊阁四库全书》本。

［明］皇甫涍:《皇甫少玄集》,《景印文渊阁四库全书》本。

［明］罗洪先撰,徐儒宗编校整理:《罗洪先集》,凤凰出版社,
　　2007年版。

［明］李开先著,路工辑校:《李开先集》,中华书局,1959年版。

［明］李开先著,卜键笺校:《李开先全集》(修订本),上海古籍
　　出版社,2014年版。

［明］屠应埈:《屠渐山兰晖堂集》,《四库全书存目丛书》本。

［明］黄省曾:《五岳山人集》,《四库全书存目丛书》本。

［明］陆楫:《蒹葭堂稿》,《续修四库全书》本。

［明］王畿撰,吴震编校整理:《王畿集》,凤凰出版社,2007年版。

［明］徐阶:《世经堂集》,《四库全书存目丛书》本。

［明］王维桢:《槐野先生存笥稿》,《续修四库全书》本。

［明］蔡汝楠:《自知堂集》,《四库全书存目丛书》本。

［明］董份:《董学士泌园集》,《四库全书存目丛书》本。

［明］乔世宁:《丘隅集》,《明别集丛刊》本,黄山书社,2016
　　年版。

［明］莫如忠:《崇兰馆集》,《四库全书存目丛书》本。

［明］谢榛著,朱其铠等校点:《谢榛全集》,齐鲁书社,2000年版。

［明］谢榛著,李庆立校笺:《谢榛全集校笺》,江苏古籍出版社,
　　2003年版。

［明］谢榛:《四溟山人全集》,伟文图书出版社有限公司,1976
　　年版。

［明］茅坤著,张大芝、张梦新校点:《茅坤集》,浙江古籍出版社,
　　2012年版。

［明］归有光著,周本淳校点:《震川先生集》,上海古籍出版社,
　　2007 年版。

［明］何良俊:《何翰林集》,《四库全书存目丛书》本。

［明］朱曰藩:《山带阁集》,《四库全书存目丛书》本。

［明］李攀龙著,包敬第标校:《沧溟先生集》,上海古籍出版社,
　　2014 年版。

［明］李攀龙撰,李伯齐点校:《李攀龙集》,齐鲁书社,1993 年版。

［明］殷士儋:《金舆山房稿》,《四库全书存目丛书》本。

［明］赵贞吉:《赵文肃公文集》,《四库全书存目丛书》本。

［明］赵贞吉著,官长驰注:《赵贞吉诗文集注》,巴蜀书社,1999
　　年版。

［明］袁炜:《袁文荣公诗略》,《四库全书存目丛书》本。

［明］张居正著,张舜徽主编:《张居正集》,湖北人民出版社,
　　1994 年版。

［明］张居正:《张太岳集》,上海古籍出版社,1984 年版。

［明］王世贞:《弇州四部稿》,《景印文渊阁四库全书》本。

［明］王世贞:《弇州山人四部稿》,伟文图书出版社有限公司,
　　1976 年版。

［明］王世贞:《弇州山人四部稿》,《明别集丛刊》本,黄山书社,
　　2016 年版。

［明］王世贞:《弇州续稿》,《景印文渊阁四库全书》本。

［明］王世贞:《弇州山人续稿》,《明别集丛刊》本,黄山书社,
　　2016 年版。

［明］王世贞撰,顾起元选:《弇州山人续稿选》,明万历刻本。

［明］王世贞:《读书后》,《景印文渊阁四库全书》本。

［明］王世贞:《弇州山人读书后》,《明别集丛刊》本,黄山书社,

2016 年版。

［明］刘凤 :《刘子威集》,《四库全书存目丛书》本。

［明］朱察卿 :《朱邦宪集》,《四库全书存目丛书》本。

［明］王樵 :《方麓集》,《景印文渊阁四库全书》本。

［明］莫是龙 :《石秀斋集》,《四库全书存目丛书》本。

［明］黄克晦 :《黄吾野先生诗集》,《四库全书存目丛书》本。

［明］茅元仪 :《石民四十集》,《四库禁毁书丛刊》本。

［明］汪道昆 :《太函集》,《续修四库全书》本。

［明］汪道昆著,胡益民、余国庆点校 :《太函集》,黄山书社,2004
　　年版。

［明］张佳胤 :《居来先生集》,《四库全书存目丛书补编》本,齐鲁
　　书社,2001 年版。

［明］梁有誉 :《兰汀存稿》,伟文图书出版社有限公司,1976
　　年版。

［明］徐中行 :《徐天目先生集》,伟文图书出版社有限公司,1976
　　年版。

［明］徐中行 :《青萝馆诗》,《四库全书存目丛书》本。

［明］徐中行著,王群栗点校 :《徐中行集》,浙江古籍出版社,2012
　　年版。

［明］吴国伦 :《甔甀洞稿》,伟文图书出版社有限公司,1976 年版。

［明］吴国伦 :《甔甀洞稿》,《四库全书存目丛书》本。

［明］吴国伦 :《甔甀洞续稿》,《续修四库全书》本。

［明］吴国伦 :《甔甀洞续稿》,《明别集丛刊》本,黄山书社,2016
　　年版。

［明］宗臣 :《宗子相集》,《景印文渊阁四库全书》本。

［明］宗臣 :《宗子相集》,伟文图书出版社有限公司,1976 年版。

［明］宗臣：《宗子相先生集》，《明别集丛刊》本，黄山书社，2016 年版。

［明］郭造卿：《海岳山房存稿》，《明别集丛刊》本，黄山书社，2016 年版。

［明］孙七政：《刻孙齐之先生松韵堂集》，《四库全书存目丛书》本。

［明］海瑞撰，陈义钟编校：《海瑞集》，中华书局，1962 年版。

［明］吕坤：《吕新吾先生去伪斋文集》，《四库全书存目丛书》本。

［明］欧大任：《欧虞部集》，《四库禁毁书丛刊》本。

［明］何心隐著，容肇祖整理：《何心隐集》，中华书局，1960 年版。

［明］李贽：《焚书　续焚书》，中华书局，2009 年版。

［明］李贽著，张建业、张岱注：《李贽全集注》，社会科学文献出版社，2010 年版。

［明］俞允文：《仲蔚先生集》，《四库全书存目丛书》本。

［明］王世懋：《王奉常集》，《四库全书存目丛书》本。

［明］徐渭：《徐渭集》，中华书局，1983 年版。

［明］王家屏：《复宿山房集》，《明别集丛刊》本，黄山书社，2016 年版。

［明］申时行：《赐闲堂集》，《四库全书存目丛书》本。

［明］王锡爵：《王文肃公文集》，《四库禁毁书丛刊》本。

［明］王锡爵：《王文肃公全集》，《四库全书存目丛书》本。

［明］沈一贯：《喙鸣文集》，《四库禁毁书丛刊》本。

［明］潘之恒撰，［清］陈允衡辑评：《涉江集选》，《四库全书存目丛书》本。

［明］俞安期：《翏翏集》，《四库全书存目丛书》本。

［明］于慎行：《穀城山馆文集》，《四库全书存目丛书》本。

［明］于慎行：《榖城山馆全集》，《明别集丛刊》本，黄山书社，2016 年版。

［明］沈懋孝：《长水先生文钞》，《四库禁毁书丛刊》本。

［明］黄凤翔：《田亭草》，《四库禁毁书丛刊》本。

［明］黄凤翔：《田亭草》，《明别集丛刊》本，黄山书社，2016 年版。

［明］李维桢：《大泌山房集》，《四库全书存目丛书》本。

［明］李维桢：《大泌山房集》，《明别集丛刊》本，黄山书社，2016 年版。

［明］李维桢：《新刻楚郢大泌山人四游集》，《明别集丛刊》本，黄山书社，2016 年版。

［明］孙鑛：《月峰先生居业次编》，《四库禁毁书丛刊》本。

［明］邹迪光：《调象庵稿》，《四库全书存目丛书》本。

［明］邹迪光：《石语斋集》，《四库全书存目丛书》本。

［明］胡应麟：《少室山房集》，《景印文渊阁四库全书》本。

［明］胡应麟：《少室山房类稿》，《丛书集成续编》本，新文丰出版公司，1989 年版。

［明］胡应麟著，江湛然辑：《少室山房全稿》，《明别集丛刊》本，黄山书社，2016 年版。

［明］冯琦：《宗伯集》，《四库禁毁书丛刊》本。

［明］冯从吾：《少墟集》，《景印文渊阁四库全书》本。

［明］屠隆：《白榆集》，伟文图书出版社有限公司，1977 年版。

［明］屠隆：《由拳集》，伟文图书出版社有限公司，1977 年版。

［明］屠隆撰，李亮伟、张萍校注：《由拳集校注》，浙江大学出版社，2016 年版。

［明］屠隆著，汪超宏主编：《屠隆集》，浙江古籍出版社，2012 年版。

［明］张献翼：《文起堂集》，《明别集丛刊》本，黄山书社，2016
　　年版。

［明］汤显祖著，徐朔方笺校：《汤显祖集全编》，上海古籍出版
　　社，2015年版。

［明］梅鼎祚：《鹿裘石室集》，《续修四库全书》本。

［明］郭正域：《合并黄离草》，《四库禁毁书丛刊》本。

［明］叶向高：《苍霞草》，《四库禁毁书丛刊》本。

［明］叶向高：《苍霞续草》，《四库禁毁书丛刊》本。

［明］黄居中：《千顷斋初集》，《续修四库全书》本。

［明］单思恭：《甜雪斋诗》，《四库全书存目丛书》本。

［明］袁宗道著，钱伯城标点：《白苏斋类集》，上海古籍出版社，
　　1989年版。

［明］董其昌：《容台文集》，《四库全书存目丛书》本。

［明］董其昌著，邵海清点校：《容台集》，西泠印社出版社，2012
　　年版。

［明］董其昌著，严文儒、尹军主编：《董其昌全集》，上海书画出版
　　社，2013年版。

［明］陈继儒：《白石樵真稿》，《四库禁毁书丛刊》本。

王心湛校勘：《陈眉公全集》，广益书局，1936年版。

［明］陈继儒：《陈眉公先生全集》，《明别集丛刊》本，黄山书社，
　　2016年版。

［明］陈继儒：《晚香堂集》，《四库禁毁书丛刊》本。

［明］焦竑撰，李剑雄点校：《澹园集》，中华书局，1999年版。

［明］陶望龄：《歇庵集》，伟文图书出版社有限公司，1976年版。

［明］陶望龄撰，李会富编校：《陶望龄全集》，上海古籍出版社，
　　2019年版。

［明］谢肇淛撰，江中柱点校：《小草斋集》，福建人民出版社，2009年版。

［明］江盈科著，黄仁生辑校：《江盈科集》（增订本），岳麓书社，2008年版。

［明］袁宏道著，钱伯城笺校：《袁宏道集笺校》，上海古籍出版社，2008年版。

［明］曹学佺著，庄可庭纂辑，高祥杰点注：《曹学佺诗文集》，香港文学报社出版公司，2013年版。

［明］杨于庭：《杨道行集》，《四库全书存目丛书》本。

［明］虞淳熙：《虞德园先生集》，《四库禁毁书丛刊》本。

［明］黄汝亨：《寓林集》，《续修四库全书》本。

［明］孙承宗：《高阳集》，《四库禁毁书丛刊》本。

［明］宋懋澄撰，王利器校录：《九籥集》，中国社会科学出版社，1984年版。

［明］杨守勤：《宁澹斋全集》，《四库禁毁书丛刊》本。

［明］李若讷：《四品稿》，《四库禁毁书丛刊》本。

［明］丘兆麟：《玉书庭全集》，康熙十一年重修本。

［明］胡维霖：《胡维霖集》，《四库禁毁书丛刊》本。

［明］袁中道著，钱伯城点校：《珂雪斋集》，上海古籍出版社，1989年版。

［明］袁中道：《珂雪斋近集》，中央书店，1936年版。

高洪钧编著：《冯梦龙集笺注》，天津古籍出版社，2006年版。

魏同贤主编：《冯梦龙全集》，凤凰出版社，2007年版。

魏同贤、安平秋主编：《凌濛初全集》，凤凰出版社，2010年版。

［明］钟惺著，李先耕、崔重庆标校：《隐秀轩集》，上海古籍出版社，2017年版。

［明］姚希孟：《响玉集》，《四库禁毁书丛刊》本。

［明］刘宗周：《刘子全书》，华文书局股份有限公司，1968 年版。

［明］刘宗周撰，吴光主编：《刘宗周全集》，浙江古籍出版社，
　　2007 年版。

［明］谭元春著，陈杏珍标校：《谭元春集》，上海古籍出版社，
　　1998 年版。

［明］范景文：《范文忠公文集》，《丛书集成新编》本。

［明］钱士升：《赐余堂集》，《四库禁毁书丛刊》本。

［明］郑鄤：《峚阳草堂文集》，《四库禁毁书丛刊》本。

［明］张岱著，夏咸淳校点：《张岱诗文集》，上海古籍出版社，
　　1991 年版。

［明］张溥：《七录斋诗文合集》，伟文图书出版社有限公司，1977
　　年版。

［明］张溥撰，曾肖点校：《七录斋合集》，齐鲁书社，2015 年版。

［明］黄淳耀：《陶庵集》，《丛书集成续编》本。

［明］曾异撰：《纺授堂文集》，《四库禁毁书丛刊》本。

［明］唐汝询：《酉阳山人编蓬后集》，《四库全书存目丛书》本。

［明］黄道周著，［清］陈寿祺原编，王文径主编点校：《黄漳浦文
　　集》，国际华文出版社，2006 年版。

［明］黄道周撰，翟奎凤、郑晨寅、蔡杰整理：《黄道周集》，中华书
　　局，2017 年版。

［明］陈子龙：《安雅堂稿》，伟文图书出版社有限公司，1977
　　年版。

［明］陈子龙著，施蛰存、马祖熙标校：《陈子龙诗集》，上海古籍
　　出版社，2006 年版。

［明］陈子龙著，王英志辑校：《陈子龙全集》，人民文学出版社，

2011 年版。

［明］张煌言：《张苍水集》，上海古籍出版社，1985 年版。

［明］周茂源：《鹤静堂集》，《四库全书存目丛书》本。

［明］陈衍：《大江集》，江苏广陵古籍刻印社，1996 年版。

上海市嘉定区地方志办公室编，沈习康点校：《程嘉燧全集》，上海古籍出版社，2015 年版。

［清］彭宾：《彭燕又先生文集》，《四库全书存目丛书》本。

［清］李雯：《蓼斋集》，《四库禁毁书丛刊》本。

［清］钱谦益著，［清］钱曾笺注，钱仲联标校：《牧斋初学集》，上海古籍出版社，2009 年版。

［清］钱谦益著，［清］钱曾笺注，钱仲联标校：《牧斋有学集》，上海古籍出版社，1996 年版。

［清］钱谦益著，［清］钱曾笺注，钱仲联标校：《牧斋杂著》，上海古籍出版社，2007 年版。

［清］钱谦益著，［清］钱曾笺注，钱仲联标校：《钱牧斋全集》，上海古籍出版社，2003 年版。

［清］吴伟业著，李学颖集评标校：《吴梅村全集》，上海古籍出版社，1990 年版。

［清］李渔著，萧欣桥、黄霖、单锦珩等整理：《李渔全集》，浙江古籍出版社，2014 年版。

［清］黄宗羲著，吴光主编：《黄宗羲全集》，浙江古籍出版社，2012 年版。

［清］归庄：《归庄集》，中华书局，1962 年版。

［清］宋徵舆：《林屋文稿》，《四库全书存目丛书》本。

［清］张贞生：《庸书》，《四库全书存目丛书》本。

［清］夏完淳著，白坚笺校：《夏完淳集笺校》，上海古籍出版社，

1991 年版。

［清］朱鹤龄：《愚庵小集》，上海古籍出版社，1979 年版。

［清］陈维崧著，陈振鹏标点，李学颖校补：《陈维崧集》，上海古籍出版社，2010 年版。

［清］毛奇龄：《西河集》，《景印文渊阁四库全书》本。

［清］宋琬著，马祖熙标校：《安雅堂全集》，上海古籍出版社，2007 年版。

［清］宋琬著，辛鸿义、赵家斌点校：《宋琬全集》，齐鲁书社，2003 年版。

［清］尤侗：《西堂文集》，《续修四库全书》本。

［清］徐乾学：《憺园文集》，《续修四库全书》本。

［清］邵廷采著，祝鸿杰点校：《思复堂文集》，浙江古籍出版社，1987 年版。

［清］王士禛：《带经堂集》，《续修四库全书》本。

［清］方苞著，刘季高校点：《方苞集》，上海古籍出版社，1983 年版。

［清］全祖望撰，朱铸禹汇校集注：《全祖望集汇校集注》，上海古籍出版社，2000 年版。

［清］袁枚著，周本淳标校：《小仓山房诗文集》，上海古籍出版社，1988 年版。

［清］钱大昕撰，吴友仁标校：《潜研堂集》，上海古籍出版社，1989 年版。

［清］钱大昕著，陈文和主编：《嘉定钱大昕全集》（增订本），凤凰出版社，2016 年版。

［清］阮元撰，邓经元点校：《揅经室集》，中华书局，1993 年版。

［元］施耐庵集撰，［元］罗贯中纂修，王利器校注：《水浒全传校

注》,河北教育出版社,2009 年版。

[南朝梁]萧统编,[唐]李善等注:《六臣注文选》,中华书局,
1987 年版。

[南朝梁]萧统编,[唐]李善注:《文选》,上海古籍出版社,1986
年版。

[元]杨士弘编选,[明]张震辑注,[明]顾璘评点,陶文鹏、魏祖
钦整理点校:《唐音评注》,河北大学出版社,2010 年版。

[明]高棅编选:《唐诗品汇》,上海古籍出版社,2012 年版。

[明]高棅编纂,汪宗尼校订,葛景春、胡永杰点校:《唐诗品汇》,
中华书局,2015 年版。

[明]程敏政编:《明文衡》,《景印文渊阁四库全书》本。

[明]张时彻辑:《皇明文范》,《四库全书存目丛书》本。

[明]徐献忠选:《六朝声偶集》,《四库全书存目丛书》本。

[明]茅坤编:《唐宋八大家文钞》,《景印文渊阁四库全书》本。

[明]归有光编:《文章指南》,《四库全书存目丛书》本。

[明]李攀龙编:《古今诗删》,《景印文渊阁四库全书》本。

[明]王锡爵辑:《增定国朝馆课经世宏辞》,《四库禁毁书丛
刊》本。

[明]徐师曾:《文体明辩》,《四库全书存目丛书》本。

[明]俞宪编:《盛明百家诗》,《四库全书存目丛书》本。

[明]朱之蕃选:《盛明百家诗选》,《四库全书存目丛书》本。

[明]钟惺、谭元春选评,张国光等点校:《诗归》,湖北人民出版
社,1985 年版。

[明]华淑辑:《明诗选》,《四库禁毁书丛刊》本。

[明]赵彦复辑:《梁园风雅》,《续修四库全书》本。

[明]贺复徵编:《文章辨体汇选》,《景印文渊阁四库全书》本。

［明］杜骐徵等辑:《几社壬申合稿》,《四库禁毁书丛刊》本。

［明］陈子龙、［清］李雯等撰,陈立校点:《云间三子新诗合稿　幽兰草》,辽宁教育出版社,2000 年版。

［明］陈子龙等选辑:《明经世文编》,中华书局,1962 年版。

［明］郑元勋选,阿英校点:《媚幽阁文娱》,《中国文学珍本丛书》本,上海杂志公司,1936 年版。

［清］钱谦益撰集,许逸民、林淑敏点校:《列朝诗集》,中华书局,2007 年版。

上海文献丛书编委会编:《皇明诗选》,华东师范大学出版社,1991 年版。

［清］黄宗羲编:《明文海》,中华书局,1987 年版。

［明］冯梦龙编:《山歌》,江苏古籍出版社,2000 年版。

［明］王夫之著,周柳燕校点:《明诗评选》,上海古籍出版社,2011 年版。

［清］卓尔堪选辑:《明遗民诗》,中华书局,1961 年版。

［清］吴之振、吕留良、吴自牧选,［清］管庭芬、蒋光煦补:《宋诗钞》,中华书局,1986 年版。

［清］朱彝尊选编:《明诗综》,中华书局,2007 年版。

［清］彭定求等编:《全唐诗》,中华书局,1960 年版。

［清］陈邦彦等编:《御定历代题画诗类》,《景印文渊阁四库全书》本。

［清］胡文学编:《甬上耆旧诗》,《景印文渊阁四库全书》本。

［清］陈允衡辑:《诗慰初集》,《四库禁毁书丛刊》本。

［清］沈德潜、周准编:《明诗别裁集》,上海古籍出版社,1979 年版。

［清］范与良辑:《诗苑天声》,《四库全书存目丛书补编》本。

［清］汪端辑：《明三十家诗选》，同治十二年（1873）刻本。

［清］吴景旭：《历代诗话》，中华书局，1958 年版。

［清］何文焕辑：《历代诗话》，中华书局，2004 年版。

丁福保辑：《历代诗话续编》，中华书局，2006 年版。

丁福保辑：《清诗话》，上海古籍出版社，1999 年版。

郭绍虞编选，富寿荪校点：《清诗话续编》，上海古籍出版社，
　　2016 年版。

吴文治主编：《明诗话全编》，江苏古籍出版社，1997 年版。

周维德集校：《全明诗话》，齐鲁书社，2005 年版。

王水照编：《历代文话》，复旦大学出版社，2007 年版。

［明］王世贞：《曲藻》，《中国古典戏曲论著集成》本，中国戏剧出
　　版社，1959 年版。

［明］王骥德：《曲律》，《中国古典戏曲论著集成》本。

张寅彭、黄刚编撰：《唐诗论评类编》（增订本），上海古籍出版
　　社，2015 年版。

［梁］钟嵘著，陈延杰注：《诗品注》，人民文学出版社，1961 年版。

［唐］皎然著，李壮鹰校注：《诗式校注》，人民文学出版社，2003
　　年版。

［梁］刘勰著，范文澜注：《文心雕龙注》，人民文学出版社，1958
　　年版。

［唐］杜甫撰，郭绍虞集解：《杜甫戏为六绝句集解》，人民文学出
　　版社，1978 年版。

［宋］张戒：《岁寒堂诗话》，《历代诗话续编》本，中华书局，2006
　　年版。

［宋］计有功撰，王仲镛校笺：《唐诗纪事校笺》，中华书局，2007
　　年版。

［宋］严羽著,郭绍虞校释:《沧浪诗话校释》,人民文学出版社,1961年版。

［明］瞿佑:《归田诗话》,《历代诗话续编》本。

［明］李东阳著,李庆立校释:《怀麓堂诗话校释》,人民文学出版社,2009年版。

［明］徐祯卿:《谈艺录》,《历代诗话》本,中华书局,2004年版。

［明］顾元庆:《夷白斋诗话》,《历代诗话》本。

［明］杨慎:《升庵诗话》,《历代诗话续编》本。

［明］杨慎撰,王大厚笺证:《升庵诗话新笺证》,中华书局,2008年版。

［明］徐泰:《诗谈》,《全明诗话》本,齐鲁书社,2005年版。

［明］陈沂:《拘虚诗谈》,《北京图书馆古籍珍本丛刊》本。

［明］谢榛著,宛平校点:《四溟诗话》,人民文学出版社,1961年版。

［明］归有光:《归震川先生论文章体则》,《历代文话》本,复旦大学出版社,2007年版。

［明］皇甫汸:《解颐新语》,《全明诗话》本,齐鲁书社,2005年版。

［明］徐师曾:《诗体明辩》,《全明诗话》本。

［明］顾起纶:《国雅品》,《全明诗话》本。

［明］王世贞:《艺苑卮言》,《历代诗话续编》本。

［明］王世贞:《明诗评》,《全明诗话》本。

［明］王世懋:《艺圃撷余》,《历代诗话》本。

［明］胡应麟:《诗薮》,上海古籍出版社,1979年版。

［明］郝敬:《艺圃伧谈》,《全明诗话》本。

［明］许学夷著,杜维沫校点:《诗源辩体》,人民文学出版社,1987年版。

［明］谢肇淛:《小草斋诗话》,《全明诗话》本。

［明］胡震亨：《唐音癸签》，古典文学出版社，1957 年版。

［清］周容：《春酒堂诗话》，《清诗话续编》本，上海古籍出版社，2016 年版。

［清］吴乔：《围炉诗话》，《清诗话续编》本。

［清］叶矫然：《龙性堂诗话》，《清诗话续编》本。

［清］冒春荣：《葚原诗说》，《清诗话续编》本。

［清］王夫之著，舒芜校点：《姜斋诗话》，人民文学出版社，1961 年版。

［清］朱彝尊著，姚祖恩编，黄君坦校点：《静志居诗话》，人民文学出版社，1990 年版。

［清］王士禛著，张宗柟纂集，戴鸿森校点：《带经堂诗话》，人民文学出版社，1963 年版。

［清］沈德潜：《说诗晬语》，《清诗话》本。

［清］袁枚著，顾学颉校点：《随园诗话》，人民文学出版社，1982 年版。

［清］鲁九皋：《诗学源流考》，《清诗话续编》本。

［清］翁方纲著，陈迩冬校点：《石洲诗话》，人民文学出版社，1981 年版。

［清］方东树著，汪绍楹校点：《昭昧詹言》，人民文学出版社，1961 年版。

［清］刘熙载撰，袁津琥校注：《艺概注稿》，中华书局，2009 年版。

［清］朱庭珍：《筱园诗话》，《清诗话续编》本。

［清］陈田辑撰：《明诗纪事》，上海古籍出版社，1993 年版。

二、近现代著述

李守常：《史学要论》，商务印书馆，2010 年版。

孟森:《明清史讲义》,商务印书馆,2011 年版。

嵇文甫:《晚明思想史论》,东方出版社,1996 年版。

龚鹏程:《晚明思潮》(增订版),商务印书馆,2008 年版。

许苏民、申屠炉明主编:《明清思想文化变迁》,南京大学出版社,2009 年版。

南炳文等:《明代文化研究》,人民出版社,2006 年版。

余英时:《士与中国文化》,上海人民出版社,2013 年版。

张明富:《明清商人文化研究》,西南师范大学出版社,1998 年版。

张献忠:《从精英文化到大众传播:明代商业出版研究》,广西师范大学出版社,2015 年版。

秦宗财:《明清文化传播与商业互动研究:以徽州出版与徽商为中心》,学习出版社,2015 年版。

朱国华:《文学与权力:文学合法性的批判性考察》,北京大学出版社,2014 年版。

周榆华:《晚明文人以文治生研究》,广东高等教育出版社,2010 年版。

巫仁恕:《品味奢华:晚明的消费社会与士大夫》,中华书局,2008 年版。

王尔敏:《明清社会文化生态》,台湾商务印书馆,1997 年版。

潘星辉:《明代文官铨选制度研究》,北京大学出版社,2015 年版。

邓志峰:《王学与晚明的师道复兴运动》,社会科学文献出版社,2004 年版。

姜德成:《徐阶与嘉隆政治》,天津古籍出版社,2002 年版。

韦庆远:《暮日耀光:张居正与明代中后期政局》,江苏凤凰文艺出版社,2017 年版。

梁启超:《中国近三百年学术史》,东方出版社,1996 年版。

鲁迅:《鲁迅全集》,人民文学出版社,2005 年版。

钱锺书:《宋诗选注》,生活·读书·新知三联书店,2002 年版。

王国维著,徐调孚校注:《校注人间词话》,中华书局,2003 年版。

陈衍著,郑朝宗、石文英校点:《石遗室诗话》,人民文学出版社,
2004 年版。

罗根泽:《中国文学批评史》,上海书店出版社,2003 年版。

罗根泽:《中国文学批评史》,商务印书馆,2015 年版。

郭绍虞:《中国文学批评史》,商务印书馆,2010 年版。

方孝岳:《中国文学批评》,生活·读书·新知三联书店,2007
年版。

陈钟凡:《中国文学批评史》,中华书局,1929 年版。

朱东润:《中国文学批评史大纲》,上海古籍出版社,2001 年版。

简锦松:《明代文学批评研究》,台湾学生书局,1989 年版。

袁震宇、刘明今:《中国文学批评通史》(明代卷),上海古籍出版
社,2011 年版。

李维:《诗史》,东方出版社,1996 年版。

周作人:《中国新文学的源流》,江苏文艺出版社,2007 年版。

郑宾于:《中国文学流变史》,中州古籍出版社,1991 年版。

宋佩韦:《明文学史》,商务印书馆,1934 年版。

王瑶:《中古文学史论》,商务印书馆,2011 年版。

朱培高:《中国文学流派史》,黄山书社,1998 年版。

南京大学文艺理论教研室编:《现代性视野中的文学理论》,南
京大学出版社,2006 年版。

郭绍虞:《照隅室古典文学论集》,上海古籍出版社,2009 年版。

钱锺书:《谈艺录》(补订重排本),生活·读书·新知三联书店,
　2001年版。

钱锺书:《七缀集》,生活·读书·新知三联书店,2002年版。

陈文新:《明代诗学》,湖南人民出版社,2000年版。

孙学堂:《明代诗学与唐诗》,齐鲁书社,2012年版。

陈书录:《明代诗文的演变》,江苏教育出版社,1996年版。

黄卓越:《明永乐至嘉靖初诗文观研究》,北京师范大学出版社,
　2001年版。

杨遇青:《明嘉靖时期诗文思想研究》,三秦出版社,2011年版。

宋克夫、韩晓:《心学与文学论稿:明代嘉靖万历时期文学概
　观》,中国社会科学出版社,2002年版。

饶龙隼:《明代隆庆、万历间文学思想转变研究》,西南师范大学
　出版社,1995年版。

罗宗强:《明代文学思想史》,中华书局,2013年版。

吴承学、李光摩编:《晚明文学思潮研究》,湖北教育出版社,
　2002年版。

黄卓越:《明中后期文学思想研究》,北京大学出版社,2005
　年版。

孙学堂:《崇古理念的淡退——王世贞与十六世纪文学思想》,
　天津古籍出版社,2004年版。

张国光主编:《竟陵派与晚明文学革新思潮》,武汉大学出版社,
　1987年版。

周群:《儒释道与晚明文学思潮》,上海书店出版社,2000年版。

黄卓越:《佛教与晚明文学思潮》,东方出版社,1997年版。

左东岭:《李贽与晚明文学思想》,天津人民出版社,1997年版。

夏咸淳:《晚明士风与文学》,中国社会科学出版社,1994年版。

周明初:《晚明士人心态及文学个案》,东方出版社,1997 年版。

左东岭:《王学与中晚明士人心态》,商务印书馆,2014 年版。

罗宗强:《明代后期士人心态研究》,南开大学出版社,2006 年版。

刘晓东:《明代士人生存状态研究》,吉林文史出版社,2002 年版。

吴调公、王恺:《自在　自娱　自新　自忏:晚明文人心态》,苏州大学出版社,1998 年版。

廖可斌:《明代文学复古运动研究》,商务印书馆,2008 年版。

陈国球:《明代复古派唐诗论研究》,北京大学出版社,2007 年版。

林家骊:《谢铎及茶陵诗派》,中华书局,2008 年版。

黄毅:《明代唐宋派研究》,上海古籍出版社,2008 年版。

龚显宗:《明七子派诗文及其论评之研究》,花木兰文化出版社,2007 年版。

郑利华:《前后七子研究》,上海古籍出版社,2015 年版。

王英志:《性灵派研究》,辽宁大学出版社,1998 年版。

钟林斌:《公安派研究》,辽宁大学出版社,2001 年版。

何宗美:《公安派结社考论》,重庆出版社,2005 年版。

陈广宏:《竟陵派研究》,复旦大学出版社,2006 年版。

刘勇刚:《云间派文学研究》,中华书局,2008 年版。

李双华:《吴中派与中晚明文学》,中国社会科学出版社,2012 年版。

张德建:《明代山人文学研究》,湖南人民出版社,2005 年版。

韩结根:《明代徽州文学研究》,复旦大学出版社,2006 年版。

余来明:《嘉靖前期诗坛研究(1522—1550)》,武汉大学出版社,

2009 年版。

熊礼汇:《明清散文流派论》,武汉大学出版社,2003 年版。

李圣华:《晚明诗歌研究》,人民文学出版社,2002 年版。

吴承学:《晚明小品研究》,江苏古籍出版社,1998 年版。

周寅宾:《李东阳与茶陵派》,岳麓书社,2008 年版。

侯雅文:《李梦阳的诗学与和同文化思想》,大安出版社,2009
年版。

金宁芬:《康海研究》,崇文书局,2004 年版。

张梦新:《茅坤研究》,中华书局,2001 年版。

石麟:《李攀龙与"后七子"》,山东文艺出版社,2004 年版。

郑利华:《王世贞研究》,学林出版社,2002 年版。

郦波:《王世贞文学研究》,中华书局,2012 年版。

付琼:《徐渭散文研究》,上海古籍出版社,2007 年版。

任访秋:《袁中郎研究》,上海古籍出版社,1983 年版。

田素兰:《袁中郎文学研究》,文史哲出版社,1982 年版。

戴红贤:《袁宏道与晚明性灵文学思潮研究》,武汉大学出版社,
2012 年版。

叶晔:《明代中央文官制度与文学》,浙江大学出版社,2011
年版。

郑礼炬:《明代洪武至正德年间的翰林院与文学》,中国社会科
学出版社,2011 年版。

刘建明:《明代政权运作与文学走向》,光明日报出版社,2010
年版。

刘建明:《张居正秉政与晚明文学走向》,复旦大学出版社,2013
年版。

查清华:《明代唐诗接受史》,上海古籍出版社,2006 年版。

汪超宏:《明清曲家考》,中国社会科学出版社,2006年版。

陈文新:《中国文学流派意识的发生和发展》,武汉大学出版社, 2007年版。

陈建华:《中国江浙地区十四至十七世纪社会意识与文学》,学 林出版社,1992年版。

安徽省出版总社出版志编辑室编:《安徽出版资料选辑》(第一 辑),黄山书社,1987年版。

黄仁生:《日本现藏稀见元明文集考证与提要》,岳麓书社,2004 年版。

"国立中央图书馆"编:《"国立中央图书馆"善本序跋集录》,"中 央图书馆",1994年版。

朱保炯、谢沛霖:《明清进士题名碑录索引》,上海古籍出版社, 1980年版。

陈文新、何坤翁、赵伯陶主撰:《明代科举与文学编年》,武汉大 学出版社,2009年版。

张德信编著:《明代职官年表》,黄山书社,2009年版。

北京图书馆出版社编:《明人年谱十种》,北京图书馆出版社, 1997年版。

刘海涵编订:《何大复先生年谱》,《北京图书馆藏珍本年谱丛 刊》本。

唐鼎元辑:《明唐荆川先生年谱》,《北京图书馆藏珍本年谱丛 刊》本。

徐朔方:《晚明曲家年谱》,浙江古籍出版社,1993年版。

钱振民:《李东阳年谱》,复旦大学出版社,1995年版。

葛荣晋:《王廷相生平学术编年》,河南人民出版社,1987年版。

王文才:《杨慎学谱》,上海古籍出版社,1988年版。

韩结根:《康海年谱》,复旦大学出版社,1993年版。

陈正宏:《沈周年谱》,复旦大学出版社,1993年版。

郑利华:《王世贞年谱》,复旦大学出版社,1993年版。

陈广宏:《钟惺年谱》,复旦大学出版社,1993年版。

陈麦青:《祝允明年谱》,复旦大学出版社,1996年版。

周颖:《王世贞年谱长编》,上海三联书店,2016年版。

三、译著

[美]雷·韦勒克、[美]奥·沃伦著,刘象愚等译:《文学理论》,
生活·读书·新知三联书店,1984年版。

[美]乌尔利希·韦斯坦因著,刘象愚译:《比较文学与文学理
论》,辽宁人民出版社,1987年版。

[美]马斯洛等著,林方主编:《人的潜能和价值——人本主义心
理学译文集》,华夏出版社,1987年版。

[美]哈罗德·布鲁姆著,徐文博译:《影响的焦虑》,生活·读
书·新知三联书店,1989年版。

[美]M·H·艾布拉姆斯著,郦稚牛、张照进、童庆生译,王宁
校:《镜与灯:浪漫主义文论及批评传统》,北京大学出版社,
1989年版。

[美]戴维·斯沃茨著,陶东风译:《文化与权力:布尔迪厄的社
会学》,上海译文出版社,2006年版。

[英]E.H.卡尔著,陈恒译:《历史是什么?》,商务印书馆,2017
年版。

[英]霍布斯著,黎思复、黎廷弼译,杨昌裕校:《利维坦》,商务印
书馆,1985年版。

[英]丹尼斯·麦奎尔、[瑞典]斯文·温德尔著,祝建华、武伟

译:《大众传播模式论》,上海译文出版社,1997年版。

[英]迈克·费瑟斯通著,刘精明译:《消费文化与后现代主义》,译林出版社,2000年版。

[法]丹纳著,傅雷译:《艺术哲学》,人民文学出版社,1963年版。

[法]皮埃尔·布迪厄、[美]华康德著,李猛、李康译:《实践与反思:反思社会学导引》,中央编译出版社,2004年版。

[法]雅克·德里达著,赵兴国等译:《文学行动》,中国社会科学出版社,1998年版。

[法]布尔迪厄著,许钧译:《关于电视》,辽宁教育出版社,2000年版。

[法]布尔迪约、[法]帕斯隆著,邢克超译:《再生产——一种教育系统理论的要点》,商务印书馆,2002年版。

[法]皮埃尔·布迪厄著,刘晖译:《艺术的法则:文学场的生成与结构》(新修订本),中央编译出版社,2011年版。

[法]古斯塔夫·勒庞著,宇琦译:《乌合之众:大众心理研究》,湖南文艺出版社,2011年版。

[法]皮埃尔·布迪厄著,蒋梓骅译:《实践感》,译林出版社,2012年版。

[法]埃米尔·涂尔干著,渠东译:《社会分工论》,生活·读书·新知三联书店,2013年版。

[德]爱克曼辑录,朱光潜译:《歌德谈话录》,人民文学出版社,1978年版。

[德]H·R·姚斯、[美]R·C·霍拉勃著,周宁、金元浦译:《接受美学与接受理论》,辽宁人民出版社,1987年版。

[德]沃尔夫冈·伊瑟尔著,金元浦、周宁译:《阅读活动——审美反应理论》,中国社会科学出版社,1991年版。

［德］马克斯·韦伯著,［德］约翰内斯·温克尔曼整理,林荣远译:《经济与社会》,商务印书馆,1997 年版。

［德］瑙曼等著,范大灿编:《作品、文学史与读者》,文化艺术出版社,1997 年版。

［德］汉斯-格奥尔格·伽达默尔著,洪汉鼎译:《真理与方法:哲学诠释学的基本特征》,上海译文出版社,2004 年版。

［德］汉斯·罗伯特·耀斯著,顾建光、顾静宇、张乐天译:《审美经验与文学解释学》,上海译文出版社,2006 年版。

［俄］维克托·什克洛夫斯基等著,方珊等译:《俄国形式主义文论选》,生活·读书·新知三联书店,1989 年版。

［日］泽田总清原著,王鹤仪编译:《中国韵文史》,上海书店,1984 年版。

［日］冈田武彦著,吴光等译:《王阳明与明末儒学》,上海古籍出版社,2000 年版。

四、论文

郭英德:《传奇戏曲的兴起与文化权力的下移》,《中国社会科学》,1997 年,第 2 期。

黄卓越:《论明中期文权的外移——弘治朝文学振兴活动考略》,《中国文化研究》,2000 年,夏之卷。

张德建:《小品盛行与晚明文学权力的下移》,《中国文化研究》,2006 年,春之卷。

刘化兵:《明代成化至弘治中期郎署文学的初步振兴》,《西华师范大学学报(哲学社会科学版)》,2006 年,第 5 期。

闫勖、孙敏强:《"文章之道"如何"复归词林"——论明代嘉隆之际的馆阁文学》,《浙江社会科学》,2016 年,第 9 期。

张德建:《明代嘉靖间刑部的文学活动》,《中国文化研究》,2011
　　年,冬之卷。

陈长文:《明代科举中的官年现象》,《史学月刊》,2006 年,第
　　11 期。

妥建清:《绮丽审美风格与晚明文学现代性——以晚明小品文
　　为考察中心》,《中州学刊》,2018 年,第 6 期。

陶东风:《文学史:走出自律与他律的双重困境》,《文学评论》,
　　1990 年,第 3 期。

陶东风:《论文学史的建构方法》,《文艺理论研究》,1995 年,第
　　5 期。

戴登云:《什么是文学史——从解构的视角看》,《文艺理论研
　　究》,2011 年,第 5 期。

刘学林:《试论徽州地区的古代刻书业》,《文献》,1995 年,第
　　4 期。

付开沛:《何大复年谱》,《信阳师范学院学报(哲学社会科学
　　版)》,1982 年,第 2—3 期。

孟祥荣:《公安三袁合谱》,《人文论丛》,2009 年卷。

薛泉:《七子派考略》,《武汉大学学报(人文科学版)》,2011 年,第
　　3 期。

薛泉:《前七子与李东阳交恶论》,《武汉大学学报(人文科学
　　版)》,2012 年,第 2 期。

薛泉:《李东阳与台阁体》,《海南师范大学学报(社会科学版)》,
　　2015 年,第 4 期。

薛泉:《馆阁与郎署——文学话语权的争夺与明代文学之流
　　变》,《武汉大学学报(人文科学版)》,2016 年,第 2 期。

薛泉:《明中后期文学流派与文风演化》,《湖南大学学报(社会

科学版)》,2017 年,第 2 期。

薛泉:《儒、商互动与晚明郎署文学权力之下降》,《河北大学学报(哲学社会科学版)》,2020 年,第 4 期。

薛泉:《李攀龙的结盟意识与文学权力复归郎署》,《山东师范大学学报(社会科学版)》,2021 年,第 1 期。

薛泉:《明文学权力"移于郎署"说考辨》,《湖南大学学报(社会科学版)》,2021 年,第 6 期。

薛泉:《由"继承"到"颠覆"——前七子郎署文学策略的实施与文学权力下移》,《江海学刊》,2022 年,第 3 期。

后　记

　　本书在国家社科基金一般项目"明代郎署官与文学权力之关系研究"基础上，修订而成。2019年年底项目结题后，一些问题尚未厘清，整体感觉不尽如人意。教学之余，不时修改，重点在理顺思路，消除抵牾，疗治硬伤，弥合裂痕，充实材料，核对引文，锤炼字句，其中于引文核校，尤为用力。校书若扫尘，旋扫旋生，疏漏讹误，在所难免；理由万千，力求精准，方为根本。撰校期间，部分内容，整合成篇，稍加润色，相继发表于《武汉大学学报》《湖南大学学报》《河北大学学报》《山东师范大学学报》等学术刊物。付梓之前，又参照比对，略为修补。本书初稿完成于海口，修改于济南定稿于天津，时维庚子岁末。

　　因资质不敏，学识浅陋，虽历时已久，书中仍存诸多问题与不足，恳请方家不吝赐教的同时，自己应不断检讨、时常反省。生有涯而知无涯，一旦发现有关资料，当及时充实；发现问题，及时就教于方家，加以改正，以祈层楼更上。

　　稍事休整，辛丑之初，便可进入下一课题——国家社科基金西部项目"明人宋诗观及其流变研究"的撰写。道阻且修，上下求索，自不敢当；按部就班，惯性前行，庶可及之。

薛泉

辛丑年庚寅月丙申日　天津东屏园

乙巳年戊寅月戊午日　又校于济南